御製

佛光恩照　三千大千　隨緣徧滿

恒沙法界　普度衆生　悉證菩提

身心安泰　年時豐稔　風雨調順

日月升恒　乾坤清寧　百昌蕃熾

上下樂利　中外協和　庶物咸亨

萬善圓成　情與無情　同登正覺

大清雍正十三年四月初八日

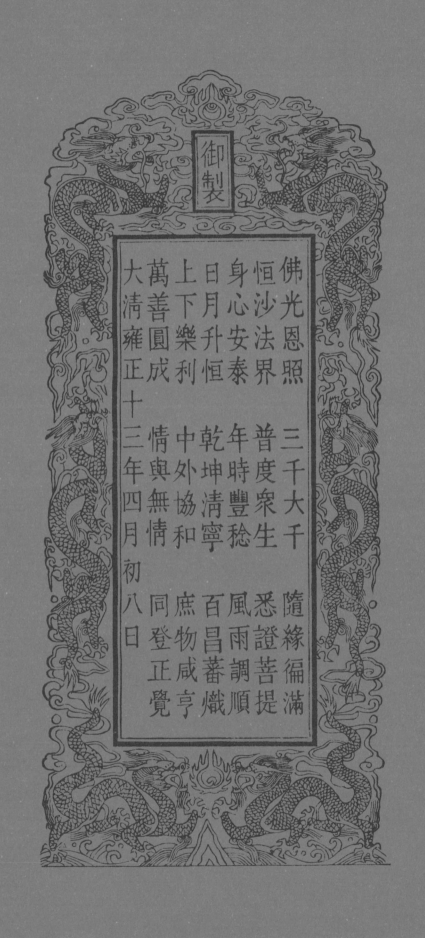

第一三一册　此土著述（二一）

大方廣佛華嚴經論

唐方山長者李通玄造

清刻龍藏佛說法變相圖

大方廣佛華嚴經論卷第四十五

唐方山長者李通玄造

入法界品第三十九之六

◎第三十迴向位十知識

○第一廣大國鬻香長者主救護一切衆生離衆生相迴向

△第一正入當位法門從爾時善財已下至我唯知此調和香法於此段中以立五門餘下諸位亦倣此樣例然一正念善知識教思惟昇進二漸次遊行至長者所三致敬禮足四正申所求五長者說其自行授與善財隨文釋義者從爾時善財童子已下有十願門明入迴向以願和融一切真俗染淨智悲無礙之門漸次遊行者昇進也至廣大國者以願起智與無盡行接引衆生也乃至如十方

世界微塵刹中一一塵内有無盡佛法及身行接引衆生一切十方國刹塵中悉皆如是如帝網重重無盡以願行廣大故國名廣大於第四正申所求門中長者答言我善别知一切諸香有二義一實知世間諸香二以香表法一實知諸香者即經所説所知一切香總體燒塗末是别陳香王出處已下是隨生業類所生諸香是已下人間有五種香羅刹中一種香天中有四種香總共有十種香其功能如經自具以將如上諸香表十廻向爲明香性無依能發衆善滅一切惡明大願無依能與無量善根故起無量大智之雲雨無量白淨法雨行無量大慈悲行化無量衆生令得滅苦發無上意若無大願不能發起大菩提心設修解脱悉皆二乘人間有香名爲象藏此香因龍鬬所生燒之一丸起大香雲彌覆王都於七日中雨細香雨若霑著身身則金色者表如十住位中初發心時以七覺之香起大願雲廣與悲行普覆一切衆生求一切智以止觀龍與十二有支煩惱共鬬徹空無際生智慧火然大智香起慈悲雲雨白法雨衆生霑者即初發心時便成正覺若著衣服宫殿樓閣亦皆金色者明因起大願廻向香所有一切世間忍辱慈悲觀智總會法界自在白淨法故若因風吹入宫殿中衆生齅者七日七夜離諸憂苦不驚不怖不亂不恚慈心相向志意清淨者明轉轉而聞亦皆歡喜發大願門起七覺意我知是已而爲説法者明欲勸衆生發無上覺心者要先勸發廣大願廻向起堅誠誓願之心先數三十七

品七覺行華方堪爲説至真之道如是勸修萬無失一摩羅耶山者此山在南天竺境摩利伽耶國此國依此山立名此山多出白栴檀香此山出栴檀香名牛頭若以塗身設入火坑火不能燒明治地住以起大願力及迴向力以上上十善法身無性之理以成戒體用塗其身迴向入生死火坑貪瞋愛火不能燒害海中有香名爲無能勝若以塗鼓及諸螺貝其聲發時一切敵軍皆自退散者明修行住以法忍成就迴入生死海中教化衆生以忍辱心聞一切善惡聲音鼓惡邪怨敵自然退散阿耨達池邊有沉水香名蓮華藏其香一丸如麻子大若以燒之一丸香氣普熏閻浮提界衆生聞者離一切罪戒品清淨明生貴住達三界業皆無障礙常生佛家無垢清淨此同第四地位得出三界業以本四弘誓願之心迴入生死四流大池中教化一切沉溺生死衆生皆無染著名蓮華藏演微妙法香徧熏十方聞者罪滅戒品清淨雪山有香名阿盧那者是赤色香也堪以染緋若衆生觸此香者其心決定離諸染著者此是具足方便住禪波羅蜜門以大願迴向生死令諸衆生染習禪波羅蜜得入離垢三昧以雪山表是禪定體自白淨無垢體故羅刹界中有香名海藏其香但爲輪王所用若燒一丸而以熏之王及四軍皆悉騰空者明表以第六正心住以三空智慧爲羅刹迴入生死海以般若輪王燒智慧海藏香熏生死王四種魔皆昇法空已下總表十迴向以十住十行中願行和融生死涅槃真俗二智悲智二門

使令自在十地依此而修成就法界自性無作緣起道理以燒香塗香合香以表之令學者易解皆做此知之若十住十行十地中若無迴向大願力但得二乘之道不可有成佛者故有修行之士大須善得其儀明觀教意總別同異成壞六相從我唯知此調和香法者明調和真俗二諦智悲願行生死涅槃染淨自在之香及以青蓮華名號表之巳下推德昇進餘義如文自明△二推德令善財昇進中從如諸菩薩巳下至辭退而去有十行經分爲五門一推德昇進二示善知識方所三舉善知識所居城名樓閣四舉船師名婆施羅五頂禮而去隨文釋義者南方義如初釋城名樓閣者此近南海下濕人多以作樓閣而居亦約差別智以十迴向中和融萬法總別同異重重以立城名船師婆施羅此云自在明於生死海中得自在此爲十迴向中以能入生死海行大慈悲以爲戒體十住中以觀生死海十二緣生以爲性自清淨本唯佛智故以爲戒體十行之中明工巧法相法算法世間技藝饒益衆生以爲戒體此十迴向以真入俗處生死海主導衆生成慈悲行以爲戒體如是三位修戒各有同異昇進法則船師者師以大慈悲爲戒體常住處生死海往來度衆生故如歎德中具明大意云具足成就無所著戒如船師度人不住此岸不住彼岸

○第二樓閣城婆施羅船師主不壞迴向

△第一正入當位法門中從爾時善財巳下至我唯知此大悲幢行若有見我及以聞我

與我同住憶念我者皆悉不空此段門中分爲五門一念善知識教思惟昇進二漸次遊行往詣彼城三見其船師在城門外海岸上住四禮敬合掌申其所求五船師授與善財自行法門隨文釋義者見船師在城門外海岸上住百千商人及餘大衆圍繞此有二義一實有此行以主導入海商人及採寶者爲海險難非聖智不知二表法以自得真門出纏離苦以其願行成大悲海常臨生死海岸引接衆生百千商人表戒波羅蜜中萬行圓滿無量大衆表行徧周滿一切諸行經云往一切智大寶洲因成就不壞摩訶衍因者摩訶云大衍云乘所説之教總云大乘教遠離一乘怖畏生死住寂靜三昧旋還此明歎譽善財明能以寂靜三昧處生死旋還利生不

出故善男子我知此海中一切寶洲一切寶處一切寶類一切寶種一切寶器如是實有此智聖智所知世間諸法表法者我知海中一切寶洲者明達一切智洲一切寶處者善別賢能諸根利鈍一切寶類者善知同行類別行類一切寶種者善知大小乘差別種我知一切寶器者知衆生大小根器堪與何法而成熟之一切寶用應根與法令任其作用一切寶境界三乘一乘三寶境界一切寶光明者三乘一乘智慧大小光明我知淨一切寶者三十七道品十波羅蜜五停心觀方便是淨一切智寶方便鑽一切寶者止觀二門是出一切寶者善能依根設教令現智寶故作一切寶者以無相智起差別智以大願風興大慈雲雨諸寶雨化一切衆生和合心境

令使無依自能顯現一切智寶故一切龍宮難處者淨土菩薩如龍分有慈悲遊空神足一分自在夜叉喻聲聞能空三毒亦得神通羅刹宮難處者喻緣覺居涅槃海能空無明及諸佛一切智種不現前故如是等難悉皆以迴向願力同處生死不害無明十二有支達取無明成佛種智處法界緣生自在門名爲悉皆迴避免其諸難亦善別知漩澓深淺者愛取有業深淺也波濤遠近者情識想念攀緣多少水色好惡者愛心善惡亦善別知日月星宿運度數量晝夜晨晡晷漏延促者明了世事中明陰陽玄象五星行度數風起時分晷漏四時延促皆悉知之表法中明五位進修及三乘差別教分行門隨行隨根迴轉軌則方法時熟解脫日月歲劫所經多少悉能知之其船鐵木堅脆機關澀滑水之大小風之逆順如是一切安危之相無不明了者實知此事表法者明善知三乘迴心未迴心堪入生死不堪入生死根器成熟及未成熟一乘中菩薩第六住第六地現前處生死中得出生死心三空智慧寂滅現前七住七地菩薩於出生死中常處生死八住八地得無生忍現前菩薩無功智現前任運利生九住九地學佛十力四無畏十住十地一分與如來出世智慧解脫知見齊圓住佛灌頂位十一地方學普賢神通妙行至普賢行品方終如來出現品中佛果文殊普賢三法法身根本智差別智方始理智大慈悲如先所發願稱願圓滿如三乘教中後得智以普賢行教化衆生此一乘中名字教法說似前後如

是昇進不出一剎那際如是三乘因前果後道滿三祇如是一乘見道在初發心住中加行行因在十行十迴向十地十一地如是船之鐵木安危澀滑悉能知之乃至知根遲速應止即止且止三乘及以人天法中乃至五停心觀根若熟者應行即行令使昇進一乘法中以生死性十二有支便爲法事大智用故已下大意如然善男子我將好船運諸商衆至安隱道乃至引至寶洲與其珍寶咸令充足然後將領還閻浮提者是事表法中明從初發心住得佛根本智自此已去經後諸位中皆與說其妙法至於十地一切智智之道珍寶已滿十一地中還當送至本所舊住生死海中以此所得一切智智之珍寶廣利無盡衆生此明約修行昇進作如是說使令易解而亦不出生死海中成大寶洲自餘如文自具此皆約事理說託事表法令生解故此是第二不壞迴向善知識船師云我將大船往來無始無有令其一損壞者若有衆生得見我身聞我法者令其永不怖生死海必得入於一切智海者是不壞迴向義以戒波羅蜜爲主餘九爲伴約智門中諸位通治約位門中以成大慈悲戒以海中船師所表往來常不出生死海故成大悲幢行已下推德昇進△第二推德令善財昇進中從如諸善薩已下至辭退而去有十行經約分爲五門一推德昇進二示善知識之方所三舉善知識所居之城名可樂四舉善知識之名號曰無上勝五禮敬辭去城名可樂者以長者善明斷決人間種種諸事復能說出世之法衆

生樂之不捨故城名可樂長者號無上勝者此是忍波羅蜜門處衆行之中忍爲殊勝又德藝過世間故號爲無上勝餘行約前歎中所説

○第三可樂城無上勝長者主等一切佛迴向

△第一正入當位法門中從爾時善財童子已下至一切處修菩薩行清淨法門無依無作神通之力於此段中約立五門一念善知識教思惟升進二漸次經歷到於彼城三見無上勝長者在其城東無憂林中商衆居士無量百千之所圍遶四投身於地禮敬而起五正申所請無上勝便授自所行法門隨文釋義者漸次經歷到彼城内者升進入位名内見無上勝在城東者明以智利生爲東表不住本位東方表智以就俗引衆生發明生位也西方表慈悲如下以觀世音菩薩住金剛山之西阿表慈悲位也以此是等一切佛迴向佛者覺也以角宿是東方之宿以角主僧尼道士衆善之門俗作此角計所主屬合作此覺也爲主衆善門故角爲天門衆善也以此在城東普賢智行以東表之表明生衆善之首觀音大慈悲行以西方表之以西方是金金爲白虎主秋主殺以慈悲主之以是經云明練十方儀式主方神又主方神隨方迴轉意明隨方法迴轉以度衆生然實大象性自無形體虚融而非跡隨方表法法逐緣分聖人垂訓於俗纏還以俗緣中事物而表法只如亡言之理不可以引蒙絶象真源不可以益俗是故以方隅而表法執之者還非

利俗啓迷之者復失今者利俗啓迷以城東是引迷明生起衆善之義亦以房爲青龍是世間福德之位無憂林中者此主忍波羅蜜以忍成滿處行無憂故林者以此長者行徧十方隨形而廣蔭羣品以行廣多覆蔭故爲林亦以化他令無憂故爲無憂林也無量商人百千居士之所圍繞者是所化之象表以愚易智以智易愚以惡易善亦爲商人常處生死以行仁德化利羣品名爲居士此約行釋善財童子觀長者爲衆說法已以身投地表十迴向大體約迴真入俗以大慈悲善忍爲地再云我是善財我是善財者表求法深重也亦明達我無我以成忍也已下長者告善財所行之行名成就一切處菩薩行以明如一切佛迴向十方一切世界一切衆生所行無不徧故如下文具明如十住中從初至第三住見三比丘表從世間修出世間法此從初迴向見三長者是純俗流合香船師無上勝等明從真入俗名爲迴向此是等一切佛迴向中善知識以忍波羅蜜爲主餘九爲伴約智門中諸位通治約位門中治入生死海中忍不自在障令得法忍自在前十住十行明修出世間離苦忍此位明入世間中成就慈悲饒益忍以此十迴向中捨身肉手足國城妻子有來乞者無厭恨心倍增歡喜

△第二推德升進中從如諸菩薩已下至辭退而去有十行半經分爲五門一推德升進二示善友所住之國三示善知識所居之城名四舉善知識名號五禮敬辭去城名迦陵林者此云相鬬諍以此比丘尼位同十住中

第四住十地第四地出三界纏生如來家以迴真入俗成無染慈明比丘是出俗義尼是慈音明迴向行位法門非男女性示相表法也以實而言此尼是此位法故表以真入俗和融真俗是非染淨二見諍故成法性理智處俗恒真無染之慈以滅真俗有無染淨二見鬬諍故成就第四至一切處迴向行精進慈以此城名鬬諍林者明慈行徧周覆蔭廣多故故名爲林亦約此比丘尼報得莊嚴衆寶林樹廣多故號爲林國名輪那此名勇猛者是精進義爲此是第四精進波羅蜜此教皆是託處託事表法以事即法也尼名師子頻申者約德行成名如師子頻申者明慈悲適悦行徧十方教化衆生無有疲勞法樂義也如人身心舒適悦樂也表比丘尼雖行徧十方善和鬬諍心恒出俗也明迴向中處纏無染慈故

○第四迦陵林城師子頻申比丘尼主至一切處迴向

△第一正入當位法門中從爾時善財童子已下至我唯知此成就一切智解脱門於此段中約分五門一漸次遊行至彼國城二周徧推求此比丘尼三衆人告語比丘尼之所在四善財詣彼勝光王日光園中觀察見比丘尼所有依報五善財合掌申請所求比丘尼授與善財自行之法如第四善財詣勝光王日光園中觀察見比丘尼之依報中及大衆莊嚴有十三種一寶樹莊嚴二七寶流泉陂池及華莊嚴三寶樹下師子座莊嚴四衆寶嚴地五林雨華香莊嚴六音樂樹及以衆

寶鈴樂音和鳴莊嚴七天衣莊嚴八百千寶樓閣莊嚴及寶蓋莊嚴九如須彌峯光明莊嚴十宮殿莊嚴十一歎比丘尼所有功德出世善根供養諸佛之所生起十二歎比丘尼志德三業現化業用周徧見者不空十三明大衆圍遶此已下三十種衆皆明此比丘尼攝生行徧隨根授法各各不同直至十一地金剛智次隣佛位已來衆總皆攝化明一位徧五位行故一一位皆然皆行徧法界如是重重鍊磨以五十三法一百一十城法方稱總別同異成壞無盡自在之法一一位中皆徧一切位也爲顯一法徧多法故以一位徧一切行故爲顯多法入一法故安立五位五百法門入一法故明總不異別別不異總如帝網相入也如上勝光王之所捨施者是事表法者明一切智忍慈三法總會故比丘出家捨飾好是忍尼是慈悲義勝光王是智明以願力廻向入俗行精進行和會忍智慈總攝五位之行總爲一法界體用故以師子頻申是法界門中法悅樂故從此精進行中會此三法忍智慈至第七第八廻向位中見觀音正趣菩薩方始齊故後之二位修佛十力作用也前三長者非無此智忍慈此約升進勝劣言之表長者猶明智多悲劣尼表悲心處世無染童女表染而不汙波利質多羅樹者此云香徧此樹根莖枝葉悉皆徧熏忉利諸天此乃約行徧熏法界迦隣衣此云細綿衣婆樓那天此云水天普眼捨得等十般若門如經具明是比丘尼所說之法如是無數百萬般若門日光園者以忍智慈爲園體善

財合掌住立申請不致禮敬但與園中衆樹悉右遶者表衆樹是行報生明以衆行園林以忍智慈三昧法具故以表三行圓滿但與行圍繞是所敬法故無別禮也與衆樹圍繞明會入忍智慈三行故是此位精進義善財申請比丘尼與法名成就一切智者此約根本智中忍智慈悲一切差別智從此三法而具足出生以此攝化之衆直至十地之後金剛智神通善財又請此法門境界如何如經云善男子我入此智光明門得出生一切法三昧王以此三昧故得意生身已下是此法門所作業用境界如經具明大意約以根本智起忍智慈悲萬行大用自在差別法門稱法界境界故從此樣式修行相稱即號觀世音亦名正趣菩薩無功之智及慈悲齊等故是故第七迴向中觀世音與正趣同會一處而見善男子我見一切衆生不分別衆生相以智眼明見故乃至聽聞語言音聲佛法僧皆無所著以智眼所見法眼所知故已下推德令善財升進△第二如諸菩薩摩訶薩已下是推德升進於此升進分中有十一行經分爲五門一推德升進二示善知識方所及所居之國三舉所居之城名寶莊嚴四舉善知識名號五禮敬辭去南方如初釋國名險難者爲此女人行禪波羅蜜門歎德之中一身端坐充滿法界於自身中現一切刹善惡境界總以爲界禪體徧該普含衆行普攝衆生普皆同事徹滿十方一切諸境或有世人見其深行者見聞難信故號國名險難也城名寶莊嚴者見聞難信名爲險難信而悟入

心境皆無稱信惑除生死永盡獲自神通名寶莊嚴明二乘及出纏菩薩離而不爲名解脫此十迴向中第五迴向迴出纏行中第五清淨無染禪入於世間同爲俗事徧行利生之中乃至示行染法未曾一念染汙之心故號女也而實體中非男非女以取妙智理性本真大慈悲體如女非如世情起男女等見若存世情起男女見者亦自不見此之法門此約菩薩以妙智用起慈悲之行冥同俗行周備十方對現色身應宜設化於此位中表菩薩有如是德處真不證在纏不汙法門徧周法界誰是誰非此非世情思度故亦非世情愚惑所行自非智徹真源行齊法界冥應所爲知根備俗者歟方能體會斯道婆須蜜女者此云世友或云天友爲徧與人天作師友故或云以寶易財或示現世間婬染之行易以財事此皆世行難可了知三界六道人天地獄無行不備也此是不染而染唯普賢智所及

○第五險難國婆須蜜女主無盡功德藏迴向

△第一正入當位法門者從爾時善財童子已下至我唯知此菩薩離貪欲際解脫門於此段中約立五門一念善知識教思惟升進二漸次遊行至險難國寶莊嚴城三處處推求婆須蜜女四於此城內市鄽之北於自宅內而得見之五見已禮敬正申所求并授善財離貪欲際解脫隨所樂欲而爲現身隨文釋義中善財於市鄽之北自宅中住者以生死繁多爲市鄽北爲坎位坎是北方主黑也

是衆迷愚衆生之位也菩薩居此迷流愛海闤闠之處同行接生令其發明自宅中住者以衆生生死海是菩薩自所住宅菩薩以大悲故住一切衆生生死宅中度脫衆生成就普賢之行具足無量功德如經云善財童子往詣其門見其住宅廣博嚴麗已下廣説莊嚴此是初見其依報次爾時善財見此女人顔貌端嚴乃至皮膚金色是見其正報及諸藝能已下具如經説爾時善財前詣其所已下申請所求善男子已下正授善財所行之法菩薩解脫名離貪欲際以此解脫隨其樂欲而爲現身十方三界所見不同如經具明又經云若有衆生暫見我者即離貪欲得菩薩歡喜三昧者明有信者而修禪定禪悅其心故若有衆生暫與我語者則離貪欲得菩薩無量音聲三昧者明從定發慧了音聲無體若有衆生執我手者則離貪欲得菩薩徧往一切佛刹三昧者是引接義如是已下升座是無相智增義暫觀於我是觀照義嚬伸是法悅義目瞬是見諦入佛智境也抱持於我者攝受不捨衆生義唼我脣吻者受教説法義凡有親近於我一一皆得離貪欲際入菩薩一切智地者都舉諸有親近無空過者皆獲一切智門此明二乘及出纏菩薩但求離苦未入大慈悲入於生死海同事接生門不達法界自在智王處染淨而無垢會無依處普光明智圓滿十方任運利生無縛無解方名永離貪欲際也厭而出纏無大悲行智未究竟有所依在修行不應以得心一分無相無願無作空解脫門莫以爲足應修智悲

發起願求誓度衆生學差别智盡三界法無不皆知明用三界事便成法界善照自他十二緣生成一切智了無邊劫與今無二不求餘處别有出世解脫涅槃以無作無依智印三界法本唯佛法法本如是無别思求一依十住十行十廻向法門圓會自當相稱此婆須蜜女是會第五無盡功德藏廻向門爲以行齊生死是非見亡以法界禪門真俗二染俱盡以性等法界智周有無無行不行無生不利招多福德故名無盡功德藏善財白言聖者種何善根修何功德已下其女與善財說自往昔因高行如來出世爲長者妻布施寶錢及文殊師利勸發大菩提心以是因緣得如斯解脫我唯知此離貪欲際解脫者明往因以捨所重寶錢是離貪文殊師利勸發無性菩提心是離欲如一寶錢其所施不多爲心貴重故能捨與多非異此是無盡功德藏廻向亦以禪波羅蜜爲體明圓通諸法是寶錢義約智門中諸位通治約位門中以治第五廻向中以出世禪入於生死真俗染淨不自在障行不自在徧衆生障治令自在故

厶第二推德升進中從如諸菩薩摩訶薩已下至辭退而去有六行經分爲五門一推德升進二示其方所及以城名善度三舉善知識居士名鞞瑟胝羅四舉善知識所行事業供養栴檀塔座五禮敬辭退而去隨文釋義者南方如初釋城名善度者約此長者善度衆生故居士名鞞瑟胝羅者此云包攝爲此居士智慧廣大包攝十方一切法門具云毖怛嚬曳此翻爲慈氏爲明以第六出世智慧

處俗行慈方便利生以行成名故

大方廣佛華嚴經論卷第四十五

音釋

藝倪祭切才能也 漩澓上旬緣切下房六切澓流回泉也 晡奔模切申時也 晷古委切日景也 闤音還市垣門也 闠音潰市外門也 唼色合切 吻武粉切

大方廣佛華嚴經論卷第四十六

唐方山長者李通玄造

○第六善度城鞞瑟胝羅居士主隨順堅固一切善根迴向

△第一正入當位法門中從爾時善財童子已下至我唯知此菩薩所有佛不涅槃際解脫於此段中約立五門一漸次遊行至善度城二詣居士宅頂禮其足三合掌而立正申所求四居士爲善財正說所行之法所行解脫門名不涅槃際五舉所現行供養栴檀座塔者經云我開栴檀座如來塔門時得三昧名佛種無盡者明一切衆生分別心皆是如來智慧種同於諸佛智慧種無有生滅等相此同十住中第六住十地中第六地十行中第六行以十住十行中第六出世間之智慧門迴向入纏處俗中智慧利生之行故爲居士身處世化俗置一塔室於中安置一栴檀座不置形像表第六智慧門達無相法也以此塔座供養諸佛現在其前明無相法無有三世古今之見爲以自佛智慧與一切諸佛智慧無相體同皆爲一際一切衆生亦與一切諸佛智慧本來一際爲諸衆生說如斯法令諸衆生開佛知見悟佛知見入佛知見故城名善度居士名舍攝舍攝一切諸佛一切衆生智慧皆一體不生滅故既是諸佛智慧無生滅性一切衆生亦不生滅以此法故得一切諸佛不入涅槃此意明如座上無相是佛故善財白言此三昧境界云何已下是居士答入此三昧見佛之數此界他方三世諸佛總皆得見所有見佛之數如經具明意明

諸佛衆生無生滅相方便以將其栴檀座塔引接表示令一切衆生達自身心性相智慧如栴檀座塔本來無相本來佛也明性相皆無俱不生滅達相如化了性如空智無依住何有生滅此是隨順堅固一切善根迴向以般若波羅蜜爲體餘九爲伴此治出世智慧處生死中行大慈悲不自在障令得自在故

△第二推德升進中從如諸菩薩摩訶薩至辭退而去并頌有十四行經分爲五門一推德升進二示善知識方所三舉山名補怛洛迦四舉善知識名觀自在正號觀世音五禮敬辭退隨文釋義者山名補怛洛迦者此云小白華樹山爲此山多生白華樹其華甚香香氣遠及爲明此聖者修慈悲行門以謙下極小爲行也華者明開敷萬行故此慈悲謙小和悦行華開敷教化行香遠熏一切衆生皆令聞其名者發菩提心故舉善知識名觀自在者以舊經云觀世音爲正梵云光世音以慈悲光照世間聞苦便救有待念而方救者意令彼迴心專緣善法發心令功德善根深固也問觀自在可無慈悲何以要須光世音答曰夫一切菩薩約行成名約名行表位雖一切菩薩皆具智悲二門令以名行表升進要須以名表法令此第七隨順一切衆生迴向成處世慈悲門以光世音名是慈悲之號以爲表位行門令升進也觀自在者但明觀照成出世般若義自在故以表觀世間苦表悲門不如觀世音之號法華中云普賢菩薩從東方寶威德上王佛所來者又餘經云觀世音在西方阿彌陀佛所者總是如來寄

意方便表法成名意云東方是智西方是悲以方表法實無方所但約東爲春陽發生日出普照二十八宿中東方角及房心等七星皆爲衆善位以表智門西方七宿昴畢參等主白虎秋殺義昴爲刑獄多主罰惡以觀世音主之而實佛國一方滿十方一塵含法界何有方所而存自他隔礙别佛也先德緇經之士以三乘教謂此方無觀世音以觀自在充號此非實得法界毘盧遮那如來境智道理於法華經中會三入一門中具有此三法文殊普賢觀世音菩薩表法身無相慧及根本智即文殊之行主之表從根本智起差别行以普賢主之表大慈悲心恒處苦流不求出離以觀世音主之以此三法屬於一人所行行令具足徧周一切衆生界教化衆生令無有餘名毘盧遮那佛即明一切處文殊一切處普賢一切處觀世音一切處毘盧遮那乃至微塵中重重充徧且約畧明也如海上有山多賢聖者此約南海之上亦主生死海上餘義如文具明亦約慈悲爲泉流

○第七補怛洛山觀世音菩薩主隨順一切衆生迴向

△第一正入當位法門中從爾時善財童子已下至我唯知此大悲行門於此段中約立五門一念善知識教思惟升進二漸次遊行至於彼山處處求覓此大菩薩三見其西面巖谷之中觀世音菩薩於金剛寶石上結跏趺坐四善財見已歡喜觀世音遥見善財稱歎五善財頂禮申請觀世音爲説大慈悲行解脱門隨文釋義者如第五婆須蜜女以師

子嚬伸引接成悲舉行及報身相及境界所居皆寶莊嚴至第六第七廻向爲大悲至極就物利生不就自報就衆生界穢境而居巖谷泉流瑩暎樹林蓊鬱香草柔輭右旋布地觀世音菩薩坐金剛寶石無量菩薩皆坐寶石此是所居處表巖谷明險道惡趣流泉瑩暎者明慈悲瑩徹樹林蓊鬱者表慈心蔭容香草柔輭者表和言芳教熏悅人心右旋布地者表衆生順化布慈悲地令有所歸觀世音菩薩坐金剛石者表以金剛智用隨悲行堅實深重無所傾動也結跏趺坐者智悲交徹也無量菩薩皆坐寶石上悲行堅厚也善財諦觀目不暫瞬者敬法貴人慈心見徹無別念也善財歎德如經具明善財往詣觀世音所觀世音菩薩遥見善財即云善來并諸稱歎未及致敬先有是言者明大悲深厚先致慰問及稱歎然後頂禮旋遶申其所請觀世音菩薩授與善財大悲行解脱門明廻向第七住第七地中修出世慈悲令成入俗慈悲之行至此位中菩薩是第七等隨順一切衆生廻向滿故入俗智亦於此行故如下文指位雖在東方有菩薩名爲正趣及至見時還同會而居表此位菩薩入俗現行悲智齊也至次下文和會經云善男子我住此大悲行門常在一切諸佛如來所普現一切衆生之前以四攝事攝衆生廣如經説意明不離根本智十方世界對現色身慈悲利物已下廣明觀世音菩薩自所誓願利衆生事行如下具明我唯得此菩薩大悲行門已下是推德升進此是等隨順一切衆生廻向門方便

波羅蜜爲主餘九爲伴約智門中諸位通治約位門中治十住十行中出世大悲處俗不自在障令得自在也△第二推德升進中從如諸菩薩已下至修菩薩道有十八行半經分爲五門一推德升進二示善知識方所三舉善知識名爲正趣四重歎善知識光明威德神通普化五勸令往問問曰此何意不云辭退而去答曰爲此觀世音菩薩會中見正趣菩薩表智悲二位在此位齊滿表悲終即無明之智自成明悲智無二體故不辭去也又明從師子頻伸比丘尼修悲起智從此第八迴向至第十迴向地神即從智成悲即天神是智地神是悲明智悲合體即普賢行自在此明智悲應真體通神性名之天地之神非世鬼神也觀世音菩薩云東方有一菩薩名曰正趣者明正智無邪故云正趣從空而來者明智體無依性無形質神無不徧自體真空起如幻身應緣利物一刹那際響應十方性無往來以虛空而現幻像故云從空而來東方者表是智也云南方表法爲虛無爲明爲離離中虛爲明爲正爲日離者麗也以明麗於地以北方爲坎爲黑以子爲陰極癸爲陰終以背黑而從明背邪而從正是初啓蒙之位故往南方令至第八真如相廻向即明東方爲智爲震爲雷爲音聲爲青龍爲春生爲福德爲吉慶日生於寅出於卯定是非於辰巳也至午已來總屬陽位午爲陽極未爲陽終自未至丑是陰位以此第八智增明真如相廻向即取東方爲智明照萬邪故入於生死震動萬有令明生故教化衆生達真

如故照愚夫道成君子之德故破佞邪道成正智故照一切惡生一切善故長諸善根成白淨無垢吉祥福德故故東方表智西方表悲以此二位明悲智齊故正趣菩薩從東方來白華山西一處而見以明東表智西表悲此觀音正趣會悲智二位一分始終自此已去從智行悲也即次後天地之神是以明從悲行智即行狹不終以智行悲即行廣無限自在故如十地位滿智悲功成十一地中還以悲爲體以智爲用即摩耶是悲生佛是智如是一一位中升進皆有意趣總別同異如東西南北表自有趣求啓迷發明即往南方表之若明智悲益俗即東西表之觀音在白華山西者白者金位也西方白表金位也主將位也東方者木位主青像主相位也相主生將主殺如來以約世間法則安立法門令世間易解故以此殺害之處置大慈悲之門以爲救苦以東方春生之位置大智之門以表智生衆善令易達其事故如老子云上將軍居右偏將軍居左明上者明而具慈恐妄殺也而實大象混然何有方形而可得也但約法立名設其則也然智悲之道以一法而滿十方以一行而行一切萬行雖然約世軌則設法不無如世陳設者是隨方應用也是故此經觀世音菩薩云東方有菩薩名爲正趣表第八智位照世間大夜故此同十住十行十地十一地第八無功智之大用故位同升進生熟逆順有異此正趣菩薩從空中來至娑婆世界輪圍山頂以足指按地其娑婆世界六種震動者表智能破闇衆生惑滅境

亡散也智現妄亡妄業所報得大地之境界亦亡散故地動動者散也如定現前妄亡智應報境盡七足指按地者智之所行也表以法空起智現前衆執皆散輪圍山是妄所執之執境無依智現所執境無以禪觀方明不可以想心斟酌一切皆以衆寶莊嚴者明妄亡境滅隨智淨福相應即諸功德便現放身光明暎蔽一切日月星電天龍八部釋梵護世四王所有光明皆如聚墨其光普照一切地獄畜生者如三界之光皆有漏業隨生滅心功德所生皆未離生滅我所有漏業果皆有自他能所得業在如眞理智無漏無我無作具法性青淨任性大慈悲之智光非世所及無有隔障邊際分劑可及十方洞徹六道徧周故已下智悲之行如經具明

○第八正趣菩薩主眞如相廻向

△第一正入當位法門中從爾時善財童子已下至我唯知此菩薩普門速疾行解脱門於此段中約立五門一依教速往詣彼菩薩二頂禮合掌申請所求三正趣菩薩說自所行法名普門速疾行解脱四善財致問於何佛所得此法門所從來剎去此幾何來已久如五正說所緣因依得法所在久近之數云善男子我從東方妙藏世界普勝生佛所而來此土於彼佛所得此法門者此約實而論智無方所遠近之體約以表法中云東方妙藏世界普勝生佛所得此法門明東方是衆善發生之位妙藏世界者自是妙理法身根本智藏性周圓滿普徧十方名爲世界普勝生佛所得此法門者明從根本智生差別智

響應衆生意明不移根本智大用而無功故從彼發來已經不可説不可説佛刹微塵數劫者以根本智超塵出劫不屬數量所収一一念中舉不可説不可説佛刹微塵數步明念念中超出過如是情量度量一一步過不可説不可説世界微塵數佛刹一一佛刹我皆徧入至其佛所以妙供具而爲供養此諸供具意明根本智性自徧周差别智業用亦如根本智徧周所作供具供養諸佛依根本智起以根本無作智印起如幻業用普印諸供養具無功而自成以用歸本故明此第八迴向已前以根本智行差别智具大慈悲及世所有一切工巧五明技術之法饒益衆生此位差别智終約用從本總無功用任法自成教化衆生亦復如是自餘如經具明此是

真如相迴向以願波羅蜜爲主餘九爲伴約智門中諸位通治約位門中以治有功用行入於世間無功用智任運大悲此位明有學諸法已終會令悲智一性無二徧周故在觀音會中一處而見△第二推德升進門從如諸菩薩已下至辭退而去有九行經約立五門一推德升進二示善知識所在方所三舉其城名墮羅鉢底四舉神名爲大天五禮敬辭去隨文釋義者城名墮羅鉢底此云有門爲此第九迴向主大法師位同十住中第九法王子住十地中第九善慧地有大法門饒益衆生故城名有門問曰何故此位見大天神荅曰爲明第九無縛無著解脱迴向智淨爲天其智無依不爲不思而恒應靈萬有故號天神即是此界乾坤是也自會此智道相

應也凡爲天地日月五星名山大川五嶽四瀆河海社稷之神皆是菩薩所爲非是凡世鬼神力所堪能故以乾爲天門以淨無垢智現衆法故巽爲地戶以巽爲風動生萬物能勝持萬物荷負天地故以配長女主持陰位如初會風神是也今大天神城名有門如天淨體現世一切所有法門此依化主立名有大法門故城名有門如天現像善惡俱示如天無私賞罰應時此天神即是無爲無作淨智爲體一切衆生同共有之後自心迷惑殊品見各不同淨穢皆别若心淨者便爲淨土名第一義天一切智天非如五行生滅天也此天神是應眞名神爲明修行升進漸次智通靈性號之爲神

○第九墮羅鉢底城大天神主無縛無著解脫迴向

△第一正入當位法門中從爾時善財童子已下至我唯知此雲網解脫門於此段中約立五門一念善知識教思惟升進二漸次遊行至有門城三推問諸人大天所在四知其所在往詣頂禮申請所求五時大天出四長手取四大海水用洗其面持金華以散善財然爲說法隨文釋義者出四長手取四大海水用自洗其面者明發大菩提心者難得難見取四大海水用洗面者明貴發心者洗面方觀持諸金華以散善財者明貴重而觀貴敬供養能發大菩提心者故又表四長手取四大海水以四無量心四攝法攝衆生故用洗面者明以大悲水以智從用觀察衆生恒攝受也如芬陁利華者百葉白蓮華也明端

正香潔人皆樂見菩薩亦爾心端行正能說法香熏澤人心皆令解脫人皆樂見善男子我已成就雲綱法門者明大悲雲普覆一切兩教如綱漉衆生故善財問言此法門境界云何如下所明金銀琉璃頗棃硨磲瑪瑙火燄寶離垢寶大光明寶寶纓絡寶耳璫及寶冠寶釧寶鎖珠綱種種摩尼等及華鬘香一切衣服音樂等具皆如山聚及無數百千億諸童女衆而彼大天授與善財令其捨施攝受衆生具如經廣說及所教饒益衆生之行如經廣明此是第九無縛無著解脫迴向行中善知識以力波羅蜜爲主餘九爲伴約智門中諸位同治約位門中偏治處於三界菩薩人天衆中說法不自在障令得自在入於靈智神化自在轉正法輪△第二推德升進

中從如諸菩薩摩訶薩已下至辭退而去有十行經約立五門一推德升進二示善知識所在云在閻浮提摩竭提國菩提場中三舉善知識名有地神名安住四勸詣彼問五禮敬辭去隨文釋義者問曰何故不云南方云閻浮提摩竭提國菩薩場中有地神名安住者答此同十住中第十灌頂住迴彼解脫入於生死令隨智行大慈悲饒益衆生悉圓滿故普云閻浮提無別偏求此以等法界迴向法如是故又菩提場主地神是總攝義故十地倣此樣式摩竭提國者前已釋也菩提場主地神者已前明天神主智圓滿此云地神主慈悲圓滿表地能荷負萬有長養衆生故以表慈悲處下生諸法門育載荷負衆生皆令離生死苦故以地神表之亦明地神是此

位菩薩主持即是此方坤神也明大悲厚載萬物菩提場中者此位會菩提理智慈悲五法爲一皆圓滿故名安住神者於此五法齊圓無所傾動故

○第十菩提場安住神主等法界無量迴向

△第一正入當位法門中從爾時善財童子已下至我唯知此不可壞智慧藏法門於此段中約立五門一漸次遊行趣摩竭提國菩提場内安住神所二百萬地神同在其中同共稱歎善財至德三百萬地神放大光明照大千界普皆震吼莊嚴大地四示善財往業善根五舉自行法門名菩薩不可壞智慧藏解脱門授與善財隨文釋義者百萬地神表大慈悲行圓滿故咸放光明照三千大千世界者明智滿悲圓又三千大千世界一時震吼者明善財至此位智悲總圓涅槃染淨業謝福增報現致使如然地神以足指按地百千億阿僧祇寶藏自然踊出者表善財自行所及故足指按地又表善財始發行入此位故既入此位報境便現所現寶藏是也初舉地神自行報果後舉善財行所及處我得菩薩解脱名不可壞智慧藏者明悲從智起即無可壞故藏者以法界行無智不含無悲不滿無生不濟無苦不救智悲徧周名之爲藏於行不著名爲解脱凡所差别智中所行大慈大悲皆是菩薩行故唯法身根本智是佛也善男子我憶自從然燈佛來常隨菩薩恭敬守護觀察菩薩所有心行者明從根本智起差别智學慈悲行也乃至如下廣明善男子乃往古世過須彌山微塵數劫有劫名莊

嚴世界名月幢佛號妙眼於彼佛所得此法門乃至不可說不可說佛刹微塵數如來應正等覺悉皆承事者明大悲行深廣自不求安乃至示成正覺入涅槃總是菩薩行妝妙眼如來及世界總是智慈自已之法故如毘盧遮那如來處道滿圓極之報身報土如是菩薩行無始無終是尋常家事周滿十方如因陁羅網也自從此已去入十地位中所論發心近遠皆是多表大悲深廣不限其生及以刼量無始無終然亦不出刹那之際也隨世多刼約智無時此是等法界無量迴向以智波羅蜜爲主餘九爲伴約智門中諸位通治約位門中治出世智悲迴入生死中令自在故已下推德升進入初地位中也善財童子善知識十地位自此已後十箇地中修行一依安住地神所行智悲之行以彼十住十行位中出世智悲之行猶多滯淨以十迴向大願和融世出世間眞俗二智使恒處世間行大慈悲智無染淨雖處世間如淨蓮華處水不污開敷菡萏色香第一菩薩處世大悲行華開敷功德第一如下九箇天神一箇瞿波總是女類並是俗流無出家之類明以前出世間入於世間如迴向法長養大悲以女表之夜神者以明入於世間無明大夜以法照凡令開敷明解故以出纏妙智入俗接生名之爲神亦以慈悲之行處於天地晝夜之中以爲神位主持世間法則養衆生故以出家法以化初心智未具者若已智滿便爲俗士現同外道工巧技術智增悲妙便入諸天地靈神位中主持世法祐護衆生以其靈智

十方應現各各不同然其本身不離一切諸佛衆會而亦不壞十方示現佛身故應知如是次第如是修學不滯其功△第二推德升進中從如諸菩薩摩訶薩巳下至辭退而去有七行半經約立五門一推德升進二示善知識所在云在此閻浮提摩竭提國三舉城之名迦毘羅城四舉善知識名有夜神號婆珊婆演底五禮敬辭去隨文釋義者城名迦毘羅者此云黄色此城上古有黄頭仙於此修仙道故立名也表法中以夜神智會中道合中宫黄色黄爲福慶之名應真菩薩内懷白法外現黄色是福德之色故城名黄色摩竭提國是如來示現成菩提道處明此位升進會本位故如十住中初位妙峯山頂以方便定力會佛出纏智慧妙理之體此十地中初地菩薩位會如來智慧入纏大慈悲中菩提果故巳後例然神名婆珊婆演底者此云主當春生爲此神主當衆生春生諸苗稼也表法中是主當初地菩薩升進春生萬行之苗稼也以能常於生死海破一切衆生無明闇故名爲夜天又智自在故名之爲天

大方廣佛華嚴經論卷第四十六

音釋

蓊鬱（上烏紅切下於勿切草木盛皃）　瀆（杜谷切）　稷（節力切）　漉（盧谷切）

菡萏（上户感切下徒感切）

大方廣佛華嚴經論卷第四十七

唐方山長者李通玄造

入法界品第三十九之七

◎第四十地位中善知識

○第一迦毘羅城婆珊婆演底夜神主歡喜地

△第一正入當位法門中從爾時善財童子已下至我唯知此破一切衆生癡闇法光明解脫門於中約立五門一念善知識教思惟升進二漸次遊行至於彼城從東門入佇立未久便見日沒三以八種念善知識勝緣四見夜神於虛空中處寶樓閣香蓮華藏師子座上身如金色目髮紺青形貌端嚴五善財見其夜神以身投地禮夜神足申請所求從見夜神已後復立六門一見夜神身色端正皮膚金色目髮紺青二見夜神身著朱衣梵冠纓絡三見夜神星象炳然在體四見夜神一一毛孔皆現化度無量衆生隨根與法或生天上人間聲聞緣覺所得不同五見夜神或示現菩薩三昧種種自在六善財投身於地禮夜神足合掌申請所求法門此之境界身量毛孔乃是法界之身極其法界際境界也令修行者倣而學之十地方終舉樣極全學者纔得其分也乃是全中之分故以智之境界及時不還即全約位升進即分於申請所求中復立十七門一善財冀望依善知識獲佛功德法藏二夜神稱歎善財授與自已所行之法三舉法門名目名菩薩破一切衆生癡闇法光明解脫四善男子已下我於惡慧衆生已下舉自所行大慈悲之行五夜神

說二十一行頌以自已所知之法勸善財修學令入六善財白夜神發心久近七又問夜神得此法門其已久如八從乃往古世過如須彌山微塵數劫舉自發心久近劫數九舉劫名寂靜光十舉世界名出生妙寶十一舉有四天下名寶月燈光十二舉城名蓮華光王名善法度十三舉城東有一大菩提樹樹下有佛號一切法雷音王成正覺十四舉有夜神名淨月所告有佛出興十五舉自已身爲王夫人名法慧月因供養彼佛發菩提心經須彌山微塵數劫不生惡道種諸善根經八十須彌山微塵數劫常受安樂於彼佛菩薩所常修善根而未滿足菩薩善根十六復過萬劫於賢劫前有劫名無憂世界名離垢光有五百佛於中出現我爲長者女名妙慧

光明其本夜神生在妙幢王城中作夜神又來震動我宅放光現相讃歎妙眼如來所有功德自爲前導引至佛所我纔見佛即得三昧名出生見佛調伏衆生三世智光明輪十七得此三昧力故得憶念如須彌山微塵數劫其中諸佛出現於彼佛所聽聞妙法以聞妙法故即得此破一切衆生癡闇法光明解脫得此解脫已即見其身徧往佛刹微塵數世界已上明發心久近已經八十一須彌山微塵數劫又經一萬劫其中一須彌山微塵數劫是過去發心八十須彌山微塵數劫又一萬劫於佛菩薩所修諸善根方得三昧名見佛調伏衆生三世智光明輪又以憶念劫中得見一須彌山微塵數佛以諸佛所修行聽聞妙法方得此破一切衆生癡闇法光明

解脱門在此憶念劫中方得此破一切衆生癡闇法光明門此明得法久近總是八十二須彌山微塵數劫又經一萬劫爾所劫中常以女身行菩薩行明修大慈悲心深厚舉劫長遠以最後憶念劫中該含三世一念普周皆是一念中多劫也十方普徧以智言之如初舉往昔佛刹微塵數世界一一世界中佛悉供養承事次舉百佛刹微塵數劫次千次百千次不可説佛刹微塵數佛刹悉皆徧往承事及所説法門悉皆領受漸漸增長徧滿十方法界供養諸佛教化安樂一切衆生此是初地以百爲首便滿十方一切法界無盡佛刹不同三乘但言百佛不云百佛刹微塵及以不可説佛刹微塵世界等事自餘如經具明意明處世行悲深厚不求出世之心盡

窮劫也此是初歡喜地善知識以檀波羅蜜爲主餘九爲伴此明入俗同纏長養大慈悲門具足檀波羅蜜令得圓滿以修慈故多生不離女身表之無出世相也常處俗流此十地中總明處世長養大慈悲門十箇善知識無出家相總爲女天説多生因本發菩提心時亦是女身以表十地是入衆生界長養大慈悲之行也以表女是慈悲能長養子孫無疲勞故用明菩薩養衆生故△第二推德升進中從如諸菩薩摩訶薩巳下至辭退而去長行有十五行半經并十行頌於中約立五門一推德升進二示善知識居處所在云此閻浮提摩竭提國菩提場内有主夜神名普德淨光三善財説頌歎婆珊婆演底夜天神德四善財説頌巳頂禮夜神足五辭退而去

此普德淨光夜神是婆珊婆演底徃劫爲王夫人時於夜覺悟之師於八十二須彌山微塵數劫又經一萬劫常爲其師引接示導如前所説者是不云南方直云摩竭提國菩提場内者表修行處生死之慈悲不出菩提體别有世間慈悲行故閻浮提及摩竭提國是世間菩提場内者表此世間在菩提場内明會世間慈悲之行是菩提心内所行之行不别有也表處纏大慈大悲之行與覺體一也明果作因因果一也如下善財歎夜天頌云多劫在惡趣始得見聞法亦應歡喜受以滅煩惱故以明修大慈悲行要經多劫住生死苦海不以爲厭修慈悲行方得成就故明修出世道一念而即現前行大慈悲行不限劫數也自餘如文具明多劫約俗一念約真二事通融自體無礙即乃是一念中多劫多劫中一念以真俗體不礙故

○第二菩提場普德淨光夜神主離垢地

△第一正入當位法門從爾時善財童子已下至我唯得此菩薩寂靜禪定樂普遊步解脱門於此段中約立五門一念善知識教思惟升進二漸次遊行至普德淨光夜神所禮敬申請三夜神爲善財説種種法四夜神説自行法門名菩薩寂靜禪定樂普遊步解脱授與善財五夜神正説以此法門普見三世一切諸佛及國土道場衆會及救護一切衆生故隨文釋義者法門名菩薩寂靜禪定樂普遊步解脱門者此是戒波羅蜜以法身爲戒體即一切境界性自禪故法界性禪即智自徧周以智徧周所以普遊步故常處生死

行大慈悲長養自體大慈悲心於法性中具菩薩行徧法界故名菩薩寂靜禪定樂普遊步解脱門明處生死中菩提法樂亦能具足菩薩大慈悲復能徧行普賢道故此明自心菩提場内菩薩大悲之行名普德淨光夜神者智悲徧周照衆生之長夜故名爲淨光其慈育俗名之爲德其智不爲性自大用徧周名之爲神如此禪以菩提體行大寂靜法界無礙大慈悲心寂用徧故約其功用安四禪之名經云分別了達成就增長思惟觀察堅固莊嚴不起一切妄想分別大悲救護一切衆生一心不動修習禪者以法身根本智正緣念度一切衆生不名妄想以不緣惡法故以法性理中所分别所緣利物皆以智爲依止成大慈悲之門無世染習故不名妄想又云息一切意業攝一切衆生智力勇猛喜心悦豫修第二禪息一切意業者是徧慈不普心也喜心悦豫者以此二地菩薩行以法性菩提之慈以攝化一切衆生之法悦樂故名爲二禪思惟一切衆生自性離生死修第三禪者明以普見一切衆生同一菩提法性自體解脱以爲禪體不自獨見一身有禪體故以一切衆生總禪體解脱故修第三禪經云一切衆生自厭離生死修第三禪者此厭離生死自是譯經者誤也應云一切衆生性自離生死故修第三禪悉能息滅一切衆生衆苦熱惱修第四禪此一乘菩薩從初發心乘如來菩提心根本智乘修大悲行處生死海觀達衆生根本源底同一如來菩提體用智海方便常以法界智日常於不達迷暗之夜

爲一切衆生解諸迷闇不同前三乘別求自已清淨樂果而實未曾而得究竟一切樂果是故說法華經會三歸一來歸此法故已下所有利衆生之行門如經具明此是持上上十善戒以菩提體爲戒體以居菩提場內夜神表之以菩提心成大慈悲爲戒體十迴向以船師爲戒體十行釋天童子以工巧諸技術以爲戒體十住中海雲比丘觀十二緣生法自體清淨以爲戒體於此第二地中以善提場內普德淨光夜神以爲戒體此明菩提中智處於世間修慈悲門以爲戒體此是第二離垢地中善知識以戒波羅蜜爲體餘九爲伴治菩提心處於生死海行於慈悲不自在障令得自在故此明和融菩提生死二不自在使令自在此位中以菩提體觀三界無生滅性是總相觀△第二推德升進中從如諸菩薩摩訶薩已下至辭退而去長行并頌有二十四行經於中約立五門一推德先令善財升進二示善知識處云去此不遠於菩提場右邊有一夜神名喜目觀察衆生三普德淨光天重爲善財說頌四善財頂禮普德淨光神足五辭退而去釋曰去此不遠者明以菩提爲第二戒波羅蜜在菩提場內此第三忍波羅蜜還以菩提爲忍行故云去此不遠於菩提場右邊者以左爲智位右爲悲位明以菩提起行成其忍慈不忍即無慈故明以有忍故能行慈悲有一夜神名喜目觀察衆生者是忍中之慈名之喜目不捨衆生名之觀察又觀根攝化名爲觀察衆生夜天神者前位以菩提爲戒體都淨三界有欲之

心下界散動心欲上二界欣禪樂淨心欲此第三發光地以修八禪能同彼禪不染禪性能同欲界不染欲性名爲發光地名爲夜天其智應真號之爲神於三界中教化衆生自在名之爲天亦明以此位一一别治三界中欲習智令清淨得三界中同别之相名觀察衆生夜天神四地生諸佛家五地習世間藝能六地三空寂滅神通定現前得寂用神通自在周徧十方攝化衆生此已上得出世間中世間自在故第七地已去入世間自在如十迴向中亦有此勢分十住十行亦然又有勢分不同如十迴向中即迴十住十行中解脱入於世間至第七迴向位中進升通聖即見觀音正趣菩薩至第九第十迴向中却還世間智通於神持衆生界乃至九地總是神

位十地釋氏女瞿波是如來往昔爲太子時妻表十地慈心法喜已滿故從前十迴向已後修處世間慈悲之位至第二地菩提場内普德淨光神是會菩提體一分之極從此二地已後至三地以於菩提場中起用一一禪界同别修行六地中方於菩提體中用始寂用自在第七地純是處纏修菩提中慈悲及智使令圓滿至八地方始智悲任用無功而自成辦猶須念本願及佛加持方始明了九地十地方始學佛十力四無所畏前從普光明殿説十信心位已次升天明五位升進猶恐隨言設教中不能具足體會其五位中升進同異之意於此法界品中以善財求善知識名目居處國土城名年歲園林報果南北東西近遠男女聖凡天人龍神以法及像表

之令會其聖意升進次第之行令使學者善得其宜不令錯謬不滯其功於中有十三行頌歎如來境界喜目夜神能知如文具明

○第三菩提場右邊喜目觀察衆生夜神主發光地

△第一正入當位法門中從爾時善財童子已下至我唯知此普喜幢解脱門於此段約分五門一念善知識教思惟升進二善財意欲詣喜目觀察衆生夜神所三夜神神力加持善財令知親近善知識多所饒益四善財蒙加持已速發此念自知由親近善知識能勇猛勤修一切智道五善財詣喜目夜神所觀察夜神攝化衆生饒益境界從此所見夜神在於如來衆會道場坐蓮華藏師子之座已下長科爲十二段一爾時善財童子發是念已至皆令歡喜而得利益有五行半經明初觀察喜目夜天攝化境界分二所謂出無量化身雲充滿十方一切世界已下至如是宣説一切菩薩種種行法而爲利益於中有八十三行經明以十波羅蜜攝化衆生分三復於一一諸毛孔中出無量種種衆生身雲已下至主方神等相似身雲周徧十方充滿法界有十七行半經明喜目夜神毛孔化身十方同類攝衆生分四於彼一切衆生之前現種種聲已下至從初發心所集功德有八行經明喜目神出現徧滿十方音聲説喜目神初發心來所有功德親近諸佛及所行波羅蜜海分五所謂承事一切諸善知識已下至令無量衆生住如來地有四十六行半經明前所現音聲所説喜目神所修行及供養

諸佛教化衆生境界分六爾時善財童子見聞如上所現一切諸希有事已下至堪修普賢菩薩行故有八行半經明善財童子見如上教化境界得入此喜目夜神所行法名不思議大勢力普喜幢自在力解脱法門分七爾時善財童子已下一行半經明善財説頌歎喜目神功德分八頌中有十行頌明正申頌意歎夜神道德分九爾時善財童子已下三行經明善財問夜神得解脱久近分十我念過去世已下至其心不忘失有二十六行頌明夜神答善財住劫久近分十一從此後供養十億那由他佛已下至了知十法界一切無差別有六十五行頌答善財住劫供養諸佛久近多少之數於此供養分中有十一段一段有十佛名號十一段佛名號皆配十一地中隨位升進一地配十佛名號十地配百佛名號十一地配一佛名號明後一攝前多故明一地具十地行故以十波羅蜜互叅成故第一初明從此供養十那由他佛者配初歡喜地明初總攝末故初含多故願廣大故初地明勝願發心初即多故是總相義此初地是第三地中初地故乃至十地是第三地中十地故初佛功德海者是第三地中初地檀波羅蜜門爲主餘九爲伴以此位是第三地中前後地内十波羅蜜總在此位中餘位亦傚此相收如帝網相入一入多故此明忍體總收因果徧也五位中位位皆然第二一切寶光刹其劫名天勝者第二離垢地戒波羅蜜爲戒體故天者表淨戒自在也此戒淨自在勝於煩惱名爲天勝故五百佛興世

者以戒波羅蜜爲主五位中五百箇波羅蜜總以戒淨體收名爲五百佛興世若於自心境自體無垢外若別見他佛是人未離魔業初佛號月光輪者表戒光圓滿餘九佛號是戒中主伴波羅蜜因果名號如下如是等諸佛我悉曾供養尚於諸法中無而計爲有者爲智波羅蜜未圓明升進未熟戒取猶在表以升進生熟論之至於十地智波羅蜜圓明有五百重升進習氣生熟不同此明總相中別同中之異以一發菩提心已受無量安樂所修生熟十地猶存十一地方盡二愚至佛位爲對習氣安立諸地諸位治之計其智理十地差別如空中鳥跡然其約習氣同別行相非無第三從此復有劫名曰梵光明者是第三發光地名以發光地位修八禪都治三界習障欲界樂欲障上二界樂禪障現第一義天光淨無障號劫名梵光明梵名淨也治三界染淨習氣一分淨故名爲淨光明世界名蓮華燈此是當位行無染名也莊嚴極殊妙以忍波羅蜜爲莊嚴故名極殊妙以忍爲行首彼有無量佛者以明忍體總收諸行故云彼有無量佛我悉供養者以忍辱謙敬爲供養一切佛故初寶須彌佛者以第三地忍辱謙敬爲行中高勝故如須彌山高勝也此佛爲主餘佛爲此忍中之伴已下一一隨十地十一地十波羅蜜萬行主伴配之一切諸佛皆依此五位行中理智悲願得佛果故離此法別見佛者無有是處以智所行及處說名劫量大智之境都無有時日歲月也皆須約自實佛實智實法而論不可隨自他虛妄

見若也智滿行周一切總佛已下第四地配精進波羅蜜以八十那由他佛者表八正覺道爲精進行體故餘八邪之行非佛故那由他者萬行總數次第五地禪波羅蜜中刼名寂靜音刹號金剛寶表法性身爲禪體明語默皆寂靜也金剛總明禪體無壞性於中有千佛次第而出興者表禪體攝用歸本以十地中一地有百波羅蜜爲主伴此禪位中收十地位爲千次第也第六地般若爲主有刼名善出現者表智慧善能出現諸法刹號香燈雲表智慧爲香破闇爲燈説法普覆爲雲億佛於中現者以般若從用以億數擧之前位千此位億也第七地中有五百佛於中而出興者表方便波羅蜜通收五位門中出世智慧總入俗同事成大悲行故擧五百佛爲行數刼名集堅固王者處纒不汚方名堅固王者自在義八地有八十那由他佛者表無功用之大用已終八正之行總脩九地六十億那由他佛者一那由他當此溝是此第二十數表法師之位法雲普雨六道化周亦表第一般若總通十地位雨法雨滿故十地中有三十六那由他佛者表智圓三世六位齊明因果徹故以智增明三世六位無始終一圓智故十一地有一佛者表收三世六位爲一法界無礙大用故此收别同本依根本智故成普賢門佛果圓故一多徹故一如經細看文義皆自有此意非是人情强安立也第十二段中善男子以下至我唯知此大勢力普喜幢解脱門有九行半經明都結已上發心始末因果刼量分於此段中彼轉輪聖王

名十方主能紹隆佛種者豈異人乎文殊師利是爾時夜天神覺悟我者普賢菩薩之所化也其王寶女蒙彼夜神所化者即此喜目夜神是表法是依根本智法身之理起差别智行大慈悲不限時劫以佛刹微塵數以況之經如是等劫量修行得此大勢力普喜幢解脱者明第三地修三界别别對治四禪八定得自在故處世行慈悲行忍行一分終故始於一切善惡衆生常歡喜不厭故以此修行劫數答前善財所問發心久近故明忍性徧周一時總答又明智無前後故經云禪波羅蜜所有資具者明施戒忍精進四念觀三十七道品等是禪家資具亦以五停心觀十八事物空閑寂靜是禪家資具亦以師弟法智之正教是禪家資具亦以十波羅蜜與四攝四無量爲助顯法界體用自在是禪家資具此是第三發光地善知識以忍波羅蜜爲主餘九爲伴治三界中住禪染淨二障令行大慈悲使無礙故如是染淨二習一分微薄始於善惡衆生一分不生厭捨得大勢力普喜幢解脱門前五位十地中言説所陳恐不能了至此位中善財以求善知識以名目處所男女長者比丘比丘尼優婆塞優婆夷菩薩夜神等名行相狀託法及事以表之使令易解△第二推德升進門中從如諸菩薩摩訶薩巳下至辭退而去有十四行經約分爲五門一推德升進二示善知識所在三舉善知識名號夜神名普救護衆生妙德四勸善財令往詣五禮敬辭去隨文釋義者在此會中有夜神者明菩提及智悲圓滿名在此會

中夜神如前所釋此是十地中第四燄慧地生諸佛家位住菩提位長大慈悲門以第二地夜神名普德淨光在菩提場内明與菩提心相會爲初地是勝願發心二地方會直體得中道故自此已後直至十地長養大慈悲心方終十一地純是普賢之處世妙行前三地治三界業一終名爲發光地此地生如來家淨慧現前名燄慧地自餘如文自具

○第四衆會中普救衆生妙德夜神主燄慧地

△第一正入當位法門中從爾時善財童子已下長科爲十四段第一爾時善財童子已下至作如是願已有六行半經明正念善曰夜神之教思惟趣入不違其善知識教分二往詣普救衆生妙德夜神所已下至放光入善財頂充滿其身有五行經明普救夜神放眉間光明名智燈普照幢入善財身分三善財爾時已下至令得一切智清淨光明故有三十九行經明善財蒙光入身所見智燈普照法門所照境界及普救夜神所行之行教化衆生境界海無邊分四時善財童子見此夜神如是神力已下至以偈讚曰有五行經明善財見其夜神神力以偈讚德分五善財正說二十行半偈重明前所見法分六爾時善財童子說此頌已已下至修何等行而得清淨有三行經是善財請問修何等行而得清淨及問得此解脱其已久如分七夜神云善男子已下至我承佛神力今爲汝說有九行半經明夜神推法難知非是天人及二乘所能測知推以佛神力爲汝説分八善男子

乃往古世已下至示現如來出現不思議相有九十七行經明轉輪王城北菩提樹前寶華光明池中蓮華十度放光饒益不同及一切境界普興莊嚴雲分九善男子此普照三世一切如來已下至頌有四十八行半經明寶華燈王城北蓮華中初佛出現普賢菩薩告知輪王與眷屬俱往見佛及偈讚如來出現分所說十行頌讚如來德如經具明十爾時轉輪聖王已下至發阿耨多羅三藐三菩提心有七十三行半經明轉輪聖王及女與供其女妙眼獲益發菩提心分十一善男子我念過去由普賢菩薩善知識已下至聽聞正法依教修行有十六行半經明都結已上修行因緣眷屬名號及因普賢發起善根分此初佛所得法門名菩薩普現一切世間調伏衆生解脫門十二善男子過毘盧遮那大威德世界圓滿清淨劫已次有世界名寶輪妙莊嚴劫名大光有五百佛於中出現已下十佛所此普救夜神於一一佛所受生不同而爲供養聽聞諸法如文自具十三善男子此世界中有如是等佛刹微塵數劫一切如來於中出現我皆承事恭敬供養所有法門皆不忘一文一句已下至頌有十行半經明總都結所經諸劫供養諸佛得法門分此段明智滿行周自佛他佛會爲一法界故都舉佛刹微塵爲量也大約且以自行佛果徧故如下一段頌總都結如上所供養佛數作十一段十十爲首總有須彌山微塵數佛曾所供養此都言十一地自行佛果故自行相應他佛自會爲一體也不可作一向自他之求

十四我唯知此菩薩普現一切世間調伏衆生解脱已下是推德升進隨文釋義者云徃古過佛刹微塵劫有劫名圓滿清淨者此是一切智之圓滿普照之體也有世界名毘盧遮那威德者此是種種差別智之純雜光明自在此是精進行之徧周有須彌山微塵數佛於中出現者是精進位升進差別智廣量高出世間之果也前位舉三十二那由他又一無量又五百更有二佛爲升進見佛智之廣量此須彌山微塵爲佛量也明勝進高升此世界東際輪圍山側有四天下名寶燈華幢者明東際者及以寶燈華幢者總明修差別智也有百萬億那由他諸國土者此明一切智智主伴法門眷屬攝生報居境界也此四天下閻浮提内一國土名寶華燈此名差別智自在照耀義也於中衆生具行十善有轉輪王於中出現名毘盧遮那妙寶華髻其王於蓮華中忽然化生者表一切智種種差別智生皆無所生而生無所染也三十二相智所報生也七寶具足表七菩提分也王四天下者四智徧周也恒演正法教導羣生者正智現行無邪行也王有千子者萬行具足也夫人寶女並表法樂慈悲也其有一女名普智燄妙德眼者此是普救夜神會智悲之行其此世界淨穢合成愚智同居是此位會融染淨成智悲二行於其城北菩提樹前有香池名寶蓮華光明此表法身戒定定體之香也香池之内出大蓮華名普現三世一切如來莊嚴境界雲者是於法身中起十波羅蜜行也能現一切諸佛境界如雲故須彌山

微塵數佛於中出現者總明一切諸佛皆以一切智智大慈大悲十波羅蜜法身池中起精進行而出現故已下香池中蓮華名寶華光明十度放光節級利生十千年前此大蓮華放淨光明名現諸神通成就衆生若有衆生遇斯光者心自開悟無不了知者配檀波羅蜜爲主餘九爲伴十千年後佛當出現者每以智波羅蜜爲佛出現互體爲十及以百千萬皆以智爲十佛也又九千年前放淨光明名一切衆生離垢燈者配戒波羅蜜爲主餘九爲伴九千年後佛當出現者至智波羅蜜是佛出現八千年前放大光明名一切衆生業果音若有衆生遇斯光得自知諸業果報次配忍波羅蜜中十波羅蜜八千年後佛當出現已下七六五四三二一總如是以次配之末後云供養佛刹微塵數佛者智滿行徧自心如佛行總如佛見總如佛十方世界無不是佛故已下頌中頌一百一十箇佛號者配此十地十一地因果佛位故頌云第一初佛名智燄即是初歡喜地檀波羅蜜爲主自餘九佛是初地中檀波羅蜜中十波羅蜜互爲主伴皆隨波羅蜜爲佛名號皆審觀之自見意況從此次第復有十佛初名虛空處佛者此配第二離垢地戒波羅蜜以戒性如虛空以法身爲戒體故餘九箇佛名是此位戒中主伴波羅蜜名故從此後次第復有十佛出第一光幢佛者配第三發光地中忍波羅蜜以修八禪淨治三界惑障名之爲光惑亡成忍不動名幢已下九箇佛號是主伴波羅蜜行中果也如是已下一一地中十波羅

參融皆十佛果名號如上配之自見其意都舉佛刹微塵數佛者智滿行徧無非佛故皆悉承事者即聖凡同體無一不佛法空無間也以普眼觀之徹其心境無不佛也智隨敬行一切皆佛故如是見者以事而論亦實如是表法而論一切總實是佛故若一法一物不是佛見者當知是人即是邪見非正見也即有能所是非諸見競生不得入此普賢文殊智眼境界如是見初心及智滿不移地地中以總別六相義明之經云毘盧遮那藏妙寶蓮華髻轉輪王者豈異人乎今彌勒菩薩是者此明一切智智藏圓滿是佛果滿菩薩行亦周其王妃圓滿面者以智滿法悅是圓滿面又面者表見聞香味諸法滿故以表法悅表如妻義也今寂靜音海夜神配第五禪門表禪悅樂也非如世間妻取少分像也王女妙眼童女者表以智行慈無染淨二習也又經云善男子過毘盧遮那大威德世界圓滿清淨劫已次有世界名寶輪莊嚴劫名大光於中有五百佛出現我皆承事者此十一地中都行五位中各十波羅蜜互爲其體一位有百共爲五百於中隨佛出現事佛之身或爲夜神或爲輪王或爲阿修羅王是佛果中隨位之行最後爲妓女者表法悅樂明十一地中五百行滿約如是知離自行法自佛果外一向別緣身外他佛而求眞者本非修道見道人也若自行位果及者諸佛自相應也以自佛果相應故設强求而得見者是暫化現也非自行所及故此明一位中具十地法地地之内皆有十種十地體故以十波羅

蜜互參而成故同別具足也如是皆如帝網門一多相徹此是第四燄慧地善知識以精進波羅蜜爲主餘九爲伴治處世間修慈悲懈怠不樂精進捨衆生障使令專精進教化衆生故此五位十地位内佛果一一約修行智慈所及所行所到處施設佛名不可如情要期立志暫見佛化身也一一須立自智自行及處而爲佛名一一以名下義次第配當自見其意不可於自法外別作安模善男子我唯知此菩薩普現一切世間調伏衆生解脫者明推德升進△第二推德升進中從如諸菩薩摩訶薩已下至辭退而去有八行半經約立六門一推德升進二示善知識所在云去此不遠三舉夜神名號寂靜音海四舉夜神徒衆主伴之神數五勸善財往問六闢善知識所在禮敬辭去釋曰前云衆會中此云不遠者表前是精進波羅蜜總將衆行會菩提體不離菩提體中故言衆會中此明以禪定進修升位於此位中習世技術工巧諸餘藝能勝前位故不離菩提體故不離精進行故而有巧能名去此不遠夜神名寂靜音海者明寂用徧周也寂靜是定也音海是用故明依此第五地禪門因定起慧用如海廣大故坐摩尼幢莊嚴蓮華座者明定體無垢無染著也百萬阿僧祇夜神前後圍遶者明定體徧周行亦徧周百者數之長也舉百萬阿僧祇此方云百萬不可數也數既不窮其源但約行十方攝化益衆生之行徧故此寂靜音海夜神是普救衆生妙德夜神之母表定能成精進行故若無定者一切諸行皆有

疲勞
○第五去此不遠寂靜音海夜神主難勝地
△第一正入當位法門中從初長行科爲十段一爾時善財童子已下至了知信解自在安住有兩行半經是念前善友教而不忘失分二而往寂靜音海夜神所已下至云何修菩薩道有五行經明善財申自所求分三時彼夜神告善財言已下至廣大喜莊嚴解脫門有兩行半經明夜神爲善財說自行法門分四善財言大聖此解脫門爲何事業已下至我爲說其菩薩直心有六十五行經明夜神答善財修此法門所行事業及方便分五善男子我以此等無量法施已下至無量無邊生大歡喜有十七行半經明夜神答前善財所問行何境界分六善男子我觀毘盧遮那如來已下至能說一切無邊法故有三十二行經是答前所問作何觀察分七善男子我入此菩薩念念出生廣大喜莊嚴解脫光明海已下至汝應思惟隨順悟入有三十三行半經答前善財所問行何境界分八爾時善財童子白寂靜音海夜神已下至增長積集堅固安住圓滿有十七行經答善財所問云何修行此法門分以十波羅蜜爲修行九善財童子言聖者已發阿耨多羅三藐三菩提心其已久如已下至念念出生廣大喜莊嚴解脫有五十四行半經答善財所問所發大菩提心其已久如分十得此解脫已能入十不可說已下至頌有五十八行經明寂靜音海夜神自說所行此行念念出生廣大喜莊嚴解脫已所入法門所供養三世諸佛及

所發心世界今猶現在分此表定體時不遷故一切時總如是已下有十行頌明夜神自說本行勸善財修行如文自明善男子我唯知此念念出生廣大喜莊嚴解脫已下推德升進隨文釋義者云念念出生廣大喜莊嚴解脫者明禪悅徧周利生廣大稱本願行以立其名理行互嚴名之莊嚴夜神號寂靜音海者明理性無爲故名寂靜言音響應等利含生名爲音海明即音是定體用故如善財問夜神發心久如夜神云此華藏世界海東過十世界海有世界海名一切淨光寶已下至然後命終生此華藏莊嚴世界海娑婆世界中四十六行半經明夜神所供養十佛出興一一佛皆以身承事供養及所聞法此是所行之事答善財所問發心久近若以表法門中是一地中修十地行次生娑婆世界先見三佛然後見毘盧遮那如來得此念念出生廣大喜莊嚴解脫者是一地入十地十一地法門得三世智印印三世佛悉皆承事悉皆聞法如經具明以表禪體徧該三世一念普印諸法無去來今是所答善財發菩提心之久近十佛之後供養佛剎微塵數佛者表十地之後智印普周於一塵中徧多佛剎以多佛剎住一塵中以智無障礙故無表裏故等諸佛智同衆生心故此約法界禪定體用論也言華藏世界東過十世界海者表十地升進故東者發明初首也有世界海名一切淨光寶者表第五地禪體徧該諸位故中有世界種名一切如來願光明音者即表此第五地中初歡喜地發十不可壞心爲世界種

故此明法界大智智悲爲種以初地依十方諸佛勝願發心名如來願光明音又以古德云以三千大千世界數至恒沙名一世界海海世界數至恒沙爲一世界性性至恒沙爲一世界種中有世界名清淨光金莊嚴者約禪體普收直至金剛智一切香金剛摩尼王爲體者以戒定慧解脫解脫知見香金剛智性自無垢爲體此爲五位十地升進之體王者表智自在也形如樓閣者十地之智重重重重無盡知見慈悲喜捨衆法莊嚴衆妙寶雲以爲其際者以悲願大雲而成十種地住於一切寶纓絡海者以萬行纓絡海安立十地次第妙宮殿雲而覆其上者無性廣大悲宮智殿而含覆衆生淨穢雜居者明法界大寂定門智悲齊進佛國與衆生國不礙同體該含性無裏外淨穢等見此世界中乃往古世有劫名普光幢者表本普光明智國名普滿也妙藏者表普光明智等一切衆生共有名之爲藏道場名一切寶藏妙月光明者表第五地自性清淨禪爲道場能顯現智慧寶藏皆於其中出故有佛名不退轉法界音者得此如上道場法門方便治惑即得不退轉法界轉法輪音故於此成阿耨多羅三藐三菩提者以如上法顯法惑亡即菩提也無別成壞也我於爾時菩提樹神名具足福德燈光明幢表無性理之菩提妙智爲神從智起無量慈悲萬行爲樹萬行中報德功果名具足福德以智慧恒能照根攝化名燈光明智恒無體可以傾動常能破一切衆生煩惱爲幢守護道場者明此第五地定體不動是守

護義亦是道場故以定能發慧惑亡守護道場總在其中從此已下總供養十佛并往生娑婆世界供養四佛及以入法總表十一地升進之門一一次第配當自見眉目從此初佛配初地次二地次三地於中所生之身是隨地位中之行所供之佛是行中之果設約事中亦不違此表法若設欲見他佛者智不及此法門行不相應無由相應得見佛故如供養十佛及佛刹微塵數佛者是十地果終之相智眼所觀此明五地禪體中十地總相後生娑婆世界供養四佛者即明五地已前初二三四地中之果一時供養三世一切世界諸佛者即明此五地中十一地智圓普賢行滿智印三世古今未來悉皆一際無別時故約實如是無虛假故亦明此地禪體理智之中性圓三世總皆一性三世諸佛一時無前後故直以定體法身智境以實而論若約妄情不可見也此是難勝地善知識以禪波羅蜜爲主餘九爲伴治寂用不自在障令得自在此地所以名難勝者以此地於禪定中善學世智五明世技一切皆知定用功及故六地入寂滅大用般若門如下主城神是亦如前十住中第六住海幢比丘是入寂滅定離出入息化身如雲設教如海△第二推德升進中從如諸菩薩摩訶薩已下至辭退而去并頌有十八行經約立五門一推德升進二示善知識所在云在此菩提場如來會中三舉神之名守護一切城增長威力四善財說頌讚寂靜音海之德五禮敬辭去隨文釋義者此菩提場內如來會中者表不離菩提

心眞如體大會海中故有夜神者明菩提性眞如中妙理智慧爲神能破一切衆生無明執著爲主夜神常不離生死大夜發起一切衆生大明生故守護一切城增長威力者表常守護一切衆生心城增長第六地中及一切衆生智慧威力使三空現前寂滅定力世間出世間智慧悉現前力永超生死海常住世間得一切出世間智慧海力如下文具明如善財以十行頌歎寂靜音海夜神法界身無邊佛海衆生海悉在一塵中此尊解脫力明前五地中禪體法身性無邊際大小量故如世水鏡空中乾體普含衆像皆現其中不相礙也以定力印之自現餘如頌中自明

大方廣佛華嚴經論卷第四十七

音釋

膚音孚皮也　譯音亦翻丨　溝音欽數也　穢威去聲　競音竟爭也　響音享應聲也

大方廣佛華嚴經論卷第四十八

唐方山長者李通玄造

入法界品第三十九之八

○第六如來會中守護一切城增長神主現前地

△第一正入當位法門中從爾時善財已下至我唯知此甚深妙音自在解脱門於此段長科爲十段一爾時善財童子已下至守護一切城夜神所有四行半經明正念前法思惟升進分二見彼夜神已下至現究竟調伏衆生身有六行經明夜神所現差别身教化一切衆生分三善財見已歡喜踴躍已下至唯願慈哀爲我宣説有五行經明善財申請所求分四明彼夜神告善財言已下至問諸菩薩所修行門有七行經明夜神歎善財志德所求法分五善男子我得甚深自在妙音解脱已下至心恒不捨一切智地有十五行半經明夜神自説自行饒益衆生行門分六善男子我以如是淨法光明已下至入如來難思境界有十四行經明夜神説十種觀察入如來境界分七又善男子我如是正念思惟至聖者證得其已久如有二十九行經明得此妙音解脱得佛陁羅尼爲諸衆生説法自在并善財問得法久近分八夜神言善男子乃往古世已下至普入一切法門海般若波羅蜜有三十五行經明答善財得此法久近所見初佛分九次有佛興名離垢法光明已下至住一切智無上法城有六十九行半經明答善財得法久近供養諸佛數量分十我唯知此甚深自在妙音解脱令諸世間恒

清淨語已下明推德升進分明菩薩智輪遠離一切分別境界不可以生死中長短染淨廣狹多少如是諸劫分別顯示如前十段門中所有法門如文自具從善財問證得此法其已久如已下以理事相表法中義隱難知處畧釋少分以舉大綱意明約報境即法故明以所行之法成其報故因果相似以表所行見報知法經云乃往古世過世界轉微塵數劫者世界轉者是西方大數中數如釋天童子菩薩數法中具明此明轉世界一切衆生微塵數世間名言成大智慧言音海使令世間無麤惡語無雜染語如下文云我得此甚深自在妙音解脫令諸世間離戲論語不二語常眞實語恒清淨語者意明變世間一切言說總成般若波羅蜜門以舉世界轉微塵爲量以劫名離垢光明者表般若中本三空寂滅理體故世界名法界功德者明智慧是法界中說教功德雲故以現一切衆生業摩尼王海爲體者表無性寂滅三空妙慧善知一切衆生業差別海故號之爲摩尼王形如蓮華者表智慧妙用辯體相而中虛無染故此世界住四天下微塵數香摩尼須彌山網中者明此三空妙慧住如來無礙四辯之香中故具須彌山微塵數教網也以出一切如來本願音者是第六地以初發心時依一切諸佛而發大願以其轉法輪音徧滿十方開悟一切衆生從此願生故蓮華而爲莊嚴者明其法音令一切衆生得無礙智慧也須彌山微塵數蓮華而爲眷屬者須彌明智慧高出世間義微塵明智慧廣多義蓮華明智

慧無著義眷屬明善分別差別業及諸境界緣生總別同異成壞義須彌山微塵數香摩尼以爲間錯者明以差別智慧善説無量戒定慧解脫無垢淨香以爲間錯摩尼是離垢義故有須彌山微塵數四天下者但以須彌爲四寶所成於大海中高勝義若論此般若智中四無礙辯才等一切衆生言音心數諸業分別量一一四天下有百那由他不可説不可説城者有如是成就那由他不可説不可説衆生法門那由他當此溝數善男子者呼善財之德稱以告其法彼世界中有四天下名爲妙幢者於一四無礙辯中總名妙幢中有王都者以根本智爲王都名普寶華光者從根本智起差別慧名普寶華光去此不遠有菩提場名普顯現法王宮殿者明以根本智起無上正覺之心成大悲宮差別智慧之殿正法治衆生故須彌山微塵數如來於中出現者一切衆生微塵數煩惱成般若海爲佛出現皆依本智爲道場起差別智慧能治惑習故其最初佛名法海雷音光明王者明根本智起差別智慧覺觀超出情識之境名爲最初佛善能説法號爲雷音教光破一切衆生之惑名爲光明立法自在能破衆邪在邪邪不能壞名之爲王彼佛出時有轉輪王名清淨日光明面者明智慧輪王日光照曜明現如摩尼鏡面顯照萬像故於其佛所受持一切法海漩者明差別慧於根本智受持衆法甚深無際名之海漩修多羅者長行經也佛涅槃後其王出家者表此第六地中十地正覺智終出纏智慧已滿出纏覺觀已

亡名佛滅度出世智慧已成十一地中唯普賢入纏行門非是此第六地中十地等三空慧出纏門所及如十定品中三十箇三空慧解脱菩薩皆已入十地灌頂位中以出世無量三昧門三求普賢畢竟見不得見如來使令想念求之普賢方現意明三空慧但及十地出纏門以此已下但從初至末列一百箇佛果不置後十一地普賢法門此第六地寂滅三空智慧解脱但位至十地佛位覺觀已終名佛涅槃故其王出家者此第六地寂滅三空智慧門是出家義如十住中以海幢比丘入滅定表之其王出家護持正法者以三空慧護持出世正法法欲滅時有千部異衆千種説法近於末劫業惑障重諸惡比丘多有鬪諍乃至不求功徳者明此位中但有三空寂滅智慧之門於慈悲無教化故其王現神通現光明種種諸事令其正法六萬五千年而得興盛者六萬者六地升進之數五千年者一位都收五位因果齊進也明空解脱門以智起出世中慈悲如王女亦出家者明於此空智慧門修出世間慈悲乃至并前及後一百箇佛次第出興表此第六般若門但至十地出世佛果位終一地具十也已下都舉供養須彌山微塵數佛但表般若出纏高勝如上一百箇佛是十地升進之果一地配十夜神所有承事供養佛身是十地中修行之行如供養佛刹微塵數佛是法界總相無一物不是佛爲一一塵中有無盡佛故已上皆明約法約行成其劫刹國土之果令觀果配因總是法門即事是理以理是事其王及

女俱作比丘及尼者爲般若波羅蜜三空寂滅門是出生死中智慈之門當時轉輪王者今普賢菩薩是此明智也比丘尼者我身是此明悲也我唯知此甚深自在妙音解脱者此明一音徧法界音復無體無所分別能轉一切法門教化一切衆生名之甚深自在妙音解脱此是第六現前地爲一切智慧皆現前故以般若波羅蜜爲主餘九爲伴此位治三空智慧寂用不自在障令得自在△第二推德升進中從如諸菩薩摩訶薩已下至辭退而去約分六門一推德升進二示善知識所在云在此佛會中三擧善知識名云有主夜神名開敷一切樹華四有二十二行頌是主城神重頌前法如文具明五善財以二十行頌歎主城神德如文具明六禮敬辭去此佛會中者明不離此正覺菩提無作不思不爲無性之理名此佛會中而開敷一切行華成方便波羅蜜於無生死中入一切生死同事利行四攝之行此同休捨優婆夷八萬四千那由他諸煩惱門皆共同行明第六地出纏解脱已終此第七地以彼出纏門入俗利生而無怖畏以處纏出纏皆平等故長一切大慈悲心令廣大故無限劑故欲令大悲之行徧惡道故攝取衆生至解脱故

○第七佛會中開敷一切樹華夜神主遠行地

△第一正入當位法門中從爾時善財童子已下至我唯知此菩薩出生廣大喜光明解脱門長科爲五段一爾時善財童子已下至唯願垂慈爲我宣說有七行經明善財至夜

神所正申所求分二夜神言善男子巳下至菩薩出生廣大喜光明解脱門有十五行半經明夜神授與善財自行法門分三善財言大聖巳下至令其安住菩薩智慧有六十六行經明答善財入此法門境界分四善財童子言聖者發無上大菩提心其巳久如巳下至而説頌言有十九行經明欲説發心久近難信分有二十九行頌是重頌前法甚深難信簡根堪聞者如經具明五善男子乃往古世巳下至我唯知此菩薩出生廣大喜光明解脱門巳來有八紙半經是答前善財所問發心來久如分隨文釋義中善男子乃往古世巳下約有四門一舉過世界海微塵數劫答前所問發心久近二舉世界海名普光明眞金摩尼山三舉世界海中有佛出現名普照法界智慧山寂靜威德王四舉其世界海中有世界微塵數世界種一一世界種有世界微塵數世界一一世界皆有如來出興乃至巳下別舉其中有一閻浮提有王都名堅固妙寶莊嚴雲燈一萬大城周帀圍遶人壽萬歲其中有王名一切法音圓滿蓋有五百大臣六萬婇女七百王子時此會有長者女名寶光明與六十童女俱皆身金色目髮紺青於下文中王歡其寶光明童女信知他人功德以其自手授與童女寶衣既著衣巳於其寶衣中普出一切星宿光明爾時一切法音圓滿蓋王者今毗盧遮那如來是光明王者淨飯王是蓮華夫人者今摩耶夫人是寶光童女者即我身是以四攝法所攝衆生此是答善財所問發無上大菩提心其巳久如

之行明修第七地大慈悲行自非不限劫數起廣大心盡生死心際等三世劫如世界海微塵以無劫量爲期等一切衆生煩惱苦爲際方可稱其此位大慈悲行故世界海塵爲約比也若將世法表修行之門觀事知法者舉世界海微塵數者直言無時可限也修大悲行絶其限量之心有世界海名普光明眞金摩尼山者表從普光明智起修大慈悲之行從本巳來無有始終眞金者表身法也摩尼者表此智無垢也山者表此普光明智清淨無垢處生死中利一切衆生無傾動如山覺知此智名佛出現名普照法界智慧山者表約普光明智立其佛號燈者轉轉照明無斷盡智慧也山者不隨境動復是高出義體無所作是寂靜義也智現煩惱業亡是威德王是自在故云佛號普照法界智慧山寂靜威德王善男子其佛往修菩薩行時淨彼世界海者以根本智起菩薩行莊嚴自報使令嚴淨巳下微塵數世界種中皆有如來出興於世者明普光明智普印諸刹種等無有不見如來出興於世乃至巳下諸四天下總以普光明智印印無不周乃至普印一切衆生心海如日處空水淨日現乃至巳下王都以法界爲都城智王所管王名一切法音圓滿蓋者明舉悲智二行齊行五位方便行爲大臣名五百大臣六道中行慈悲法喜爲婇女故云六萬婇女七百王子者七覺分也乃至巳下惡世起時人壽短促苦多樂少是行慈悲之處六十童女表六道智悲之行如下文合會爾時一切法音圓滿蓋王者豈異人乎

今毗盧遮那如來應正等覺是光明王者淨飯王是蓮華夫人者摩耶夫人是寶光童女者我身是大意所表修大智大慈大悲行具此三法論主頌曰普光明智名爲佛隨順本願名爲父慈育含生名夫人法悅利生名童女已下所有世界海及刹種皆以世界海塵量者總是此四攝化之境以無限智悲當如是行法界海中遠近長短之量不可得以明此經即事即理舉其如是劫海世界國土城都徧周十方廣多無限如來出現徧其國中其王行行濟生童女求法夫人姝女以惡世人苦告其大王其事實然又將此法表此第七地修方便波羅蜜法則樣式也舉法況之此一段已上經文及頌大意使令修習處俗大悲不立出家之相以毗盧遮那佛爲所依主即表第七地之慈悲門通該五位直至佛究竟果海故以是起初至終不異普光明智但以一佛普會不安立十地百佛勝進不似前出纏三空般若位中其王及女出家作比丘比丘尼表之此但以俗士表之設佛果毗盧遮那佛亦是俗身以華冠纓絡環釧莊嚴非出家像也以此第七一位慈悲門與前後五位中同行但約出世處世表像别故令識勝進總别同異此是第七遠行地善知識何故名遠行地者爲此地修處世大慈悲行遠徹十方世界海人天地獄一切行徹也不自有求一念出世間心以方便波羅蜜爲主餘九爲伴以治處世染淨二心大悲處生死不自在障令得自在至八地菩薩行得一分自在於佛十力猶未自在十地方終自六地已

前未得四攝中而得自在爲有染淨二業未亡七地已去四攝事中方得自在故以此位治染淨二障入無染淨慈悲行故我唯知此菩薩出生廣大喜光明解脫者此位四攝四無量心法方始徹故△第二推德升進中從如諸菩薩摩訶薩已下至辭退而去約立三門一推德升進二此道場中有夜神名大願精進力救護一切衆生三禮敬辭去云道場中不云菩提者爲此第八不動地無功智現諸法普會無有菩提已發當發現發不云離與不離故直云道場中明無功之智處中道故是故善財亦不云我已先發菩提心等故夜神名大願精進力救護一切衆生者以智悲行滿無功任本願風之所吹利物故以本願波羅蜜風一往利生無休息故一切諸佛七勸三加令教化衆生無有休息以立名故故名大願精進力救護一切衆生

○第八道場中大願精進力救護一切衆生夜神主不動地

厶第一正入當位法門中從爾時善財童子至我唯知此教化衆生善根解脫於此段長科六門一爾時善財童子已下至現本清淨法性身有十五行經明善財往見大願精進力救護一切衆生夜神所見夜神所現差別不同分二時善財童子已下至是爲十有十五行半經明善財見夜神五體投地頂禮發十種心分三發是心已下至頌有六十六行半經明善財得彼夜神與諸菩薩佛刹微塵歎同行分并善財說十行頌歎夜神德如文具明四爾時善財已下至阿耨多羅三藐三

菩提得不退轉有六十六行經明夜神答善財法門名目及悟此門現種種色身無盡分五善男子如汝所問從幾時來發菩提心修菩薩行已下至滿足大願成就諸力有三十七行經明夜神告善財菩薩智輪遠離一切分別境界不可以生死中長短染淨廣狹多少所知分六佛子乃往古世過世界海已下至頌有五紙半經此一段明夜神答善財發心久如分已下一段頌明夜神重頌前法隨文釋義者善財見彼夜神在大衆中坐普現一切宫殿摩尼王藏師子之座普現法界國土摩尼寶網彌覆其上者表無功之智體淨無垢爲座常現一切人天龍神宫殿咸處其中摩尼寶網覆上表無功之智恒施教網此明約智報成故現日月星宿影像身現隨衆生心普令得見身明以智報得其座還如智體能現衆法所現衆法如佛刹微塵數已下如文具明善財五體投地者明敬法深重也善財獲益如下文具明爾時善財問夜神得解脱其名何等夜神答言名教化衆生令生善根者明一切衆生皆從無性智生得此智者一切善根自然而生一切諸苦自然而滅以智體性無作者故衆生迷之於無苦之中妄作諸業若也達此苦亡善生是故名教化衆生令生善根解脱又於此解脱於無色身中以無依住智普現一切諸佛衆生身如下文具明又善財問夜神發無上大菩提心其已久如夜神答云如菩薩智輪遠離一切分別境界不可以生死中長短染淨廣狹多少如是分別顯示以菩薩智輪本性清淨離一

切分別網超一切障礙山隨應化而普化故從此巳下舉六種喻一如日遊空無有晝夜喻二如日輪住閻浮影現一切寶中及以河海淨水中而衆生無不見日喻三如船師常於大河流中不依彼此及中流喻四如太虛空一切世界於中成壞而無分別本清淨喻五以大願如風輪持萬象喻六如幻化人肢體雖具而無出入息及寒熱饑渴憂喜生死喻此六喻大約智性自如空無性無依無有處所而常現一切諸佛衆生前教化無有休息以先所發大願風輪所持故從佛子乃往古世過世界海微塵數劫巳下是夜神隨世說劫舉發心久近因緣此是如幻中安立經云乃往古世過世界海微塵數劫者明無數爲數表本無數體可得時劫亦然有劫名善光者明無功智體安立名也世界名寶光無功用智任物現法名世界也於其劫中有一萬佛出興者以無功之智隨根應現名一萬佛出興一萬者以一智應萬行也其最初佛號法輪音虛空燈王如來十號圓滿者以無功之智任運利生恒轉法輪音如虛空中響無有依處而照燭一切衆生故名燈明智自在故名王十號具足者智用徧周隨行立名也彼閻浮提有一王都名寶莊嚴是智王所化之境名寶莊嚴其東不遠有一大林名曰妙光者東方表智化衆生令明生處也以東方表法也以木貫日爲東字林名妙光以行如林蔭俗廣多啓明利物名爲妙光中有道場名爲寶華表以行利生心華開敷故道場名寶華彼道場中有普光明摩尼蓮華藏師

子之座時彼如來於此座上成阿耨菩提者以無功用智性恒普照法界自性無垢爲座以此智體性無成壞名曰成無上菩提滿一百年坐於道場者百爲表一地中十地十十波羅蜜滿也又約此位升進後位過九地一皆百波羅蜜滿至十地自佛位滿故約立一百爲階級已下勝光王是智之所治行慈之境界王及太子舉善惡相形發慈心之方便也王名勝光是智善伏太子是行慈之行已下諸苦境界是智所行慈悲位也如下合會五百大臣欲害我者今提婆達多五百徒黨是是諸人嘗佛所化於當來過須彌山微塵數劫善光世中成佛有五百佛次第而成乃至彼諸罪人我所救者即拘留孫佛等賢劫千佛是拘留孫此云應斷已斷及百萬阿僧祇菩薩並在十方行菩薩行勝光王今薩遮尼乾子大論師是薩遮尼乾者此外道躶形自餓不爲衣食所繫王宮人及諸眷屬彼尼乾六萬弟子是已上總明智所化境成就之人佛子我於爾時救罪人已父母聽我出家者表智位體淨無染名爲出家出有功用家於虛空燈王佛所出家學道五百歲中淨修梵行即得成就百萬陁羅尼者五百歲者表無功用智體通五位但生熟不同此爲初佛通此初佛有十九箇佛次第出興者明至八地無功智中學佛十九自成一佛通爲二十箇佛升九地十地佛果故至此八地攝後二地果故在此八地位中以無功之智即十地佛果不二故故於此位安立十九箇佛明通八地無功之智共爲二十以相入故表八地

中即十地行也三世一也其中承事佛者表隨行之身初舉萬佛出興表九地萬行滿次善光刧中有六十億佛出興表十地中六位齊因果一體無前後也已上意明以普光明智體升進利生大悲智自在無功之行益衆生之樣式安立利人發行救衆生之法用令後學者倣之如前或隨位中安立一百佛已後更安立一二三四佛者總明約位成行故行中有果設使見其自行果外佛者不離自行所見故行及方見即眞佛也要期而方見者暫化還亡是化佛也以即事即理言之二十八相者欠四相不滿三十二相表此第八地欠九地十地四重因果未滿位故一地兩重因果以位位中有正位因果有向果故一切世界海微塵數刧所有諸佛出興於世親

近供養者明無功之智徧周無法不佛佛即法也十方虛空無有間鈌鍼鋒毛端不是一切法一切佛故但有微塵許是非染淨心皆不是見佛也以智眼印之已下一段頌重頌前法如文自具善男子我唯知此教化衆生令生善根解脫已下推德升進此是第八不動地中善知識以願波羅蜜爲主餘九爲伴治無功用智中說法未自在障令得自在△第二推德升進中從如諸菩薩摩訶薩已下至辭退而去有十一行半經於此段中約分四門一推德升進二示善知識所居之處云此閻浮提有一園林名嵐毘尼三舉善知識名妙德圓滿光四禮敬辭去都云閻浮提有一園林者明修第九善慧地法光徧濟普蔭十方一切衆生行解廣大處生死如園萬行

如林故爲名也嵐毘尼者此云樂勝園也爲以智慧法樂衆生故此園林亦是如來示現下生時誕生之園明八地菩薩從兜率天降神下生非爲處胎爲受生也於九地中修智慧利人天及滿一切衆生之智慧故名爲受生受學諸佛智慧令滿一切衆生故如經自明有神名妙德圓滿者明善慧地妙慧圓滿故神者以悲智善能說教爲神

○第九閻浮提嵐毘尼園妙德圓滿光夜神主善慧地

△第一正入當位法門中長科爲十段一爾時善財童子已下至增長菩薩大功德海有六行半經明善財往見善知識分二善財見已已下至爲世大明有三行經明善財見善知識申請所求分三彼神答言已下至十者入如來地受生藏有十三行半經明正授善財十種受生藏分四善男子云何名願常供養一切佛受生藏已下至是爲菩薩第十種受生藏十種受生藏自有十段文分別五從佛子菩薩摩訶薩於此十法修習增長已下至頌有十二行經明勸修得益分次下有二十行頌重頌前法歎受生法門六善男子菩薩具此十法生如來家已下至自在受生解脫門有兩行半經明林神自申得法久遠分七善財白言聖者此解脫門境界云何已下至頌有五紙經答前善財所問受生境界分八有二十三行頌重頌前法九善男子我唯知此菩薩於無量劫徧一切處示現受生自在解脫已下明推德升進十隨文釋義者此之菩薩受生門意明第八地菩薩得無生忍

獲無功智創始現前令使進升九地學佛説法辯才門令使滿足天之及人一切衆生意名爲初始處胎名爲受生藏如經頌云聞法不厭樂觀察普於三世無所礙身心清淨如虚空此名稱者受生藏其心恒住大悲海堅如金剛及寶山了達一切種智門此最勝者受生藏廣如經具明於此第九地學佛智慧普周十地大智法恍現前以瞿波表之十一地悲滿智周以摩耶生佛表之處世利物大約以神及摩耶淨飯王等表智悲之行滿若佛者一切處一切時無不是生故善財問法問境界有二義一問受生境界二問得法門久近境界如下大天得此解脫其已久如如誕生之中約三乘境界一如摩耶夫人身所生法約中下根衆生所見約上根衆生蓮華化身或從空現不從母胎上上根衆生豁然悟道自覺聖智冥與智應不論如來出世如善財所有知識所説往因發心之始具有如是種種諸流亦有夜觀星月便見空中有佛而爲説法亦有見佛從空而下而爲説法亦有空中供養旃檀塔座佛爲説法者如賢勝優婆夷得菩薩無依處道場既自開解復爲他説入得無盡眼耳鼻舌身意皆無盡門此不從師學此摩耶夫人身但明悲智相資益衆生事隨根所見各自不同普賢菩薩云爲劣解衆生母胎出現上根之類蓮華出與若約異類多根六趣差別所見如來受生萬類不同且約人間感根所見如經具明乃至十方世界塵中普見如來受生境界以此境界以爲園林念菩薩何時誕生經於百年者表

從此九地升十地爲百年至十一地是生時如境界果報光明摩耶天人身相法事如下一一具陳十法已下廣明寶多羅樹者如此方樓閣樹勝寶所成已下問發心久近中言善男子乃往古世過億佛刹微塵數劫復過是數者是不以限量分別之數但總是無數也世界名普寶者從普賢願行爲世界之體故劫名可樂者表從第九善慧地生如來家智慧可樂故八十那由他佛於中出現者表第八地生第九地佛智慧家故第一佛號自在功德明已升十地已下世界是所化之境王都是智所攝化之人王及夫人表智悲之行二十億那由他婇女表智悲二行法悅充滿園及樓閣表智遊生死如園爲明菩薩居生死中攝化衆生令得樂者是菩薩遊法樂故其邊有樹名一切施喜光依所生菩薩施法樂得名夫人攀彼樹枝而生菩薩者表大悲攀緣利衆生萬行而生大智以用利人然菩薩何得有生而作生法皆約像表法引接衆生令易解故設見生者但約一分衆生見如是生非盡然也已下以此知之隨衆生解處而取之是菩薩誕生法但隨衆生宜何受益是菩薩誕生法故意明勝智慧生隨衆生欲說法自在是菩薩受生也畢洛叉樹此云高顯也依佛名高顯而立名樹亦稱德高顯彌覆十方已下合會因緣本行如經具明已下二十三行頌重頌前法如文具明此是第九善慧地善知識以力波羅蜜爲主餘九爲伴治於一切趣說法不自在障令得自在△第二推德升進從如諸菩薩已下至辭退而

去有九行經約分四門一推德升進二示知識所居之城名迦毘羅三舉知識名名曰瞿波四禮敬辭去迦毘羅城者此云黄色城是黄頭仙修仙道之處是事以會十地應眞合中宫之色是以表法中宫土爲黄色圓而無方明智悲二德以體用徧周載育萬有而無體也像戊已二位戊表智已表悲然達世應眞者方始徹其萬法之本也始得妙用之精微者智悲爲本也此瞿波者亦云瞿夷此云守護地者守護菩薩行中大慈大悲之地如毘盧遮那如來是智以華冠纓絡衆福莊嚴是智悲二行之報生佛也列位雖二行是一人瞿波雖號如來爲太子時第三夫人之數意是表慈悲法悦之位終非如世間五欲妻也如來出世應眞智會體徧十方不可以如世間質礙論不可以作世間形相解現同人間示同人法現同天上與天同風地獄畜生隨類差别不可以作一行知不可以作一身解衆生無量佛亦同然然其報土報身徧一切方出超三界與菩薩衆人天同居有翳之流恒同身共居而常不知不見十方佛剎智境含容於一微塵總圓無盡言瞿波者約此人間現同人法有而不著表大智之功難捨而能捨起引生之路如經下文自説往古同行之因緣所行菩薩行爲夫妻之緣起乃至佛位又約先德所説如來爲太子時有三夫人一名耶輸陁羅二名瞿波三名摩奴舍未知出何教門約有此義如耶輸陁羅出家作比丘尼依三乘出世法如瞿波作善財十地位中善知識表十地大悲行徹約古人作四

句解之一得眞不證二知眞行俗三處纏不染四大悲同事此約毘盧遮那行普賢行十方六道化身處世應根大悲之行今約立十門以歎其德一以智體無依隨器現相門二即相如影性無俗塵門三智影本無器隨心現門四智無彼此如響應緣門五衆生妄夢所見非智有作門六智無所作隨夢幻生門七如幻人有形無質非有欲想門八以智體如空隨本願力十方對現門九以無作大悲徹俗利生門十以大智徧通含識俗體恒眞而無所汚門以此十法歎瞿波行普賢之行若以普賢行中引衆生出纏離俗之行具即須擇是簡非應根所宜治惑若智現隨流而性常者此爲佛子說大意此瞿波十地道終出世智滿欲令諸菩薩至十地道者入十一地普賢行門如蓮華處水不濕成處世大悲破其染淨二種智障方得入十一地普賢行如前十定品十地位中灌頂受如來職位出世智悲二行已滿猶於十一地位三度入百千三昧門畢竟覓普賢菩薩不得如來令生想念志求方見普賢菩薩爲有出世淨智習在准此例知須發廣大悲願誓度有情深觀世間與眞體一不屬染淨處幻生門入幻住海化幻衆生知如幻性入無依智門等法界性以智幻生身幻作一切供養之具供養一切幻生如來以如是智幻生門供佛利生無有休息

○第十迦毘羅城瞿波女主法雲地

△第一正入當位法門中從爾時善財童子已下長科爲六段一爾時善財童子已下至

不久當成無上果故有十九行經明善財至法界光明講堂無憂妙德神與一萬主宮殿神來迎善財歎善財志德發心勇猛精進分二善財童子巳下至頌此一段經明善財自說菩薩志願益衆生之行將升法堂諸神散華供養善財分巳下有十行頌無憂德神稱歎善財童子如文具明三爾時無憂德神巳下至修諸善行恒不止息有二十五行經明善財至瞿波所申請所求分四時瞿波告善財言巳下至頌此一段明瞿波女爲善財說菩薩行因陀羅網普光明智及十種事善知識之行并二十四行頌重頌前法分五時釋迦瞿波說此頌巳下至一切如來解脫光明皆了知故有五十六行經明瞿波答善財所問法門境界分六爾時善財童子白瞿波言巳下至卷末總明答善財所問得法久如分

隨文釋義言漸次遊行明升進前位至菩薩集會普現法界光明講堂者明十地世間出世間二智清淨平等徧周智悲純淨是一切灌頂菩薩同會此堂二智同眞名普現法界智光破闇名爲光明以一正智普含多法名爲講堂其中有神號無憂德與一萬主宮殿神來迎善財者名大慈大悲覆護一切法界中一切衆生心爲宮殿神一萬者名萬行也來迎者善財於此地出世智悲二行相及與位合故明升進智悲會此位也即以瞿波女爲智悲圓滿之主故以王種中生者王表智女表悲一萬主宮殿神是明主伴萬行圓滿義巳下歎善財志德如文自明善財升法堂者入位也入普現法界光明講堂者會如來

理智大悲大體徧周故周徧推求者入位觀智體會初入位升進釋氏女者姓也在講堂内坐寶蓮華師子座者無染行也八萬四千婇女者八萬四千煩惱皆以慈悲同行皆從王種中生明悲者智王所生已下四攝同行皆不離智境故已下談其瞿波及婇女志德如文具明次善財至瞿波申請所求瞿波爲説所求之法如文具明次下善財所入法門境界中云不善根所攝善根者如行麤理細又如世有行非復能行一分善事又如外道行是邪行見亦是邪總不善復是求善是善根所攝不善根如人天外道世間善根所攝不能斷除三界苦業是不善根又二乘及淨土菩薩伏三界業不令現行是善根所攝未能達悟如來智悲是不善根是善根所攝不

善根故又如瞿波女於往昔因中爲居士女以愛染心布施寶纓絡是不善根所攝因此二百五十劫不入三惡道生人天中王種中生乃至十地位是不善根所攝善根餘如文自具如因依外道及邪見之徒無正知見妄謂正道因而發心究竟不能解脱因起邪見入於苦趣是善根所攝不善根如世界種者如華藏世界已釋世界種所攝者一大世界四周十佛刹微塵眷屬國土四周圍遶是安立世界輪者如最下風輪持水水持金剛金剛持大地以火大相資也轉者次第也次第相成故世界場者或以所行法門爲世界道場亦以場者平坦能治高下爲場世界轉者西方大數也自餘如文如善財問得法久近中約立十門一舉久遠劫數云過佛刹微塵

數劫二舉有劫名勝行三舉世界名無畏四舉世界中有四天下名安隱五舉四天下中閻浮提六舉閻浮提中有城名高勝七舉於八十城中此城最爲上首八舉王名名爲財主九舉王有六萬婇女十舉大臣王子具有五百巳上十段明徃發心時總因巳下明太子名威德主巳下明太子出遊瞿波婚禮及見佛所有因縁於此段中約立十門一太子出行遊觀二善現母女見太子心生愛染三女母自念卑賤非其匹偶四童女寐夢見勝日光佛覺巳有天復告其女云勝日光佛出興於世五童女自申美德自進請納爲夫人願垂所納受六太子問女誰爲守護先屬何人七女母說頌以申女德及所生因蓮華中化生與太子同日生八太子入香牙園問女及母我行菩薩行汝不障礙不九女白太子言敬奉來教十太子納女爲夫人以五百摩尼寶散其身上巳上十門明太子納妻童女受位巳下女母善現歎女智德於此巳下復分十門一女母歎女之德二太子與妙德及十千綵女徃香牙園法雲光道場見佛三太子及女見佛供養四佛爲說普眼燈門經五太子及女聞法於一切法中得三昧海六妙德女得三昧名難勝海藏永不退轉大菩提心七太子辭佛還宮啓白父母如來出世八王聞歡喜集諸小王羣臣眷屬受太子灌頂職與諸眷屬俱詣佛所九王見佛禮敬遶畢退坐一面如來放光以神通力示化其王三乘法化十其王及眷屬皆獲利益出家學道不久得離闇燈陀羅尼門巳上十門財主王

得道已下明太子爲王十五日七寶來至於此段中復立十門一太子登紹王位七寶自在二八十王城安置僧坊三請佛入城四佛入城已以大神力衆生歡喜衆生獲益五太子輪王者今毘盧遮那如來是六財主王者寶華佛是今現在東方世界中具如經説七其女母者我母善目是八爲輪王夫人妙德者我身是者即瞿波女是九自此已去明供養佛數都舉六十億百千那由他十通本勝日身如來至末佛號廣大解有五十佛已上十門明都結本緣因果從最後佛號廣大解已下復立十門一明於此佛所所得法門二明得法門名觀察一切菩薩三昧已經佛刹微塵數劫勤加修習三明率化勸修此門四雖多劫勤修自念猶未能盡知菩薩之行五

推德升進六正歎後善友之德七示其善友所居世界之處八舉善友之名曰佛母摩耶九瞿波説頌重頌前法十更舉往古初時遠因爲居士女時所緣之行已上五十門總明答善財所問發心久如因緣之行夫菩薩之意深廣難知或説事而意在理中或説理而無虧事行今且舉其事行畧辯表法之門教廣文長約陳少分云爾經云善男子我於往古世過佛刹微塵數劫者都明時之無體可數故劫名勝行者表十地大慈悲門入觀察一切菩薩三昧是劫名勝行也世界名無畏者入此勝行門無有諸生死五種可畏故彼世界中有四天下名爲安隱者是此菩薩行以四攝法安隱衆生故四天下閻浮提中有一城名高勝樹者表十地行樹高勝前諸位

故覆育廣博故八十王城中最爲上首者表諸位進修八正道爲體至此十地八正之行勝前行故財主王已下婇女王子大臣總明五位六位中智慧慈悲法悦萬行也王表智婇女表慈悲法悦王子及臣表行能破惑度衆生故五配五位六配六位通十信總在十地因果通收無前後二際故餘倣此知之已下菩薩衆龍天八部地風水火等一切諸神配六道中祐衆主之行徧故勝日身如來是表根本智次六十億百千那由他佛出興於世者於根本智起差別智通收十信以從根本普光明智發心六位行終不離此也普光明殿中說十信是也從最初勝日身佛至末後廣大解佛於中供養五十箇佛者表五位加行因果也至末後廣大解佛是普賢差別智滿以此十地通收五位及六位因果總在其中本末相即三世一念入因陀羅網門觀察菩薩三昧者明觀察菩薩行無盡圓周故不可窮也餘義如文自具此是法雲地善友以智波羅蜜爲主餘九爲伴治於智境之中具大慈行不自在障入普賢行門方滿已下明十一地位　第二推德升進中約立四門一推德升進二示善友所在云在此世界中三舉善友名摩耶四禮敬辭去云在此世界中者是佛智境界也以善財詣摩耶夫人所獲得觀佛境界智以此世界者是佛智境界也名摩耶者此云天后亦曰夫人是國大夫人此是十一地常處世間無功大慈悲爲體出生普賢行門意分八門一且如五位中十住位中從第七住休捨優婆夷主從慈悲修

智門至第八住中一分無功智現前二至第十住中師子幢王女慈行主智悲圓融具足門三十行中第七行無厭足王是十行中主慈悲方便利生門四第八行大光明王以主無功之行行悲門五十迴向中第七第八迴向觀世音菩薩及正趣菩薩同會而見主悲智圓融無二門六十地中第七地開敷樹華夜神主以大悲發行徧周現果門七第十地中瞿波女主大悲智圓滿普含法界門八此第十一地初即以摩耶夫人爲大慈悲之首即以無功用慈悲圓滿以明慈悲起智幻生成佛及以教化一切衆生諸行門以此位法門名菩薩大願智幻解脱門明此十一地中大悲爲首以本願力慈悲心起智幻生示現成佛利衆生事及以一切諸行之門徧法界虚空界故已上八門和會五位修德慈悲次第進修方便差別同異又於此十一地中長科十門畧知此地行相次第一摩耶夫人明從悲起智幻生諸行成佛利生門二三十三天王名正念女名天主光明智悲自在正念十方諸法無失現前門三童子師明徧滿十方主世法師範門四童子善知衆藝明徧周十方字智門五賢勝優婆夷明主世間一切正邪吉凶諸方技術師範博説一切總達利生門六堅固長者明處世無著念清淨解脱門七妙月長者明處世淨智光明門八無勝軍明於無相法中得無盡相門九最寂靜婆羅門明誠願語門十德生童子有德童女明智悲圓滿處世幻住門此如出現品中文殊普賢二位齊也表法身智慈悲齊滿也已上

十門是十一地行也巳下至慈氏如來明一生佛果滿也一生者無生中生也非三世前後生故

大方廣佛華嚴經論卷第四十八

音釋

漩音旋回流水 纏音蟬繞也 鬬音斗 劑音濟分也 釧音串臂鐶也
躶與裸同 樅音宗木名 筮時智切卜

大方廣佛華嚴經論卷第四十九

唐方山長者李通玄造

入法界品第三十九之九

◎第五十一地法門十知識

○第一此世界中摩耶夫人主從悲起智幻生成佛門

△第一正入當位法門中從爾時善財童子已下長科爲十一段一爾時善財童子已下至得觀佛境界智有一行半經明善財升進入十一地門分二作如是念已下至作是念已有十一行半經明善財歎摩耶夫人身之體相自在分三有主城神名曰寶眼已下至乃至必當成佛有三十六行經明主城神爲善財說主治心城法門分四爾時有身衆神已下至覩一切刹佛出興故有十四行半經明身衆神歎摩耶夫人身摩耶夫人於耳璫放光入善財身分五時有守護菩薩法堂羅刹鬼王名曰善眼已下至是爲十明羅刹王爲善財說十種親近善知識法分六佛子已下至說是語時有十一行經明羅刹王爲善財說十三昧法令善財得常親近善知識分七善財童子仰視空中已下至如來不可思議微妙功德有二十七行經明善財見羅刹王爲說禮敬十方求善知識法復爲說觀身心如夢如幻法得見摩耶夫人蓮華及座樓閣莊嚴分已上三衆神是入此十一地前方便方便有三一善守護心城二善知音聲性徧十方三羅刹王名守護法堂者以十三昧門及知身心如夢幻觀是守護法界堂義羅刹王者此云可畏王名自在以三昧觀察守

護身心法堂令邪妄惡鬼破散故摩耶耳璫放光入善財身者明入教光三昧耳主教音以此三法以爲十一地前方便方得正入十一地門八爾時善財見如是座已下至已得成就寂滅身故有三十一行半經明善財見摩耶夫人如幻色身徧周十方一切衆生前分九爾時善財童子見摩耶夫人已下至云何學菩薩行而得成就有三十七行半經明摩耶現超過一切諸色相身徧周刹海善財亦現等爾許身在前合掌敬禮申請所求及得證入諸三昧門分十答言佛子我已成就菩薩大願智幻解脱已下至有修行普賢行願化一切衆生者我自現身悉爲其母有一百七行經總明摩耶答善財所問法門分十一爾時善財童子白摩耶夫人證此解脱經今幾時已下至我唯知此菩薩大願智幻生解脱門有二十七行半經明答善財所問得此解脱久如分隨文釋義者摩耶夫人總相中以三法而成別相中以等佛數衆生數行門而得其名三法者一以等一切諸佛衆生平等無相自體清淨法身妙理爲體二以等一切諸佛衆生平等理中普光明無作無依之智爲體三以等一切諸佛衆生無作理智之中無作性長養一切衆生饒益大慈大悲與一切衆生本同一體自他性亡恒爲利益不求恩報此乃天眞本然衆生共有依此三法行之即是雖然衆生共有而衆生迷之者須具方便行門起發顯明方得云何方便其方便有十大願門如願修學一願初發心時起等一切衆生數慈悲大願皆當救度一切

衆生令出三界苦中皆令成佛二願承事恭敬供養十方一切諸佛無空過者三願於諸世界中所生之處有德藝過已之人奉事修學雖學諸藝智出人天不生憍慢恒以大慈大悲爲首四願恒以四念處觀隨病治之立四正勤成就根力五願恒以七覺分不離心首長諸正慧照十二緣生成大智海六願恒以八正道行無始無終常現在前十願自已八正道現前常住世間利益人天一切六道衆生自已不樂別求餘方淨土明見一切法界之門深知染淨本從妄起依眞本無八願於菩薩五位行門明知法則所有十住十行十迴向十地十一地中方便及諸三昧利人天法一念徧周善知其趣次第修行九願常念本願風輪以持本智鼓揚無邊諸波羅蜜行等十方界對現色身應根接引一切衆生十願常以大慈悲身起一切智如理徧周法界大智普照不遺一物平等普資此是摩耶夫人身所成之行若修行者應如是修無有一佛不從大願海大悲智生是故經云但行普賢行願所願皆從我生表此十一地智從悲起十地已前大慈大悲之行皆以本願及以從根本智生有修學長養十一地一切功終純是大慈悲爲法界體以悲生智幻生等衆生數身常爲利益曾無休息名爲生佛非要得三十二相乃至九十七相但初發心時一分會眞智悲同起雖未得通化變易自在法是一同知見眞故如是修學如是悟入方名初發心時便成正覺亦名以佛知見示悟衆生欲令衆生入佛知見從此摩耶夫人表

十一地初門已後九箇善知識總明從大慈悲爲母體皆從母行以智幻生悲智徧周十方普現不作階級次第對治已後善知識雖亦云我唯知此法門餘不能知者以明同中具別表普賢差別智隨俗徧周非如十地已前滯障不達此之十一地但願修行十一地行滿此普賢十一地位顯德徧周行備塵俗無求出世自天主光已去總是同世凡流不標神相異狀與世人一種但有法利人明十地已前是修悲智自已出世聖道法門十一地是自以大慈悲心行赴俗濟生之門表自出世道滿無更求解脫離染離淨之心但以乘法性船張大慈悲帆以大智爲船師順本願風吹諸波羅蜜網常遊生死海漉一切衆生有著之魚安寘無依普光明之智岸常生

一切幻住萬行功德法界無礙寶堂如下慈氏所居樓閣是如善財得羅刹王爲說求善知識法令善財普禮十方正念思惟一切境界勇猛自在徧遊十方觀身觀心如夢如幻如影求善知識爾時善財受行其教即時覩見大寶蓮華從地湧出者明十方求善知識者明自身心内外十方以法諦求有何體性令稱身法又令觀身觀心如夢如影者令達其相達性達相如影通同無二便入智幻生門是見摩耶夫人也初見蓮華從地湧出者以自性清淨法身爲地體一切萬行蓮華從此生故金剛爲莖者是根本智明一切差別行差別智從法身根本智生設是有此境界莊嚴亦是此依報也終不別有報因果也妙寶藏者慈悲含育報生也摩尼爲葉者行無

垢報生也光明寶王以爲其臺者以根本智現照用自在所報生也衆寶色香以爲鬚者戒定慧解脱解脱知見香所報生也無數寶網彌覆其上者以能施教網報生也上有樓觀者差别智報生名普納十方法界藏者以大智徧周教網普覆所報生也奇妙嚴飾者妙行報嚴故金剛爲地者法身報生也千柱行列者行有千萬行也一切皆以摩尼寶成者行行中無垢也以閻浮檀金以爲其壁者柔和忍辱之所報生也衆寶瓔絡四面垂下者四攝之行垂慈接生之所報生也已下准此例知教廣文長不可具述已下摩耶夫人所現徧法界身同一切衆生事業等身生一切諸如來身如文自明如善財童子問摩耶夫人得此解脱其已久如摩耶答言善男子

乃往古世過不可思議非最後身菩薩神通道眼所知者唯佛能知故意明不可以時分知不可以劫數度也要須以佛智印冥同古今量盡始末見亡者能知其發心得法之久近若立始終之見者設將無盡剎微塵比之成數無由可悉設使展轉無盡無盡剎塵比之成數亦不可悉數亡計盡智現方知即無以數法算其遠近若以算法盡無盡劫算毛孔中虛空量了無得其邊際故以虛空無壽量故以此無量爲得時也如文殊師利頌云一念普觀無量劫無去無來亦無住如是了知三世事超諸方便成十力此是最後身菩薩之大數也爾時劫名淨光表法身爲劫體世界名須彌者得不動智爲世界體雖有諸山五趣雜居然其國土衆寶所成清淨莊嚴

無諸穢惡者唯其自心淨即一切境界淨萬法無垢作淨穢二見即自心見不淨也明大悲徧含五趣大智無染淨等見故名衆寶莊嚴有千億四天下者明萬行利生之位也有一四天下名師子幢者明大智徧周十方一境於中有八十億王城有城名自在幢者明八正道行十波羅蜜於中智所遊居名輪王所居號自在幢王名大威德者是智自在能治生死自不壞也彼王城北有道場名滿月光明者城北者北爲坎位是師君智所居治迷之位也號道場能治執惑故名滿月光明其道場神名曰慈德者以智之化迷以慈悲爲德有菩薩名離垢幢者法身起行性自無垢坐於道場將成正覺者欲成爲將有一惡魔名金色光與其眷屬無量衆俱至菩薩所彼大威德轉輪王已得菩薩神通自在化作兵衆其數倍多圍繞道場諸魔惶怖悉自奔散者意明惡魔名金色光者法身智境眞假一相一向離垢菩薩未明心境平等要假一切智王明觀心境理徹無二心境如幻一切境界幻智幻生即於境不迷妄想心魔總唯法界皆爲佛事名爲奔散道場神慈悲懽喜者法悦也道場神於彼王而生子想者明破見由智起行化俗由悲明此位智由慈悲所生故觀智如子乃至合會輪王者毘盧遮那是道場神我身是者明恐人不解其意託事像之令易解故終不可以心外別有境魔但明心無内外中間萬法自他同體一亦不一他亦不他只爲法幽難顯借事表明諸有智者以譬喻得解乃至一切初發無上大菩提

心皆先起大願大慈悲心教化衆生方求出要利衆生之行及至行滿此法不移其志一切諸佛皆如是先從大慈悲願行生故十方世界無量諸佛將成佛時皆於臍中放大光明來照我身及我宫殿屋宅者悲宫智殿養育爲屋生死海爲宅明臍處身之中一切衆生生長之際此處是含生生長之藏如樹根魁之際向上長莖榦枝條向下生根入地處陰陽之中際發生之元始又如甲子旬中以成爲天魁左生陽右生陰今臍中放光者表受生之元始如天魁之象起慈悲之始生大智之元故如人生亦爾初生少小漸長大者亦從臍輪起氣通於上下生長之性此處是受氣始生之元故從此放光也是其乾位是始終之際生長之元此臍中是也又表處智悲之中際成智之中即眉間毫相是成大悲之中即臍中是故此是十一地普賢處世利生門治十地中出世緣眞利生不自在行不廣大障如十定品中諸菩薩求覓普賢三求不見者是隨大智之中行檀度爲主總統法界波羅蜜海門也都言三世一切佛以慈悲爲初生無慈悲利物有厭生死即是二乘及淨土菩薩後迴心始可歸眞定性之流生多劫難返餘如經自具我唯知此菩薩大願智幻解脱者明推德升進有三門一示善友之處云在三十三天二有王名正念三王女名天主光汝往問菩薩行菩薩道

○第二三十三天正念天王女名天主光主智悲自在正念諸法無失現前門

△王名正念者明智淨自在如天王正念者

表淨智無念而自在任理施爲不爲而萬事自爲明十一地淨智任運應現也在十住位中但名正念天子問其梵行末云有女至此十一地中名王又云有女明以智生悲也有女名天主光者表無作智中慈悲無染性任用利物也此位表智圓用無前後也取天表處生死中自在神化無方非即在於處所也敬申所求云我得菩薩解脫名無礙念意明無礙念者得三世無礙智一念印三世古今及未來一切衆生生死劫量及一切三世諸佛成道劫量一念徧知無不了然如今現前以無妄念智現前諸法本如是故此明無妄念之正念智也於中所有諸劫中諸佛之數於諸劫中或供養多佛或供養少佛增減不定者是一念中無念正智普皆供養三世諸佛之數此是無久近中久近之狀也總無時之大圓智境法自如是不由修生也修者但自照十二緣生達妄成智智無所修但自解迷眞無可作亦無三世古今之性此是十一地中第二地善知識次十一地中第二地善知識已下總明正念中無礙智用徧周同行攝生之行身也此方如是十方一切世界例然六道等徧總從摩耶大悲海生以正念無作智爲體也此是十一地中戒波羅蜜以智生悲門故女名天主光

○第三迦毘羅城徧友童子師主徧滿十方主世法師範門

△迦毘羅城童子師此云黃色城也黃色者是中宮色故名爲此童子師不離中道軌治俗典如此土孔丘之流明世間師範門如孔

子頭頂下如反宇表處俗行謙之道以身表法像尼丘山似彼山頂中下非彼山因求祠而生此俗說非也姓孔者聖人無名無姓以德爲名爲姓非以俗姓爲姓約德以有寬明之德以之姓孔孔者寬也以行化蒙名之爲丘丘者山岳之稱以艮爲山爲小男爲童蒙因行所化而立名也故名丘也亦以德超過俗名之爲丘亦至德尊重無傾動之質名之爲丘生在兗州者艮之分也主以化小男童蒙之位兗州上值於角角爲天門主衆善之門亦主以僧尼道士以乘角氣而生此非世凡流之能體故善財至此徧友不言而便令善財往衆藝所者師範之法正者不親教付之以助教不決之事問之以正師表德不孤必有隣附贊成其化行也

○第四善知衆藝童子主徧周十方字智門

△徧友云此有童子名善知衆藝學菩薩字智者明徧友是師童子是學者依教立名即如此方孔丘門人顏回之流善財致敬申請所求童子衆藝云我得菩薩解脫名善知衆藝我恒唱持此之字母唱阿字時此云無也入般若波羅蜜門名菩薩威力入無差別境明達一切法空門是菩薩威力斷一切障入無功智徧法界衆生界故唱多字時入般若波羅蜜門名無邊差別境是明一切諸有是差別智是普賢行徧知一切三界六道衆生中法則行解及所宜應化如是總有四十二般若波羅蜜門爲首名爲字母入無量無數般若波羅蜜門如文自明

○第五賢勝優婆夷主世間一切正邪吉凶

諸方技術師筮博說一切總達利生門

△賢勝優婆夷者明世醫方衆術世及出世莫不總明安物養生無法不了以居塵俗方便利生或作博說世筮玄占未達或作良醫善藥救世不安辯寶物以定眞僞刊名言而釋文義奇才異智莫不普明鬼魅衆邪皆能制伏含普賢之智海等文殊之法身佛果處躬化靈萬有無方不至無刹不周無行不行無生不濟爲慈悲故現作女身智無不明號爲賢勝主禪波羅蜜門城名婆怛那者此云喜增益此以德立名以多饒益人多增喜事鷄薩羅寶此寶如師子旋毛得無依處道場者法無依處身亦無依徧萬行故行無體故居南印度

○第六南方沃田城以堅固解脫長者主處世無著念清淨解脫門

△南方有城名爲沃田者以約此善友以智德澤資也人多善增德厚以立其名故長者名堅固解脫者明求法無懈如下自言爾時善財詣彼致敬申請所求長者云我得無著清淨念莊嚴明第六般若無相智慧莊嚴諸念即於一切法念自無著也

○第七沃田城妙月長者主處世淨智光明門

△此城中有一長者名妙月者明此中長者會第六無相智慧門以方便波羅蜜爲一體故明十地已前第六地三空無相智慧門是出世間解脫十地已後十一地中三空寂滅智慧門是處世間成第七方便波羅蜜與大慈悲一體無二以從大慈悲毋智幻所生此

最後地十住十地中七八二位相融此十一地中六七兩位和融一體須知升進形勢如是善財往詣致敬頂禮申請所求妙月長者云我惟知此淨智光明解脱者是妙月長者約德立名慈悲智光是破惑義以破世間衆生惑故因慈悲利生破惑立名此明三空慈悲淨智總一體用圓滿故

○第八南方出生城無勝軍長者主無相法中得無盡相門

△南方者依初釋有城名出生者表第八願波羅蜜出生諸法及衆行故長者名無勝軍者表勝一切無明憍慢生死邪見惡賊魔軍故善財往詣禮敬申請所求長者答云我得菩薩解脱名無盡相者明一切心境總如來相於一毛處念念出生無盡諸相無念理中智幻所生何有盡相

○第九出生城南法聚落最寂靜婆羅門主誠願語門

△此城南有一聚落名爲法者衆人所居名之聚落以無體性名之爲法取其寂靜名之中有婆羅門名最寂靜者姓之及名總皆寂靜表力波羅蜜隨俗不俗衆會不諠名爲力用自在善財往詣致敬頂禮申請所求云我得菩薩解脱名誠願語者誠是實也明所願依言誠實無虚妄言此是信士語從心願所言依眞而無虚誑語言體眞也所願皆眞故名句文及聲言辭及所説一切皆性眞故此爲解脱此是法師位表法界爲聚落一切言説自眞人法悉皆如然表言不虚也

○第十妙意華門城德生童子有德童女主

智悲圓滿處世幻住門

△此南方有城名妙意華門者妙智行華悉圓滿故表十一地十法滿也彼有童子名曰德生復有童女名曰有德此明智悲二行齊均無前却故童子童女者明智悲齊滿雖處世間無五欲想以居幻住故善財往詣頂禮致敬申請所求云我等證得菩薩解脫名爲幻住者約佛境界衆生境界皆智幻所生住居幻境無實無虛無有識情心境皆亡性相無礙以智功德故幻生光影身土重重如因陀羅網身境重重十方身土境相相入無礙無礙十方世界智凡體徹無始無終圓古今而一性常住世間無所依止此明世間緣生性自離故眞如虛妄假安立故妄體本無眞無住故智無依止如虛空故以智報生皆幻住故有無自在隨智用故雖智體同空不處寂故智身無量等徧十方性無往來相光影故身土重重無大小故經云幻境自性不可思議

○從此十一地已後會慈氏一生所得佛果門於此門中長科爲十段

△第一善男子從此南方有國土名爲海岸已下至辭退而去可有半卷經明德生童子有德童女推慈氏菩薩之德令善財童子親近升進分從善男子南方有國土名爲海岸者明升進至慈氏一生佛果故名爲海岸入佛智海臨生死海故亦以此國臨海而居故有園林名大莊嚴者約慈氏所居以生死爲園萬行爲林莊嚴自已智悲佛果已皆滿足名大莊嚴其中有一廣大樓閣名毘盧遮那

莊嚴藏者明根本智差別智總體報生以立名故毘云種種光明遮那云徧照以差別智爲種種光明以根本智爲徧照此二智約用成名其體用一也總無作者以此法界體用普光明智成諸萬行廣利含生報生故此大莊嚴樓閣廣大量等虛空一切世間及以衆生咸處其內同住遊止不覺不知如善財童子入此樓閣中見淨世界不淨世界大千世界小千世界乃至地獄畜生餓鬼所住乃至十方世界有佛世界無佛世界菩薩衆會種種等事咸在其中廣如經說以佛智海大悲含物萬行利生大願所持共成樓閣之體止住一切衆生生死園中以萬行林覆蔭含識皆令永得白淨法身無垢淨智清涼之樂經云從菩薩善根果報生從善巧方便生從福德智慧生生無來處滅無去處皆是如幻智住生滅之相還如衆生以業生滅無有來去體相可得取捨無有忻厭經云善男子住不思議解脫菩薩以大悲心爲諸衆生現如是境界集如是莊嚴彌勒菩薩安處其中已下廣如經說從此第一段中復分爲五段一善男子於此南方有國土名爲海岸已下至云何事菩薩善知識有二十行半經明示善友所在及勸往詣其所諮問法門分二何以故善男子彼菩薩摩訶薩已下至住於十地淨佛國土事善知識有十四行經明德生童子歎慈氏德令善財親近承事分三何以故善男子菩薩應種無量諸善根已下至應普事一切善知識有四十九行半經明德生童子教善財童子所應學應行廣大之法分四善

男子汝求善知識不應疲倦已下至增長一切菩提法分有三十四行經明德生童子教善財童子事善知識不觀過失不應疲倦由善知識獲無量利益分五何以故善男子善知識者能淨諸障已下至辭退而去有八十九行經明德生童子教恭敬善知識法及由善知識成就廣大佛法分如經云不應以限量心行於六度住於十地淨佛國土事善知識者明六度十地皆是出世一分淨見未亡以此障故未具普賢行不同毘盧遮那如來報身因果境界但得同於出世化佛化身以毘盧遮那報相果海功德身具華冠纓絡環釧衆相福海嚴身非是出纏捨諸飾好厭生死身故是達無明本元法界大智之境自具無邊功德報身又加普賢行願海差別智所成無限功德互爲莊嚴功德報身故是故十一地滿德生童子教善財童子入法界門會根本果體不隨引俗化境住於淨見限量行門餘如經具明如化佛之境是出世之門云有他方别分淨土報佛以十方總爲一淨土不分淨穢

△第二爾時善財童子蒙善知識教潤澤其心已下至皆以信受善知識教之所致耳有三十行經明善財童子自念往因過惡不善自慚愧悔恨起恭敬供養親近善知識分如文自明

△第三善財童子以如是尊重如是供養已下至皆從菩薩善巧方便所流出故有三十二行經明善財童子於樓閣前五體投地暫時斂念思惟獲益無量分如文具明

△第四善財童子入如是智端心潔念已下至善財説頌有八十行經明善財歎善知識所居樓閣分如文自明

已上八十九行頌是善財童子重頌前慈氏菩薩所居樓閣住處并歎慈氏菩薩之德如文具明

△第五爾時善財童子以如是等一切菩薩無量稱揚讃歎法已下是善財欲見彌勒菩薩彌勒從外而來爲大衆歎善財功德分此明菩薩常以不居自報隨俗攝生所有隨後之衆是所攝之衆化來至果餘如文自明

△第六爾時善財童子合掌恭敬已下至此卷末明善財申已已發大菩提心慈氏爲讃菩提心善根功力不思議分意明一切神通道力菩薩萬行皆以菩提心爲根本滅生死截苦流淨八萬四千煩惱門顯成一切智海皆以菩提心爲根本如文廣歎以菩提心無依無住無有體性生滅可得如是現前煩惱自淨智海便現由智現故種種方便神通萬行以智能成由菩提心無依故智亦無依以智無依故一切所作皆無作者依住可得以此生死業亡唯智自在大悲萬行從智而生智體無依萬行如化利生如幻神通道力如空中月普現衆水智體不去衆生心水不來隨自業淨與智同體隨淨淺深現智各異非此非彼若欲見十方諸佛如來智海但自淨十二有支業緣佛智現爾但求他勝境自法便隱不及知法一一自已功成不損功程不違聖旨如善財一一善友所具其五位方便加行菩薩之法不著他法不著自心無所依

住但令其心廣大以方便三昧饒益廣多令一切衆生皆得離苦又令自心至究竟實法亦令衆生皆悉同得十方諸佛一切菩薩諸法利衆生諸行乃至一衆生法不知不了不名爲智滿之佛不名摩訶薩

△第七爾時善財童子恭敬右遶彌勒菩薩摩訶薩已下至此卷末明善財入慈氏樓閣觀果知因三世所行境界同異總別一多無礙自在同時圓滿分於此段中慈氏菩薩彈指出聲其門即開者明聲是震動啓發之義彈指者是去塵之義塵亡執去法門自開善財入已其門還閉者以迷忘智現名之爲開智無内外中間無出無入無迷無證名爲還閉見其樓閣廣博無量同於虚空者智境界也於中莊嚴皆約智約慈悲心所行諸行願報得一一如經具明於中神化境界以約法界智境法爾合然無物不神達法應眞一切自神乃至見彌勒菩薩三世所行境界慈氏菩薩往昔曾所事諸佛善知識亦爲善財説法者以法身智境本自如然無三世性古今三世窮劫元不移一念此非神通法合如是兜沙羅色者此如霜氷之色也餘如經自具經云善男子我願滿足成一切智得菩提時汝及文殊師利俱得見我者會三世因緣智無古今即三世佛一時相見同一智慧於此段中約科爲三段一爾時善財童子恭敬右遶慈氏菩薩已下直至見樓閣中一切莊嚴自在境界有九紙經明入佛智境觀果知因無異分二爾時彌勒菩薩已下至善知識加被憶念威神之力有九行半經明彌勒菩薩

自攝神力所現一切境界並無以手彈指令善財令起分三聖者此解脫門其名何等已下至與汝往昔同生同行可有四紙經明善財問法門名目并問彌勒菩薩來處所生處所分於問法門名目中問其四法一問入樓閣中所有法門境界解脫之名二問莊嚴事何處去三問彌勒菩薩從何處來四問菩薩生處一問法門名目者此解脫門名入三世一切境界不忘念莊嚴藏二問莊嚴事何處去者慈氏答言於來處去又問從何處來答曰從菩薩智慧神力中來依菩薩智慧神力中住約體無來去處具如經文三問慈氏從何處來者初約法答次依事初約法答云諸菩薩無來無去如是而來無行無住如是而來乃至大慈大悲大願中來廣如經說依事者云我從生處摩羅提國而來者此國是約聖者之德立號表聖者智德高出世無過者長者子名瞿波羅者此云守護心地白法也慈氏令入佛法故四問生處者初法答次依事初依法答有十事生處經云菩提心是菩薩生處次深心次善知識次諸地波羅蜜次大願次大悲次如理觀察次大乘次教化衆生次智慧方便如是等是菩薩生處般若爲生母方便以爲父檀度爲乳母持戒爲養母忍辱爲莊嚴精進爲養育禪定爲浣濯善友爲教授師菩提爲伴侶衆善爲眷屬菩薩爲兄弟以如是等是菩薩生處廣如經自具依事答者於此閻浮提界摩羅提國拘吒聚落婆羅門家是生處拘吒聚落此云多家多諸人家所聚同居名爲多家故婆羅門家者淨

種中生明智無垢也善男子我住於此大樓閣中隨諸衆生心之所樂現種種方便教化調伏者明處大智大慈悲徧法界廣大報得幻生樓閣中隨諸衆生所樂見身各隨業果示現調伏以示現菩薩福智變化莊嚴超過一切諸欲界者此對欲界者說計以一生佛果菩薩福智報境總超過三界及三乘乃至下地一切諸境界故已智同十方一切諸佛所用故現佛智德無障礙故已授一生次補佛位故猶如長子持父家事不異父故亦如輪王第一夫人所生太子具三十二相與父同其福智共其報業若奉王命使持國事與父無異但以父王所攝衆生化緣未盡不處王位慈氏如來亦復如是但爲毘盧遮那示現化跡所攝衆生一勢未終未處示現下生成佛之位然約其實德已與一切諸佛智用無差也但爲如來設教引凡示現出沒令衆生不厭長自道心非是諸佛此生彼沒若以法界智境不約凡情十方一切國土微塵一一塵中佛海無盡互叅暎徹不生不滅不出不沒但入法性身處智境幻住門照之一切衆生亦不生不滅一如佛境

△第八是故善男子汝應往詣文殊師利之所已下有五行半經明慈氏還令善財見文殊師利明至果同因表因中之果本來無二分此段明慈氏已勝進入一生之佛果却令善財會入初信心時普光明殿如來智藏佛果法界寂滅大用常然之門無三世體總一時故菩提體如虛空非始終三世古今出入故令善財却見文殊明果不移因故如下文

自明

△第九爾時善財童子依彌勒菩薩摩訶薩教已下至頌此一段明善財已於慈氏所得一生之佛果普印一百一十城之法門方於初信心中金剛藏智菩提場毗盧遮那如來師子座前一切寶蓮華藏座上起等虛空界廣大十種心等以明經歷一百一十城至慈氏一生佛果究竟不離初信心毗盧遮那如來金剛藏智菩提妙理中成便於金剛藏智菩提妙理之中起法界佛果恒常普賢圓周法界妙行以此已下善財於普賢身中行普薩行普賢摩善財童子頂方明法界中恒常佛果恒常普賢行相及相應方始及得一切諸佛已成舊果普賢舊行至慈氏菩薩明此無三世中一生是見修道行初始入佛果位之生當來降神下生是當來成佛之生以六相法門該之善財亦以今生是見道修行滿之生來生方明成佛之生以此當來一生之佛果會根本金剛藏智菩提妙理毗盧遮那如來所得之果普賢舊行本來一體具足三世古今不二時復不遷同異自在處法界因陀羅網無礙法門從此慈氏一位法門約分六門一明舉果成因起信門二明已信加行契修門三加行修行契果門四已將所契之果會因門五還依本因圓融門六究竟法界始終因果無二同時不遷門以此六門和會可見其意此一段有十紙已下經明善財於慈氏菩薩所勝進入一生之佛果智境得三世一切境界不忘念莊嚴藏門返印一百一十城之法門入初信心時不出刹那際因

圓果滿至金剛藏菩提場毘盧遮那如來師子座前一切寶蓮華藏座上起等虛空界廣大十種心方起恒常法界佛果普賢行以此位中十方佛刹微塵中普賢菩薩一一塵中一時摩善財頂以明佛果法果行滿意明行滿不離因時不遷智不異乃至見佛刹微塵數善知識乃至見普賢身肢節毛孔中國土身以明入法界智境行網一多重重無礙無礙無盡無盡利生常然之門具如文自廣明論文畧申經中意趣所以不可具錄其文於此段中長科爲十段一爾時善財童子依彌勒菩薩摩訶薩教已下至同住渴仰欲見普賢菩薩有三十三行半經明善財以慈氏菩薩所勝進修行入一生之佛果却會初信心中菩提場普光明殿智境法界恒然寂用無礙因陀羅網境界佛果普賢行海恒圓滿分經云漸次而行經遊一百一十城已到普門國者以一切十方諸佛及一切衆生同爲一法界國土無別體故經遊一百一十城者明一時普印前所修法無前後故思惟觀察一心願見文殊師利即見三千大千世界微塵數善知識者即明以文殊師利法身智慧等周普見一切不異文殊之體明總相也此三千大千世界微塵數量者普門國法界初數總相次第意明毛孔中三千大千世界即周十方一一皆等入法界方便不可越數之也次於此金剛藏菩提場中毗盧遮那如來師子座前一切寶蓮華座上起等虛空界廣大心者明以本信心中所信佛果菩提金剛智藏無染大悲之體起一切法界因陀羅網境

界普賢恒行之門已下意例然如文廣説此明總收所進修之因果而歸本樣立法如是令使開解一一如是自心觀達修行令使相稱是衆聖賢之大意也意明不離初信心中菩提體根本智修差别智滿普賢行充滿十方塵刹重重普賢行海是自行滿因果不出刹那際中恒以此法恒化衆生不出刹那際無有斷絶始終之念此明毗盧遮那普賢法界無始無終大圓明智恒普印之常行無有出没休廢之事十方常然身無内外二即於此金剛藏菩提場毗盧遮那如來師子座前一切寶蓮華藏座上起等虚空界廣大心已下至善財童子起如是心時有八行經明善財於初所信心中法界金剛智藏菩提體中起普賢法界大用因果同時無礙分以六相義該之三由自善根如來加被普賢菩薩同善根力已下至是爲十有一十行經爲明善財見十種瑞相分四又見十種光明相已下至是爲十有十七行經明善財見十種光明分五時善財童子見此十種光明相已已下至增長大法成一切智有五十七行經明善財見普賢菩薩在如來前衆會之中坐寶蓮華師子之座及見普賢身一一毛孔中廣大法界分六爾時善財童子見普賢菩薩如是自在神通已下至一切如來遊戲神通有二十三行經明善財重觀普賢身見十方佛人天地獄咸在於身毛孔之中分七善財童子見普賢菩薩如是已下至善財童子既得是已有十三行半經明善財童子得十住智徧一切法智波羅蜜分八普賢菩薩即伸右手

摩善財頂已下至所得法門亦皆同等有十四行經明此方普賢菩薩摩善財頂及所得法門十方一切世界一切微塵中普賢菩薩一時摩善財頂及善財所得法門皆悉如此分九爾時普賢菩薩摩訶薩告善財言已下至善男子汝應觀我此清淨身有六十行經明普賢菩薩爲善財說自謂衆生求出離道修行福智二行以不可說不可說佛刹微塵數劫行菩薩行求一切智於身肉手足肝膽王位財寶及以轉輪王位求一切智利益衆生門無暫時間斷分十爾時善財童子觀普賢菩薩身相好肢節一一毛孔中已下至頌有三十九行經明善財觀普賢菩薩身相好毛孔境界法門一念所入諸佛刹海過前不可說不可說佛刹微塵數位分一毛孔如是一切毛孔亦然廣如經自明

△第十從八行頌已下至經末明普賢稱歎如來法界果德利生廣大無量功德分於說頌中分爲三段一初八行頌明普賢菩薩勅衆諦聽欲自說佛功德分二有六行經明衆歡喜樂聞分三以頌畧申如來功德少許之分其意頌文自具

大方廣佛華嚴經論卷第四十九

音釋

藝音意才技也　漉音六撈也　寘與置同　齎與臍同　兗音衍地名

刋音平聲刻也　吒丑亞切

題合論後

予徃聞匡廬山中有竹林寺或曰阿羅漢所居昔之人至者或以無心見以有心徃顧復不見也將不謂神且奇哉予友新環子數向予讚華嚴合論封崇和尚爲予於古寺中購得之乃宋淳祐初刻梓迄今更代且三百餘禩矣而書存時家居杜門輙焚香静坐展卷批對既而神與理相會言與心俱忘義之所解見之所及如入海中蓬萊方丈諸琳瑯珠玉觸目滿前華藏仙音遍周法界至於水窮山盡尤愈出而愈奇人世纖塵無所點染又如遊忉利夜摩天宫坐身金色光中空洞寥廓得大自在非言想可及顧嘗試之以無思體智照之則得以情量測之則乖若此豈不如匡廬竹林之隱現世人可以無心見不可以有心求者哉嗚呼妙矣舊傳長者著論時燄光代燭天女給侍伏虎負經神龍化泉此特修毋致子君子存而不論宋無盡居士稱長者世家莫得而詳殆文殊普賢之幻有也豈不然哉予既幸是希有難得之遇於會意處輙命童子採録數語置諸座右既終乃成帙焉恐其久而湮也携而刻諸章江之濵傳云不見異人當觀異書長者眞異人也謂合論非異書乎哉

嘉靖乙夘歲長至日天闕山人殷邁識

廣潫云此經論因陸五臺太宰送攝山棲霞寺供奉余思之十年辛亥首夏方得隨喜兩面裝池紙板精絶眞傳世法寶也惜首二十卷苦索不得盖各僧収藏秘不敢發久之盧澌滅無有能善喻之者懸賞不

可追求不可李空同先生有言神物當自
合需之可也幸五臺小板行世楞嚴寺藏
板又鐫不然此論幾淪失矣葢與焦太史
洎同社張李黄三致歎云萬曆壬子夏跋

解迷顯智成悲十明論

唐太原李通玄撰

清刻龍藏佛說法變相圖

釋華嚴十明論叙

宋寶覺圓明禪師惠洪覺範撰

顯謨閣待制朱公世英爲余言頃過金陵謁王文公於鍾山公以彦里閈晚生有志學道謂曰若讀史見勾踐伍員事乎勾踐保栖會稽置膽於坐臥則仰膽飯食亦嘗膽也伍員去楚橐載而去昭關至蒲伏行乞於吴市二子設心止欲雪恥復仇而焦身苦思二十餘年而後遂其欲葢有志者事竟成也然移此心以學無上菩提其何以禦之世英囑予記其言世英歿一年余還自海外築室筠溪石門寺夏釋此論追念平時之語曰嗟乎流轉三界未即弃去其恥亦大矣囚縛五陰未能超出其仇亦深矣以吴楚之仇恥較之其相倍如日劫而學者亦思掣肘徑去然至誠惻

怛勇決力行較勾踐伍員特太山毫芒耳豈不惜哉金剛般若經須菩提聞世尊言以恒河沙等身命布施不如受持四句偈為他人説之福於是泣下其心豈不謂學者多以一身味着懈怠故自為障閡乎夫雜華具四天下微塵數偈而其所詮者如來普光明大智一法而已親近隨順此智者戒定慧三法而已以戒定慧觀照方便破滅無明一切衆生彈指實證故金剛藏菩薩曰隨順無明起諸有若不隨順諸有離是謂成佛顯訣入法要旨借令三世如來重復宣示深奥不能如毫末於此矣其於利害去取曉如白黑其義理昭著粲如日星不知學者於戒定慧何疑而不隨順於無明煩惱何戀而不棄遺乎孟軻曰今有無名之指屈而不信非疾痛害事也如有能信之者則不遠秦楚之路為指之不若人也指不若人則知惡之心不若人則不知惡此之謂不知類也今之知類者吾特未見耳豈密行暗證隱實顯玭世不得而知歟抑觀力麤浮習重境强多遇緣而退歟余切慕思大智者父子於道能遺虚名收實効三十年間決期現證皆獲宿智通入法華三昧乳中之酪此其驗矣嗚呼安得如南嶽天台兩人者與之增進此道哉政和五年六月十日書

解迷顯智成悲十明論

唐太原李通玄撰

釋十二緣生

夫十二緣生者是一切衆生逐妄迷眞隨生死流轉波浪不息之大苦海其海廣大甚深無際亦是一切諸佛衆聖賢賓莊嚴大城亦是文殊普賢常遊止之華林園苑常有諸佛出現於中普賢菩薩恒對現色身在一切衆生前教化無有休息文殊師利告善財云不厭生死苦乃能具足普賢行一切諸佛功德海叅映重重充滿其中無有盡極與一切衆生猶如光影而無障礙以迷十二有支名一切衆生悟十二有支即是佛故衆生及以有支皆無自性若隨煩惱無明行識名色六根相對生觸受愛取有成五蘊身即有生老死常流轉故若以戒定慧觀照方便力照自身心境體相皆自性空無内外有即衆生心全佛智海如經頌云欲知諸佛心當觀佛智慧佛智無依處如空無所依衆生種種樂及諸方便智皆依佛智起如華嚴經佛子菩薩摩訶薩有十種退失佛法道應當遠離何等爲十爲於善知識生憍慢心失佛法道畏生死苦失佛法道厭菩薩行失佛法道厭惡受生失佛法道樂着三昧失佛法道於諸善根起疑惑心失佛法道誹謗正法失佛法道斷菩薩行失佛法道樂求聲聞及緣覺乘失佛法道起嗔恚心失佛法道若修行者求大菩提心者無勞遠求但自淨一心心無即境滅識散即智明智自同空諸緣何立以空智慧光明普見法門入十住初心此如善財童子登

妙峯山頂以明相盡法門故欲令其心轉更增勝上入海門國重觀十二有支生死大海見佛出興說普眼經及佛功德海諸波羅蜜海乃至禪波羅蜜方始一終又至十地中第六地作十度逆順觀察十二有支成般若波羅蜜門三空自在智慧現前以大慈大悲爲首故不盡諸行又以空慧入諸行海長養大慈大悲入生死海如蓮華處水而無染汚如阿修羅處海纔没半身像大悲菩薩以空智隨流處纏不没廣如經說今略敘其十法令後學者不妄別求設使自外他求畢竟須明此理若厭十二緣生別求解脱智海者如捨氷而求水逐陽燄以求漿若以止觀力照之心境總忘智日自然明白如貧女宅中寶藏不作而自明如窮子衣中珠無功而自現十門如下

第一明一切衆生十二緣生惡覺生死從何所生第二明十二緣生爲是本有爲是本無第三明諸佛解脱智慧爲是本有爲是修生第四明十二緣生與佛智慧誰爲先後第五明十二緣生及佛智慧有始有終否第六明十二緣生是一心所變云何受三界苦樂不同第七明解脱法中何法有依何法無依第八明諸佛解脱無有性相體無處所有無量功德有一佛刹微塵身土莊嚴互相映徹爲是有常爲是無常第九明一切諸佛皆有大願云誓度一切衆生盡方自解脱如今一切衆生無數云何無量諸佛已成現成佛者如無量刹塵豈不違其本自大願無量力耶第十明十二有支是大生死之源如何超度使

令迷解同佛大智大悲成大法門一切智海佛功德海

第一明十二緣生惡覺生死從何所生者爲一切衆生從本已來無本無末無始無終無性無相無古無今眞智慧之體是一切衆生之本源也爲眞智慧無體性不能自知無性故爲無性之性不能自知無性故名曰無明如華嚴經第六地不了第一義故號曰無明將知以眞智慧本無性故不能自了既不自了是以諸佛更須示現出世說法利樂人天本無衆生可度既先覺得道利樂世間明知眞智要得了緣方能現也若言眞智本來自然常不變易者即有所依即有所住處即堅然形質十方虛空不可相容納也即同外道及二乘并淨土菩薩皆有所依故衆生自衆生聖自聖不須教化也故知有覺聖得道會眞明知眞智無性不得了緣但迷心境十二有支隨事染着不能自知有性無性妄作我見隨順無明行識名色對六根爲觸識爲種子意爲能緣隨事和合觸受隨生無明行二事緣眼耳鼻舌身五根與名色相對無明行爲所緣意爲能緣名色是所緣之境識對諸根隨事和合分別善惡取納名受此一段五根從意及識七法爲現行緣領受貪着不捨便生愛取有從愛取有三緣成來世業因生老死三緣爲來世苦果此愛取有及生老死常以生老死爲果生生無有停息隨自貪欲乘憍慢放逸貪嗔勝劣等業三界受生苦樂不同皆是自心變非由他與應如是知是一切衆生所生苦海之源以迷眞智故便有業

生十二有支因此而起若達無我則無所生處則一切法自性無生是故經云世間生滅皆由着我若離於我即無生處執着我故常求有無不正思惟起於妄行行於邪道罪行福行不動行積集增長於諸行中植心種子生有漏身復起後有生及老死所爲諸業爲田識爲種子無明闇覆愛水爲潤我慢溉灌見網增長生名色芽名色增長生五根諸根相對生觸觸相對生受受生已復希求生愛愛增長生取取增長生有有生已於諸趣中起五蘊身名生生已衰變爲老老已劣造業成病病已業盡爲死死時生諸熱惱故憂悲愁歎衆苦皆集此因緣果故集無有集者此明經意爲名第一義故妄生苦緣實可悲愍爲迷心境枉流生死衆苦悲惱飄轉何休但

淨意根空慧現前十二有支都無所有及名色識觸受等五法皆爲根本智之法界自在緣生諸法門大海及諸波羅蜜諸功德海以明迷者即諸煩惱海一切心境總爲苦海若覺悟者即是諸法門及波羅蜜海正覺悟時無明不見滅智慧不見生是故經云一切法不生一切法不滅若能如是解諸佛常現前此明迷解是故一切衆生於第一義根本無作智中妄起作業愛取有生是故十二有支迷眞智慧生十二有支以爲生源以此三乘教法諸般若中爲中下種人但說五蘊十二緣空空亦空有爲無爲及畢竟空乃至十八空等皆未明達十二緣生煩惱苦海便爲智海正覺海諸法門海諸波羅蜜海菩薩萬行諸功德海文殊普賢毗盧遮那三法皆悉圓

滿一一塵中十方諸佛及一切衆生同住無礙海法如是故非是權乘神通所作一切大小皆無邊方叅映重重重重無礙如經廣明

第二明十二緣生爲是本有爲是本無者此中有二義一妄二眞一如世情妄見隨三世古今爲心計其萬事實有又計生死等以爲無常此乃如世情心想所計言無常並是妄心妄想栽接無有窮盡言常無常並是虛妄無有定法皆不可依也言眞如理智常不變易亦是虛妄是故淨名經云無以生滅心行說實相法以此十二有支是一切衆生自心自誑情計變生今言十二有支常以是虛妄若言無常法又以滅而取證或厭而往生者皆且得變化生死非眞解脱是故常與無常同第一義智不可以情知也經云不了第一義故號曰無明又世諦即第一義諦云何十二有支定說爲常及與無常又如正會第一義諦時不見身心及境界若生若滅常與無常是故十二有支無決定性不可說言常與無常同第一勝義諦故

第三明諸佛解脱智慧爲是本有爲是修生者此一段須知四謗言法本有增益謗言法本無損減謗亦有亦無戲論謗非有非無相違謗若言諸佛解脱智慧本有增益謗若言本無要假修生損減謗此之一段非情意思量言所及也情亡神會想盡智圓何以情論於有無談其無功之智也言其本有即體性如同虛空本來無迹言其本無因修而得者亡情慮而始會一乘若以滅識亡情亦非是當一切衆生以情想恒存者常迷不知存修

即卻敗放逸即全乘若言本有修生皆爲過失何以然者言本有一切衆生元來是佛何因苦樂流轉不停若言修生還成敗壞有爲之法皆是無常故須除此二障方可相應乃故頌曰諸法不自生亦不從也生不共不無因是故説無生此乃禪定觀行方便以爲了緣迷解自明不可以情慮計度云修生本有此果體無以斟酌知無以思量得當以止觀力功熟方乃證知急亦不成緩亦不得但知不休心不虛弃如乳有酪皆須待緣緣緣之中無作者故其酪成已亦無來處亦非本有如來智慧以戒定慧衆善方便而以照之而緣緣之中無作者無成壞故然於一切智一切種智於中而得朗然於諸法中無能作所作者故亦非本有亦非本無以第一義中無本無末無始無終無成無壞無三世古今亦不可作本有及以修生成就世間斷常諸見及諸諍論應如是知如經中頌云一切法不生無有常見一切法不滅無有斷見若能如是解諸佛常現前以無斷常故即是成佛義也是故不可作修生本有卜度之妄想也重裁妄想不可相應當須於一切法無心道自現也無心道現正智方明正智現前方覺心境諸緣自皆無性心境無性智日同空境何能立智空境寂識浪無生所有現行都無能所如空谷響應物成音空谷無心智亦如是應物分別都無所生於此是他同於幻住所有心境皆如不見一法有生住異滅成壞等相名法界緣起自在無生門如善財至德生童子有德童女所得空幻智幻生幻住法門

一切處受生皆同幻住
第四明十二緣生與佛智慧誰爲先後者如世情識妄業所見者即十二緣生生死在前若以道現智明古今元來不變無動轉故已是無量劫中所作善惡業果報德道現智明悉能見之如彌勒樓閣中善財入已彌勒三世古今業行悉於中現者是也以自淨智業圓明十方諸佛及一切衆生三世古今業行無不普現以無明總盡一切智成自合如是但淨自心不可希望如世間初心但且息心淨念者亦得少分外邊生死境界所現故求大道者不取也不可以螢光滯於大智之明此是攝亂息心所見也亦有邪鬼入身亦見少分皆不可取也善決擇之如十地菩薩得百萬阿僧祇三昧世無不明坐大寶蓮華之上量等百萬三千大千世界授如來職其身充滿大蓮華之上此大蓮華四邊次有十三千大千世界微塵數蓮華以爲眷屬諸菩薩皆坐其上尚猶於普賢行猶爲障礙欲見普賢菩薩不能得見當捨五障方見普賢略釋中已明善財欲入大悲位但見摩耶夫人處寶眼天具明五障之數何況世間息念少分淨心怕怖生死畏懼攀緣之心而少分可見亦爲障道未作須作已作須過勿滯其中一依善財童子所有十住十行五位行樣不錯也如是根本大智之海不可更求前後之見皆從迷十二緣生之法於心境上意識魔王妄變自惑其心至無始沉淪由迷不覺存前存後見古見今第一義中都無此也一切處文殊師利同聲說偈云一念普觀無量劫無

去無來亦無住如是了知三世事超諸方便成十力又以大智體中同三世事以過去世入現在未來世以未來世入現在過去世以現在世入未來過去世以根本智無三世性妄執三世智現自圓無古無今一世通爲十世以三世中一世上三世爲九世通平等世爲十世如圓珠上求方環輪上求始末虛空中求大小中邊前際後際終不可得應如是知如是見即於大小前後諸見無所惑亂也如是見盡三世都忘名初發心時便成正覺然後成普賢之行矣

第五明十二緣生及佛智慧有始有終者如有人於少時間夢見無量劫忽然睡覺所有夢中時量劫數並不可得亦如是見無明及佛智慧亦不可得爲無明等十二有支及佛智慧皆虛妄也經云無無明亦無無明盡乃至無老死亦無老死盡爲眞妄總同一虛空性故不可於空中求其生滅等相不見無明滅不見智慧生以無生滅故一切法亦如是無生無滅無始無終也

第六明十二緣生是一心所變云何受三界苦樂不同者金剛藏菩薩云於第一義諦不了故名曰無明所作事是行行依止初心是識識共生四取蘊爲名色無明行識名色爲四名色增長六處六根是也根境識三事和合是觸觸生受於受染著是愛愛增長是取以從此愛取中不順貪嗔忿恨各隨執業深淺輕重種種不同因此惡道人天諸業各各差別修行者大須觀察淨治識種以現智門而於心境即得自在餘意下當更明

第七明解脱法中何法有依何法無依者聲聞獨覺皆厭生死依寂滅涅槃淨土菩薩厭生死所依淨土般若中菩薩破有歸空成空智慧應生淨土留惑潤生教化衆生如涅槃中依一切衆生有自性清淨亦具普賢行俱是三乘中諸教菩薩等法門國土皆有大小廣狹所依分量可得皆有所依故爲衆生根品量度未圓所有修行心量各依自分所得唯一乘佛果毗盧遮那文殊普賢理智大悲圓滿皆徧至六道衆生及三乘菩薩二乘聲聞緣覺一切所依皆恒徧故十方充滿猶如虛空皆無所依非大小限量廣狹所依住也亦非情想計度所窮任無功無作大智之所印也以達十二緣生法中迷解智現故無厭除心無自他境不出不沒智印十方無去無來恒對現色身普徧一切衆生前無去無來故亦無神通變化之心以無所作之智法爾能隨物應感現其身宜應所化也如空谷響普應諸聲皆無所依一切衆生及諸賢聖皆無所依但以自情妄見也但智明迷解道自如是非是情所作得也故名不可思議更有餘意後當更明

第八明諸佛解脱皆無體相本無處所所有功德身土莊嚴爲是有常爲是無常者如來報身及國土三界淨土菩薩所知見故乃至十地菩薩受職位但見如來出世三昧涅槃解脱身土功德微玅境界猶不能見成佛果德已後恒行普賢行常處世間十方六道無休息行亦不能見也如十地道滿欲見普賢行以十地中三昧力三度倍倍入無量三昧

畢竟不見普賢身及所有境界況如來果後恒行普賢行十方國土悉徧於中功德如何見也如華嚴經世界成就品如許雜類世界如來行普賢行之徧處如華嚴即是文殊師利化入人間覺城東大塔廟處轉說此經號普照法界修多羅經於大海中有無量百千億諸龍而來其所聞此法已深厭龍趣正於佛道咸捨龍身生天人中一萬諸龍發大菩提心得不退轉有無量無數衆生於三乘各得調伏移城人間文殊師利童子在莊嚴幢娑羅林中大塔廟處無量大衆從城而出來詣其所略舉優婆塞優婆夷童子童女各言五百入法之衆以是義故但以文殊師利轉教人間若如來報身及國土諸天十地菩薩及淨土諸菩薩所不能見何況二乘及凡夫得見此出過眼耳鼻舌身情識之境界不可云常無常生滅比量如來身及國土妙相不可以形質量礙所分劑知一一毛孔皆無有邊際所得一切功德身不可以世間情所卜度言常及無常皆無決定之體不屬生滅性故不可以妄知

第九明一切諸佛皆以大願度衆生令盡若一衆生不盡者我不取正覺如今現有無量衆生在以有無量諸佛已成現成佛者豈不違其本願力也如十方世界不見一佛已成現成佛者常行普賢行處十方世界度脫衆生無古無今不出不沒但以衆生宜應所見成佛及以涅槃無作菩提何得何證何成何壞但以普賢行願常然恒利衆生而無利者但以無作之智性自徧周應現解迷本無成

壞也正迷解時不見迷已不見智慧如善財入慈氏之門入已還合以諸法中實無一法有成壞故若於諸法中見有佛成佛者是無常義如涅槃經自具明文勿生疑滯

第十明十二有支是大生死之源如何超度使令迷解同佛大智大悲成大法門一切智海佛功德海者如華嚴經第二會普光明殿中說十信門如來足下輪中十度放光其光從如來眉間毫相中出照耀十方世界已來入佛足下輪中以明佛果光以佛果光用成信位其光名一切菩薩智焰照耀十方藏其狀猶如寶色燈雲以此光明從足輪中出初照三千大千世界令修行者隨光心作光明想徧照三千大千世界作此想成已其光明照於東方十三千大千世界四維上下亦復如是次第一周一一方所想成十方過此是初觀第二次第乃至第十倍倍增廣量度想念皆盡虛空令其自心亦盡虛空心同虛空其心自定朗然安樂方從定還起十方觀四維上下周徧推求自心內外都無所得方始了知空慧現前名憶念一切諸佛智慧光明普見法門在此位中定亂俱忘名初發心住以此空慧觀察世間一切衆生及以國土皆如幻化無有體相同佛空慧解脫法門入佛知見已以此名念佛門以無念正慧相應故入十方境界念佛門空慧自性普周徧故及一切佛成正覺轉法輪三世劫在一時無時分延促之相可安立故如經廣明入此十種廣大如虛空量念佛門方入海門國第二治地住法門方廣達十二緣生海成普眼經及

成十波羅蜜行海佛功德海入清淨無染大悲蓮華無垢大智普光明海如經云善財童子問言欲入一切無上智海而未知菩薩行云何能捨世俗家生如來家如是十問具如經說海雲比丘十種讚慰勸發之後方云我住此海門國十有二年常以大海爲其境界所謂思惟大海廣大無量思惟大海甚深難測總勸十種觀察十二緣生生死大海便見大海之下有大蓮華忽然出現以觀心圓淨生死無染業成十無盡寶莊嚴十王供養恭敬明十智波羅蜜功德不出生死之海於生死大海之中利樂衆生無染自在以王表之阿修羅王云百萬者檀波羅蜜中行滿也手執持其莖明不離根本智處生死而不没以阿修羅王表之已下思之表法如是餘可准

知設有其事亦爲表法衆也蓮華有佛出現說普眼經者觀達十二緣生根本普光明智起差別智普現一切名色色聲香味觸法虛空等隨一切衆生欲皆說爲經衆生無盡心想無盡對彼根欲以世間萬事應所宜說之爲教有何盡耶經云以大海量墨須彌聚筆書寫此普眼經法一品中一門一門中一法一法中一義一義中一句不得少分何况能盡知我於此佛所千二百歲受持如是普眼法門以十陁羅尼門爲諸人天龍神等廣宣流布以十二緣中一緣之上有百煩惱十二緣中以爲法門故云千二百歲但是一切賢聖所說不離四諦一切世間不離苦集一切解脫不離滅道一切苦集不離無明乃至一切諸緣行等十方隨事各各不同如華嚴四

聖諦品是諸修行者一一依十信十住十行十回向十地及普賢等覺位自明若不徧學不徧知住一法中莫知進路一乘之教即以普光明根本智以爲信解勝進之門以智無三世古今之體還以不移刹那際成大菩提依智成教不立古今智圓三世多劫不離一念以智無延促無有去來智體同空本無廣狹不可以分劑知不可以增損見雖有勝進功高時節不移毫分三乘之教以立三僧祇劫佛果在十地之終聖智依根立教如是樂之者即作勿疑聖旨致有沉吟恐作空過以十信之住六品經文還於普光明根本智殿中說還以十箇智佛以爲十信云覺首目首通文殊師利以爲所信之行首也金色世界及一切處金色世界及下九箇世界總通爲十是所信之法十箇世界皆名爲色所謂金色世界妙色世界等以十信之心是生滅心生信解故還如漸卦鴻漸於干磐等類是也略且如是不可具言十二緣生十住中第二住亦觀成普眼經也六地菩薩亦觀十二緣生生起因緣成無障礙智慧光明令後學者觀之論主頌曰

凡夫無智慧　執着生於我　常求於有無
不能正思惟　妄行於邪道　罪行及福行
乃至不動行　常於諸行中　植心之種子
生諸有漏業　成於後有身　生死恒流轉
諸業以爲田　識心爲種子　無明以爲覆
愛水以爲潤　我慢爲溉灌　諸見生名色
名色既增長　五根由是生　諸根對名色
識種隨受觸　觸受既增長　愛取生諸有

有生五蘊身　生已有衰變　老壞皆歸死
死時生熱惱　憂愁衆苦集　以此常流轉
生於六趣身　此中無一物　虛妄故如是
能以禪悅心　心念無虛妄　方能起空慧
普照於十方　是中無一物　能於無物中
方現如來智　既得智光已　復照諸衆生
常於十方刹　具足普賢行　以化衆生故
而於佛果門　安立信住地　十行十回向
十地等覺位　使令修行者　修行不失錯
十信是生滅　十地入佛位　以此佛位中
饒益衆生故　解脫智無染　名之爲十行
以此解脫行　迴入生死中　周徧十方界
廣利諸羣生　名之爲同向　常於生死中
長養大慈悲　名之爲十地　仍於生死海
樂着解脫心　涅槃三昧樂　以除五種障

安立等覺位　成就普賢道　如於十住中
初住第二住　乃至第三住　而於佛果海
觀察十二緣　多求出世心　三比丘表之
四住五住中　便以解脫心　返照世間境
及以十二緣　一切衆塵勞　無不恒清淨
身心無內外　十方悉無礙　一切皆禪林
與諸如來等（以明返照世間是解脫以彌伽解脫二俗士表之有國名住林十二年行方至以表十二緣生觀達一終）第六住位中
出世及世間　如是二解脫　皆悉總圓滿
寂滅大神通　無功神慧滿（以海幢比丘表之離出入息無復思覺神用無方皆悉自在也）第七方便住　廣度諸衆生
長養大悲行（以滿願優婆夷表之）第八無功智
毗目瞿沙仙　能隨邪見流　以同諸佛衆
令入清淨智　住處與前同　倶名爲海岸
以表智悲同　第九婆羅門　號名爲勝熱

明九波羅蜜　能同邪見林　五熱及刀山
從空而投火　摧伏諸苦行　悉令入正見
第十灌頂住　於智波羅蜜　以明十住滿
以智行慈悲　師子幢王女　如此十住中
以十波羅蜜　和會智慈行　各各皆不同
勝進故如是　乃至十行中　十向十地中
及以等覺位　一一諸位中　波羅蜜行別
互叅各不同　不離初發心

右已上法門皆如來普光明智爲體差別智爲用使令智慧充滿以爲法界大乘經云十二有支皆依一心而立隨事貪欲與心共生心是行（名色是生）於行迷惑生識行識共生名色名色增長六處三分合爲觸（名色識三六根爲分）觸共生是受受無厭生愛愛攝不捨是取彼諸有支生是有有所起名生生熟爲老老壞爲死（以下經云十二有支皆有種業如經自具明也）於十二有支爲三苦一無明及行六根是行苦觸受是苦苦餘是壞苦（愛取有生老死是也）以無明滅三苦總滅即得三空三昧空三昧無相三昧無願三昧於一心境無有願求唯以大悲爲首教化一切衆生故二乘觀十二有支空煩惱總滅智慧大慈大悲亦滅菩薩觀之諸緣由性空無生無滅無受命者教化衆生不滅諸行乃至十空三昧現前常恒不捨一切衆生廣如經說十二緣生法維一法一切賢聖皆於中作觀各各獲利不同十波羅蜜一法五位菩薩勝進各各名目德用不同不可一向准之

解迷顯智成悲十明論

音釋

閈（侯幹切音翰門也）櫜（音高弓衣也）築（音竹）筠（于倫切音荺）斟

音針勻也懼音具恐也狹音匣不廣也劑才詣均齊去聲分劑磐蒲官切音盤大与也

六祖大師法寶壇經

門人法海等集

清刻龍藏佛說法變相圖

御製六祖法寶壇經敘

朕聞佛西方聖人也爲善不倦博濟無窮又曰佛弼也其能弼世教而隆大行者也故周頌曰佛時仔肩爲我顯德行是知佛爲弼訓無餘蘊矣昔達磨遠歸東土不立文字直指人心見性成佛夫性天人一也文字惟心之畫而性融焉有善有惡有邪有正得其正則性善而言順得其邪則性惡而言乖子思曰自誠明謂之性又曰誠者天之道不誠無物苟能於性上究其眞宗辯其善惡則聖賢地位何患乎不至耶故佛樂於爲善心無邪見性體圓明虛靈澹泊於空而不着空於相而離諸相所以成佛果而弼隆朕治道也若謂崇供養而求福田利已朕所不取焉越之南有禪和者

盧惠能乃新州人也師於黃梅得衣鉢之傳究性宗之學隱於曹溪沒後其徒會其言傳爲壇經法寶其言正其性善大槩欲人循諸善道離諸惡趣與吾儒窮理盡性自誠入聖之理而無殊矣因萬幾之暇製爲敘命廷臣趙玉芝重加編録鋟梓以傳爲見性入善之指南云故敘

成化七年三月　　日

刻法寶壇經序

嘗攷孔子有曰朝聞道夕死可矣又曰原始要終故知死生之説豈不以必聞道者乃不徒死不徒死者乃不爲虛生也乎嗟乎此非眞有見於性命之際者未易以語此也故子貢以夫子之文章可得而聞其言性與天道不可得而聞而世之學者復漫曰文章之所在即性與天道之所在也此其所以曠數千年而聖人至命盡性之學卒以不盡聞於世也釋氏之爲學誠與儒異然以其不立文字故牿亡晦蝕者少而宗傳因以不泯其徒之慧達者亦間起而追繹之有以紹明其如綫之緒如六祖者其尤傑然者也今其書具在利生説法何啻萬有餘言總之俱從自性起用無一蔓語謂非眞有見於性命之際不可也新興自漢巳入中國逺今二千餘禩藻雅猷代世有其人求能脱然於世累超然有悟於性命以幾不畔於道者有其人乎吾是以有愧於其人因諸生之請也畀邑令王君道服刻而廣之庶因有悟者且有激云

大明萬曆改元歲在癸酉秋孟上澣見羅

山人李材書

六祖大師法寶壇經贊

宋明教大師契嵩述

贊者告也發經而溥告也壇經者至人之所以宣其心也何心耶佛所傳之妙心也大哉心乎資始變化而清淨常若凡然聖然幽然顯然無所處而不自得之聖言乎明凡言乎昧昧也者變也明也者復也變復雖殊而妙心一也始釋迦佛以是而傳之大龜氏大龜氏相傳之三十三世者傳諸大鑒大鑒傳之而蓋傳也說之者抑亦多端固有名同而實異者也固有義多而心一者也曰血肉心者曰緣慮心者曰集起心者曰堅實心者若心所之心蓋多也是所謂名同而實異者也曰真如心者曰生滅心者曰煩惱心者曰菩提心者諸修多羅其類此者殆不可勝數是所謂義多而心一者也義有覺義有不覺義心有真心有妄心皆所以別其正心也方壇經之所謂心者亦義之覺義心之實心也昔者聖人之將隱也乃命乎龜氏教外以傳法之要意其人滯迹而忘返固欲後世者提本而正末也故涅槃曰我有無上正法悉已付囑摩訶迦葉矣天之道存乎易地之道存乎簡聖人之道存乎要要也者至妙之謂也聖人之道以要則爲法界門之樞機爲無量義之所會爲大乘之椎輪法華豈不曰當知是妙法諸佛之祕要華嚴豈不曰以少方便疾成菩提要乎其於聖人之道利而大矣哉是故壇經之宗尊其心要也心乎若明若冥若空若靈若寂若惺有物乎無物乎謂之一物固彌於萬物謂之萬物固統於一物一物猶萬

物也萬物猶一物也此謂可思議也及其不可思也不可議也天下謂之玄解謂之神會謂之絶待謂之默體謂之冥通一皆離之遣之遣之又遣亦烏能至之微其果然獨得與夫至人之相似者孰能諒乎推而廣之則無往不可也探而裁之則無所不當也施於證性則所見至親施於修心則所詣至正施於崇德辯惑則眞妄易顯施於出世則佛道速成施於救世則塵勞易歇此壇經之宗所以旁行天下而不猒彼謂即心即佛淺者何其不知量也以折錐探地而淺地以屋漏窺天而小天豈天地之然耶然百家者雖苟勝之弗如也而至人通而貫之合乎羣經斷可見矣至人變而通之非預名字不可測也故其顯說之有倫有義密說之無首無尾天機利者得其深天機鈍者得其淺可擬乎可議乎不得已況之則圓頓教也最上乘也如來之清淨禪也菩薩藏之正宗也論者謂之玄學不亦詳乎天下謂之宗門不亦宜乎壇經曰定慧爲本者趣道之始也定也者靜也慧也者明也明以觀之靜以安之安其心可以體心也觀其道可以語道也一行三昧者法界一相之謂也謂萬善雖殊皆正於一行者也無相爲體者尊大戒也無念爲宗者尊大定也無住爲本者尊大慧也夫戒定慧者三乘之達道也夫妙心者戒定慧之大資也以一妙心而統乎三法故曰大也無相戒者戒其必正覺也四弘願者願度度苦也願斷斷集也願學學道也願成成寂滅也滅無所滅故無所不斷也道無所道故無所不度也無相

懺者懺非所懺也三歸戒者歸其一也一也者三寶之所以出也說摩訶般若者謂其心之至中也般若也者聖人之方便也聖人之大智也固能寂之明之權之實之天下以其寂可以泯衆惡也天下以其明可以集衆善也天下以其權可以大有爲也天下以其實可以大無爲也至矣哉般若也聖人之道非夫般若不明也不成也天下之務非夫般若不宜也不當也至人之爲以般若振不亦遠乎我法爲上上根人說者宜之也輕物重用則不勝大方小授則過也從來默傳分付者密說之謂也密也者非不言而闇證也眞而密之也不解此法而輙謗毀謂百劫千生斷佛種性者防天下亡其心也偉乎壇經之作也其本正其迹効其因眞其果不謬前聖也後聖也如此起之如此示之如此復之浩然沛乎若大川之注也若虛空之通也若日月之明也若形影之無礙也若鴻漸之有序也妙而得之之謂本推而用之之謂迹以其非始者始之之謂因以其非成者成之之謂果果不異乎因謂之正果也因不異乎果謂之正因也迹必顧乎本謂之大用也本必顧乎迹謂之大乘也乘也者聖人之喻道也用也者聖人之起敎也夫聖人之道莫至乎心聖人之敎莫至乎修調神入道莫至乎一相止觀軌善成德莫至乎一行三昧資一切戒莫至乎無相正一切定莫至乎無念通一切智莫至乎無住生善滅惡莫至乎無相戒篤道推德莫至乎四弘願善觀過莫至乎無相懺正所趣莫至乎三歸戒正大體裁大用莫至

乎大般若發大信務大道莫至乎大志天下之窮理盡性莫至乎默傳欲心無過莫善乎不謗定慧爲始道之基也一行三昧德之端也無念之宗解脫之謂也無住之本般若之謂也無相之體法身之謂也無相戒戒之最也四弘願願之極也無相懺懺之至也三歸戒眞所歸也摩訶智慧聖凡之大範也爲上上根人說直說也默傳傳之至也戒謗戒之當也夫妙心者非修所成也非證所明也本成也本明也以迷明者復明所以證也以背成者復成所以修也以非修而修之故曰正修也以非明而明之故曰正證也至人暗然不見其威儀而成德爲行藹如也至人頽然若無所持而道顯於天下也蓋以正修而修之也以正證而證之也于此乃曰罔修罔證

罔因罔果穿鑿叢脞競爲其說繆乎至人之意焉噫放戒定慧而必趨乎混茫之空則吾末如之何也甚乎含識溺心而浮識識與業相乘循諸嚮而未始息也象之形之人與物偕生紛然乎天地之間可勝數耶得其形於人者固萬萬之一耳人而能覺幾其鮮矣聖人懷此雖以多義發之而天下猶有所不明者也聖人救此雖以多方治之而天下猶有所不醒者也賢者以智亂不肖者以愚壅平平之人以無記惛及其感物而發喜之怒之哀之樂之益蔽者萬端曖然若夜行而不知所至其承於聖人之言則計之博之若蒙霧而望遠謂有也謂無也謂非有也謂非無也謂亦有也謂亦無也以不見而却蔽固終身而不得其審焉海所以在水也魚龍死生在

海而不見乎水道所以在心也其人終日說道而不見乎心悲夫心固微妙幽遠難明難湊其如此也矣聖人既隱天下百世雖以書傳而莫得其明驗故壇經之宗舉乃直示其心而天下方知即正乎性命也若排雲霧而頓見太清若登泰山而所視廓如也王氏以方乎世書曰齊一變至於魯魯一變至於道斯言近之矣涅槃曰始從鹿野苑終至跋提河中間五十年未曾說一字者示法非文字也防以文字而求其所謂也曰依法不依人者以法眞而人假也曰依義不依語者以義實而語假也曰依智而不依識者以智至而識妄也曰依了義經不依不了義經者以了義經盡理也而菩薩所謂即是宣說大涅槃者謂自說與經同也聖人所謂四人出世即四依也護持正法應當證知者應當證知故至人推本以正其末也自說與經同故至人說經如經也依義依了義經故至人顯說而合義也合經也依法依智故至人密說變之通之而不苟滯也示法非文字故至人之宗尚乎默傳也聖人如春陶陶而發之也至人如秋濯濯而成之也聖人命之而至人効之也至人固聖人之門之奇德殊勳者也夫至人者始起於微自謂不識世俗文字及其成至也方一席之說而顯道救世與乎大聖人之云爲者若合符契也固其玄德上智生而知之將自表其法而示其不識乎死殆四百年法流四海而不息帝王者聖賢者更三十世求其道而益敬非至乎大聖人之所至天且猒之久矣烏能若此也予固豈盡其道幸蚊虻

飲海亦預其味敢稽首布之以遺後學者也

六祖大鑒真空普覺圓明禪師

唐憲宗皇帝謚大鑒禪師塔曰靈照

宋太宗皇帝加謚真空塔曰太平興國

仁宗皇帝加普覺　神宗皇帝加圓明

六祖大師法寶壇經

門人法海等集

時祖師至寶林韶州韋刺史璩與官僚入山請師出於城中大梵寺講堂爲衆開緣說法師陞座次刺史官僚三十餘人儒宗學士三十餘人僧尼道俗一千餘人同時作禮願聞法要大師告衆曰善知識總淨心念摩訶般若波羅蜜大師良久復告衆曰善知識菩提自性本來清淨但用此心直了成佛善知識且聽慧能行由得法事意慧能嚴父本貫范陽左降流于嶺南作新州百姓此身不幸父又早亡老母孤遺移來南海艱辛貧乏於市賣柴時有一客買柴使令送至客店客收去慧能得錢却出門外見一客誦經慧能一聞經云應無所住而生其心心即開悟遂問客誦何經客曰金剛經復問從何所來持此經典客云我從蘄州黃梅縣東禪寺來其寺是五祖忍大師在彼主化門人一千有餘我到彼中禮拜聽受此經大師常勸僧俗但持金剛經即自見性直了成佛慧能聞說欲往求法念母無依宿昔有緣乃蒙一客取銀十兩與慧能令充老母衣粮教便往黃梅參禮五祖慧能安置母畢即便辭違不經三十餘日便至黃梅禮拜五祖祖問曰汝何方人欲求何物慧能對曰弟子是嶺南新州百姓遠來禮師惟求作佛不求餘物祖言汝是嶺南人又是獦獠若爲堪作佛慧能曰人雖有南北佛性本無南北獦獠身與和尚不同佛性有何差別祖更欲與語且見徒衆總在左右乃令隨衆作務慧能曰慧能啓和尚弟子自心

常生智慧不離自性即是福田未審和尚教作何務祖云這獦獠根性大利汝更勿言著槽廠去慧能退至後院有一行者差慧能破柴踏碓經八餘月祖一日忽見慧能曰吾思汝之見可用恐有惡人害汝遂不與言汝知之否慧能曰弟子亦知師意不敢行至堂前令人不覺祖一日喚諸門人總來吾向汝說世人生死事大汝等終日只求福田不求出離生死苦海自性若迷福何可救汝等各去自看智慧取自本心般若之性各作一偈來呈吾看若悟大意付汝衣法爲第六代祖火急速去不得遲滯思量即不中用見性之人言下須見若如此者譬如輪刀上陣亦得見之衆得處分退而遞相謂曰我等衆人不須澄心用意作偈將呈和尚有何所益神秀上座現爲教授師必是他得我輩謾作偈頌枉用心力餘人聞語總皆息心咸言我等已後依止秀師何煩作偈神秀思惟諸人不呈偈者爲我與他爲教授師我須作偈將呈和尚若不呈偈和尚如何知我心中見解深淺我呈偈意求法即善覓祖即惡却同凡心奪其聖位奚別若不呈偈終不得法大難大難五祖堂前有步廊三間擬請供奉盧珍畫楞伽經變相及五祖血脉圖流傳供養神秀作偈成已數度欲呈行至堂前心中恍惚徧身汗流前後經四日一十三度呈偈不得秀乃思惟不如向廊下書著從他和尚看見忽若道好即出禮拜云是神秀作若道不堪枉向山中數年受人禮拜更修何道是夜三更不使人知自執燈書偈於南廊壁間呈心所見偈

曰

身是菩提樹　心如明鏡臺　時時勤拂拭

勿使惹塵埃

秀書偈了便却歸房人總不知秀復思惟五祖明日見偈歡喜即我與法有緣若言不堪自是我迷宿業障重不合得法聖意難測房中思想坐卧不安直至五更祖已知神秀入門未得不見自性天明祖喚盧供奉來向南廊壁間繪畫圖相忽見其偈報言供奉却不用畫勞尒遠來經云凡所有相皆是虛妄但留此偈與人誦持依此偈修免墮惡道依此偈修有大利益令門人炷香禮敬盡誦此偈當得見性門人誦偈皆歎善哉祖三更喚秀入堂問曰偈是汝作否秀言實是秀作不敢妄求祖位望和尚慈悲看弟子有少智慧否祖曰汝作此偈未見本性只到門外未入門内如此見解覓無上菩提終不可得無上菩提須得言下識自本心見自本性不生不滅於一切時中念念自見萬法無滯一眞一切眞萬境自如如如如之心即是眞實若如是見即是無上菩提之自性也汝且去思惟更作一偈將來吾看汝偈若入得門付汝衣法神秀作禮而出又經數日作偈不成心中恍惚神思不安猶如夢中行坐不樂復兩日有一童子於碓坊過唱誦其偈慧能一聞便知此偈未見本性雖未蒙教授早識大意遂問童子曰誦者何偈童子曰爾這獦獠不知大師言世人生死事大欲得傳付衣法令門人作偈來看若悟大意即付衣法爲第六祖神秀上座於南廊壁上書無相偈大師令人皆

誦依此偈修免墮惡道依此偈修有大利益慧能曰上人我此踏碓八箇餘月未曾行到堂前望上人引至偈前禮拜童子引至偈前禮拜慧能曰慧能不識字請上人爲讀時有江州別駕姓張名日用便高聲讀慧能聞已遂言亦有一偈望別駕爲書別駕言汝亦作偈其事希有慧能向別駕言欲學無上菩提不得輕於初學下下人有上上智上上人有沒意智別駕言汝但誦偈吾爲汝書汝若得法先須度吾勿忘此言慧能偈曰

菩提本無樹　明鏡亦非臺　本來無一物
何處惹塵埃

書此偈已徒衆總驚無不嗟訝各相謂言奇哉不得以貌取人何得多時使他肉身菩薩祖見衆人驚怪恐人損害遂將鞋擦了偈曰亦未見性衆人疑息次日祖潛至碓坊見能腰石舂米語曰求道之人爲法忘軀當如是乎乃問曰米熟也未慧能曰米熟久矣猶欠篩在祖以杖擊碓三下而去慧能即會祖意三鼓入室祖遂徵其初悟應無所住而生其心慧能言下大徹遂啓祖言一切萬法不離自性何期自性本自清淨何期自性本不生滅何期自性本自具足何期自性本無動搖何期自性能生萬法祖知悟本性謂能曰不識本心學法無益若識本心見自本性即名丈夫天人師佛三更受法人盡不知便傳衣鉢云汝爲第六代祖善自護念廣度有情流布將來無令斷絕聽吾偈曰

有情來下種　因地果還生　無情既無種
無性亦無生

祖復曰昔達磨大師初來此土人未之信故傳此衣以爲信證代代相承法則以心傳心皆令自悟自證自古佛佛惟傳本體師師密付本心衣爲爭端止汝勿傳若傳此衣命如懸絲汝須速去恐人害汝慧能啓曰向甚處去祖云逢懷則止遇會則藏三更領得衣鉢云能本是嶺南人素不知此山路如何得出江口祖言汝不須憂吾自送汝祖送至九江驛邊祖令上船慧能隨即把艣祖云合是吾渡汝慧能云迷時師度悟了自度度名雖一用處不同慧能生在邊方語音不正蒙師付法今已得悟只合自性自度祖云如是如是以後佛法由汝大行汝去三年吾方逝世汝今好去努力向南不宜速說佛法難起慧能辭違祖已發足南行兩月中間至大庾嶺祖歸數日不上堂衆疑詣問曰和尚少病少惱否曰病即無衣法已南矣問誰人傳受曰能者得之衆乃知焉逐後數百人來欲奪衣鉢一僧俗姓陳名慧明先是四品將軍性行麤慥極意參尋爲衆人先趁及慧能慧能擲下衣鉢於石上云此衣表信可力爭耶慧能隱草中慧明至提掇不動乃喚云行者行者我爲法來不爲衣來慧能遂出坐盤石上慧明作禮云望行者爲我說法慧能云汝旣爲法而來可屛息諸緣勿生一念吾爲汝說明良久慧能曰不思善不思惡正與麼時那箇是明上座本來面目慧明言下大悟復問云上來密語密意外更有密意否慧能云與汝說者即非密也汝若返照密在汝邊明曰慧明雖在黃梅實未省自己面目今蒙指示如人

飲水冷暖自知今行者即慧明師也慧能曰汝若如是吾與汝同師黄梅善自護持明又問慧明今後向甚處去慧能曰逢袁則止遇蒙則居明禮辭回至嶺下謂趂衆曰向陟崔嵬竟無蹤跡當别道尋之趂衆咸以爲然慧明後改道明避吾上字慧能後至曹溪又被惡人尋逐乃於四會避難獵人隊中凡經一十五載時與獵人隨宜説法獵人常令守網每見生命盡放之每至飯時以菜寄煮肉鍋或問則對曰但喫肉邊菜一日思惟時當弘法不可終遯遂出至廣州法性寺值印宗師論涅槃經因二僧論風旛義一曰風動一曰旛動議論不已慧能進曰不是風動不是旛動仁者心動一衆駭然印宗延至上席徵詰奥義見慧能言簡理當不由文字宗云行者定非常人久聞黄梅衣法南來莫是行者否慧能曰不敢宗於是作禮告請傳來衣鉢出示大衆宗復問曰黄梅付囑如何指授慧能曰指授即無惟論見性不論禪定解脱宗曰何不論禪定解脱能曰爲是二法不是佛法佛法是不二之法宗又問如何是佛法不二之法慧能曰法師講涅槃經明佛性是佛法不二之法如高貴德王菩薩白佛言犯四重禁作五逆罪及一闡提等當斷善根佛性否佛言善根有二一者常二者無常佛性非常非無常是故不斷名爲不二一者善二者不善佛性非善非不善是名不二蘊之與界凡夫見二智者了達其性無二無二之性即是佛性印宗聞説歡喜合掌言某甲講經猶如瓦礫仁者論義猶如眞金於是爲慧能剃髮

願事爲師慧能遂於菩提樹下開東山法門慧能於東山得法辛苦受盡命似懸絲今日得與史君官僚僧尼道俗同此一會莫非累劫之緣亦是過去生中供養諸佛同種善根方始得聞如上頓教得法之因教是先聖所傳不是慧能自智願聞先聖教者各令淨心聞了各自除疑如先代聖人無別師復告衆曰善知識菩提般若之智世人本自有之只緣心迷不能自悟須假大善知識示導見性當知愚人智人佛性本無差別只緣迷悟不同所以有愚有智吾今爲說摩訶般若波羅蜜法使汝等各得智慧志心諦聽吾爲汝說善知識世人終日口念般若不識自性般若猶如說食不飽口但說空萬劫不得見性終無有益善知識摩訶般若波羅蜜是梵語此言大智慧到彼岸此須心行不在口念口念心不行如幻如化如露如電口念心行則心口相應本性是佛離性無別佛何名摩訶摩訶是大心量廣大猶如虛空無有邊畔亦無方圓大小亦非青黃赤白亦無上下長短亦無嗔無喜無是無非無善無惡無有頭尾諸佛刹土盡同虛空世人妙性本空無有一法可得自性真空亦復如是善知識莫聞吾說空便即著空第一莫著空若空心靜坐即著無記空善知識世界虛空能含萬物色像日月星宿山河大地泉源溪澗草木叢林惡人善人惡法善法天堂地獄一切大海須彌諸山總在空中世人性空亦復如是善知識自性能含萬法是大萬法在諸人性中若見一切人惡之與善盡皆不取不捨亦不染著心

如虛空名之為大故曰摩訶善知識迷人口說智者心行又有迷人空心靜坐百無所思自稱為大此一輩人不可與語為邪見故善知識心量廣大徧周法界用即了了分明應用便知一切一切即一一即一切去來自由心體無滯即是般若善知識一切般若智皆從自性而生不從外入莫錯用意名為真性自用一真一切真心量大事不行小道口雖終日說空心中不修此行恰似凡人自稱國王終不可得非吾弟子善知識何名般若般若者唐言智慧也一切處所一切時中念念不愚常行智慧即是般若行一念愚即般若絕一念智即般若生世人愚迷不見般若口說般若心中常愚常自言我修般若念念說空不識真空般若無形相智慧心即是若作如是解即名般若智何名波羅蜜此是西竺語唐言到彼岸解義離生滅著境生滅起如水有波浪即名為此岸離境無生滅如水常通流即名為彼岸故號波羅蜜善知識迷人口念當念之時惟妄惟非念念若行是名真性悟此法者是般若法修此行者是般若行不修即凡一念修行自身等佛善知識凡夫即佛煩惱即菩提前念迷即凡夫後念悟即佛前念著境即煩惱後念離境即菩提善知識摩訶般若波羅蜜最尊最上最第一無住無往亦無來三世諸佛從中出當用大智慧打破五蘊煩惱塵勞如此修行定成佛道變三毒為戒定慧善知識我此法門從一般若生八萬四千智慧何以故為世人有八萬四千塵勞若無塵勞智慧常現不離自性悟此

法者即是無念無憶無著不起誑妄用自眞如性以智慧觀照於一切法不取不捨即是見性成佛道善知識若欲入甚深法界及般若三昧者須修般若行持誦金剛般若經即得見性當知此功德無量無邊經中分明讚歎莫能具說此法門是最上乘爲大智人說爲上根人說小根小智人聞心生不信何以故譬如大龍下雨於閻浮提城邑聚落悉皆漂流如漂棗葉若雨大海不增不減若大乘人若最上乘人聞說金剛經心開悟解故知本性自有般若之智自用智慧常觀照故不假文字譬如雨水不從天有元是龍能興致令一切衆生一切草木有情無情悉皆蒙潤百川衆流却入大海合爲一體衆生本性般若之智亦復如是善知識小根之人聞此頓教猶如草木根性小者若被大雨悉皆自倒不能增長小根之人亦復如是元有般若之智與大智人更無差別因何聞法不自開悟緣邪見障重煩惱根深猶如大雲覆蓋於日不得風吹日光不現般若之智亦無大小爲一切衆生自心迷悟不同迷心外見修行覓佛未悟自性即是小根若開悟頓教不執外修但於自心常起正見煩惱塵勞常不能染即是見性善知識内外不住去來自由能除執心通達無礙能修此行與般若經本無差別善知識一切修多羅及諸文字皆因人置因智慧性方能建立若無世人一切萬法本自不有故知萬法本自人興一切經書因人說有緣其人中有愚有智愚爲小人智爲大人愚者問於智人智者與愚人說法愚人忽

悟解心開即與智人無別善知識不悟即佛是衆生一念悟時衆生是佛故知萬法盡在自心何不從自心中頓見眞如本性菩薩戒經云我本元自性清淨若識自心見性皆成佛道淨名經云即時豁然還得本心善知識我於忍和尚處一聞言下便悟頓見眞如本性是以將此教法流行令學道者頓悟菩提各自觀心自見本性若自不悟須覓大善知識解最上乘法者直示正路是善知識有大因緣所謂化導令得見性一切善法因善知識能發起故三世諸佛十二部經在人性中本自具有不能自悟須求善知識指示方見若自悟者不假外求若一向執謂須要他善知識方得解脱者無有是處何以故自心內有知識自悟若起邪迷妄念顛倒外善知識雖有教授救不可得若起正眞般若觀照一剎那間妄念俱滅識自本性一悟即至佛地善知識智慧觀照內外明徹識自本心若識本心即本解脱若得解脱即是般若三昧般若三昧即是無念何名無念若見一切法心不染著是爲無念用即徧一切處亦不著一切處但淨本心使六識出六門於六塵中無染無雜來去自由通用無滯即是般若三昧自在解脱名無念行若百不思常令念絶即是法縛即名邊見善知識悟無念法者萬法盡通悟無念法者見諸佛境界悟無念法者至佛地位善知識後代得吾法者將此頓教法門於同見同行發願受持如事佛故終身而不退者定入聖位然須傳授從上以來默傳分付不得匿其正法若不同見同行在別

法中不得傳付損彼前人究竟無益恐愚人不解謗此法門百劫千生斷佛種性善知識吾有一無相頌各須誦取在家出家但依此修若不自修惟記吾言亦無有益聽吾頌曰

說通及心通　如日處虛空　唯傳見性法
出世破邪宗　法即無頓漸　迷悟有遲疾
只此見性門　愚人不可悉　說即雖萬般
合理還歸一　煩惱暗宅中　常須生慧日
邪來煩惱至　正來煩惱除　邪正俱不用
清淨至無餘　菩提本自性　起心即是妄
淨心在妄中　但正無三障　世人若修道
一切盡不妨　常自見已過　與道即相當
色類自有道　各不相妨惱　離道別覓道
終身不見道　波波度一生　到頭還自懊
欲得見真道　行正即是道　自若無道心
闇行不見道　若真修道人　不見世間過
若見他人非　自非却是左　他非我不非
我非自有過　但自却非心　打除煩惱破
憎愛不關心　長伸兩脚卧　欲擬化他人
目須有方便　勿令彼有疑　即是自性現
佛法在世間　不離世間覺　離世覓菩提
恰如求兔角　正見名出世　邪見是世間
邪正盡打却　菩提性宛然　此頌是頓教
亦名大法船　迷聞經累劫　悟則刹那間

祖復曰今於大梵寺說此頓教普願法界衆生言下見性成佛時韋史君與官僚道俗聞師所說無不省悟一時作禮皆歎善哉何期嶺南有佛出世次日韋刺史爲師設大會齋齋訖刺史請祖陞座同官僚士庶肅容再拜問曰弟子聞和尚說法實不可思議今有少

疑願大慈悲特爲解説祖曰有疑即問吾當爲説韋公曰和尚所説可不是達磨大師宗旨乎祖曰是公曰弟子聞達磨初化梁武帝帝問云朕一生造寺度僧布施設齋有何功德達磨言實無功德弟子未達此理願和尚爲説祖曰實無功德勿疑先聖之言帝心執著不知正法造寺度僧布施設齋名爲求福不可將福便爲功德功德在法身中不在修福祖又曰見性是功平等是德念念無滯常見本性眞實妙用名爲功德内心謙下是功外行於禮是德自性建立萬法是功心體離念是德不離自性是功應用無染是德若覓功德法身但依此作是眞功德若修功德之人心即不輕常行普敬心常輕人吾我不斷即自無功自性虚妄不實即自無德爲吾我自大常輕一切故善知識念念無間是功心行平直是德自修性是功自修身是德善知識功德須自性内見不是布施供養之所求也是以福德與功德別武帝不識眞理非我祖師有過刺史又問曰弟子常見僧俗念阿彌陀佛願生西方請和尚説得生彼否願爲破疑祖言史君善聽慧能爲説釋迦世尊在王舍城説觀經有云阿彌陀佛去此不遠經文分明若論相説十萬億刹即人身中十惡等障説遠爲其下根説近爲其上智人有兩種法無兩般迷悟有殊見有遲疾迷人念佛求生於彼悟人自淨其心所以佛言隨其心淨即佛土淨史君東方人但心淨即無罪雖西方人心不淨亦有僁東方人念佛求生西方且西方人念佛更求生何國凡愚不了自

性不識身中淨土願東願西悟人在處一般所以佛言隨所住處恒安樂史君心地但無不善西方去此不遥若懷不善之心念佛往生難到今勸善知識能除十惡等障乃過十萬億剎念念見性常行平直到如彈指便覩彌陀史君但行十善何須更願往生不斷十惡之心何佛即來迎請若悟無生頓法見西方只在剎那不悟念佛求生路遥如何得達慧能與諸人移西方於剎那間目前便見各願見否衆皆頂禮云若此處見何須更願往生願和尚慈悲便現西方普令得見祖言大衆世人自色身是城眼耳鼻舌是門外有諸門内有意門心是地性是王王居心地上性在王在性去王無性在身心存性去身心壞佛向性中作莫向身外求自性迷即是衆生自性覺即是佛慈悲即是觀音喜捨名爲勢至能淨即釋迦平直即彌陀人我是須彌貪慾是海水煩惱是波浪毒害是惡龍虚妄是鬼神塵勞是魚鱉貪嗔是地獄愚癡是畜生善知識常行十善天堂便至除人我須彌倒去貪慾海水竭煩惱無波浪滅毒害除魚龍絶自心地上覺性如來放大光明外照六門清淨能破六欲諸天自性内照三毒即除地獄等罪一時消滅内外明徹不異西方不作此修如何到得大衆聞說了然見性悉皆禮拜俱歎善哉唱言普願法界衆生聞者一時悟解祖言善知識若欲修行在家亦得不但在寺在家能行如東方人心善在寺不修如西方人心惡但能心常清淨即是自性西方韋公又問在家如何修行願爲教授師言吾

與大衆說無相頌但依此修常與吾同處無別若不依此修剃髮出家於道何益頌曰

心平何勞持戒　行直何用修禪
恩則孝養父母　義則上下相憐
讓則尊卑和睦　忍則衆惡無喧
若能鑽木出火　淤泥定生紅蓮
苦口的是良藥　逆耳必是忠言
改過必生智慧　護短心内非賢
日用常行饒益　成道非由施錢
菩提只向心覓　何勞向外求玄
聽說依此修行　西方只在目前

祖復曰善知識總須依偈修行見取自性直成佛道時不相待衆人且散吾歸曹溪衆若有疑却來相問時刺史官僚在會善男信女各得開悟信受奉行

祖示衆云善知識我此法門以定慧爲本大衆勿迷言定慧別定慧一體本不是二定是慧體慧是定用即慧之時定在慧即定之時慧在定若識此義即是定慧等學諸學道人莫言先定發慧慧定各別作此見者法有二相口說善語心中不善空有定慧定慧不等若心口俱善内外一如定慧即等自悟修行不在於諍若諍先後即同迷人不斷勝負却增我法不離四相善知識定慧猶如何等猶如燈光有燈即光無燈即暗燈是光之體光是燈之用名雖有二體本同一此定慧法亦復如是

祖示衆云善知識一行三昧者於一切處行住坐卧常行一直心是也如淨名經云直心是道場直心是淨土莫心行諂曲口但說直

口說一行三昧不行直心但行直心於一切法勿有執著迷人著法相執一行三昧直言常坐不動妄不起心即是一行三昧作此解者即同無情却是障道因緣

祖示衆云善知識道須通流何以却滯心不住法道即通流心若住法名爲自縛若言常坐不動是只如舍利弗宴坐林中却被維摩詰訶善知識又有人教坐看心觀靜不動不起從此置功迷人不會便執成顛如此者衆如是相教故知大錯

祖示衆云善知識本來正教無有頓漸人性自有利鈍迷人漸修悟人頓契所以立頓漸之假名自識本心自見本性即無差別善知識我此法門從上以來先立無念爲宗無相爲體無住爲本無相者相而離相無念者念而無念無住者人之本性於世間善惡好醜乃至冤之與親言語觸刺欺爭之時並將爲空不思酬害念念之中不思前境若前念今念後念念念相續不斷名爲繫縛於諸法上念念不住即無縛也此是以無住爲本善知識外離一切相名爲無相能離於相即法體清淨此是以無相爲體善知識於諸境上心不染曰無念於自念上常離諸境不於境上生心若執百物不思念盡除却一念絕即死別處受生是爲大錯學道者思之若不識法意自錯猶可更悞他人自迷不見又謗佛經所以立無念爲宗善知識云何立無念爲宗只緣口說見性迷人於境上有念念上便起邪見一切塵勞忘想從此而生自性本無一法可得若有所得妄說禍福即是塵勞邪見

故此法門立無念爲宗善知識無者無何事念者念何物無者無二相無諸塵勞之心念者念眞如本性眞如即是念之體念即是眞如之用眞如自性起念非眼耳鼻舌能念眞如有性所以起念眞如若無眼耳色聲當時即壞善知識眞如自性起念六根雖有見聞覺知不染萬境而眞性常自在故經云能善分別諸法相於第一義而不動

祖示衆云此門坐禪元不著心亦不著淨亦不是不動若言著心心元是妄知心如幻故無所著也若言著淨人性本淨由妄念故蓋覆眞如但無妄想性自清淨起心著淨却生淨妄妄無處所著者是妄淨無形相却立淨相言是工夫作此見者障自本性却被淨縛善知識若修不動者但見一切人時不見人之是非善惡過患即是自性不動善知識迷人身雖不動開口便說他人是非長短好惡與道違背若著心著淨即障道也

祖示衆云善知識何名坐禪此法門中無障無礙外於一切善惡境界心念不起名爲坐内見自性不動名爲禪善知識何名禪定外離相爲禪内不亂爲定外若著相内心即亂外若離相心即不亂本性自淨自定只爲見境思境即亂若見諸境心不亂者是眞定也善知識外離相即禪内不亂即定外禪内定是爲禪定淨名經云即時豁然還得本心菩薩戒經云我本性元自清淨善知識於念念中自見本性清淨自修自行自成佛道

時祖師見廣韶洎四方士庶駢集山中聽法於是陞座告衆曰來諸善知識此事須從自

性中起於一切時念念自淨其心自修自行見自己法身見自心佛自度自戒始得本不假到此既從遠來一會于此皆共有緣今可各各胡跪先爲傳自性五分法身香次授無相懺悔衆胡跪師曰一戒香即自心中無非無惡無嫉妬無貪嗔無劫害名戒香二定香即覩諸善惡境相自心不亂名定香三慧香自心無礙常以智慧觀照自性不造諸惡雖修衆善心不執著敬上念下矜恤孤貧名慧香四解脫香即自心無所攀緣不思善不思惡自在無礙名解脫香五解脫知見香自心既無所攀緣善惡不可沉空守寂即須廣學多聞識自本心達諸佛理和光接物無我無人直至菩提真性不易名解脫知見香善知識此香各自內熏莫向外覓今與汝等授無相懺悔滅三世罪令得三業清淨善知識各隨我語一時道弟子等從前念今念及後念念念不被愚迷染從前所有惡業愚迷等罪悉皆懺悔願一時消滅永不復起弟子等從前念今念及後念念念不被憍誑染從前所有惡業憍誑等罪悉皆懺悔願一時消滅永不復起弟子等從前念今念及後念念念不被嫉妬染從前所有惡業嫉妬等罪悉皆懺悔願一時消滅永不復起善知識已上是爲無相懺悔云何名懺云何名悔懺者懺其前愆從前所有惡業愚迷憍誑嫉妬等罪悉皆盡懺永不復起是名爲懺悔者悔其後過從今已後所有惡業愚迷憍誑嫉妬等罪今已覺悟悉皆永斷更不復作是名爲悔故稱懺悔凡夫愚迷只知懺其前愆不知悔其後過

以不悔故前愆不滅後過又生前愆既不滅後過復又生何名懺悔善知識既懺悔已與善知識發四弘誓願各須用心正聽自心衆生無邊誓願度自心煩惱無邊誓願斷自性法門無盡誓願學自性無上佛道誓願成善知識大家豈不道衆生無邊誓願度恁麽道且不是慧能度善知識心中衆生所以邪迷心誑妄心不善心嫉妬心惡毒心如是等心盡是衆生各須自性自度是名真度何名自性自度即自心中邪見煩惱愚癡衆生將正見度既有正見使般若智打破愚癡迷妄衆生各各自度邪來正度迷來悟度愚來智度惡來善度如是度者名爲真度又煩惱無邊誓願斷將自性般若智除却虚妄思想心是也又法門無盡誓願學須自見性常行正法是名真學又無上佛道誓願成既常能下心行於真正離迷離覺常生般若除真除妄即見佛性即言下佛道成常念修行是願力法善知識今發四弘願了更與善知識授無相三歸依戒善知識歸依覺兩足尊歸依正離欲尊歸依淨衆中尊從今日去稱覺爲師更不歸依邪魔外道以自性三寶常自證明勸善知識歸依自性三寶佛者覺也法者正也僧者淨也自心歸依覺邪迷不生少欲知足能離財色名兩足尊自心歸依正念念無邪見以無邪見故即無人我貢高貪愛執著名離欲尊自心歸依淨一切塵勞愛欲境界自性皆不染著名衆中尊若修此行是自歸依凡夫不會從日至夜受三歸戒若言歸依佛佛在何處若不見佛憑何所歸言却成妄善

知識各自觀察莫錯用心經文分明言自歸依佛不言歸依他佛自佛不歸無所依處今既自悟各須歸依自心三寶内調心性外敬他人是自歸依也善知識既歸依自三寶竟各各志心吾與說一體三身自性佛令汝等見三身了然自悟自性總隨我道於自色身歸依清淨法身佛於自色身歸依圓滿報身佛於自色身歸依千百億化身佛善知識色身是舍宅不可言歸向者三身佛在自性中世人總有爲自心迷不見内性外覓三身如來不見自身中有三身佛汝等聽說令汝等於自身中見自性有三身佛此三身佛從自性生不從外得何名清淨法身佛世人性本清淨萬法從自性生思量一切惡事即生惡行思量一切善事即生善行如是諸法在自性中如天常清日月常明爲浮雲蓋覆上明下暗忽遇風吹雲散上下俱明萬象皆現世人性常浮游如彼天雲善知識智如日慧如月智慧常明於外著境被妄念浮雲蓋覆自性不得明朗若遇善知識聞真正法自除迷妄内外明徹於自性中萬法皆現見性之人亦復如是此名清淨法身佛善知識自心歸依自性是歸依真佛自歸依者除却自性中不善心嫉妬心諂曲心吾我心誑妄心輕人心慢他心邪見心貢高心及一切時中不善之行常自見己過不說他人好惡是自歸依常須下心普行恭敬即是見性通達更無滯礙是自歸依何名圓滿報身譬如一燈能除千年暗一智能滅萬年愚莫思向前已過不可得常思於後念念圓明自見本性善惡雖

殊本性無二無二之性名爲實性於是性中不染善惡此名圓滿報身佛自性起一念惡滅萬劫善因自性起一念善得恒河沙惡盡直至無上菩提念念自見不失本念名爲報身何名千百億化身若不思萬法性本如空一念思量名爲變化思量惡事化爲地獄思量善事化爲天堂毒害化爲龍蛇慈悲化爲菩薩智慧化爲上界愚癡化爲下方自性變化甚多迷人不能省覺念念起惡常行惡道迴一念善智慧即生此名自性化身佛善知識法身本具念念自性自見即是報身佛從報身思量即是化身佛自性自修自性功德是眞歸依皮肉是色身色身是舍宅不言歸依也但悟自性三身即識自性佛吾有一無相頌若能誦持言下令汝積劫迷罪一時消滅頌曰

迷人修福不修道　只言修福便是道
布施供養福無邊　心中三惡元來造
擬將修福欲滅罪　後世得福罪還在
但向心中除罪緣　名自性中眞懺悔
忽悟大乘眞懺悔　除邪行正即無罪
學道常於自性觀　即與諸佛同一類
吾祖惟傳此頓法　普願見性同一體
若欲當來覓法身　離諸法相心中洗
努力自見莫悠悠　後念忽絕一世休
若悟大乘得見性　虔敬合掌志心求

祖言善知識總須誦取依此修行言下見性雖去吾千里如常在吾邊於此言下不悟即對面千里何勤遠來珍重好去一衆聞法靡不開悟歡喜奉行

音釋

惺先青切悟也錐朱惟切鑽屬偉羽鬼切大也沛普蓋切水
流貌脞取果切無大畧細碎也繆靡幼切戾也肖仙妙切相似也惛
呼昆切心不明也曖於代切晻曖不明也慱徒官切猶測度也湊千候
切會也璩求於切蘄渠之切獦獠獦居曷切獠魯晧切獦獠西南
夷名槽廠槽財勞切廠昌兩切碓都內切舂具也繪胡對切畫也鞋
戶佳切履也擦倉葛切措攃也艣郎古切與櫓同所以進舟也慥七到
切趂丑刃切逐也掇都括切拾取也遯徒困切隱也愆丘虔切過
也鑽祖官切穿也矜恤矜居陵刀恤雪律切矜恤憐憫也

止觀大意

始終心要

法華三昧行事運想補助儀

唐天台沙門釋湛然述

唐國清沙門湛然撰

清刻龍藏佛說法變相圖

三祖文同卷

止觀大意

始終心要

法華三昧行事運想補助儀

大意分二

初標題目

二述人號

初題目二

一正文三

初叙祖承

二叙教觀二

初通叙祖承教觀二

止觀大意

唐天台沙門釋湛然述

因員外李華欲知止觀大意畧報綱要

畧述教觀門戶大槩今家教門以龍樹爲始祖慧文但列内觀視聽而已洎乎南嶽天台復因法華三昧發陀羅尼開拓義門觀法周備

消釋諸經皆以五重玄解十義融通觀法乃用五科方便十乘

初總列　二別示二　初正示

軌行

言五重者一切經前五義玄釋名通義異以總冠別謂釋名出體明宗辨用判教

二顯妙

自法華前諸教未合五重皆麤來至法華名等俱妙

三指廣

廣如玄文十卷委釋

初五重玄解三　二十義融通二　初敘教二　初正示十　初借顯體意

言十義者一先明道理寂絕亡離不可思議於一寂理不分而分離開諸諦謂四四諦七二諦五三諦等若開若合權實道理冷然可見

二借判教意

二能詮教門綱格槃峙包括祕露謂漸頓不定祕密藏通別圓

三借釋名意

得此八意一代聲教化道可知

三經論矛盾言義相乖不可以情通不可以博解古來執諍連代不休今用四悉檀意無滯不融拔擲自在

四借辨用意

四者巧破執著善用諸句破能著心如所破惑單複具足無言窮逐

五借明宗意

五結正法門對當行位使依教修有方便依行證有階差賢聖不濫免增上慢

六開拓次第

六隨以一句縱橫無礙而綸緒次第宛然成章

七附文生起

七開章科段鉤鎖相承決疏文勢生起冠帶

八附文貼釋

八帖釋經文須義順理當

九華梵翻譯

十附文成觀

九翻譯方言令名義不壅

十一一句下理觀消通觀與經
合印心成行非數他寶

二顯妙

若釋法華彌須曉了權實本迹
方可立行此經獨得稱妙方可
依此以立觀意

二叙觀

一正示本支綱要二

言五方便及十乘軌行者即圓
頓止觀全依法華圓頓止觀即
法華三昧之異名耳若欲修此
圓頓三昧具圓十乘方名圓行

二結歎勸修議已○

初總分廣略

方便品法文雖畧譬諭品大車
諭足

二別示廣略二

然止觀十卷大分爲二初之二
卷畧釋綱紀後之八卷廣明行
相

初略綱紀二

初標列五略

初畧明中又開爲五謂發圓心
修圓行感圓果起八教歸三德

二對文消擇

初發圓心在第一卷

初釋圓心三科二

謂約四弘四諦六即以簡偏圓
發心之相

初對文

四弘是能發之誓四諦是所依
之境六即是所歷之位誓若無
境名爲狂願境不辨位凡聖不
分

二釋義三

初列三科名

二示三科意

三明三科相二

初依諦立誓

言依境發誓者謂衆生無邊誓
願度依苦諦境煩惱無數誓願
斷依集諦境法門無盡誓願知
依道諦境佛道無上誓願成依
滅諦境

涅槃經中四諦開爲四重故使

二依經簡願

弘誓亦有四番今簡偏從圓以此圓四願融前三願無非法界

初弘誓合明二

故依法界起於妙願初心遍攝觀惑法界徧習佛法三身等證

二六即別辯三

初所以

已發圓心未知圓心爲初心是爲後心是爲初即後爲初異後若初非後是若初心異後俱非

二正示

圓融故辨六即而判是非謂理即名字即觀行即相似即分眞即究竟即即故初後俱是

三辯過

六故初後不濫理同故即事異故六

二釋圓行等四二

初對文

三隨釋四

凡諸經中有即名者如生死即涅槃之流皆以六位甄之使始終理同而初後無濫

次修圓行等四文並在第二卷中

初圓行三

初標章示意

初圓行者謂四種三昧遍攝衆行若無勝行勝果難階

二正明四行

一常坐出文殊問文殊說兩般若經亦名一行三昧唯專念法界故也以九十日爲一期二常行出般舟三昧經亦名佛立三昧成時見十方佛在空中立亦以九十日爲一期三半行半坐

三結指會同

出法華方等二經法華三七日爲一期方等不限時節四非行非坐亦名隨自意意起即觀故也方法出請觀音等諸大乘經通於四儀及諸作務公私怱遽

二圓果

亦可修也
是四三昧行異理同是故同用
十乘之法
三感圓果者由諸行故得入圓
位近在初住名無生忍遠期妙
覺名寂滅忍初住功能具如華
嚴歎初住文即其相也豈可造
次自謂證眞乃至妙覺廣如經
說

三起教

四起八教者既入位已八相成
道現十界身能隨順物機用三
藏等四及漸等四五時利物一
代始終

四歸處

五歸三德者機緣息已宜歸三
德三德者何謂祕密藏故涅槃

二廣行相二

云安置諸子祕密藏中我亦不
久自住其中

初通指

次第三卷去廣釋行相開演前
五令易行故

二別對二

初略列四章對文

謂釋止觀名辨止觀體明體攝
法判法偏圓此四並在第三卷
中

二方便正觀對文二

初對文總標

次爲正修作前方便並在第四
卷中謂二十五法總爲五科

初五科方便二

初具五緣一衣食具足離希望
緣故二持戒清淨離惡道因故
三閑居靜處離憒閙事故四息
諸緣務棄猥雜業故五須善知
識有諮疑地故文中各有事理
二具

二五科別示五

初具五緣

二訶五欲

二訶五欲謂色聲香味觸正報依報各具此五並能生於行者須欲心故故須訶滅文中自有事理二訶

三棄五蓋

三棄五蓋者緣具無欲方堪入觀觀未相應五法覆心謂貪欲瞋恚睡眠掉悔狐疑由觀所起倍異於常損於寂照覺已須棄文中各有事理二棄

四調五事

四調五事者蓋去不入當是身等五法不調謂身息心三定內合調令身不寬急息無澀滑心無浮沈眠食二法定外各調眠應不節不恣食使不飢不飽

五行五法

五行五法者四科雖具必須此五方成行首一樂欲須希慕故二專念須憶持故三精進須相續故四巧慧須迴轉故五一心無他求故

二十乘軌行二

初約前少後

具此方便正觀可獲

二正明軌行三

初通示二乘用與三

初徵示

正觀者何所謂十法

二所以

若無此十名壞驢車

三對根

文此十法雖俱圓常圓人復有三根不等上根唯一法中根二或七下根方具十

二正約十乘觀陰三

初約十乘十

上根一法者謂觀不思議境境爲所觀觀爲能觀

初妙境三

所觀者何謂陰界入不出色心色從心造全體是心故經云三界無別法唯是一心作

二對文結位

三明觀陰後所發

初正明妙境三

初標境觀

此之能造具足諸法若漏無漏非漏非無漏等若因若果非因非果等故經云心佛及衆生是三無差別

初徵示陰境

二正明妙乘二

衆生理具諸佛已成成之與理莫不性等

初明思議境

二不思議境三

初約示能造心具

謂一一心中一切心一一塵中一切塵一一心中一切塵一一塵中一切心一一塵中一切刹一切刹塵亦復然

初約諸佛明性等

二由性等故互具

諸法諸塵諸刹身其體宛然無自性

三由互具故無性

四由無性故隨緣

無性本來隨物變所以相入事恒分

二通示諸法互具

故我身心刹塵遍諸佛衆生亦復然

初舉約佛德示具二

一一身土體恒同何妨心佛衆生異異故分於染淨緣緣體本空空不空

二譬果体量示福

三諦三觀三非三三一一三無所寄諦觀名別體復同是故能所二非二三觀名義在瓔珞等經三諦名義在仁王等經

初心法佛性德量立融二

二即互說

如是觀時名觀心性隨緣不變故爲性不變隨緣故爲心故涅槃經云能觀心性名爲上定上定者名第一義第一義者名爲佛性佛性者名毗盧遮那此遮那性具三佛性遮那遍故三佛亦遍故知三佛唯一刹那三佛遍故刹那則遍

三一互泯能所絕待

二結名會通二

初正會

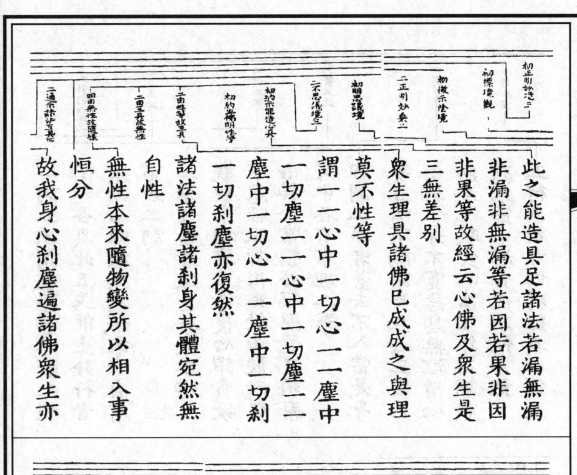

二釋成

一釋境觀三

如是觀者名觀煩惱名觀法身此觀法身是觀三身是觀刹那是觀海藏是觀眞如是觀實相是觀衆生是觀已身是觀虛空是觀中道

三結功能

故此妙境爲諸法本故此妙觀是諸行源如是方離偏小邪外所以居在十法之首上根一觀橫竪該攝便識無相衆相宛然即破無明登於初住若內外凡

二引大車喻

故諭云其車高廣乃至道場

三生後諸乘

中根未曉更修下法

二發心四

初標章示意

二起慈悲心者觀境不悟須加發心此人無始已起弘誓故云

二正明弘誓三

初運心

發僧那於始心終大悲以赴難僧那者弘誓也赴難者入惡也

二發誓

今由觀境不契於理重須發誓於靜心中思惟彼我鯁痛自他無量劫來沈迴生死縱發小志迷菩提心我今雖知行由未備

三功能

故重發誓言衆生無邊誓願度生死即涅槃故煩惱無數誓願斷煩惱即菩提故法門無盡誓願知即惑成智故佛道無上誓願成即生成滅故

作此思惟豁然大悟冥所照境入凡聖位

三引六車喻

故諭云張設幰蓋等

四生起後乘

若不入者由心不安

三安心四

初標列總別

二釋總別相三

三安心者先總次別

初釋總一

初示安心二

初分能所

所言總者以法界爲所安以寂照爲能安

二休寂照

若知煩惱及以生死本性清淨名之爲寂本性如空名之爲照

二明体用三

初分体用

此煩惱生死復名法界即此法界體用互顯體是所安之法界用是能安之寂照

二俱三德

體名平等法身亦具三德用名般若解脫亦具三德體用不二三德理均

三以喻顯

冰水藤蛇諭意可識

二釋別三

初示來意

所言別者雖復安之彌暗彌散良由無始習性不同故今順性逐而安之

二明悉檀二

謂宜聽宜思宜寂宜照隨樂隨

初一向根性

治隨第一義何以故有因寂照而善根增長有不增長有因寂照照煩惑破壞或有不破見理亦然

二迴轉相資

或聞思迴轉或聞思相資

三勸尋文

未可卒具細尋方曉

三引大車喻

故諭云安置册枕即車內枕也

四生起後乘

若不入者由破法不遍

四破遍四

初標無生功

四破法遍者衆教諸門大各有四乃至八萬四千不同莫不並以無生爲首

二正示破徧

今且從初於無生門遍破諸惑復以無生度入餘門縱橫俱破

三引喻指廣

令識體遍故諭云其疾如風此門最廣

四生起後乘

不

可即具

五通塞四

初標示通塞

若不入者應尋通塞

五識通塞者雖知生死煩惱爲塞菩提涅槃爲通

二勸識檢校三

初明互相

復應須識於通起塞此塞須破於塞得通此通須護

二約喻顯

如將爲賊此賊豈存若賊爲將此將豈破

三正檢校

節節檢校無令生著著故名塞破塞存通非唯一轍有心皆爾念念常須檢校通塞

三引大車喻

故諭云安置丹枕即車外枕也

四生起後來

若不入者由道品不均

六道品五

初標章示意

六道品調適者約門遍破於理又昧應須七科次第調試若不爾者此之道品爲誰施設以破遍門雖觀陰境陰上未分念處名故況有六科展轉調停故用此門檢校銓擇

二列名解釋二

初列七科

謂念處正勤如意根力七覺八道

二正解釋二

初明念處

初念處者謂身受心法四法並於法性心中三諦推檢初觀身者身是色法觀法性色一色一切色一切色一色雙照一一切雙非一一切能所三一具如前文妙境中說受等三法例前可知

二略餘科

餘之六科不可具委

三引大車喻

故諭云有大白牛等

四通結正行

五生起次來

七對治五

如上六門名爲正行

初標章援據

若不悟者良由事惡助覆理善

二通斥邪流

七助道對治者涅槃云衆生煩惱非一種佛說無量對治門

三正明用治三

夫不信有對治之人當知此人未曉正行

初正明對治二

初由惡蔽善

若識已身正行未辦良由事惡助於理惡共蔽理善令不現前

二示善惡相

理善者法界常住事善者事施等六理惡者微細無明事惡者謂六重蔽

三因觀起惡

由修止觀此六現起慳貪破戒瞋恚懈怠亂想愚癡

四舒說破執

具此六惡而云內有勝法或云常自相應若相應者即同法身

初直示遍治四

應無方所說必稱機若暫相應復起惡者都無此理則與成佛還作衆生爲妨若言曾契妨亦如之若言知理不妨惡者亦應知富免貧知藥免病

二正明治法四

初明立行請加

事惡若去理善易明仍請聖加助我顯理

二約即義徵釋

若爾但觀惡即是道豈有惡能蔽理此義不然若惡已成道道即法身法身未契由即觀微故

三勸捨行驗付

先修事度以治事惡事惡傾已理善可生

四令用偏小助

故修觀者須以事惡檢以六即判理善明竟事惡必亡須知理明位在何許

二例況餘治

乃以小助大以偏助圓

四引喻勸誡

況復更有轉治兼治具治第一

義治等非可卒盡

五結示中根

故論云又多僕從而侍衛之若

無僕從傾覆何疑

中根用觀極至於此

八位次四

初標章示意

八知次位者下根障重非唯正

助不明却生上慢謂已均佛未

得謂得未證謂證須知次位使

朱紫不濫

初須實證

夫小大真似非證不明故三世

諸佛皆明諸位

二示過謬

若未證得而謂證得非唯失位

却墮泥犁故小乘經中四禪比

丘謂爲四果大乘經中魔與菩

薩授䟦致記若生取著必同魔

三明悉檀

屬尚失人天何關至道故大小

二明位功能三

經論咸明次位

又說深位勝妙功德引接始行

令欣慕故又有樂聞長遠之位

三引大車喻

生增上信立難行行破大煩惱

見第一義

四生起後乘

故論云遊於四方諭住等四

九安忍二

雖知次位不忍違順須明安忍

初起障所由

九安忍者圓頓行人初入外凡

外招名利內動宿障宿障縱薄

二障起有損

名利彌至

三勸誡安忍

爲衆圍繞廢損自行因茲破敗

豈能進道外人視之猶謂大聖

初正明障忍三

如樹抱蝎表似內虛

二生起後乘　十離愛四　初正明頂墮

唯當自勉不爲所動得入内凡名爲似位

若尊住似位名爲法愛

十離法愛者已得相似六根互用已破兩惑永無墜苦愛此似位名爲頂墮

二揀異小乘

不同小乘退爲五逆以内外凡位諸教别故

三離愛顯德

若修離愛進入銅輪名爲十住分身百界一多相即身土旣爾已他亦然十身利生四土攝物

四歎德指經

初住功德具如華嚴賢首品廣明

二對文結位

此上從第五卷初盡第七卷末明正修行始從初心終至初住

三例觀陰後所發四

從第八卷去明觀陰後更發宿習用觀觀習

初通指發習用觀

若用上來十種觀法未得入位必發宿習

二別明境觀用與五　初牒用觀發習

謂煩惱病患業相魔事並在第八卷中禪境在第九卷中見境在第十卷中

二明諸境缺具二　初列六境對文

餘有上慢兩教二乘三教菩薩時逼夏終故畧不説以前諸文可比知故

二示三境不說

宿習若起不可不識先若知之恣其變怪

三誡習起須識

如此諸境發又不定隨過去世若近若熟此世現前文中一往且從次第

四示習發進否

凡有所起但以寂照而止觀之令等法界一相無相無不皆用十乘觀法

五明通用十乘

三重示九境之貌

初煩惱

初言煩惱發者謂無始已來積集重惑今因用觀此惑過常不可控制

二病患

言病患者由觀陰惑激動四大識其元由宜用何治或內觀力或術或醫然後用觀

三業相

言業相者有漏之業或已受報不復更發或未受報於靜心中忽然俱發發相雖多不出蔽度各有六相或因止生或因觀生

四魔事

言魔事者由觀諸境惑雖未破天魔猶恐出境空其宮殿化其民屬與共戰諍故民主皆來即四魔中天子魔也乃至人間惱惕夜叉時媚等鬼管屬天魔爲其巡邏防遏行者不許出界故大品云菩薩不說魔者名菩薩旃陀羅

五禪定

次禪發者謂根本四禪特勝通明九想背捨乃至念佛神通等禪隨近熟者而發其相相最難知

六諸見

次諸見者乃至百四十見

七上慢

言上慢者既伏見已謂爲深詣濫叨上位是故須識

八二乘

次二乘者昔發小志由茲習生

九菩薩

次菩薩者三藏通別三菩薩心

四總結用觀指廣

由習而現

三結歎勸修誡已三

如上諸境並須觀力而調伏之並在本文不可具抄

初結歎

故一家觀法入道次第稍異諸說以附諸經成行相故則内順觀道外扶教門

二勸修二

初勸修必効果

依而修行必不空過縱此生未獲爲種亦彊意氣博達該括包籠盡未來際不復改轍

二誡修須口訣

若依之修行咸須口訣方成一家行相

湛然所見暗短稟承無功本文三百餘紙略此多有不周雖俛仰以赴嚴命實恐失大師深旨諸有不逮敢望通恕云耳

三誡已

止觀大意竟

心要分二
初題目二
初標題目

始終心要

二述人號

唐天台沙門釋湛然述

三正文三
初始性三德体融本具

夫三諦者天然之性德也中諦者統一切法眞諦者泯一切法俗諦者立一切法舉一即三非前後也含生本具非造作之所得也

二終修稱性迷悟俱融三
初迷德成惑

悲夫秘藏不顯蓋三惑之所覆也故無明翳乎法性塵沙障乎化導見思阻乎空寂

二悟虛可化四
初惑是虛妄

然茲三惑乃體上之虛妄也

二佛悟知生迷

於是大覺慈尊喟然歎曰眞如界内絕生佛之假名平等慧中無自他之形相但以衆生妄想不自證得莫之能返也

三立觀令破顯

由是立乎三觀破乎三惑證乎三智成乎三德

四用觀破顯相

空觀者破見思惑證一切智成般若德假觀者破塵沙惑證道種智成解脫德中觀者破無明惑證一切種智成法身德

三迷悟俱融

然茲三惑三觀三智三德非各別也非異時也天然之理具諸法故

三始終體一修證圓頓

然此三諦性之自爾迷茲三諦轉成三惑惑破藉乎三觀觀成證乎三智智成成乎三德從因至果非漸修也說之次第理非次第大綱如此網目可尋

始終心要竟

法華三昧行事運想補助儀

唐國清沙門湛然撰

夫禮懺法世雖同效事儀運想多不周旋或粗讀懺文半不通利或推力前拒理觀一無效精進之風闕入門之緒故言勤修苦行非涅槃因但禮念軌儀文非不委以散情昏重想運難成予因天台再有詳補撮覽樞總使隨言作念隨念成想一一瞻視如對目前庶時刻不虛事法成辦依本文總歷十法結要事理

初嚴淨道場如無別屋亦可同間絕無已物方可外求二淨身新衣舊衣新染並得若無此二辦舊勝者三三業供養若總禮三寶未須一一隨方想念但想已身及十方諸佛實相理體本無能所故無能禮所禮想此無能所名法界海願諸衆生同見此理名爲同入次運香唱至受用作佛事竟次生想念不起此心能運到十方故云一念想曰願此香華徧十方以爲微妙光明臺諸天音樂天寶香諸天餚膳天寶衣不可思議妙法塵一一塵出一切塵一一塵出一切法旋轉無閡互莊嚴徧至一切三寶前十方法界三寶前皆有我身修供養一一皆悉徧法界彼彼無雜無障閡盡未來際作佛事普熏法界諸衆生蒙熏皆發菩提心同入無生證佛智請佛我三業性如虛空釋迦年尼亦如是不起眞際爲衆生與衆俱來受供養次請佛菩薩但改牟尼形相來處及五歎佛偈前一一別想已身在三寶前立次口宣偈隨聲運想我之身心無生滅故雖稱歎如影如響本六禮佛當唱一心時先專至敬禮爲事一心次想能所爲理一心應想曰能禮所禮性空寂感應道交難思議我此道場如帝珠釋迦牟尼影現中我身影現如來前頭面接足歸命禮多寶佛多寶如來影現中我身影現多寶前餘同上想分身分身諸佛亦同上想東方諸佛東方諸佛影現中我皆影現諸佛前乃至十方一一皆爾三世諸佛乃至過現未來並同上想舍利形像等諸佛法身如虛空他事住世難思議我皆影現化事前一一皆悉歸命禮妙法眞空法界如虛空常住法寶難思議我皆影現法寶前莫不皆悉歸命禮諸菩薩彼一一菩薩影現中乃至下方亦如是舍利弗等先想聲聞皆是未來諸佛今從初說故云聲聞普賢菩薩爲滅障故接足禮餘同上普爲我及衆生無始常爲三業六根重罪所障

不見諸佛不知出要但順生死不知妙理我令雖知猶與一切衆生同爲一切重罪所障今對普賢十方諸佛前普爲衆生歸命懺悔惟願加護令障消滅

七懺悔應運逆順十心云

我與衆生無始來今由愛見故內計我人外加惡友不隨喜他一毫之善唯徧三業廣作衆罪事雖不廣惡心徧布晝夜相續無有間斷覆諱過失不欲人知不畏惡道無慚無愧撥無因果故於今日對十方佛普賢大師深信因果生重慚愧生大怖畏發露懺悔斷相續心發菩提心斷惡修善勤策三業翻昔重過隨喜凡聖一毫之善念十方佛有大福慧能救拔我及諸衆生從二死海置三德岸從無始來不知諸法本性空寂廣造衆惡今知空寂爲求菩提爲衆生故廣修諸善徧斷衆惡惟願普賢慈悲攝受

次懺六根

至文並須略知文相合於逆順十種心相縱有闕略在四悔中於菩提中見不清淨等是橫計我人毗盧遮那是觀罪性空一切世尊是念十方佛後四悔中有發隨喜心以是因緣令畢竟清淨是四斷相續心歸向普賢及一切世尊是爲衆生發菩提心一一懺悔文皆具三業是修功補過等說過等是發露過失當墮惡道生大怖畏等是怖畏惡道及生慚愧信因果等凡宣悔詞須加事想破於愛心至觀罪性空總想事理悔於見心若欲更略眼耳鼻三根亦可或時用若舌身意三根是業故不得全略前三根縱略並使不失逆順十心大意即得

勸請

十方諸佛以道眼力故知我見我勸請諸佛唯願久住轉正法輪所在生處常能勸請

隨喜

十方凡聖一毫之善我皆隨喜福德能令見者生喜是故我喜

迴向

無始來時乃至今日盡未來際一毫之善及以懺悔勸請隨喜皆同法界與諸衆生共成佛道

發願

大體須存滅罪除障開顯法門滿四弘誓餘者皆須順於菩提

行道

欲行時更須正立想此道場猶如法界十方三寶畟塞虛空以次回身旋遶法座想十方三寶心性寂滅影現十方經聲如響心想如夢梵聲亦然

三歸

一一各想三處三寶與頂禮俱運初文雖即直云十方意亦兼於三處若從懺悔已下凡云禮三寶者皆須一一別起三想頭三叩地一十方三寶二法華經中一切三寶三普賢大師對此三處求懺悔等又凡散華皆於言前散華之時想三寶及普賢上想已次宣懺悔等詞至後文中云散華等者心指前所散之華若焚香者送法座爐亦應想身各送爐徧至十方一一法華經前乃至普熏一切三寶若焚手爐但先添香次執爐已隨事起想然後口宣詞句

坐禪文略應如止觀十法成乘等行法華懺黃昏五更時促則此略文我某甲及法界衆生從無始世來無明所覆顛倒迷惑而由六根三業不善廣造十惡四重五逆乃至十重

四十八輕無量無邊說不可盡十方諸佛常在世間法音不絕妙香充塞法味盈空放淨光明照觸一切常住妙理徧滿虛空我無始來六根内盲三業昏暗不見不聞不覺不知以是因緣長流生死經歷惡道百千萬劫永無出期經云釋迦如來名毗盧遮那徧一切處是故當知一切諸法無非佛法而我不了隨無明流是則於菩提中見不清淨於解脫中而起纏縛今始覺悟今始改悔生大慚愧生大怖畏誦持大乘三業供養歸向普賢菩薩及一切世尊燒香散華發露懺悔六根三業所作永斷相續不復更造以是因緣今我與法界衆生三業六根無始所作現作當作自作教他見聞隨喜若憶不憶若識不識若疑不疑若覆若露畢竟清淨懺悔已歸命禮三寶

法華三昧行事運想補助儀

音釋

舛昌兖切錯亂也　輅洛故切車也　顗魚豈切　閡五溉切阻也妨也　畟塞畟初力切遏遮也塞蘇則切充滿也　唄蒲拜切梵音也　竅苦弔切空穴也　猨雨元切　黐丑知切黏也　眴舒閏切目動也

集諸經禮懺悔文

唐西崇福寺釋智昇撰

清刻龍藏佛說法變相圖

集諸經禮懺悔文卷第一

唐西崇福寺釋智昇撰

一切恭敬

敬禮常住三寶

是諸衆等各各胡跪嚴持香花如法供養願此香花雲徧滿十方界供養一切佛化佛并菩薩無數聲聞衆受此香花雲以爲光明臺廣於無邊界無邊無量佛土中受用作佛事

供養已一切恭敬（嚴持香花如法行道一切普誦）

如來妙色身　世間無與等　無比不思議

是故今敬禮　如來色無盡　智慧亦復然

一切法常住　是故我歸依

敬禮常住三寶（歎佛咒願）

如來應供正徧知明行足善逝世間解無上士調御丈夫天人師佛世尊佛有如是無量

功德歎不能盡以此善根已集當集現集一切善根以此善根資益法界衆生悉得離苦解脱捨邪歸正發菩提心永除三障當見一切諸佛菩薩及善知識恒聞正法福智具足一時作佛

南無東方須彌燈光明如來十方佛等一切諸佛

南無毗婆尸如來過去七佛等一切諸佛

南無普光如來五十三佛等一切諸佛

南無東方善德如來十方佛等一切諸佛

南無拘那提如來賢劫千佛等一切諸佛

南無釋迦牟尼如來三十五佛等一切諸佛

南無東方阿閦如來十方無量佛等一切諸佛

南無寶勝佛　南無寶集佛

南無盧舍那敬像佛　南無成就盧舍那佛

南無盧舍那光明佛　南無不動佛

南無大光明佛　南無無量聲如來稱三

南無無量聲如來　南無無量聲如來

南無阿彌陀劬沙佛　南無大稱佛

南無寶光明佛　南無得大無畏佛

南無燃燈火佛　南無實聲佛

南無無邊無垢佛　南無月聲佛

南無無邊稱佛　南無日月光明世尊

南無日月光明世尊　南無日月光明世尊

南無無垢光明佛　南無清淨光明佛

南無日光明佛　南無無邊寶佛

南無華勝佛　南無妙身佛

南無法光明清淨開敷蓮華佛

南無虚空功德清淨微塵等目端正功德相

光明華波頭摩瑠璃光寶體香最上香供養訖種種莊嚴頂髻無量無邊日月光明願力莊嚴變化莊嚴法界出生無障礙王如來
南無毫相日月光明艷寶蓮華堅如金剛身毘盧遮那無障礙眼圓滿十方放光照一切佛刹相王如來
普爲四恩三有法界衆生悉願斷除三障歸命懺悔如是等一切世界諸佛世尊常住在世是諸世尊當慈念我憶念我證知我若我此生若我前生從無始生死已來所作衆罪若自作若教他作見作隨喜若塔若僧若取四方僧物若自取若教人取見取隨喜或作五逆無間重罪若自作若教他作見作隨喜作十不善道自作教他見作隨喜所作衆罪或有覆藏或無覆藏應墮地獄餓鬼畜生諸餘惡趣邊地下賤及篾戾車於如是等處所作罪障今皆懺悔今諸佛世尊當證知我當憶念我我復於諸佛世尊前作如是言若我此生若於餘生曾行布施或守淨戒乃至施與畜生一摶之食或修淨行所有善根成就衆生所有善根修行菩提所有善根求無上智所有善根一切合集計校籌量悉皆迴向阿耨多羅三藐三菩提如過去未來現在諸佛所作迴向我亦如是迴向
衆罪皆懺悔諸福盡隨喜及諸佛功德願成無上智去來現在佛於衆生最勝無量功德海歸依合掌禮一切普誦
南無摩訶般若波羅蜜是大神呪是大明呪是無上呪是無等等呪
處世界　如虛空　如蓮華　不著水

心清淨　超於彼　稽首禮　無上尊
願以此功德　普及於一切　我等與衆生
皆共成佛道
禮佛已恭敬
自歸依佛當願衆生體解大道發無上意
自歸依法當願衆生深入經藏智慧如海
自歸依僧當願衆生統理大衆一切無礙
願諸衆生聽説日暮無常偈
今日已過　暮夜難保　但觀此身　念念衰老
百年常期　如何可保　是故衆等　勤心行道
諸行無常　是生滅法　生滅滅已　寂滅爲樂
如來證涅槃　永斷於生死　若能至心聽
常得無量樂
十方佛名經
一切恭敬

敬禮常住三寶一切普誦
如來妙色身　世間無與等　無比不思議
是故今敬禮　如來色無盡　智慧亦復然
一切法常住　是故我歸依
敬禮常住三寶歎佛呪願
天上天下無如佛　十方世界亦無比
世界所有我盡見　一切無有如佛者
敬禮釋迦牟尼佛
敬禮當來彌勒尊佛
敬禮東方善德如來一切諸佛
敬禮東南方無憂德如來一切諸佛
敬禮南方栴檀德如來一切諸佛
敬禮西南方寶施如來一切諸佛
敬禮西方無量明如來一切諸佛
敬禮西北方花德如來一切諸佛

敬禮北方相德如來一切諸佛
敬禮東北方三乘行如來一切諸佛
敬禮上方廣衆德如來一切諸佛
敬禮下方明德如來一切諸佛
敬禮賢劫千佛千五百佛
敬禮五百花首百億金剛藏佛
敬禮三十五佛五十三佛
敬禮過現未來三世諸佛
敬禮舍利形像浮圖廟塔
敬禮十二部尊經甚深法藏
敬禮諸大菩薩一切賢聖
爲二十八天釋梵王等敬禮常住三寶
爲諸龍神等風雨順時敬禮常住三寶
爲過現諸師恒爲導首敬禮常住三寶
爲天皇天后聖化無窮敬禮常住三寶
爲諸王公主文武百官敬禮常住三寶
爲現存父母諸善知識敬禮常住三寶
爲十方施主六度圓滿敬禮常住三寶
爲此國過往諸人神生淨土敬禮常住三寶
爲僧伽藍神并諸眷屬敬禮常住三寶
爲四方寧靜兵甲休息敬禮常住三寶
爲三塗八難受苦衆生敬禮常住三寶
爲法界衆生永除三障歸命懺悔

至心懺悔

十方無量佛　所知無不盡　我今悉於前
發露悔諸惡　三三合九種　從三煩惱起
今身若前身　有罪盡懺悔　於三惡道中
若應受業報　願得今身償　不入惡道受
懺悔已歸命禮三寶

至心勸請

十方一切佛　現在成道者　我請轉法輪
安樂諸衆生　十方一切佛　若欲捨壽命
我今頭面禮　勸請令久住
勸請已歸命禮三寶
至心隨喜
所有布施福　持戒修禪行　從身口意生
去來今所有　習行三乘人　具足三乘者
一切凡夫福　衆等皆隨喜
隨喜已歸命禮三寶
至心迴向
我所有福德　一切皆和合　爲諸衆生故
正迴向佛道
迴向已歸命禮三寶
至心發願
願諸衆生等　悉發菩提心　繫心常思念

十方一切佛　復願諸衆生　永破諸煩惱
了了見佛性　猶如妙德等
發願已歸命禮三寶
諸大德欲求寂滅樂當學沙門法衣食纔身
命精麤隨衆等衆等今朝某日僧各六念六
念已禮佛恭敬
自歸依佛當願衆生體解大道發無上意
自歸依法當願衆生深入經藏智慧如海
自歸依僧當願衆生統理大衆一切無礙
願諸衆生三業清淨奉持尊敎和南聖衆
大集經呪
南無佛陀耶　胡嚧嚧　悉废嚧　遮賦婆
訖利波　悉檀尼　步嚧尼　娑婆訶
此呪出大集經誦一遍當誦十二部經一遍
又當禮萬五千佛名四十萬八千五百遍又

持呪人身上如大地微塵如是等罪普皆消滅

南無救苦觀世音菩薩摩訶薩

南無救苦觀世音菩薩摩訶薩

南無救苦觀世音菩薩摩訶薩

向來稱揚十念功德廣大善根資益亡者花臺花閣空裏相迎寶座寶床垂虛接引摩尼殿上聽說苦空般若池中蕩除心垢觀音化佛爲作證明彌勒座前分明受記六親眷屬七族因緣百福莊嚴天龍衛護三塗息苦地獄停酸大及亡靈俱時離苦和南聖衆

檀爲萬行首捨著離慳貪是故今施主持財奉布施以此勝善根果報無窮盡逮及苦衆生當來成佛道

施粥偈天帝釋說

持戒清淨人所奉　恭敬隨時以粥施
十利饒益於行者　色力壽樂詞清辯
宿食風除飢渴消　是名良藥佛所說
欲得生天長受樂　應當以粥施衆僧
南無十方無邊際　去來現在一切佛
等空不動眞如智　清淨皎識庵摩羅
性淨法身毗盧遮　圓滿報應盧舍那
應化色身千百億　釋迦牟尼現娑婆
三佛體同一切爾　故我頂禮諸佛陀
南無十方無邊際　去來現在一切佛
諸佛身如新明鏡　我心淨若摩尼珠
諸佛悉來入我身　我還徧入諸佛軀
彼此相入如鏡像　無來無去體空虛
無障無礙無生滅　故我頂禮心眞如
南無十方無邊際　去來現在一切佛

諸佛眞身並如鏡　善現聖凡眞身相
一一身現一切身　一切身中身無量
法性清淨體空融　身相涉入而無障
法身圓滿遍法界　故我頂禮如來藏
南無十方無邊際　去來現在一切佛
聖凡心唯眞如來　具足一切功德財
智慧光明恒普照　自性清淨心本開
常樂我淨眞識智　清淨不變始終明
久乘如道成正覺　故我頂禮心如來
南無十方無邊際　去來現在一切佛
法身實相眞如智　湛然圓滿遍世界
一切諸法藏總持　總持是心能善誓
不信見聞及覺知　無知見覺覺眞正
自覺覺他佛無二　故我頂禮身佛性
南無十方無邊際　去來現在一切佛

正眞正道大悲心　自性清淨極懸深
非修非作無見得　離名絕想叵思尋
悲作有無微難見　諸魔外道莫能侵
常住圓滿無增減　故我頂禮菩提心
南無十方無邊際　去來現在一切佛
佛與衆生性本淨　始終自如久恒正
清淨寂軀極微密　體無生滅性恒安
已無分別無增減　萬德圓滿寂無端
具八自在眞常樂　故我頂禮大涅槃
南無十方無邊際　去來現在一切佛
聖凡心性久如如　無有是非一切離
三界六道體寂滅　唯有性空第一義
朗然普照常寂淨　欲顯眞如與言寄
了達諸法無能所　故我頂禮般若智
南無十方無邊際　去來現在一切佛

聖凡心性空無因　普照十方無邊際
眞如寂體滿虛空　實相湛然遍法界
一切諸佛諸法藏　總持是心能善誓
無有一法不淨心　故我頂禮大明慧
南無十方無邊際　去來現在一切佛
聖凡心性本來眞　自性清淨與言陳
非空非有無能所　亦復能爲諸法因
建立生長一切法　無能無所無能人
寂而常用無增減　故我頂禮法性身
南無十方無邊際　去來現在一切佛
聖凡心性體空寂　久離無明癡暗冥
常然性戒定慧炬　解脱知見知見燈
五衆和合無違諍　寂光普照無愛憎
五分法身常清淨　故我頂禮無爲僧
南無十方無邊際　去來現在一切佛

聖凡心性離名色　而見名色相莊嚴
淨心法身是一等　能見諸色等法性
智身法身報應同　色身不二體空寂
隨感應化一切身　故我頂禮衆賢聖
於此平等禮　不禮無不禮　一禮徧含識
同會實相體
一心敬禮常住三寶
普請歸依佛　諸魔種子除　眞如平等顯
現性般無餘　普請歸依法　恒沙經藏開
總持心境内　無去亦無來　普請歸依僧
啓道入如流　無諍神光顯　同歸般若舟
至心懺悔
總懺六根諸見罪　昔日迷眞誤執眞
今知眞妄元來一　生死寂靜涅槃因
通達法燈光内照　菩提妙相絶蹤親

無礙慧王師子吼　碎諸煩惱作微塵
一一塵中無量佛　一一佛現無邊身
恒沙功德於中現　一切三寶總持心
平等眞如眞淨土　金剛性海慧光深
悉願衆生同證此　普請開心見法身

一文殊師利禮法身佛文

至心歸命禮　眞如法身佛　願共諸衆生
同歸眞如海　無色無形相　無根無住處
不生不滅故　敬禮無所觀　不去亦不住
不取亦不捨　遠離六入故　敬禮無所觀
出過於三界　等同於虛空　諸欲不染故
敬禮無所觀　於諸威儀中　去來及睡寤
常在寂靜故　敬禮無所觀　去來悉平等
巳住於平等　不壞平等故　敬禮無所觀
入諸無相定　見諸法寂靜　常入寂靜故
敬禮無所觀　諸佛虛空相　虛空亦無相
離諸因果故　敬禮無所觀　虛空無中邊
諸佛身亦然　心同虛空故　敬禮無所觀
諸佛虛空相　虛空亦無相　離諸因果故
敬禮無所觀　佛常在世間　而不染世法
不分別世間　敬禮無所觀　諸法猶如幻
如幻不可得　離諸幻法故　敬禮無所觀
以此平等禮　無禮無不禮　一禮徧含識
同會實相體

普爲四恩三有及六趣衆生斷除三障發菩提心歸命懺悔

至心懺悔弟子等自從無始巳來迷本逐癡情妄謂身心故自他分別生由斯起惡業虛受六道形觀察尋其主了不見眞源三毒貪瞋海眞實是泥洹今日自懺悔不復縱情端

千萬劫衆罪銷融一念間懺悔已至心歸命禮三寶

至心勸請十方三世大慈尊唯願常住莫涅槃三界衆生迷未悟如何早得見眞源將心逐心不自覺虛妄顛倒亦沉淪唯願慈尊哀受請種種方便引羣生勸請已至心歸命禮三寶

至心隨喜過去已成佛其數如恒沙來未修學者速長菩提芽三界無根本猶如虛空花唯願諦思入正受共遊法界家隨喜已至心歸命禮三寶

至心迴向無始已來心流浪未曾一念正迴向今日始悟心無生昔來迷昏自生障唯願學人如諸佛離念分別正迴向迴向已至心歸命禮三寶

至心發願願一切衆生見心源速離煩惱越苦海早證身中大涅槃唯願慈尊加護念莫滯有無諸見生發願已至心歸命禮三寶

此即依華嚴經發十大願

第一願者願弟子等一切劫中一切生處常恭敬供養一切諸佛盡未來際無有休息

第二願者願弟子等常受持一切諸佛如來甚深法藏即自開解不由他悟盡未來際無有休息

第三願者願弟子等一切諸佛坐道場處常於是中攝法為首請轉法輪盡未來際無有休息

第四願者願弟子等常行一切菩薩大願大行盡未來際無有休息

第五願者願弟子等常能教化一切衆生若

卵生若胎生若濕生若化生若有色若無色若有想若無想若非有想若非無想我皆令入無餘涅槃如是滅度無量無邊衆生實無衆生得滅度者盡未來際無有休息

第六願者願弟子等常知一切諸佛國土如對目前盡未來際無有休息

第七願者願弟子等常能嚴淨一切諸佛國土盡未來際無有休息

第八願者願弟子等常不離一切諸佛菩薩及善知識同心修行集諸善根盡未來際無有休息

第九願者願弟子等所有三業若有衆生見聞者無有空過如大藥王樹如如意珠身盡未來際無有休息

第十願者願弟子等成正覺轉大法輪度脫一切衆生盡未來際無有休息

願以此禮佛行道懺悔發願燒香燃燈所修一切善根悉以迴施一切衆生願令一切衆生永離一切地獄餓鬼畜生閻羅王受苦處常生人天中見佛聞法發菩提心修菩薩行又願以此善根迴向無上菩提不求世間生死果報又願以此善根迴向眞如法界海

集諸經禮懺悔文卷第一

音釋

艷　以贍切

蔑戾車　梵語也此云惡見蔑莫結切戾郎計切

集諸經禮懺悔文卷第二

唐西崇福寺釋智昇撰

此即讚西方礼阿彌陀佛文

至心歸命禮西方阿彌陀佛

觀彼彌陀極樂界　廣大寬平衆寶成
四十八願莊嚴起　超諸佛刹最爲精
本國他方大海衆　窮劫筭數不知名
普勸歸西同彼會　恒沙三昧自然成
願共諸衆生　往生安樂國

至心歸命禮西方阿彌陀佛

地下莊嚴七寶幢　無量無邊無億數
八方八面百寶成　見彼無生自然悟
無生寶國永爲常　一一寶流無數光
行者傾心常對目　騰神踊躍入西方
願共諸衆生　往生安樂國

至心歸命禮西方阿彌陀佛

地上莊嚴轉無極　金繩界道非工匠
彌陀願智巧莊嚴　菩薩人天散花上
寶池寶色寶光飛　一一光成無數臺
臺中寶樓千萬億　臺側百億寶幢圍
願共諸衆生　往生安樂國

至心歸命禮西方阿彌陀佛

一一臺上虛空中　莊嚴寶樂亦無窮
八種清風尋光出　隨時鼓樂應機音
機音正受稍爲難　行住坐臥攝心觀
唯除睡時常憶念　三昧無爲即涅槃
願共諸衆生　往生安樂國

至心歸命禮西方阿彌陀佛

寶國寶林諸寶樹　寶華寶葉寶根莖
或以千寶分林異　或有百寶共成行
行行相當葉相次　色各不同光亦然

等量齊高三十萬　枝條相觸說無因
願共諸衆生　往生安樂國
至心歸命禮西方阿彌陀佛
七重羅網七重宮　綺素迴光相映發
化天童子皆充徧　瓔珞輝光超日月
行行寶葉色千般　華敷等若旋金輪
廣變光成衆寶蓋　塵沙佛剎現無邊
願共諸衆生　往生安樂國
至心歸命禮西方阿彌陀佛
寶池寶岸寶金沙　寶渠寶葉寶蓮華
十二由旬皆正等　寶羅寶網寶欄遮
德水分流尋寶樹　聞波覩樂證恬怕
寄語有緣同行者　努力翻迷還本家
願共諸衆生　往生安樂國
至心歸命禮西方阿彌陀佛

一一金繩界道上　寶樂寶樹千萬億
諸天童子散華香　他方菩薩如雲集
無量無邊無能計　稽首彌陀恭敬立
風鈴樹響徧虛空　歎說三尊無有極
願共諸衆生　往生安樂國
至心歸命禮西方阿彌陀佛
彌陀本願華王座　一切衆寶以爲城
臺上四重張寶縵　彌陀獨坐顯眞形
眞形光明徧法界　蒙光觸者心不退
晝夜六時專想念　終時快樂如三昧
願共諸衆生　往生安樂國
至心歸命禮西方阿彌陀佛
彌陀身心徧法界　影現衆生心想中
是故勸汝常觀察　依心起相覩眞容
眞容寶像臨華座　心開見彼國莊嚴

寶樹三身華徧滿 風鈴樂響與門同
願共諸衆生 往生安樂國
至心歸命禮西方阿彌陀佛
彌陀身色如金山 相好光明照十方
唯有念佛蒙光攝 當知本願最爲强
十方如來舒舌證 專稱名號至西方
到彼花開聞妙法 十地願行自然彰
願共諸衆生 往生安樂國
至心歸命禮西方阿彌陀佛
觀音菩薩大慈悲 已得菩提捨不證
一切五道内身中 六時觀察三輪應
應現身光紫金色 相好威儀轉無極
恒舒百億光王手 接引有緣歸本國
願共諸衆生 往生安樂國
至心歸命禮西方阿彌陀佛

勢至菩薩難思議 威光普照無邊際
有緣衆生蒙光觸 增長智慧超三界
法界傾搖如轉蓬 化佛菩薩滿虚空
普勸有緣常念佛 求絶胞胎證六通
願共諸衆生 往生安樂國
至心歸命禮西方阿彌陀佛
正坐結跏入三昧 想心乘念至西方
覩見彌陀極樂界 地上虚空七寶莊
彌陀身量極無邊 重勸衆生觀小身
丈六八尺隨機現 圓光化侍等眞前
願共諸衆生 往生安樂國
至心歸命禮西方阿彌陀佛
上輩上行上根人 求生淨土斷貪瞋
就行差別分三品 五門相續助三因
一日七日專精進 畢命乘臺出六塵

慶哉難逢今得遇　永證無爲法相身
願共諸衆生　往生安樂國
至心歸命禮西方阿彌陀佛
中輩中行中根人　一日齋戒處金蓮
孝養父母教迴向　爲說西方快樂因
佛與聲聞衆來聚　直到彌陀華座前
百寶花籠經七日　三品蓮開增小身
願共諸衆生　往生安樂國
至心歸命禮西方阿彌陀佛
下輩下行下根人　十惡五逆等貪瞋
四重偷僧謗正法　未曾慙愧悔前愆
終時苦相皆雲集　地獄猛火罪人前
忽遇往生善知識　急勸專稱彼佛名
化佛菩薩尋聲到　一念傾心入寶蓮
三業障重開經劫　于時始發菩提因

願共諸衆生　往生安樂國
至心歸命禮西方阿彌陀佛
樂何諦事難思議　無邊菩薩爲同學
性海如來盡是師　渴聞般若絕思漿
念佛無生即斷飢　一切莊嚴皆說法
無心領納自然知　七寶花池隨意入
八輩凝神會一枝　彌陀心水沐身頂
觀音大勢與衣披　欻爾騰空遊法界
須臾授記號無爲　如此逍遙極樂處
吾今不去待何時
願共諸衆生　往生安樂國
至心歸命禮西方阿彌陀佛
哀愍覆護我　令法種增長　此世及後生
願佛常攝受
願共諸衆生　往生安樂國

至心歸命禮西方極樂世界觀世音菩薩
願共諸衆生　往生安樂國
至心歸命禮西方極樂世界大勢至菩薩
願共諸衆生　往生安樂國
至心歸命禮西方極樂世界諸菩薩清淨大
海衆
願共諸衆生　往生安樂國
普爲師僧父母及善知識法界衆生斷除三
障同得往生阿彌陀佛國歸命禮懺悔
至心懺悔
南無歸懺十方佛　願滅一切諸罪根
今將久近所修善　迴作自他安樂因
唯願一切臨終時　勝緣勝境悉現前
願覩彌陀大悲主　觀音勢至十方尊
仰惟神光蒙接手　乘佛願力生彼國
懺悔迴向發願已
至心歸命禮阿彌陀佛
說偈言說此偈已更當心口發願願弟子臨
命終時心不顛倒心不錯亂心不失念身心
無諸苦痛身心快樂如入禪定聖衆現前乘
佛本願上品上生阿彌陀佛國到彼國已得
六神通迴入十方界救攝苦衆生虛空法界
盡我願亦如是發願已
至心歸命禮阿彌陀佛
大衆欲作西方業　初夜獨坐自思量
莫言久住閻浮地　會有一日即無常
命如當風一條燭　亦如石中一電光
此身康强不苦行　臨渴掘井水難望
願共諸衆生　往生安樂國
今觀此身實可猒　種種不淨假名身

三百碎骨相支拄　徧體何曾有片眞
香粉塗身無猒足　畢竟地下成灰塵
煩惱熾盛何曾歇　終是流浪三塗因
普勸道場諸衆等　眞心念佛入眞門
願共諸衆生　往生安樂國
貪嗔六賊元虚假　妄想悠悠循臭身
夢裏種種縱横去　忽覺寂滅並虚然
四大無常歸糞土　尫羸零落若箇邊
生時財物他人用　自身唯得紙泥錢
爲此佛在西方國　努力相勸用心鐫
願共諸衆生　往生安樂國
至心歸命禮西方阿彌陀佛
發願生佛國聖衆普應知今生蒙佛教不敢更生疑一日七日專精進定得西方花上期
願共諸衆生　往生安樂國
淨土快樂無人去　地獄苦報競鑽頭
聞惡一聲不惜死　善法未肯至心求
死墮阿鼻十八獄　輪迴受苦何時休
願共諸衆生　往生安樂國
歸去來魔鄉輪迴不可停曠劫來流轉六道盡皆經到處無餘事唯聞生死聲爲此生年後入彼涅槃城
願共諸衆生　往生安樂國
觀彼彌陀極樂界廣大寬平衆寶城雲華作行無有數擬待此地善衆生五濁欲修十善業第一專誦彌陀經心口稱佛無猒足命終菩薩自來迎
願共諸衆生　往生安樂國
至心歸命禮西方阿彌陀佛
諦觀西方有一國其國有佛號彌陀一坐說

法恒沙劫普爲世界斷諸魔極樂城中登聖座諸天圍遶悉來過八萬四千菩薩衆奉持花果散娑婆

願共諸衆生 往生安樂國

普爲梵釋四王天龍八部帝主人王師僧父母及善知識法界衆生斷除三障同得往生阿彌陀佛國

歸命懺悔

諸行無常 是生滅法 生滅滅已 寂滅爲樂

如來入涅槃 永斷於生死 若能至心聽 常得無量樂

南無本師釋迦牟尼佛等一切三寶我今稽首禮迴願往生無量壽國

南無十方三世盡虛空徧法界微塵剎土中一切三寶我今稽首禮迴願往生無量壽國

南無西方極樂世界阿彌陀佛願共衆生咸歸命故我頂禮生彼國

南無西方極樂世界無量光佛願共衆生咸歸命故我頂禮生彼國

南無西方極樂世界無邊光佛願共衆生咸歸命故我頂禮生彼國

南無西方極樂世界無礙光佛願共衆生咸歸命故我頂禮生彼國

南無西方極樂世界無對光佛願共衆生咸歸命故我頂禮生彼國

南無西方極樂世界焰王光佛願共衆生咸歸命故我頂禮生彼國

南無西方極樂世界清淨光佛願共衆生咸歸命故我頂禮生彼國

南無西方極樂世界歡喜光佛願共衆生咸

歸命故我頂禮生彼國
南無西方極樂世界智慧光佛願共衆生咸
歸命故我頂禮生彼國
南無西方極樂世界不斷光佛願共衆生咸
歸命故我頂禮生彼國
南無西方極樂世界難思光佛願共衆生咸
歸命故我頂禮生彼國
南無西方極樂世界無稱光佛願共衆生咸
歸命故我頂禮生彼國
南無西方極樂世界超日月光佛願共衆生
咸歸命故我頂禮生彼國
南無西方極樂世界阿彌陀佛哀愍覆護我
令法種增長此世及後生願佛慈悲常攝受
願共衆生咸歸命故我頂禮生彼國
南無西方極樂世界觀世音菩薩摩訶薩願
共衆生咸歸命故我頂禮生彼國
南無西方極樂世界大勢至菩薩摩訶薩願
共衆生咸歸命故我頂禮生彼國
南無西方極樂世界諸尊菩薩摩訶薩清淨
大海衆願共衆生咸歸命故我頂禮生彼國
普爲上界梵釋四王天龍八部帝主人王師
僧父母及善知識法界衆生悉願斷除三障
同得往生阿彌陀佛國歸命懺悔
南無普光佛　　南無普明佛
南無普淨佛
南無多摩羅跋旃檀香佛
南無旃檀光佛　　南無摩尼幢佛
南無歡喜藏摩尼寶積佛
南無一切世間樂見上大精進佛
南無摩尼幢燈光佛

南無慧炬照佛　南無海德光明佛
南無金剛牢强普散金光佛
南無大强精進勇猛佛
南無大悲光佛　南無慈力王佛
南無慈藏佛
南無栴檀窟莊嚴勝佛
南無賢善首佛　南無善意佛
南無廣莊嚴王佛　南無金剛華佛
南無寶蓋照空自在王佛
南無虛空寶華光佛
南無瑠璃莊嚴王佛　南無普現色身光佛
南無不動智光佛　南無降伏諸魔王佛
南無才光明佛　南無智慧勝佛
南無彌勒仙光佛　南無世靜光佛
南無善寂月音妙尊智王佛

南無龍種上尊王佛　南無日月光佛
南無日月珠光佛　南無慧幢勝王佛
南無師子吼自在力王佛
南無妙音勝佛　南無常光幢佛
南無觀世燈佛　南無慧威燈王佛
南無法勝王佛　南無須彌光佛
南無須曼那華光佛
南無優鉢羅華殊勝王佛
南無大慧力王佛
南無阿閦毗歡喜光佛
南無無量音聲王佛　南無才光佛
南無金海光佛
南無山海慧自在通王佛
南無大通光佛
南無一切法常滿王佛

此五十三佛名者乃是過去久遠舊住娑婆世界成熟衆生而般涅槃若有善男子善女人及餘一切衆生得聞是五十三佛名者是人於百千萬億阿僧祇劫不墮惡道若復有人能誦是五十三佛名者除滅四重五逆及謗方等經皆悉清淨以是諸佛本誓願故於念念中即得除滅如上諸罪

此華嚴偈九

一切衆生類　皆悉三世攝　三世諸衆生

皆爲五陰攝　五陰諸衆生　皆悉從業起

諸業因心起　心法猶如幻　衆生亦如是

凡衆生皆不得漫瞋瞋時忍即誦此四偈

瞋是忍辱花　忍是瞋家果　花生便摘却

果生何處坐

但人受菩薩戒八勝法偈

第一趣道勝　第二發心勝　第三功德勝

第四福田勝　第五受罪輕微勝

第六處胎勝　第七神通勝　第八果報勝

此四偈亦是受菩薩戒法偈

金剛無等解脱道　十力雄猛震三千

破壞外道尼乾衆　不與魔邪作因緣

此四偈亦是菩薩戒香湯法

西方温池水八德　雪山童子補香湯

澡浴凡夫表裏淨　唯願速生彌陁家

此四偈亦是戒法

戒如明日月　亦如瓔珞珠　微塵菩薩衆

由戒成正覺

此四偈是破戒偈

破戒如弦斷　持戒若施弦　臨陣空牽挽

如何若向前

此八偈是大智度論偈

世間人心動　愛好福果報　而不好福田

求有不求滅　先聞邪見法　心著而深入

我是甚深法　無信云何解

此四偈亦須修善業

汝得人身不修道　如向寶山空手歸

汝今自造還自受　號咷啼哭知向誰

阿彌陀佛呪

那謨菩陀夜　那謨馱囉摩夜

那謨僧伽夜　那摩阿弭多婆夜

哆姪他　阿弭唎羝　阿弭唎

都婆韡　阿弭唎哆多婆韡

阿弭唎哆鼻　迦蘭羝　伽弭你伽

伽那稽唎夜　迦嘫婆囉膰

波迦嘫　焰迦嘫　娑婆訶

合香之法　沉香一兩　箋香一兩

熏陸香一兩　甘松香一兩　零陵香一兩

甲香一兩十文已下　丁香一兩　白交香真五文

鷄舌香十二文　青木香一兩　香附子十文

白檀香一兩　擣羅取末以蜜和之

云何梵

云何得長壽　金剛不壞身　復以何因緣

得大堅固力　云何於此經　究竟到彼岸

願佛開微密　廣為衆生說

戒香　定香　慧香　解脫香

解脫知見香

光明雲臺徧法界　供養十方無量佛

見聞普熏證寂滅　一切衆生亦如是

南無東方善德如來十方佛等一切諸佛

南無拘那提如來賢劫千佛等一切諸佛

南無釋迦牟尼如來三十五佛等一切諸佛

南無釋迦牟尼佛　南無金剛不壞佛

南無寶光佛　南無龍尊王佛

南無精進幢寶光佛

南無精進喜佛　南無寶炎佛

南無寶華藏佛　南無現無愚佛

南無寶月佛　南無無垢王佛

南無離垢佛　南無勇施佛

南無清淨佛　南無清淨施佛

南無娑留那佛　南無水天佛

南無堅德佛　南無旃檀功德佛

南無無量掬光佛　南無光德佛

南無無憂德佛　南無那羅延佛

南無功德華佛

南無蓮華光遊戲神通佛

南無財功德佛　南無德念佛

南無善名稱功德佛　南無紅炎帝幢王佛

南無善遊步功德佛　南無鬬戰勝佛

南無善遊步佛

南無周帀莊嚴功德佛

南無寶華遊步佛

南無寶蓮華善住娑羅樹王佛

藥王藥上經空有其目而無名號此三十五佛名出決定毗尼經

南無東方阿閦如來十方無量佛等一切諸佛

已上七階依藥王藥上經文次第已下別明依餘部經等疏出

南無寶集如來二十五佛等一切諸佛

南無寶集佛　南無寶勝佛

南無成就盧舍那佛

南無盧舍那敬像佛

南無盧舍那光明佛
南無不動佛　南無大光明佛
南無無量聲如來
南無無量聲如來　南無無量聲如來
南無阿彌陀劬沙佛
南無大稱佛　南無寶光明佛
南無得大無畏佛　南無燃燈火佛
南無寶聲佛　南無無邊無垢佛
南無月聲佛　南無邊稱佛
南無日月光明世尊
南無日月光明世尊
南無日月光明世尊
南無無垢光明佛　南無清淨光明佛
南無日光明佛　南無無邊寶佛
南無華勝佛　南無妙身佛

南無法光明清淨開敷蓮華佛

此二十五佛出佛名經第八卷

南無虛空功德清淨微塵等目端正功德相光明華波頭摩瑠璃光寶體香最上香供養訖種種莊嚴頂髻無量無邊日月光明願力莊嚴變化莊嚴法界出生無障礙王如來

禮佛功德若有善男子善女人犯四重五逆誹謗三寶及犯四波羅夷是人罪重假使如閻浮提履地變爲微塵一一微塵成於一劫是人有若干劫罪稱是一佛名號禮拜者是上等罪皆消滅是人功德不可思議

南無毫相日月光明艷寶蓮華堅如金剛身毗盧遮那無障礙眼圓滿十方放光照一切佛刹相王如來

此佛名號出十二佛名神咒校量功德除障滅罪經

南無過現未來十方三世一切諸佛歸命懺悔至心懺悔如是等一切世界諸佛世尊常住在世是諸世尊當慈念我憶念我證知我若我前生從無始生死巳來所作衆罪若自作若教他作見作隨喜若塔若僧若取四方僧物若自取若教人取見取隨喜或作五逆無間重罪若自作若教他作見作隨喜十不善道自作教他見作隨喜所作罪障或有覆藏或無覆藏應墮地獄餓鬼畜生及諸惡趣邊地下賤及篾戾車如是等處所作罪障今皆懺悔

今諸佛世尊當證知我當憶念我我復於諸佛世尊前作如是言若我此生若於餘生曽行布施或守淨戒乃至施與畜生一摶之食或修淨行所有善根成就衆生所有善根修行菩提所有善根及無上智所有善根一切合集計校籌量皆悉迴向阿耨多羅三藐三菩提如過去未來現在諸佛所作迴向我亦如是迴向迴向巳歸命禮三寶

衆罪皆懺悔　諸福盡隨喜　及諸佛功德
願成無上智　去來現在佛　於衆生最勝
無量功德海　我今歸命禮

一切普禮

如來妙色身　世間無與等　無比不思議
是故今敬禮　如來色無盡　智慧亦復然
一切法常住　是故我歸依

降伏心過惡及以身四種巳到難伏地是故禮法王知一切爾炎智慧身自在攝持一切法是故今敬禮敬禮過稱量敬禮無譬類敬禮無邊德敬禮難思議哀愍覆護我令法種

增長此世及後生願佛常攝受
摩訶盧訶隸阿羅遮羅多羅莎訶
梵唄
處世界　如虛空　如蓮華　不著水
心清淨　超於彼　稽首禮　無上尊
說偈呪願
願以此功德　普及於一切　我等與衆生
皆共成佛道
自歸依佛當願衆生體解大道發無上意
自歸依法當願衆生深入經藏智慧如海
自歸依僧當願衆生統理大衆一切無礙
願請衆生諸惡莫作諸善奉行自淨其意是
諸佛教和南聖衆諸衆等各說無常偈
諸行無常　是生滅法　生滅滅已　寂滅爲樂
如來證涅槃　永斷於生死　若能至心聽
常得無量樂
晝夜六時發願文
十方三世諸佛當證弟子某甲等爲一切衆
生觀一切三寶爲一切衆生禮一切三寶爲
一切衆生供養一切三寶爲一切衆生於一
切三寶前行道爲一切衆生於一切三寶前
懺悔爲一切作佛像轉經供養衆僧供養一
切衆行六波羅蜜四攝四無量一切行等已
集一切善根以此善根願令一切三塗地獄
衆生一切貧窮衆生一切生老病死衆生一
切獄囚繫閉衆生一切破亡流徙衆生一切
不自在衆生一切邪見顛倒衆生等悉得離
苦解脫捨邪歸正發菩提心求除三障常見
一切諸佛菩薩及善知識恒聞正法福智具
足一時作佛

又以此善根願令一切衆生皆悉上品往生一切淨土先證無生法忍然後度一切衆生又以此善根願令一切三寶一切國土常得安隱恒不破壞四方寧靜兵甲休息龍王歡喜風調雨順五穀熟成萬民安樂禮佛功德廣大如法界究竟如虚空盡未來際供養一切三寶終無有休息隨意靜默量時任唱初夜半夜後夜午時平明日没唱靜六時禮拜佛法大綱晝三夜三各嚴持香華入塔觀像默供養行道禮佛平明及與午時並别唱五十三佛餘皆總唱日暮初夜並别唱三十五佛餘皆總唱半夜並别唱二十五佛餘皆總唱觀此七階佛如在目前思惟如來所有功德廣作如是清淨懺悔

上來布置禮佛綱軌次第多少悉是故信行禪師依經自行此法於今徒衆亦常相續依行不絶但以現無正文流傳恐欲學者無所依據是以故集此文流通於世願後學者依文讀誦不增不減

集諸經禮懺悔文卷第二

音釋

欻（許勿切忽也）　鐫（子泉切雕刻也）

集諸經禮懺悔文卷第三

唐西崇福寺釋智昇撰

往生禮讃偈一卷勸一切衆生願生西方極樂世界阿彌陀佛國六時禮讃偈謹依大乘經及龍樹天親此土沙門等所造往生禮讃集在一處分作六時唯欲相續係心助成往益亦願曉悟未聞遠沾遐代耳何者

第一依釋迦及十方諸佛讃歎彌陀十二光名勸稱禮念定生彼國十九拜當日没時禮

第二謹依大乘經採集要文以爲禮讃偈二十三拜當初夜時禮

第三依龍樹菩薩願生禮讃偈十六拜當中夜時禮

第四依天親菩薩願生禮讃偈二十拜當後夜時禮

第五依彦琮法師願往生禮讃偈二十二拜當晨朝時禮

第六僧善導願往生禮讃偈依十六觀作一十拜當午時禮

問曰今欲勸人往生者未知是爲安心起行作業定得往生彼國土也答曰必欲生彼國土者如觀經説先具三心必得往生何者爲三一者至誠心所謂身業禮拜彼佛口業讃歎稱揚彼佛意業專念觀察彼佛凡起三業必須眞實故名至誠心二者深心即是眞實信心信知自身是具足煩惱凡夫善根薄少流轉三界不出火宅今信知彌陀本弘誓願及稱名號下至十聲聞等定得往生乃至一念無有疑心故名深心三者迴向發願心所作一切善根悉皆迴向願往生故名迴向發願

心具此三心必得生也若少一心即不得生
如觀經具說應知
又如天親淨土論云
若有願生彼國者勸修五念門五門若具定
得往生何者爲五一者身業禮拜門所謂一
心專至恭敬合掌香華供養禮拜彼阿彌陀
佛禮即專禮彼佛畢命爲期不雜餘禮故名
禮拜門二者口業讚歎門所謂專憶讚歎彼
佛身相光明一切聖衆身相光明及彼國中
一切寶莊嚴光明等故名讚歎門三者意業
憶念觀察門所謂專意念觀彼佛及一切聖
衆身相光明國土莊嚴等如觀經說唯除睡
時恒憶恒念恒想恒觀此事等故名觀察門
四者作願門所謂專心若晝若夜一切時一
切處三業四威儀所作功德不問初中後皆
須眞實心中發願願生彼國故名作願門五
者迴向門所謂專心若自作善根及一切三
乘五道一一聖凡等所作善根深生隨喜如
諸佛菩薩所作隨喜我亦如是隨喜以此隨
喜善根及己所作善根皆悉與衆生共之迴
向彼國故名迴向門又到彼國已得六神通
迴入生死教化衆生徹窮後際心無猒足乃
至成佛亦名迴向門五門既具定得往生一
一門與上三心合隨起業行不問多少皆名眞
實業也應知
又觀行四修法用策三心五念之行速得往
生何者爲四一者恭敬修所謂恭敬禮拜彼
佛及彼一切聖衆等故名恭敬修畢命爲期
誓不中止即是長時修二者無餘修所謂專
稱彼佛名專念專想專禮專讚彼佛及一切

聖衆等不雜餘業故名無餘修畢命爲期誓不中止即是長時修三者無間修所謂相續恭敬禮拜稱名讚歎憶念觀察迴向發願心心相續不以餘業來間故名無間修又不以貪瞋煩惱來間隨犯隨懺不令隔念隔時隔日常使清淨亦名無間修畢命爲期誓不中止即是長時修又菩薩已免生死所作善法迴求佛果即是自利教化衆生盡未來際即是利他然今時衆生悉爲煩惱繫縛未免惡道生死等苦隨緣起行一切善根且速迴願往生彌陀佛國到彼國已更無所畏如上四修自然任運自利利他無不具足應知

又如文殊般若云欲明一行三昧唯勸獨處空閑捨諸亂意係心一佛不觀相貌專稱名字即於念中得見彼阿彌陀佛及一切佛等問曰何故不令作觀直遣專稱名字者有何意也答曰乃由衆生障重境細心麤識颺神飛觀難成就是以大聖悲憐直勸專稱名字正由稱名易故相續即生問曰既遣專稱一佛何故境現即多此豈非邪正相交一多雜現也答曰佛佛齊證形無二別縱使念一見多乖何大道理也

又如觀經云行觀坐觀禮念等皆須面向西方者最勝如樹先傾倒必隨曲故必有事礙不及向西方者但作向西想亦得問曰一切諸佛三身同證悲智果圓亦應無二隨方禮念課稱一佛亦應得生何故偏歎西方勸專禮念等有何義也答曰諸佛所證平等是一若以願行來拔非無因緣然彌陀世尊本發深重誓願以光明名號攝化十方但使信

心求念上盡一形下至十聲一聲等以佛願力易得往生是故釋迦及以諸佛勸向西方爲別異爾亦非是稱念餘佛不能除障滅罪也應知若能如上念念相續畢命爲期者十即十生百即百生何以故無外雜緣得正念故與佛本願得相應故不違教故隨順佛語故若欲捨專修雜業者百時希得一二千時希得五三何以故乃由雜緣亂動失正念故與佛本願不相應故與教相違故不順佛語故係念不相續故憶想間斷故迴願不殷重眞實故貪瞋諸見煩惱來間斷故無有慚愧懺悔心故懺悔有三品一要二略三廣如下具說隨意用皆得又不相續念報彼佛恩故心生輕慢雖作業行常與名利相應故人我自覆不親近同行善知識故樂近雜緣自障障他往生正行故何以故爾比自見聞諸方道俗解行不同專雜有異但使專意作者十即十生修雜不至心者千中無十此二行得失如前已辨仰願一切往生人等善自思量已能今身願生彼國者行住坐臥必須勵心尅己晝夜莫廢畢命爲期止在一形似如少苦前念命終後念即生彼國長時永劫常受無爲法樂乃至成佛不經生死豈非快哉應知

第一佛勸禮讚阿彌陀佛十二光名求願往生一十九拜當日沒時禮取中下懺悔亦得

南無釋迦牟尼佛等一切三寶我今稽首禮迴願往生無量壽國此之一佛現是今時道俗等師言三寶者即是福田無量若能禮之一拜即是念報師恩以成已行以斯一行迴

願往生

南無十方三世盡虛空遍法界微塵刹土中一切三寶

我今稽首禮迴願往生無量壽國然十方虛空無邊三寶無盡若禮一拜即是福田無量功德無窮能至心禮之一拜一一佛上一一法上一一菩薩聖僧上一一舍利上皆得身口意業解脫分善根來資益行者以成已業以斯一行迴願往生

南無西方極樂世界阿彌陀佛

願共衆生咸歸命故我頂禮生彼國問曰何故號爲阿彌陀答曰彌陀經及觀經云彼佛光明無量照十方國無所障礙唯覓念佛衆生攝取不捨故名阿彌陀彼佛壽命及其人民無量無邊阿僧祇劫故名阿彌陀又釋迦佛及十方佛讚歎彌陀光明有十二種名普勸衆生稱名禮拜相續不斷者現世得無量功德命終之後定得往生如無量壽經說云其有衆生遇斯光者三垢消滅身意柔軟歡喜踊躍善心生焉若在三塗勤苦之處見此光明無復苦惱壽終之後皆蒙解脫無量壽佛光明顯赫照耀十方諸佛國土莫不聞焉不但我今稱其光明一切諸佛聲聞緣覺諸菩薩衆咸共歎譽亦復如是若有衆生聞其光明威神功德日夜稱說至心不斷者隨其所願得生其國常爲諸菩薩聲聞之衆所共歎譽稱其功德佛言我說無量壽佛光明威神巍巍殊妙晝夜一劫尚不能盡白諸行者當知彌陀身相光明釋迦如來一劫說不能盡者如觀經云一一光明遍照十方

世界念佛衆生攝取不捨今既經觀有如此
不思議增上勝緣攝護行者何不相續稱觀
禮念願往生也應知
南無西方極樂世界無量光佛
願共衆生咸歸命故我頂禮生彼國
南無西方極樂世界無邊光佛
願共衆生咸歸命故我頂禮生彼國
南無西方極樂世界無礙光佛
願共衆生咸歸命故我頂禮生彼國
南無西方極樂世界無對光佛
願共衆生咸歸命故我頂禮生彼國
南無西方極樂世界光炎王佛
願共衆生咸歸命故我頂禮生彼國
南無西方極樂世界清淨光佛
願共衆生咸歸命故我頂禮生彼國
南無西方極樂世界歡喜光佛
願共衆生咸歸命故我頂禮生彼國
南無西方極樂世界智慧光佛
願共衆生咸歸命故我頂禮生彼國
南無西方極樂世界不斷光佛
願共衆生咸歸命故我頂禮生彼國
南無西方極樂世界難思光佛
願共衆生咸歸命故我頂禮生彼國
南無西方極樂世界無稱光佛
願共衆生咸歸命故我頂禮生彼國
南無西方極樂世界超日月光佛
願共衆生咸歸命故我頂禮生彼國
南無西方極樂世界阿彌陀佛
哀愍覆護我　令法種增長　此世及後生
願佛當攝受

願共衆生咸歸命故我頂禮生彼國
南無西方極樂世界觀世音菩薩
願共衆生咸歸命故我頂禮生彼國
南無西方極樂世界大勢至菩薩
願共衆生咸歸命故我頂禮生彼國
此二菩薩一切衆生臨命終時共持花臺授與行者阿彌陀佛放大光明照行者身復與無數化佛菩薩聲聞大衆等一時授手如彈指頃即得往生爲報恩故至心禮之一拜
南無西方極樂世界諸菩薩清淨大海衆
願共衆生咸歸命故我頂禮生彼國
此等諸菩薩亦隨佛來迎接行者爲報恩故至心禮之一拜
普爲師僧父母及善知識法界衆生斷除三障同得往生阿彌陀佛國歸命懺悔
至心懺悔南無歸懺十方佛願滅一切諸罪根
今將久近所修善　迴作自他安樂因
恒願一切臨終時　勝緣勝境悉現前
願覩彌陀大悲主　觀音勢至十方尊
仰惟神光蒙授手　乘佛願力生彼國
懺悔迴向發願已　至心歸命阿彌陀
次作梵
説偈發願出寶性論
禮懺諸功德　願臨命終時　見無量壽佛
無邊功德身　我及餘信者　既見彼佛已
願得離垢眼　往生安樂國　成無上菩提
禮懺已一切恭敬
歸佛得菩提　道心恒不退　歸法薩婆若
得大總持門　歸僧息諍論　同入和合海

迴願往生無量壽國
願諸衆生三業清淨奉持佛教和南一切賢
聖迴願往生無量壽國
人間怱怱營衆務　不覺年命日夜去
如燈風中滅難期　忙忙六道無定趣
未得解脫出苦海　云何安然不驚懼
各聞强健有力時　自策自勵求常住
說此偈已更當心口發願願弟子臨命終時
心不顛倒心不錯亂心不失念身心無諸苦
痛身心安隱快樂如入禪定聖衆現前乘佛
本願上品往生阿彌陀佛國到彼國已得六
神通迴入十方界救攝苦衆生虛空法界盡
我願亦如是發願已
至心歸命禮阿彌陀佛
初夜偈云

煩惱深無底　生死海無邊　度苦船未立
云何樂睡眠　男猛勤精進　攝心常在禪
勤修六度行　菩提道自然
中夜偈云
汝起勿抱臭屍臥　種種不淨假名人
如得重病箭入體　衆苦痛集安可眠
後夜偈云
時光遷流轉　忽至五更初　無常念念至
恒與死王居　勸諸行道者　勤學至無餘
平旦偈云
欲求寂滅樂　當學沙門法　衣食支身命
精麤隨衆等
諸衆等今日晨朝各記六念
日中偈云
人生不精進　喻若樹無根　採花置日裏

能得幾時鮮　人命亦如是　無常須臾間
勸諸行道衆　勤修乃至眞
第二比丘善導謹依大乘經採集要文以爲
讃偈二十三拜當初夜時禮懺悔同前後
至心歸命禮西方阿彌陀佛
彌陀智願海　深廣無涯底　聞名欲往生
皆悉到彼國　願共諸衆生　往生安樂國
至心歸命禮西方阿彌陀佛
於此世界中　六時有七億　不退諸菩薩
皆當得生彼　願共諸衆生　往生安樂國
至心歸命禮西方阿彌陀佛
小行諸菩薩　及修少福者　其數不可計
皆當得生彼　願共諸衆生　往生安樂國
至心歸命禮西方阿彌陀佛
十方佛刹中　菩薩比丘衆　窮劫不可計
皆當得往生　願共諸衆生　往生安樂國
至心歸命禮西方阿彌陀佛
一切諸菩薩　各賫天妙華　寶香無價衣
供養彌陀佛　願共諸衆生　往生安樂國
至心歸命禮西方阿彌陀佛
咸然奏天樂　暢發和雅音　歌歎最勝尊
供養彌陀佛　願共諸衆生　往生安樂國
至心歸命禮西方阿彌陀佛
慧日照世間　消除生死雲　恭敬遶三帀
稽首彌陀佛　願共諸衆生　往生安樂國
至心歸命禮西方阿彌陀佛
見彼嚴淨土　微妙難思議　因發無上心
願我國亦然　願共諸衆生　往生安樂國
至心歸命禮西方阿彌陀佛
應時無量尊　動容發欣笑　口出無數光

徧照十方國　願共諸衆生　往生安樂國
至心歸命禮西方阿彌陀佛
迴光圍遶身　三帀從頂入　一切天人衆
踴躍皆歡喜　願共諸衆生　往生安樂國
至心歸命禮西方阿彌陀佛
梵聲如雷震　八音暢好響　十方來正士
吾悉知彼願　願共諸衆生　往生安樂國
至心歸命禮西方阿彌陀佛
至彼嚴淨土　便速得神通　必於無量尊
受記成等覺　願共諸衆生　往生安樂國
至心歸命禮西方阿彌陀佛
奉事億如來　飛化徧諸刹　恭敬歡喜去
還到安養國　願共諸衆生　往生安樂國
至心歸命禮西方阿彌陀佛
若人無善本　不得聞佛名　憍慢弊懈怠
難以信此法　願共諸衆生　往生安樂國
至心歸命禮西方阿彌陀佛
宿世見諸佛　則能信此事　謙敬聞奉行
踴躍大歡喜　願共諸衆生　往生安樂國
至心歸命禮西方阿彌陀佛
其有得聞彼　彌陀佛名號　歡喜至一心
皆當得生彼　願共諸衆生　往生安樂國
至心歸命禮西方阿彌陀佛
設滿大千火　直過聞佛名　聞名歡喜讚
皆當得生彼　願共諸衆生　往生安樂國
至心歸命禮西方阿彌陀佛
萬年三寶滅　此經住百年　爾時聞一念
皆當得生彼　願共諸衆生　往生安樂國
至心歸命禮西方阿彌陀佛
佛世甚難值　人有信心難　遇聞希有法

此復最爲難　自信教人信　難中轉更難
大悲傳普化　眞成報佛恩　願共諸衆生
往生安樂國
至心歸命禮西方阿彌陀佛
哀愍覆護我　令法種增長　此世及後生
願佛常攝受　願共諸衆生　往生安樂國
至心歸命禮西方阿彌陀佛觀世音菩薩
願共諸衆生　往生安樂國
至心歸命禮西方阿彌陀佛大勢至菩薩
願共諸衆生　往生安樂國
至心歸命禮西方阿彌陀佛諸菩薩清淨大
海衆
願共諸衆生　往生安樂國
普爲師僧父母善知識法界衆生斷除三障
同得往生阿彌陀佛國歸命懺悔

第三依龍樹菩薩願生禮讚偈一十六拜當
中夜時禮懺悔同前後
至心歸命禮西方阿彌陀佛
稽首天人所恭敬　阿彌陀佛兩足尊
在彼微妙安樂國　無量佛子衆圍遶
故我頂禮彌陀佛
願共諸衆生　往生安樂國
至心歸命禮西方阿彌陀佛
金色身淨如山王　奢摩他行如象步
兩目淨若青蓮花　故我頂禮彌陀佛
願共諸衆生　往生安樂國
至心歸命禮西方阿彌陀佛
面善圓淨如滿月　威光猶如千日月
聲若天鼓俱翅羅　故我頂禮彌陀佛
願共諸衆生　往生安樂國

至心歸命禮西方阿彌陀佛
觀音頂戴冠中住　種種妙相寶莊嚴
能伏外道魔憍慢　故我頂禮彌陀佛
願共諸衆生　往生安樂國
至心歸命禮西方阿彌陀佛
無比無垢廣清淨　衆德皎潔如虚空
所作利益得自在　故我頂禮彌陀佛
願共諸衆生　往生安樂國
至心歸命禮西方阿彌陀佛
十方名聞菩薩衆　無量諸魔常讚歎
爲諸衆生願力住　故我頂禮彌陀佛
願共諸衆生　往生安樂國
至心歸命禮西方阿彌陀佛
金底寶澗池生華　善根所成妙臺座
於彼座上如山王　故我頂禮彌陀佛
願共諸衆生　往生安樂國
至心歸命禮西方阿彌陀佛
十方所來諸佛子　顯現神通至安樂
瞻仰尊顏常恭敬　故我頂禮彌陀佛
願共諸衆生　往生安樂國
至心歸命禮西方阿彌陀佛
諸有無常無我等　亦如水月電影露
爲衆說法無名字　故我頂禮彌陀佛
願共諸衆生　往生安樂國
至心歸命禮西方阿彌陀佛
彼尊佛刹無惡名　亦無女人惡道怖
衆人至心敬彼佛　故我頂禮彌陀佛
願共諸衆生　往生安樂國
至心歸命禮西方阿彌陀佛
彼尊無量方便境　無有諸趣惡知識

往生不退至菩提　故我頂禮彌陀佛

願共諸衆生　往生安樂國

至心歸命禮西方阿彌陀佛

我説彼尊功德事　衆善無邊如海水

所作善根清淨者　迴施衆生生彼土

願共諸衆生　往生安樂國

至心歸命禮西方阿彌陀佛

哀愍覆護我　令法種增長　此世及後生

願佛常攝受

願共諸衆生　往生安樂國

至心歸命禮西方極樂世界觀世音菩薩

願共諸衆生　往生安樂國

至心歸命禮西方極樂世界大勢至菩薩

願共諸衆生　往生安樂國

至心歸命禮西方極樂世界諸菩薩清淨大海衆

願共諸衆生　往生安樂國

集諸經禮懺悔文卷第三

集諸經禮懺悔文卷第四

唐西崇福寺釋智昇撰

普爲師僧父母及善知識法界衆生斷除三障同往生阿彌陀佛國歸命懺悔

至心懺悔自從無始受身來恒以十惡加衆生不孝父母謗三寶造作五逆不善業以是衆罪因緣故妄想顛倒生纏縛應受無量生死苦頂禮懺悔願滅除懺悔已至心歸命阿彌陀佛

至心勸請諸佛大慈無上尊恒以空慧照三界衆生盲冥不覺知來沉生死大苦海爲拔群生離諸苦勸請常住轉法輪勸請已至心歸命阿彌陀佛

至心隨喜歷劫已來懷嫉妬我慢放逸由癡生恒以瞋恚毒害火焚燒智慧慈善根今日思惟始惺悟發大精進隨喜心隨喜已至心歸命阿彌陀佛

至心迴向流浪三界內癡愛入胎獄生已歸老死沉没於苦海我今修此福迴生安樂土迴向已至心歸命阿彌陀佛

至心發願願捨胎藏形往生安樂國速見彌陀佛無邊功德身奉覲諸如來賢聖亦復然獲六神通力救攝苦衆生虚空法界盡我願亦如是發願已至心歸命阿彌陀佛餘悉同上法

第四依天親菩薩願往生禮讃偈二十拜當後夜時禮懺悔同前後

至心歸命禮西方阿彌陀佛

世尊我一心　歸命盡十方　無礙光如來

願生安樂國

至心歸命禮西方阿彌陀佛

觀彼世界相　勝過三界道　究竟如虚空
廣大無邊際　願共諸衆生　往生安樂國
至心歸命禮西方阿彌陀佛
正道大慈悲　出世善根生　淨光明滿足
如鏡日月輪　願共諸衆生　往生安樂國
至心歸命禮西方阿彌陀佛
備諸珍寶性　具足妙莊嚴　無垢光焰熾
明淨曜世間　願共諸衆生　往生安樂國
至心歸命禮西方阿彌陀佛
寶華千萬種　彌覆池流泉　微風動華葉
交錯光亂轉　願共諸衆生　往生安樂國
至心歸命禮西方阿彌陀佛
宫殿諸樓閣　觀十方無礙　雜樹異光色
寶欄徧圍遶　願共諸衆生　往生安樂國
至心歸命禮西方阿彌陀佛

無量寶交絡　羅網徧虚空　種種鈴發響
宣吐妙法音　願共諸衆生　往生安樂國
至心歸命禮西方阿彌陀佛
梵音悟深遠　微妙聞十方　正覺阿彌陀
法王善住持　願共諸衆生　往生安樂國
至心歸命禮西方阿彌陀佛
如來淨華衆　正覺華化生　愛樂佛法味
禪三昧爲食　願共諸衆生　往生安樂國
至心歸命禮西方阿彌陀佛
求離身心惱　愛樂常無間　大乘善根界
等無譏嫌名　願共諸衆生　往生安樂國
至心歸命禮西方阿彌陀佛
女人及根鈌　二乘種不生　衆生所願樂
一切能滿足　願共諸衆生　往生安樂國
至心歸命禮西方阿彌陀佛

無量大寶王　微妙淨華臺　相好光一尋
色像超羣生　願共諸衆生　往生安樂國
至心歸命禮西方阿彌陀佛
天人不動衆　清淨智海王　如須彌山王
勝妙無過者　願共諸衆生　往生安樂國
至心歸命禮西方阿彌陀佛
天人丈夫衆　恭敬遶瞻仰　雨天樂華衣
妙香等供養　願共諸衆生　往生安樂國
至心歸命禮西方阿彌陀佛
安樂國清淨　常轉無垢輪　一念及一時
利益諸羣生　願共諸衆生　往生安樂國
至心歸命禮西方阿彌陀佛
讃佛諸功德　無有分別心　能令速滿足
功德大寶海　願共諸衆生　往生安樂國
至心歸命禮西方阿彌陀佛

哀愍覆護我　令法種增長　此世及後生
願佛常攝受　願共諸衆生　往生安樂國
至心歸命禮西方極樂世界觀世音菩薩
願共諸衆生　往生安樂國
至心歸命禮西方極樂世界大勢至菩薩
願共諸衆生　往生安樂國
至心歸命禮西方極樂世界諸菩薩清淨大海衆
願共諸衆生　往生安樂國
普爲師僧父母及善知識法界衆生斷除三障同得往生阿彌陀佛國歸命懺悔

第五依彦琮法師願往生禮讃偈二十二拜

當旦起時禮（懺悔同前後）
至心歸命禮西方阿彌陀佛
法藏因彌遠　極樂果還深　異珍參作地

衆寶間爲林　華開希有色　波揚實相音
何當蒙授手　一遂往生心　願共諸衆生
往生安樂國
至心歸命禮西方阿彌陀佛
濁世難還入　淨土願逾深　金繩直界道
珠網縵垂林　見色皆眞色　聞音悉法音
莫謂西方遠　唯須十念心　願共諸衆生
往生安樂國
至心歸命禮西方阿彌陀佛
已成窮理聖　眞有徧空威　在西時現小
俱是暫隨機　葉珠相映飾　沙水共澄輝
欲得無生早　彼土必須依　願共諸衆生
往生安樂國
至心歸命禮西方阿彌陀佛
五山毫獨朗　寶手印恒分　地水俱爲鏡
香華同作雲　業深成易往　因淺實難聞
必望除疑惑　超然獨不羣　願共諸衆生
往生安樂國
至心歸命禮西方觀世音菩薩
千輪明足下　五道現光中　悲引恒無絶
人歸亦未窮　口宣猶在定　心靜更飛通
聞名皆願往　日發幾華藂　願共諸衆生
往生安樂國
至心歸命禮西方大勢至菩薩
慧力標無上　身光備有緣　動搖諸寶國
侍坐一金蓮　鳥羣非實鳥　天類豈眞天
須知求妙樂　會是戒香全　願共諸衆生
往生安樂國
至心歸命禮西方阿彌陀佛
心帶眞慈滿　光含法界圓　無緣能攝物

有想定非難　華隨本心變　宮移身自安
希聞出世境　須共入禪看　願共諸衆生
往生安樂國
至心歸命禮西方阿彌陀佛
迴向漸爲功　西方路稍通　寶幢承厚地
天香入遠風　開華香布水　覆網細分空
願生何意切　正爲樂無窮　願共諸衆生
往生安樂國
至心歸命禮西方阿彌陀佛
欲選當生處　西方最可歸　間樹開重閣
滿道布鮮衣　香飯隨心至　寶殿逐身飛
有緣皆得入　只是往人稀　願共諸衆生
往生安樂國
至心歸命禮西方阿彌陀佛
十劫道先成　嚴界引羣萌　金沙徹水照
玉葉滿枝明　鳥本珠中出　人唯華上生
敢請西方聖　早晚定相迎　願共諸衆生
往生安樂國
至心歸命禮西方阿彌陀佛
十方諸佛國　盡是法王家　偏求有緣地
冀得早無邪　八功如意水　七寶自然華
於彼心能係　當必往非賒　願共諸衆生
往生安樂國
至心歸命禮西方阿彌陀佛
淨國無衰變　一立古今然　光臺千寶合
音樂八風宣　池多說法鳥　空滿散華天
得生不畏退　隨早晚開蓮　願共諸衆生
往生安樂國
至心歸命禮西方阿彌陀佛
坐華非一像　聖衆亦難量　蓮開人獨處

波生法自揚　無災由處靜　不退爲朋良
問彼前生輩　來斯幾劫强　願共諸衆生
往生安樂國
至心歸命禮西方阿彌陀佛
光舒救毗舍　宫立引韋提　天來香蓋捧
人去寶衣賫　六時聞鳥合　四寸踐華低
相看無不正　豈復有長迷　願共諸衆生
往生安樂國
至心歸命禮西方阿彌陀佛
普爲弘三福　咸令滅五燒　發心功已至
條念罪便消　鳥化珠光轉　風好樂聲調
俱忻行道易　寧愁聖果遥　願共諸衆生
往生安樂國
至心歸命禮西方阿彌陀佛
珠色仍爲水　金光即是臺　到時華自散
隨願葉還開　遊池更出没　飛空互往來
眞心能向彼　有善併修迴　願共諸衆生
往生安樂國
至心歸命禮西方阿彌陀佛
洗心甘露水　悦目妙華雲　同生機易識
等壽量難分　樂多無廢道　聲遠不妨聞
如何貪五濁　安然火自焚　願共諸衆生
往生安樂國
至心歸命禮西方阿彌陀佛
臺裏天人現　光中侍者看　懸空四寶閣
臨迥七重欄　疑多邊地久　得少上生難
且莫論餘願　西望心已安　願共諸衆生
往生安樂國
至心歸命禮西方阿彌陀佛
六根常合道　三途永絶名　念頃遊方徧

還時得忍成　地平無極廣　風長是處清
寄言有心輩　共出一危城　願共諸衆生
往生安樂國
至心歸命禮西方阿彌陀佛
哀愍覆護我　令法種增長　此世及後生
願佛常攝受　願共諸衆生　往生安樂國
至心歸命禮西方極樂世界觀世音菩薩
願共諸衆生　往生安樂國
至心歸命禮西方極樂世界大勢至菩薩
願共諸衆生　往生安樂國
至心歸命禮西方極樂世界諸菩薩清淨大
海衆
願共諸衆生　往生安樂國
普爲師僧父母及善知識法界衆生斷除三
障同得往生阿彌陀佛國歸命懺悔

第六比丘善導願往生禮讚偈依十六觀作
二十拜當中時禮懺悔同前後
至心歸命禮西方阿彌陀佛
觀彼彌陀極樂界　廣大寬平衆寶成
四十八願莊嚴起　超諸佛刹最爲精
本國他方大海衆　窮劫算數不知名
普勸歸西同彼會　恒沙三昧自然成
願共諸衆生　往生安樂國
至心歸命禮西方阿彌陀佛
地下莊嚴七寶幢　無量無邊無億數
八方八面百寶成　見彼無生自然悟
無生寶國永爲常　一一寶流無數光
行者傾心常對目　騰神踊躍入西方
願共諸衆生　往生安樂國
至心歸命禮西方阿彌陀佛

地上莊嚴轉無極　金繩界道非工匠
彌陀願智巧莊嚴　菩薩人天散華上
寶地寶色寶光飛　一一光成無數臺
臺中寶樓千萬億　臺側百億寶幢圍
願共諸衆生　往生安樂國
至心歸命禮西方阿彌陀佛
一一臺上虛空中　莊嚴寶樂亦無窮
八種清風尋光出　隨時鼓樂應機音
機音正受稍爲難　行住坐臥攝心觀
唯除睡時常憶念　三昧無爲即涅槃
願共諸衆生　往生安樂國
至心歸命禮西方阿彌陀佛
寶國寶林諸寶樹　寶華寶葉寶根莖
或以千寶分林異　或有百寶共成行
行行相當葉相次　色各不同光亦然
等量齊高三十萬　枝條相觸説無因
願共諸衆生　往生安樂國
至心歸命禮西方阿彌陀佛
七重羅網七重宫　綺互迴光相映發
化天童子皆充徧　瓔珞輝光超日月
行行寶葉色千般　華敷等若旋金輪
果變光成衆寶蓋　塵沙佛刹現無邊
願共諸衆生　往生安樂國
至心歸命禮西方阿彌陀佛
寶池寶岸寶金沙　寶渠寶葉寶蓮花
十二由旬皆正等　寶羅寶網寶欄遮
德水分流尋寶樹　聞波覩樂證恬怕
寄語有緣同行者　努力翻迷還本家
願共諸衆生　往生安樂國
至心歸命禮西方阿彌陀佛

一一金繩界道上　寶樂寶樹千萬億
諸天童子散香華　他方菩薩如雲集
無量無邊無能計　稽首彌陀恭敬立
風鈴樹響徧虚空　歎説三尊無有極
願共諸衆生　往生安樂國
至心歸命禮西方阿彌陀佛
彌陀本願華王座　一切衆寶以爲成
臺上四幢張寶縵　彌陀獨坐顯眞形
眞形光明徧法界　蒙光觸者心不退
晝夜六時專想念　終時快樂如三昧
願共諸衆生　往生安樂國
至心歸命禮西方阿彌陀佛
彌陀身心徧法界　影現衆生心想中
是故勸汝常觀察　依心起相表眞容
眞容寶像臨華座　心開見彼國莊嚴
寶樹三身華徧滿　風鈴樂響與文同
願共諸衆生　往生安樂國
至心歸命禮西方阿彌陀佛
彌陀身色如金山　相好光明照十方
唯有念佛蒙光攝　當知本願最爲强
十方如來舒舌證　專稱名號至西方
到彼華臺聞妙法　十地願行自然彰
願共諸衆生　往生安樂國
至心歸命禮西方阿彌陀佛
觀音菩薩大慈悲　已得菩提捨不證
一切五道内身中　六時觀察三輪應
應現身光紫金色　相好威儀轉無極
恒舒百億光王手　普接有緣歸本國
願共諸衆生　往生安樂國
至心歸命禮西方阿彌陀佛

勢至菩薩難思議　威光普照無邊際
有縁衆生蒙光觸　增長智慧超三界
法界傾搖如轉蓬　化佛雲集滿虚空
普勸有緣常憶念　永絶胞胎證六通
願共諸衆生　往生安樂國
至心歸命禮西方阿彌陀佛
正坐跏趺入三昧　想心乘念至西方
覩見彌陀極樂界　地上虚空七寶粧
彌陀身量極無邊　重勸衆生觀小身
丈六八尺隨機現　圓光化佛等前眞
願共諸衆生　往生安樂國
至心歸命禮西方阿彌陀佛
上輩上行上根人　求生淨土斷貪瞋
就行差别分三品　五門相續助三因
一日七日專精進　畢命乘臺出六塵
慶哉難逢今得遇　永證無爲法性身
願共諸衆生　往生安樂國
至心歸命禮西方阿彌陀佛
中輩中行中根人　一日齋戒處金蓮
孝養父母教迴向　爲説西方快樂因
佛與聲聞衆來取　直到彌陀華座邊
百寶華籠經七日　三品蓮開證小眞
願共諸衆生　往生安樂國
至心歸命禮西方阿彌陀佛
下輩下行下根人　十惡五逆等貪瞋
四重偷僧謗正法　未曾慙愧悔前愆
終時苦相皆雲集　地獄猛火罪人前
忽遇往生善知識　急勸專稱彼佛名
化佛菩薩尋聲到　一念傾心入寶蓮
三業障重開多劫　于時始發菩提因

願共諸衆生　往生安樂國

至心歸命禮西方阿彌陀佛

樂何諦事難思議　無邊菩薩爲同學
性海如來盡是師　渴聞般若絶思漿
念服無生即療飢　一切莊嚴皆說法
無心領納自然知　七覺花池隨意入
八輩凝神會一枝　彌陀心水沐身頂
觀音勢至與衣披　欻爾騰空遊法界
須臾授記號無爲　如此逍遥無極處
吾今不去待何時

願共諸衆生　往生安樂國

至心歸命禮西方阿彌陀佛

哀愍覆護我　令法種增長　此世及後生
願佛常攝受

願共諸衆生　往生安樂國

至心歸命禮西方阿彌陀佛觀音勢至諸菩薩清淨大海衆

願共諸衆生　往生安樂國

普爲師僧父母及善知識法界衆生斷除三障同得往生阿彌陀佛國歸命懺悔

上二品懺悔發願等同前須要中要取初須略中略取中須廣中廣取下其廣者就實有心願生者而勸或對四衆或對十方佛或對舍利尊像大衆或對一人或獨自等又向十方盡虛空三寶及盡衆生界等具向發露懺悔懺悔有三品上中下上品懺悔者身毛孔中血流眼中血出者名上品懺悔中品懺悔者徧身熱汗從毛孔出眼中血流者名中品懺悔下品懺悔者徧身徹熱眼中淚出者名下品懺悔此等三品雖有差別即是久種解

脫分善根人致使令生敬法重人不惜身命乃至小罪若懺即能徹心徹髓能如此懺者不問久近所有重障頓皆滅盡若不如此縱使日夜十二時急走終是無益若不作者應知雖不能流淚流血等但能眞心徹到者即與上同

敬白十方諸佛十二部經一切賢聖及一切天龍八部法界衆生現前大衆等證知我某甲發露懺悔從無始已來乃至今身殺害一切三寶師僧父母六親眷屬善知識法界衆生不可知數偷盜一切三寶師僧父母六親眷屬善知識法界衆生物不可知數於一切三寶師僧父母六親眷屬善知識法界衆生上起邪心不可知數妄語欺誑一切三寶師僧父母六親眷屬善知識法界衆生不可知數綺語調弄一切三寶師僧父母六親眷屬善知識法界衆生不可知數惡口罵辱誹謗毀呰一切三寶師僧父母六親眷屬善知識法界衆生不可知數兩舌鬬亂破壞一切三寶師僧父母六親眷屬善知識法界衆生不可知數或破五戒八戒十戒十善戒二百五十戒五百戒菩薩三聚戒十無盡戒乃至一切戒及一切威儀戒等自作教他見作隨喜不可知數如是等衆罪亦如十方大地無邊微塵無數我等作罪亦無邊無數虛空無邊我等作罪亦復無邊法界無邊亦如上法性無邊亦如上方便無邊亦如上如是等罪上至諸菩薩下至聲聞緣覺所不能知唯佛與佛乃能知我罪之多少今於三寶前法界衆生前發露懺悔不敢覆藏唯願十方三寶法

界衆生受我懺悔憶我清淨始從今日願共法界衆生捨邪歸正發菩提心慈心相向佛眼相看作菩提眷屬作眞善知識同生阿彌陀佛國乃至成佛如是等罪永斷相續更不敢作懺悔已

至心歸命阿彌陀佛

禮懺竟

若入觀及睡時應發此願若坐若立一心合掌正面向西十聲稱阿彌陀佛觀音勢至諸菩薩清淨大海衆竟弟子現是生死凡夫罪障深重輪迴六道苦不可言今遇善知識得聞彌陀本願名號一心稱念求願往生願佛慈悲不捨本弘誓願攝受弟子不識彌陀佛身相光明願佛慈悲示現弟子身相觀音勢至諸菩薩等及彼世界清淨莊嚴光明等相道此語已一心正念即隨意入觀及睡或有正發願時即得見之或有睡時得見此願比來亦大有現驗問曰稱念禮觀阿彌陀佛現世有何功德利益答曰若稱阿彌陀佛一聲即能除滅八十億劫生死重罪禮念已下亦是

十往生經云若有衆生念阿彌陀佛願往生者彼佛即遣二十五菩薩擁護行者若行若坐若住若臥若晝若夜一切時一切處不令惡鬼惡神得其便也

又如觀經云若稱禮念阿彌陀佛願往生彼國者彼佛即遣無數化佛無數化觀音勢至菩薩護念行者復與前二十五菩薩等百重千重圍遶行者不問行住坐臥一切時處若晝若夜常不離行者今既有斯勝益可憑願

諸行者各須至心求往

又如無量壽經云若我成佛十方衆生稱我名號下至十聲若不生者不取正覺彼佛今現在世成佛當知本誓重願不虛衆生稱念必得往生

又如彌陀經云若有衆生聞說阿彌陀佛即應執持名號若一日若二日乃至七日一心稱佛不亂命欲終時阿彌陀佛與諸聖衆現在其前此人終時心不顛倒即得往生彼國佛告舍利弗我見是利故說是言若有衆生聞說是者應當發願願生彼國

次下說云東方如恒河沙等諸佛南西北方及上下一一方如恒河沙等諸佛各於本國出其舌相徧覆三千大千世界說誠實言汝等衆生皆應信是一切諸佛所護念經云何名護念若有衆生稱念阿彌陀佛若七日及一日下至一聲乃至十聲一念等必得往生證成此事故名護念經次下又云若稱佛往生者常爲六萬恒沙等諸佛之所護念故名護念經今既有此增上願誓可憑諸佛子等何不勵意去也

集諸經禮懺悔文卷第四

音釋

賒（式遮切遠也）筭（蘇貫切計也）

十不二門

唐荊溪尊者湛然述

清刻龍藏佛說法變相圖

大科分二
初釋題二
初正釋題
二述人號
二釋文三
初敘教廣二
初十妙意
二衆釋意
二敘觀略
初總敘意四
二列門解釋。
三結攝重示。
初敘前二
二立意二
初重示大部意

十不二門

唐荆溪尊者湛然述

然此迹門談其因果及以自他使一代教門融通入妙故凡諸義釋皆約四教及以五味意在開教悉入醍醐觀心乃是教行樞機仍且畧點寄在諸說或存或沒非部正意故縱有施設託事附法或辯十觀列名而已

所明理境智行位法能化所化意在能詮詮中咸妙爲辯詮內始末自他故具演十妙搜括一化出世大意罄無不盡故不可不了十妙大綱

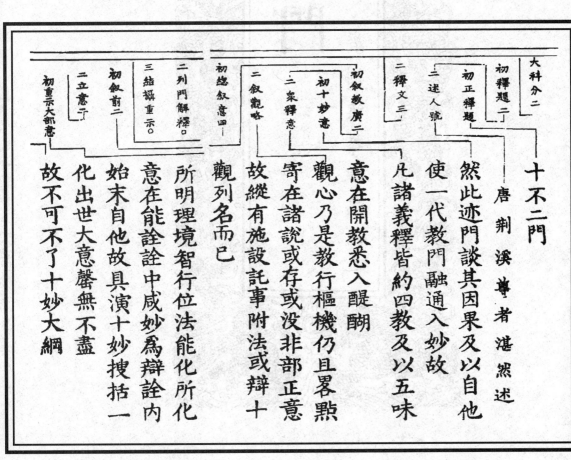

三明今述意二

初爲成妙解

故攝十妙爲觀法大體

若解迹妙本妙非遙應知但是

二爲成妙行

離合異耳因果義一自他何殊

初叙前文示作之意二

初例本妙

故下文云本迹雖殊不思議一

況體宗用秖是自他因果法故

二例四章

況復教相秖是分別前之四章

使前四章與諸文永異

二例後義彰法理無殊三

初指妙歸心

若曉斯旨則教有所歸一期縱

三別示妙體令解行俱成三

橫不出一心三千世間即空假

中理境乃至利益咸爾

二示成由行

則止觀十乘成今自行因果起

教一章成今化他能所

三功成識體

則彼此昭著法華行成使功不

唐捐所詮可識

四結示立名使詮旨斯顯四

初立門所由

故更以十門收攝十妙

一出門名義

何者爲實施權則不二而二開

權顯實則二而不二法既教部

三各自高深

咸開成妙故此十門不二爲目

一一門下以六即檢之

四直彰宗趣

本門已廣引誠證此下但直申

一理使一部經旨皎在目前

一列門解釋二

初列門對妙二

初列門

一者色心不二門二者內外不

二門三者修性不二門四者因

果不二門五者染淨不二門六

者依正不二門七者自他不二

門八者三業不二門九者權實

不二門十者受潤不二門

二對妙

是中第一從境妙立名第二第

三從智行立名第四從位法立

名第五第六第七從感應神通

二釋門旨趣分十

初色心不二門三

初標

立名第八第九從説法立名第十從眷屬利益立名

二釋二　初雙標

一色心不二門者

且十如境乃至無諦一一皆有總別二意總在一念別分色心

二雙示二　初別

何者初十如中相唯在色性唯在心體力作緣義兼色心因果唯心報唯約色十二因緣苦業兩兼惑唯在心四諦則三兼色心滅唯在心二諦三諦皆俗具色心眞中唯心一實及無準此可見

二總

既知別已攝別入總一切諸法無非心性一性無性三千宛然

初約諸境而總別二　二就理事明諦境二　初約理事明三諦二　初明理事

當知心之色心即心名變變名爲造造謂體用

二結成三諦

是則非色非心而色而心唯色唯心良由於此

二會生佛居一念

故知但識一念遍見已他生佛他生他佛尚與心同況已心生佛寧乖一念

二結

故彼彼境法差差而不差

二內外不二門二　初標

二內外不二門者

二釋二　初標示

凡所觀境不出內外

二釋相二　初明外境觀相

外謂託彼依正色心即空假中即空假中妙故色心體絕唯一實性無空假中色心宛然豁同眞淨無復衆生七方便異不見國土淨穢差品而帝網依正終自炳然

二明內境觀相　初明內外境觀二

初互融

所言內者先了外色心一念無念唯內體三千即空假中

二明內外融泯二

二俱泯

是則外法全爲心性心性無外攝無不周十方諸佛法界有情性體無殊一切咸遍

三結

誰云內外色心已他此即用向色心不二門成

三修性不二門三

初標

三修性不二門者

初直明性德

初相成

性德秖是界如一念此內界如

二互具

三法具足

二以修對辨二

性雖本爾藉智起修由修照性由性發修

二釋二

初修性體立三

在性則全修成性起修則全性成修性無所移修常宛爾

初修性對論二

初明對逆故二性並存

修又二種順修逆修順謂了性爲行逆謂背性成迷迷了二心心雖不二逆順二性性事恒殊

二明因順故二心俱泯

逆順相反二

可由事不移心則令迷修成了故須一期迷了照性成修見性修心二心俱泯

二明離合本同二

初約法明離合相異

又了順修對性有離有合離謂修性各三合謂修二性一修二各三共發性三是則修雖具九九秖是三爲對性明修故合修爲二

二約喻明修性體同

二與一性如水爲波二亦無二亦如波水

二修性俱亡

應知性指三障是故具三修從性成成三法爾達無修性唯一

三結

妙乘無所分別法界洞朗

四因果不二門三

初標

此由內外不二門成

四因果不二門者

初明始終理一

衆生心因既具三軌此因成果
名三涅槃因果無殊始終理一

初問

若爾因德已具何不住因

二答

二迷悟事異二

但由迷因各自謂實若了迷性
實唯住因故久研此因因顯名
果

三事極理亡三

二釋三

初就圓理明因果暫存三

秖緣因果理一用此一理爲因
理顯無復果名豈可仍存因號
因果既泯理性自亡

初約法開惑智之體本虛

秖由亡智親疎致使迷成厚薄
迷厚薄故強分三惑義開六即
名智淺深

初明修證功亡

故如夢勤加空名惑絕幻因既
滿鏡像果圓

二明德彰體具

空像雖即義同而空虛像實像

二約喻明修證之功不立二

實故稱理本有空虛故迷轉成
性

二依圓解明修證無得二

初約體對揚明體一

是則不二而二立因果殊二而
不二始終體一若謂因異果因
亦非因曉果從因因方克果

二高廣無減明不二

所以三千在理同名無明三千
果成咸稱常樂三千無改無明

二約圓乘明始終不二三

即明三千並常俱體俱用

二結

此以修性不二門成

五染淨不二門三

五染淨不二門者

出標

若識無始即法性爲無明故可
了今即無明爲法性
法性之與無明遍造諸法名之

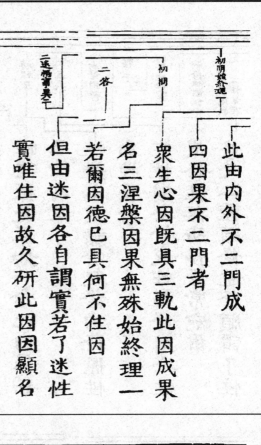

初明染淨體
爲染無明之與法性遍應衆緣
號之爲淨
二明染淨用
濁水清水波濕無殊
初法二
清濁雖即由緣而濁成本有濁
雖本有而全體是清以二波理
二譬
通舉體是用
三合
故三千因果俱名緣起迷悟緣
起不離刹那刹那性常緣起理
一釋二
初明所顯淨法二
一一理之內而分淨穢別則六
穢四淨通則十通淨穢
初染淨體用現前體顯三
故知刹那染體悉淨三千未顯
驗體仍迷故相似位成六根遍
照照分十界各具灼然豈六根
淨人謂十定十分真垂迹十界
亦然乃至果成等彼百界
初約性德直示
二約修成遮顯
故須初心而遮而照照故三千
恒具遮故法爾空中終日雙亡
終日雙照不動此念遍應無方
一界如緣起性本固常二
隨感而施淨穢斯泯亡淨穢故
二明能顯妙觀
以空以中仍由空中轉染爲淨
由了染淨空中自亡
三結
此以因果不二門成
六依正不二門三
六依正不二門者
初標
已證遮那一體不二良由無始
一念三千
初明不二之由
以三千中生陰二千爲正國土
一千屬依依正既居一心一心
二示不二之相
豈分能所雖無能所依正宛然
初示依正不二
是則理性名字觀行已有不二
二明三往不妙
依正之相故使自他因果相攝

二示一切皆融

但衆生在理果雖未辦一切莫非遮那妙境

二明因理本融二

然應復了諸佛法體非遍而遍

初明情智局徧

衆生理性非局而局

二明體用常融二

始終不改大小無妨因果理同

初略示

依正何別

二廣示

故淨穢之土勝劣之身塵身與法身量同塵國與寂光無異是則一一塵刹一切刹一一塵身一切身廣狹勝劣難思議淨穢

三明始終無改二

釋二

方所無窮盡

初明果用由因本具二

若非三千空假中安能成茲自

二明種顯從觀為功二

在用

初克彰觀行之功

如是方知生佛等彼此事理互

二結示生佛一致

相收

三結

此以染淨不二門成

七自他不二門三

初標

七自他不二門者

初約一性明自他

隨機利他事乃憑本本謂一性具足自他方至果位自即益他

二約三千明感應

如理性三德三諦三千自行唯在空中利他三千赴物物機無量不出三千能應雖多不出十界界界轉現不出一念土土互生不出寂光

三約俱具明道交

初約法示三

衆生由理具三千故能感諸佛由三千理滿故能應應遍機遍欣赴不差

二約喻示二

初顯喻

不然豈能如鏡現像鏡有現像之理形有生像之性

二反喻

若一形對不能現像則鏡理有

二釋二

初示感應之體本同二

窮形事不通若與鏡隔則容有
是理無有形對而不像者

二明觀行二方顯二

初舉喻顯明感

若鏡未現像由塵所遮去塵由
人磨現像非關磨者以喻觀法
大旨可知

二就法明體用觀合

應知理雖自他具足必藉緣了
爲利他功復由緣了與性一合
方能稱性施設萬端則不起自
性化無方所

三結

此由依正不二門成

七三業不二門三

初標

八三業不二門者

初業三輪不同

於化他門事分三密隨順物理
得名不同心輪鑒機二輪設化
現身說法未曾毫差

二明真應復殊

在身分於真應在法分於權實

初約對機明退會無差二

二身若異何故乃云即是法身
二說若乖何故乃云皆成佛道
若唯法身應無垂世若唯佛道
誰施三乘

二約稱理明卷舒自在二

初融身說

身尚無身說必非說身口平等
等彼意輪心色一如不謀而化
常冥至極稱物施爲

二會三輪

豈非百界一心界界無非三業
界尚一念三業豈殊果用無虧
因必稱果若信因果方知三密
有本

二釋二

初明所顯果用二

二明能顯觀體三

初約指心因

百界三業俱空假中故使稱宜
遍赴爲果一一應色一一言音
無不百界三業具足化復作化

二觀成用顯

斯之謂歟

二示體本妙

故一念凡心已有理性三密相海一塵報色同在本理毗盧遮那方乃名爲三無差別

三結

此以自他不二門成

九權實不二門三

初標

九權實不二門者

二釋三

初明等鑑由理融

平等大慧常鑒法界亦由理性九權一實實復九界權亦復然權實相冥百界一念不可分別任運常然

二徧退由心證

至果乃由契本一理非權非實而權而實此即如前心輪自在致令身口赴權實機三業一念無乖權實不動而施豈應隔異

三結示歸理

對說即以權實立稱在身即以眞應爲名三業理同權實冥合

三結

此以三業不二門成

十受潤不二門三

初標

十受潤不二門者

二釋三

初明權實本同熏修如幻二

初由具可熏

物理本來性具權實無始熏習或權或實權實由熏理常平等遇時成習行願所資若無本因熏亦徒設遇熏自異

二因熏可發

非由性殊性雖無殊必藉幻發幻機幻感幻應幻赴能應所化並非權實

二明生佛一際欲赴不偏

然由生具非權非實成權實機佛亦果具非權非實爲權實應物機應契身土無偏同常寂光無非法界

三明地雨無殊稱益平等

故知三千同在心地與佛心地三千不殊四微體同權實益等

三結

- 三結攝重示三
  - 初明十門通貫理體無殊
  - 初結十門明理
  - 二約十妙釋理
  - 三明一念包容觀行可識三
    - 初明一念境觀之功
    - 一明心法攝成之要
    - 二明重述觀行易明
  - 三明得意符文總別無異

此以權實不二門成

是故十門門門通入色心乃至受潤咸然故使十妙始終理一

如境本來具三依理生解故名爲智智解導行行解契理三法相符不異而異而假立淺深設位簡濫三法秖是證彼三理下之五章三法起用

既是一念三千即空假中成故有用

若了一念十方三世諸佛之法本迹非遙

故重述十門令觀行可識

首題既爾覽別爲總符文可知

十不二門　竟

十不二門指要鈔

宋四明沙門知禮述

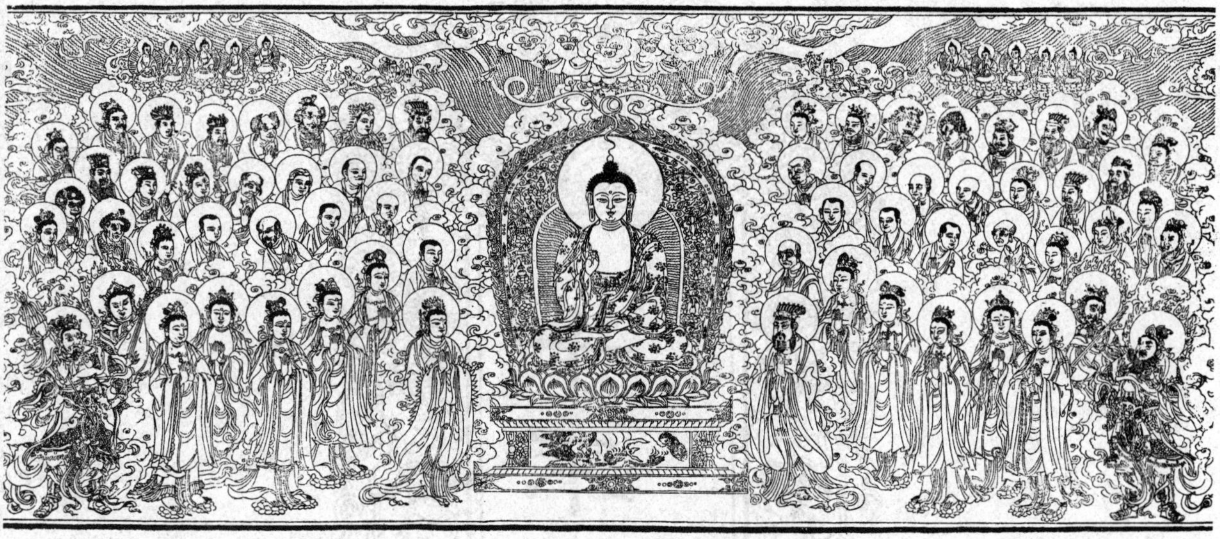

清刻龍藏佛說法變相圖

指要鈔序

宋東山沙門遵式述

大教隆夷存乎其人諸祖既往玄化幾息時不可以久替必有間世者出焉四明傳教導師禮公實教門之偉人也童子受經便能思義天機特發不曰生知之上性者乎及進具禀學於寶雲通師初預法席厥父夢其跪于師前師執缾水注於口中其引若泉其受若谷於是乎天台大教圓頓之旨一受即了不俟再聞師謂之曰子於吾言無所不達非助我也逮師始滅公復夢貫師之首擐于左臂而行嘻得非初表受習若阿難瀉水分缾之莫二也後表傳持操師種智之首而行化也淳化初郡之乾符寺請開講席諸子悅隨若衆流會海繇是堂舍側陋門徒漸繁未幾遂

遷于保恩院焉法華止觀金光明諸部連環講貫歲無虚日嘗勗其徒曰吾之或出或處或默或語未始不以教觀權實之旨爲服味焉爲杖几焉汝無怠也大哉若夫被寂忍之衣據大慈之室循循善誘不可得而稱矣釋籤十不二門者今昔講流以爲一難文也或多註釋各陳異端孰不自謂握靈蛇之珠揮彌天之筆豈思夫一家教觀殊不知其啓發之所公覽之再歎豈但釋文未允奈何委亂大綱山隤角崩良用悲痛將欲正舉捨我而誰遂而正析斯文旁援顯據綽有餘刃兼整大途教門權實今時同昧者於兹判矣別理隨緣其類也觀道所託連代共迷者於兹見矣指要所以其立也至若法華止觀綱格之文隱括錯綜畧無不在後之學者足以視近見遠染指知味易不云乎通天下之志定天下之業斷天下之疑實此一二萬言得矣式忝同學也觀者無謂吾之亦有黨乎取長其理無取長其情文理明白誰能隱乎云也

十不二門指要鈔卷上

宋 四明沙門知禮述

十不二門者本出釋籤豈須鈔解但斯宗講者或示或註著述云云而事理未明解行無託荆谿妙解翻隱於時天台圓宗罔益于物爰因講次對彼釋之命爲指要鈔焉蓋指介爾之心爲事理解行之要也聊備諸生温習敢期達士披詳邪時大宋景德元年歲在甲辰正月九日敘

鈔曰此文題目多本不同或云法華本迹十妙不二門或無本迹二字有唯云玄文十不二門此或以所通之義所釋之文而冠於首蓋不忘其本也而盡是别録者私安取捨由情無勞苦諍若十不二門四字乃作者自立故文云爲實施權則不二而二開權顯實則二而不二法既教部咸開成妙故此十門不二爲目須據此文釋其題旨豈非四時三教所談色心乃至受潤無不隔異故皆名二今經開會實理既彰十異皆融互攝無外咸名不二即以不二當體爲門然亦可云十不二爲能通十妙爲所通問妙即不二不二即妙俱名俱體何分能通所通答今不以麤妙分能所亦不以名體分之蓋以十妙法相該博學者難入此文撮要徑顯彼意乃以畧顯廣以易通難義立能通所通數至十者蓋從十妙而立雖立門對妙互有多少而不虧本數也此且總明待至釋文更爲點示若欲標述作人者即是荆谿尊者既是後人録出不可正斥其諱釋文爲三初總敘立意二從一者去列門解釋三是故十門訖文結攝重示此

三即擬三分也初又四初敘前文立述作之意又二初敘前又二初敘教廣二初十妙意然者是也即領上之辭亦信解之語若不信者乃云不然此迹門等者指上玄文所談十妙境智行位因也三法果也感應兼自他神通說法是能化者作屬自也眷屬利益是所化者事屬他也故因等四收十妙盡一代教門所明法相豈過於此今於十義皆用待絕二妙而融會之令無壅礙故云融通入妙二凡諸下衆釋意如初理境具有七科一一皆用四教揀之意開藏等俱圓復以五味判之欲開兼等皆妙即使醍醐之外更無餘味如此釋之方稱妙法智行乃至利益各明種種法相無不皆用四教五味判後開之皆成極味二觀心下敘觀畧樞即門之要也機謂機關有可發之義蓋一切教行皆以觀心爲要皆自觀心而發觀心空故一切法空即所修諸行所起諸教皆歸空也假中亦然豈不以觀心爲樞機邪然今玄文未暇廣明寄諸文末畧點示爾又雖據義一一合有爲避繁文故有存沒如十二因緣境後則有四諦則畧蓋有止觀對此明乎教觀旁正如常所說託事則借彼事義立境立觀如王舍耆山等附法則攝諸法相入心成觀如四諦五行等既非專行故十乘不委此即義例約行等三種觀相也二所明下立意又二初重示大部意更舉十妙方出其意能化即應并神通說法也所化即感及眷屬利益也此十乃是一代教中能詮名字大部明此意在開顯諸名咸妙故也須辨十者欲收始末自他盡故始謂

境等即自行因末謂三法即自行果自他如前若辨此十一一咸妙則了如來出世意盡二故不下正明今述意二初爲成妙解欲知此十皆妙須了開顯大綱即三千世間俱空假中是今經之大體能開之絶妙境即此故事理俱融智發此故無緣行起此故無作位歷此故相攝三法究盡此故果滿生具此故一念能感佛得此故無謀而應神通用此故化化無窮說法據此故施開自在眷屬全此故天性相關利益稱此故無一不成佛今此十門正示於此若能知者名發妙解二故撮下爲成妙行言觀法者十乘也應知止觀十乘是别論行相而一一乘不離三千即空假中故云觀法大體義例云散引諸文該乎一代文體正意唯歸二經一依法華本迹顯實二依涅槃扶律顯常以此二經同醍醐故是知用此十妙絶待之義爲觀體者方譬日光不與暗共又此三千法門徧於諸法若色若心依之與正衆生諸佛剎剎塵塵無不具足故華嚴云如心佛亦爾如佛衆生然心佛及衆生是三無差别故今家釋經題法字約此三法各具三千互具互融方名妙法然雖諸法彼彼各具若爲觀體必須的指心法三千故玄文云佛法太高衆生法太廣於初心爲難心佛及衆生是三無差别觀心則易又義例云修觀次第必先内心今家凡曰觀心皆此意也故今文中撮乎十妙入一念心十門示者爲成觀體故也若不爾者何故節節唯約心說豈塵剎生佛而不具邪若不見此全失今文述作之意也二若解下例後義彰法

理無殊二初例本妙若本若迹各論十妙而不同者但是互有離合故也迹因具明境智行位四者離因故迹果惟明三法一妙者合果故本中不云境等唯明一本因妙者合因故本果之外更立本國土本涅槃本壽命者離果故故知唯云因妙必具境等唯云三法必具國土等若知因果不殊自他豈應有異以本初坐道場時亦徧赴物豈不現通說法豈無眷屬獲益邪應知久近雖異皆以三千俱空假中而爲大綱故云不思議一二況體下例四章如上所明二十重妙皆是釋名而含體等以釋名是總三章是別總總別故且十妙中境即是體智行位法是宗應等三妙是用感及眷屬既獲利益必合從因至果還起利他之用亦具體等故云秖是自他因果法故又名等四章皆是被下之法即屬教也而須以相別其麤妙今之四章出前三教四時之上復能開前令皆圓妙故永異之言含其待絕以唯今經能徧開故三若曉下別示妙體令解行俱成三初指妙歸心三千妙體爲教所歸故一期之內五味傳傳相生故縱四教各各趣理故橫而所詮法雖有顯覆準今經意未嘗暫離三千妙法又雖諸法皆具三千今爲易成妙解妙觀故的指一念即三法妙中特取心法也應知心法就迷就事而辨故釋籤云衆生法一往通因果二往唯局因佛法定在果心法定在因若約迷悟分之佛唯屬悟二皆在迷復就迷中衆生屬他通一切故心法屬己別指自心故四念處節節皆云觀一念無明心止觀初觀陰入心九境

亦約事中明心故云煩惱心病心乃至禪見心等及隨自意中四運心等豈非就迷就事辨所觀心有人解今一念云是真性恐未稱文旨何者若論真性諸法皆是何獨一念又諸文多云觀於已心豈可真理有於已他更有人全不許立陰界入等爲所觀境唯云不思議境此之二師灼然違教且摩訶止觀先於六章廣示妙解豈不論諸法本真皆不思議然欲立行造修須揀入理之門起觀之處故於三科揀却界入復於五陰又除前四的取識陰輔行又揀能招報心及以發得屬於下境此是去丈就尺去尺就寸如灸得穴也乃依此心觀不思議顯三千法乃至貪瞋等心及諸根塵皆云觀陰入界及下九境文中陳判毫末不差豈是直云真性及不思議問常坐中云以法界對法界起法界安心中云但信法性不信其諸及節節云不思議境今何不許答此等諸文皆是能觀觀法復是所顯法門豈不讀輔行中分科之文先重明境即去尺就寸文也次明修觀即觀不思議境等十乘文也況輔行委示二境之相非不分明豈得直以一念名真理及不思議耶應知不思議境對觀智邊不分而分名所觀境若對所破陰等諸境故不思議境之與觀皆名能觀故止觀云譬如賊有三重一人器械鈍身力羸智謀少先破二重更整人物方破第三所以遲迴日月有人身壯兵利權多一日之中即破三重輔行釋云約用兵以譬能所令以身壯譬圓三諦兵利譬圓三止權多譬圓三觀械等並依身力故也上皆輔行文也

豈非諦觀俱爲能觀邪今更自立一譬雙明兩重能所如器諸淳朴豈單用槌而無砧邪故知槌砧自分能所若望淳朴皆屬能也智者以喻得解幸可詳之皆爲不辯兩重所觀故迷斯旨又若不立陰等爲境妙觀就何處用妙境於何處顯故知若離三道即無三德如煩惱即菩提生死即涅槃玄文畧列十乘皆約此立又止觀大意以此二句爲發心立行之體格豈有圓頓更過於此若如二師所立合云菩提即菩提涅槃即涅槃也又引常坐中起對俱法界者今問法界因何有起對邪須知約根塵識故方云起對法界故義例釋此文云體達修觀若起若對陰入不出法界成不思議彼有約理約觀約果三義此文正約觀行辨也又安心文云唯信法性者未審信何法

爲法性邪而不知此文正是於陰修乎止觀故起信論云一切衆生從本已來未曾離念又下文云獨成本有若不觀三道即妙便同偏觀清淨真如荆谿還許不故輔行解安住世諦云以止觀安故世諦方成不思議又云安即觀也故談圓妙不違現文方爲正說今釋一念乃是趣舉根塵和合一刹那心若陰若惑若善若惡皆具三千皆即三諦乃十妙之大體故云咸爾斯之一念爲成觀故今文專約明乎不二不可不曉故茲委辨問相傳云達磨門下三人得法而有淺深尼總持云斷煩惱證菩提師云得吾皮道育云迷即煩惱悟即菩提師云得吾肉慧可云本無煩惱元是菩提師云得吾髓今煩惱即菩提等稍同皮肉之見那云圓頓無過答當宗學者因

此語故迷名失旨用彼格此陷墜本宗良由不窮即字之義故也應知今家明即永異諸師以非二物相合及非背面相翻直須當體全是方名爲即何者煩惱生死既是修惡全體即是性惡法門故不須斷除及翻轉也諸家不明性惡遂須翻惡爲善斷惡證善故極頓者仍云本無惡元是善既不能全惡是惡故皆即義不成故第七記云忽都未聞性惡之名安能信有性德之行若爾何不云煩惱即煩惱等而云菩提涅槃耶答實非别指秖由性惡融通寂滅自受菩提涅槃之名蓋從勝立也此則豈同皮肉之見乎又既煩惱等全是性惡豈可一向云本無耶然汝所引達磨印於可師本無煩惱元是菩提等斯乃圭峯異說致令後人以此爲極便棄三道唯觀真心若據祖堂自云二祖禮三拜依位立豈言煩惱菩提一無一有耶故不可以圭峯異說而格今家妙談爾元本云此乃又超得髓之說也可師之見意縱階此語且未圓問今明圓教豈不論斷惑證理及翻迷就悟邪若論者何異持育之解答秖如可師豈不斷惑翻迷豈亦同前二邪故知九分漸頓蓋論能斷能翻之所以爾今既約即論斷故無可滅約即論悟故無可翻煩惱生死乃九界法既十界互具方名圓佛豈壞九轉九邪如是方名達於非道魔界即佛故圓家斷證迷悟但約染淨論之不約善惡淨穢說也諸宗既不明性具十界則無圓斷圓悟之義故但得即名而無即義也此乃一家教觀大途能知此已或取或捨自在用之故止觀亦云唯信法性不信其諸語似棄妄觀真元云豈異可師之說而義例判云破昔計故約對治說故知的示圓觀須指三道即是三德

故於陰等觀不思議也若不精揀何稱圓修此義難得的當至因果不二門更爲甄之二則止下示成由行已約心法顯乎妙旨雖知十妙不離一念若非妙行何能成之故玄文雖立觀心而且託事附法蓋非部意故多闕畧若具論能成之功須指摩訶止觀也故境等五妙且論諸聖及佛世當機所觀所發所行所歷所究盡法而於我曹稟教行人如何成就故令修止觀用十法成乘方能親觀妙境發智立行歷位登果故彼十乘能令行人成就自行因果也言起教一章成令化他能所者彼文起教雖即弗宣而且不出裂網之意此裂網文泛論生起雖在果後化他細尋其意多明初心自行故文云種種經論開人眼目執此疑彼是一非諸今融通經論解結出籠豈非始行能裂他網又文云若人善用止觀觀心則內慧明了通達漸頓諸教如破微塵出大千經卷河沙佛法一心中曉豈非自行起教又云若欲外益衆生逗機設教等此文方是果後化他也輔行二釋謂化他裂網自行裂網但自行文畧故讀者多暗至于歸大處文亦爲初心修觀而說故云膠手易著寱夢難醒封文齊意自謂爲是乃至云爲此意故須論旨歸故知五畧十廣雖該自他始終而盡是行者修法若了彼文方可銷今相成之意故今十門從染淨不二已去皆指果後設化之相悉在初心刹那一念而必須三觀功成此用方顯故文云故須初心而遮而照等故知能修起教之觀則能成就應機現通說法之用也此意稍隱解者方知不作

此解則止觀裂網旨歸之文記中自行之釋及今相成之語如何銷之若云但修十乘果用自顯者則合云十乘成今化他能所爾三則彼下功成識體故知得此相成之意則不唐學問不謾修行教下所詮妙體可識四故更下結示立名使詮旨斯顯四初立門所由如文二何者下出門名義理事三千本皆融即實機未熟權化宜施佛順物情分隔而說故云不二而二半滿諸法暫有差殊權化若成實理須顯佛隨自意開會而談故云二而不二境等十法即是所通既約教部判後開之俱圓俱妙故能通門宜名不二三各自高深一家所判法門名義無間高下巳他無不理性本具全性起修分顯究盡故今十門一一如是皆為觀體其義更明然事異故六理一故即此宗學者誰不言之而的當者無幾應知圓家明理巳具三千而皆性不可變約事乃論迷解真似因果有殊故下文云三千在理同名無明三千果成咸稱常樂（約事明六）三千無改無明即明三千並常俱體俱用（約理明即）若見斯旨稍可持論四直彰宗趣如文

二一者下第二列門解釋二初列門對妙二初列門可見二是中下對妙七科之境不出色心此二不二則諸境皆妙故云第一從境立名智行二法正論修相儻二境不融修性有異則不成妙故二三從智行立名位多在相三法唯果若了始終理一此二皆妙故第四從位法立名通應二事果後利他既是淨用依正必融縱是他機亦同自體此之妙事在今染心能如是觀妙用方顯故五六七從

感應神通立名三業是能說之人權實是所說之法此二若融說法方妙故八九從說法立名眷屬是三草二木利益由法雨所滋若知本一地雨則權實益等故第十從眷屬利益立名立此十門意成十妙解行故也

二一色下釋門旨趣十段初色心不二門三初標一切諸法無非妙境本文七科亦且從要七科尚廣妙旨難彰今以色心二法收盡故大論云一切世間中唯有名與色若欲如實說但當觀名色此二不二諸法皆妙故今攝別入總特指心法明乎不二以此爲門則解行易入也二且十下釋中又二初約諸境明總別二初雙標總在一念者若論諸法互攝隨舉一法皆得爲總即三無差別也今爲易成觀故故指一念心法爲總然此總別不可分對理事應知理具三千事用三千各有總別此兩相即方稱妙境二何者下雙示二初別十如中相可別故屬色性據內故屬心觀音玄義指心爲體而諸文中雙取色心力作單不能運緣或指愛或指具度既存兩說義必雙兼若云業爲因者則似兼色今從習邊故因果皆心五陰皆報則須兼心今從受身約色義彊本末究竟文雖不對既論三等同後三諦因緣中現未七支皆須雙具識名雖獨必合中陰故亦兩兼行有是業不可偏屬無明愛取唯心可知諸諦中苦同七支集既兼業道亦含戒皆具色心俗論諸法兼二可知滅及真中一實無諦體唯是理無相可表並心證故故不兼色然上所對不可永殊欲成別義故且從彊二既知下次總前約諸

法不失自體爲別今明諸法同趣剎那爲總終日不失終日同趣性具諸法總別相收緣起諸法總別亦爾非謂約事論別以理爲總又復應知若事若理皆以事中一念爲總以衆生在事未悟理故以依陰心顯妙理故問他云一念即一性也一念靈知性體常寂又云性即一念謂心性靈寂性即法身靈即般若寂即解脫又云一念真知妙體又云並我一念清淨靈知據此等文乃直指文中一念名真淨靈知是約理解今云屬事是陰入法與他所指賒切如何答此師秖因將此一念約理釋之致與一家文義相違且違文者一違玄文彼判心法定在因佛法定在果衆生法一往通因果二往則局因他執心法是真性故乃自立云心非因果又礙定在因句復自立云約能造諸法故判爲因佛定在果者乃由研修覺了究盡爲果今問既將因果分判法相何得因果却不相對果若從覺因須指迷何得自立理能造事而爲因耶既不相對何名分判又違華嚴心造之義彼經如來林菩薩說偈云心如工畫師造種種五陰一切世間中無法而不造如心佛亦爾如佛衆生然心佛及衆生是三無差別輔行釋云心造有二種一者約理造即是具二者約事即三世變造等心法既有二造經以心例於佛復以佛例於生故云如心佛亦爾如佛衆生然是則三法各具二造方無差別故荊谿云不解今文如何銷偈心造一切三無差別何忽獨云心造諸法得名因耶據他所釋心法是理唯論能具能造生佛是事唯有所具所

造則心造之義尚虧無差之文求失矣又若約能造釋因則三法皆定在因以皆有二造故此文是今家立義綱格若迷此者一家教旨皆翻倒也焉将此解定教文之欠剩邪二違大意及金剛錍他自引云隨縁不變名性不變隨縁名心引畢乃云今言心即真如不變性也今恐他不許荆谿立義何者既云不變隨縁名心顯是即理之事那得直作理釋若云雖隨縁邊屬事事即理故故指心爲不變性者佛法生法豈不即邪若皆即理何獨指心名不變性故金錍云真如是萬法由隨縁故萬法是真如由不變故故知若約萬法即理則生佛依正俱理皆不變故何獨心是理邪若據衆生在事則内外色心俱事皆隨縁故何獨心非事邪他云生佛是因果法心非因果驗他直指心法名理非指事即理生佛二事會歸心故方云即理亦非當處即具三千是知他師雖引唯色之言亦秖曲成唯真心爾況復觀心自具二種即唯識觀及實相觀因何纔見言心便云是理又實相觀雖觀理具非清淨理乃即事之理也以依陰等顯故問若爾二觀皆依事如何分邪答實相觀者即於識心體其本寂三千宛然即空假中唯識觀者照於起心變造十界即空假中故義例云夫觀心法有理有事從理則唯達法性更無餘途從事則專照起心四性叵得亦名本末相映事理不二又應知觀於内心二觀既爾觀於外境二觀亦然此皆止觀及輔行文意非從臆説他云真心具三千法乃指真如名不思議境非指陰入也金錍云旁

遮偏指清淨真如邪得特偏指邪又云夫唯心之言豈唯真如心邪須知煩惱心徧第一記云專緣理性而破九界是別教義邪得句句唯於真心又此標一念乃作一性真如釋之後文多就剎那明具三千亦作真如釋邪問永嘉集既用今家觀法彼奢摩他云一念即靈知自性他立正合於彼何謂不然答彼文先於根塵體其本寂作功不已知滅對遺靈知一念方得現前故知彼之一念全由妙止所顯不爾何故五念息已一念現前秖如五念何由得息邪得將彼相應一念類今剎那念邪況奢摩他別用妙止安心毗鉢舍那別用妙觀安心優畢叉方乃總用止觀故出觀體中一念正是今之陰識一念也何者彼文序中先會定慧同宗法爾中乃云故即心為道可謂尋流得源矣故出觀體云秖知一念即空不空非空非不空言秖知者乃即體止也了觀也現今剎那是三諦理不須專亡根境顯其靈知亦不須深推緣生求其空寂故云秖知此乃即心為道也若奢摩他觀成顯出自性一念何用更修三觀問彼云若於相應一念起五陰者仍以二空破之邪云不更修觀答於真知起陰以觀破之不起陰者何用觀之彼二空觀乃是觀陰非觀真知故知解一千從迷一萬惑若欲廣引教文驗其相違不可令盡書倦且止二違義者問據上所引衆教雖見相違且如立此十門欲通妙理亡於名相若一念屬事豈但通事將不違作者意乎答立門近要則妙理可通若負指真如初心如何造趣依何起觀邪今立根塵一剎

那心本具三千即空假中稱此觀之即能成就十種妙法豈但解知而已如此方稱作者之意若也偏指清淨真如偏唯真心則杜初心入路但滋名相之境故第一記云本雖久遠圓頓雖實第一義雖理望觀屬事他謂圓談法性便是觀心爲害非少今問一念真知爲已顯悟爲現在迷若已顯悟不須修觀十乘觀法將何用邪若現在迷全體是陰故金錍云諸佛悟理衆生在事既其在事何名真淨然誰不知全體是清其奈濁成本有應知觀心大似澄水若水已清何須更澄若水未清須澄濁水故輔行釋以識心爲妙境云令文妙觀觀之令成妙境境方稱理又解安於世諦云以止觀安故世諦方成不思議境故知心雖本妙觀未成時且名陰入爲成妙故

用觀體之若撥棄陰心自觀真性正當偏指清淨真如之責復招緣理斷九之譏且如今欲觀心爲今刹那便具三千爲須真知體顯方具三千若即刹那何不便名陰心爲於妙境而須立真心邪又大師親令觀於陰等諸境及觀一念無明之心何違教邪應是宗師立名詮法未的故自別立邪又若謂此中一念不同止觀所觀陰等諸心者此之十門因何重述觀法大體觀行可識斯言謾設也又中諦一實別判屬心與總真心如何揀邪心性二字不異而異既言不變隨緣名心即理之事也隨緣不變名性即事之理也今欲於事顯理故雙舉之例此合云不變隨緣名佛隨緣不變名性生性亦然應知三法俱事俱理不同他解心則約理爲通生佛約事爲別

此乃他家解心佛衆生之義不深本教濫用他宗妨害既多旨趣安在一性等者性雖是一而無定一之性故使三千色心相相宛爾此則從無住本立一切法應知若理若事皆有此義故第七記釋此文云理則性德緣了事則修德三因迷則三道流轉悟則果中勝用如此四重並由迷中實相而立今釋曰迷中實相即無住本乃今文一性無性也上之四重即立一切法乃今文三千宛然也第一重既以性德緣了為一切法須以正因為無住本餘之三重既將逆順二修為一切法必以性德三因為無住本此即理事兩重總別也問既以迷中實相為一性對三千為別正當以理為總何苦破他答以三千法同一性故隨緣為萬法時趣舉一法總攝一切也衆生無始全體在迷若唯論真性為總何能事具攝諸法而專舉一念者別從近要立觀慧之境也若示一念總攝諸法則顯諸法同一真性故釋籤云俗即百界千如真則同居一念須知同一性故方能同居一念故以同居一念用顯同一真性非謂便將一念名為真諦豈同居一塵非真諦邪今文以一性為總前後文以一念為總蓋理事相顯也此之二句正出攝別入總之所以也由一性無性立理事三千故故兩重三千同居一念也豈同他釋直以一念名真性邪二當知下就理事明諦境二初約理事明三諦二初明理事心之色心者即事明理具也初言心者趣舉剎那也之者語助也色心者性德三千也圓家明性既非但理乃具三千之性也此性圓

融徧入同居刹那心中此心之色心乃秖心是三千色心如物之八相更無前後即同止觀心具之義亦向心性之義三千色心一不可改故名爲性此一句約理明總別本具三千爲別刹那一念爲總以三千同一性故故總在一念也即心名變等者即上具三千之心隨染淨緣不變而變非造而造能成修中三千事相變雖兼別造雖通四今即具心名變此變名造則唯屬圓不通三教此二句則事中總別變造三千爲別刹那一念爲總亦以三千同一性故故咸趣一念也造謂體用者指上變造即全體起用故因前心具色心隨緣變造修中色心乃以性中三千爲體修起三千爲用則全理體起於事用方是圓教隨緣之義故輔行云心造有二種一者約理造即是具二者約事乃明三世凡聖變造即結云皆由理具方有事用此文還合彼不問變名本出楞伽彼云不思議熏不思議變故造名本出華嚴彼云造種種五陰故華嚴唯有二教楞伽合具四教何故金錍云變義唯二造通於四答部中具教多少雖爾今約字義通局不同何者大凡云變多約當體改轉得名故變名則局若論造者乃有轉變之造亦有構集之造故造名則通別圓皆有中實之性是故二教指變爲造藏通既無中實之體但明業惑構造諸法不云變也大乘唯心小乘由心故云變則唯二造則通四問他云造謂體同及改此文二十來字而云收得舊本又云勘契多同今何違舊答舊本諸文全無錯邪應是荊溪親書本邪又多本同者止

如杭州十藏中台教須曾畧讀錯字不少豈非初將一本寫之一本或錯十處皆訛又云日本傳來別行十門題云國清止觀和尚録出亦云體同等者未審止觀和尚又是誰耶此人深諳一家教不始録之本全不錯不豈以先死之人遵之爲古所立之事皆可依耶如乾淑所録邃和尚止觀中異義乃以三界爲無漏總中之三可盡遵不況諸異義特違輔行自立已見故皆云記文易見和尚云云此師又稱第七祖故知止觀和尚多是此師若其是者則全不可依既暗荆谿深旨必有改易也又日本教乘脱誤亦多唯有別行十不二門則全同他所定之本他既曾附示珠指往於彼國必是依之勘寫爾設是舊本須將義勘莫可專文問文縱難定義復相違何者此文攝別入總合云變造體同若云從體起用還是開總出別既失不二之義便無開會之功也答若得前之總別意者則自不執舊訛文也豈理體唯總事用唯別如常坐中修實相觀既云唯觀理具文中廣辨三千還有總別不若無者耶云一心具三千耶隨自意中修唯識觀觀於起心即約變造事用而説還有總別不若無耶云一切法趣檀等耶云觀一念善惡心起十界耶豈隨自意三昧非不二開會觀耶應知立兹體用欲於理體及以事用皆明三諦事用若即空假中還成不二圓妙不既於理事兩重總別皆顯絶妙耶將攝別入總而爲難耶又夫開顯乃示法法皆妙若知即具而變用豈不妙耶問他云之猶往也即全真心往趣色心則全理作事

此義如何答非唯銷文不婉抑亦立理全乖何者心不往時遂不具色心邪又與心變義同正招從心生法之過況直云心是真理者朗乖金錍釋心既云不變隨緣名心何得直云真理又造謂體用方順文勢如何以同釋造問若真心往作色心有從心生法之過者文云即心名變亦有此過邪答不明剎那具德唯執真心變作灼然須招斯過今先明心具色心方論隨緣變造乃是全性起修作而無作何過之有問即心名變此心爲理事邪若理者上約隨緣名心若事者乃成事作於事那言全理起事答止觀指陰入心能造一切而云全理成事者蓋由此心本具三千方能變造既云心之色心巳顯此心本具三千今即此心變造乃是約具名變既非但理變造自異別教也二是則下結成三諦者上之事理三千皆以剎那心法爲總心空故理事諸法皆空即非色非心也心假故理事諸法皆假即而色而心也心中故理事諸法皆中即唯色唯心也故輔行云並由理具方有事用今欲修觀但觀理具俱破俱立俱是法界任運攝得權實所現言良由於此者即由心之色心故（理也）即心名變故（事也）全體起用故（事理合也）方能一空一切空一假一切假一中一切中也他解此文分擘對當大義全失仍不許對三諦而云此中未論修觀故設未修觀立諦何妨況此色心本是諦境更有人互對三諦云得圓意蓋不足言也二故知下會生佛居一念巳生佛者心法三千他生佛者佛法衆生法並名爲他各具三千三千不出生佛

也以理攝事同趣我心蓋心之具故即心變故全體用故故識一念即能徧見也三故彼下結不二可見他云此本多一差字存畧無妨不須苦諍二内外不二門又三初標正約三法立内外境也衆生諸佛及以依報名爲外境自己心法名爲内境故觀音玄義立所觀境有二所謂自他他者謂衆生佛自者即心而具乃引華嚴心如工畫師等爲證有人立佛界爲内九界爲外乃引此經或説巳事或説他事證之而不知彼明果後垂迹乃以佛界爲巳九界爲他今論初心觀所依境既未成佛安用佛爲巳邪據觀音玄方爲允愜問前引大部揀於佛法太高衆生太廣今何取之答辨其難易故且揀之若論機入不同故須雙列復爲顯其妙義必須内外互融隨

觀一境皆能徧攝故名不二此之不二悉得稱門泛論雖爾一家觀法多用内心妙義爲門也二凡所下依門釋二初明内外境觀二初標示者大小乘中所明觀法二境收盡故云不出今非偏小也二外謂下釋相二初明外境觀相言託者依也彼者既以内心爲自乃指依報及生佛色心爲彼此乃正立外境即空假中去即是妙觀及觀成相於依等四隨託一境皆以圓融三觀觀之此觀既妙故令陰入染體泯淨即前依正等全爲妙體一實圓理故云體絶及一實等所觀陰境既絶能觀妙觀亦寂則病去藥亡能所雙絶故云無空假中於雙絶之處融妙三千一時顯現豁然同皆真淨法法皆實故真皆非染礙故淨故云宛然等如是則一切衆生皆毗盧體

一切國土悉常寂光有何定法名三五七九及淨穢邪故云無復至差品也而彼彼三千圓融互入猶因陀羅網終自炳然即是外觀功成之相觀行巳上至于妙覺節節無非如此顯發不爾安云發心畢竟二不別邪問他云舊本無兩假字唯云即空即中空中妙故而云以空中亡彼依正之假此本何得妄加邪答雖欲依於舊本其如義理殘鈌必是往時讀者不諳境觀故妄有改削矣且文標所觀境有內外豈以依正色心陰入之境而為假觀邪偏尋荊谿之意必不闕此一觀何者如止觀破思假文中云因緣生法即空即中輔行云且以法性空中對幻假說其實幻假即不思議假既云且以知非盡理須即妙假故云其實文中不云即假尚欲據義加之豈自著述而特畧之況彼云因緣生法方有幻假之義今直云依正等且未成幻假況妙假乎又第一記中釋十二入各具千如中云境據假邊且存其數空中尚無其數安在然必約假以立空中此雖將境為假然與今文不同何者彼約十二入各具千如為境即巳成不思議假故非此例恐未解者以此為據故粗引之仍出其意又上若不立假觀下何亡之而云無空假中邪又若更云空中兼上依正俱亡故云無空假中者文巳自云色心體絕何繁重乎若以色心體絕亡所觀陰境無空假中泯能觀妙觀則無是過也又準內體三千即空假中三千巳是妙境猶尚更立三觀今但云依正等未結成妙境那便畧玆假觀邪問前門心之色心云是三千妙體今云

依正色心何非妙境答上云心之色心即剎那念本具七科色心此非妙境更指何邪今但云依正等乃是直論外陰入界故不例上問既將佛法衆生法爲外境佛已離陰何得皆是陰入邪答修觀行者外境未亡已來見有他佛故起信論云以依轉識故說爲境界則知過在於我何關佛邪然且置所定之文試論能定之義還合一家教宗不秖如他於諭迷顯正決中指色心門爲外境者豈可内境離色心門邪又解外觀成相豁同真淨文云同者似也乃似其分真即六根淨也豈外觀功能止齊相似又解内觀先了外色心一念無念謂外境亡唯内體三千即空假中謂内體顯既全不約解行分文先了之言乃是牒前外觀内體已下方觀於内是則六根淨後方修内觀則識陰十乘初心絕分又若謂外境亡時内體必顯者則唯有外觀不須觀内又成内觀初心後心皆不修也此等相違請當宗匠者觀之還可將此見解定教文之是非乎或須云終日炳然有何損益而苦諍之境觀乖失而全不知況依正本融迷情彊隔觀成情遣且云不見塵去鑑淨現像非磨故云終自炳然此則自勝於日他莫知之問染淨不二門云照故三千常具遮故法爾空中又云亡淨穢故以空以中又義例云觀此一運即具十界百界千如即空即中此文何須添假字邪答因徵彼文驗知舊本是往人改削何者若不解彼之文意須據彼文除今假字今人既然往人亦爾不足疑也鳴呼不解境觀以至於斯且如染淨門云故須初心

而遮而照照故三千常具遮故法爾空中蓋三觀相成也既云照故三千常具照是觀不三千是妙假不既不可單修假觀遂須空中成之故云遮故法爾空中因玆遮照妙用現前故云徧應無方既以妙假歷於淨穢復須空中亡之故云亡淨穢故以空以中義例照此一運即具十界百界千如者即於內心唯識之境用不思議假觀照之方顯百界千如仍須遮之故云即空即中正是三觀相成則與染淨門中觀相恰同也故彼三文有即是剩此文無即是欠何者今文標云凡所觀境不出內外即云外謂託彼依正色心既無心具及百界等言未成妙境又無觀照之義因何便云是假觀邪黨理之者見斯曉諭更何由執二所言下明內境觀相者先了等者初心行人欲依內心修觀先須妙解了達外法唯一念造此能造念本無念性能造既無所造安有外法既虛唯有內體三千實性如是解已方依內心修乎三觀故內體二字亦事理雙舉內即內心隨緣義故對外立也體即是性不變義故非內外也故義例云修觀次第必先內心乃至云又亦先了諸法唯心方可觀心又彼文云唯於萬境觀一心故知若無此解如何知心具足諸法若不知具但直觀心何殊藏通藏通何曾不云觀心縱知心體是中若不云具未異別教教道也故止觀先開六科妙解然始正修觀心之義如是如何釋云先修外觀至六根淨方修內觀邪又此內觀含於唯識實相兩觀之義學者尋之問外觀何不先明解了而直修三觀邪答據

義合有但是文畧何者若不先了唯色唯香如何觀外依正等邪但爲外觀攝機須故爲對內故顯不二故故且並列今之文意正明內觀以十門妙理唯指心法故諸部中皆云觀心二是則下明內外融泯二初互融三法體性各具三千本來相攝前雖解了心攝一切今觀稱性包攝灼然故是則下先明內心融於外法既云互攝生佛亦然故十方下次明若生若佛各自徧融又此性體非謂一性蓋三千性也以佛具三千方攝心生生具三千方融心佛心具三千豈隔生佛若心無佛性豈能攝佛佛無生性何能攝生故性體無殊之語有誰不知一切咸徧之言須思深致他解唯論融外歸內名不二者一何局哉一切咸徧如何銷之況餘九門皆歸一邊全傷大體二誰云下俱泯既各融即不可定分故稱理觀誰云有二然內外等三雙但泛舉相對今皆融泯亦可云內色心爲巳外色心爲他更用巳他揀其內外三此即下結門所從十門理一莫不相由今從依境修觀內外二境皆色心故此二妙故內外不二也

十不二門指要鈔卷上

音釋

擐音患貫也　嘻許其切嘻嘆也　意繇以周切與由同　隤杜回切下墜也
綽呂約切寬綽也　綜子宋切總括也　撮倉括切取也　槌直追切與椎同
砧知林切　甄之人切明察也　錍正當作鎞邊迷切　訛五禾切謬也
諳烏含切悉也　婉於阮切順也

十不二門指要鈔卷下

宋 四明沙門知禮 述

三修性不二門三初標修謂修治造作即變造三千性謂本有不改即理具三千今示全性起修則諸行無作全修在性則一念圓成是則修外無性性外無修互泯互融故稱不二而就心法妙爲門二性德下釋二初修性雙立三初修性對論二初直明性德言德者即本具三千皆常樂我淨故界如一念即前內境具德刹那心也界如既即空假中任運成於三德三軌等即空是般若清淨義故即假是解脫自在義故即中是法身究竟義故諸三例之然諸法皆可論於修性亦爲成觀唯指一念應知前二門直明依境立觀此門及因果不二乃委示前二令成圓行始終也何者性德豈出色心不二修德莫非一心三觀今示修性互成成妙智行以此智行從因至果則位位無作方名如夢勤加等即自行始終皆妙也二性雖下以修對辨二初相成者性雖具足全體在迷必藉妙智解了發起圓修故云性雖本爾藉智起修由此智行方能徹照性德而此智行復由性德全體而發若非性發不能照性若非徹照性無由顯故云由修照性由性發修此二句正辨相成之相二在性下明互具者相成之義雖顯恐謂修從顯發方有性德稍異修成故今全指修成本來已具如止觀廣辨三千之相雖是逆順二修全爲顯於性具則全修成性也又一一行業因果自他雖假修成全是性德三千顯現故云全性成修也又雖全性起修而未

背少虧性德以常不改故故云性無所移雖全修成性而未始暫闕修德以常變造故故云修常宛爾然若知修性各論三千則諸義皆顯故荆谿云諸家不明修性蓋不如此明也問他云舊本作藉知曰修而以本性靈知用釋知字若云藉智起修者蓋寫者書曰逼知後人認作智字既不成句又見下句有起修之言遂輒加起字爾此復云何答既許寫曰逼知遂成智之一字何妨往人寫日遠知誤成知曰二字必是因脫起字復由二字相懸致使有本作藉知曰修也故知寫字添脫遠近難可定之魚魯之訛豈今獨有須將義定方見是非何者他既暗於三法妙義尚將一念因心陰識直作真知解之況今有此訛文知字可執豈不作靈知解耶且靈知之名圭峯專用既非即陰而示又無修發之相正是偏指清淨真如唯於真心及緣理斷九之義也他云因真教緣示善惡知即是真知乃知諸法唯心故云藉知曰修今問此之知字爲解爲行若隨闕者則不名修若單立知字解行足者乃立文智行二妙止觀妙解正修便爲徒設則天台但傳禪詮都序也又言示善惡知即真知者還須先用妙解即之不次用妙行即之不若然者正是藉智起修若不然者智行二妙全無用也今云藉智起修直是由於智妙起於行妙耳故後結文云如境本來具三依理生解故名爲智智解導行行解契理三法相符不異而異然智行俱修今偏在行者蓋智從解了發起義彊行就進趣修治義彊故從彊也又此一句全是釋籤行

妙中文彼云藉智起行故他又云智名未稱全性成修若爾何名智妙應亦本是知妙後人改爲智妙乎二修又下明逆順相返二初明對逆故二性並存二明因順故二心俱泯初文者上之全性起修一往且論順修修名既通有順有逆今欲雙亡先須對辨了性爲行者即藉智起修也背性成迷者始從無間至別教道皆背性故逆稱修者即修惡之類也心雖不二等者隨緣迷了之處心性不變故云不二逆順二性是全體隨緣故即理之事常分故曰事殊是則以前稱圓理修對今背性故成二也二因順故二心俱泯者可不可也由因也不可因逆順二事同一心性便令迷逆之事作了順邪此乃責其不分迷悟也故正立理云故須一期迷了照性成修言一期者即與一往之語同類乃非終畢之義也蓋言雖據寂理二修終泯且須一期改迷爲了了心若發必照性成修若見性修心自然二心俱泯此義顯然如指諸掌人何惑焉豈非逆修如病順修如藥雖知藥病終須兩亡一往且須服藥治病藥力若効其身必康身若安康藥病俱泯法諭如此智者思之問他云舊本作此其字釋意云豈可由不移生死涅槃常殊之性事便任此爲了修乎是故下句便云故須一其迷了照性成修此復云何答他雖執於舊本而違現文何者文云可由事不移心則令迷修成了文意唯責執迷爲了何曾雙責迷了爲了邪豈非彰灼違文乎故知迷了雙泯功由了修何者迷既背性故立了修翻之遂一期事殊也了既順理理

無違順故二心自泯也是知用此期字者既不違文兼得順理若用此其字相違稍多不能廣破也三又了下明離合本同二初約法明離合相異者復置逆修但論順修法相離合蓋此修性在諸經論不易條流若得此離合意則不迷修性多少如金光明玄義十種三法乃是采取經論修性法相故具離合兩說如三德三寶雖是修德之極義必該性三身三智文雖約悟理必通迷三識三道既指事即理必全性起修此六豈非修性各三三因既以一性對智行二修三菩提三大乘三涅槃並以一性對證理起用二修此四豈非修二性一若各三者唯屬於圓以各相主對全性起修故修二性一則兼於別直以修二顯於性一則教道所詮若知合九為三復是

圓義此文多用各三如云性指三障是故具三修從性成成三法爾又云一念心因既具三軌此因成果名三涅槃若後結文三法相符雖似修二性一乃合九為三也修二各三等者就合各開如三般若等是了因之三如三菩提等是緣因之三共發三道等正因之三既發性三俱云修九者雖兼性三咸為所發故皆屬修又凡論修者必須兼性九秪是三者如三般若秪是了因如三解脱秪是緣因如三道等秪是正因為對等者釋前合意性既唯立正因為對性以成三故修但緣了也諸合三義例皆如是問十種三法俱通修性各可對三德三因何故三般若等唯對了因三菩提等獨對緣因答如此對之方為圓說單云了因不少以具三故了三自具三因

三德等故緣正亦然應知一德不少三九不多至於不可說法門豈逾於一邪二二與下約諭明修性體同者雖明修性及智行等別皆不二而二故約波水横竪諭之仍約合中三法而說開豈不然初明修二如波性一如水二而不二波水可知修性既然修中二法亦二而不二同乎波水問修二性一已同波水修尚即性豈修中二法更須約諭融之耶答如身兩臂雖與身連臂自未合爲防此計故云亦如波水有本云亦無波水者既不成諭此定訛也二應知下修性俱亡正示不二性指三障等者既全理成事乃即障名理是故立性爲三性既非三立三修從性成亦非三立三豈唯各定無三抑亦修性體即如是了達即不動而運游於四方直至道場名一妙乘也問性三本具那言對障名三答本具妙理若定是三不能作一及無量故故知立則一多宛然亡則修性寂矣今就亡說豈得將立以難之三結門從前可解四因果不二門三初標因果名通今就開顯唯約圓論因從博地至等覺還果唯妙覺雖通傳立約極義彊三千實相未顯名因顯則名果隱顯雖殊始終常即故名不二門義如前二衆生下釋三初就圓理明因果暫存三初明始終理一衆生一往通於因果佛名無上衆生故二往則局因對佛立生故生雖在因復通一切唯取心因是今觀體體具三軌是果之性故名爲因此性若顯名三涅槃三法體常始終理一二若爾下悟迷事異二初問意者求證果位爲成功德因德既具何須求果二但由

下答意者因德雖具但為在迷諸法本融執之為實始從無間終至金剛皆有此念若不謂實鐵牀非苦變易非遷此念若盡即名妙覺故云各自謂實若了所迷之性有何佛果別生還證因德故云住因而因德顯處自受果名故約迷悟而分事殊三秪緣下明事極理亡理顯等者對隱名因稱顯為果顯已無對果名豈存果能稱實名尚不存因既屬權故宜雙廢又對因果事立理融之所對既泯能融自亡二秪由下依圓解明修證無得二初約法明惑智之體本虛言亡智者即上事理頓亡之智方能圓斷故云秪由圓人始終用絕待智頓亡諸法理果尚亡惑何次第秪由此智功力微著故成疎親由疎親故惑落前後名迷厚薄智疎惑厚智親惑薄傳傳明之此乃約智分惑也既有厚薄之義故彊分三惑又義開六即名其亡智淺深若論亡智了於即理無一德可修無一惑可破彊名厚薄淺深也二故如下約諭明修證之功不立二初明修證功亡他云夢空幻像四皆是諭以對智斷因果釋意雖即不顯對法稍似相當又云空下須作此名其義甚便蓋言惑體如空但有名字故大乘十諭第四云虛空者空但有名而無真實等作此冥字義說雖衆終恐未親今秪圖顯理豈敢黨情如予意者舊文諸字若稍有理即便遵行必諸聖眼洞見我心儻智短言疎未能稱理請諸匠碩示以彈訶然舉此四諭者蓋顯圓人妙解衆德元具萬惑本空雖立證修一一無作故勤修慧行如夢作為都無所辨惑但有名如空無

實知無即絕復約智斷始終以明因果因無能感故如幻果非所克故如像解既稱實四皆無作因果既爾何有二邪二空像下明德障體異空惑像果不實之義雖同而空但有名知無永絕像雖無性色相宛然故云空虛像實也像實等者釋成體異果德三千非今方得故論非果然稱本而證不可泯亡故云稱理本有迷即無明無明轉故即變為明迷名永失轉成性明故云迷轉成性他云須作性成若云成性則令果成因也若爾後文云了令無明為法性豈亦果為因邪三是則下約圓乘明始終不二二初翻覆對揚明體一可解二所以下高廣無減明不二大乘因果皆是實相三千皆實相相宛然實相在理為染作因縱具佛法以未顯故同名無明三千

離障八倒不生一一法門皆成四德故感常樂三千實相皆不變性迷悟理一如演若多失頭得頭頭未嘗異故云無明即明三千世間一一常住理具三千俱名為體變造三千俱名為用故云俱體俱用此四句中初二明因果各具三千三明因果三千秖一三千以無改故四明因果三千之體俱能起用則因中三千起於染用果上三千起於淨用此第四句明圓最顯何者夫體用之名本相即之義故凡言諸法即理者全用即體方可言即輔行云即者廣雅云合也若依此釋仍似二物相合其理猶踈今以義求體不二故故名為即（上皆輔行文也）今謂全體之用方名不二他宗明一理隨緣作差別法差別是無明之相淳一是真如之相隨緣時則有差別不隨緣時

則無差別故知一性與無明合方有差別正是合義非體不二以除無明無差別故今家明三千之體隨緣起三千之用不隨緣時三千宛爾故差別法與體不二以除無明有差別故驗他宗明即即義不成以彼佛果唯一眞如須破九界差別歸佛界一性故今家以即離分於圓別不易研詳應知不談理具單說眞如隨緣仍是離義故第一記云以別教中無性德九故自他俱斷九也若三千世間是性德者九界無所破即佛法故即義方成圓理始顯故金錍云變義唯二即是唯圓故知具變雙明方名即是若隨闕一皆非圓極荆谿云他家不明修性若以眞如一理名性隨緣差別爲修則荆谿出時甚有人說也故知他宗極圓秖云性起不云性具深可思量

又不談性具百界但論變造諸法何名無作邪世人見予立別教理有隨緣義感耳驚心蓋由不能深究荆谿之意也且如記文釋阿若文中云別教亦得云從無住本立一切法無明覆理能覆所覆俱名無住但即不即異而分教殊既許所覆無住眞如安不隨緣隨緣仍未即者爲非理具隨緣故也又云眞如在迷能生九界若不隨緣何能生九又輔行釋別教根塵一念爲迷解本引楞伽云如來爲善不善因自釋云即理性如來也楞伽此句乃他宗隨緣之所據也輔行爲釋此義引大論云如大池水象入則濁珠入則清當知水爲清濁本珠象爲清濁之緣據此諸文別理豈不隨緣邪故知若不談體具者隨緣與不隨緣皆屬別教何者如云梨耶生一切法

或云法性生一切法豈非別教有二義邪問淨名䟽釋無明無住云說自住是別教意依他住是圓教意且隨緣義眞妄和合方造諸法正是依他那判屬別答䟽中語簡意高須憑記釋方彰的旨故釋自住法性煩惱更互相望俱立自他結云故二自他並非圓義以其惑性定能爲障破障方乃定能顯理釋依他云更互相依更互相即以體同故依而復即結云故別圓教俱云自他由體同異而判二教今釋曰性體具九起修九用用還依體名同體依此依方即若不爾者非今依義故妙樂云別教無性德九故自他俱須斷九是知但理隨緣作九全無明功既非無作定能爲障故破此九方能顯理若全性起修乃事即理豈定爲障而定可破若執但理隨緣作九爲圓義者何故妙樂中眞如在迷能生九界判爲別邪故眞妄合即義未成猶名自住彼䟽次文料簡開合別教亦云依法性住故須究理不可迷名此宗若非荆谿精簡圓義永沈也他云舊本云三身並常今問如何說俱體俱用邪他恐應身說體法身說用不便乃自立云舉體全用縱茲巧釋義終不允

五染淨不二門三初標以在纏心變造諸法一多相礙念念住著名之爲染以離障心應赴衆緣一多自在念念捨離名之爲淨今開在纏一念染心本具三千俱體俱用與淨不殊故名不二有人云染即是感淨即是應不解文旨但對而已須知此門指果後淨用凡夫染心已具乃令觀此染心顯於淨用并後依正俱在能應自他不二方兼於感二若識

下釋二初明所顯淨法二初染淨體用理無增減二初法三初明染淨體者三千寂體即寂而照既無能照亦無所照名爲法性以本愚故妄謂自他三千靜明全體暗動即翻作無明本來不覺故名無始若識此者即照無明體本明靜即翻爲法性二法性下明染淨用者體既全轉用亦敵翻法性既作無明全起無明之用用既縛著名之爲染無明若爲法性全起法性之用用既自在名之爲淨問他云無二與字及將二之訓往迷即法性往趣無明悟即無明往趣法性其義云何答二與有無俱有其義二之訓往釋義稍迂且之字者乃是常用文字而多爲語助雖爾雅訓往用自有處安於此中文似不便如一理之內淨穢之土豈皆訓往邪若舊本無二與字則之字不須訓往但爲助辭其義自顯何者但云即法性之無明其用則染即無明之法性其用則淨其文既宛其義稍明問若有與字義復云何答此文既辨二用有則於義更明何者夫與者借與賜與也亦助也法性無明既互翻轉成於兩用互有借力助成之義而劣者借力助於彊者若法性內熏無力無明染用彊者則法性與無明力造諸染法若無明執情無力法性內熏有力則無明與法性力起諸淨應以由無明雖有成事之用以體空故自不能變造須假法性借力助之方成染法法性雖具三千淨用顯發由修眞修縱不藉無明緣修寧無欣厭故下文云必藉緣了爲利他功無明與力助於法性方成淨用荆谿既許隨緣之義必許法性無明互爲

因緣但約體具明隨自異權教二濁水下諭濁水諭迷中染心清水諭果後淨心波諭三千俱用濕諭三千俱體須知染中其水雖濁亦全濕爲波清時豈別有波濕故云無殊則波之與濕皆無殊也他謂波中之濕無殊者濕性既不變波性豈變邪問第四記云如清濁波濕性不異豈非波異濕同今何違彼答讀彼文者不看前後但取一文成我局見今爲粗引彼文仍聊釋出令欲據彼證唯濕無殊者聞之自誡何者彼文本釋世間相常但相本流動今欲說常須約位顯全位爲相位常相亦常故文數云相位無二仍自問云位可一如相云何等答曰位據理性決不可改相約隨緣緣有染淨緣雖染淨同名緣起如清濁波濕性不異同以濕性爲波故皆以如爲相同以波爲濕性故皆以如爲位所以相與常住其名雖同染淨既分如位須辨釋曰彼問既云相云何等故知答文以位例相成乎等義乃先法次諭諭中以法參而合之法中先舉位一故云決不可改次明相等故云同名緣起諭中亦先舉濕性不異顯上位一次明以濕爲波以波爲濕正當顯上位相無二位等相等故知文中本答相等但相兼染淨等義難彰故先以濕性諭位諭等仍顯全位爲相全濕爲波以位例相明其咸等因何但將濕性不異一句爲證全不以濕而例於波及拋相等之問豈可得乎況若論異義豈獨相異位無異義邪故當科即云染淨既分如位須辨豈非染相必以在纏眞如爲位豈可淨相不以出纏眞如爲位若論等者濁水

清水既同一濕豈不得言同一波那以水清後還是濁時動用故也三清濁下合者水之波濕常無增減若其清濁必各由緣雖象入則濁珠入則清而其濁緣與水俱有從來未悟故濁在前如山抱玉如沙有金鑛璞本有水雖本濁濁非水性故全體是清以清濁二波秖一動性故云理通而皆全濕爲動故云舉體是用既悟後不迷知清是水性違性可轉稱性則常故也二故三下界如緣起性本圓常二初約性德直示者迷悟緣起皆三千之體起於妙用體既不出剎那妙用豈應離體故使緣起咸趣剎那三千既其不變剎那之性本常以體收用緣起理一不分而分十界百界約十界則六穢四淨約百界則十通淨穢十中一一各六四故二故知下約修反顯者問前云剎那百界有穢有淨今何悉淨答前論淨穢法門皆理本具通於迷悟無有增減即性善性惡也今之染淨約情理說情著則淨穢俱染理性則淨穢俱淨故剎那染情體具十界互融自在故名悉淨疑者云剎那既具三千我何不見答未顯者驗體仍迷非理不具此名字中疑也觀行既亦未顯遂以相似驗之父母生身發於相似五眼五耳乃至五意皆能徧照自身既現十界以驗他身亦然故相似位人比知百界同在一心若至分真普現色身能現十界一一復起十界三業故云亦然果地究盡諸法實相等彼性中所具百界故知性具百界互融廣徧染心自局濁體本清二故須下明能顯妙觀然今十門皆爲觀心而設故色心門攝別入總專

立識心爲所觀故內外門正示觀法雖泛論二境正在內心第三門全性起修辦觀令妙第四門即因成果顯證非新故此二門皆論一念已上四門攝自行法門同在剎那而爲觀體從此門去純談化他而化他法門雖即無量豈出三千亦攝歸剎那同爲觀體此當其首故廣示觀門後既倣此但畧點示不得此意徒釋十門空談一念故今文先明淨用同在染心理具情迷顯發由觀遮照者空中名遮一相不立假觀名照三千宛然復令三觀俱亡三諦齊照乃亡前遮照照前遮照故各名雙亡照同時故云終日此則同前即空假中無空假中也他見法爾空中欲例即空即中而不看上句照故三千常具彼門但舉依正之境況不云三千及以百界尚未結成妙境何關假觀邪若此中縱無上句照故三千常具但云空中於理亦成何者上已具示三千淨用在剎那故彼秖云依正色心據何文義云是妙假思之思之不動此念者明觀成相不移即今剎那之念而能盡未來際作三千化事此之剎那即法界故有何窮盡第五記云剎那剎那皆盡過未施設三千皆妙假力亡淨穢相須藉空中故云以空以中染中淨穢更顯明者復是空中之力故云轉染爲淨染淨各具三千空中了之三千既亡空中亦泯方名染淨不二此則同前因果既泯理性自亡

六依正不二門三初標果後示現下三國土名爲依報示現前三教主及九界身名爲正報以寂光圓佛本無二故即是能開之妙法

故也此淨穢土及勝劣身同在初心剎那有何二耶二巳證下釋二初明果用由因本具三初示依正不二二初明不二之由巳證者蓋舉巳證之位也寂光遮那依正不二全由因德一念三千儻因本不融果何能一縱修治令合亦是無常終歸分隔二以三千下示不二之相在文可見二是則下明因理本融二初明三位本妙理等三位融相未顯如五品人雖以理觀徧融一切而於事用未能自在此位尚爾前二可知然迷情自異不二天真故云巳有自即巳心他是生佛佛唯在果餘二在因果攝心生縱由修證心能攝二全由性融推功歸理乃言故使二但衆下示一切皆融不可任情必須順理理智未顯見法仍差須知本融無非妙境三然應下明始終

無改二初明情智局徧於生局處佛能徧融於佛徧處生自局限二始終下明體用常融二初畧示有四句初三約因果豎辨理同二四約諸法横辨相入意顯終旣大小無妨始亦如是由不改故果旣依正不二因亦復然由理同故二故淨下廣示文有八句初二句雙舉依正同居等三土傳作淨穢地獄等十界身迭分勝劣次塵身下二句雙示依正體性一微塵身一微塵國各具三千體徧法界彼彼身土亦復如是三是則下二句明徧攝一切剎趣一剎一切身趣一身文雖剎身各攝意必依正互收四廣狹下二句結妙三千無礙出生無盡不可心思不可口議如是融相今古常然迷悟不改二若非下明理顯以觀爲功二初克彰觀行之功性具三千若體

若用本空假中常自相攝微塵本含法界芥子常納須彌無始無明强生隔礙順性修觀即空假中則自在體用顯現成就性本空假中性淨解脫也修成空假中實慧解脫也起用空假中方便淨解脫也雖是修二性一以皆空假中故則成合義二如是下結示生佛一致既解修成全是本具即知迷悟體用不二波濕無殊之譬於兹更明我心爲此生佛爲彼縁起爲事性具爲理彼此三千理同不隔遂令縁起互入無妨依正不二斯之謂歟七自他不二門三初標染淨依正及以此門都爲感應神通而立且即染之淨依正必融即是神通及以能應既由已辦須名爲自唯未論感感即他機雖分自他同在一念故上文云他生他佛尚與心同況已心生佛寧乖一念佛法衆生法皆名爲他而各具生佛若已生佛顯則與他佛生佛同俱爲能化唯他衆生生佛而爲所化既同一念自他豈殊故名不二依此觀察能成二妙復名爲門二隨機下釋二初示感應之體本同二初約法示三初約一性明自他證果之後不動而應衆機普益既非謀作皆由性同因果驗之灼然不二二如理下約三千明感應先以三諦例自他本同三千既即空假中乃三德三諦之三千也自行即淨穢亡泯無不空中利他則帝網交羅三千皆假三諦既即三是一自他則分而不分然今所辦自他俱在妙假以能化所化皆三千故欲約三諦論不二故且對空中辨之妙假尚不離空中一假豈應隔異問前修外觀既當自行但列空中與今符合

何苦責之答往時不解境觀之徒據此等文妄有除削何者此約三千以明空中巳具不思議假況復利他之觀初心豈可不修不修則何名摩訶薩秖爲假觀始行須修方得感應同居一念自他不二據茲而立如何却云自行無假又若自行唯修空中内觀豈非自行何故言即空假中邪物機等者正明自他各具三千細辨故三千總論故十界轉現互生即無記化化化復作化也依正皆爾應必對感機豈不然一念從事寂光約理二必相即故互舉爾三衆生下約俱具明道交既三無差別則感應相收衆生感心中他佛諸佛應心中他生不然豈能一念皆令解脫邪二不然下約諭示二初順諭諸佛三千即現像之理衆生三千即生像之性若不然者不能即感即應非任運化也二若一下反諭以鑑淨形對無不現之理而反顯之意云若不現者可言鑑理有窮形事不通也諸佛悟理衆生在事三千理滿若一機扣之不應則可云三千互闕既無此理則前義善成仍釋伏疑何故衆生多不見佛故云若與鑑隔則容有是理即障重機生名與鑑隔機成名對若其對者終無不現然未通字必誤合云不通縱移於下句語稍不便智者詳之二若鑑下明觀行之功方顯二初帶諭彰用匪功成者故知心鑑本明三千之像本具對物未能現者蓋三惑之塵所遮去塵雖緣了之功現像乃全由性具此中正明觀心發用他云由機現像其義天隔觀法大旨者非唯此中諸門皆爾但在此說爲便耳二應知下就法明發由

觀合雖由緣了須揀前三稱性圓修方名一
合功成用顯設化無方
八三業不二門三初標者果後逗機示諸三
業四時三教謂有差殊今經開之唯圓法體
諸身尚即三業豈分故名不二亦就心法示
也二於化下釋二初明所顯果用二初約對
機顯逗會無差二初示三輪不同三皆祕妙
非下地知故名爲密能轉摧碾復名爲輪轉
巳示他摧他惑業稱機示現毫髮不差二在
身下明眞應復殊說三權法皆是應身若聞
圓乘必見法佛別縱觀報猶是修成圓見應
身皆唯本具仍約四味權實未會眞應且分
二約稱理明卷舒自在二初融身說問此中
法身說佛道邪餘文何故不許法身有說答
蓋華嚴宗獨謂我經是遮那說餘經皆是釋

迦所說故今家會之遮那乃是釋迦異名縱
勝劣有殊而說必是應法定無說若相即者
法全是應無說即說應全是法說即無說今
云法身者非離應之法故經云微妙淨法身
具相三十二等若論即者凡說圓教皆即法
身何獨華嚴但彼經隔小故現勝身乃報身
像而即法身今經開權故於應身即法身也
問現住靈山豈不垂世答身旣即法土非寂
光邪故施開廢會身土咸然二身尚下會三
輪雖知權實相冥眞應互即儻三業尚殊則
色心不泯故會身說令知身口本融以二等
意使色心不二方名即應見法不動而施靈
山見聞無不爾也二豈非下明能顯觀體三
初結指心因指上果人三業眞應互融雖即
難思豈過百界百界融泯全在我心因心若

無果須造得若信因果相稱方知三密有本他云信下無因果字有亦未多令義易顯故須存之二百界下觀成用顯百界一念本空假中須順性三以成修德修性一合果用乃彰遂使色聲傳生百界豈無記化化禪不即陰發邪三故一下染體本妙三密相海本理遮那心塵皆具例彼生佛名三無差既云一念凡心那作非因果釋

九權實不二門三初標權是九界七方便實則佛法圓乘四時未會權實不融此經開之皆稱祕妙故云不二二平等下釋三初明等鑒由理融權實優劣不名平等實不融權復非於大故法法皆妙一一互收常如是知即名平等大慧此之大慧雖由果證凡心本然故但觀心此慧自發二至果下徧逗由心證證果之後於體內不分之權實而被機分隔說之既理元不分故此經稱理而會如是施會自在者由契本因因本若隔果那得融若欲契之但觀一念三對說下結示歸理一如文十受潤不二門三初標者從諭立也能受者即三草二木七方便衆生能潤者即大雲注雨即前四時三教今經開之唯一地所生一雨所潤無復差降名爲不二觀己心地三千與佛心地三千不殊則念念受潤常沾妙益依此爲門則成二妙二物理下釋三初明權實本圓熏修如幻二初由具可熏如文二因熏可發豈唯權實相冥抑亦感應體一性本圓具偏發由熏以性奪修故修如幻平等法界佛不度生不分而分暫立感應欣赴本虛故皆如幻然此尚非但理隨緣之幻豈同

緣生無體之幻耶今明各具本融暫分如幻能知此者方是圓乘二然由下明生佛一際欣赴不偏若圓理無偏感應一致故一塵應色無非法身自他所依不逾祕藏方爲色香中道起對法界也三故知下明地雨無殊利益平等四微約諭即一地所生權實約法即一雨所潤凡地三千無隔隨一念以俱圓佛地三千既融隨一應而盡具況生感心中之佛佛應心中之生感應之體尚同權實之益何别故云但化菩薩不爲二乘其有聞法者無一不成佛方名受潤不二

是故下結文示意三初明十門通貫理體無殊二初約十門明理一門門皆顯三千即空假中十門既然十妙亦爾故云通入及理一也二如境下約十妙釋理一性德三千即空假中名爲境三境能發智照此三千即空假中故名智三智能導行契此三千即空假中名爲行三此是修中論九九秪是三一一具三開合無礙功成歷位雖有淺深三九圓融未始差别三九究盡等彼三千即空假中名爲三法由空假中方能起用他機因果亦復如然故十章始終皆得稱妙二既是下明一念包容觀行可識三初明一念境觀之功此上十門十妙攝法雖廣同在凡夫剎那一念三千世間即空假中性三爲境修三爲觀成則是果用則化他若不攝歸心法焉能成辦自他是故指要其功莫大二若了下明心法攝成之要言非遙者一念三千總攝故非遙一心三觀易成故非遙三故重下明重述觀行易明將彼十妙無邊法相攝作十門不離

一念令修觀者可識作者再三顯示何以迷之三首題下明得意符文總別無異此之十門雖在迹門之後仍例本門復將釋名例餘四章故知五義釋題盡備故云既爾此既一部都名必覽三分諸品別相而立既得總意令將此總符彼別文故云可知欲銷一部文文句句皆須預知絕待之意無不入心成乎觀行儻迷玆旨銷彼別文何能顯妙乎問他云釋名是總三章是別名中具三即覽別爲總將此四章符教相文則可知也今以首題爲總經文爲別據何所出答名總三別少分可然以教相爲符文全不允當況餘四章前文已例不須更示今依記文云所以釋題不可率爾題下別釋理非容易豈非以題爲總以文爲別問觀心既非此部正意何故十門皆約觀釋豈作者特違部意邪答文初既云觀心乃是教行樞機信非閑緩之義但爲妙義難解故部中判教生解義强觀且旁示然部之妙旨乃摩訶止觀之大體也何者若非三千空假中何能頓止三惑圓觀三諦故義例云唯依本迹顯實應知止觀用此妙義爲能止能觀蓋不思議境即觀故三障四魔爲所止所觀也故千如妙旨玄文廣約衆生法示之文句廣約佛法明之此十門欲與止觀同成觀體皆專約心法說之所以節節云一念或心性剎那等也故總結文云令觀行可識前文云則彼此昭著法華行成又云故撮十妙爲觀法大體應知前四門爲十乘觀體後六門爲起教觀體也大部既教廣觀畧此文乃行正解旁互相顯映方進初心豈重述

十門但銷名相而已願諸聞見如理思修云爾

十不二門指要鈔卷下

金剛錍

唐天台沙門湛然述

清刻龍藏佛說法變相圖

科金剛錍序

宋雲間沙門淨岳撰

科分大經章段起自關內憑小山瑤前代未聞也吾祖章安作疏益詳至荆溪將迦葉品分正緣了別指方隅則權實進否曉然而明可謂善乎派深良哉析重也余復以佛性周徧三千具攝而分今文分而又分賓主問答引文釋義畧無混亂雖短脛亦可以厲法流孺子敢當荷負矣或曰猶牧女之添水將非澆漓於乳味乎不然乳益乳也苟能鑽搖醍醐可獲豈仍乳而已耶

科分二
初總題二
初正標題
次述人號
次別文三
初積學潛心
二意成辭行
三喻法顯要
四思修則契
初通叙佛性旨歸四
次別叙今文緣起二
初假夢
二寄客
初序分二
二正宗二
三流通。
初正示佛性体用偏二
初約三千顯其義。

金剛錍（圓伊金錍以抉四眼無明之膜令一切處悉見遮那佛性之指偏權疑碎加之以剛假夢寄客立以實主觀者恕之）

唐天台沙門湛然述

自濫霑釋典積有歲年未甞不以佛性義經懷

恐不了之徒爲苦行大教斯立功在於茲

萬派之通途衆流之歸趣諸法之大旨造行之所期

若是而思之依而觀之則凡聖一如色香泯淨阿鼻依正全處極聖之自心毗盧身土不逾下凡之一念

曾於靜夜久而思之思之未已

初略領客問二
初問
二領
次廣釋客難五
初釋涅槃及佛性四
二釋智論無情法性。
三釋三因種偏。
四釋屢聞別見。
五訓四教判情性。
初釋非性文難
初難
次判
二主約大小教判二
三客述部難教
四主復宗大小教難二

恍焉如寐不覺寱云無情有性仍於睡夢忽見一人云僕野客也容儀麤獷進退不恒逼前平立

謂余曰向來忽聞無情有性仁所述耶

余曰然

客曰僕忝尋釋教薄究根源盛演斯宗豈過雙林最後極唱究竟之談而云佛性非謂無情仁何獨言無情有耶

余曰古人尚云一闡提無云無情無未足可怪

然以教分大小其言碩乖若云無情即不應云有性若云有性

即不合云無情

初明涅槃佛性權實二　次依現未並立圓融。

客曰涅槃部大云何並列

初斥他不解

余曰以子不閑佛性進否教部

權實故使同於常人疑之

次明今立宗三　初示立意

今且爲子委引經文使後代好

引此文證佛性非無情者善得

經旨不昧理性知余所立善符

經宗

二正立宗

今立衆生正因體徧

三引經釋義二　初釋迦葉品二　二泛示諸文。　初佛性進否二　二敘之權實　初引文

經文亦以虛空譬之故三十一

迦葉品云衆生佛性猶如虛空

非内非外若内外者云何得名

一切處有

二釋義

請觀有之一字虛空何所不收

故知經文不許唯内專外故云

非内外等及云如空

三結在因

既云衆生佛性豈非理性正因

初正釋二　次結斥。

次迦葉問云何名爲猶如虛空

佛乃以果地無礙而答迦葉

初引示正因性二　初約因明正性三

豈非正因因果不二

二約果明正性

由佛果答迦葉乃以權智斷果

果上緣了悉皆是有難佛空喻

法喻不齊

三兼前雙結

故迦葉云如來佛性涅槃是有

虛空應當亦是有耶

次引示緣了性二　初示難意

佛先順問答次復宗明空

二引經文　初迦葉難二

先順問云爲非涅槃説爲涅槃

非涅槃者謂有爲煩惱爲非如

來説爲如來非如來者謂闡提

二如來答二

二乘爲非佛性説爲佛性非佛

初標
二引二
二餘斥○
初先顯問答六
初推顯問三
初引經
二反難答
二示經意
二正因結難二
初引經

性者謂墻壁瓦礫
今問若瓦石永非二乘煩惱亦
永非耶
故知經文寄方便教說三對治
暫說三有以斥三非
故此文後便即結云一切世間
無非虛空對於虛空
佛意以瓦石等三以爲所對故
云對於虛空是則一切無非如
來等三
迦葉復以四大爲並令空成有
故迦葉云世間亦無非四大對
四大是有虛空無對何不名有
迦葉意以空無對故有之大也
佛於此後捨喻從法廣明涅槃

次出經意
三迦葉並空二
初標示引經
次明經並意
四叙佛捨喻從法
五更釋結難示正因偏
六復釋捨喻示緣了爲
次復宗明空四
初示意
二引經二
三釋邪正○

不同虛空若涅槃不同餘二亦
異
故知經以正因結難一切世間
何所不攝豈隔煩惱及二乘乎
虛空之言何所不該安棄墻壁
瓦石等耶
佛後復云空與涅槃雖俱非世
攝涅槃如來有證有見虛空常
故是故不然豈非正與緣了不
同
次佛復宗顯空非有故恐世人
以邪計空爲佛性喻更以一十
復次而遮其非
初云世人言虛空者名爲無色
無對不可見佛言此即心所三

四結復宗。
世所攝

初破邪計十
語似心所故佛破之

初破心所三
世言身內何殊心所

初引經
復次外道言虛空者即是光明

二釋義
佛言亦是色法

二斥世同邪
世言身內何殊色法

二破光明二
有云住處

初引經
世言身內豈非住處

二斥世同邪
有云次第

三破住處二
世言身內必須隨身刹那時運

初引經
有云不離三法一空二實三者

二斥世同邪
空實佛言若言空者有處無故

初引經
若言實者空處無故若言空實

二斥世同邪
二處無故

四破次第二
世言身內猶闕外計空及二俱

五破三處二
有云作法如去合等

初引經
世言身沒與眞相應即同作法

二斥世同邪
有云無礙處佛言有分有具餘

六破可作二
處無故

初引經
世言身內餘處則無

二斥世同邪
有云與有並合佛言合有三種

七破無礙處二
一如鳥投樹二如羊相觸三如

初引經
二指已合

二斥世同邪
世言身內如二指合

八破與有並合二
有云如器中空

初引經
世言身內何異器中

二斥世同邪
有云所指之處佛言則有方面

九破器中二
世言身中豈非方面

初引經
佛總結云從因緣生皆是無常

二斥世同邪
故此一十邪計虛空非佛性喻

初引經　二斥世間邪　十破指處二　次總斥無常　三釋邪平　四結復宗　三結斥三　初斥同邪計　二斥同迦葉　三斥謬斆習　次結斥不知進否　次斆之權實二　初正示權實三

是無常故三世攝故虛空異彼
徧一切處
此違迦葉問復宗符空以喻正
因
世人何以棄佛正教朋於邪空
云何乃以智斷果上緣了佛性
以難正因如來是智果涅槃是
斷果故智斷果上有緣了性所
以迦葉難云如來佛性涅槃是
有
世人多引涅槃爲難故廣引之
以杜餘論子應不見涅槃之文
空斆世人瓦石之妨緣了難正
殊不相應
此即子不知佛性之進否也

初帶權　二說實　一標帶權實意　次結六不知進否　次通示諸文二　初佛性進否二　初通　二別列四　初報應佛性三　初引經　二試破野客　三預防轉計二

況復以空譬正緣了猶局如迦
葉所引三皆有者此乃涅槃帶
權門說故佛順迦葉三皆是有
若頓教實說本有三種三理元
徧達性成修修三亦徧
欲示衆生本有正性且云正徧
猶如虛空欲赴末代以順迦葉
豈非迦葉知機設疑故佛覆實
述權緣了
此子不知教之權實
故涅槃中佛性之言不唯一種
如迦葉品下文云言佛性者所
謂十力無畏不共大悲三念三
十二相八十種好
子何不引此文令一切衆生亦

無何獨瓦石

初以果德難因性

若云此是果德衆生有此果性

次以因性難果德

者果性身土何不霑於瓦石等
耶

初難主有果性二

次難但有法性

又若許因有果性者世何但云

二四句辯性二

初引文

十方諸佛同一法身力無畏等
而不云生佛亦同法身力無畏
等使一塵一心無非三身三德

次難不了

之性種也
若言但有果地法身性者何故

三五示難性二

經云十力無畏乃至相好

初引經

又復經中闡提等人四句辯性
子云衆生有性爲何衆生有何
等性瓦石爲復無四句耶

次難不了

又第六第九及三十二皆以雜
血五味用對凡夫三乘及佛

四道品具性二

何故佛性在人差降不同

初引經

又二十七云若修八正即見佛
性婆沙俱舍悉有八正乃至諸
經咸有道品

次難不了

爲修何八正見何佛性

三總斥

故子不知佛性進否

次判之權實二

初客難

客曰何故權教不說緣了二因
徧耶

次主答三

初通示涅槃權實意二

余曰衆生無始計我我所從所
計示未應說徧

次示未熟留權餘意三

初機尚未堪

涅槃經中帶權說實故得以空
譬正未譬緣了

二緣了不徧

若教一向權則三因俱局如別

三三因俱局

初心聞正亦局藏性理性一切

俱然

四結用權意

所以博地聞無情無依迷示迷

次防末代權實並明三

云能造是附權立性云所造非

初却示一代顯頓

又復一代已多顯頓如華嚴中依正不二普賢普眼三無差別大集染淨一切融通淨名不思議毛孔含納思益網明無非法界般若諸法混同無二法華本末實相皆如

二示大經帶權

涅槃唯防像末謬執分正緣了別指方隅

三斥客權實俱迷

若執實迷權尚失於實執權迷實則權實俱迷驗子尚昧小乘由心故暗大教心外無境

二別示涅槃權實文二

初客問

客曰涅槃豈唯兼帶說耶

次主答二

初通答一

余曰約部通云一切兼帶部中品內或實或權

次別答五

初權實並明

如申迦葉難別為末代一機而已則權實並明

二一向權

若一向權如恒河中七種衆生

三一向實

若一向實如三點二鳥三慈十德等他皆准知不可具述

四逐例權實

如云色常色言豈不收於一切依正何故制空令局限耶

五終棄實文斥他

此世人不知教之權實如二乘人處處聞大尚至法華

三結斥

方信已性悔來至此財非已有此豈非子不知父性耶聞開權

次依現末直立圓融十

已方云口生化生有分

初法華顯實

次涅槃顯實

故涅槃中猶恐未來一分有情不信已身有如來性及謂闡提未來永斷示令知有及以不斷豈部內諸文全無頓耶

初明二經顯實二

二今依二經破立

今搜求現未建立圓融不弊性無但困理壅故於性中點示體徧傍遮偏指清淨眞如尚失小眞佛性安在

三斥他不曉教義

他不見之空論無情性之有無不曉一家立義大旨故違唯心了體具者焉有異同若不立唯心一切大教全爲無用若不許心具圓頓之理乃成徒施

四斥他反自疑心

五示生佛一體

信唯心具復疑有無則疑已心之有無也

故知一塵一心即一切生佛之心性何獨自心之有無耶

六曉諭無差之旨

以共造故以共變故同化境故同化事故

七結斥不知權實之旨

故世不知教之權實以子不思佛性之名從何教立無情之稱局在何文已如前說

八重示立論所以

余患世迷恒思點示是故竊言

九重約大小判斥

無情有性何謂點示一者示迷元從性變二者示性令其改迷是故且云無情有性

十結斥勸信二

初約法

若分大小則隨緣不變之說出自大教木石無心之語生于小宗子欲執小道而抗大逵者其猶螳蜋乎何殊井蛙乎

二約喻二

初事理相對二

故子應知萬法是眞如由不變故眞如是萬法由隨緣故子信無情無佛性者豈非萬法無眞如耶故萬法之稱寧隔於纖塵眞如之體何專於彼我

初立喻

是則無有無波之水未有不濕之波在濕詎間於混澄爲波自分於清濁

二合法

雖有清有濁而一性無殊縱造正造依依理終無異轍

三約法斥他

若許隨緣不變復云無情有無豈非自語相違耶

四顯示法體

故知果地依正融通並依衆生理本故也

五以事理結

次事理各論二

此乃事理相對以說

初喻二

初唯理

若唯從理只可云水本無波必不得云波中無水如迷東爲西只可云東處無西終不得云西處無東

次唯迷

若唯從迷說則波無水名西失東稱

二約有情略合

情性合譬思之可知

三以無情例合

無情有無例之可見

○釋智論無情法性二

初客難

於是野客恭退昃跪而諮曰波水之譬其理實然僕曾聞人引大智度論云眞如在無情中但名法性在有情內方名佛性仁何故立佛性之名

次主答四

初斥世謬傳

余曰親曾委讀細檢論文都無此說或恐謬引章疏之言世共

傳之

一泛通其義

況爲通之此乃迷名而不知義法名不覺佛名爲覺衆生雖本有不覺之理而未曾有覺不覺

三客反徵

四廣徵客五

智故且分之令覺不覺豈覺不覺不覺猶不覺耶反謂所覺離能覺耶

初客斥

客曰若爾至佛方會凡離何乖

二約性即法徵

余曰子爲學佛爲學凡耶理本無殊凡謂之離故示衆生令覺不覺故覺不覺自會一如

三佛法相須徵

故知覺無不覺不名佛性不覺無覺法性不成覺無不覺佛性寧立

四以即否定大小

是則無佛性之法性容在小宗即法性之佛性方曰大教

五廣以異名難客五

故今問子諸經論中法界實際

初總定眞如法性

實相眞性等爲同法性在無情中爲同眞如分爲兩派

二難眞如

若同眞如諸教不見無情法界及實際等

三難法性二

若在無情但名法性非佛性者

初牒計

何故華嚴須彌山頂偈讚品云了知一切法自性無所有若能

次引經難四

如是解則見盧舍那豈非諸法本有舍那之性耶

初證有報佛性

又云法性本空寂無取亦無見

二證有應佛性

性空即是佛不可得思量又精進慧云法性本清淨如空無有

三證有法佛性

相此亦無所脩能見大牟尼豈

於無性又云無脩能見牟尼

四識勸免迷

又真實慧云一切法無相是則
真佛體既真佛體在一切法

四正示名體同異二

初名異體同二

請子思之當免迷教及迷佛性
之進否也

初體同二

初正釋

故真如隨緣即佛性隨緣佛之
一字即法佛也故法佛與真如
體一名異

次引證

故佛性論第一云佛性者即人
法二空所顯真如當知真如即
佛性異名

初真如與佛性同一

次准與真如同三

初引文示義

華嚴又云衆生非衆生二俱無
真實如是諸法性實義俱非有
言衆生非衆生豈非情與無情
二俱隨緣並皆不變故俱非有

上例餘名

所以法界實際一切皆然

三結斥

故知法性之名不專無情中之
真如也以由世人共迷法相名
異體一故也

次義異二

初廣明義異二

初泛約三類明異

然雖體同不無小別凡有性名
者多在凡在理如云佛性理性
真性藏性實性等無性名者多
通凡聖因果事理如云法界及
實相等如三昧陀羅尼波羅蜜
等則唯在於果

次別示從因所以

所以因名佛性等者衆生實未
成佛得理證真開藏以煩惱生
死是佛等性示令脩習名佛等
性而諸教之中諸名互立

次約示涅槃佛性二

初偏名之意二

初正明經義

涅槃經中多云佛性者佛是果

人言一切衆生皆有果人之性

次斥世不了

故偏言之

次性徧所由三

世人迷故而不從果云衆生有
故失體徧

初由煩惱心

又云徧者以由煩惱心性體徧
云佛性徧故知不識佛性徧者

二由生死色

良由不知煩惱性徧故唯心之
言豈唯眞心

三徧心色如

子尚不知煩惱心徧安能了知
生死色徧色何以徧色即心故

次名同體異三

何者依報共造正報别造豈信
共徧不信别徧耶能造所造既
是唯心心體不可局方所故所

初結前生後

以十方佛土皆有衆生理性心
種以性喻空具如涅槃一十復

次

二引示名同

故知不曉大小教門名體同異
此是學釋教者之大患也

三勉釋舊疑

故身子云我等同入法性及亦
得解脱等
子初不達余之義旨故聞之驚
駭爲子申已理合釋然

五總示世失三

故知世人局我遮那唯陰質内

初麤計

而直云諸法是無情者
則有二種不如外道外道尚云
我大色小我徧虛空又外道猶
計衆塵所成亦不直云無情而

二斥失

已又有二種不如小乘小乘尚
云猶業力造造徧三界又小乘
猶知諸法無常亦不直云無情

而已又有二種不如共乘共乘
尚知造心幻化幻徧三界又知
諸法體性即真若次第乘故非
所擬

三勸生新解

子聞是已亦合薄知教法權實
佛性進否

○三釋三因種徧二

初客難

客曰仁善分別實壞重疑信一
切法皆正因性而云正中三因
種徧脩徧果徧又云一塵一心
即一切生佛之心性情猶未決

次主答五

初原他不決之由

余曰良由自昔不善徧攬因果
自他依正觀於已心心佛衆生
亦由不閑諸教大旨不曉佛說
果德之意不達佛現互融之由
余欲開導子之情懷更以四十
六問而問於子子若能曉余之
一問則衆滯自消法界融通釋
然大觀洞見法界生佛依正一
念具足一塵不虧

二定今開導之法

三立問攻通二

初攻解

初約佛性

問佛性之名從因從果從因非
佛果不名性問佛性之名常無
常耶無常非性常不應變問佛
性之名共耶別耶別不名性共
不可分問佛性之名大小教耶
小無性名大無無情問佛性之
名有權實耶對體辯異其相何
耶

二約無情

問無情之名大小教耶大教大
部有權實耶問無情無者無情
為色為非色耶為二俱耶問無

情色等佛見爾耶爲生見耶爲共見耶問無情敗壞故無性者陰亦敗壞性亦然耶問無情是色法界處色爲亦無耶爲復有耶

三約唯心

問唯心之言子曾聞耶唯只是心異不名唯問唯心之言凡聖心耶若聖若凡二俱有過問唯心名心造無心耶唯造心耶二俱有過問唯心唯心亦唯色耶若不唯色色非心耶問唯心所造唯依與正依正能所同耶異耶

問衆生量異性隨異耶不爾非內爾不名性問衆生惑心性徧不徧神我四句爲同異耶問衆生有性唯應身性亦法性耶亦報性耶問衆生本迷迷佛悟耶佛既悟已悟生迷耶問衆生一身幾佛性耶一佛身中幾生性耶

四約衆生

五約佛土

問佛國土身爲始本耶始本同耶爲復異耶問佛土佛身爲一異耶一無能所異則同凡問佛土界分生亦居耶爲各所居佛無土耶問佛土所攝爲遠近耶何土與生一異共別問佛佛土體爲同異耶娑婆之處爲共別耶

六約果成

問佛成道時土亦成耶成廣狹

七約眞如

耶不成有過問佛成見性與生見處爲同異耶離二不可問佛成土成與彼彼成彼彼不成爲一異耶問佛成三身與彼彼果及彼彼生爲一異耶問佛成身土成何眼智見自他境初後如何

問眞如所造互相攝耶不相攝耶二俱如何問眞如之體通於脩性脩性身土等不等耶問眞如隨緣變爲無情爲永無耶何當有耶問眞如隨緣隨已與眞爲同異耶爲永隨耶問眞如本有爲本無耶與惑共住同異如何

八約譬喻

問波水同異前後得失眞妄同異法譬如何問病眼見華華處空處同異存沒法譬如何問鏡像明體本始同異前後存沒法譬如何問帝網之譬唯譬果耶亦譬因耶果無因耶問如意珠身身有土耶唯在果耶通因如何

次攻行

問行者觀心心即境耶能所得名同異如何問行者觀心一耶多耶一多心境同異如何問行者觀心爲唯觀心亦觀身耶亦觀土耶問行者觀心在惑業苦內耶外耶同耶異耶問行者觀心心內佛性爲本淨耶爲始淨

四示立問之意二

初略示

耶問行者觀心心佛衆生因果身土法相融攝一切同耶

次委示二

如是設問不可窮盡爲斷子疑且至爾許

初客問

客曰何以不多不少唯四十六

次主答四

初示問意該攝

余曰攻惑攻疑攻行攻理通教通義通自通他一問亦足

二約對鈍根

爲對鈍根故四十六

三約對六即

及對六即分證離爲四十一位兼前及後故四十六

四復示互融

應知一問亦皆能攻餘四十五餘一一位仍須皆具四十六問乃至無量亦復如是

五客述信解三

初正明復領大教之二[illegible]

初客述

客曰仁所立義灼然異僕於昔所聞僕初聞之乃謂一草一木一礫一塵各一佛性各一因果具足緣了若其然者僕實不忍

第一番二

何者草木有生有滅塵礫隨劫有無豈唯不能脩因得果亦乃佛性有滅有生世皆謂此以爲無情故曰無情不應有性僕乃悞以世所傳習難仁至理失之甚矣過莫大矣

次主徵

余曰子何因猶存無情之名

初客述

客曰乃僕重述初迷之見今亦粗知仁所立理只是一一有情心徧性徧心具性具猶如虛空彼彼無礙彼彼各徧身土因果無所增減故法華云世間相常住世間之言凡聖因果依正攝

次主徵

第二番二

第三番二

盡

初客述
余曰觀子所見似知大旨何不試答向之一問

次主徵
客曰仁向自云若思一問衆滯自消僕若答者則以一答徧答衆問何一問之有耶

第四番十
余曰請述其旨

初客述
客曰僕還攬向諸問意若消衆滯即名爲答何假曲申一一問耶何者衆問豈不由僕不受無情有性之説僕今受之此即是答

次主徵
余曰大畧雖爾未曉子情

第五番二
客曰仁所立義關諸大教難可具陳僕畧論之冀垂聽覽豈非曉最後問三無差別即知我心

初客述領四
彼彼衆生一一刹那無不與彼遮那果德身心依正自他互融

初領三無差別
互入齊等我及衆生皆有此性故名佛性其性徧造徧變徧攝

二領諸教大旨
世人不了大教之體唯云無情不云有性是故須云無情有性了性徧已則識佛果具自他之

三領果德之意
因性我心具諸佛之果德果上以佛眼佛智觀之則唯佛無生因中若實慧實眼冥符亦全生是佛無別果佛故生外無佛衆生以我執取之即無佛唯生初心能信教仰理亦無生唯佛亡

四領佛見之旨
之則無生無佛照之則因果昭

次主印證

然

應知衆生但理諸佛得事衆生但事諸佛證理是則衆生唯有迷中之事理諸佛具有悟中之事理迷悟雖殊事理體一故一佛成道法界無非此佛之依正一佛既爾諸佛咸然衆生自於佛依正中而生殊見苦樂昇沈一一皆計爲已身土淨穢宛然成壞斯在仁所問意豈不畧爾

二番領解修證之法

第一番二

余曰善哉善哉快領斯旨實可總知諸問綱格此即已答百千萬問何獨四十六耶

初客問

客曰幾不遇仁此生空喪必依此見獲勝果耶

次主答

第二番二

余曰必欲脩習教法未周若不善余一家宗途未可委究行門始末安能徧括教行事理感智因果依正心法用爲凡夫初心觀音然子所領似虚其情計子觀道猶爲罔象

初客問

客曰觀道者何仁師誰耶法依何耶

次主答

余曰子豈不聞天台大師靈山親承大蘇妙悟是余師也摩訶止觀所承法也以二十五法爲前方便十法成乘觀於十境十境互發觀時進否此觀道之大畧也諸問且令識十乘初妙境而已餘乘諸境不暇論之

三客重仰慕誓爲依託

四釋屢問別見二

初客疑

客曰善哉僕當慕之以爲永劫之仗託也

次主釋二

初推原諸師過患二

客曰屢聞講說大乘諸師猶以無情佛性爲一别見何耶

余曰此有由也斯等曾覩小乘無情之名又見大乘佛性之語

初約法斥四

初不知大小

亡其所弘融通之譚而棄涅槃虛空之喻不違脩性三因離合

二亡佛圓宗

不思生佛無差之旨

三傳習之謬

謬斆傳習無情之言反難巳宗唯心之教

四不曉出没

專引涅槃瓦石之說不測時部出没之意

次約喻斥

如福德子而無壽命弱喪徒歸猶迷本族如受貴位不識祖宗亦如死人而著瓔珞用是福爲

次令反問諸師

用瓔珞爲法相徒施全迷其本忽遇斯等應以如上諸意問之所弘之典大小乘耶尚失小乘巳如前說

五終酬四教判情性四

初客問

客曰斯失者衆聞仁所宗四教釋義可得聞耶

二主報

余曰此之四釋關涉五時牢籠八教十方三世大小乘法咸攝其中豈可率爾譚其始末

三客並問

客曰若爾可能以四教畧判佛性無情有無心造心變具不具耶

四主許示二

余曰畧示方偶斯亦可矣

初許

何者自法華前藏通三乘俱未

次示三

初以偏圓判情性二

初判偏教但云無情

禀性二乘憚教菩薩不行別人
初心教權理實以教權故所禀
未周故此七人可云無情不云
有性

次明圓人心外無境

圓人始末知理不二心外無境
誰情無情法華會中一切不隔
草木與地四微何殊舉足脩途
皆趣寶渚彈指合掌咸成佛因
與一許三無乖先志豈至今日
云無情無

二以造等釋偏圓義三

初造論通局

言心造心變咸出大宗小乘有
言而無其理然諸乘中其名雖
同義亦少別有共造依報各造
正報有共造正報各造依報衆
生迷故或謂自然梵天等造造

二以偏釋具

已或謂情與無情故造名猶通
應云心變心變復通應云體具
以無始來心體本徧故佛體徧
由生性徧徧有二種一寬廣徧
二即狹徧

三總結通局

所以造通於四變義唯二即具
唯圓及別後位

三以偏圓結造等相二

初歷教揀造

故藏通造六別圓造十此六及
十括大小乘教法罄盡由觀解
異故十與六各分二別藏見六
實通見無生別見前後生滅圓
見事理一念具足

二對揀變具

論生兩教似等明具別教不詮
種具等義非此可述故別佛性
滅九方見圓人即達九界三道

即見圓伊三德體徧

○二約三千顯具攝三

初依方便品三

初客問

客曰如何能攝依正因果

二主答

余曰一家所立不思議境於一念中理具三千故曰念中具有因果凡聖大小依正自他故所變處無非三千而此三千性是中理不當有無有無自爾何以故俱實相故實相法爾具足諸法諸法法爾性本無生故雖三千有而不有共而不雜離亦不分雖一一徧亦無所在

初二千體量三

客曰其理必然僕深仰之此爲憑教爲通依諸部爲專在一經

二三千所出三

余曰斯問甚善能使其理永永不朽雖則通依一切大部指的妙境出自法華故方便品初佛歎十方三世諸佛所得微妙難解之法所謂諸法實相如是相等當知如是相等即是轉釋諸法實相以諸法故故有相等以實相故相等皆是實相無相相等皆如

初客問

二主答

三三千名相三

初客問

客曰云何三千

二主答

余曰實相必諸法諸法必十如十如必十界十界必身土又依大經及以大論立三世界故有三千具如止觀及廣記中故知因果凡聖恒具三千

是故歎云唯佛與佛乃能究盡十方世界稻麻二乘如恒河沙

不退菩薩並不能知斯義少分
即指前之七種人也是故身子
三請慇懃十方三世諸佛開顯
釋迦仰同無復異趣大車譬此

二明通亘二部

宿世示此壽量久本唯證於此
根敗適復獲記由此菩薩疑除
損生增道始初發心終訖補處
豈有餘途並託於此

三結難不歸華

由前四時兼但對帯部非究竟
故推功法華涅槃兼權意如前
説

四示爲諸法本

當知一乘十觀即法華三昧之
正體也普現色身之所依也正
因佛性由之果用緣了行性由
之能顯性德緣了所開發也涅
槃眞伊之所喻也法華大車之
所至也諸大乘意准例可知

五勉勸修進

子得聞之可謂久種勤而習之

三流通分四

無使焦敗願未來世諸佛會中
與子相遇

初客請

於是野客悲喜交集曰投身莫
報粉骨寧酬唯以此義隨方轉
説以報所聞如何

二主答二

初汎示佛經方軌二

初知根

余曰佛有誠誡自可爲規經云
若但讃佛乘衆生没在苦我寧
不説法疾入於涅槃尋思方便
先小後大此乃以偏助圓方可
爲説又云當來世惡人破法墮
惡道志求佛道者廣讃一乘道
此即簡人方可爲説

次不知根

然末代施化復未知根亦可如安樂行中但以大答亦可如不輕喜根而强毒之故首楞嚴中聞生謗者後終獲益如人倒地還從地起應運大悲無惱他說

次正喻今文流通四

初勸護順

子應從容觀時進否將護彼意順佛本懷

二正示方軌五

初爲未聞者二

若有衆生未禀教者來至汝所先當語云汝無始來唯有煩惱業苦而已即此全是理性三因由未發心未曾加行故性緣了同名正因故云衆生皆有正性

初爲開解六

既信已心有此性已次示此性非内外徧虛空同諸佛等法界既信徧已次示徧具既同諸佛等於法界故此徧性具諸佛之身一身一切身如諸佛之感土一土一切土身土相即身說土說大小一多亦復如是有彼性故故名有性

初示種性

二示體量

三示體德

若世人云衆生唯有清淨之性加脩萬行爲功用體故至果時方有大用此乃佛有衆生之性不名衆生有佛性也三無差別斯言有徵寄言說者勿負斯教

四破但清淨性

五破但正因性

若言衆生有正因性與法身等不與報化等者還成衆生與衆生等何者若除報化猶是衆生若言等於有報化之法身其如法身非報化外以是言之故須

悉等

六總結前等

今此示有是示種性示徧是示
體量示具是示體德

次令修行

既示三已次令緣於一體三寶
發四弘誓進受菩薩清淨律儀
一一緣向理性三因脩行塡誓
如向所聞種必相續世世生處
以人天身佛會再聞而得解脫

三為已稟者

若已稟方便教者若聞若行若
伏若斷隨其所得點示體具故
經云汝等所行是菩薩道故法

三為散心者

華中五章開權一一但云是法
皆爲一佛乘故衆生聞已皆得

四為觀心者

種智
散心講授者隨宜設化
一種觀心者從心示之

五為憚教者

若憚教生諍競者應當語云聞
已成種不敢輕汝汝等行道皆
當作佛
故大師判教末云佛法不思議
唯教相難解二乘及菩薩尚所
不能測何況諸凡夫而欲判此
事譬如生盲人分別日輪相欲
判虛空界一切諸色像而言了
達者畢竟無是事是故有智者
各生慙愧心自責無明暗捨戲
論諍競大師親證判已尚自謙

三證令謙喻

喻後輩

四勸信流通

三家出奉宣

余今准此一家宗途奬導於子
非師已見子亦順教如是流行

野客於是歡喜頂受自爾永劫
唯奉持之所在宣弘不違尊命
欽容再拜安庠而出

四夢覺無得

忽然夢覺問者答者所問所答
都無所得

金剛錍竟

音釋

鑽借官切穿也　瞙音莫瞖瞙也　逵渠龜切九逵之道也　螳蜋螳青堂蜋音郎　蛙烏瓜切蝦蟇鼃　斆轄覺切與學同　皐音編

大方廣佛華嚴經疏序會本演義鈔

清涼山大華嚴寺沙門　澄觀　撰述

清刻龍藏佛說法變相圖

大方廣佛華嚴經會本懸談鈔序科文

釋斯鈔序啓以三門三

初題目大方

次撰人清涼

後本文二

初教起源流二

初通明諸教四

一明如來說經主聖

二明菩薩造論大士

三縱奪遺妨二

初縱法本離言雖忘

後奪不礙言說而浩

四出示經意二

初舉例設教蓋欲

後因言悟入府無

後別指當經二

初標指斯經

後嘆勝不可

初依經製疏三

初晉譯先彰二

初旨趣玄微晉譯

後賢首得旨賢首

二唐翻後闡二

初新經周傳唐翻

後刊定迷宗後哲

三疏成廣播二

初陳謙述不揆

後請集鈔文四

初標眾講者

二陳詞成叩

三按定大教

四謙承親求

後鈔與本末二

初學徒咨請四

初懲後吾範

後正請希吾

二與遠重宣二

三法師承領三

初明製鈔意順斯

次引古釋成昔人

後出意製鈔今爲

四述作體式三

初正顯然繁

次讚陳顧此

後出理意夫

後疏遠流通偈溢

大方廣佛華嚴經會本懸談疏科文

清涼山大華嚴寺沙門澄觀排定

釋此華嚴經八十卷三十九品大文分二
初經前演義三
二正解經文○
初經疏總題大方
二述人名號清涼
三正解疏文四
初總敘名意聖賢序亦名教迹二
二歸敬請加○
三開章釋文○
四謙讚回向○
○初標舉宗體四
○二別歎能詮四
初總明能詮剖列
二別顯深廣窮理
三結歎深廣汪洋
四結法所屬唯其

初通敘法界以為佛法大宗隨疏
二別敘此經宗旨趣剖二
三慶遇由致激物發心是以
四略釋名題令知綱要題四
初大分為四
二細科為十
初約三大釋五
二約本末釋五
三明法界類別三
初約三法界五
初句事法界第一
二次句理法界次欲
三無障礙法界第三
四融拂上三第四
五結屬上三第五

初句用大往復
二明體大動二
三明相大含三
四融拂上三起四
五結法所屬其五
初句從本起末第二
二攝末歸本次句
三本末無礙第三
四本末雙寂第四
五結通四義末句
初句事法界者一
二次句含三法界動靜
三事事無礙法界含衆
四融拂上四超言

○三說主難思四
初標果滿故我
二語因深乘願
三明體玄混虛
四彰德備窮有
○四說儀周普十
初所依定湛智
二能應身皎性
○五言該本末二
初單事相該盡本末雖空
二諸教相該盡本末乃若
○六旨趣玄微二
初理事無礙二
二事事無礙二
初明無礙所由隨理
二顯無礙之相
○七成益頓超二
初總顯高深二

二約四法界五
三約五法界四
四總彰意趣疏外問答第四
三說經之處不起
四說經之時無違
五所被衆盡宏
六說經本音圓
七敘說儀主伴
初互奪雙亡非有為無為法界一源
二互融雙照亦有為無為法界若互
初示三大真實
二融真妄二
初正明雙融真妄
二不礙雙存事理
初見聞益見聞
二解行益解行
三頓證益師子
四超權益象王

五結屬上四其唯
初二句融四法界三
二第三句無障礙法界含衆
三第四句總融五法界超言
四第五句結屬五法界其唯
初往復動靜有為法界者三
二靜之寂寥無為法界靜無
三二源二字分二
初明諸法相即自在門故得
二廣狹自在無礙門廣大
三微細相容安立門炳然
四同時具足相應門具足
五一多相容不同門一多
六秘密隱顯俱成門隱顯
七因陀羅網境界門重重
八十世隔法異成門念念

初明高遠 若夫
二彰深妙 不深
三正顯成益 八
○八結歎玄遠 二
○九感慶逢遇 二
初弘闡元由 以是
二正明感遇 二
○十略釋名題 三
○二歸敬請加 三
○三開章釋文 二
初標列章門 將釋
後依章別釋 十
初教起因緣 二
二藏教所攝○
三義理分齊○
四教所被機○
五教體淺深○
六宗趣通別○

五成智益 啓明
六成位益 寄位
七顯因成果益 剖微
八成就行願益 盡衆
初對昔自慶 顧惟
二對今自慶 況逢
初雙標 二目 題稱
二雙釋 二目 二
三雙結 二目 斯經
初句正歸敬 三寶 二
二六句請感護 三
初請歸之意 我初
二願加護相 次願
三著述所為 三俾
三三句迴施衆生 回茲
初生起大意 三
二開章別釋 三
初雙標先因次雙釋 二

九託事顯法生解門 法門
十諸藏純雜具德門 萬行
初當相顯勝 真可
二對他顯勝 二
初法 昇斯 二喻 二
初智明映奪喻 文有
二高勝難齊喻 後須
初解經題 大以
二釋品目 佛及
初句總明 歸命
二七句別顯 三
初歸依佛寶 塵剎
二歸依法寶 二所
三歸依僧寶 三一
初正釋三 初法 初因
二引證 言故 二喻 次若
三釋妨 言出 三合 後今
初釋因十義 三

七部類品會○
八傳譯感通○
九總釋名題○
十別解文義○
○初法應爾故 四
○二酬宿因故 五
○三順機感故 六
初標章 三順
二躡前起後 謂昔
三約喻顯相 其猶
四引經證成 故境
五指略在廣 廣顯
六揀定於機 然此
○四為教本故 三
○五顯果德故 二
○六彰地位故 二
初彰大意 二
初順明來意 大彰

後雙結 教起因
初標列 因十
二別釋 十
三結屬會釋 因上
初正釋 言法
二引證 故不
三結釋 斯則
四解妨 二
初正解 但隨
二重通再難 三
初標章 四為
二總彰大意 二
初為開漸本 然亦
次為攝末本 二
後雙證上二 二
三開章別釋 三
初總彰大意 三
初法 五顯 二喻 不識

二釋緣十義○
初法 今舉 次喻 如觀
後合 二
初正法合 而此
後釋成上義 以一
初標章門 二酬
二躡前起後 何以
三標因深廣 夫根
四釋成深廣 深大
五開章別釋 二
初標章 宿因
二別釋 二
初大願力者 一
二昔行力者 二
初立理 謂非
二正釋 將欲
初標名 二為
後義證 如日

二立理反成 夫聖
二開章別釋三
初辨定其相 然此
二正明會融三
○七說勝行故二
初總舉大意 七說
二開章別釋二
○八示真法故二
初總明 八示
一正釋 此亦
○九開因性故二
○十利今後故二
初躡前總辨 十利
二開章別釋三
初就時辨益 此亦
二約行辨益二
三對前辨益二
二釋緣十義二
○

三合 不知
二開章別釋二
初正釋 然果
二融通三
初正釋二
二會融二
三引證 故世
初一翻直明無礙 相是
二二翻則互相成 圓融
三三翻融通涉入 無盡
初以義別釋二
二指例會融二 此
初總彰大意二
初躡前起後 九開
二總相解釋三
二開章別釋二
初開釋 亦有
二後引證二

初引攝論 無不
二引法華二
初正引經文 法花
後結成本義 斯則
初約用明六句 在互以 然依
二約體明四句 相相即以 又有
三雙結體用 隨舉
初行布 此亦
二圓融二
初正釋二
初一攝一切位 位即 圓二
二別明五位相攝一一
二引證三
初約當位自互相攝 初地
二明五位互攝二 云
三明以初攝後 三初
初頓成二
初正明 行亦
二引證 故十
二行布 立徧
初總明因義 良以

初引例總明二 第
二開章別釋二
初標列章門 今有
二依章正釋
○初依時文分四
初大意二
二開釋三
三會融三
四出法之源 廣如
○二依處四
初總彰大意三
初拂迹顯實二 第
二融通顯圓 況剎
三依義建立真 然
二叙昔順違二
三句數圓融三
四別明處異六
初標數 若從

初引自經 如下
二引他經 亦如
初令聞得見為堅種 此益
二令起行證入二
初通收十益 又此
二通申本義 亦可
初拂迹顯實 今初
二就德顯圓 況無
初正融會 又此
二通妨難二
三顯勝能三
初正叙 然有
二決斷 上之
初雙標 然說
二雙釋二
三以麁例細 又以
初總答前問 然說
二重通再難 若約

二覆彼因義 但相
三正明開義 今令
初正釋二 令
二釋成 良以
初標 以今
二釋 唯初
三結 於前
初難 此依
二通 隨亦
初對他顯勝 若依
二會他顯勝 而餘
三再通妨難 或說
初釋染淨四句二
初本末相望四句 初淨
後唯就一剎四句 又或
後釋通局二句二
初標 明次
後釋二
初平漫四句 謂或

二別釋初此
三總結然上
四釋妨三
五隨難重釋二
六總融十義三
○三依主文分五
初總彰大意第三
二假難徵起二
三總相會通二
四開章別釋三
初標章今先
二解釋二
初明十身二
初標數言無
二列釋十
二彰無礙二
三總結周徧以此
五會通餘教三

三以一例餘一
初正顯同徧十餘
二釋通妨難然主
初正顯十義融通又上
二對時顯處而隨
三通顯甚深此猶
初問起今說
二徵難二
初三世間十身言十
二佛身自有十身二說
初用周無礙一用
二相徧無礙二相
三寂用無礙三寂
四依起無礙四依
五真應無礙五真
六分圓無礙六分
七因果無礙七因
八依正無礙八依

後相攝四句又成
初難真應若言
二難亦多若云
初遮非故說
二顯正三
初總相顯示即是
二對難會融二
三結成難思一切
初雙標真應
二雙釋二
初釋真應二
初唯釋真應即盧
二正明真應無顯一多常在
後釋一多二
初唯釋一多身不
後正釋一多兼談真應同時
初標章九潛
二解釋二

初別會五文五
初會起信唯識是知
二會涅槃央掘或說
三會通梵網或說
四會他受用或說
五通會三身或分
二總非俱非
三揀濫設分
○四依三昧二
○五依現相四
○六依說者二
初總顯來意二
二開章別釋三
○七依聽者二
初總明大意第七
二略指類別即下
○八依德本三
○九依請者二

九潛入無礙二
十圓通無礙二
初別明十圓
二總結同一
初立理正明二
二指文略釋有不
初總明大意第五
二顯相不同起教
三別明放光三
四料揀同異其動
初立理第六
二引證下文
初總明說人四
二指文顯說如僧
三說儀不同其能
初標大意第八
二正顯示略有
三揀濫若感

初佛入衆生三
初正釋入衆
二引喻如如
三引證故出
二衆生入佛又亦
初別顯第四
二結成故於
初總明故諸
二別顯然有
三明隨處放異隨處
初明有三今此
二開為五開即
三開五為十更開
四開十為無量廣即
初立理第十
二指陳心實
初總彰有無然若
二出加所以二

初舉無顯有 第九
二別示請儀 然有
十依加者二
二藏教所攝二
初明藏攝二
初明藏二
初釋三藏三
初總列三名 言三
二別釋三藏三
三總顯所詮 然此
初修多羅藏二
二毗奈耶藏二
初標科 第二
二別釋二
初辨名二
初正釋 前中
二辨異四
二顯相二

初總明大意二
二別釋所以四
初總科 第二
二別釋二
初辨名四
初會梵音 初中
二敘古譯五
三敘古破 有云
四會順違三
初伸全縱奪
二彰半奪 若兼
三出古意 古德
二顯相三
初總舉包含 二顯
二正會五義 故雜
三以義貫通二
初總釋貫通三
二彰所貫攝二

初徵 所以
二釋 欲顯
三釋通妨難三
初徵難 若尒
二釋難 表徵
三遮難 然雖
四就類彰別二
初別顯 加有
二指文 普光
初標名 古譯
二引證 智論
三釋義 契經
四會六釋 即契
五會傍正 復云
初標義 總上
二引證 故佛
三釋所引論 此或
初引論正釋一
初引論總標 又世

初指前總說 後顯
二引證別說 若別
三阿毗達磨藏二
初總標 第三
二別釋三
二釋二藏四
二明攝分二
初明彼攝此 第二
二明此攝彼 若約
二明教攝二
初總標 第二
二別釋二
初標舉將說 二者
二總顯深廣三
初標深廣 夫教
二釋所以 以無
三結難思 極位
三開章別釋二

一名毗尼 毗尼
二名尸羅 或名
三名波羅提木叉 亦名
四名性善及守信 亦名
初辨名二
二顯相二
三異名 亦名
初總標 世親 二別釋 對義
初總標 第二 二別釋 即由
三引證 故莊
四出其所以三
初明通相十二分教一 者
二依標釋四
初大意合離三
二古今違順二
三立教開宗○
四總相會通○
初標章門 今乘

二引論別釋 依者
二例同指餘 瑜伽
初得名二
二釋名 言對
初釋法 阿毗
二釋對二
初釋對義 法既
二出對體 其能
初正出為三所以 此就
二出三乘三藏不同 若約
三重成三藏之義 又由
二別明諸宗立教三
初雙標開合 今初
二雙釋開合二
三雙結開合 以斯
初釋不分之意三
二辨分教之意二
初總標 且不

初叙此方一
二叙西域
初標列第二
二別釋五
初立一音教二
初叙昔義一立
二辨順違上之
二立二種教四
三立三種教二
初總標第三
二別釋分三
初南中諸師二
初叙昔二
二順違三
初總明違順上來
二別破違理二
三結成違順然上
初破道場五

初五對前五義其分
後五顯過於前又王
初曇無讖三藏二
二隋延法師二
三唐初印法師二
初叙昔三
二辨順違分二
初順分三
二違但於
初總出立意此約
二遮破釋成二
三結成昔義畧云
四劉虬居士二
初總明三
初正立一南
二辨立異由漸
三出不定相謂別
二別明漸義二

二別釋一則
三總結以斯
初叙第二隋二
二判斯則此雖
初總標三唐
二正立一屈
三揀異又此
初救總名然花
二救四異二
初通主異約釋
二通處異娑婆
初叙四齊
二判分二
初順然此
二違漸約
初分為二或但
二或為三二
初一師正立或分

二破劉虬若以
初破初時唯有四
二破第二時唯空三
初破其說空二
二破不明常住四
三結立正義是知
初返質破若云
二顯正破涅槃
三會義破是知
四縱奪破又般
三破第三時抑揚二
四破第四時唯同歸若云
五破第五時唯常住五以
二後魏光統律師二
三隋末唐初吉藏法師二
四立四種教二
初總標第四
二別釋四

初總標漸中
二別釋四
初總標或問
二別釋二
初小乘論破初明
二引小乘經破又阿
三引大乘論破又智
四結上三文皆顯
初引制戒若云
二引論破又智
初雙標二
二雙破分二
初明承習二後
二顯立義二
初叙三隋
二判此判
初總辨順理此則
二明其有違若唯

二後二師指同二
初唐三藏指同初師此與
二真諦指同別立二
初指同初師真諦
二指異別立而時
三或為四分二
初標或分
二顯即宋
四或為五二
初道場慧觀等同立五教一道
二劉虬居士亦立五教二者
初引淨名破淨名
二引般若破般若
初叙昔亦立
初出意此亦
二釋妨意明
二順違二
初明會不會之意是知

初光宅法師二
初敘昔三
初正立一（添）
二出所以（以臨）
三結成（是知）
二順違四
二智者大師二
初敘昔二
初明師宗二（陳）
二辨立教二
初正立四教四
二通相料揀三
初明立教所因（又此）
二彰其所釋（又此）
三用四儀式（又更）
二順違二
初總明順違二
初明順（此師）

三會通（昔教顯遺）之由三
四結成（昔義成四）無失（於文）
初明會三為一會取昔三二
初正明（若開）
二引證（故彼）
二明會於昔三歸今之一二
初藏教三
二通教三
三別教二
初正釋三
二鮮妨（不名）
四圓教二
初正釋二
二結成（別則）
初釋義三
二引證（花嚴）
初立名（四圓）
二所詮（此教）

二明（會一會三）之意（若約）
三明（取昔廢昔）之意二
初會昔成今（若廢）
二彰今異昔（若依）
初立名（立四）
二所詮（此教）
三所被（正教）
初正名三
二引證（大品）
三鮮妨（然教）
初正立（二者）
二所詮（此教）
三所被（正為）
初立名（三別）
二所詮（此教）
三所被（的化）

二辨違三（但）
二別為會釋三
初別釋藏教難四
二總通四教難（故藏）
三重通會其（別圓）去取（但判）
三元曉法師二
四淨法苑公二
五立五教二
初標（第五）
二釋二
初波頗三藏二
二賢首大師二（賢）
二敘西域二
初正敘二
二順違二
初總明順違三
二各別會釋三
初標列章門（然欲）

三所被（但化）
初出三藏名之所據（所以）
二立三藏名之所以（初對）
三明後三不稱所以（通教）
四明不名小乘所以（所以）
初敘正立分五
二判順違二
初別破二
二結非（故其）
初破初一（然今）
二破後三（又依）
初敘昔義一（波）
初總敘源由二（第）
二雙釋所以二
初戒賢五
二智光五
初總非前立（然此）
二會釋二經（深密）

初正立二
初正立三（唐）
二鮮釋三（然）
二順違二
初出義本（然此）
二明順違（自言）
初總以標舉四（賢）
二引論為據（論云）
三正明所立（言四）
四別示其相（初教）
五結廣從略（廣如）
二辨順違（此釋）
初師資相承二（賢智戒）
二所憑經論（依深依般）
三正顯所立二
四彰了不了（是故又初）
五結成所憑（此依此三）
初總（立三亦立）

二廣會初二 二
初雙標二義 初且
二別顯二相 二
初標所宗 法若
二引證成 立十
初法華雙立一乘一性 二
初立一乘為實三乘為權 法花
二立性為實證成一乘 以性
二引涅槃明其乘性相成 涅槃
三重引法華明無趣寂 二
四引涅槃明無無性 三
五引經釋論結成正義 二
初釋深密般若經意 是知
二通妨難 諸論
六廣引諸經遮救定性 二
初正牒破 二
二結成前非 明知
七引涅槃遮救無性 二

三結成和會 斯得
初法相宗 二
二法性宗 二
初立三乘為了一乘不了 二
初引深密 深故
二引勝鬘 勝又
二立一性為了成前三乘 五
初引教成立 二
後結成無定性 如是
初引文 三
二總結入楞
初引經正明 涅槃
次破其不曉經意 三
後引論重成 莊嚴
初引其所迷 前況
次疏釋經意 此意
後引經結成 況經
初牒救辭 若謂

二別 諸佛 謂佛
初標所宗 如法
二引文成立 二
初般若說有五性 大般
二引深密釋成五性 二
初指同前文 深密
二證有趣寂 又云
三引楞伽明有三乘以成五性 又十
四引楞伽正明五性 故楞伽
五引善戒地持立善有二性成前無性 戒善
初引法華 又法
二引智度論 智論
三引法華論 二
初引論 法花
二釋論 既云
初正難 何以
二遮救 二
初正遮其救 誰敢

初敘其救辭 若謂
二辨其差當 二
八引涅槃遮法花趣寂 二
初牒救 若謂
後正破 二
九釋勝鬘會一乘方便 四
十以法花結成破立 二
初正引法花結成破立 法花
後更引他經證成一義 故百
三偏略會釋 三
三立教開宗 二
初標列章 三第
二依章釋 二
初以義分教 三
二依教分宗 二依
初總標 若約
二別釋 五
初小乘教 四

二以經重難 四
初正辨經意 然涅
二結示正義 是知
初總奪雙破 二
後結成正義 是知
初正引經文 又勝
二釋成經意 二
三更引餘文 二
四復縱破之 有故
初總標 上約
二以正會釋 謂就
三總結今除執著 是故
初總辨源由 今初
二正立五教 二
三約其所詮以辨異 二
初約數法多少 初小
二約空差別 但說
三約所依根本 但依

後引經論成 妙智
三又遮其救 若不
四復重遮救 若以
初總奪化有無用之失 權必
二縱其有化 有損 又豈
初正釋經意 此意
後斥其謬解 不曉
初正引 又彼
後反質 豈說
初列名 言五
二解釋 五
初小乘教 初即
二始教 二
初正立 始二
二釋名 此既
三終教 三
初正立 終三
二立理釋名 定性

二始教三
初總二
初對後彰劣二 始
二對前顯勝 有說
二別 九
三結 如是
三終教三
初總 三終
次別 九
後結 如是
初一心真妄通真義 所立
二一性兼乘義 一切
三真通隨緣義 但是
四三性空有即義 依他
五生佛不增不減義 一理
六二諦空有即義 二
七四相一時義 四相
八能所斷證即義 二

四結成有餘 未盡
初唯心真妄別 有說
二一性五性別 法爾
三真如隨緣凝然別 既所
四三性空有即離別 依他
五生佛不增不減別 既言
六二諦空有即離別 二
初但明二諦別 真俗
二兼明中道別 非斷
七四相一時前後別 同時
八能所斷證即離別 根本
九佛身有為無為別 既出
初明二諦相即 第一
後兼明中道 離空
初總明無斷之斷 緣境
後別明內證之相 照寂
初總標 第四
二別釋 二

三結前生後 上二
四頓教三
初正立 四頓
二釋名 二
初約當法釋名 二
二約對他釋名 不同
初正釋 不依
二引證 如思
三解妨 二
初通第一難 頓詮
後通第二難 天台
五圓教二
初正立 五圓
二指經 如此
初總為一教 一或
二分為二教 三
初會本識二種教 二或
次會光宅四乘教 二對

九佛身無為義 出世
四頓教 四頓
五圓教 五圓
△四總相會通 二
初總標列 二第
二別釋 十
三詳定所宗 後之
△三義理分齊 二
初總彰大意 三
初結前生後 第三
二總顯深廣 三
初法 然此
二喻 其猶
二合 二
初正合 前之
二解妨 斯則
三結屬所攝 三
二開章別釋 二

初會通諸教 三
初總標 今初
二別釋 五
三遮外難 然取
初本末差別門 三
二會化儀前後 三
二依本起末門 二
三攝末歸本門 三洱
四本末無礙門 二
五隨機不定門 五隨
六顯密同時門 三
七一時頓演門 七上
八寂寞無言門 八從
九該通三際門 九此
十重重無盡門 十上
初標列章門 今顯
二依章別釋 四
初具列 初中

後會即公三種教 三者
三分為三教 三或
四分為四教 二
初合三四為一教 四或
二合二三為一教 二約
五分為五教 五或
初以正明 初中
二出其相 然有
三揀其濫 然此
初正明 二依四本
二揀濫 約法上之
初總牒 六題
次正顯 若互
後結同 歎顯
初總顯深廣 故此
二別釋深義 一乘
三通釋妨難 以別
初標章 第二

初所依體事 三
二攝歸真實 三
三彰其無礙 三
初總標 第三
二別釋 十
初理徧於事門 三
二事徧於理門 三
三依理成事門 二
四事能顯理門 二
初正明 二
二引證 夜摩
五以理奪事門 二
六事能隱理門 二
七真理即事門 二
八事法即理門 二
九真理非事門 九真
十事法非理門 二
三以總結 二

二畧釋 教即
三結示 餘可
初標門 理
二正釋 謂無
三結成徧義 故一
初正明 二事
二會前 二
初總釋 三依
二會前 二
初正釋 四事
後釋成 依他
初正釋 五以
二會前 三
初正釋 六事七真
二引證 故法第七
初正釋 八事
二會前五義 五
初正釋本門 十事

二正釋 即具
三引證 經云
初會一性 二
初明一性無性 二
二明成佛不成佛 二
三明無性即佛性 二
初正明由上 理遍一性
二引證 出經云故故涅
二會一乘 又出
初會諸法通真心 於中
二會真如能隨緣 二明
初正會 故說
二引證 二
初引當經 出現
二引他經 不增
三揀權 非約
初二諦空有 上之
二重會唯心 此亦

初總標無障同一緣起 上之
二別束十門以成八字 約理
四周徧含容 二
初正辨玄門 三
初列名總顯 今初
二指事別明 二
初同時具足相應門 二
二廣狹自在無礙門 二
三一多相容不同門 三
四諸法相即自在門 三
初正釋 四此
二句數 一多
五祕密隱顯俱成門 四
三引證 下云
六微細相容俱成門 二
初正明 六此
二引證 下云
七因陀羅網境界門 四

二會無為義 上七
初標舉章門 第四
二依章別釋 二
初總辨所依 今且
二別顯十門 十
初正明 二
二引證 二
初正明廣狹 三
二會通純雜 然此
初正明 二
初正釋 三即
二句數 舒攝
二引證 下云
三料揀 二
初正釋 七此
二喻顯 如天
三引證 下云
四重喻 亦如

三會不斷常 又由
四四相前後 又由
五能所斷證 亦人
初明當門中具 如下
二明具餘九門 亦具
初引妙嚴品 故下
二引花藏偈 二
初正引經偈 花藏
後舉細況麤 一塵
初正明 二即
二引證 十定
三句數 是故
初明相入 若一
二辨相攝 互攝
初正釋其相 五花
二句數指同 全攝
三引文成證 下云
四重以喻顯 如八

八託事顯法生解門 三
九十世隔法異成門 三
十主伴圓明具德門 三
初正明 十此
二引證 下云
三重例 是故
三結例成益 二
二德用所因 三
初問答總明 四
二隨門別釋 十
三總結所屬 由上
初唯心所現故 初唯
二法無定性故 三
初約大小釋 二法
二引文證成 舊經
三例釋餘法 一非
三緣起相由故 三
四法性融通故 二

初正釋 九即
二引證 故晉
三揀濫 時無
初舉一例餘 四
二結勸修益 於此
初標舉章門 第二
二假問徵起 問有
三列數總答 答因
四總相會通 三
初總標功能 十中隨
二料揀差別 十中衍
三會通德用遮其異釋 二
初總顯 三
二別釋 十
三總結 上來
初諸緣各異義 四
初正釋 一諸
二反成 若雜

初正釋 八見
二揀濫 非是
三引證 下云
初以華例事 二
初正例 舉花
二類結 如此
二以事例餘 事法
三以所例能 如歎
四結成無盡 若重
初別明 二
初以互通釋非其兩別 二
二會通染淨辨二雙融 即用
二結成 故相
初標 前之
二釋 約佛
初總彰多義 三緣
二標舉章門 約就
三彰十所以 謂緣

初總顯 二
初揀非 第四
二顯正 二
初標舉 今則
二示相 四
初順明 謂不
二反立 若一
三結正 今既
四引證 花藏
二別明 二
初結前生後 斯即
二正顯別相 二
初別明 十
二融通 故一
初同時具足相應義 一既
二廣狹自在無礙義 二事
三一多相容不同義 三理
四諸法相即自在義 四真

三結示 此則
四引證 文云
二互徧相資義 四
三俱存無礙義 四
初正釋 三俱
二句數 二
三引證 文云
四結成 此上
四異體相入義 五
初總釋 四異
二引證 如論
三反成 若各
四結成 是故
五示相 三
五異體相即義 四
初立理略明 五異
二反顯前理 若闕
三結成正義 得此

初正釋 二互
二反成 若此
三例餘 此則
四引證 下文
初總明 是故
二別釋 一或
初以一望多 二
初明一持多依 二
二例多持一依 如一
初正明依持之義 是故
二釋成亦通妨難 由一
二例多望一 二
初結前 如一望
二生後 多望
三結成句數 俱存
初明一有體 二
初正明 是故
二釋成 由一

五祕密隱顯俱成義 五由
六微細相容安立義 六真
七因陀羅網境界義 七此
八託事顯法生解義 八即
九十世隔法異成義 九以
十主伴圓明具德義 十此
五如幻夢故 二
初幻 二
初喻 二
二合 一切
初正釋 五如
二引證 經六
二夢 二
初喻明 言如
二引證 故論
六如影像故 二
七因無限故 二
八佛證窮故 二

四別示其相 三
初以一望多 二
二例多望一 二
三結成句數 俱存
六體用雙融義 三
七同體相入義 三
初別釋同體義 七同
二雙釋即入所以 又由
三正釋此門 二
八同體相即義 二
初明以一望多 二
二例多望本一 餘義
九俱融無礙義 二
初正釋本門 九俱
二結前三門 此上
十同異圓滿義 三
初正釋 六七八九十
二引證 下無故賢不

二例多有體 一多
初結前 如一
二生後 多望
初立理略明 體六
二開章別釋 是故
三總結所屬 此上
初明一望於多 二
初明本一有力多一無力 先明
二例多一有力本一無力 一入
二例多望一 餘義
初明本一有體 二
二例多有體 如一
初出其所以 八同
二正釋斯義 以多
初標名 十同
二別釋 詞以
三結屬引證 二
初結屬 此第

九深定用故 二
十神通解脫故 二
四教所被機 二
初舉意總標 二
二依門別釋 二
初二別示 二
初正為 後五
二兼為 二
初明所為 二兼
二通外難 約未
二三牒前 三
五教體淺深 三
初總標 三
二別釋淺深 二
三結示兼正 以上
初合釋前三 三
初雙標 就前
二雙釋 二

初躡前起後 第四
二約法揀定 若明
初標二門 通有
二別釋相 二
初揀非器 二
二彰所為 二
初引為 三引
二權為 四者
三遠為 四
初正明為惡 二
二況出圓融 此皆
初標舉 第五
二列數 一音
三料揀 四
初小乘 二
初徵 小乘
二釋 三
二大乘 二

二引證 故下
初三凡愚 二
初別明 前中
二總指 上三
後二權小 四狹
初立理正明 五遠
二引經證成 故出
三會釋前文 前三
四明惡是所為 二
初引經明其為惡 又彼
二引經明等有性 又如
初約體性 十中
二大小乘 又前
三一三乘 前七
四同別教 前八
初語業為體 二
初正顯其相 一云
二揀法通妨 其名

三雙會二
初會去取差當二
初出意雙取 以余
二會通前二 五
二會淺深同異 然大
二別明後七 七
初即第三通攝所詮體二
初牒名 第四
後釋相三
初正辨所詮 瑜伽
二出通詮所以 此明
三通收能所 又瑜
二即第五諦法顯義體三
初標舉 第五
二引證二
三結釋三
三即第六攝境唯心體二
初本影相對二

初標 大乘
二釋三
初唯取聲 一云
二取名等 二云
三則總取 三云
初正明去取 若就
二出於所以 良以
三遮其妨難 書雖
四會通前文 前淨
五引證成立 仁王
初引淨名經 淨名
後引楞伽經 又干
初引例總收 又香
二結成說聽 既語
三況出此經四
初標義總顯二
二開章別釋二
初唯本無影一 唯

二名等為體二
初正明二
初正顯其相 二云
後揀法通妨 声但
二引證二
初評家斷歸初義 評家
次論雙證二義 雜心
後正理成第二義 正理
三唯聲為體 三者
初事物說法 況花
二即事是法 花香
三即事能說 刹土
四引證成立 下云
初正釋 第六
二引證 唯識
初開章 然有
二別釋二
初各別成立二

初標舉 前中
二別明二
初別明四句四
二通結所由 此前
二聽說全收三
初標其句目 第二
二別明句數二
三總結融通 是故
初約同教 一約
初總標 三約
二別釋四
二約別教二
初正立 四由
二引證 是以
初正立 二佛
二引證 故出
三解釋 此明
四即第七會緣入實體二

二亦本亦影二
三唯影無本 三唯
四非影非本 四非
初正明俱有二
二聚集顯現二
初總明聚集之相 然云
二別釋五心之相 然西
初果門攝法二
初正立 一衆
二引證三
二因門攝法三
三因果交徹二
初正辨交徹 三由
二雙顯存相 故衆
四第四句分二
初正明 亦有
二引證 故攝
三釋妨 彼宗

初本質教二
初正明 二亦
二引證 故佛
二引像教三
初正明 階
二引證 佛地
三釋妨 此文
後引二十唯識雙證前二二
初正引論證 故二
二指其師說 護法
初引當經證 故出
次引他論證 又佛
後引當經況出攝聽二
初明一身頓於衆生 又下
後智廣同空本居智內 況佛
初以本收末三
二會相顯性四
初正釋 二會

五即第八事理無礙體 第八
六即第九事事無礙體 三
初雙標能所 第九
二正顯文詮 文即
三例釋義 此且
七即第十海印炳現體 第十
六宗趣通別 二
初釋名標章 第六
二開章別釋 二
初通明 三
初通相料揀二宗 五
二會通妨難 二
初明通局異 二
初標 然十
二釋 教則
二明體式異 又夫
初正宗旨 二法
二辨顯功能 五

初總明 第七
二開釋 二
初總標大意 前晡
二敘昔順違 二
初敘昔 二
二順違 二
初順理 初二
二明違 住收
三申今正解 三
初總標 令總
二別釋 十
三料揀 二
初通明淺深 然此
二大小乘料揀 前四
三權實料揀 七即
四五教料揀 又七
五二諦料揀 又第
初敘西域 三

二重辨 如来
三引證 仁王
四通局 此經
初正立 然情
二異名 又此
初我法俱有宗 二
初各別成立 第一
二辨其異名 然此
二法有我無宗 一
三法無去來宗 三法
四現通假實宗 四現
五俗妄真實宗 五俗
六諸法但名宗 六諸
七三性空有宗 七三
八真空絕相宗 八真
九空有無礙宗 九空
十圓融具德宗 十圓
初束九為十一宗 然西

初顯其功能 又於
二廣明所破 三
三舉正折邪 三
初總明迷倒 以不
二況出深旨 安知
三揀濫顯邪 言有
四指繁從略 廣明
五結功超勝 今但
二別顯即是此經宗 二
初標章 略以
二別釋 二
初序異解 十
二申今義 二
初總建立 五
初總相標立 二申
二顯其包含 此則
三彰加所以 而法
四釋通妨難 淨名

二明此方 二
三雙結過 然無
初指同二因 此方
二略出諸計 二
初合引莊老 二
二別引周易 二
初總標立意 二
二開章別明 二
初衍法師 前中
二裕法師 二裕
三緣起為宗 三有
四唯識為宗 四有
五敏印二師 五敏
六惠遠法師 六遠
七笈多三藏 七笈
八海印為宗 八有
九光統律師 九光
十賢首大師 二

二束十為四計 二
初正明所計 統收
二對因果明 若計
三結諸計為因 雖多
初引文 如云周易
二斷義 以諸太極
初正立 第二
二解妨 然楞
初出意總立 十賢
二為其解釋 二
初出其互闕 謂前
二彰立所由 三
初總標 故賢
二出光統之意 由光
三出賢首所以 二
初總明所以 賢首
二出總別相 以法
初標 第二

五重顯異門 就若
二別解釋 三
初標顯 二
二釋 四
初別開法界因果 四
二會融因果以成法界 四
三法界因果分明顯示 四
四法界因果雙融俱離 二
二總結 四
七部類品會 二
初開章 於中
二解釋 四
初彰本部 二
二顯品會 二
初總明 第二
二別辨 二
三明文類 二
四辨論釋 二

初釋名 三 今釋
二顯義 三
初標章略明 第一
二開章別釋 於中
三通會宗趣 而此
四結成因果 一經
初標 第四
二釋 一由
初總辨來意 第七
二開章解釋 二
初總明 初中
二別釋 十
初明會不同 今經
二彰品不同 今有
初標 第三
二釋 二
初顯支流 於中
二明流類 二

二釋 法界
三會通六釋 五對
四結歸法界 上五
初總標 第三
二別釋 亦有
三宗趣 此上
四結成 又上
初體用收之 上之
二以宗收之 又初
三總融四門 既以
四會歸心觀 故即
初畧本經 一畧
二下本經 二下
三中本經 三中
四上本經 四上
五普眼經 五普
六同說經 六同
七異說經 七異

初總標 第四
二別釋 四
初龍樹菩薩 一龍
二世親菩薩 二世
三北齊劉謙之 三北
四後魏僧靈辨 四後
八傳譯感通 二
初標章 第八
二別釋 二
九總釋名題 二
初總標章門 第九
二依章別釋 二
初經題 三
初總標舉 今初
二列章門 一通
三依章釋 十
初通顯得名 二
二對辨開合 二對

初正明 二明
二支類 或是
初明翻譯年代 二
二前傳通感應 三
初正辨感應 六
二感應功能 以良
三感慶逢遇 宿生
初翻譯 二明
二造論 論成
三書寫 其書
四讀誦 讀誦
五觀行 觀行
六講說 講說
初總舉諸經體式 今初
二別明今經得名 二
初大十義 二
初標 初明
二釋 二

八主伴經 八主
九眷屬經 九眷
十圓滿經 十圓
初畧明 前中
二別辨 四
初覺賢三藏 一晉
二日照三藏 三大
三實叉難陀 三証
四賢首大師 二
初正敘所補 四則
二指闕今續 其第
初標其異名 今經
二彰今之稱 三
初正釋今名 依今
二揀前所說 前三
三結成今義 故今
初正釋十義 十
二結會他文 如相

三具彰義類 二
初總標 三具
二別釋 七
四別釋得名 二
初得名 第四
二釋名 後釋
五展演無窮 二
初展一為多 十
二舉題總攝 皆不
初展法界為理智二門 第至
二展理智成題目 又理
三展題目為初會 又展
四展初會成後八會 又展
五展九會周十方 又展
六展十方各為主伴 又展
七展此主伴遍於塵剎 乃至
八展此塵剎復具異類界
九展此異類界遍異類塵剎 異類

二方十義 二方
三廣十義 二
初別釋廣字 三廣
二合釋方廣 二
初正釋十義 若合
二結示本源 此七之
四佛十義 三
初依於本經 四解
二引佛地論 又佛
三引真實論 又真
五華十義 二
初別釋十華 五釋華
二總相料揀 然華
六嚴十義 三
七經十義 七釋
初十總釋 六釋
二十別釋 又上
三十句互嚴 二

初體大 一體
二相大 二者
三用大 三
四果大 四果
五因大 五因
六智大 六智
七教大 七者
八義大 八者
九境大 九者
十業大 十者
初正釋 三用
二引證 涅槃
三妨 良以
初標 又上
二釋 二
初相資 二
二相即 相即
初雙標前 初相

十又展剎塵各為無盡時會 無盡
六卷攝相盡 第六
七展卷無礙 第七
八以義圓收 二
初以法攝 二
二以人攝 二
九攝在一心 二
初指前總明 第九
二約觀心釋 心體
十泯同平等 三
二品稱 四
十別解文義 二
初總釋經序 三
初明題目第十二道序人 天冊
三釋序文 六
初明佛果眾生沉溺 三
二辨佛果出世德用難思 四
初歎化主高深 二

初別約彰義互嚴 更有
二成四句以顯互嚴 二
初標大意總題 第八
二重釋攝義 或以
初約人法 或唯
二總收之 又大
初法說 第十
二喻明 余曾
三合喻 四
初會其梵音 第二
二正釋義理 二
三立名所以 諸經
四會釋晉經 舊云
初明任己殊異 二
二明能所淺近 雖萬
三明所迷淪 由是
初總序教興 及夫
二寄對顯勝 慧日

二明第三 二
三明第四 四理
初正釋 二理
二反成 非真
三正成前義 根以
初略兩鏡及燈合之 見夫
二取兩鏡奪容以合 又即
三雙融前以成止觀 皆取
四結例一切 心境
初釋世主 世者
二釋妙嚴 三
初三世間嚴 妙謂
二出嚴所以 眾生
三三嚴相成 復由
初辨淳元之始 蓋聞
二明三才已著 龜龍
初約化法為用 念處
二約化體為用 混太

二明時處長廣　抱括
三別歎如來勝德　三
四結德歸於如來　無德
三直慶逢時聞斯聖教　三
四別彰興奇趣玄微　二
五慨譯古今感慶逢遇　二
初明前譯多闕　緬惟
二明今譯多具　六
初製序本意　一窺
二讚理離言　雖則
三謙已以成　原申
五總釋序意歎理自謙　三
二別解文義　二
初總科判　三
初約部三分科　二
二問答相屬科　二
三以文從義科　三以
四前後攝疊科　四前

初歎體大　其為
二歎相大　其為
三歎用大　二
初總歎　大方
二別歎　三
初邀迎　朕聞
一正譯　學以
三感徵　遂得
四事畢　以聖
五讚益　二
六慶遇　二
初標章二第二列名　一本
三解釋分為十
初正明序正　初本
二別釋流通　三
初通敘昔說　二問
二略示今意　古德
初標數　五前

初遠蒙佛記　朕最
二彌荷太平　加以
三萬國朝宗　殊禎
初約人歎　二
二約法歎　一句
三約處歎　摩端
初對劣顯勝　有學
二當體顯勝　最勝
初明益教理　添性
二辨益物機　大乘
初慶遇　豈謂
二發願　所冀
初敘昔說　流通
二會昔義　此上
三申今解　四
初立取源由　今依
二辨三之相　所以
三例成前義　非唯

五前後鈎鎖科　二
六隨品長分科　六隨
七隨其本會科　七隨
八本末大位科　八本
九本末徧收科　九本
十主伴無盡科　十主
二正釋　三
初通釋前四　第一
二別釋第五　四
三通釋後五　六取
初正釋　五取
二解妨　以不
四辨定流通　三
初取其正義　雖六
二辨前順違　初之
三結歸正義　故依
三引證　然有
四結成　由斯

二正釋經文附科第二卷

大方廣佛華嚴經會本懸談疏科文

華嚴四祖清涼國師像贊

文宗皇帝勑寫國師眞奉安大興唐寺御製讚曰朕觀法界曠闐無垠應緣成事允用虛根清涼國師體象啟門奄有法界我祖聿尊教融海嶽恩廓乾坤首相二疏拔擢幽昏間氣斯來拱承佛日四海光凝九州慶溢敞金仙門奪古賢席大手名曹橫經請益仍師臣休保余遐曆爰抒顓毫式揚茂實眞空罔盡機就而駕白月虛秋清風適夏妙有不遷緣息而化邈爾禹儀煥乎精舍

按帝心順和尚爲東土華嚴初祖師爲四祖若依西土馬鳴爲初祖龍樹爲二祖則師爲六祖

清涼國師疏鈔緣起

清涼國師澄觀字大休會稽人姓夏侯氏生於開元戊寅身長九尺四寸垂手過膝口四十齒目光夜發晝乃不眴天寶七年出家至肅宗二年丁酉受具是年奉詔入內勑譯華嚴初至德中即以十事自勵曰體不捐沙門之表心不違如來之制坐不背法界之經性不染情礙之境足不履尼寺之塵脇不觸居士之榻目不視非儀之綵舌不味過午之餚手不釋圓明之珠宿不離衣鉢之側從牛頭忠徑山欽問西來宗旨授華嚴圓教於京都詵禪師至是大曆三年代宗詔入內與大辯正三藏譯經爲潤文大德既而辭入五臺大華嚴寺覃恩華嚴以五地聖人棲身佛境心體眞如猶於後得智起世俗心學世間解繇是博覽六藝圖史九流異學華夏訓詁竺經梵字及四圍五明聖教世典等書靡不該洽至建中四年下筆著疏先求瑞應一夕夢金

容當陽山峙光相顒顒因以手捧咽面門既覺而喜以謂獲光明徧照之徵自是落筆無停思乃以信解行證分華嚴爲四科理無不包觀每慨舊疏未盡經旨唯賢首國師頗涉淵源遂宗承之製疏凡歷四年而文成又夢身爲龍矯首南臺尾蟠北臺宛轉凌虛鱗鬣耀日須臾變百千數蜿蜒青冥分散四方而去識者以爲流通之象也初爲衆講之感景雲凝停講堂庭前之空中又爲僧叡等著隨疏演義四十卷隨文手鏡一百卷云

詔清涼講華嚴經題

丙子十二年宣河東節度使禮部尚書李詵備禮迎法師澄觀入京觀至有旨命同罽賓三藏般若翻譯烏茶國所進華嚴後分梵筴帝親預譯場一日不至即差僧寂光依僧欲云皇帝國事因緣如法僧事與欲清淨觀承睿旨翻宣既就進之帝命開示華嚴宗旨羣臣大集觀陞高座曰我皇御宇德合乾坤光宅萬方重譯來貢東風入律西天輸越海之誠南印御書北闕獻朝宗之敬特回明詔再譯眞詮光闡大猷增輝新理澄觀顧多天幸欽屬盛明奉詔譯場承旨幽讚抃躍競惕三復竭愚露滴天池喜含百川之味塵培華岳無增萬仞之高極虛空之可度體無邊涯大也竭滄溟而可飲法門無盡方也碎塵剎而可數用無能測廣也離覺所覺朗萬法之幽邃佛也芬敷萬行榮耀衆德華也圓茲行德飾彼十身嚴也貫攝玄微以成眞光之彩經也總斯七字爲一部之宏綱將契本性非行莫階故說普賢無邊勝行行起解絕智證圓

明無礙融通現前受用帝大悦賜觀紫方袍號教授和尚其後相國齊抗鄭餘慶高郢請撰華嚴綱要三卷相國李吉甫侍郎歸登駙馬杜琮請述正要一卷又爲南康王韋皋相國武元衡著法界觀玄鏡一卷僕射高崇文請著鏡燈説文一卷司徒嚴綬司空鄭元剌史陸長源請撰三聖圓融觀一卷節度使薛華觀察使孟簡中書錢徽拾遺白居易給事杜羔等請製七處九會華藏界圖心鏡説文十卷又與僧録靈邃大師十八首座十寺三學上流製華嚴圓覺四分中觀等經律論關脉三十餘部皆古錦純金隨器任用耳

詔清涼講華嚴宗旨

巳卯十五年清涼受鎮國大師號進天下大僧録四月帝誕節勑有司備儀輦迎教授和尚澄觀入内殿闡揚華嚴宗旨觀陞高座曰大哉眞界萬法資始包空有而絶相入言象而無迹妙有得之而不有眞空得之而不空生滅得之而眞常緣起得之而交暎我佛得之妙踐眞覺廓盡塵習寂寥於萬化之域動用於一虚之中融身刹以相含流聲光而遐燭我皇得之靈鑒虚極保合太和聖文掩於百王淳風扇於萬國敷玄化以覺夢垂天眞以性情是知不有太虚曷展無涯之照不有眞界豈淨等空之心華嚴教者即窮斯旨趣盡其源流故恢廓宏遠包納冲邃不可得而思議矣指其源也情塵有經智海無外妄惑非取重玄不空四句之火莫分萬法之門皆入寘二際而不一動千變而非多事理交涉而兩忘性相融通而無盡若秦鏡之互照猶

帝珠之相含重重交光歷歷齊現故得圓至
功於頃刻見佛境於塵毛諸佛心內衆生新
新作佛衆生心中諸佛念念證眞一字法門
海墨書而不盡一毫之善空界盡而無窮語
其定也冥一如於無心即萬法動而常寂海
湛眞智光含性空星羅法身影落心水圓音
非扣而長演果海離念而心傳萬行忘照而
齊修漸頓無礙而雙入雖四心被廣八難頓
超而一極唱高二乘絶聽當其器也百城詢
友一道棲神明正爲南方盡南矣益我爲友
人皆友焉遇三毒而三德圓入一塵而一心
淨千化不變其慮萬境順通於道契文殊之
妙智究是初心入普賢之玄門曾無別體失
其旨也徒修因於曠劫得其門也等諸佛於
一朝諦觀一塵法界在掌理深智遠識昧辭
單塵黷聖聰退座而已帝時默湛海印朗然
大覺顧謂羣臣曰朕之師言雅而簡辭典而
富扇眞風於第一義天能以聖法清涼朕心
仍以清涼賜爲國師之號朕思從來執身心
我人及諸法定相斯爲甚倒羣臣再拜稽首
頂奉明命由是中外台輔重臣咸以八戒禮
而師之凡歷九朝爲七帝門師是爲六祖九朝者唐玄宗肅宗代宗德宗順宗憲宗穆宗敬宗文宗也七帝者即代宗以下七帝也
上問華嚴法界
帝問國師澄觀曰華嚴所詮何謂法界奏曰
法界者一切衆生之身心本體也從本以來
靈明廓徹廣大虛寂唯一眞境而已無有形
貌而森羅大千無有邊際而含容萬有昭昭
於心目之間而相不可覩晃晃於色塵之內
而理不可分非徹法之慧目離念之明智不

能見自心如此之靈通也故世尊初成正覺歎曰奇哉我今普見一切衆生具有如來智慧德相但以妄想執著而不能證得於是稱法界性說華嚴經全以眞空簡情事理融攝周徧凝寂帝天縱聖明一聽玄談廓然自得於是勑有司備禮鑄印遷國師統冠天下緇徒號僧統清涼國師

御讚清涼國師碑銘

開成三年三月六日僧統清涼國師澄觀將示寂謂其徒海岸等曰吾聞偶運無功先聖悼歎復質無行古人恥之無昭穆動靜無綸緒往復勿穿鑿異端勿順非辯僞勿迷陷邪心勿固牢關諍大明不能破長夜之昏慈母不能保身後之子當取信於佛無取信於人眞理玄微非言說所顯要以深心體解朗然現前對境無心逢緣不動則不孤我矣言訖而逝師生歷九朝爲七帝門師春秋一百有一僧臘八十有八身長九尺四寸垂手過膝目光夜發晝視不瞬才供二筆聲韻如鐘文宗以祖聖崇仰特輟朝三日臣民縞素奉全身塔於終南山未幾有梵僧到闕表稱於葱嶺見二使者凌空而過以咒止而問之荅曰北印度文殊堂神也東取華嚴菩薩大牙歸國供養有旨啓塔果失一牙唯三十九存焉遂闍維舍利光明瑩潤舌如紅蓮色賜謚仍號清涼國師妙覺之塔相國裴休奉勑撰碑其銘曰寶月清涼寂照法界以沙門相藏世間解澄湛含虛氣清鐘鼎雪沃剡溪霞橫緱嶺眞室寥夐靈嶽崔嵬虛融天地峻拔風雷離微休命實際麗鴻奉若時政華彼幽蒙烱

乎禹質元聖孕靈德雲冉冉凝睟幻形谷響入耳性不可爲青蓮出水深不可闚才受尸羅奉持止作原始要終克諧適莫鳳藻瓊奇遺演祕密染翰風生供盈二筆欲造玄關咽金一象逮竟將流龍飛千賜疏新五頂光銜二京躍出法界功齊百城萬行芬披華開古錦啟廸羣甿與甘露飲僰讃金偈懷生保乂聖主師資聿興遐裔貝葉翻宣譯場獨步譚柄一揮幾回天顧王庭闡法傾河湧泉屬辭縱辯玄玄玄紫衲命衣清涼國號不有我師孰知吾道九州傳命然無盡燈一人拜錫統天下僧帝網冲融潛通萬户歷天不周同時顯晤卷舒自在來往無蹤大士知見允執厥中西域供牙梵倫遠至奏啟石驗嘉風益熾勑俾圖眞相即無相海印大龍蟠居方丈

哲人去矣資何所叅即事之理塔鎻終南

附宋洪覺範林間録云棗栢大士清涼國師皆弘大經造疏論宗於天下然二公制行皆不同棗栢則跣行不帶超放自如以事事無礙行心清涼則精嚴玉立畏五色糞以十願律身評者多喜棗栢坦宕笑清涼束縛意非華嚴宗所宜爾也予曰是大不然使棗栢𩟪髮作比丘未必不爲清涼之行葢此經以遇緣即宗合法非如餘經有局量也

大方廣佛華嚴經疏會本演義鈔序

將釋此序大文分三初明題目次弁撰人後解本文初中經疏鈔題具如下釋序者由也始也陳教起之因由作法興之漸始故名爲序又序因鈔起鈔因疏起疏因經起三重次第展轉相由疏主仰尊聖德而有述作故通序之冠於鈔首故名序也

清涼山大華嚴寺沙門　澄觀　述

次撰人者清涼山大華嚴寺等者即所依處也清涼者瑞霰凝空茂林森聳夏仍飛雪冬積堅氷曾無炎暑故曰清涼山者峙也地踴層巒衆峯齊峙岷峩拂漢峭嶺倚天故名山也大華嚴寺者一藍之局號亦名花薗寺寺前有薗地方數頃名花間發瑞草時敷有異常境故名花薗寺沙門者正擧能述人也梵語具云室囉末拏此云懃息經云息心達本源故號爲沙門然有勝義世俗示道汚道之異如十輪經次二字即疏主號也唐歷九宗聖世而爲七帝門師特賜清涼之號廣如碑傳述者疏主自謙言不作也意云我但撰述古人之義爲此鈔文非新製作也

至聖垂誥鏡一心之玄極大士弘闡燭微言之幽致

至聖下三本文中二初教起源流後鈔與本末初中二初通明諸教後别指當經又初中四一明如來説經二明菩薩造論三縱奪遣妨四出示經意今初明如來説經就二叚中具彰三寶至聖佛也垂誥法也大士僧也三寶最吉祥故我經初説至

者極也聖者正也爲如来能以正智證窮法界更無過者故名至聖又至揀因位聖揀凡夫集玄記云聖者生也視物之生知其終始智通乎大道應變而無窮故名至聖然諸教不同畧分爲五初小乘教以五分身爲法身丈六身爲報身隨類爲化身名至聖二大乘始教中有二宗一破相宗中以勝義諦中離一切相非蘊界處爲法身智隨物現爲報化身名至聖二立相宗中以清淨法界爲法身四智相應心品所現爲報化身爲至聖三終教依起信論以體大爲法身相大爲受用身用大爲他報化身爲至聖四頓教中不分三異絶待離言一實之性爲至聖五圓教即以法界無盡身雲真應相融一多無礙圓滿十身爲

至聖若具實爲論唯圓教佛方名至聖垂誥者即所說之教也垂者布也垂布典誥宣揚法化利益衆生故云垂誥又尚書有大誥康誥等篇告上曰告發下曰誥有云王言爲誥皆不定也今謂如来演說三乘十二部經利益有情故云垂誥鏡一心等者鏡者喻也鏡有照鑒之功喻能詮教法鏡中之像喻一心玄極即所詮之法也清涼云以聖教爲明鏡照見自心以自心爲智燈照經幽旨即斯意也今依五教畧明一心初小乘教中實有外境假立一心由心造業所感異故二大乘始教中以異熟賴耶爲一心遮無外境三終教以如来藏性具諸功德故說一心四頓教以泯絶無寄故說一心五圓教中摠該萬有事事無

礙故說一心良以如來隨機設教故有千差殊途同歸皆一致也玄極者深妙也又玄者幽也遠也極者盡也謂至理幽奧深遠難測故老子云杳冥之内衆妙存焉皆不思議之境也又海惠禪師云森羅萬象至空而極百川衆派至海而極一切聖賢至佛而極一切教法至圓而極故云玄極

大士下菩薩造論筆削記云發大心信大法解大教修大行證大果故名大士又大士者有德之稱也此通凡聖若論弘闡亦兼餘疏鈔主也是以西域東夏造論釋經或則地上菩薩或則當代英賢皆思拔群位智出衆情弘道利生故名大士弘闡者弘者大也闡者開也或分宗立教或顯正摧邪或高建法幢或廣揚聖化皆為弘闡也燭謂燈燭有照了之義故下經云譬如暗中寶無燈不可見佛法無人說雖慧莫能了然上云鏡者在明即見如對上根見經生解也言燭者在暗即見如諸下根覩疏鈔文方乃生解亦如起信之說四根法華之明三品皆其意也微言者微妙之法故名微言唯識云激河辯而贊微言等孝經序云夫子沒而微言絶皆以聖教為微言也幽致者幽者遠也致者趣也即上玄極之理幽遠深邃故云幽致

雖忘懷於詮旨之域而浩汗於文義之海

雖忘懷下次縱奪遣妨二初縱法本離言後奪不礙言說今初雖者縱其無言應有問云上言理趣玄極微言幽隱忘懷絶慮方可契會何用廣陳言教翻欲擾人耶故

縱云雖忘懷於詮旨之域忘懷者忘情絶慮謂之忘懷詮旨者所詮理也域者疆域謂能詮三藏有包含義故今皆超之故云爾也　而浩汗下奪其無言不碍言也謂諸佛菩薩有大智故上契無爲有大悲故下垂言教浩汗者大水之貌疏序云湛湛忘言而教海之波瀾浩汗謂此大經文廣理深故喻如海

蓋欲寄象繫之迹窮無盡之趣矣

蓋欲下四出示經意二初舉例設教後因言悟入今初舉例設教蓋者承前起後發語之端欲者將也寄者託也象繫者象謂爻象繫者繫辭即周易十翼之文謂一上彖下彖二上象三下象四上繫五下繫六文言七說卦八序卦九雜卦十鄭學之徒並同此說皆孔子所作讚明易道發揮至賾有類菩薩造論釋經之意跡者蹤跡如尋其兎先尋其跡得兎忘跡得象忘言謂假託言象之跡以契言絶之理下經云了法不在言善入無言際而能示言說如響遍世間即其意也　窮無盡下因言悟入窮者盡也易云窮理盡性以至於命無盡之趣者即上一心玄極之理謂假託言象以契無言非有無言可爲棲託下經云雖復不依言語道亦復不着無言說也故知文字性離雖終日言而無言豈可緘言而守默哉

斯經文理不可得而稱也

斯經下別顯當經以伸旨趣分二初標指後嘆勝初標謂此大經文言廣博非心可

測就言象中畧標三本上本經有十三千大千世界微塵數偈一四天下微塵數品中本經有四十九萬八千八百偈一千二百品下本經有十萬偈四十八品今所傳者是畧本經有四萬五千偈豈況此經一字法門海墨書而不盡也理者所詮義也横該三藏竪貫十宗六相十玄重重妙用無盡教體海印發揮菩薩猶迷聲聞不測豈非斯經文理不可得而思議矣　不可得而稱也者後歎勝也

晋譯幽秘賢首頗得其門

初晋譯下鈔與本末二初依經製疏後請集鈔文初文分三初晋譯先彰二唐翻後闡三疏成廣播初中二初旨趣玄微後賢首得旨且初旨趣玄微晋譯者東晋安帝義熈十四年覺賢三藏所譯六十卷經譯者傳也傳梵爲華故言翻譯幽者隱也秘者密也晋經文多隱奥取悟無由故云幽秘　賢首下後賢得旨纂靈記云僧法藏字賢首洞悟真宗深窮法界造探玄記解釋晋經雖有古徳多家疏文唯賢首一人多得其妙故云頗得其門

唐翻靈篇後哲未窺其奥

唐翻下唐翻後闡二初新經罔博後刋定迷宗今初也唐翻靈篇者正譯時即當則天該正改唐爲周至中宗立却復舊號爲大唐今云唐翻者據復號爲言靈篇者靈妙篇章又多靈感故云靈篇　後哲下刋定迷宗哲者智也即指淨法苑公造刋定記二十卷以辯唐經未窺者窺者視也未

窺者不見也刋定釋義多失經旨所以未見經中之玄奥也論語云叔孫武叔語大夫於朝曰子貢賢於仲尼子服景伯以告子貢子貢曰譬如宫墻賜之墻也及肩闚見室家之好夫子之墻數仞不得其門而入不見室家之美百官之富得其門者寡矣今借其文以喻華嚴之室深奥而刋定未達故云未窺玄奥故清涼嘆曰大哉新經而無得意之疏安可指南乃興述作之意也

不揆膚受輒闡玄微

不揆膚受下三疏成廣播二初陳謙述後疏遠流通今初陳謙述也揆者度也膚者皮也皮膚之受故云膚受論語云膚受之愬馬曰膚外語受非內實也東京賦云未學膚受貫耳而賤目也濟曰所受膚薄貴於耳而賤於目意云我不自度膚淺之學輒便解釋此經是自專也

偶溢九州遐飛四海

偶溢九州下疏遠流通偶者不期而會溢者盈滿之義九州者通典云雍荆青豫冀幽兗揚徐是爲九州遐飛者遐者遠也飛揚也四海者東夷西戎南蠻北狄謂之四海疏主謙云我所造疏自備遺忘教示童蒙非敢望於遠布忽然盈溢於九州遠揚於四海之内也觀其噬像之夢而飛龍之瑞實乃洞契佛心使之然也

講者盈百咸叩余曰大教趣深疏文致遠親承指訓髣髴近宗

講者下後請集鈔文四初學徒咨請二與

遠重宣三法師承領四述作體式且初中四初標衆二陳詞三按定四讌承且初標衆講者觧也論也觧釋文義論量邪正教示學徒名爲講者或則當代英賢或則聽習之者盈滿百人同時伸請　咸叩下二陳詞咸者皆也叩者擊也余者我也意云講者百人皆請我所用言擊勵勸造鈔也　大教下三按定大教揀非泛常之典乃如來不思議大威德法門故云大教趣者旨也深也既所釋之經洪深故能釋之疏幽遠　親承下四讌承即當時聽習之者口傳心授啟悟真宗髣髴者相似之義唯識疏云雖則髣髴糟粕未能曲盡幽玄意云我等非敢洞明幽趣親蒙指訓相似近宗也

垂範千古慮惑高悟希垂重剖得覩光輝

垂範下二巽遠重宣二初愍後後正請且初愍後垂者布也範者儀範十口所傳爲古今云千古者乃萬世之津梁矣慮者思慮惑者疑也慮恐傳之後世疑惑高遠之悟　希垂下二正請希望再作鈔文剖析疏義粲然明白故云得覩光輝

順斯雅懐再此條治名爲隨疏演義昔人云人在則易人亡則難今爲此釋巽遜方終古皆若面會

順斯下三法師承領三初明製鈔意次引古釋成後出意製鈔且初明製鈔意雅者正也懐者情懐順斯雅正之懐重啟利生之念再謂條貫義理令無盡法門宛如在目尚書云如網在綱有條而弗紊注云如

綱在綱有條而不亂也故名隨疏演義鈔
　昔人下引古釋成纂玄等述楊子書造
船之事而未見文不敢依憑今依楊子法
言問經之難易曰存亡或不敏者請益則
曰人在則易有所請益人亡則難無所請
益　今爲下出製鈔意令爲順請重釋此
疏兾望遠方流通於後世凡有覩斯鈔文
皆如與我面對即疏主普現色身三昧之
謂也
然繁則倦於章句簡則昧其源流顧此才難
有慙折衷意夫後學其辭不枝矣
　然繁則下四述作體式三初正顯次謙陳
後出理且初正顯爲離廣畧二過疏云文
華尚然翳理繁言豈不亂心故知所作則
不易也　顧此下次謙陳才難論語泰伯
篇孔子曰才難不其然乎唐虞之際於斯
爲盛有婦人焉九人而已注云國才難得
當唐虞盛世欲十人内有婦人只九人矣
所以折衷之才難得故疏主謙云我無折
衷之才輙述鈔文實爲慚愧　意夫下後
出理若離繁簡二失注述鈔文庶使學者
其詞無枝蔓矣釋鈔序竟

大方廣佛華嚴經疏序會本演義鈔卷第一

清涼山大華嚴寺沙門　澄觀　撰述

題目并撰人亦如前釋　隨疏演義鈔云將釋此疏大分爲四一總序名意二歸敬請加三開章釋文四諷讃迴向爲順經文有四分故若順序正流通則合前二爲序分開章爲正宗諷讃爲流通爲疏三分今初總序名意即是疏序亦云教迹麁分有四細科爲十言有四者初通序法界爲佛法大宗二剖裂下別叙此經以申旨趣是以菩薩搜秘下慶遇由致激物發心　四題稱大方廣下畧釋題目令知綱要亦爲順經四分故

往復無際動靜一源含衆妙而有餘超言思而逈出者其唯法界歟

往復下言細科爲十者爲順無盡故一標舉宗體二別歎能詮三教主難思四說儀周普五言該本末六旨趣玄微七成益頓超八結歎宏遠九感慶逢遇十畧釋名題今初往復無際至其唯法界歟文有五句言意多含畧爲四意一約三大釋二約本末釋三明法界類別四總彰立意今初約三大釋者意明法界具三大故初句明用次句明體次句明相次句融拂末句結屬今初用大即往復無際是也往者去也起也動也復者來也滅也靜也無際有二一約廣多無有際畔此就事用二約絕於邊際據即事同真何法往復畧有三義一雙約迷悟說二唯約就妄說三返本還源說今初謂迷法界而往六趣去也動也悟法

界而復一心来也静也皆法界用也迷則妄生悟則妄滅然真有二義一約隨緣迷則真隨於妄則真滅妄生悟則妄滅歸真則真生妄滅二約不變迷悟生滅来往紛然真界湛若虛空體無生滅此義在下體中言無際者迷来無始故無初際悟絶始終際即無際　二唯約就妄說復有二義一竪論去来過去無始未来無終無初後際　二約横說妄念攀緣浩無邊際上二皆約廣多無際　若約絶際妄無妄源竪無初際既無有始豈得有終故絶初後際　中論云大聖之所說本際不可得生死無有始亦復無有終若無有始終中當云何有是故於此中先後共亦無　横尋妄心不在内外故亦無際是以遠公云本端竟何從起滅有無際一毫涉動境成此隤山勢惑相更相承觸理自生滯因緣雖無主開途非一世即其義也　三約返本還源說對其初義初義是總第二約妄唯往非来今此唯復復本源故斯即静義故易復卦云復其見天地之心乎然往者必復故泰卦云無往不復天地際也　然此一義自有往復　故文殊師利所說不思議佛境界經中善勝天子問文殊云云何名修菩薩道文殊初說雙行之行次云復次天子有往有復名修菩薩道云何名為有往有復觀諸衆生心所樂欲名之為往隨其所應而為說法名之為復自入三昧名之為往令諸衆生得於三昧名之為復自行聖道名之為往而能教化一切凡

夫名之爲復自得無生忍名之爲往令諸衆生皆得此忍名之爲復自以方便出於生死名之爲往又令衆生而得出離名之爲復心樂寂靜名之爲往常在生死教化衆生名之爲復自勤觀察往復之行名之爲往爲諸衆生説如斯法名之爲復修空無相無願解脱名之爲往爲令衆生斷於三種覺觀心故而爲説法名之爲復堅發誓願名之爲往隨其誓願拯濟衆生名之爲復發菩提心願坐道場名之爲往具修菩薩所行之行名之爲復是名菩薩往復之道　釋曰上來十對皆上句自利爲往往涅槃故下句利他爲復復於生死化衆生故雖有往復總爲返本還源復本心矣此中無際亦有二義一菩薩行海廣無際也二一一稱真深無際也然上三義皆法界用矣二動靜一源者法界體也對上三義約迷悟者動即往也靜即復也動靜迷悟雖有二門所迷真性一源莫二莫二之源即是一體也二對唯妄者動即往復有去來故靜即體虚相待寂故不釋動以求靜必求靜於諸動必求靜於諸動故雖動而常靜則動靜名殊其源莫二莫二之源即一體也三對返本還源者自利靜也利他動也二利相導化而無化則不失一源爲法界體也若對上二種無際廣多無際動也際即無際靜也動靜無碍爲一源也際與無際當體寂也　三含衆妙而有餘者法界相大也謂杳冥之内衆妙存焉清淨法界杳杳冥冥以爲能含恒沙性德

微妙相大以爲所含相依乎性性無不包故稱爲含性體無外相德有名有名之數不能遍無外之體故云有餘則恢恢焉猶有餘地矣下阿僧祇品云於一微細毛孔中不可說剎次第入毛孔能受彼諸剎諸剎不能遍毛孔即斯義也以毛約稱性剎約不壞相故廣相不能遍小性也然此相大畧有二義一約不空恒沙性德即同教意二約事事無礙十玄之相本自具足即是别教之意也然衆妙兩字亦老子意彼道經云道可道非常道名可名非常名無名天地之始有名萬物之母常無欲以觀其妙常有欲以觀其徼此兩者同出而異名同謂之玄玄之又玄衆妙之門釋曰然彼意以虛無自然以爲玄妙復拂其迹故

云又玄此則無欲於無欲萬物由之生故云衆妙之門今借其言而不取其義意以一真法界爲玄妙體即體之相爲衆妙矣四超言思而迥出者融拂上三也融則三一互收拂則三一雙寂云何超耶謂理圓言偏言生理喪法無相想思則亂生並皆超之故云迥出故肇公云口欲辯而詞喪心將緣而慮息則迥出於言象之表矣何者欲言相用即同體寂欲謂之寂相用紛然即一而三相不同即三而一體無二三一無礙互奪雙亡存泯莫覊豈言象之能到故云迥出又借斯亡絶以遣言思非有無言可爲棲託故下經云雖復不依言語道亦復不着無言說況言相本寂亡絶亦亡斯則言與亡言相待亦寂故假迥出

之稱以拂言亡之迹矣　五其唯法界歟者結法所屬屬法界也謂具上諸德獨在於法界矣△第二約本末釋者此上五句初句從本起末即不動真際建立諸法　次句攝末歸本即不壞假名而說實相　第三句本末無礙則性相歷然　第四句本末雙寂則言思無寄　末句結屬通四義焉　第三明法界類別者畧有三意一者會三法界初句事法界　次句理法界　第三句無障礙法界　第四句融拂上三　第五句結屬屬上三法界也　二者會四法界往復無際事也　動靜一源具三義也動即是事靜即是理理事一源即事理無礙法界也含衆妙而有餘事事無礙法界也　超言思而逈出融拂四法界△其唯法界歟亦結屬四法界也　三者會五法界往復與皆有為也　靜無為也　一源有二若互奪雙亡為一源則非有為非無為法界若平融雙照為一源則亦有為亦無為法界含衆妙而有餘即無障礙法界　超言思而逈出總融五法界△其唯法界歟結屬五法界　第四總彰立意者所以最初叙法界者應有問言諸家章疏多先叙如來為物示生先小後大或無像現像無言示言今何最初便叙法界故今荅云以是此經之所宗故又是諸經之通體故又是諸法之通依故一切衆生迷悟本故一切諸佛所證窮故諸菩薩行自此生故初成頓說不同餘經有漸次故然最後一意正

荅初問而前諸意共成後意耳

剖裂玄微昭廓心境窮理盡性徹果該因汪洋冲融廣大悉備者其唯大方廣佛華嚴經焉

第二剖裂玄微下別歎能詮意明此經詮於法界故難思議文有七句於中分四初二句總明能詮言玄微者即指前法界多義為幽玄微妙之旨剖判分裂在乎此經謂於無障礙法界剖為心境二門故下句云昭廓心境云何剖裂謂一真法界本無内外不屬一多佛自證窮知物等有欲令物悟義分心境境為所證心為能證故下引裕公云心則諸佛證之以為法身境則諸佛證之以為淨土則二皆所證智為能證所證之境即大方廣能證之心即佛華嚴也文中廣說故云剖裂言昭廓心境者心境即上所開昭廓即是此經昭者明也照也廓者空也張小使大也云何明心境耶謂此經中昭明顯著若凡若聖若因若果能觀之心所觀之境無不畢備故如出現品云說佛境界即佛境也說如來心即佛心也諸位心境例此可知云何照心境耶謂此經中教人觀察若心若境如云欲知諸佛心當觀佛智慧佛智無依處如空無依處如空無所依此令觀佛心也又云若有欲知佛境界當淨其意如虛空此教觀佛境也菩薩凡夫所有心境觀照例知云何空廓心境耶如云法性本空寂無取亦無見性空即是佛不可得思量即空心境也無取即無境無見即無心又云若有

欲知佛境界當淨其意如虛空遠離妄想及諸取令心所向皆無礙亦空心境也又云若有欲得如來智應離一切妄分別有無通達皆平等疾作人天大導師亦空心境義也云何張小使大謂張心則無心外之境張境則無境外之心以隨舉其一攝法無遺即無涯故故下經云無有智外如為智所入亦無如外智能證於如上句張心下句張境也真心真境本自無涯即妄同真則張小使大也經云如來深境界其量等虛空佛境大也又云佛智廣大同虛空真心大也知妄本自真見佛則清淨心佛與衆生是三無差別皆張妄心即無際也因果萬法心境普收隨一一事皆可張廓△窮理盡性徹果該因者二有二句別顯深廣也理謂理趣道理廣也性謂法性心性深也若極其理趣則盡其體性今此經中意趣體性皆窮究也此借周易說卦之言彼云窮理盡性以至於命昔者聖人之作易也將以順性命之理注云命者生之極窮理則盡其能即以能字觧性性者能也各任性能若窮其理數盡其性能則順於天命故次云以順性命之理今語則用之取意則別言徹果該因者兼於深廣徹究五周之果該羅六位之因則廣也故廣說地位因果莫逾此經若云因該果海果徹因源二乎交徹則顯深也初發心時便成正覺因該果也雖得佛道不捨因門果徹因也上約廣義徹果屬果該因屬因即明能詮之教該徹彼因果也今約深釋

徹果屬因以因徹彼果故該因屬果以果徹彼因故即因果自相該徹唯屬所詮而能詮具明斯義然因該果海果徹因源是古人之言今欲具含深廣之義云徹果該因耳　汪洋冲融廣大悉備者三有二句結歎深廣也上句明深廣之相下句出深廣之由汪汪深皃也洋洋廣皃也冲亦深也亦云中也亦曰冲和故老子云道冲而用之或似不盈融者融通兼深廣也故肇公云汪茋洋茋何莫由之茋八師經中梵志闍旬云吾聞佛道厥義弘深汪洋無涯無不成就靡不度生等即深廣義也亦如冲和之氣生成萬物而不盈滿融通萬法令無障礙言廣大悉備者即出深廣之由以無不備故此言亦出周易繫辭彼云易之爲書也廣大悉備有天道焉有人道焉有地道焉兼三才而兩之故六六者非他也三才之道也今若取意就經亦可喻三世間天道智正覺也人道有情也地道器世間也此經廣說三世間故亦可天道深理也地道事相也人道諸佛菩薩修行者也此强配之本意但取包含而已謂此根本法輪之内何法不備未有一事一理而不極一因一果而不備五周因果則五十二位之昭彰九會玄文則難思教海而可覩說真妄則凡聖昭昭而交徹語法界則事理歷歷而相收佛知見一偈開示而無遺大涅槃一章必盡其體用六百卷般若不出於三天偈文一大藏契經並攝於七字之内是謂罄諸佛之智海竭性相之洪

源故云廣大悉備矣　其唯大方廣佛華嚴經焉者四結法所屬也上之勝事唯我華嚴

故我世尊十身初滿正覺始成乘願行以彌綸混虛空為體性富有萬德蕩無纖塵

第三故我世尊下教主難思文有六句義分爲四初二句標果滿二一句語因深三一句明體玄四二句彰德備初云故我世尊十身初滿者總標十身該下兩段正明難思以是十身無礙佛說非三身故而言故我者由上所詮能詮深廣玄妙爲諸教本故我世尊始成正覺頓說此經言十身者次下當列言初滿者成正覺時身方滿故故下經云爾時世尊處于此座於一切法成最正覺智入三世悉皆平等其身充滿一切世間其音普順十方國土等是初滿也正覺始成者别語菩提之身以是總故始覺同本無復始本之異名曰始成下當廣釋　乘願行以彌綸者二語因深此有二因一乘願目經云毗盧遮那佛願力周法界二乘行因主山神偈云往修勝行無有邊等乘昔願因彌綸果用即是願身言彌綸者周遍包羅之義亦出周易易繫辭云易與天地準故能彌綸天地之道釋曰既準天地而作易易中所說與天地理同故能彌綸天地之道以況如來本起行願意欲周遍利物令得如其願行故周遍法界是曰彌綸　混虛空爲體性者三有一句明體玄也亦有二義一約世尊身上自具十身即法身也以法性身爲法身故

故下經云性空即是佛不可得思量又云佛以法爲身清淨如虛空二者約外虛空以融三世間而爲佛身則外虛空是虛空身故云混虛空爲體性混融無礙故　富有萬德蕩無纖塵者四有二句彰德備也上句德無不備下句障無不寂萬者總相之大數也實具無盡之德故下經云刹塵心念可數知大海中水可飲盡虛空可量風可繫無能盡說佛功德無盡之德總名萬德塵沙無明無餘習氣故云蕩無纖塵總即二障二障有三一現行二種子三習氣習氣微細況之纖塵細中之細尚無況餘麤中之細等若總配三德萬德含於智恩下句即是斷德又混空爲體即法身德萬德即般若德無塵即解脫德萬德之句爲總上下諸句皆是別德上之上句並福德身十身巳具四矣餘六在後段中

大方廣佛華嚴經疏序會本演義鈔卷第一

音釋

峙直里切峻也　岷武巾切山名　峩五何切嵯山也　峭七笑切嶮也

大方廣佛華嚴經疏序會本演義鈔卷第二

清涼山大華嚴寺沙門　澄觀　撰述

湛智海之澄波虛含萬象皎性空之滿月頓落百川不起樹王羅七處於法界無違後際暢九會於初成盡宏廓之幽宗被難思之海會圓音落落該十剎而頓周主伴重重極十方而齊唱

第四湛智海之澄波虛含萬象下說儀周普文有七對即爲七義一明所依定二明能說身三說經處四說經時五所被衆六說經本七別叙說儀　今初說經所依三昧如說法華依無量義處三昧說般若經依等持王三昧說涅槃經依不動三昧故說諸經多依三昧　今說此經依何三昧即海印三昧海印是喻從喻受名賢首品疏當廣說之　今畧示其相謂香海澄渟湛然不動四天下中色身形像皆於其中而有印文如印印物　亦猶澄波萬頃晴天無雲列宿星月炳然齊現無來無去非有非無不一不異　如來智海識浪不生澄渟清淨至明至靜無心頓現一切衆生心念根欲心念根欲並在智中如海含像故下經云如海普現衆生身以此說名爲大海菩提普印諸心行是故正覺名無量　非唯智現物心亦依此智頓現萬形普應諸類　賢首品云或現童男童女形天龍及以阿修羅乃至摩睺羅伽等隨其所樂悉令見衆生形相各不同行業音聲亦無量如是一切皆能現海印三昧威神力△然此文中言含法喻智即是法海即

是喻識浪已停云湛智海無心頓現故曰
虛含能應所應皆爲萬像△皎性空之滿
月頓落百川者第二對明能應之身 此
之兩句唯性字是法餘皆是喻以性該之
皆含法喻 謂若秋空朗月皎淨無瑕萬
器百川不分而遍 性空即所依法性滿
月即實報智圓百川即喻物機影落便爲
變化故佛之智月全依性空惑盡德圓無
心頓應 故出現品云譬如淨月在虛空
能蔽衆星示盈缺一切水中皆現影諸有
觀瞻悉對前如來身月亦復然能蔽餘乘
示修短普現人天淨心水一切皆謂對其
前△智幢菩薩偈云譬如淨滿月普現一
切水影像雖無量本月未曾二如來無碍
智成就等正覺普現一切刹佛體亦無二

則水亦喻刹 若準離世間品亦喻菩薩
偈云譬如淨日月皎鏡在虛空影現於衆
水不爲水所雜菩薩淨法輪當知亦如是
現世間心水不爲世所雜則亦以月喻所
說法△上皆空月不同 若以相歸性則
空亦名佛 故一切慧菩薩云法性本空
寂無取亦無見性空即是佛不可得思量
則空色照水影落晴天天猶空也 不
起樹王羅七處於法界者第三明說經之
處意取七處故言樹王者即菩提樹謂畢
鉢羅樹此樹高聳特出衆樹故稱爲王言
不起者謂不起菩提樹而昇忉利天等故
下經云爾時世尊不離一切菩提樹下而
上昇須彌向帝釋殿法慧菩薩云佛子汝
應觀如來自在力一切閻浮提皆言佛在

中我等今見佛住於須彌頂十方悉亦然如來自在力三天皆有不起而昇之言故成四句一不起一切菩提樹而昇一天如前經文二不起一處而昇一切處三不起一處而昇一處四不起一切處而昇一切處二四兩句取其結例之文謂十方悉亦然取前一切閻浮提對一切忉利亦然則是第四句但取一閻浮對一切忉利是第二句其第三句易故文無義必合有是則不起法界菩提樹遍昇法界七處今言羅七處於法界者畧有二意一令遍法界中皆有七處二令一一處皆遍法界且初義者若約自狹之寬說遍應如下說處中十重之內遍於中八以初一是能遍七處第十是例餘佛故然下十重是約佛遍於處

今明處遍於處自有二義耳所依之處既遍法界能依之身居然遍也今直就遍法界言畧有五重一遍法界同類剎中亦有七處二遍法界異類剎中亦有七處三遍法界微塵剎中亦有七處四遍法界虛空容塵之處剎亦有七處五遍法界帝網剎中亦有七處二令一一處遍者如菩提場遍法界則普光中亦有菩提場忉利中亦有菩提場夜摩兜率等七處一一皆有菩提場如遍七處亦遍非七處之處如化樂四王色界十八等非說經處今菩提場亦皆遍滿如菩提場門遍法界其餘六處一一皆遍七處乃至法界此亦有五一遍一一同類剎二遍異類剎三遍法界塵四遍法界虛空容塵之處五遍法界帝網之剎

更細而論非但一一處遍隨一一塵皆遍法界五重之處是則一處中有一切處上二重釋遍皆遍五類五類之中前三約事法界次一通事理理空事空故後一事事無礙法界由事即理事理無礙故以理融事遍於重重皆是如來說經之處　無違後際暢九會於初成者四明說經時即始成正覺時然有兩說各是一師之義故以無違兩字會通謂菩提留支則以前五會是初成即說以經初云始成正覺故三天皆云不起前故第六會已下是第二七日後說以別行十地經初云婆伽婆成道未又第二七日故例此則第九一會在後時說以有身子祇園等故賢首則以初成頓說九會之文今疏會云賢首既旨歸云常

恒之說前後際而無涯則在後時無過故云無違後際後際即通第九會在後時說故不妨後際而宣暢九會在於初成上來分於三時約所表故初成頓說約圓融故又分三時者法就機故能頓說者約佛德能能頓演故以初後相即故無違後際不妨初成頓彰九會經云一念即無量劫無量劫即一念故晉經十住品云過去無量劫安置未來今未來無量劫迴置過去世非長亦非短解脫人所行多劫不乖剎那初成豈妨後際上之二段廣如教緣中辯　盡宏廓之幽宗被難思之海會者五明所被衆也然上句畧明經義以爲能被義在旨趣之中今爲成所被故畧舉耳宏者大也廓者空也幽者深也下句難思海

會即是所被言海會者以深廣故謂普賢等衆德深齊佛數廣刹塵故稱爲海深超情表是不可思數廣難量亦不可思即深而廣不可作深思即廣而深不可爲廣思真應權實類例多端又不可思該徹果海尤不可思故初會云有十佛刹微塵數菩薩所共圍遶畧列四十二衆皆以刹塵無量而爲其量况口光所召一一菩薩各領世界海微塵數菩薩以爲眷屬来至此會毛光重現周入刹塵依正作用該攝三際諸大菩薩尚不能思豈况凡情測其涯際故云難思海會　圓音落落該十刹而頓周者六明說經本也本即圓音也落落者踈遠之聲也十刹者謂樹形等異類之刹經列二十結有十佛刹塵舉十以彰無盡

故云十刹圓音之義下當廣說畧而言之一音之中具一切音名曰圓音一切音聲即是一音亦名一音一多無礙總曰圓音經云佛演一妙音周聞十方刹衆音悉具足法雨皆充遍一切言詞海一切隨類音一切佛刹中轉於淨法輪皆圓音義也十刹齊聞無有前後故名爲頓法界十刹無所不聞故名曰周△主伴重重極十方而齊唱者七別敘說儀也謂是通方之說舉一爲主十方爲伴諸佛菩薩皆有主伴遍手相望盡於十方隨一爲主十方爲伴隣次相押故曰重重　然相猶難明重復畧示言諸佛菩薩皆有主伴者畧有三句一果主果伴謂遮那爲主十方佛爲伴十方佛爲主遮那爲伴二因主因伴謂如法慧

菩薩爲主十方法慧爲伴十方菩薩爲主此方菩薩爲伴等三界主因伴謂如来爲主普賢等爲伴此一亦名輔翼亦得稱伴彼佛爲主此方菩薩爲伴如法慧說法十方佛證但名證法諸佛不名因主果伴設爾爲伴自望本佛而爲主也　言隣次相押故曰重重者畧有二義一此彼互望如遮那爲主十方諸佛爲伴此界之東阿閦如来爲主此遮那與十方諸佛爲伴次東第二佛爲主遮那與東第一佛及十方佛爲伴則隨一佛有法界諸佛重數如十人爲主伴遞互相望便爲十重主伴如佛佛既爾佛主菩薩伴亦然因主因伴亦然故此一義自有三義矣△二者如遮那一佛爲主十方菩薩爲伴主佛既遍伴亦隨遍

謂遮那處普光堂東方十佛刹塵數界外有金色世界文殊而来爲伴十方菩薩皆去十刹而来　若此主佛向東一界坐蓮花座金色文殊来亦不相近還去十佛刹塵數界外　如長空明月列宿圍遶萬器百川星月炳現月如主佛列宿如伴一一水中遠近皆現也　義當金色近東一界其西蓮花色世界財首菩薩亦移近東一界　如是餘八方皆移近東一界　如是主佛至東十佛刹塵數界外坐蓮花藏師子之座正當本金色界處由主佛至彼其金色界亦近東十佛刹塵數界外其西方蓮花色世界則正當娑婆之處如是主佛極於東方金色等伴刹亦極東方終不見文殊師利從西向東来近主佛亦不見

文殊從佛前過向西近佛如是主佛極於西方亦不見西方菩薩從東向西來近主佛亦不見西方菩薩從佛前過向東近佛十方亦爾　如人以十錢布地錢心爲主錢緣爲伴若第一錢當中則以第二錢押第一錢上近東一緣一緣之地則開元通寶等皆亦近東一緣之地如是錢錢重重相押皆漸近東如近東既爾更十錢近西亦然　說一十信則已重重周於十方如是第三會說十住時亦如說信重重遍於十方行向地等皆然則九會爲九重重如第一會重重遍法界第二會重重還在第一會重重之上則九會自爲九箇重重若四十八會爲四十八重重若無盡會有無盡重重此一佛爲主餘菩薩爲伴重重如是△十方佛爲主菩薩爲伴重重亦然

如是諸佛重重復互相遍故云主伴重重極十方而齊唱餘義至下教緣中辨然上七對有其六身所依海印三昧即是智身湛智海故二說法之身爲化身如水分千月故三說經處是意生身隨意遍於法界處故四說經時即力持身持令永久故五被海會即威勢身菩薩衆中威光赫奕故六圓音七主伴皆相好莊嚴身圓音即一相主伴即坐蓮花藏師子之座具相好故此段有六教主難思已有四身則十身具矣意云十身初滿即說此經故然疏本意正示說儀等異含具十身故有三兩身名不全昭著

雖空空絕迹而義天之星象燦然湛湛亡言

而教海之波瀾浩汗若乃千門潛注與衆典
爲洪源萬德交歸攝群經爲眷屬
第五雖空空絶迹下言該本末也文有兩
重本末一事理相望二諸教相望今初也
亦是遮於伏難恐有難言夫大象無形大
音無聲希微絶朕難思之境豈有形言者
哉則心絶動揺言亡戲論自入真趣何用
廣陳言相翻欲擾人故今釋云非言何以
知乎無言非相何能顯乎無相十忍品云
了法不在言善入無言際而能示言說如
響遍世間斯即以言顯無言也又云佛以
法爲身清淨如虛空所現衆色形令入此
法中斯即以相顯無相也又云色身非是
佛音聲亦復然亦不離色聲見佛神通力
具上三也法花亦云諸法寂滅相不可以
言宣以方便力故爲五比丘說斯則以言
顯無言也金剛經云若見諸相非相則見
如來亦以相顯無相也淨名云夫說法者
無說無示又云夫說法者當如法說又云
無離文字說解脫也又云雖知諸法不生
不滅而以相好莊嚴其身雖知諸佛國及
與衆生空而常修淨土教化於群生等皆
言與無言相與無相不相離也十住品云
欲以寂靜一妙音普應十方隨類演如是
皆令淨明了菩薩以此初發心一切衆生
語言法一言演說無不盡悉欲了知其自
性菩薩以此初發心世間言音靡不作悉
令其解證寂滅欲得如是妙舌根菩薩以
此初發心皆即言無言其文非一今疏文
中但畧明無碍之義文有二對初對無相

不碍相後對無言不碍言今初對也雖空空絶迹者法性本空空無諸相緣生之法無性故空復有何相借空遣有有去空亡故曰空空淨名云唯有空病空病亦空中論云諸佛説空法爲離於有見若復見有空諸佛所不化故知非有非無非有即空非無即空空也經云無中無有二無二亦復無三界一切空是則諸佛見此即空也次云凡夫無覺解佛令住正法諸法無所住悟此見自身則空亦無所住矣又上無中無有二空也無二亦復無空空也三界一切空成眞空也又迴向品云諸法無二無不二故等皆空空也言絶迹者空有斯絶心行處滅絶滅絶滅故迹不可尋謂若有有可有則有無可無今無有可有亦無

無可無以無遣有無即是迹以空空遣空空空亦迹以有遣故遣之又遣之以至於無遣若以無遣遣遣無遣亦迹有所得故如鳥履沙若無所得當句即絶故出現品云了知諸法性寂滅如鳥飛空無有迹故云空空絶迹以空空不碍於相故致雖言雖字生下義天之星象燦然也謂依於晴空不碍星象燦爛晴空即是義天依第一義天不碍法門星象又以不碍星象方知是空不碍法門爲眞第一義空矣上即以空爲本法門爲末言湛湛亡言而教海之波瀾浩汗者二約無言不碍言也則以無言爲本言即爲末湛湛者海澄之相意明動依於靜無言不碍於言下經云雖復不依言語道亦復不著無言説若碍於言則

身子被訶不礙於言則文殊攸讚況文字性離即言亡言故雖無言而教海之中波瀾浩汗大波曰瀾是以佛謡離言流八音於聽表法本非説演大藏於龍宫故知至趣非遠心行得之則甚深言象非近虚懷體之而目擊言絶之理而非絶繁與之籍而非與故即言亡言也融常心言無所遺矣若乃千門下第二諸教相對而論本末即以華嚴爲根本法輪文有二對上對爲開漸本謂千門異義潛注衆經如海潛流四天下地有穿鑿者無不得水則皆海水故海爲衆水之源花嚴爲諸教之本源矣下對爲攝末本則萬德交歸若百川歸海海能普收即爲其本故古人云九流於是乎交歸衆聖於是乎冥會彼約會歸涅槃此約會歸法界故論云無不從此法界流無不還歸此法界故法華云於一佛乘分別説三一乘即三乘之本一佛乘者即華嚴也會三歸一即攝末歸本故第五經云始見我身聞我所説即皆信受入如來慧即指華嚴爲根本也除先修習學小乘者即所流也我今亦令得聞是經入於佛慧即攝末歸本也是經即是法華法華攝於餘經歸華嚴矣是則法華指華嚴爲根本其義分明餘如下説

其爲旨也冥真體於萬化之域顯德相於重玄之門用繁興以恒如智周鑒而常静

第六其爲旨也旨趣玄微此句標舉而後冥真體下正顯於中二先明事理無礙後顯事事無礙雖此經中廣説於事及與於

理而皆無碍故以無障碍法界而爲旨趣總此一門即義分齊中意就初事理無碍中亦二先示三大後融真妄前中問初往復無際等已明三大今何重說荅畧有三義不同一前直就法界宗上約義以明三大今約能詮經中具說三大故不同也二前辨三大之相今明三大所在謂體大在何在萬化等三前明三大融拂爲成已宗此明三大互即爲遮異釋辨不相捨離爲無碍義如昔人云其爲體也則不生不滅無去無來以不滅爲無生以不生爲無滅等其爲相也則同異類之殊體則微細容持同異類之别軀則展轉重現微細之理難見况之以芥缾重現之理易疑喻之以帝網等其爲用也則不分而遍不去而臻一多大小而互爲延促靜亂而無碍等斯即别顯三大之相今但明其不離即是深玄名事理無碍初句明體體在萬化之中非事外也故云冥真體於萬化之域冥謂冥契亦是冥寂萬化乃事法之總名欲識真體所在秖在萬化之中故曉公起信疏序云原夫大乘之爲體也蕭焉空寂湛爾冲玄玄之又玄豈出萬象之表寂之又寂猶在百家之談非象表也五目不能覩其容在言裏也四辨莫能談其狀釋曰此明真體與一切法非一非異今疏但辯無碍無碍則與諸法非一非異矣肇公云道遠乎哉觸事而真亦體即萬化矣言顯德相於重玄之門者明相相不碍體也重玄即是理體明德相秖在體上若離體有相相

非玄微勝德之相名爲德相言重玄者亦即空空語借老子老子云玄之又玄衆妙之門彼以有名無名同謂之玄河上公云玄者天也天中復有天莊子云天即自然則自然亦自然也御注云玄深妙也猶恐執玄爲滯不至兼忘故寄又玄以遣玄耳明無欲於無欲依此而生萬物故云衆妙之門今以空空之中無德不備耳言用繁與以恒如者明用用不離於體相故繁多興起而常即如上體相用三不相捨離皆是所證所觀言智周鑒而常靜者即能證能觀△若當句明即止觀無礙周鑒觀也事理遍觀常靜止也惑相皆寂△亦權實無礙周鑒權也常靜實也△若對上三句即爲境智無礙由所觀境既體用無礙故能觀智亦寂照雙流△若别對三大則各具體用皆生止觀如體上冥真體體也止也萬化之域用也觀也顯德相觀也重玄門止也用繁興觀也以恒如止也△若作三觀釋者以智鑒體空觀也鑒用假觀也鑒相中觀也三諦齊觀故云周鑒　對此三觀常靜之止亦有其三一體真故靜即於空觀成體真止二隨緣無取故靜即於假觀有方便隨緣止三離二邊分别故靜即於中道觀有離二邊分别止　三止三觀融爲一心契同三諦無礙之理則心境融即而常歷然

真妄交徹即凡心而見佛心事理雙修依本智而求佛智

真妄交徹下融真妄也文有二對初對正

明雙融後對不碍兩存△今初真謂理也佛也妄謂惑也生也亦生死涅槃　言交徹者謂真該妄末妄徹真源故云交徹如波與濕此二交徹謂無有不濕之波無有不波之濕　若依交徹亦合言即聖心而見凡心如濕中見波故如來不斷性惡又佛心中有衆生等若依此義合云真妄交徹凡聖平收　今云爾者若約理融實即真妄平有今約有不壞相但明凡即同聖以即真故而聖不同凡無煩惱故如波即濕而濕未必即波有靜水故故靜水說波有動之性無動之事波中說濕動濕俱有又凡即見佛於凡有益佛即是凡令人妄觧是故但云即凡心而見佛心耳　然其真妄所以交徹者不離一心故妄攬真成無別妄故真隨妄顯無別真故真妄名異無二體故真外有妄理不遍故妄外有真事無依故　然或說妄空真有或說妄有真空俱空俱有雙非兩是雖有多端並皆交徹　此義云何　且說真妄自有一義　一約三性圓成是真遍計爲妄依他起性通真通妄淨分同真染分爲妄　二者約二諦說真諦爲真俗諦爲妄二諦多門下當廣說今且約事理二門理爲真諦爲真事爲俗諦爲妄設淨分之事妄未盡故　如唯識論約遍計爲妄則妄空真有若染分爲妄則真妄俱有　若涅槃說空者所謂生死不空者所謂大涅槃則依他染分爲空淨分圓成皆有　若依三論以世諦故有真諦故空若以妄爲俗諦以真

爲真諦則妄有真空△若隨俗說二諦則真妄俱空　若約真妄通二諦則真妄俱通空有　若約觸物皆中則真妄俱非空有△言並皆交徹者約宗以明唯識等宗不得交徹　今就花嚴則前諸義皆得交徹以具前即一心等義故　如約遍計爲妄者情有即是理無妄徹真也理無即是情有真徹妄也若滐分依他爲妄者緣生無性妄徹真也無性緣生真徹妄也　若約生死涅槃說生死即涅槃妄徹真也涅槃即生死真徹妄也△故中論云生死之實際即是涅槃際涅槃之實際即是生死際如是二際者無毫釐差別即交徹也△此經云有諍說生死無諍說涅槃生死及涅槃二俱不可得亦俱空俱有交徹義也

△若依三論以妄爲俗諦以真爲真諦言交徹者即俗而真即真而俗故△故影公云然統其要歸則會通二諦以真諦故無有俗諦故無無真故無有則雖無而有俗故無無則雖有而無雖有而無則不累於有雖無而有則不滯於無乃至云寂此諸邊故名曰中即真妄交徹義也真故無有則雖無而有則真徹妄也俗故無無則雖有而無則妄徹真也△餘可思準若約隨俗說真妄者真妄本虛居然交徹△真妄皆真則本末一味居然交徹若觸物皆中居然交徹△問真妄二法其猶水火何得交徹荅此有多義一真妄二法同一心故以一貫之故得交徹故起信論云依一心法有二種門一心真如門二心生滅門然

此二門皆各總攝一切法以此二門不相離故云不離一心故得交徹二云妄攬真成無別妄故者亦起信論勝鬘等意真如隨緣成一切法故真徹妄也言真隨妄顯無別真故者妄徹真也若無有妄對何說真如無緣生則無無性故三真妄名異體無二故者如向所引有諍說生死無諍說涅槃等俱不可得則體無二也故彼次下文云若逐假名字取著此二法顛倒非實義不能見正覺明以無二爲實也豈非交徹四云真外有妄理不遍故下反成二義此句真徹妄下云五妄外有真事無依故者即妄徹真此亦法性宗一切法皆如豈妄外有真真如遍一切豈真外有妄△是知真妄常徹亦不壞真妄之相則該妄之真真非真而湛寂徹真之妄妄非妄而雲興△事理雙修等者即第二對不礙兩存也上來交徹即不礙之義恐人誤執謂泯二相故舉此言亦由惑者執禪則依本智性無作無修鏡本自明不拂不瑩執法則須起事行當求如來依他勝緣以成已德並爲偏執故此辨雙行依本智者約理而說無漏智性本具足故而求佛智者約事無所求中吾故求之心鏡本淨久翳塵勞恒沙性德並埋塵沙煩惱是故須以隨順法性無慳貪等修檀等故諸佛已證我未證故又理不礙事不妨求故事不礙理求即無求故若此之修無修之修修即無修爲真修矣

理隨事變則一多緣起之無邊事得理融則

千差涉入而無礙

理隨事變下第二明事事無礙法界爲經旨趣義分齊中當廣分別今但畧明亦分爲二初一對明無礙所由所以事事不同而得無礙者以理融事故於中初句明依理成事故一與多互爲縁起此猶是事理無礙躡前起後故舉之耳由事理無礙方得事事無礙若事不即理事非理成則互相礙今由即理故得下句以理融事故云事得理融則千差涉入而無礙此正辨事事無礙所由上事攬理成則無事非理故以理融事理既融通事亦隨爾故得千差涉入而無礙由即事故而有千差爲理融故重重涉入即十所以中理性融通門也餘至下明

大方廣佛華嚴經疏序會本演義鈔卷第二

大方廣佛華嚴經疏序會本演義鈔卷第三

清涼山大華嚴寺沙門　澄觀　撰述

故得十身歷然而相作六位不亂而更收廣大即入於無間塵毛包納而無外炳然齊現猶彼芥餅具足同時方之海滴一多無礙等虛室之千光隱顯俱成似秋空之片月重重交映若帝網之垂珠念念圓融類夕夢之經世法門重疊若雲起長空萬行芬披比花開錦上

故得十身等者正顯無礙之相具十玄門以隨文語便故小不次如下次第者一同時具足相應門二廣狹自在無礙門三一多相容不同門四諸法相即自在門五秘密隱顯俱成門六微細相容安立門七因陀羅網境界門八託事顯法生解門九十世隔法異成門十主伴圓明具德門今文之次在文可知唯主伴一門說儀已具故不重出諸藏純雜今古名異今文重出故亦有十門今初即諸法相即自在門文有兩句上句總明三世間相即故云故得十身歷然而相作言故得者由前事得理融之故便得具下十種玄門故得二字文雖在初義貫下十言十身者即第八地云此菩薩遠離一切身相分別住於平等此菩薩知衆生身國土身業報身聲聞身獨覺身菩薩身如來身智身法身虛空身言相作者次經云此菩薩知諸衆生心之所樂能以衆生身作自身亦作國土身業報身乃至虛空身又知衆生心之所樂能以國土身作自身亦作衆生身業報身乃至虛

空身又知衆生心之所樂能以業報身作自身亦作衆生身國土身乃至虛空身又知衆生心之所樂能以自身作衆生身國土身乃至虛空身隨諸衆生所樂不同則於此身現如是形釋曰上之四番別顯末後結例即十身相作也言歷然者不壞相故壞相而作非不思議其猶芥納須彌本相如故七十七經云是以一刹入一切刹而不壞其相者之所住處又云是以一佛入一切佛而不壞其相者之所住處等五十六經云所謂以衆生身作刹身而亦不壞衆生身是菩薩遊戲以刹身作衆身而亦不壞於刹身是菩薩遊戲如是佛身與二乘身相作菩薩身與成正覺身相作於涅槃示生死等皆不壞其相故云歷然而

相作六位不亂而更收者六位即三賢十聖等妙二覺則因果因因皆悉相攝如初發心便成正覺不壞初心之相若無初心何名初心成正覺故十信攝於諸位諸位十信歷然十住攝於諸位諸位十住不亂不亂即行布更收即圓融如下說因中辨此句亦是相入門以下有相入故此一句但爲相即如乳投水廢已同他故名相即

廣大即入等者第二廣狹自在無礙門上句大能入於小下句小能容大雖有即入意取廣狹無間謂小小之則無內故無有中間無外謂大大之則無外無外廣大之身刹即入無內之塵毛故名廣狹無礙若即若入皆得廣狹無礙晉經十住品云金剛圍山數無量悉能安置一毛端欲知

至大有小相菩薩以是初發心至大有小相即是廣狹無礙也又云能以小世界作大世界以大世界作小世界等　炳然齊現等者第三微細相容安立門一能含多即曰相容一多不離故云安立炳者明也微細有三一所含微細如瑠璃缾盛多芥子炳然齊現不相妨礙非前非後此即如來不思議境界經說然有兩本一本云白芥子一本則但云芥子今依此本謂一法稱性含性皆盡故一切法隨所依理現在一中亦緣起實德無礙自在致使相容非天人所作乃實德安立如八相中一一相內即具八相名爲微細二約能含微細三約難知微細　具足同時等者第四同時具足相應門如大海一滴即具百川之味

十種之德故隨一法攝無盡法及下九門以此門總故同時明無先後具足明無所遺言十德者十地經云一次第漸深二不宿死屍三餘水入中皆失本名四普同一味五無量珍寶六深難得底七廣大無量八大身所居九潮不過限十普受大雨又經云如人入大海浴則爲已用諸河之水稱此而修一行之內德不可盡　一多無礙等者第五一多相容不同門由一與多互爲緣起力用交徹故得互相涉入是曰相容不壞其相故云不同如一室內千燈並照燈隨盞異一一不同燈隨光通光光涉入常别常入經云一中解無量無量中解一了彼互生起當成無所畏此之燈喻亦可喻於相即直就光看不見别相唯一

光故　隱顯俱成等者第六祕密隱顯俱成門如八九日夜月半顯半隱正顯即隱不同晦日隱時無顯不同望日顯時無隱以一攝多則一顯多隱以多攝一則多顯一隱一毛攝法界則餘毛法界皆隱餘一一毛互相攝入隱顯亦然然其半月非但明與晦俱而明下有晦晦下有明如東方入正定爲一半明西方從定起爲一半晦而東入處即於東起如明下有暗西方起處即於西方入如暗下有明故稱秘密俱成　重重交暎等者第七因陀羅網境界門如天帝殿珠網覆上一明珠內萬像俱現諸珠盡然又互相現影影復現影重重無盡故千光萬色雖重重交暎而歷歷區分亦如兩鏡互照重重涉入傳耀相寫遞

出無窮　念念圓融等者第八十世隔法異成門即離世間品菩薩有十種說三世謂過去說過去過去說現在過去說未來現在說過去現在說平等現在說未來未來說過去未來說現在未來說無盡三世說一念前九爲別一念爲總故云十世以三世相因互相攝故一念具十舉十以顯無盡故一念即無量劫無量劫即一念普賢行品云無量無數劫解之即一念知念亦無念如是見世間如一夕之夢經於數世攝論云處夢謂經年覺乃須臾頃故時雖無量攝在一刹那離世間品云如人睡夢中造作種種事雖經億千歲一夜未終盡故莊生一夢身爲蝴蝶注云世有假寐而夢經百年者然事類廣矣　法門重疊

等者第九託事顯法生解門言重疊者意顯多不相礙故隨一事名多法門以隨一事即是無盡法界法界無盡故法亦無盡如下經云此花蓋等從無生法忍之所生起等意明一切因生一果一果即具一切故非是託此別有所表也　萬行芬披等者第十諸藏純雜具德門此門至相十玄中有此名也然有二意故賢首改爲廣狹自在無礙門一者若以契理爲純萬行爲雜則是事理無礙非事事無礙設如菩薩大悲爲純盡未來際唯見行悲餘行如虛空若約雜門即萬行俱修者此二門異亦不成事事無礙二者如一施門一切萬法皆悉名施所以名純而此施門即具諸度行故名爲雜如是純之與雜不相障礙故名具德者則事事無礙義成而復一中具諸度諸度存即相入門若一即諸度復似相即門故不存之改爲廣狹今以至相但約行爲小異此段畧無主伴故復出之以成十義耳言比花開錦上者意取五綵相宣花色雖異一一之線皆悉通過通喻於純異喻於雜故常通常異名爲無礙不同繡畫但異不通上之十玄畧陳大格廣如下義分齊中

若夫高不可仰則積行菩薩曝鰓鱗於龍門深不可窺則上德聲聞杜視聽於嘉會

若夫下第七成益頓超文有十義初有二義總顯高深明權小莫測後八正明成益遍益頓圓又前二高深反顯成益明權小莫測由昔無因反勸衆生令信仰故後八

順顯成益謂能頓能圓令必受故今初即第一明高遠若泰華倚天岷峩拂漢難仰其頂故論語云仰之彌高鑽之彌堅積行菩薩者出現品云設有菩薩於無量百千億那由他劫行六波羅蜜修集種種菩提分法若未聞此如來不思議大威德法門或時聞已不信不解不順不入不得名爲眞實菩薩以不能生如來家故若得聞此如來無量不可思議無障無礙智慧法門聞已信解隨順悟入當知此人生如來家等如魚登龍門若得登者即化爲龍如入華嚴之機也若登不過者曝鰓於龍門之下如彼假名菩薩即權教次第修者　深不可窺下第二彰深妙也即法界品初舍利弗等五百聲聞彼歎德云悉覺眞諦皆證實際深如法性永出有海依佛功德離結使縛住無礙處其心寂靜猶如虛空於諸佛所永斷疑惑於佛智海深信趣入釋曰即上德也在逝多林如來嘉會而不見聞名杜視聽杜塞也在目曰視在耳曰聽雖在會下如聾如盲故云杜塞故經云於時上首諸大聲聞舍利弗大目揵連摩訶迦葉離波多須菩提阿㝹樓馱難陀劫賓那迦旃延富樓那等諸大聲聞在逝多林皆悉不見如來神力如來嚴好如來境界如來遊戲如來神變如來尊勝如來妙行如來威德如來住持如來淨刹亦復不見不可思議菩薩境界菩薩大會菩薩普入菩薩普至菩薩普詣菩薩神變菩薩遊戲菩薩眷屬菩薩方所菩薩莊嚴師子座菩

薩宮殿菩薩住處菩薩所入三昧自在菩薩觀察菩薩頻申菩薩勇猛菩薩供養菩薩受記菩薩成熟菩薩勇健菩薩法身清淨菩薩智身圓滿菩薩願身示現菩薩色身成就菩薩諸相具足清淨菩薩常光衆色莊嚴菩薩放大光網菩薩起變化雲菩薩身遍十方菩薩諸行圓滿如是等事悉皆不見何以故以善根不同故本不修集見佛自在善根故本不讃說十方世界一切佛刹清淨功德故本不稱歎諸佛世尊種種神變故本不於生死流轉之中發阿耨多羅三藐三菩提心故本不令他住菩提心故本不能令如來種性不斷絕故等上來先列人即是上德聲聞次明不見等即杜視聽也何以故下釋不見因劣者不見猶未爲深上德不知方知玄妙

見聞爲種八難超十地之階解行在躬一生圓曠劫之果師子奮迅衆海頓證於林中象王迴旋六千道成於言下啓明東廟智滿不異於初心寄位南求因圓不踰於毛孔剖微塵之經卷則念念果成盡衆生之願門則塵塵行滿

見聞爲種下文有八段正顯成益圓遍之相此第一段明見聞益亦名爲種益即隨好品地獄天子三重頓圓及初地云雖住海水劫火中堪受此法必得聞其有生疑不信者永不得聞如是義不信不聞反顯信則成益海水是龍畜生趣攝劫火是天火災及初禪生在二禪光音等天長壽天難於此得聞兼上地獄天子已有三難佛

會神鬼得聞三途足矣火災之時兼佛前佛後人天異道已兼辯聰亦不揀北洲聾者目視盲者耳聞故八難具矣皆容見聞爲種之義超十地之階正在地獄天子舉重攝輕阿鼻地獄尚得頓圓忝在人流豈不留聽故隨好光明功德品佛告寶手菩薩言佛子菩薩足下千輻輪名光明普照王此有隨好名圓滿王常放四十種光明中有一光名清淨功德能照億那由他佛刹微塵数世界隨諸衆生種種業行種種欲樂皆令成熟阿鼻地獄極苦衆生遇斯光者皆悉命終生兜率天既生天已天鼓廣爲說法乃至云　爾時諸天子聞說普賢廣大迴向得十地故獲諸力莊嚴三昧故以衆生數等清淨三業悔除一切諸重障故即見百千億那由他佛刹微塵數七寶蓮花一一花上皆有菩薩結跏趺坐放大光明乃至以花散於佛上釋曰此即第一重得十地　又云其諸香雲普雨無量佛刹微塵數世界若有衆生身蒙香者其身安樂乃至八萬四千煩惱了知如是悉是虛妄如是知已成就香幢雲自在光明清淨善根次云若有衆生見其蓋者種清淨金網轉輪王一恒河沙善根釋曰此即第二重得十地　後文復云是菩薩摩訶薩住清淨金網轉輪王位放摩尼髻清淨光明若有衆生遇斯光者皆得菩薩第十地位成就無量智慧光明得十種清淨眼乃至十種清淨意具足無量甚深三昧釋曰此即第三重得十地也　解行在躬等

者第二解行益七十八經慈氏讚善財云餘諸菩薩經於無量百千萬億那由他劫乃能滿足菩薩願行乃能親近諸佛菩提此長者子於一生内則能淨佛刹則能化衆生則能以智慧深入法界則能成就諸波羅密則能增廣一切諸行則能圓滿一切大願則能超出一切魔業則能承事一切善友則能清淨諸菩薩道則能具足普賢諸行及威光太子亦是一生圓多劫之果上二皆明證速又此經宗明三生圓滿一見聞生二解行生即上二句三證入生即下二句　師子奮迅等者第三頻證益也謂第六十經初爾時世尊知諸菩薩心之所念大悲爲身大悲爲門大悲爲首以大悲法而爲方便充遍虛空入師子頻申

三昧舊經云奮迅奮迅之義就師子說其義便故至第六十一中普賢開發後如來眉間放光照故時逝多林菩薩大衆悉見一切盡法界虛空界一切佛刹一一微塵中各有一切佛刹微塵數諸佛國土種種名種種色種種清淨種種住處種種形相如是一切諸國土中皆有大菩薩坐於道場師子座上成等正覺菩薩大衆前後圍遶諸世間主而爲供養等乃至云是故皆得入於如來不可思議甚深三昧盡法界虛空界大神通力或入法身或入色身或入往昔所成就行或入圓滿諸波羅密或入莊嚴清淨行輪或入菩薩諸地或入成正覺力或入佛所住三昧無差別大神變或入如來力無畏智或入佛無礙辯才海

即頓證林中也廣說以十能入入此所入象王迴旋等者第四超權益即六十一經末會之初六千比丘會身子令六千比丘觀文殊十德六千請往奉覲文殊身子令見爾時文殊師利童子無量自在菩薩圍遶幷其大衆如象王迴觀諸比丘故云象王迴旋言六千道成於言下者比丘與願文殊令發十種無疲厭心時諸比丘聞此法已則得三昧名無礙眼見一切佛境界得此三昧故悉見十方無量無邊一切世界諸佛如來及其所有道場衆會亦悉見彼十方世界一切諸趣所有衆生亦悉見彼一切世界種種差別亦悉見彼一切世界所有微塵亦悉見彼諸世界中一切衆生所住宮殿以種種寶而爲莊嚴及亦聞彼諸佛如來種種言音演說諸法文詞訓釋悉皆解了亦能觀察彼世界中一切衆生諸根心欲亦能憶念彼世界中一切衆生前後十生亦能憶念彼世界中過去未來各十劫事亦能憶念彼諸如來十本生事十成正覺十轉法輪十種神通十種說法十種教誡十種辯才又即成就十千菩提心十千三昧十千波羅蜜悉皆清淨得大智慧圓滿光明得菩薩十神通柔軟微妙住菩薩心堅固不動爾時文殊師利菩薩勸諸比丘住普賢行住普賢行已入大願海入大願海已成就大願海已成就大願海故心清淨心清淨故身清淨身清淨故身輕利身輕利故得大神通無有退轉得此神通故不離文殊師利足下普於

十方一切佛所悉現其身具足成就一切佛法釋曰此即道成也一三昧中有十通用皆圓益也　啓明東廟等者第五成智益啓明東廟者即第六十二經云爾時文殊師利菩薩勸諸比丘發阿耨多羅三藐三菩提心已漸次南行至福城東住莊嚴幢娑羅林中往昔諸佛教化衆生大塔廟處釋曰此即東廟時福城人聞文殊師利童子在莊嚴幢娑羅林中大塔廟處無量大衆從其城出來詣其所下别列中有五百優婆塞優婆夷五百童男五百童女善財是一下文殊師利别觀善財觀察已安慰開喻而爲演說一切佛法乃至說此法已慇懃勸喻增長勢力令其歡喜發阿耨多羅三藐三菩提心又令憶念過去善根

作是事已即於其處復爲衆生隨宜說法然後而去爾時善財童子從文殊師利所聞佛如是種種功德一心勤求阿耨多羅三藐三菩提隨文殊師利而說偈言等即啓智明也言智滿不異於初心者即第八十經初智照無二相經云是時文殊師利遥申右手過一百一十由旬按善財頂作如是言善哉善哉善男子若離信根心劣憂悔功行不具退失精勤於一善根心生住著於少功德便以爲足不能善巧發起行願不爲善知識之所攝護不爲如來之所憶念不能了知如是法性如是理趣如是法門如是所行如是所住如是境界若周遍知若種種知若盡源底若解了若趣入若解說若分别若證知若獲得皆悉不

能釋曰了知法性下即是智滿若離信心則不能得反顯由信心故得不離初心則信智無二若約不動智爲初即前後二智無二也　寄位南求等者第六成位益謂善財初見文殊寄十信位德雲至瞿波寄三賢十聖位摩耶已下兼寄等覺至見普賢便得因圓不踰毛孔文云時善財童子又見自身在普賢身内十方一切諸世界中教化衆生又云是善財童子從初發心乃至得見普賢菩薩於其中間所入一切諸佛刹海今於普賢一毛孔中一念所入諸佛刹海過前不可説不可説佛刹微塵數倍如一毛孔一切毛孔悉亦如是又云善財童子於普賢菩薩毛孔刹中或於一刹經於一劫如是而行乃至或有經不可説不可説佛刹微塵數劫如是而行亦不於此刹没於彼刹現念念周遍無邊刹海教化衆生令向阿耨多羅三藐三菩提當是之時善財童子則次第得普賢菩薩諸行願海與普賢等與諸佛等一身充滿一切世界刹等行等正覺等神通等法輪等辯才等言詞等音聲等力無畏等佛所住等大慈悲等不可思議解脱自在悉皆同等釋曰此即毛孔中因圓也　剖微塵之經卷等者第七顯因成果益即出現品大經潛塵喻經云如有大經卷量等三千界在於一塵内一切塵悉然有一聰慧人淨眼悉明見破塵出經卷普饒益衆生佛智亦如是遍在衆生心妄想之所纏不覺亦不知諸佛大慈悲令其除妄想如是乃出

現饒益諸菩薩又經云菩薩應知自心念念常有佛成正覺何以故諸佛如來不離此心成正覺故故念念相應則念念成矣盡衆生之願門等者第八成就行願益謂菩薩發心化盡生界生界若盡大願方終生界無窮大願無盡故十地品云若衆生界盡我願乃盡而衆生界不可盡故我此大願善根無有窮盡令生界雖無有盡而等有經卷故普開之要令盡無盡之衆生爲大願矣言塵塵行滿者菩薩大悲不可盡故心量難思爲一衆生於一塵中經無量劫修行萬行而心不疲倦塵塵皆爾生生盡然方顯願行無窮盡也故文殊讚善財云汝遍一切刹微塵等諸劫修行普賢行成就菩提道

眞可謂常恒之妙說通方之洪規稱性之極談一乘之要軌也

第八眞可謂下結歎宏遠於中二先當相顯勝後對他顯勝今初四句初句明常常恒之說前後際而無涯故二通方之洪規者明遍無有一國不說此法故明是通方不同隨宜之教有說不說三稱性之極談者顯深一一稱理故一文一句即不可盡故普賢語善財云我法海中無有一文無有一句非是捨施無量轉輪王位而求得者等四一乘之要軌者明要謂於一乘中是別教一乘不共之旨圓因之門成佛之妙故

尋斯玄旨却覽餘經其猶杲日麗天奪衆景之耀須彌橫海落羣峯之高

尋斯玄旨下二對他顯勝先法後喻　文
有二喻初其猶杲日麗天奪衆景之曜者
智明暎奪喻初昇之日謂之杲日麗者著
明也此經猶如杲日杲日既昇衆景奪曜
景明也謂星月等光即大明流空繁星奪
曜斯經大闡衆典無輝　後須彌横海落
羣峯之高者即高勝難齊喻須彌即是此
經羣峯即是餘教設有七金鐵圍方餘高
廣比妙高之出海並落其高以俯望羣峯
如培塿故培塿上薄回切又音部下力狗
切培塿小阜也
是以菩薩搜祕於龍宮大賢闡揚於東夏顧
惟正法之代尚匿清輝幸哉像季之時偶斯
玄化況逢聖主得在靈山竭思幽宗豈無慶
躍

第九是以菩薩下感慶逢遇於中二一弘
闡源由二正明感遇今初謂龍樹菩薩五
百年外方入龍宮搜求得斯與典事如別
傳及纂靈記言大賢闡揚於東夏者正取
覺賢兼餘大德謂智嚴法業日照實義等
闡揚斯典言於東夏者謂葱嶺之東地方
數千里謂之神州大夏而上云是以者由
上深妙故搜之闡之故龍樹入於龍宮廣
見無數偈誦此經者以玄妙故故智論詺
爲大不思議經而諸大德皆見此經一文
一句竭海墨而莫盡一偈一光破地獄之
劇苦故盡命弘傳耳△顧惟正法之代等
者二正明感遇於中亦二先對昔自慶後
對今自慶今即初也謂五百年前即當正
法斯經清輝隱匿龍宮之内時人不聞何

幸像法垂末之年遇斯玄微之化生居像末應合悲傷反顧前不聞經未慙正法之代故自慶也此依不滅正法一千年故今爲像末以今去大師涅槃一千八百六十年故又案大集月藏分第一五百年解脫牢固第二五百年禪定牢固第三五百年多聞牢固第四五百年塔寺牢固第五五百年鬭諍牢固今居塔寺之末將隣鬭諍之時翻聞難思之經碎身莫酬其慶△況逢聖主下第二對今自慶此慶有三一慶時二慶處三慶修初即況逢聖主謂明時難遇今值聖明天子敷陳五教高闡一乘列剎相望鐘梵交響使得閑居學肆探賾玄門斯一幸也二得在靈山者慶處也清涼靈山三千之最文殊大聖諸佛祖師金色雖在東方住處即爲金色大聖雖周法界攝機長在此山應感普周若百川影落清涼長在猶素月澄空萬聖幽賛於五峯百祇傳慶於千古況大孚靈鷲標乎聖寺之名一介微僧得在居人之數此之慶幸爰媿多生斯再幸也三竭思幽宗者慶所修也大方廣佛華嚴經即毗盧遮那之淵府普賢菩薩之心胷一切諸佛之所證一切菩薩之所持包性相之無遺圓理智而特出不入餘人之手何幸捧而持之積行菩薩猶迷何幸探乎幽邃亡軀得其死所竭思有其所歸幸之三也豈無慶躍結上三也其猶溺巨海而遇芳舟墜長空而乘靈鶴慶躍之至手舞何階故感之慶之唯聖賢之知我也

題稱大方廣佛華嚴經者即無盡修多羅之總名世主妙嚴品第一者即衆篇義類之别目

第十題稱大方廣佛華嚴經者下畧釋名題者以下第九門廣釋故此云畧於中三先雙標經品二雙釋二目三雙結今初上標經目謂從畧至廣展演無窮難思教海不離七字故云無盡修多羅之總名後世主妙嚴品第一即衆篇義類之别目者標品目也衆篇即三十九品品者義類不同今當其一故云别目

大以曠兼無際方以正法自持廣則稱體而周佛謂覺斯玄妙花喻功德萬行嚴謂飾法成人經乃注無竭之涌泉貫玄凝之妙義攝無邊之海會作終古之常規

大以曠兼下二雙釋二目先釋總題後釋品目今初下有十門釋其七字字各十義今但畧舉當字釋之然此七字畧有六對一經字是教上六是義即教義一對二嚴字是總上五是别即總别一對三華爲能嚴上四皆所嚴即能所一對四佛是所嚴成人上三是所嚴之法即人法一對五廣者是用上二是體即體用一對六方者是相大者是性即性相一對故此七字即七大性大者體大方者相大廣者用大佛者果大華者因大嚴者智大經者教大則七字皆大七字皆相等今各以二義釋之大以曠兼無際者曠兼明其包含約廣遍釋大故涅槃云所言大者其性廣博猶如虚空下經云法性遍在一切處一切衆生及

國土三世悉在無有餘亦無形相而可得也二無際者約其竪論則常故名大涅槃云所言大者名之爲常下經云法性無作無變易猶如虛空本清淨諸佛境界亦如是體性非性離有無然淵府不可以擬其深妙故寄大以目之實則言慮斯絕下經云法性不在於言論無說離說恒寂滅諸佛境界不可量爲悟衆生今畧說耳方以正法自持者亦有二義一方者正也二方者法也並持自性通上二義謂恒沙性德即是相大並無偏偏故稱爲正皆可軌持目之爲法下經云凡夫無覺解佛令住正法諸法無所住悟此見自身廣則稱體而周者此即用大用如體故無不周遍然亦二義由體有二義故一者能包二者能遍猶如虛空包含萬象遍至一切色非色處今用稱體一稱體之包則一塵受世界之無邊二稱體之遍則剎那彌綸法界而無盡上之三字即體相用無有障礙爲所證之法界也佛謂覺斯玄妙者亦有二義一者能覺佛陀梵言此云覺者故二者所覺即大方廣斯爲玄妙之境故云覺斯玄妙斯即此也即此上大方廣耳若別說者覺上用者覺世諦也覺上體者覺眞諦也覺上相者覺中道也三諦相融三覺無礙爲妙覺也花喻功德萬行者此亦二義一感果花喻於萬行成佛果故或與果俱或不與俱俱如蓮花表因果交徹故不俱如桃李花不壞先因後果故二嚴身花喻諸位功德必與修果俱故下經云神通等法如

花開敷衆相如花具三十二嚴謂飾法成人者嚴亦二義一以萬行飾其本體即嚴上大方廣如瑩明鏡鏡雖本淨非瑩不明二以萬行功德成佛果之人若琢玉成像又飾本體如鑄金成像以行成人如巧匠成像經乃注無竭之湧泉下唯經舉四義然亦唯二謂貫與攝涌泉即是所攝義味常乃通於上三一注無竭之涌泉此言猶通諸教二貫玄凝之妙義以總就别别貫華嚴玄妙義故凝謂凝湛嚴整之貌也三攝無邊之海會者即是攝義無邊海會局此經衆揀餘衆故四作終古之常規者即是常義餘處釋云常乃道軌百王今亦以通就别别屬此經法眼常全無缺減故常恒之説非隨宜故終古無忒可得稱常釋

總題竟

佛及諸王並稱世主法門依正俱曰妙嚴分義類以彰品名冠羣篇而稱第一

佛及諸王並稱世主下釋品名此釋世主世謂世間即三世間謂衆生世間器世間智正覺世間主謂君主即諸王及佛地神水神主林主山等神即器世間主天王龍王夜叉王等即衆生世間主如來即是智正覺世間主亦總化上二遍統前三故云並稱世主法門依正俱曰妙嚴者此嚴亦説三世間嚴法門爲能嚴唯局於主依正所嚴通三世間衆生及佛俱稱正故謂諸世間主得别法門自嚴已衆即衆生世間嚴並用嚴佛亦智正覺嚴佛成正覺是自法門是故能令其身充滿一切世間其音

普順十方國土菩薩衆中威光赫奕等即智正覺世間嚴其地堅固金剛所成上妙寶輪及衆妙花清淨摩尼以爲嚴飾等即器世間嚴器世間嚴通二法門一佛力令嚴是佛自嚴二感者覩見是衆海法門嚴是故總云法門依正俱曰妙嚴三世間嚴並勝餘教故標妙嚴以爲品目用當諸經之序分也餘如下説

斯經有三十九品此品建初故云大方廣佛華嚴經世主妙嚴品第一

後斯經下雙結二目用當諸經序分餘如下説

上來大分中初總序名意已竟

自下第二歸敬請加

大方廣佛華嚴經疏序會本演義鈔卷第三

音釋

繡音秀五色備也　曝音暴丨乾也　鰓相來切魚頰也　岷武巾切山名

峩五何切嵯丨也

大方廣佛華嚴經懸談疏鈔會本卷第四

清涼山大華嚴寺沙門　澄觀　撰述

歸命十方極三際　塵刹圓明調御師
法界功德大悲雲　毘盧遮那大智海
所住甚深真法性　所流圓滿脩多羅
一一塵方佛會中　普賢文殊諸大士
我今欲以一毛智　測量無邊法界空
願承三寶同體慈　句句冥符諸佛意
俾令法眼常無缺　盡衆生界如普賢
迴茲勝善洽群生　速證菩提常樂果自下

第二歸敬三寶請威加護有十六句大分爲三初有八句正歸敬三寶次有六句請威加護後有二句迴施衆生初中初句總明餘皆别顯今初歸命二字顯能歸相三業普周歸向依託無盡三寶但云命者以人所寶重莫過身命今將仰投十方已下所歸分齊十方橫遍三際豎窮極通橫豎塵刹圓明下就别顯中三寶即爲三别初三句歸佛次二句歸法後二句歸僧初中又二二句總歸諸佛一句别歸本師初中塵刹有二義一所依處謂一一塵中諸刹土故佛所嚴刹等塵數故又塵約微細刹通麁細二即塵數如来圓謂圓寂明謂智明即菩提涅槃亦無德不圓無法不照故上二自利調御師者通利自他十號之一法界亦二義一成上依處上云塵刹似當約事今云法界義兼事理佛身充滿於法界故又充滿法界無窮盡故二者該後稱法界之功德大悲雲故功德者亦圓明中别義即十力無畏百四十不共無盡之

德大悲普覆無心含潤故喻於雲毘盧一句別歸本師承恩重故四字標名三字讚德上云功德總該無盡今云大智別語最勝順於光明遍照義故大智深廣故喻於海又諸佛舉悲本師語智影畧以明悲智深廣故悲亦稱海大悲深廣故智亦如雲含潤雨法故又前云功德此云大智成二嚴故無盡功德不出二故二所住下二句歸法言所住者躡前起後所以躡者顯同體故但歸別相不會理故然三寶有三一同相二別相三住持相今通依之且別相者即如前科佛則橫該一切竪徹十身法則通四畧舉理教僧雖該攝偏語大乘法性是理脩多羅是教言同相者此有三義一約以事就義門則別相之上各有三寶

佛體之上有覺照義名爲佛寶軌持義邊名爲法寶違諍過盡是名僧寶即以無漏界功德爲體二法上三者法有性覺即是佛寶軌持即是法寶法體無違即是僧寶三僧上三者觀智爲佛寶軌持爲法寶在衆無違又不違衆生故名爲僧寶今舉佛所住以明法者即約佛上論同體也理是佛所住教從佛所流兩重相依二約會事從理門三寶皆依真故今舉佛法皆歸真性畧不言僧三約理義融現門心性本覺即是佛寶恒沙性德皆可軌持即是法寶此恒沙德性相不二冥合無違名爲僧寶由此一門故今如來住真法性若無此者何所住耶三門雖異並稱同體淨名云佛即是法法即是衆是三寶皆無爲相與虛

空等是故若就覺義並稱佛寶軌持而言無非法寶冥符和合莫不皆僧義說有三不可爲一然無別體豈爲異耶故云同相三住持三寶者十身之中有力持身及形像等即住持佛其脩多羅即住持法住持之僧含菩薩中然三三寶通於諸乘含有勝劣以義料揀歸勝非劣一理統之三三無異故並歸敬顯敬無遺三一一下二句歸僧初句明處一一微塵中有一切諸佛菩薩衆圍遶故況一一佛所難思普賢住普賢位莫不皆爾下句舉人偏舉二者以是海會之上首故表理智故諸言不一則無所不該第二我今下請威加護六句分三初二句請歸之意意欲釋經故然通顯歸意乃有衆多總相言者三寶吉祥一切

衆生最勝良田有歸依者能辦大事生諸善根離生死苦得涅槃樂故又一切經初有六成就令物信故佛滅度後凡諸弟子所有著述皆歸三寶示學有宗不自專己離過失故請威加護令契合故上句自謙智劣等彼一毛下句讚法廣深同真法界一毛度空乍可知量凡智測法何能盡窮次願承下二句願加護相上句明加下句辨益今初未能深入三昧外感佛加但請同體之慈希霑勝益下句益中句句冥符願始末無遺而言冥者亦謙詞也未得顯加且希冥契使凡心凡筆暗合聖心三俾令下二句著述所爲使令法眼圓滿化盡含生故賢首品云彼諸大士威神力法眼常全無缺減也第九迴向不願成佛唯願

等於普賢者良以普賢該因徹果佛前佛後皆悉有故普賢即是諸佛根本故法界體故金剛頂經十方諸佛禮普賢者亦斯義矣然著述所爲但願大法弘通衆生利樂即悲智大意曲論別爲乃有多緣以斯經乃諸佛所證根本法論諸教標準此方西域無不仰遵而聖后所翻文詞富博賢首將解大願不終方至第十九經奄歸寂滅苑公言續而前疏亦刊筆格文詞不繼先古致令後學輕夫大經使遮那心源道流莫挹普賢行海後進望涯將欲弘揚遂發慨然之歎若有過不說是非混同豈唯掩傳者之明實乃壅學者之路若指其瑕纇出彼乖差豈唯益是非之情寔乃黷心智之境故撫心五頂仰託三尊不獲已而爲也以斯別意畧有十焉一聖旨深遠故二顯示心觀故三扶昔大義故四剪截浮詞故五善自他宗故六辨析今古故七明示法相故八廣演玄言故九泯絶是非故十均融始末故初一爲總後九爲別意指昔瑕然疏中欲掩是非傳者須知得失諸徒誠請難以違之長時弘宣不繁數述恐迷宗滯迹競作是非耳第一聖旨深遠者此爲總意謂佛法沖深隨人智慧有淺深故斯亦爲遮外難恐有難言世路以多歧亡羊學者以多途喪真淳源莫二枝派轉多舊疏新章益汨真性何以屋上架屋牀上安牀昔已有之何要改作故下十意皆通此疑今之初意正荅斯難特由聖旨深遠隨見不同各呈其能以光法施昔可

尚也安更有詞故五百比丘各說身因佛許無非正說三十二菩薩共談不二異見同歸下經之中無邊海會各入觧脫之門境界萬差同趣如來智海故海慧菩薩云如來境界無有邊各隨觧脫能觀見是以西域東夏釋論釋經經有多家論文論有多師觧釋如析金杖金體不殊總收百川溟渤彌大故或登地菩薩或加行賢人或當代時英或如來懸記皆思拔群位智出衆情而所見不同並傳於世各申其美共讚大猷依之修行無不獲益今亦仰攀勝德用盡專精以管窺天滴流足海復何恠馬第二顯示心觀者以經雖通詮三學正詮於定皆是如來定心所演故經云汝所說者文語非義我所說者義語非文況華嚴性海不離覺場說佛所證海印三昧親所發揮諸大菩薩定心所受昔人不叅善友但尚尋文不貴宗通唯攻言說不能以聖教爲明鏡照見自心不能以自心爲智燈照經幽旨玄言理說並謂雷同虛已求宗詺爲臆斷不知萬行令了自心一生驅驅但數他寶或年事衰邁方欲廢教求禪豈唯抑乎佛心亦實翻誤後學今皆反此故製兹疏使造觧成觀即事即行口談其言心詣其理用以心傳心之旨開示佛所證之門陶南北二宗之禪門攝台衡三觀之玄趣使教合亡言之旨心同諸佛之心無違教理之規暗蹈忘心之域不假更看他面謂別有忘機之門使彰乎大理之言疏文懸觧更無所隱難可具陳第三扶昔

大義者謂晋譯微言幽旨罔愽玄義全盛賢首方周故講得五雲凝空六種震地而刊定記主師承在兹雖入先生之門不曉亡羊之趣徒過善友之舍猶迷衣内之珠故大義屢乖微言將隱破五教而立四教雜以邪宗使權實不分漸頓安辨析十玄之妙旨分成兩重徒益繁多别無異轍使德相而無相入相作即用之體不成德相不通染門交徹之旨寧就出玄門之所以但就如明却令相用二門無由成異以緣起相由之玄旨同理性融通之一門遂令法界大緣起之法門一多交徹而微隱如斯等類其途寔繁非是重古輕今不欲欺誣亡殁今申上古之義新疏翻多有同刊定之文皆是古義今同用耳第四剪截浮

詞者且文華尚猶翳理繁言豈不亂心科文過碎已雜塵飛重疊經句但盈紙墨等閑會於梵語無益經文次第數於經文更無理觀如煙鬱於火雲翳長空今並裁而削之若長風卷霧然經多十句若過半已上難者則具釋之難則曲盡而非繁易則畧陳而不闕若五六句已下難者則擇句而釋之易則不釋若文義全易者大科而已若文易意難者總相收束文難意易者但細消文若文義俱難者出意而後釋使質而不野簡而必詣是本心也第五善自他宗者謂昔人所引經論及破他義無問性相多不窮始末輒引輒破或多用法相而復盡呼爲權引權釋實又不分通局疑誤後學或以昔正爲非或復以權爲實今

亦反此若破若引先示彼宗使性相無虧盡其意態後申此理對決分明使學者不滯迷宗不謬非古義亦無勞周覽更復傍求第六辨析今古者謂探玄本記但釋晉經大旨雖同在言有異但引彼疏須觀所釋如發心品晉經云以是發心即是佛故唐經云以是發心當得佛故即當既別豈得引昔之即釋今之當觸類皆爾然昔人十行已前多依賢首新脩畧疏廻向已下並用探玄三地已下多唯錄古二經小異舛互相參文亦非一第七明示法相者然性之與相若天之日月易之乾坤東夏西方分宗開教學兼兩轍方曰通人是以釋經事須明示然此經法相名義兼廣或有名無義或有義無名昔人苟見一名廣引論釋隨名觧義義乃無窮如釋净行品百四十一願以諸門料揀釋梵行品四果廣引婆沙問明品貪瞋之名全抄唯識十向品三倒廣據諸宗雖則皆是法門而甚深觀行翳於名相今皆畧陳而已古人若有義無名則莫知所以今則引諸經論以名管之吏經中法相昭彰於衆論至如昇兜率品二十一種功德則有義無名離世間品初則有名無義今於兜率品廣引經論而委釋之至離世間品畧陳而已又如離世間品具含諸位一一位內攝義無遺或名異義同或前後廣畧然於四十二位次第無差今並具引六會經文對而釋之昭然可見使七卷之經句句有據翻驗昔觧臆說尤多然性相二宗法相有同有異如

五眼十眼六通十通等並各示之使無餘惑如初卷歎德釋以十身則法性宗之法相也釋智入三世廣引四智即法相宗之法相也以衆海觧脱之門釋衆海之名則法性宗之法相也以九門六度釋經十度即法相宗之法相也如十通十忍會六通與五忍十身十智融三身與三智十門涅槃以會通四種涅槃十種佛智而一智融於四智即性相二宗無違之法相也觸類非一又諸經疏所門法相多是傍来如法華經但云如来知見力無所畏禪定觧脱三昧深入無際斯乃通讚佛智深遠逢力一字立十力章無所畏字立四無所畏章禪立四禪定立八定觧脱三昧各立章門若此之流千章萬章釋一卷經亦不得盡若爲成種智之境應須更學多聞若取法花玄宗但示等有知見先所出内是子所知非是十章五章能盡其妙若華嚴經有異於此如十度十力一一經數十處明故須總攝一章頓曉其旨如十地品内以法相爲觀門不了三聚豈知離垢之名不曉八禪寧知發光之行四地道品成無生之慧光五地諸諦窮真俗以化物六地般若要觀縁主星羅十門月滿三觀研窮性相般若現前非是懸指昔三中乘所見七地窮一切菩提分法權實雙行八地七分該羅方見無功之道九地居法師之位藥病須知不将四十辯才何以廣能化物得第十地方盡種智之深玄四十二位之昭彰並稱觀行九會五周之因果佛道方圓故若

相若性若因若果無不成觀無不契真依經脩行並是聖意若不了法相豈唯不知聖旨亦非弘闡尋文自知第八廣演玄言者謂經多有玄言妙旨昔不廣明或指在別章或畧陳不具今應具者畢在疏文文易意深廣申體勢如始成正覺以諸宗始成以會之智入三世以二智三智四智而釋之如幻喻中具引兎章以盡之如影之喻分三影以別之第七迴向刹平等等出諸句以揀之第八迴向歷境起願以橫竪次位而彰之三天偈讚離相迴向以般若等深經中百等論玄妙而通之九會五周皆以性相而廣之普賢三昧窮妙中之妙出現一品盡玄中之玄至如法界花藏之深觀旨歸關脉之妙章盡關鍵之幽徵窮

義理之分齊如關中繫表三玄格言有美斯經必盡其奥亦有指別章者皆非正要知與不知無乖弘讚耳第九泯絶是非者昔人勝負氣高是非情厚上古妙義用而不言先賢小瑕廣申破斥如破娑婆形如虗空便云良由譯人不閑經論謬預譯塲誤累聖教一朝至此先師在其譯内斧鑿太深纎芥在於珠中何須擊破又如十行品釋不住中流廣申異釋晉經失旨致古釋詞枝今文分明何須叙昔若斯之類其事頗多終日是非豈合大道凡破義者其猶毒虵螫手不得不斬毒樹生庭不得不伐若邪解亂轍事須決之若易知其非畧而不述若似正不正則並決使明如欲識真金須知鍮石盖不獲已情忘是非設有

破㾓須存禮樂不得自尊已德下視先賢須知草刱者難因脩者易縱有舉非顯是不是自衒自媒故今疏文是非全少第十均融始末者然造疏大體皆初重後輕若更廣開門庭消文踈畧至於弘闡聖旨多沉今以大經九會始末深玄逢義即明不揀初後但初已釋後不重明故義科章門落落星布使初中後善始末可觀也畧述製疏有斯十意故忘軀靈境仰述玄猷本意皆為衆生得同普賢諸佛耳廻茲勝善

下第三二句廻施衆生者前之二句作疏所為為於衆生此段通廻歸依之益及所成德製疏之功儻一句冥合聖心盡為衆生得大覺圓明涅槃常樂耳

將釋經義總啓十門一教起因緣二藏教所攝三義理分齊四教所被機五教體淺深六宗趣通局七部類品會八傳譯感通九總釋經題十別觧文義

將釋已下第三開章釋文十門之內前八義門後二正釋以經題目即是文故亦可九皆義門題目通一部故十門生起者夫聖人言不虛發動必有由非大因緣莫宣斯典故受之以教起因緣二者因緣既與有所起教佛教雖廣不出三藏十二分教未委此經三藏教等何藏教攝故舉藏教之總含攝華嚴之別教故受之以藏教所攝三已知此經脩多羅攝具十二分然其藏教皆通權實揀權取實唯圓教收未知圓義深淺寬狹故受之以義理分齊四既知圓義包博冲深未審此深被何根器故

受之以教所被機五既知深義正被圓機未知其銓何爲體性故受之以教體淺深六能所文義已知該羅未審所宗尊崇何義故受之以宗趣通局七既知旨趣冲深未委能詮文言廣狹故受之以部類品會八既知部類廣則無盡畧乃百千未知傳譯何年有何感應使宗承有緒知勝益可歸故受之以傳譯感通九大旨既陳隨文解釋先明總目包盡難思故受之以總釋經題十總意雖知在文難曉使沉隱之義彰乎翰墨宗通之理見乎百千故受之以別解文義

初因緣者夫聖人設教必有由致若須彌巨海大因方爲揺動今搖如来融金之德山動深廣之智海非小緣矣故下經云非以一緣非以一事如来出現而得成就出現本爲大華嚴故

初因緣者下䟽文有二一生起大意二先因下開章別釋前中有三一正釋二引證三觧妨初中又三初法次若須彌下喻後今搖如来下合如来合山智慧合海此文意出智論今轉勢用之智論中問曰佛以何因緣故說般若波羅蜜經諸佛不以無事及小事小因緣而自發言譬如須彌山王不以無事及小事小因緣故動今以何等大因緣故說般若波羅蜜經此中論意即以說般若爲動須彌今開須彌約能說人智海通能所說動能說之佛智說如来之智海並即不共般若又於經中廣說佛身及與佛智故佛及智並通所說言故下

經下二引證也言出現本爲下三解妨也有伏難云非一緣等乃明出現之緣今證說經豈爲愜當故今通云出現本爲一大事因緣一大事因緣即華嚴佛智明知出現之緣即華嚴緣也

先因後緣各開十義以顯無盡

先因後緣各開十義者此下第二開章別釋於中三謂標釋結標可知

因十義者一法應爾故二酧宿因故三順機感故四爲教本故五顯果德故六彰地位故七說勝行故八示真法故九開因性故十利今後故

因十義下雙釋先因中三初列次釋後因上十義下結屬會釋

言法爾者夫王道坦坦千古同規一乘玄門諸佛齊證故一切佛法爾皆於無盡世界常轉如是無盡法輪令諸衆生返本還源窮未來際無有休息

言法爾者下釋也即爲十段今初法爾疏文分四一正釋二引證三結釋四解妨初文可知

故不思議品中明一切諸佛能於一身化現不可說不可說佛刹微塵數頭一一頭化爾所舌一一舌出爾所音聲乃至文字句義一一充滿一切法界無有窮盡

故不思議下引證此即第四十七經第五大那羅延幢勇健法云佛子一切諸佛能於一身等乃至已下中間應云法界衆生靡不皆聞一一音聲演爾所脩多羅藏一一脩多羅藏演爾所法一一法有爾所文

字句義如是演說盡爾所刦盡是刦已復更演說盡爾所刦如是次第乃至盡於一切世界微塵數盡一切衆生心念數未來際刦猶可窮盡如來化身所轉法輪無有窮盡所謂智慧演說法輪斷諸疑惑法輪照一切法法輪開無礙藏法輪令無量衆生歡喜調伏法輪開示一切諸菩薩行法輪高升圓滿大智慧日法輪普然照世智慧明燈法輪辯才無畏種種莊嚴法輪如一佛身以神通力轉如是等差別法輪一切世法無能爲喻如是盡虛空界一一毛端分量之處有不可說不可說佛刹微塵數世界一一世界中念念現不可說不可說佛刹微塵數化身一一化身皆亦如是所說音聲文字句義一一充滿一切法界

其中衆生皆得解了而佛言音無變無斷無有窮盡是爲諸佛第五大那羅延幢勇健法今疏畧引耳上鈔中爾所字經中皆是不可說不可說佛刹微塵數字

斯則處以毛端横該法界時以刹那竪窮刦海處則頓起時則常起不待別因

斯則下三結釋也結釋經文成初正說於中初二句正結後處則下覆釋法界齊起爲頓如月入百川非從東向西等故長時不斷曰常無暫間斷故既常既遍故不待別因也

但隨見聞說有初成九會之別諸慈悲者於無盡中畧此流傳

但隨見聞下四釋妨謂有伏難云既横竪該羅說窮時處何有初成之始九會之終

故爲此通於中二先正解妨可知

令尋於此見無邊法

後令尋於此下重通再難難云畧本至少安窮無盡之理故爲此通以見理圓融故見少能窮無盡有法喻合

如觀牖隙見無際空而此時處即同無盡以一處即一切處一時即一切時故

以一處下釋成上義時處既一多相即法豈一不含多

二酧宿因者

二酧宿因等者疏文分五一標舉章門

何以法爾如是轉耶宿因深故

二何以下躡前起後

夫根深則果茂源遠則流長宿因既深教起亦大

三夫根深下標因深廣

深大云何我佛世尊創躡玄蹤棲神妙寂悲智雙運行願齊周是以妄想弗剪而廓徹性空靈鑑匪磨而頓朗萬法乃以無障礙解脫闡斯妙門

四深大云何下釋成深廣

宿因雖多畧有二種

五宿因雖多下開章别釋於中先標章

一者大願力故現相品云毗盧遮那佛願力周法界一切國土中恒轉無上輪兜率偈云如來不出世亦無有涅槃以本大願力示現自在法諸會佛加皆言願力及餘諸文誠證非一二者昔行力故謂無量刧依願起行行成得果方能頓演故主山神偈云往脩勝行無有邊今獲神通亦無量法門廣闢如塵數

悉使衆生深悟喜
後別釋可知
三順機感者
三順機感者文中分六一標章
謂昔因法爾雖能常遍約可流傳皆由機感
離機說法無所用故
二躡前起後
其猶上有白日下資澄潭潭清影現機感應
生
三其猶下約喻顯相
故兜率偈云見佛亦復然必假衆善業十方
諸佛告功德林言及諸菩薩衆善根力故解
脫月云此衆無諸垢志解悉明潔等皆是機
感
四故兜率下引經證成
廣顯機感如第四所被機中
五廣顯下指畧在廣
然此機感通於現未諸會當機即是現在今
之聞者是未來機
六然此下揀定於機言今之聞者是未來
機者望說經時是未來故故發心品中十
方法慧白佛言我等悉當護持此法令未
來世一切菩薩未曾聞者皆悉得聞亦是
未來機也
四爲教本者
四爲教本者文三初標章次總彰大意三
然亦有二下開章別釋
謂非海無以潛流非本無以垂末
大意中初二句立理故出現品云譬如大
海潛流四天下地有穿鑿者無不得水彼

喻佛智普入衆生身心今借用之斯即喻也非本無以垂末者法說如無海本不能流末無其本月無影入於百川無有法身豈能垂於應化故無有根本之法何有隨宜之談

大方廣佛華嚴經懸談疏鈔會本卷第四

音釋

挹音一的也　纇音淚黑絲也　㡿音斥指也稀也　愜起頰切服也快也

大方廣佛華嚴經懸談疏鈔會本卷第五

清涼山大華嚴寺沙門　澄觀　撰述

將欲逐機漸施末教先示本法頓演此經後將欲下兩句正釋爲本之義故天台指爲乳教乳是酪等諸位本故

然亦有二一爲開漸之本出現品云如日初出先照高山故

出現品云等者彼文云譬如日出先照須彌山等諸大高山次照黑山次照高原然後普照一切大地日不作念我先照此後照於彼但以山地有高下故照有先後如來應正等覺亦復如是成就無邊法界智輪常放無碍智慧光明先照菩薩摩訶薩等諸大山王次照緣覺次照聲聞次照決定善根衆生隨其心器示廣大智然後普照一切衆生乃至邪定亦皆普及爲作未來利益因緣令成熟故而彼如來大智日光不作是念我當先照菩薩大行乃至後照邪定衆生但放光明平等普照無碍無障無所分別釋曰始成便說花嚴是照菩薩山王此明先大後小

二爲攝末之本

二爲攝末之本者於中二初標名華嚴末有末之可攝以法華攝末歸本歸華嚴故故爲本也

如日没時還照高山故

言如日等者二義取出現經意以證而無此文即是法華所明先小後大及三時五時之教後後勝於前前法華涅槃唯明一極爲照菩薩

無不從此法界流無不還歸此法界故
無不從此下三雙證上二先引攝論後引
法華初引攝論從法界流即證開漸之本
無不還歸此法界故即證攝末之本此以
義證教謂論所明報化身等皆從法身生
還歸於法身法身等即義今以法身類於
華嚴故云義證教也
法華亦云始見我身聞我所說即皆信受入
如來慧此漸本也次云除先修習學小乘者
即開漸也又云我今亦令得聞是經入於佛
慧即攝末歸本也
法華亦云下引法華證故下吉藏引此立
三種法輪第一名根本法輪第二名枝末
法輪第三名攝末歸本法輪文中便引便
釋三節具也

斯則法華亦指此經以為本矣
言斯則下結成本義若自立為本恐義未
明法華指此為本本義方顯始見入於佛
慧既即華嚴亦令得聞法華入於佛慧豈
非指初為本又法華第一云於一佛乘分
別說三亦是從本流末即指華嚴為一佛
乘分別說昔之三三即鹿野四諦等既不
指華嚴為本鹿野之前以何為一乘耶
五顯果德者謂此本法中顯佛勝德令諸菩
薩信向證故不實寶王不得其用不知此德
安能仰求
五顯果德者疏文分二初總明大意有法
喻合可知
然果德有二一依果謂華藏世界海等二正
果如來十身等此二無礙以為佛德

後然果德有二下開章別釋於中亦二先
正釋可知
然依正無礙通有六句一依內現依如塵中刹海二正內現正如毛孔現佛三正內現依四依內現正五依內現依正六正內現正依其文非一
後然依正無碍下融通於中三初約用平在以明六句次約體相相即以明四句後隨舉一門下雙結體用言然依正無碍通有六句至其文非一者初約用也初二指事令曉餘但列名然即相入相在之義義分齊中廣明而相入各有分圓若約圓說應言刹中有刹今欲顯勝舉塵毛之分以攝刹身之總也言其文非一者謂第六經法界普明慧菩薩偈云佛刹微塵數如是諸國土能令一念中一一塵中現即第一句依中現依也成就品云一微塵中多刹海處所各別悉嚴淨如是無量入一中一一區分無雜越亦第一句也現相品云如來一一毛孔中一切刹塵諸佛坐菩薩衆會共圍遶演說普賢之勝行即第二句正內現正也迴向品云一毛孔中悉明見不思議數無量佛一切毛孔皆如是普禮一切世間燈僧祇品云於一微細毛端處有不可說諸普賢如一毛端一切爾如是乃至遍法界皆第二句也又云於一微細毛孔中不可說刹次第入毛孔能受彼諸刹諸刹不能遍毛孔即第三句正內現依也現相品云如來安坐菩提座一毛示現多刹海一一毛現悉亦然如是普周於法界

亦第三句也第五經普賢偈云如於此會見佛坐一切塵中悉如是佛身無去亦無來所有國土皆明現即第四句依內現正也現相品云一切剎土微塵數常現身雲悉充滿普爲衆生放大光各雨法雨稱其心亦第四句也又云一一塵中無量身復現種種莊嚴剎一念沒生普令見獲無礙意莊嚴者即第五句依內現依正也僧祇品云一微塵中能悉有不可言說蓮花界一一蓮花世界中賢首如來不可說亦第五句也世界成就品云一毛孔內難思剎等微塵數種種住一一皆有遍照尊在衆會中宣妙法即第六句正內現正依也現相品云一切諸佛土一一諸菩薩普入於佛身無邊亦無盡成就品云一切剎土入我身所住諸佛亦復然汝應觀我諸毛孔我今示汝佛境界皆第六句也

又有四句一或唯依佛即剎故二或唯正剎即佛身故三俱四泯思之可知

又有四句等者第二約體四句也相即平亡故無有六一佛即剎者佛體即是法性土廢已從他佛體虛故土外無法性無二故二剎即佛者剎體即是法性身故廢他從已剎體虛故佛外無法性無二故由性無二以性融相故身剎相即三俱者謂有身有土不壞相故若無身土無可相即故四泯者謂佛即剎故非佛剎即佛故非剎以平奪故

隨舉一門即攝一切並如下說

隨舉一門者三雙結體用以即入二門無

二體故體外無用唯相即故用外無體唯相入故如無鏡外之明明外之鏡故言並如下說者即指義分齊中

六彰地位者爲顯菩薩脩行佛因一道至果有階差故

六彰地位者疏文二初總彰大意後開章別釋前中二先順明來意

夫聖人之大寶曰位若無此位行無成故

後夫聖人下立聖反成聖人之大寶曰位者即周易下繫云天地之大德曰生聖人之大寶曰位注云夫無用則無所寶有用則有所寶也無用而常足者莫大乎道有用而弘道者莫大乎位故云聖人之大寶曰位也言若無此位行無成者即反成須位也

此亦二種一行布門立位差別故

此亦二種下二開章別釋也於中三一正釋二會融三引證初中先釋行布言行布者行列分布階降淺深如第二會明信三明住四明行五明向六明地七明等妙前非是後後非是前故言行布

二圓融門一位即攝一切位故一一位滿即至佛故

後釋圓融言圓融者圓滿融通疏釋有二初正釋二引證前中自有二義一者疏云一位即攝一切位故者此總辨相攝謂四十二位之中隨舉一位即攝一切如初發心住即攝餘九住及行向地等二者疏云一一位滿即至佛故者此別明五位平攝如初住攝於初行初迴向初地第二住攝

第二行第二迴向第二地等第十住滿則攝十行滿十向滿十地滿第十住滿稱灌頂位第十地滿亦灌頂成佛十行智度圓十地智度滿海幢比丘頂出諸佛說法灌頂住後即明佛者即其事也前唯約理行圓融此兼明行證相似

初地云一地之中具攝一切諸地功德信該果海初發心時便成正覺等

初地云下二引證也文有三節一云一地之中具攝一切諸地功德者此約當位之中自一攝十也以一例諸位位皆然上正引文二云信該果海者此明五位互攝如賢首品中乃至則得灌頂而昇位等此即義引爲證三初發心時便成正覺者正明以初攝後通於二義若住滿成佛即是當位以初攝後若究竟成佛即異位相望以初攝後如四十二字門初阿具後茶也上來總有三義一舉一總攝五十二位二舉一位攝五位三舉初攝後復應有以後攝初初後攝中中攝初後一攝一切一切攝一一攝一一切攝一切如理思之上云初發心時便成正覺即是正引經文梵行品云若諸菩薩能與如是觀行相應於諸法中不生二解一切佛法疾得現前初發心時即得阿耨多羅三藐三菩提知一切法即心自性成就慧身不由他悟今畧引耳

然此二無礙以行布是教相施設圓融是理性德用

然此二無礙下會融也於中二初辨定其相二正明會融前中有二對行布圓融以

教對理以相對性下正圓融但融相性初對謂約能詮教道則行布不同約所詮之理則圓融無礙第二對就所詮中約相則深淺不同約性則融通無二言德用者即德相業用也

相是即性之相故行布不礙圓融性是即相之性故圓融不礙行布圓融不礙行布故一爲無量行布不礙圓融故無量爲一無量爲一故融通隱隱一爲無量故涉入重重

相是即性之相故下正明會融文有三番第一番直明無礙第二番則互相成謂無量本是約相行布圓融本是一理平等今圓融既不礙行布故成無量之德下句反此可知第三番從無量爲一故融通隱隱下明相成而不失本相無量爲一故融通而不失本相故隱隱然似有一爲無量故重重不失一相故能涉入

故世親以六相圓融上下之文非一

故世親下第三引證此引論證即總同成別異壞由此故得舉一全收至下廣明次云上下之文非一者雙引經疏若望經則唯是下文若望疏文通指一經上下耳

七說勝行者欲登妙位非行不階故君子不患無位患巳不立

七說勝行者疏文亦二先明大意後開章解釋前中初二句依內教正釋後二句引外事證成即論語第四彼下二句云不患莫巳知求爲可知也包氏注曰求善道而學行之則人知巳今引證此求爲可知及所能立皆是行也上兩句行成得位下兩

句行成得名今爲證位故但引前耳
行亦二種一頓成諸行一行一切行
行亦二種下開章釋也先釋後融前中明
頓成中先正明
故十住品云一即是多多即一等普賢行品
說一斷一切斷等故
故十住下後引證言一斷一切斷等者等
取一障一切障一脩一切脩一證一切證
故普賢行品初說十句若成此十則頓成
五十種行一念嗔心起百萬障門生故偈
中云不可說諸劫即是須臾頃莫見脩與
短究竟刹那法皆以圓融故妙嚴品云一
法門中無量門無量千劫如是說所演法
門廣大義普運光天之所了
二遍成諸行此即行布謂自大菩提心體相
功德乃至等覺中行
二遍成諸行下釋行布從始迄終故云乃
至則五位所行皆此攝也菩提心爲始體
即三心謂一直心正念真如法故二深心
樂脩一切諸善行故三大悲心救護一切
苦衆生故七十八經云菩提心燈大悲爲
油大願爲炷光照法界光即直心炷即深
心多以三心爲體上求下化照理起行不
出此故言相者即無相爲相同法界相無
分量相無齊限相也言功德者無德不收
故發心品十種大喻百門校量亦不及少
分七十八一卷廣以喻歎亦不能盡賢首
品云若有菩薩初發心誓求當證佛菩提
彼諸功德無邊量不可稱量無與等發心
品云發心功德不可量衆智共說無能盡

又云菩薩發心功德量億劫稱揚不可盡以出一切諸如來獨覺聲聞安樂故等皆發心功德也又云欲見十方一切佛欲施無盡功德藏欲滅衆生諸苦惱宜應速發菩提心此上三事皆是菩提心爲萬行之本故首明之即此發心便名爲行

此二無礙例如位說

此二無礙下第二融通可知

八示真法故者欲成行位須解法理不體理事行亦非真故兜率偈云不了法真實故諸佛與世此亦二種一顯事理無礙法二顯事事無礙法並如義分齊說

八示真法下文亦有二先總明後開釋文含多義不異義分齊中教因總該故此畧舉義深理要故别爲一門

九開因性者謂上因果理事皆由衆生性有若性非金玉雖琢不成寶器

九開因性者文亦二先總後别總中先躡前起後

良以衆生包性德而爲體依智海以爲源但相變體殊情生智隔今令知心合體達本情亡故談斯經以爲顯示

後良以下總相解釋於中有三初明因義本有恒沙性德本覺佛智無二體故以此爲因二但相變下覆彼因義是須開示所以相變體殊者迷真如以成名相故情生智隔者失正智而成妄想故上對約境下對約心五法具矣三今令下正明開義知心空寂則即名相而合如體達本無住則妄想亡而正智生真本不可以功成要亡

功而本就深源不可以行得必行盡而源成若寂照雙流則因性開矣性即知見知見性相並皆顯現故談已下結成開義

亦有二種一以言顯示令其知有二使其脩行悟入顯現

亦有二下別釋以言顯示令其知有者唯明示義如示貧女宅中寶藏未見未證使其脩行義通開示不知令知名之爲悟未證能證稱之爲入顯現之言對於開義

如下破塵出經卷等

如下破塵下引證下經云如有大經卷量等三千界在於一塵内一切塵悉然有一聰慧人淨眼悉明見破塵出經卷廣饒益衆生佛智亦如是遍在衆生心妄想之所纏不覺亦不知諸佛大慈悲令其除妄想如是乃出現饒益諸菩薩等即其義也

亦如法華經云唯以一大事因緣故出現於世所謂開示悟入佛之知見衆生等有故言唯一

言唯以一大事因緣故者即引他經大乘法師但云事物體事事義道理隨應皆得今畧釋之無二無三故名爲一佛因佛果故稱爲大因果幹能令物觧脱並稱爲事言因緣者如來因此緣此故出現耳又因緣者屬於大事正因佛性爲因緣因佛性爲緣了因所了爲因生因所生爲緣斯則大事通因通果因緣但語於因因即種性之義故彼經云佛種從緣起萬行爲緣起斯佛種成菩提故言所謂開示下義引彼經具云舍利弗云何名諸佛世尊唯以一

大事因緣故出現於世舍利弗諸佛世尊欲令衆生開佛知見使得清淨故出現於世欲示衆生佛之知見故出現於世欲令衆生悟佛知見故出現於世欲令衆生入佛知見道故出現於世廣釋如別畧釋如下言衆生等有故言唯一者隨難唯解一字耳

十利今後者既等有其分故廣利無邊

十利今後者文中亦二先躡前總辨此亦二種一利今即佛在當機二利後即令之聞見發心品云我等諸佛護持此法令未來世一切菩薩未曾聞者皆悉得聞

後此亦下開章別明文分爲三初約時分二可知次此盖復二下約行分二後又此利益下對前辨異

此盖復二一令得見聞爲堅種故出現品云如人食少金剛終竟不銷等

二中疏云終竟不銷等者等取餘經餘經云要穿其身出在於外何以故金剛不與肉身雜穢而同止故於如來所種少善根亦復如是要穿一切有爲諸行煩惱身過到於無爲究竟智處何以故此少善根不與有爲諸行煩惱而共住故

二令起行成證入故出現又云設有菩薩無量百千億那由他劫行六波羅蜜脩集種種菩提分法若未聞此如來不思議大威德法門或時聞已不信不解不順不入不得名爲真實菩薩以不能生如來家故若聞此法信解隨順悟入當知此人生如來家乃至深入如來無礙境界良以有作之脩多劫終成敗

壞無心體極一念便契佛家賢首品云十刹塵數如來所悉皆承事盡一劫若於此品能誦持其福最勝過於彼等

二令起行成證入故下文二初正釋後良以有作下釋成令初疏云乃至深入如來等者中間經云隨順一切如來境界具足一切諸菩薩法安住一切種智境界遠離一切諸世間法出生一切如來所行通達一切菩薩法性於佛自在心無疑惑住無師法深入如來無礙境界故云乃至

又此利益別對前九成十種益謂一聞法爾則知常遍成見聞益二聞本行願學佛發興成發心益三聞機感知法由善起成造修益四聞爲本知其義圓成頓得益五聞果德則信樂願齊成滅障益六聞位期心證入成攝位益七聞行發意修行成起行益八聞法決須解了成稱性益見聞因知一切皆同成轉利益十總具前九成速證益故前九因皆爲令益

又此利益下對前辨異所以辨異者亦爲揀濫故以利令後義似順機感機感亦有二世機故上又明約行分二已是異前但約時故又順機多約於所利益多約於能又順機但是別義利益通於十義即總別之異故對前九別成斯十益也於中二先別對前後亦可已下通申本義今初此十種益出於旨歸但次第不同耳彼次第云一見聞益二發心益三起行益四攝位益五速證益六滅障益七轉利益八造修益九頓得益十稱性益此依從淺至深自

利利他等而爲其次今疏順前九門展轉相生後能成前以爲次第耳然見聞等實通十因欲顯别義隨便逐勝以别配耳一以法爾常説遍説便能觸目對境一切時中常如法見所引經文如前總中又出現品云佛子譬如雪山有藥王樹名曰善見若有見者眼得清淨若有聞者耳得清淨等佛子如來應正等覺無上藥王亦復如是能作一切饒益衆生若有得見如來色身眼得清淨若有得聞如來名號耳得清淨等又云佛子我今告汝設有衆生見聞於佛業障纏覆不生信樂亦種善根無空過者乃至究竟入於涅槃上雖明見佛佛是華嚴佛故舌根嘗法味故賢首品云此法希有甚奇特若人聞已能忍可能信能受能讃説如是所作甚爲難等兜率偈讃品云設於念念中供養無量佛未知真實法不名爲供養若聞如是法諸佛從此生雖經無量苦不捨菩提行一聞大智慧諸佛所入法普於法界中成三世導師明知見聞其益深矣言發心益者若不聞此不能發心設有發心不得尊勝以初發心時便成正覺等故如前引言造脩益者謂聞此普法便能造脩一行一切行故如前引出現品云多劫脩行不聞此法非真脩故言頓得益者如下六千比丘言下獲於十眼善財童子一生能圓諸位法界品初菩薩頓證等並如教迹中引言滅障益者即一斷一切斷如隨好品天鼓教以等法界三業悔過結云若如是知是真實懺悔一

切罪惡悉得清淨説此法時百千億那由他佛刹微塵數世界中兜率陀諸天子得無生法忍又諸天子以香花等供佛而成大益又云其諸香雲普雨無量佛刹微塵數世界若有衆生身蒙香者其身安樂譬如比丘入第四禪一切業障皆得消滅若有聞者彼諸衆生於色聲香味觸其内具有五百煩惱其外亦有五百煩惱貪行多者二萬一千瞋癡等分亦然了知如是悉是虚妄如是知已成就香幢雲自在光明清淨善根等皆滅障益也言攝位益者如前位中具明言起行益者如普賢行品云菩薩摩訶薩得聞此法少作方便疾得阿耨多羅三藐三菩提以一行一切行故如前行中具引言稱性益者謂依此普法一

切衆生無不皆悉稱其本性佛果海中舊來益竟故出現品云如来成正覺時於其身中普見一切衆生成正覺乃至普見一切衆生入涅槃皆同一性所謂無性若不稱性豈得然耶言轉利益者如第一重地獄天子得益竟展轉成三重之益後二即轉利益也如上滅障即第二重亦是轉利益所望處别故爲滅障第三重云若有衆生見其益者種清淨金網轉輪王位一恒河沙善根佛子菩薩住此轉輪王位於百千億那由他佛刹微塵數世界中教化衆生乃至云若有蹔得遇斯光明必獲菩薩第十地位以先脩行善根力故皆轉利益言速證益者如前教迹中一生圓曠劫之果中辨言故前九因皆爲今益者結也

大方廣佛華嚴經懸談疏鈔會本卷第五

大方廣佛華嚴經懸談疏鈔會本卷第六

清涼山大華嚴寺沙門　澄觀　撰述

亦可前一一門皆成十益可以意得

亦可前一一門皆成十益者此第二意卻是正意上但隨宜耳

因上十義故此教興發心品中有十所因彼云以佛神力故世尊本願力故等因緣相叅對會因緣可以意得

因上十義故此教興下第三結屬會釋也此上結屬下會釋經文彼經具云其說法者同名法慧悉以佛神力故世尊本願力故故爲欲顯示佛法故爲以智光普照故爲欲開闡實義故爲令證得法性故爲令衆會悉歡喜故爲欲開示佛法因故爲得一切佛平等故爲了法界無有二故說如是法十因舉二故有等言言因緣相叅者神力是緣餘皆是因故云相叅今畧舉二即有因緣以疏對彼因緣易知故云可以意得

第二明說經緣者一切經首說時方人等皆是緣起

第二明說經緣等者疏文分二先引例總明後今有十緣下開章別釋前中謂六成就中信聞二種屬於阿難在佛滅後結集時安不爲經緣餘四成就爲經緣起說必依時要有方處人通說聽即佛及衆四義足矣問智論云說時方人令生信故何以今言爲緣起耶答六中初二唯屬證信後四義有兩兼阿難引之爲生物信當時無此教不得興故爲緣起今十緣中具有此

四

今有十緣一依時二依處三依主四依三昧五依現相六依説者七依聽者八依德本九依請者十依加者

今有十緣下開章別釋中二先列後釋今初依時下釋疏文分四一大意二開章三融會四廣如旨歸一句出法源

今初依時夫心冥至道則渾一古今法界無生本亡時分下經偈云如來得菩提實不繫於日

今初分二先拂迹顯實後就德顯圓前中言夫心冥至道則混一古今者此約人顯實法界下約法顯實心與理冥契則無今古之相故肇公云古今通始終同窮本極末浩然大均生公法花疏云古亦今也今亦古矣言法界無生等者就法顯實也有生則屬三世便即有時無生則無三世刹那安有時分故出現品云真如離妄恒寂靜無生無滅普周遍等言下經偈云下引經證畧舉人證耳即兜率寶幢偈也彼具云衆生如是説某日佛成道如来得菩提實不繫於日法界品云菩薩智輪遠離一切分別網超一切障礙山不可以生死中長短染淨劫數顯示等其文非一

況無涯之説念劫圓融哉

況無涯之説等者第二就德顯圓無涯之説竪約長時故旨歸云常恒之説前後際而無涯念劫圓融者約一念即不可盡一念即無量劫無量劫即一念等故云爾也一念即多劫何定時之長短哉

今以無時之時略顯十重時別
今以無時之時畧顯十重時別者此下第二開章解釋也就中三初上二句標次初唯下釋後於前下結
初唯一念二盡七日三遍三際四攝同類劫五收異類劫六以念攝刧七劫念重收八異類界時九彼此相入十以本收末謂以非劫爲劫故
二釋中初唯一念者謂於一刹那頓遍無盡之處說無邊法二盡七日者謂初成道一七日中自受法樂第二七日頓說此經言三遍三際者謂盡前後際各無邊劫常恒周遍演說此經初無暫息上三易故疏但列名而已言四攝同類劫下以義稍隱故並加字旨歸但云四攝同類五收異劫六念攝劫七復重收八異界時九彼此相入十以本收末今加一字義則易見故並不釋唯釋第十耳言攝同類劫者於前無邊劫各攝同類如長劫唯攝長劫短劫唯攝短劫等言五收異類劫者謂長劫攝短劫等言六以念攝劫者於一念中即攝無邊同異類劫念念皆爾言七劫念重收者此上念念所攝劫中各以念成彼一一念亦各攝諸劫是則念念既其不盡劫劫亦復無窮如因陀羅網重重無盡也言入異類界時者上之七重且約一類世界如今娑婆一類今辨樹形江河形等無邊異類之刹刹既同處而有不同時亦同時而各別分齊盡彼時分常說此經言九彼此相入者即彼異類界所有時劫亦各別相收

或同異類界時互相攝入若念若劫重重無盡同前四五六七於彼諸時常說此經言謂以非劫爲劫者第十難見故以此句釋之以非劫爲本劫即爲末言非劫者離分限故如花藏世界以非劫爲劫劫即非劫念等亦爾以時無長短離分限故以染時分說彼劫故以時無別體依法上立法既融通時亦隨爾故離世間品云菩薩摩訶薩知一切劫即是非劫而真實說一切劫數是爲第六無等住故云非劫爲劫

於前十時恒演此經

於此無量時劫常說花嚴

又此十種隨一圓收

又此十種者此下第三融會也於中三初此上二句正融會

依此說時則無始終

二依此說時下通妨難此上牒疑情既無始終何有初成之始九會之終

亦隨見聞說初成等如前法爾中辨

亦隨見聞下會釋也疏指前通又此一部即是無邊法海以下皆結通無分齊故一部即是一切說故

若依此時則迥異餘教而餘教時不出於此

或說三七六七等隨見聞故

若依此時下三顯勝能於中又三初揀他顯勝次而餘教下會他顯勝後或說下再通妨難難云彼有三七等殊云何不出於此故今通云皆是此經之時隨見聞故

廣如旨歸

廣如下四出法之源

第二依處者夫智窮真際能所兩亡假說依
真而非國土
第二說經處疏文有四第一總彰大意第
二叙昔順違第三句數圓融第四別明處
異初中有三初拂迹顯實二融通顯圓三
依義建立今初至而非國土即拂迹顯實
謂既亡能所何有能依之佛所依之處普
賢三昧品云普賢身相如虛空依真而住
非國土猶是假說以真無能所無可依故
況刹塵即入染淨叅融圓滿教之普周難以
分其處別
況刹塵即入下第二融通顯圓無能所依
尚通實頓二教實教頓教尚離處所況於
圓教耶刹塵即入即下通局交徹二四句
染淨叅融即下淨穢無礙二四句圓滿教
下總結難思
然真非事外不壞所依以上無時之時遍此
非處之處
然真非下第三依義建立不壞相故不妨
立時然旨歸約處先巳有依此說經後辨
其時疏家欲順六成就之次第故先明時
耳
然有言此經在穢土說居摩竭等故有云處
淨土說在花藏故有云如實義者二種身土
無定異處即於一處見聞異故
然有言下第二敘昔順違於中二先正敘
後上之下決斷前中第一師云既七處九
會人三天四並居娑婆欲界之中明是穢
也第二師云說此經時花藏世界六種震
動又言其地堅固金剛所成娑婆土石諸

山豈得將此爲穢第三師但合上無礙謂感娑婆者對花藏而見娑婆感花藏者對娑婆而見花藏亦如螺髻所見自在天宫身子所見丘陵坑坎花藏品云譬如見導師種種色差别隨衆生心行見諸刹亦然

上之三義後一近宗

後决斷言後一近宗者且知刹該淨穢即二四句中之一句未窮玄妙故云近宗

然說此經處淨穢無礙通局交徹各二四句

然說此經處下第三句數圓融於中有三一雙標二雙釋三以麄例細初標可知

初淨穢中謂或唯染或唯淨如前二義或俱花藏内娑婆故或俱泯染淨相盡同一法界故

初淨穢中下雙釋先釋染淨二四句前一

四句以本刹末刹相望成四句花藏爲本刹世尊修因所嚴淨故刹種所持世界爲末刹應衆生有故然末刹則狹本刹則寛末通淨穢本刹唯淨若寛狹相望自屬通局今論淨穢故但取末中染刹前二句可知第三句雙明本末故得稱俱不同前二說花藏即不言娑婆說娑婆即不論花藏今要明花藏之内娑婆如一莊嚴城中舉一小室耳上三皆約事明第四句唯約理說若理事相望則前三句皆末第四句獨爲其本故花藏品云花藏世界海法界等無别莊嚴極清淨安住於虚空等

又或唯染摩竭等覆淨相故或唯淨其地金剛染相盡故或俱隱顯無礙故或俱非各相形奪二相盡故

又或唯染下第二四句隨取一剎即有四句不論本末染淨今正約娑婆染剎上論四句也即前三約淨穢虧盈後一約相盡理現若約機說者染就劣機見故淨就勝機見故俱約二人同見故剎體自在故俱非約頓機故亦唯約體故

次明通局交徹二四句者

次明通局二四句等者先標後釋

謂或局此一界故或通該十方故或俱即此即遍故或泯二相盡故

釋中前四句約一重平漫以論後四句約重重相攝以說又前四約以人望處論通局後四唯約說處論通局前中初二句唯約相說一謂此界七處說經二謂十方諸剎齊說三以相隨性故即一能遍如光明覺品彼云如此處見佛世尊坐蓮花藏師子之座十方一切諸世界中各有百億閻浮提百億如來亦如是坐此明一會即遍一切非是彼處各別有佛四即歸理平等

又或局此界攝一切故或通此入一切故或俱即攝即入故或泯形奪相盡故

後四句中初一約廣容門事攝於理無礙故令一界即理能攝一切二約普遍門事如理遍令此一界隨所依理入一切剎三廣容即普遍故正攝之時便能遍入以此二門無異體故四泯同平等門法界之中俱不可得故

又以一塵例剎亦有四句可知

又以一塵下三以麤例細也引文如前依正融通中說

若從狹至寬略顯十處

若從狹至寬略顯十處下第四別明處異中文分爲六一標數二初此下別釋三然上下總結四然說十住下釋妨五十餘佛同者下隨難重釋六又上十處下總融十義

初此閻浮七處九會而周法界如昇須彌品二周百億同類一界亦遍法界如光明覺品三遍異類樹形等剎四遍剎種五遍花藏六遍餘剎海若種若剎七遍前六類剎塵皆有同異類剎八盡虛空界容一一毛端之處各有無邊剎海九猶帝網十餘佛同

二中然其十名與旨歸小有不同旨歸云初此閻浮二周百億三盡十方四遍塵道五通異界六該剎塵七歸花藏八重攝剎九猶帝網十餘佛同今疏所以不同彼者以歸花藏即前染淨無礙故不立之故旨歸文云事盡理現染相盡故其該剎塵與遍塵道並皆是塵故第七中攝八重攝剎者亦明花藏中塵一一攝餘剎海亦不異於第六別塵故並畧之而加四五六以成十義彼三即此八彼五即此三此亦賢首畧疏之中光明覺品中意參而用之耳言如昇須彌品者此文爲證七處而周法界之言文云爾時世尊不離一切菩提樹下而上昇須彌向帝釋殿下云十方世界悉亦如是法慧偈云一切閻浮提皆言佛在中我等今見佛住於須彌頂十方悉亦然如來自在力皆遍法界之文也七處皆爾文中但三賢三天言不起而遍義如下疏

言如光明覺品者此證百億遍法界法界皆有同類一界言同類者同有須彌大海鐵圍四洲二十八天各有百億故名同也故彼經云如是無數無量無邊無等不可數不可稱不可思不可量不可說盡法界虛空界所有世界南西北方四維上下亦復如是彼一一世界中皆有百億閻浮提乃至百億色究竟天其中所有悉皆明現彼一一閻浮提中悉見如來坐蓮花藏師子之座十佛刹微塵數菩薩所共圍繞揀唯閻浮故云百億揀下異類故云同類一界言三遍異類樹形等刹者上二皆畧釋下八唯列名而已而言等者等取江河迴轉形等經列二十形結有不可說不可說佛刹微塵數異類一一流類皆遍十方虛空法界與前須彌界等互不相礙各於其中轉斯法輪言四遍刹種者向明異類且舉百億中異類故今方明刹種然異類言雖通花藏言總意別言遍刹種者即取最中無邊妙花光香水海中普照十方熾然寶光明世界種其中攝二十重佛刹微塵數結有不可說佛刹微塵數世界於中布列今遮那亦遍其中言五遍花藏者謂遍花藏一界有前十不可說佛刹微塵數世界種既皆如來修因之所嚴淨故常處其中而演說法言六遍餘刹海若種若刹者即花藏之外十方無間窮盡法界之刹海例如花藏也如第六卷現相品說花藏世界海東有世界海名清淨光蓮花莊嚴南名一切寶月光明莊嚴藏西名可愛樂寶

光明北名毘瑠璃蓮花光圓滿藏東北名閻浮檀金玻瓈色幢東南名金莊嚴瑠璃光普照西南名日光遍照西北名寶光照曜下方名蓮花香妙德藏上方名摩尼寶照曜莊嚴結云十億佛刹塵數等是也言七遍前六類刹塵者前之六段各是一類此上諸刹皆以塵成一一塵中皆有佛刹如來於彼塵内刹中說經故花藏品云花藏世界所有塵一一塵中見法界法界尚見何況刹耶又云一一塵内難思刹隨衆生心各別住又云如於此會見佛坐一切塵中悉如是其文非一言入盡虛空界容一一毛端之處各有無邊刹海者此不論成刹之塵但取容塵之處遍於空矣如二界中間空無有物亦是容塵之處今取遍法界虛空界有刹無刹有塵無塵但可容塵之處即有無邊同類異類一切刹等如來於此常轉法輪阿僧祇品云一毛端處所有刹其數無量不可說盡虛空量諸毛端一一處刹悉如是彼毛端處諸國土無量種類差別住有不可說異類刹有不可說同類刹不可言說毛端處皆有淨刹不可說種種莊嚴不可說種種奇妙不可說如是等文其證非一而言於中說法者彼次頌云於彼一一毛端處演不可說諸佛名出妙音聲不可說轉正法輪不可說於彼一一法輪中演脩多羅不可說於彼一一修多羅分別法門不可說於彼一一法門中又說諸法不可說於彼一一諸法中調伏衆生不可說等言九猶帝網者彼一

一微塵既各攝無邊刹海即此刹等復有微塵彼諸塵内復有刹海是則塵塵不盡刹刹無窮如帝釋殿網重重重重不可說其分量而毘盧遮那亦重重重重無盡無盡常演說法言十餘佛同下文自釋

然上十類一一各遍法界而前九正是遮那說法之處

然上十類等者第三總結也由上十門初二有遍法界之言從三至十皆畧此言故今總結皆遍

然說十住等處雖復各遍法界乃至塵毛爲門不同亦無雜亂

然說十住下第四釋妨謂有問言若忉利天說十住法既遍虚空周於毛道未知夜摩天等亦說十住不設爾何失二俱有過若彼不說則說處不遍若彼亦說處則雜亂何以經中唯云忉利說十住法夜摩天處說十行等耶故爲此通於中三初總荅前問次重通再難後一一會下以一例餘初中即隱顯門一門顯時餘門則隱如以十住爲門唯言十住遍十行爲門唯明十行遍等故云爲門不同亦無雜亂

若約十住與十行等全位相攝則彼此互無各遍法界若約諸位相資則彼此互有同遍法界

若約十住至彼此互有同遍法界者即第二重通再難謂更有問言若約爲門不同爲互相見不若相見者還成雜亂若不相見何以知遍今荅此問明有見不見謂若約相即則不相見若約相入則許互見言

若約十住與十行等全位相攝則彼此互無各遍法界者是相即門謂若以十住攝於餘位則唯有十住餘位如虛空以餘位廢已同十住故餘位亦爾十住遍時非十行等遍故云各遍法界言若約諸位相資則彼此互有同遍法界者是相入門以約力用互資不壞自他如兩鏡相照故東鏡動時鏡中之影亦動故得同遍法界而有主伴故非雜亂如十住爲門帶十行等同遍法界時但名十住遍不名十行等遍若十行等爲門亦然則有力能攝者爲主無力被攝者爲伴前相即門中正十住遍時不妨餘遍但隱顯不同耳十住遍時十行等即隱十行遍時餘隱亦然依相即門亦名爲純遍周法界塵毛唯有十住等故後相入門亦名雜門以諸位一時相資遍故則十住中有十行等餘義至義分齊中廣辨

一一會品准此知之十餘佛同者此佛既爾餘佛例然故諸會結通皆云我等諸佛亦如是說

十餘佛同者下第五隨難重釋中二先正顯同遍後然主主下釋通妨難前中以竪窮三際橫遍十方佛佛德用說法皆同故故經云三世諸佛已說今說當說疏中引經我等諸佛亦如是說即橫論也即證法佛言也十地經云我不見有諸佛世界彼諸如來不說此法即金剛藏說法菩薩言也

然主主不相見伴伴不相見主伴伴主則互

相見若互不相見即各遍法界互相見故同遍法界亦無雜亂亦無障礙

然主主下二通難中謂有問言餘佛說處與遮那佛為相見不設爾何失二俱有過謂若相見即乖相遍若不相見即乖主伴故為此通謂見與不見二義俱成二互相見主伴義成見與不見遍義皆成但各遍同遍以為異耳文具四句言主主不相見者遮那為主時十方餘佛但得為伴不得為主若餘佛為主遮那亦即為伴不得為主故云主主不相見二伴伴不相見者如諸佛為遮那伴時遮那更不得為伴故云伴伴不相見非謂彼諸伴佛自不相見言主伴伴主則互相見者即第三第四句也三主伴得相見者如遮那為主見餘伴佛伴佛亦見遮那故四伴主相見者如遮那為伴餘佛為主則得相見然三四二句義則不異但約一人互通主伴故成四耳言無雜亂者結為門別故言無障礙者約常融攝故

又上十處共為緣起舉一全收以一一稱法性故而隨前一一時皆遍此諸處又隨一一處皆具前時頓說此經此猶約器世間說若約智正覺及衆生世間即一一佛身肢節毛孔皆攝無盡重重之剎普賢衆生一一皆爾並是遮那說經之處

又上十處下第六總融十義於中分三初正顯十義融通次而隨下對時顯處後此猶約下通顯甚深謂上十重但是器世間耳未說佛毛及衆生毛孔中事一一皆悉

重重無盡言普賢衆生一一皆爾者普賢
若望如来亦名衆生世間若望衆生亦名
智正覺世間又舉普賢則攝一切菩薩也

大方廣佛華嚴經懸談疏鈔會本卷第六

大方廣佛華嚴經懸談疏鈔會本卷第七

清涼山大華嚴寺沙門　澄觀　撰述

第三依主者夫真身寥廓與法界合其體包羅無外與萬化齊其用窮源莫二執迹多端一身多身經論異説

第三依主疏文分五一總彰大意二今説此經下假問徵起三故説此經下總相會通四今先明下開章別釋五是知或説下會通餘教今初謂如來唯一無障礙身隨機教異耳言夫真身寥廓與法界合其體者若以法界爲身法界即身不言合體今以無障礙智智如冥一故言合體故金光明云唯如如及如如智獨存則以如智共爲真身既智合如則令色相佛身功德無不合如言包羅無外與萬化齊其用者體既合如如無不在如無不包故令佛身亦無不包矣萬化云云即是法身大用而言齊者以如來得一切法量等身故假言齊耳上二義明佛之體用同法界體用故混萬化即真會精麁一致圓融無碍也故次疏云窮源莫二謂若據本以適末則萬流有異派若尋流以討源則千途無異轍若三江之浩淼並源出於岷山也執迹多端者即據本適末不知多端是應迹耳言一身多身經論異説者出執迹之由也由經論中一多異説故經隨物異論遂經通人隨教執若識其源一多無碍故光明覺品云一身爲無量無量復爲一了知諸世間現形遍一切此身無所從亦無所積聚衆生分別故見佛種種身即其義也言異説

者或說唯一如此經云十方諸如來同共一法身一心一智慧力無畏亦然等或說二身佛地論說一生身二法身謂法身實報皆名法身實功德法故他報化身俱名生身爲物生故智度論中意亦同此又般若論說有二佛一真佛二非真佛初是法身後是報化下經之中亦多說二文云諸佛真身本無二應物分形滿世間又云佛以法爲身清淨如虛空所現衆色形令入此法中等或分爲三即法報化亦言法報應應即化也或說四種楞伽經說一應化佛二功德佛三智慧佛四如如佛初是化身中二是報身後一是法身金光明經又說四種一化身非應謂爲物所現龍鬼等形不爲佛身名化非應二應身非化謂地前菩薩所見佛身依定而現非五趣攝名應非化即四善根所見一大千界一應身也三亦應亦化謂諸聲聞所見佛身見相脩成故名爲應人見同類故名爲化四非應非化謂佛真身前三並是化身後一法報二身佛地論中亦說有四一受用非變化謂自受用身二變化非受用謂變化身化地前類三亦受用亦變化謂他受用身化十地菩薩四非受用非變化所謂法身是則前金光明約三身上論四合法報而開化身今約三身論四三身俱開復重開於報故故雖有四義理全異或說五身如大通經說然嚴公維摩疏釋云所謂法性生身亦言功德法身變化法身實相法身虛空法身詳而辨之一法身也何者言其

生則本之法性故曰法性生身推其因則是功德所成故言功德法身就其應則無感不形是則變化法身稱其大則彌綸虛空所謂虛空法身語其妙則無相無爲故曰實相法身所以能妙極無相大包虛空遍應萬化無感不形者可擬儀而明何者三有之形隨業而化故有精麤大小萬殊之差如來法身是妙功德果功德無邊果亦無邊功德無相果亦無相功德方便果亦方便無邊故量齊虛空無相故妙同實相方便故無感不形是爲如來真妙法身陰界不攝非有非無以有此身爲萬化之本故得於中無感不應如冥室曦光隨孔而照光雖萬殊而本之者一所謂真法身也若直指功德實相名爲法身此乃以法

之謂假名爲身非色像之謂也上皆五身義若以三身攝之初二是報次一是化後二是法又有義說有於九身以三身各三故法身三者一真法界以爲法身本有三大故爲三耳修成爲報身報身三者真智所證故名法身智德圓滿即是報身同體大用故曰化身是爲報身三也應身三者化必有體即是法身故經云吾今此身即是常身法身三十二相八十種好等脩因所成即是報身感而必形即是化身故爲化身三耳或說有十自有二義一約十地所得十身如勝天王經說一平等身二清淨身三無盡身四善脩身五法性身六離尋伺身七不思議身八寂靜身九虛空身十妙智身二約佛身之上自具十身即如

下明故疏云一身多身經論異說畧示異義無厭繁文

令說此經佛爲真爲應爲一爲多

令說此經下第二假問徵起於中二先問起後若言真者下徵難令初但有兩對已含前後諸義

若言真者何名釋迦居娑婆界人天同見若云應者那言遮那處蓮花藏大菩薩見見佛法身

徵難中二先難真應後難一多初中有三一約名二約處三約機

若云一者何以多處别現若云異者何以復言而不分身

若云一者下二難一多言多處别現者如光明覺品云如此處見佛世尊坐蓮花藏師子之座十佛刹微塵數菩薩所共圍遶彼一一世界中皆有百億閻浮提百億如來亦如是坐等是也又云如於此處見佛坐一切塵中悉如是佛身無去亦無來所有國土皆明現等何以復言而不分身者出現品云譬如梵王住自宫普現三千諸梵處一切人天咸得見實不分身向於彼諸佛現身亦如是一切十方無不遍其身無數不可稱亦不分身不分别

故說此經佛並非前說

故說此經下三總相會通也於中二上即遮非

即是法界無盡身雲

後即是法界下顯正於中三初總相顯示次對難會融後結成難思

真應相融一多無礙
真應相融下第二對難會融於中分二先此二句雙標
即盧遮那是釋迦故
後即盧遮那下雙釋亦二先釋真應後釋一多前中先此兩句唯釋真應通前約名爲難謂餘教遮那是真釋迦是應故經云清淨法身毘盧遮那佛千百億化身釋迦牟尼佛今既相即明是真應相融故名號品云或名毘盧遮那或名釋迦牟尼但名異耳又花藏品中明第十三重有世界名娑婆其佛即是毘盧遮那故知相融也
常在此處即他處故遠在他方恒住此故
言常在此處等者二有二對正明真應兼顯一多而含有身土對前約處爲難初真應者以約應故在此約真故周遍法界故經云佛身充滿於法界普現一切衆生前隨緣赴感靡不周而恒處此菩提座初句即真餘三皆應第四句常在此處餘三句即他處也言兼顯一多者在此處即一在他處即多如不起一處遍一切處處此菩提座一也普現衆生前多也言含土者此處即娑婆他處即遍華藏也
身不分異亦非一故
身不分異下二釋一多也不分異故非多多不碍一也亦非一故離一一不碍多也
上唯釋一多
同時異處一身圓滿皆全現故
言同時異處等者二正釋一多兼該真應言一多者以一身全現故非一非多也一

身現多故一不碍多多現而常一故多不碍一如上已引一身爲無量無量復爲一了知諸世間現形遍一切等又云唯一堅容身一切塵中見等出現品云如來於一成正覺身普現一切衆生數等身成正覺等而言同時異處者若異時異處容許一身次第遍遊今明同時異處決是多身而是一身全現故非多矣其猶一月一刹那中百川齊現即一即多又普現故非一一月故非多故智幢菩薩偈云譬如淨滿月普現一切水影像雖無量本月未曾二是也故下光明覺品疏中明有同時同處見異時異處見同時異處見異時同處見同異時處一人頓見等言兼該真應者一身圓滿即是真身皆全現故即是應身又言全現者非分現也言分現者如一身中現多頭頭中有佛署現仙人等即分現也今言全現者即此佛身即一切身即諸類身全菩薩身是佛身等

一切菩薩不能思故

一切菩薩下結難思也兼對前約人爲難菩薩尚不能思况人天能見耶以離心緣相故故二十二種功德中有無能測身第八十經云如來清淨妙法身一切三界無倫匹以出世間言語道其性非有非無故雖無所依無不住雖無不至而不去如空中畫夢所見當於佛體如是觀由非真非應非一非多故不可作真應一多等思也故光明覺品云佛身無生起戲論非是藴聚差別法故難思也又云無染無所著無

想無依止體性不可量見者咸稱歎其文非一既云菩薩不思明唯佛境

今先明十身後彰無礙

今先明十身下第四開章解釋也於中三初上二句標次言十下釋後以此身雲下總結周遍

言十身者自有二義一約融三世間爲十身者一衆生身二國土身三業報身四聲聞身五緣覺身六菩薩身七如來身八智身九法身十虛空身二就佛上自有十身一菩提身二願身三化身四力持身五相好莊嚴身六威勢身七意生身八福德身九法身十智身廣顯其相如第八地及離世間品辨

廣顯其相等者第八地中明前十身各有十相第二十身即是前十中第七如來身之十相又明前十身相作謂隨衆生心樂能以衆生身作自身國土身業報身聲聞身獨覺身菩薩身如來身智身法身虛空身如上教迹中引及一一釋相並在下文言離世間品者彼五十三中有十佛即前第二十身而名小異彼亦會釋言十佛者所謂成正覺佛願佛業報佛住持佛涅槃佛法界佛心佛三昧佛本性佛隨樂佛第五十八中又明十種見佛即見前十佛文云所謂安住世間成正覺佛無著見願佛出生見業報佛深信見住持佛隨順見涅槃佛深入見法界佛普至見心佛安住見三昧佛無量無依見本性佛明了見隨樂佛普受見然無著等復各十義並至下當明

言無礙者畧有十義
言無碍下後彰無碍二初標數後列釋今初標也
一用周無礙謂於上念刦剎塵等處遮那佛現法界身雲業用無邊悉周遍故經云如於此處見佛坐一切塵中亦如是等其文非一
一切塵中等者等取下半云佛身無去亦無來所有國土皆明現此即第五經普賢菩薩偈也言其文非一者遍於一經如第六經云毘盧遮那佛願力周法界一切國土中恒轉無上輪又云一一微塵中能證一切法如是無所碍周行十方國又云佛演一妙音周聞十方國衆音悉具足法雨皆充遍等如是等用無量無邊謂或現攝生威儀或現八相或三乘形或五趣形或六塵境差別名號業用多端不可稱說法界微塵無不皆遍故云用周也
二相遍無礙謂於上差別用中各攝一切業用故
二相遍無碍等者如上所明攝生威儀行住坐卧如不思議品云如來一坐食已結跏不動遍於十方經一切刦今明即此坐中便具行住及卧也又如前現八相遍者嵐毘尼林神說如來受生云善男子當我見佛於此四天下閻浮提內嵐毘尼園中示現初生種種神變時亦見如來於三千大千世界百億四天下閻浮提內嵐毘尼園中示現初生種種神變亦見三千大千世界一一塵中無量佛剎亦見百佛世界千佛世界乃至十方一切世界一一塵中

無量佛刹如是一切諸佛刹中皆有如來示現受生種種神變如是念念常無間斷者但是一重之遍今此明一一相中皆具八相如三十一經云菩薩在母胎中自在示現一切法界道場衆會甚微細菩薩在母胎中示現一切佛神力甚微細又離世間品云佛子菩薩摩訶薩有十種甚微細趣何等爲十所謂在母胎中示現初發菩提心乃至灌頂地在母胎中示現住兠率天在母胎中示現初生在母胎中示現童子地在母胎中示現處王宫在母胎中示現出家在母胎中示現苦行在母胎中示現詣道場成等正覺在母胎中示現轉法輪在母胎中示現般涅槃在母胎中示現大微細謂一切菩薩行一切如來自在神力無量差別門佛子是爲菩薩摩訶薩在母胎中十種微細趣釋曰母胎一相八相皆具萬德斯圓故云相遍也又上示三乘令一乘具三上示五道令一道具五例可知也

三寂用無礙無私成故

三寂用等者若取義顯應作思惟之思今用無私隱之私不偏爲故亦以無心於物故謂常在三昧爲寂無方利物爲用即定即用故云無碍如摩尼天鼓無心雨寶及出聲故不思議品云一切諸佛於一念中悉能示現一切三世諸佛教化一切衆生而不捨離諸佛寂滅三昧是爲諸佛不可思議境界又第一經云身遍十方而無來往第三經云如來境界不可量寂而能演

遍十方第四經云廣大寂静三摩地不生不滅無來去嚴浄國土示衆生此樹花神之觧脱等

四依起無礙無心頓現海印力故

四依起等者謂雖寂用無心不妨皆依海印之力故又正依定即起用故賢首品云或現童男童女形天龍及以阿修羅乃至摩睺羅伽等随其所樂悉令見衆生形相各不同行業音聲亦無量如是一切皆能現海印三昧神通力等

五真應無礙應即同法一味平等故

五真應等者釋迦遮那無二佛故吾今此身即法身故第五經云真如平等無相身離垢光明浄法身智慧寂静身無量普應十方而演法又云如來真身本無二應物分形滿世間光明覺品云如來非以相爲體但是無相寂滅法身相威儀悉具足世間随樂皆得見等

六分圓無礙一一身分即具全身故

六分圓無碍者支分不碍全身全身不碍支分謂遮那一一身分手足眼耳乃至一毛皆有舍那全身法界品云如來一一毛孔中一切刹塵諸佛坐妙嚴品云佛身一切相悉現無量佛普入十方界一一微塵中以一毛之性不異全身故故出現品云佛子菩薩摩訶薩應知如來一毛孔中有一切衆生數等諸佛身何以故如來成正覺身究竟無生滅故如一毛孔遍法界一切毛孔悉亦如是等又如來眼等皆遍法界若分與圓異分旣有多應有多箇法界

合成一身以分圓無碍故一遍一切遍也
又法界品中普賢毛孔支節亦然
七因果無礙不礙現因故
七因果等者謂一一毛孔現自遮那往昔本生行菩薩行所受之身及所成事亦現十方一切菩薩身雲及下經中眉間出勝音等塵數菩薩等又第一經云三世諸佛所有神變於光明中靡不咸覩第五經云佛以本願現神通一切十方無不照如佛往昔修治行光明網中皆演說第六經云一一佛身中億刧不思議修習波羅蜜及嚴淨國土如是等文其處甚多
八依正無礙不礙現依故
八依正無碍等者如上說因中釋又此身雲即作一切器世間故經云或作日月遊虛空或作河池井泉水又或時作地水或復作風火相入相即六句四句並如前釋
九潛入無礙
九潛入無碍等者文中二先標章後入衆生界下觧釋
入衆生界
釋有二義一明佛入衆生二又亦攝下明衆生入佛皆衆生不知故云潛入今初有三初一句正釋次如如來藏下引喻後故出現下引證
如如來藏雖作衆生不失自性故
喻中衆生真心名如來藏隨無明等緣作諸衆生流轉三界而此真心自性不失故勝鬘經云不染而染難可了知染而不染難可了知若轉以喻顯者如大海水因風

成波而不失濕性佛亦如是隨衆生感萬類殊形而如來身不失自性此以衆生自法身作自衆生誰如來真身入一切衆生故出現品云佛智潛入衆生心又云衆生心中有佛成正覺等

故出現下引證引其二文初佛智潛入者此以智身通證佛身佛身隨化文處盖多今取潛入之義故引出現耳彼經云譬如大海其水潛流四天下地及八十億諸小洲中有穿鑿者無不得水而彼大海不作分别我出於水佛智海水亦復如是流入一切衆生心中若諸衆生觀察境界修習法門則得智慧清淨明了而如來智平等無二無有分别但隨衆生心行異故所得智慧各各不同今所引者正取潛入之義耳又云衆生心中等者亦是彼品前文已引

大方廣佛華嚴經懸談疏鈔會本卷第七

音釋

淼（彌沼切大水皃）　岷（武巾切山名）　嵐（力含切大風也）

大方廣佛華嚴經懸談疏鈔會本卷第八

清涼山大華嚴寺沙門　澄觀　撰述

又亦攝一切衆生在一毛孔善化天王云汝應觀佛一毛孔一切衆生悉在中等

又亦攝下上辨潛入今明攝他正攝他時不礙入他故稱無礙

十圓通無礙謂此佛身即理即事即一即多即依即正即人即法即此即彼即情即非情即深即廣即因即果即三身即十身

十圓通等者文中二先別明後總結今初以遮那佛融大法界而爲其身故無不即不待現身方名即事等以法界之體無不包故無不即故令身亦然若指相別說者佛身色相即事也全同法身即理也即一即多乃有二義一法身爲一應化爲多真應既融故相即也二此一處應即多處應亦以體融又即此一應爲多應故故光明覺品云一身爲無量無量復爲一了知諸世間現形遍一切此身無所從亦無所積聚衆生分別故見佛種種身等即依即正亦有二義一以法性身土融無二故二者有國土身故即依有智正覺等身故即正即人者證法成人故即法者佛以法爲身故即此即彼者不離菩提樹而遍一切處故既亦不離一切處而坐菩提樹可言即彼即此也二義小異彼此相即是同又即此佛是他佛故他亦是此即情者異木石故即非情者同色性故作河池等故非情即佛體故即深即廣者蘊界入等若虛空故深無不包含故廣又量同空故廣離空

相故深故問明品云如來深境界其量等虚空一切衆生入而實無所入出現品云譬如虚空遍至一切色非色處如來亦如是等廣也非至非不至深也又如虚空寛廣非色而能顯現一切諸色等皆深廣也又妙嚴品云佛身普遍諸大會充滿法界無窮盡廣也寂滅無性不可取深也爲救世間而出現具深廣也即因即果者因無異果之因果無異因之果故十身之中有如來身有菩薩身故即三身即十身者若以佛身上十身者菩提身願身化身力持身意生身即三身中化身攝也相好身威勢身福德身義通報化法身即法身智身義通三身局唯法報故即三是十即十是三若約融三世間十身即三者如來身通三身智身亦通三身法身虚空身即法身餘六通法化法身體故隨物應國土等故同一無礙法界身雲

同一無碍等者二總結也即以無障碍法界爲體含四法界何所不具故無不即耳則未有一法非佛身也

以此身雲遍前時處常說華嚴

以此身雲下第三總結周遍也

是知或說報身在色究竟約攝報說是知等者第五會釋餘教也文中三初別會二總非三揀濫今初畧會五文一會起信唯識等文起信論云又是菩薩功德成滿於色究竟處示一切世間最高大身謂以一念相應慧無明頓盡名一切種智自然而有不思議業能現十方利益衆生藏

和尚疏引地論釋云故地論云一者現報利益受佛位也二者後報利益摩醯首羅智處生故自問云何故他受用報身在此天者一義云以寄報十王顯別十地然第十地寄當此天王即於彼身示成菩提故在彼天餘義如別說天宮抄釋餘義云云二即四智圓滿唯識即實報成佛此示高大身即他受用唯識爲引二乘令知菩提樹下非是報身且指彼爲實報也疏令亦指二文之意及十地經文通之故云約攝報說

或說報身在餘淨土約引攝說

別說報身等者即第二通涅槃央崛等經也涅槃二十四高貴德王菩薩品明十功德中第四功德末高貴德王難云若有菩薩脩大涅槃悉作如是十事功德如來何故唯作九事不脩淨土佛荅具脩末云善男子西方去此娑婆世界度三十二恒河少等諸佛國土彼有世界名曰無勝彼土何故名曰無勝其土所有嚴麗之事悉皆平等無有差別猶如西方安樂世界亦如東方滿月世界我於彼土出現於世爲化衆生故於此界閻浮提中現轉法輪非但我身獨於此中現轉法輪一切諸佛亦於此中而轉法輪以是義故諸佛世尊非不脩行如是十事善男子慈氏菩薩以誓願故當來之世令此世界清淨莊嚴以是義故一切諸佛所有世界無不嚴淨釋曰既言爲化衆生居此閻浮無勝國土是我嚴淨明指報身在餘淨土言央崛經者經文

稍廣今畧義引謂佛荅央崛云我住無生際而汝不覺知等央崛難云若住無生際何以生於此土佛荅云東方有佛汝往問之當爲汝說央崛文殊同往問佛彼佛荅言彼釋迦者即是我身大意明餘淨土中佛是證無生際者今生娑婆是化現耳故言在餘淨土而疏言約引攝說者不言嚴淨花藏及周法界帝網之刹不言此身周滿法界而言在於東方等明是隨宜引攝娑婆雜惡衆生令脩淨土之行耳

或說舍那坐千葉花攝二地說

或說舍那下第三通梵網等經彼云我今盧舍那方坐蓮花臺周帀千花上復現千釋迦一花百億國一國一釋迦等者即以運花臺上爲本源盧舍那千葉釋迦復是大化一釋迦更有百億方爲小化者亦不言其身充滿一切世間普賢蓮花有不可說葉量周法界十地菩薩之花尚量等百萬三千大千世界況如來耶明知亦是他受用身攝二地耳以二地戒度圓滿故爲說戒以初地化百佛刹則有百葉之花二地化千佛刹故花有千葉若至三地應見萬葉四地億葉五地千億六地百千億七地百千億那由他八地百千萬三千大千世界微塵數九地百千萬億阿僧祇國土微塵數十地十不可說百千億那由他佛刹微塵數據上十地百萬三千尚猶畧說故知非顯真極之身

或說登地方見約勝機說

或說登地下第四通他受用身登地之機

爲勝機耳前別約二地今通約十地

或分三異從體相用說

或分三異下第五通三身也若直說者法身約體報身約相化身約用然起信立義分云所言義者則有三種一者體大謂一切法真如平等不增減故二者相大謂如來藏具足無量性功德故三者用大能生一切世間出世間善因果故藏和尚釋相大云二種藏中唯取不空如來藏用大者謂隨染業幻自然大用報化二身麤細之用令諸衆生始成世善終成出世善也釋曰依此解者以不空之藏脩成方顯爲真報故用大中報他受用故顯勝名報

俱非此經真實之義

俱非等者第二總非也以十身圓融爲實義故

設分三十不同亦權實對說若不融前義亦失經宗

設分三十等者第三揀濫也云何揀耶麤相約教而說三身爲權十身爲實若不知三身即是十身爲不融前權外立實故失經宗

第四依三昧者夫動靜唯物聖豈然乎示軌後徒明將有說必須靜鑒前理受諸佛加從定起而發言言必真當故受者之心自然篤矣

第四依三昧疏文分二先立理正明後對文畧釋今初有二先別顯後結成初中下十住疏明入定意總有六義一此三昧是法體故即十地論意二非證不說故若不

證而說則是生滅心行說實相法三顯法非思量境故明要亡心方契上義前約顯實此約遮過然上三義後後釋於前前大同小異四觀機審法故要須藥病相當方可說故五爲受佛加故上四内因此一外緣因緣和合方能說故六成軌儀故即一向爲生上五自利此一利他今疏含具初之二句總相立理非唯入定爲物出定亦然宜見出者則出宜見入者便入故云唯物聖無定亂故云聖豈然乎故淨名云不定不亂示軌後徒下别顯入意也此即第六意明將有說必須靜鑒前理者含前四意靜者離思量也靜鑒者證法體也靜鑒前理者觀機審法也前字兼機故佛加可知從定起而發言下明非證不說亦總顯前六之勝用也

故於諸會多明入定爲說經緣

故於諸會下總結成也九會說經八入三昧第二不入故名爲多第一會普賢入毘盧遮那如來藏身三昧第三會法慧菩薩入菩薩無量方便三昧第四會功德林菩薩入菩薩善思惟三昧第五會金剛幢菩薩入智光三昧第六會金剛藏菩薩入菩薩智慧光明三昧第七會如來自住刹那際三昧第八會普賢菩薩入佛華嚴三昧第九會如來自入師子頻申三昧二不入者未入位故有云蓋文漏耳說世間法尚須入定況十信耶若約所表前義無失有不入者至文當說其所入定皆盡法源業用難思

有不入者下第二對文畧釋不入之義已如向說其所入下顯勝超劣寄位優劣所入不同人法俱勝故一一三昧皆盡法源底非如入初禪時不入二三等故以盡法源故並感諸佛三業加等

第五依現相者謂法性寂寥雖無諸相無相之相不礙繁興

第五依現相疏文分四一總明大意二顯相不同三別明放光四料揀同異今初應有四句一者隨相二者無相三者無相不礙相四者相即無相法性寂寥即第二句無相之相即三四句下別明中有初一句故應莫執無相以廓諸相也故下經云如來非以相爲體但是無相寂滅法身相威儀悉具足世間隨樂皆得見十地云佛住甚深眞法性寂滅無相同虛空而於第一實義中示現種種所行事所作利益衆生事皆依法性而得有相與無相無差別入於究竟皆無相等即其義也

起教多端相非一准或放光動刹或花雨香雲皆爲發起

起教多端下第二顯相不同也由所起教異故能起相殊如說法華以放光動地雨花爲相將說涅槃以聲光遍告爲相如說般若以散金花爲相今經具有諸相花藏世界六種震動而於花雲香雲蓋雲鬘雲瓔珞雲等皆其相也

故諸會之內將欲說法多先放光通表智光以被物故然有二種一不壞次第光隨位增微故二圓通無礙光隨一一光皆結通故隨

處放異總有十光各有所表至文當知
故諸會下第三別明放光於中文三初總明次然有下別顯後隨處放異下重釋隨相言十光者第一會放於二光謂現相品初於如來衆齒之間放種種光二亦於此品放眉間光第二會放足輪光第三會足指放光第四會足上放光第五會膝輪放光第六會亦眉間放光第七會初不放光而出現品放二種光謂放眉間光加於妙德放於口光加於普賢第八會總不放光第九會亦放眉間白毫光明初七各二八不放故九會有十言各有所表者初面門衆齒放者表教道遐舒金口所流從佛口生是真佛子故以是光初故於總處放也又表咀嚼法味滋法身故等眉間放者通表一乘中正之道足輪最下表信四義一自下而上信最初故二最卑微故三爲行本故四信該果海已滿足故足指安住故足上依行故膝輪屈伸可迴向故十地眉間表所證十如之中道故出現眉間表出現中道不住生死涅槃之二邊故口放表佛口生真長子故第八會不放行依解發依解光故或畧無故第九會眉間表證窮法界之中道故廣如下疏故云至文當知

其動地等多在說後則但是慶聞如十地中雖是慶前義兼起後則是教縁
其動地等下第四料揀同異慶前起後二義不同故取起後不取慶前言如十地等者九地初云說此菩薩入地時如來現大神通力震動十方諸國土無量億數難思

議等既牒八地明是慶前讃竟便請九地故義兼起後

第六依說人者法無廢興弘之由人

第六依說人疏文分二先總顯來意後開章別釋令初先立理然法有四種教理行果理法湛然故無廢興龍宮教海亦多長在脩行尅果則在於人故般若論云法欲滅者脩行滅故然弘有二義一者自行二者傳化令取傳化

下文云佛法無人說雖慧莫能了

下文云下二引證也即第十六勝慧菩薩偈具云譬如闇中寶無燈不可見佛法無人說雖慧莫能了故說者如燈能照衆生心寶

今此能說通三世間

今此能說下開章別釋於中三初總明說人次指文顯說後說儀不同令初總有四重一明有三二開爲五三開五爲十四開十爲無量

開即爲五謂佛菩薩聲聞衆生及器

開即爲五者開三世間中智正覺一爲三乘故衆生世間及器世間仍舊不開故爲五也

更開爲十謂加三世微塵毛孔器及有情各有分圓故毛孔微塵即是分說此上諸說通三世故故普賢行品云佛說衆生說及以國土說三世如是說等

更開爲十等者以三世爲三微塵說爲四毛孔說爲五器及有情各有分圓下出爲十所以直語世界說是器家之圓若言微

塵說即器家之分但言有情說是有情家圓若云毛孔說即有情家分言有情者即含前佛菩薩聲聞衆生也此上諸說通三世故者上之七說並通三世謂過去佛說現在佛說未來佛說等故普賢下引證言如是說等者等取下句種種悉了知也亦等餘文

廣即無量法界品中類非一故

廣即無量等者法界品中畧明五類法界皆有說義五類之内一一復多故云無量言五類者一法法界二人法界三俱融四俱泯五無障礙初中有十門一事法界二理法界三境四行五體六用七順八逆九教十義二人法界亦有十門一人二天三男四女五在家六出家七外道八諸神九菩薩十佛又事有多事天有多天神有多神百一十城三千知識等故云類非一也如僧祇隨好即是佛諸餘會多菩薩說法界品初有聲聞說諸善友等多菩薩說亦名衆生說菩提樹等即器界說至文當知

如僧祇下指文顯說言菩提樹等即器界說至文當知者經云其菩提樹恒出妙音說種種法無有盡極而言等者等取餘文師子座說等又等取塵毛之文如善慧地云或時心欲放大光明演說法門或時心欲於其身上一一毛孔皆演法音或時心欲乃至三千大千世界所有一切形無形物皆悉演出妙法言音乃至云或時心欲令不可說無量世界地水火風中大聚中所有微塵一一塵中皆悉演出不可說法

門如是所念一切隨心無不得者上之所
引即器界塵毛等說也
其能說人用法不同或用音聲或用妙色等
如教體中辨
其能說下三明說儀不同但指下文耳
第七依聽人者子期云喪伯牙輟絃若無聽
者終無有說
第七依聽人疏文有二先明大意
即下諸衆畧有十類至文當明除當機衆餘
皆是緣
後即下　諸衆下畧指類別子期云喪等者
列子云伯牙善鼓琴鍾子期善聽伯牙鼓
琴志在高山子期曰善哉峩峩兮若泰山
志在流水子期云善哉洋洋兮若江河伯
牙所念鍾子期必善得其意伯牙遊於泰
山之陰卒逢暴雨止於巖下心悲乃援琴
而鼓之初爲霖雨之操更造崩山之音音
曲每奏鍾子期輒窮其趣伯牙乃捨琴而
歎曰善哉子之聽夫志想象猶吾心也
吾於何以逃聲哉莊子加云鍾子期死伯
牙終身不復鼓琴文選云士爲知已者用
女爲悅已者容明人之道術在遇知音知
音即聽者
第八依德本者川有珠而不枯山有玉而增
潤内無德本外豈能談然唯約說者前人此
法故
第八依德本文三初標大意次畧有二類
下正顯示後若感者下揀疑濫初中疏川
有珠下二句喻次内無下合後然唯約說
者下揀定劉子云山抱玉而草木潤焉川

貯珠而岸不枯焉口納滋味而百節肥焉
心受典誥而五性通焉紫玉精歌曰風淒
淒雲容容水潺潺兮不息山蒼蒼兮萬重

大方廣佛華嚴經懸談疏鈔會本卷第八

大方廣佛華嚴經懸談疏鈔會本卷第九

清涼山大華嚴寺沙門　澄觀　撰述

畧有二類一者智慧最爲首故十方諸佛告金剛幢言及由汝智慧清淨故告金剛藏言亦是汝勝智力故二者餘行願力故十方諸佛告普賢言亦以汝脩一切諸行願力故十方諸佛告法慧言及汝所脩諸善根力令汝入是三昧而演說法

次畧有二類下正顯示也

若感者善根若化主行願皆屬說因

後若感者下揀疑濫

第九依請人者若約慈悲深厚亦有無問自談若約敬法重人要須誠請後說初心識昧未解諮求上智慈悲騰疑啓請

第九依請者文二先舉無顯有然有二類一者言請二者念請諸會有無現相品當辨

後然有二下別示請儀

第十依能加者夫聖無常應應於克誠

第十依能加亦二先總明大意後然若佛下別釋所以令初先立理後指陳前中借尚書意故彼第四云民罔常懷懷于有仁鬼神無常享享于克誠

心冥至極故得佛加

心冥至極下以入定契理指陳也耳故下文中以三昧力故佛加感十方諸佛現前等

然若佛自說則不俟加如第七會因人有說要假上加其第八會行依法脩不異前故畧無有加又不入定故無有加餘皆具有

別釋中四一總彰有無二所以加者下出加所以三若爾僧祇隨好下釋通妨難四加有下就類彰別

所以加者

二中先徵後釋

欲顯諸佛同加即同說故一說一切說故亦顯果海無言故因相可說故

釋有云顯諸佛同加即同說故者即第一意意言欲若佛自說不可言加則但名自說耳今由同加皆與智勸說即顯同說也一說一切說故者第二意也上顯通方之法此顯圓融之教然一經中總具四句今但舉一以順同加義故言四句者一者一說是一說如僧祇等二一說一切說如向所明三一切說是一說如一切處文殊同遍法界同聲說偈顯法無異故四者一切說是一切說如十方來證皆自叙云我等諸佛亦如是說餘三不順同加故疏不明耳亦顯果海下第三意也佛表果海菩薩表因故故十地經云此處難宣示我今說少分論經云一分論釋云果分不可說但說因分因分於果爲一分耳

若爾僧祇隨好應非一切

若爾僧祇下三釋通妨難於中三初設難二釋難三遮難今初也

表微細難知故超出因果故

表微細下二釋難也畧舉二意對前三意言微細難知者對前同說及一切說前菩薩說以受加故表佛同說今以僧祇數量重重微細唯佛能知隨好光明功德一好

一光能破地獄三重頓圓故亦難知唯佛能了故佛自說言超出因果故者對前果海不可說也前難中意云若以菩薩表因令佛自說應可表果可說故今荅云對果說因言因可說因無果外之因因同果海故因亦叵說如鳥跡同空跡亦叵說因既非因果亦非果欲拂前因果之相故佛自說

然施設不同不應一准

然施設等者三遮難也恐有難言若令佛說即表微細餘應是麁此言超出前應繫著故此遮云聖教施設千差萬别各取一表不應尅定受加表於同說亦非𢀸非著佛說表細顯超亦不礙於同說約表小異大旨全同何不亡言觸途生滯故云不應一准

加有二種一者顯加具於三業二者冥加但與智令說

加有二種下第四就類彰别於中二先顯别後指文前中顯加具於三業者口業勸說以益辯意業與智以益智身業摩頂以增威然意與智雖則是冥以與身語同時此二顯彰以少從多故三皆稱顯冥唯與智故有不同

普光法界無顯有冥餘皆具二顯必有冥故餘至下明

普光法界等者後指文也普光攝三會謂二七八也法界即是第九故此四會並唯有冥由二七兩會不入定故故無顯加而文殊師利普賢菩薩皆言承佛神力故是

冥加第八會普賢雖入三昧無有加分但有作用發起故無顯加亦言承佛神力故有冥加法界品如來自入三昧不可有加第七普賢第二文殊有說無定故闕顯加皆承佛力能說能證故有冥加言餘皆具二者即餘五會顯必有冥者釋具所以冥即未必有顯顯即必有於冥以如來有力有慈常冥加故未定緣闕不容有顯故唯有冥顯加之時冥常不捨又有意加故言必有言餘至下明者謂冥顯加相有多義門隨文具顯也

教起因緣竟

結前十因十緣也

第二藏教所攝中二先藏攝後教攝前中亦二先藏後攝今初藏謂三藏二藏通稱藏者

以含攝故世親攝論第一莊嚴論第四皆云彼三及二云何名藏荅云由攝故謂攝一切所應知義攝即包含

第二藏教所攝今初下疏文分二先總後別總中亦二先總科後通稱藏者下牒釋總名引世親攝論者然攝大乘論本論即無著菩薩所造釋有多家此方有二即世親無性二菩薩也大唐三藏俱譯二本各有十卷梁朝真諦譯世親釋有十五卷今稱梁攝論是釋義大同小異疏家隨便引之恐濫三本故各以異名揀之然依古德多引梁論若今自取多引無性世親言謂攝一切所應知義者即彼論自釋攝義所應知者然論無別釋下廣顯論所明即十勝相謂一應知依止勝相二應知相勝相

三應知入勝相等十相皆言應知即理事等法皆應知也攝即包含者疏家轉將攝義後釋於含以前標云以含攝故故牒釋也

言三藏者一脩多羅藏二毘柰耶藏三阿毘達磨藏

言三藏下第二別釋分二先三藏後二藏前中三初總列次初中下別釋後然此三藏下總顯所詮

初中先辨名後顯相今初亦名脩妬路亦名素呾纜此皆梵音楚夏

二中三藏即爲三別皆先標後釋今初亦名下釋也於中四一會梵音二敘古譯三敘古破四會順違今初言梵音楚夏者秦洛謂之中華亦云華夏亦云中夏淮南楚地非是中方楚洛言音呼召輕重今西域梵語有似於斯中天如中夏餘四如楚蜀西來三藏或有南天或有北天或有中天東西各異素呾纜者唐三藏譯云是中天什公多譯爲脩多羅亦云脩妬路多通諸天什公是龜茲人近於東天實叉三藏于闐國人多近東北然什公亦遊五天隨時所受小有輕重語其大旨理則無乖然前後三藏多云脩多羅也

古譯爲契經

古譯等者第二敘古譯也於中五一標名

智論之中名爲經藏

二智論下引證

契謂契理契機經謂貫穿攝化

三契謂契理下釋義

即契理合機之經依主受名契經即藏持業
釋也
四即契理合機下會六釋以契對經即名
依主以契經對藏便名持業
復云正翻爲線線能貫花經能持緯此方不
貴線稱故存於經
五復云下會傍正
有云案五印度呼線席經井索聖教皆曰脩
多羅則經正是敵對庰於古德經非敵對
有云等者第三叙古破此古即是靜法苑
公刊定記中義也但言有云即是刊定記
主若云古德多是藏和尚亦有此前諸德
此中總舉先古諸德又此中疏撮畧刊定
之意耳刊定已叙古義竟便云今詳諸論
及以梵言良恐不爾所以者何此中通辨

有三失故一敵對翻名失二以義爲名失
三總別不分失今疏所明即第一失謂脩
多羅一名既含四實線既敵對經何得非
經是敵對言非敵對故云敵對翻名失故
疏云庰於古德經非敵對二以義爲名失
者意云經字是名契字是義以經有契理
合機之義故借契義以助經名而呼契經
兩字全作名者即是以義爲名失也若全
名者應云欲底脩多羅欲底之言有其三
義一者契義二順古所行三依正道理今
取契義既無欲底之言明知名無契字也
又舉例云如質多名心集起爲義詎翻集
起亦作名耶意云集起既非心名契理豈
是經目也三總別不分失者彼云但藏部
立名各有兩重總別一謂三藏十二部爲

總名脩多羅等爲別稱二謂脩多羅爲總踈毘柰耶應頌等爲別目古來相傳唯辨前門不論於後今脩多羅依藏部中總相業用而立其名餘藏部名依藏部中別相業用所以者何脩多羅業能貫攝故餘藏餘部所詮所化由此貫攝彼方成故故涅盤十五云始從如是我聞終至歡喜奉行一切皆名脩多羅故釋曰刋定記文猶似難見今更爲釋言各有兩重總別者如三藏中兩重者一云三藏是總經律論爲別二云脩多羅是總稱調伏對法爲別稱故三藏中脩多羅即是總名雖標總稱即受別名故云今脩多羅依三藏中總相業用古人不知此從總相得名但謂爲別故云總別不分失也如十二部亦有兩重總別者一云十二部經總也謂脩多羅祇夜等即爲別稱二云脩多羅是總名祇夜等十一爲別稱不取修多羅以修多羅爲總故亦雖標總稱即受別名是則三藏中修多羅通於二藏十二分中修多羅通餘十一故若不通者修多羅既稱契理合機餘無此名應不契理合機既俱契理合機明知修多羅是從總相立名耳三藏十二部皆有兩重總別故云各有也刋定之意亦有理在今謂若十二部中修多羅則通十一及於三藏若三藏中修多羅名唯通十二不通二藏二藏之中有契合者自屬十二分中修多羅耳思之以非畧要故疏畧不敘唯明初一恐欲知根本故鈔具敘耳彼復破於遠公三修多羅至十藏品當說

今更詳之若一名四實皆爲敵對則古如所破

今更詳之者第四會順違也於中三初全縱次半奪後出古意今初言古如所破者經線俱爲敵對而言線是經非古如所破若兼順義經自屬於席經敵對應名聖教故梁攝論譯爲聖教彼論云有阿毘達磨非是聖教爲成聖教故加修多羅名

若兼順義下二半奪也縱其經是敵對奪其不名聖教故一名含於多實應須順義立名如仙陀婆一名四實若譯經中五味之處應譯爲鹽若譯經中王之所乘仙陀婆者應譯爲馬不可言水言器今譯佛經云修多羅合名聖教也言線言索非全愜當故云經自屬於席經敵對應名聖教梁攝已下引文爲證即第一論然此所引上兩句全是論文爲成聖教下乃取義釋以彼本論云攝大乘論即阿毘達磨教及脩多羅釋論云此言大乘者欲揀小乘阿毘達磨何不但說阿毘達磨名復說修多羅名有阿毘達磨非是聖教故此中意云若但言阿毘達磨揀濫不盡故加修多羅言揀異凡夫所造之論明是聖教之論故今引意者本論假修多羅釋論之中乃云聖教明是譯修多羅爲聖教也

古德見此儒墨皆稱爲經遂借彼席經以目聖教則雙含二義俱順兩方借義助名更加契字揀異席經甚爲允當

古德見此下出古意也席經不順本義是故借耳儒即儒教夫子爲主墨即墨教墨

翟爲主以亡身益物是其所宗如夏禹之勤用斯意也儒有九經五經等皆稱爲經經者常也典也聖人之言方得稱經此方既以聖人之言爲經故譯聖教亦名經也言雙含二義者即聖教及經緯義也俱順兩方者順此方夫子等經順西域經緯聖教之經也恐濫席經故加契字以揀之耳古人既以敵對爲線明知言契經半從義耳故爲允當

二顯相者西域四名所目雖殊意義相似故同稱修多羅而聖教多含具上三義

二顯相下此中大意取其一名四實以會雜心五義便是顯修多羅之相文中三初舉總包含二故雜心下正會五義三總上五義下以義貫通

故雜心云經有五義一曰涌泉二曰出生三曰顯示四曰繩墨五曰結鬘涌泉則注而無竭出生則展轉滋多義同井索有汲引故顯示正是聖教顯事理故繩墨則楷定正邪亦是繩之爲經能持於緯同席經義結鬘同線能貫花結成鬘故

二中即雜心第八修多羅品云修多羅者凡有五義一曰出生出生諸義故二曰涌泉義味無盡故三曰顯示顯示諸義故四曰繩墨辨諸邪正故五曰結鬘貫穿諸法故如是五義是脩多羅義今疏引初二義不次者依古疏引取義便耳

總上五義不出貫攝

總上五義下三以義貫通於中二先總釋貫攝後彰所貫攝前中有三初標義二引

證三釋所引

故佛地論第一云能貫能攝故名爲經以佛聖教貫穿攝持所應說義所化生故

故佛地下二引證也全引論文更無所少

而次下對所詮云應知此中宣說佛地饒益有情依所詮義名佛地經如緣起經如集寶論意云皆從所詮也

此或貫攝通所說所化或貫穿法相攝持所化

此或貫攝下三釋所引論也釋有二義一通二局上即通也言二義通所說者謂貫穿所說之法攝令不散故下引瑜伽云攝取聖語言二義通所化者貫穿所化衆生心行攝取不捨故局義可知

又世親攝論釋貫穿云謂能貫穿依故相故法故義故

又世親攝論下第二彰所貫攝之法於中二初引攝論正釋後例同指餘前中即彼論第一文中亦二先引論總標

依者謂依於是處由此爲此而有所說相者謂世俗諦

相勝義諦相法

者謂蘊界處緣起諦食靜慮無量無色解脫勝處遍處菩提分無礙解無諍等義者隨順密意說等

後依者下引論別釋釋標四義則分爲四初釋依中舉其三事一於是處者即說經處如佛在摩竭提國等二由此者即說經因緣即所被機等如十地經由十方佛加解脫月請等三爲此者即說經意如發心

品云爲欲顯示佛法故爲以智光普照故爲欲開闡實義故等故梁論云是處是人是用言相者謂世俗諦相勝義諦相者謂世尊說法有何相貌諸佛唯依二諦爲衆生說更無餘相言法者謂蘊界處等者即所詮法即軌持之法一一皆通二諦蘊即五蘊界即十八界處即十二處緣起即十二因緣諦即四諦食即四食如世親論第十初說靜慮即四靜慮無量即四無量無色即四無色解脫即八解脫勝處即八勝處遍處即十遍處菩提分即三十七品等無碍解即四辨才無諍即無諍三昧等者等餘法數並下經文廣有其相言義者隨順密意說等者義名所以世尊說法或顯了說或密意說如說一切皆空此就第一義說凡夫不解謂無俗諦等亦如四意趣四隨等梁論釋義云義者所作事故名義生道滅惑是事此意云佛所說經但令衆生生道滅惑以爲其義耳亦佛之意趣也

瑜伽二十五顯揚二十大同此說餘義至十二分中當明

瑜伽二十五下二例同指餘先例同謂彼二論皆云素怛纜者謂佛世尊於彼方所爲彼有情依彼所作諸行差別演說無量蘊相應語乃至廣說結集法者攝取聖語爲法久住以美妙言次第結集貫穿縫綴能引義利能引梵行真妙實義是名素怛纜餘義至十二分中當明者下有異名異名有四一依仁王二諦品名爲法本二依梁論名爲聖教三依成論名直說語言四

依智論第二但名爲經四中疏文已有二四初三二名在十藏品文局十二分中修多羅故此不釋又遠公立三修多羅一總相二別相三畧相刋定記破於後二並在十藏品中收之云餘義等

第二毗奈耶藏初名後相

第二毗奈耶藏疏文分二初總科後前中下別釋

前中亦名毗尼梵言之畧耳此翻爲調伏謂調練三業制伏過非調練通於止作制伏唯明止惡就所詮之行彰名即調伏之藏或能詮藏有調伏之能即有財釋契經藏中類有此釋

後前中下別釋於釋名中二先正釋後辨異名今初疏此翻爲調伏者准刋定記云義翻爲調伏若敵對翻正稱爲律若素律師疏云梵曰毗尼或云鞞泥迦毗那耶鼻那夜此等皆由梵音輕重不同傳有訛畧不得正名正曰毗奈耶此云調伏

毗尼或翻爲滅滅有三義一滅業非二滅煩惱三得滅果

毘尼或翻下二辨異名於中有四今初名滅者東塔又云毘䐗多此云已調伏當其滅義故母論第一云滅諸惡法故名毘尼釋曰若依此釋則毘尼是毘䐗多之言畧耳則與毘柰耶調伏之義有乖而上又云毘尼鞞泥迦等皆梵音輕重則毘尼亦是毘柰耶畧稱含其調伏與滅二義耳故疏云毘尼或翻爲滅滅有三義等者釋義一滅業非者不煞盜等故律中有犯毘尼有

諍毘尼二滅煩惱者是發業之本故律云爲調伏貪等令盡是故世尊制增戒學三得滅果者即無爲果故戒經云戒淨有智慧便得第一道

或名尸羅具云翅怛羅此云清涼離熱惱因得清涼果故

或名尸羅等者第二名也即雙從因果得名

亦名波羅提木叉此云别解脱此就因得名然有二義一揀異定道名之爲别二三業七支各各防非故名爲别亦翻爲隨順解脱此據果立隨順有爲無爲二種解脱果故

亦名波羅提木叉等者第三名也言揀異定道者非是定共道共二戒是遠離羈縛業縁名爲解脱亦翻爲隨順解脱者即第三名中别義也故遺教經云戒是正順解脱之本故名波羅提木叉又相續解脱經云五分法身名解脱梵云毘木叉若涅槃解脱梵云木叉依此亦可雙從因果得名隨順是因故又到定記云離過無障名爲木叉業用無礙名毘木叉又云復有異名名優波羅叉此西域外道律名亦名繅叉亦名剌闍你地地音田夷反又音提字也此西域王法律名

亦名性善如十誦律亦名守信如昔所受實能持故後顯相者前名之中已含止作即毘尼相

後顯相者下顯相文二先指前總説謂制伏過非及滅惡等即是止行調練三業性善守信等通於止作毘尼以止善爲宗律

宗其唯持犯故以止作總爲顯相
若別說者世親攝論云毘奈耶有四義謂犯
罪故等起故還淨故出離故廣如彼論
若別說者下二引論別釋言廣如彼論者
論云犯罪者謂五衆罪等起者謂無知故
放逸故煩惱盛故不尊敬故而犯諸罪還
淨者謂由意樂不由治罰如受律儀出離
者有七種一各各相對說悔所犯二誓受
治罰謂受學等三等有妨害先制學處後
由異門還復開許四別立止息謂僧和合
還捨所制五轉依謂苾蒭苾蒭尼轉男女
形故捨不共罪六由真實觀謂作殊勝法
嗢陀南諸行相觀七由法爾得謂由見諦
法爾得無小隨小罪應知毘奈耶復有四
義一補特伽羅故世尊依彼制所學處二
制立故謂告白彼補特伽羅所犯過已大
師集僧制所學處三分別故謂制學處已
更廣解釋先所畧說四決擇故謂於此中
決判所犯云何有罪云何無罪然明了論
釋無小隨小罪自有二說一云小謂第二
篇罪隨小謂二種方便罪一云小謂性罪
隨小謂諸戒中制罪問今明大乘那引小
教有答云理實三藏大小不同今且就引
接教說古來同此今更一解謂持心雖異
名意大同故得引小又上所引論名分明
易曉故又上云如受律儀者梁論云如本
受持對治
第三阿毘達磨藏阿毘名對達磨云法法有
二種一勝義法謂即涅槃是善是常故名爲
勝二法相法通四聖諦相者性也狀也二俱

名相
第三阿毘達磨藏文中三初名次相後異
名初中二先得名後釋名前中先釋法後
釋對前中即取俱舍意釋故論云能持自
性故名爲法若勝義法唯是涅槃若法相
法通四聖諦是善是常故名爲勝即釋彼
論也相者性也狀也二俱名相者亦釋彼
論也以四聖諦中滅諦是理而皆云相者
滅諦之相即體相也餘三約相即相狀也
法既有二對亦二義一者對向謂向前涅槃
二者對觀觀前四諦
法既有二下二釋對亦二初釋對義亦取
論意彼論云此能對向或能對觀故爲此
屬之
其能對者皆無漏淨慧及相應心所等由對
果對境分二對名故慧但是對而非是法非
所對故
其能對者下出對法體亦取論意故論頌
云淨慧隨行名對法論曰慧謂擇法淨謂
無漏淨慧眷屬名曰隨行如是總說無漏
五蘊名爲對法由對果對境分二對名等
者釋疑疑云唯一淨慧何有二對之名故
爲此通慧但是對而非是法非所對故者
揀濫此是古德解釋意云爲分能所故言
慧但是對若據法持自性慧何非法故下
揀云非所對故
言對法者法之對故故對法藏特名慧論舊
譯爲無比法以詮慧勝故
言對法者下二釋名也即會六釋法之對
者依主釋也故對法藏特名慧論者若據

所對所依應名法論慧依於法慧爲其主故名慧論故所詮中詮於慧學舊譯已下出其異名兼成上慧義

世親攝論云阿毘達磨有四義謂對故數故伏故通故

世親攝論云下第二辨相於中二先總標對義同前數者於一一法數數宣說訓釋言詞自共相等無量差别故伏者由此具足論處所等能勝伏他論故通者此能通釋素怛纜義故

後對義同前下别釋數者數字通去入二聲此取去聲數數宣說者數即入聲自相者如色變碍爲相受以領納爲相等共相者共有無常苦空等廣如十地疏明論處所等者即瑜伽論說論有七例頌云論體論處所論據論莊嚴論負論出離論多所作法亦如初地中辨言勝伏他論者勝約能立伏約能破故梁論云伏者此法能伏諸說立破二能由正說依止等方便故通者梁論名解由阿毘達磨修多羅義易解了故

亦名優波提舍此云論義亦名磨怛理迦此云本母謂以教與義爲本爲母亦云依藏生解藏爲解母本即是母亦名磨夷此云行母依藏成行故行之母故

異名可知也問曰三藏前二是佛所說後一論藏是菩薩說是則如來不說三藏耶答婆沙最初即有此問問曰誰造此論答佛世尊誰問誰答或云舍利弗問或云諸天問乃至或云化比丘問佛答若爾何以

云迦多演尼子造答彼諷誦耳有云亦是
彼説是則論藏有是佛説有是菩薩説取
經中義廣以釋之以本統末亦佛説三藏
耳
然此三藏約其所詮畧有二門一者剋性則
經詮三學律唯戒心二學論唯慧學如攝論
説二約兼正則三藏之中經正詮定毘尼詮
戒論詮於慧兼各通三
然此三藏下第三總顯所詮也如攝論説
者亦是世親攝論第一論云又能説一學
故立素怛纜藏能成辨增上戒增上心學
故立毘奈耶藏謂具尸羅即無悔等漸次
能得三摩地故能成辨增上慧故立阿毘
達磨藏謂能決擇無倒義故梁論亦同言
兼各通三者經中戒慧其文非一毘尼增

三文云云何增戒學所謂增心學增慧學
是名增戒學等
第二明二藏者一聲聞藏二菩薩藏
第二明二藏等者疏文有四一標
即由前三藏詮示聲聞理行果故名聲聞藏
詮示菩薩理行果故名菩薩藏
二即由前下釋
故莊嚴論第四云此三藏由上下乘差別故
復爲聲聞藏及菩薩藏攝大乘同此
三故莊嚴下引證
此就二乘理果同故合之
四此就二乘下出所以於中分三初正出
爲二所以
若約教行别故即開三乘以爲三藏如普超
等經

次若約教下出三乘三藏不同
又由緣覺多不藉教出無佛世佛在世時攝
屬聲聞故但分爲二即是大小半滿不同
後又由緣覺下重成二藏之義言即是大
小半滿不同者諸經論中多以大小相對
故分大藏之中大乘經律論小乘經律論
別華嚴般若等爲大乘經藏菩薩戒善戒
經等爲律瑜伽智度等爲論小乘四阿含
等爲經五部律爲戒婆沙等爲論故大小
三藏迢然不同言半滿者即出涅槃此經
第四如來性品文云善男子譬如長者唯
有一子心常憶念憐愛無已將詣師所欲
令受學懼不速成尋便將還以愛念故晝
夜慇懃教其半字而不教誨毘伽羅論何
以故以其幼稚力未堪故等下合云所言
一子者謂一切衆生如來視於一切衆生
猶如一子教一子者謂聲聞弟子半字者
謂九部經毘伽羅論者所謂方等大乘經
典以諸聲聞無有慧力是故如來爲說半
字九部經典而不爲說毘伽羅論方等大
乘善男子如彼長者子既長大堪任讀學
若不爲說毘伽羅論可名爲藏乃至云我
今亦爾爲諸弟子說於半字九部經已次
爲演說毘伽羅論所謂如來常存不變上
即經文半滿是喻大小是法餘可知矣又
西方三藏之外加一雜藏謂陀羅尼五明
論等爲四藏大小俱有則有八藏若六波
羅蜜經說有五藏小乘三藏及雜藏菩薩
大乘爲一藏故若大開爲三則有七藏三
乘各三便是九藏加一雜藏便爲十藏三

乘各四應十二藏

第二明所攝者此經三藏之中正唯修多羅攝兼詮餘二十藏等品廣顯戒故問明等品顯論議故若就修多羅中以義揀教則唯十藏攝具足主伴顯無盡故教義融故二藏之中唯菩薩藏若分權實但菩薩藏一分所攝權不攝故第二明所攝下文中有二初明彼攝此經

若約此攝乃至聲聞亦此經攝此能包含無量乘故揀於權實至下立教中明已辨藏攝竟後若約下明此攝彼藏文並可知

大方廣佛華嚴經懸談疏鈔會本卷第九

音釋

俟音志等後也 龜音鳩國名 闐音殿國名 㡿音斥呵｜也

大方廣佛華嚴經懸談疏鈔會本卷第十

清凉山大華嚴寺沙門 澄觀 撰述

第二明教攝者教有二種△一者通相十二分教亦分大小至下十藏品辨△二者諸宗立教不同今當畧釋

二者諸宗立教等者由前經藏有權實等故有此門於中三一標舉將說二總辨深玄三開章别解今初可知

夫教海冲深法雲彌漫智光無際妙辯叵窮

夫教海冲深下二總辨深玄有標釋結今初教海總含深廣文畧語深法雲智光畧明其廣下經云一切諸佛雲雨說法唯十地菩薩能安能受能攝能持佛刹微塵法門海故雲雨說法故夜摩偈讚品勝林菩薩云譬如孟夏月空淨無雲翳赫日揚光輝十方靡不充其光無限量無有能測知有目斯尚然何況盲冥有諸佛亦如是功德無邊際不可思議劫莫能分別知故云智光無際妙辨叵窮者法華云諸法寂滅相不可以言宣是法不可示言詞相寂滅故四辯八音不能談其狀也

以無言之言詮言絶之理以無變之變應無窮之機

以無言之言等者二釋即出叵窮所以全依體上起大用故非是無言非在言故然能說之妙謂無言之言所說之深謂言絶之理故經云了法不在言善入無言際而能示言說如響遍世間法華云以方便力故爲五比丘說等以無變之變者能說多端故下經云一法門中無量門無量千劫

如是說所演法門廣大義普運光天之所了等應無窮之機者所感非一故故九地云如是乃至不可說世界所有衆生一剎那間一一皆以無量言音而興問難一一問難各各不同菩薩於一念頃悉能領受亦以一音普爲解釋各隨心樂令得歡喜等菩薩尚爾何況如來出現品云如來音聲亦復如是普入一切處一切衆生一切法一切業一切報中而無所住者即無變之變也又云佛子如來隨一切衆生心行欲樂無量差別出若干音聲而轉法輪者即應無窮之機也廣如下說是知如來教法能深能廣能高能遠其猶大海周天雖涉而難越孤峯四絕可仰而叵昇也極位所承凡情難挹

極位所承等者三結成難思唯十地菩薩位極能承故十地經云譬如娑伽羅龍王所霔大雨唯除大海餘一切處皆不能安不能受不能攝不能持如來祕密藏大法明大法照大法雨亦復如是唯除第十地菩薩餘一切衆生聲聞獨覺乃至第九地菩薩皆不能安不能受不能攝不能持第五經云佛子衆會廣無限欲共測量諸佛地諸佛法門無有邊能悉了知甚爲難唯精進力夜神云諸佛法海無有邊我悉一時能普飲等證上可知

今秉理教之力畧啓四門一大意離合二古今違順三分宗立教四總相會通

今承理教下第三開章別解也於中先標後釋今初應有難云既極位方知何以凡

情輙窺大教故云依憑教理聖教許故故涅槃經云具縛凡夫能知如来秘密之藏毘盧遮那品云如因日光照還見於日輪我以佛智光見佛所行道即因佛教能了教也即仰推之智信解而知耳

今初且西域東夏弘闡之流於一代聖言或開宗分教或直釋經文以皆含得失故耳

今初且西域下釋第一門於中三初雙標開合次且不分下雙釋開合後以斯多義下雙結開合今初也西域開合者如龍樹之釋大品無著之解金剛等皆合而不分也智光戒賢各分三時皆開而不合也東夏開不開者如僧肇之解淨名僧叡之釋思益等皆合而不分也生公之立四輪智者之分四教等皆開而不合也故諸德見開有失則合見合有失則開不應局執也

且不分之意畧有五焉△一則理本一味殊途同歸故不可分也二一音普應一雨普滋故三原聖本意為一事故四随一一文衆解不同故五多種説法成枝流故

殊途同歸者周易云天下殊途而同歸百慮而一致謂若千逕九逵王城不二九流百氏大道寧差今疏借用乃通三義一約教始随機異故殊途終歸顯實故一致二約機則異就理常一三體外無權權即是實故殊途同致也二一音普應一雨普滋者一音即是淨名一雨即法華藥草喻品謂三草二木不同同承一雨之潤五性三乘不一法雨一味無差故彼經云如来知是一相一味之法所謂解脱相離相滅相

究竟涅槃常寂滅相終歸於空等三原聖本意爲一事故者亦是法華中意故彼經云過去諸佛以無量無數方便種種因緣譬喻言詞而爲衆生演說諸法是法皆爲一佛乘故等又云我此九部法隨順衆生說入大乘爲本以故說是經皆爲一事也四隨一一文衆解不同者此是通明諸經如經說一無常或有解者以生滅代謝故云無常或云無彼常故名爲無常或云不生不滅名爲無常或即無法可常也或云真如一法隨染淨緣轉變不常故名無常或聞無常便知對常以說無常非常非無常以爲中道等明知隨人解不同也又苦集滅道四名則同隨機解殊乃有四種又涅槃云十二因緣下智觀者得聲聞菩提中智觀者得緣覺菩提上智觀者得菩薩菩提上上智觀者得佛菩提又如中論偈云因緣所生法我說即是空亦爲是假名亦是中道義即有多人解不同也或云既言因緣所生那得即是空要須析因緣盡方乃會空呼十方空爲即空亦爲是假名者有爲虛弱勢不獨立假衆緣成賴緣故假非施權之假亦是中道義者離斷常故名爲中道非佛性中道若作此解者雖三句皆空尚不成即空況即假即中此生滅四諦中義也或云因緣所生法不須破滅體即是空而不得即假即中設作假中皆順入空何者諸法皆即空無主我故假亦即空假施設故中亦即空離斷常二邊故此三番語異俱順入空退非二乘析法進

非別圓乃是三獸渡河之意耳或謂即空即假即中三種迤邐各各有異三種皆空者無主故空虛設故空無邊故空三種皆假者同有名字故假三種皆中者中真中機中實故謂空名中者約真諦故假名中者就機設化不住化不化故中名中者約一實諦之中道故此得別失圓或謂即空

即假即中雖三而一雖一而三不相妨礙三種皆空者言思道斷故三種皆假者但有名字故三種皆中者即是實相故但以空爲名即具假中悟空即悟假中餘亦如是是知隨聞一法起種種解圓機受教無教不圓偏機受教圓亦偏矣既隨一文異解何須分判不同五多種說法成枝流者上義亦傍該諸經今正引當經立理法界

品云法欲滅時有千部異千種說法等何不尋條以得根便欲派本而為末混淳源之一味成澆薄之枝流

以斯五義故不可分分之乃令情搆異端是非競作故以不分爲得

以斯五義下三總結也夫子云攻乎異端斯害也已何得執異迷同是非競作

其分教者亦有多義一理雖一味詮有淺深故須分之使知權實

其分教者下釋分教中乃有十意前五對前五義後五顯過於前今初一理雖一味等者謂今欲分教非欲分理迷於權實寧契佛心

二約佛雖則一音就機差而教別

二中一音但是教本非即是教教乃在機

隨機不同今分彼教故淨名云佛以一音演說法衆生各各隨所解今分隨所解耳其猶長風是一百竅異吹豈以一風不殊便謂百竅齊響一雨亦就佛說三草即就機殊今分三草教殊非析一雨令異故經云雖一地所生一雨所潤而諸草木各有差別以一音一雨義相不異故但說一音

三本意未申隨他意語而有異故

三中本意未申者如佛本爲一事出現於世四十餘年未顯真實今分一代時教豈妨判有淺深言隨他意語者佛有三語一隨自意語說自所證一實等故二隨他意語一向方便引衆生故三隨自他意語半稱自證半隨機故今分後之二語不分初一隨自意也

四言有通別就顯說故

四中言有通別者如前所引此通隨聞異解有不通者就此分之如說人空法有斯即小乘不可名大若說二空此可名大不得名小說有五性非是一性說一性處非是說五如是等又無容異解故須分之

五雖分權實須善會佛意有開顯故

五中有二義故雖分權實不成枝流一善會佛意所說權教乃是隨宜所說實者稱理究竟二有開顯者說彼權教是方便門說於實教是真實相不隨方便爲真實則方便門開知實理之普周則真實相顯故法華經云此經開方便門示真實相今就開顯故不滯枝流約佛施張故須分權實又王之密語所爲別故不識權實以深爲淺

失於大利以淺爲深虚其功故莊嚴聖教令深廣故諸聖教中自有分故諸大菩薩亦開教故

又王之密語下有五意顯過前不分此初一也涅槃第九說先陀婆一名四實一者鹽二者器三者水四者馬釋中一水二鹽三器四馬故彼文云如是四種皆同此名有智之臣善知此名若王洗時索先陀婆即便奉水若王食時索先陀婆即便奉鹽若王食已將欲飲漿索先陀婆即便奉器若王欲遊索先陀婆即便奉馬如是智臣善解大王四種密語是大乘經亦復如是有四無常大乘智臣應當善知若佛出世爲衆生說如来涅槃智臣當知此是如来爲計常者說無常相欲令比丘修無常想或復說言正法當滅智臣應知此是如来爲計樂者說於苦相欲令比丘多修苦想或復說言我令病苦衆僧破壞智臣當知此是如来爲計我者說無我相欲令比丘修無我想或復說言所謂空者是正解脫智臣當知此是如来說正解脫無二十五有欲令比丘修學空想以是義故是正解脫則名爲空亦名不動謂不動者是解脫中無有苦故是故不動是正解脫爲無有相謂無相者無有色聲香味觸等故名無相是正解脫常不變易是解脫中無有無常熱惱變易是故解脫名曰常住不變清涼或復說言一切衆生有如来性智臣當知此是如来說於常法欲令比丘修正常法是諸比丘若能如是隨順學者當知是

人真我弟子然彼經疏不釋不次所以但案次配釋而云前四彰權隱實後一彰實隱權今謂前別喻中即無常苦空無我而爲其次以水方圓任器是無常故鹽是味故苦器是當其空有器之用故馬由人策不自在故合中無常苦無我是三修法屬生死故四合空者是正解脫故而解脫中空無我苦不淨及無常即是常故故一空中明有四義並以器喻而最後佛性彰其妙有即合前馬然空中四義遮無常等佛性一義顯是真常亦應具說我樂淨等含在正解脫中不動是樂無相是淨無變熱惱即是常義馬又我義是則此中具彰八行由於生死無常等中客顯常等故爲客語又初標中鹽在初者亦是苦空無常無

我而爲其次如常所明故此釋不同古師之義然引此文意令隨所說言須善得意豈可混然不分權實言不識權實以深爲淺等者第二意也如言初發心時便成正覺而謂但是如來方便說者是以深爲淺也不能正修高推聖境即不能速證無上菩提故云失於大利離世間品云修此法者少作功力疾得菩提等言以淺爲深虛其功者由如世尊爲止亂想令數息看心爲厭苦者令出三界衆生不了翫味爲真勤苦不已多用功力所獲至微不得涅槃一日之價故云虛其功故即虛廢功力也言莊嚴聖教令深廣故者第三意也謂分析權實空有取捨偏圓遲速方知佛法微妙深玄無不包攝譬猶不泛大海豈識邊

涯不識木石安知真實故智論釋法施云依隨經論廣作義理爲立名字皆名法施又若不分權實則謂三教大同今明大乘尚有權實何況小耶小乘比大猶若螢光方於日照故小是佛教尚彼儒訶況於儒道比之佛法則天地懸隔矣以此重重揀之方知佛法深奥言諸聖教中自有分故者第四意也如解深密立三時不同解節金光明立三輪之異涅槃自分半滿又約五味之差皆佛自分也言諸大菩薩亦開教故者第五意也若無著之扶五性及與三時龍樹之判四門共與不共皆揀權實有取捨也

以斯多義開則得多而失少合則得少而失多位能虚己求宗不可分而分之亦何奕於大旨故今分之

以斯多義下第三雙結離合而捨合從離

第二古今違順曲分爲二先叙此方後明西域今初諸釋雖衆畧叙數家勒爲五門

第二古今違順中一一師中多分爲二先叙昔義後辨順違

一立一音教謂如來一代之教不離一音然有二師一後魏菩提流支云如來一音同時報萬大小並陳二姚秦羅什法師云佛一圓音平等無二無思普應機聞自殊非謂言音本陳大小故維摩經云佛以一音演說法衆生各各隨所解△上之二師初則佛音具異後則異自在機各得圓音二義然並爲教本不分之意耳

一音中疏上之二師下辨順違先出彼意

言各得圓音一義者言含縱奪縱之則順下出現品明如來圓音有其十義十義之後復六句融通令但得十義中之一耳初師即順善口天女一聲之中與百千種樂而共相應則佛一音之中有多音也後師即順如水一味隨器成異則如來本無多音故云各得一義耳又此二義若不會釋敵體相違互不相許則齊楚俱失並應奪之若取各自所宗故各得一義而與之耳

然並爲教本下又都奪耳

第二立二種教自有四家一西秦曇牟讖三藏立半滿教即聲聞藏爲半字教菩薩藏爲滿字教隋遠法師亦同此立

隋遠法師亦同此立者彼涅槃疏初云聖教雖衆畧有二種一聲聞藏二菩薩藏是也

斯則文據涅槃蓋是對小顯大通相之意未於大中顯有權實亦含半滿

斯則下順違先明其順順於至教涅槃半滿前已廣引言蓋是對小下辨違上言順者但順通相之意未知佛之深旨半滿之言顯在小大密意復有以權爲半以實爲滿則大乘中有半滿矣亦猶緣覺聲聞開之有異則成二乘合之有同總稱爲小權實亦爾開之有異權可稱半合之大同故並稱滿是則實教唯滿小教唯半權大乘者亦半亦滿也

二隋延法師立漸頓二教謂約漸悟機大由小起所設具有三乘故名爲漸若約頓機直往於大不由於小名之爲頓△此雖約機說

有漸頓而所說法不出半滿

此雖約機下辨順違直出立意不離半滿半滿順違即此順違也言不出半滿者頓即前滿漸具半滿以具有三乘二乘是半大乘是滿故以機就教有直有曲故分漸頓耳

三唐初印法師亦立二教△一屈曲教謂釋迦經以逐機性隨計破著故如涅槃等二平道教謂舍那經以逐法性自在說故如花嚴經△又此二教畧有四異一主異謂釋迦化身與盧舍那十身異故二處異謂娑婆界木樹草座與花藏界中實樹寶座等異故三衆異謂爲聲聞及菩薩說與唯菩薩及極位同說異故四說異謂局處之說與該通十方之說異故

三唐初印法師下第三師先叙昔義中有三初總標二一屈曲下正立三又此下揀異

此約化儀以判

此約化儀以判下辨順違先順後違順中三初一句總出立意第二遮破釋成第三結成昔義今初第一半滿約所說法立第二漸頓約機以立今此一師約化儀立謂佛以法化生有曲直故即化法儀式不同耳

然華嚴雖有隨諸衆生各別調伏皆是稱性善巧一時頓演涅槃等雖說一極或對權顯實或會異歸同一切如來或說不說故云屈曲

然華嚴下第二遮破釋成謂刊定記不許

此師立義先破總名後破四異今爲昔通則遮其破耳文即分二先救總名後救四異今初至故云屈曲此是救其破於總名彼疏破中先牒義竟云若爾涅槃法華維摩楞伽密嚴勝鬘佛藏經等皆釋迦說應不明於如來藏性實相法界等此破屈曲以有平道故華嚴梵網既舍那說何故華嚴說於四諦普賢行等品中皆云隨諸衆生所應調伏作如是說又問明淨行梵三賢十地離世間入法界等諸品之中不應皆說對治行法等此破平道以有屈曲故今疏云雖有隨諸衆生各別調伏此牒其破平道教中有屈曲之文言皆是稱性一時頓演者釋成是平道之義以稱性之巧無邊差別皆是平道又一時頓演不同屈

曲說權之時不說實說實之時不說權說四諦唯爲小乘說六度唯被菩薩故一切並陳尤顯平道又說隨衆生者說於世尊餘處隨機非此經中是隨機說言涅槃等雖說一極者此牒其破屈曲教中有平道之文或對權顯實下釋成是屈曲之義言屈曲者非是有真如法性即非屈曲但取隨機隱顯爲屈曲耳此上一句是約法華明是屈曲昔權今實破三顯一明權則未說實說實又破廢於權不同華嚴權實齊顯一時頓用故名屈曲或會異歸同下約涅槃經以明屈曲涅槃會昔有餘之義同歸一味涅槃先異後同亦成屈曲不同華嚴若同若異空不空等一時頓演又云一切如來或說不說者古德共云如日月燈

明佛晨旦說法華中夜便滅度則法華之外非是別時更說涅槃謂人根利故聞法華竟不復須說涅槃則涅槃或說不說或有國土唯說三乘究竟不破或有國土唯說一乘無三可破則知法華亦有說不說不同華嚴我不見有一佛國土其中如來不說此法明是平道

約釋迦爲主則未顯十身十身爲主必具釋迦

約釋迦爲主下第二救破四異彼疏破云又四異中衆處兩異皆違經說七處並是娑婆界故上破處異又云出現品云十方諸佛讚普賢言能說此法今此會中有佛刹微塵數衆生發菩提心故發心品中亦同此說準此故知有地前器上破衆異是故此師所立多違教理甚難依也此結破也彼破二異今疏通二異後一是救刊定破處異初一是遮有餘師破其主異謂恐有破云下經既云或名釋迦牟尼或名毘盧遮那明知二主不異何言主異故今通云釋迦爲主但是三身中化身遮那爲主則十身具顯化身乃是十身之一故云必具釋迦是則總別異也何言不異

娑婆之處未融花藏花藏之處必融娑婆

娑婆之處未融花藏花藏之處必融娑婆者此通刊定破處異也餘處王城舍衛未言即是花藏娑婆今云七處自有二義故同花藏一約本末分歧七處即是花藏界中第十三重之內二約淨穢該徹則摩竭提國其地金剛說初品時花藏世界六種

震動彼疏序云剎該淨穢涉婆震而花藏動豈不花藏之處融耶故知破其處異自違已說也所以不救破衆異者由刊定破最不當故彼衆異中但云釋迦經中通被三乘遮那經中唯被菩薩則通局之殊而破彼義乃引凡夫發心豈非菩薩之器況此經發心又甚深故其說異一種他又不破故此不救

畧云四異異實有多誠如所判

畧云四異下第三結成昔義言異實有多者更舉十條一教門儀式異於中復有多義謂全依海印曾無出入一時頓演與前後次第不同放光集衆一多通局請荅言念現相等殊道場莊嚴勝劣不等故云教門儀式異也二所詮理致異圓融歷別多義不同十十法門有多差別如義分齊中三成佛遲速異謂或唯一念或無量劫念劫圓融長短自在不局三祇及應化故四見佛通局異無論凡聖許見十身不局地前地上之別故五說教時分異始成即說時有十重念劫圓融不局三七等故六化境寬狹異地獄天子六千比丘肉眼遠徹周法界見不局三千有分限故七因果行位異具足圓融行布性相交徹故八立乘多少異或說一乘或無量乘不局三乘五乘定故九利益勝劣異地獄天子三重頓圓塵塵剎剎無盡利益故十流通付囑異盡未來際長流不斷諸佛親護非小乘故歷別細求過此更有故云異實有多誠如所判者結成昔義也

但於屈曲之內未顯法之權實耳
但於下第二辨違既不判屈曲之淺深便令多法混同無別不能令人善識權實故不依之
四齊朝隱士劉虬亦立漸頓二教謂華嚴經名爲頓教餘皆名漸始自鹿苑終於雙林從小之大故
四齊朝隱士等者於正立中約於化儀及時以立漸說頓說即是化儀頓在始成漸有五時即約時說
然此經如日初出先照高山即是頓義慈龍降雨以證漸義於理可然今漸約五時次下當辯
然此經下辨順違先順後違順中由依化儀故成順理便引當經爲其證成所引二

韻並出現品文前來已引漸約下辨違以約時局教有諸妨難故成違理指往後破
第三立三種教亦有三家
第三立三教中二先總標
一南中諸法師同立三教諸於前漸頓加不定教
後一南中下別說三師初即諸師同立於敘昔中二先總明後別明漸義前中分三初正立
由漸中先小後大而央崛經六年之内即說爲遮此難故立不定
次由漸中先小下立三之意
謂別有一經雖非頓攝而明佛性常住即勝鬘金光明等是爲偏方不定教也
後謂別有下出不定相言偏方者謂大體

而言漸中先小後大而不妨說小之時亦
有說大如人十年弘律不妨私房時說大
乘故曰偏方不定指經云如勝鬘金光明
者勝鬘經初云波斯匿王末利夫人信法
未久既言未久明是初說金光明經既非
第一頓教又非第二漸中末後而明常住
明是不定言佛性常住者勝鬘經說二種
如來藏即佛性也又歎佛三身即今梵音
之文云一切法常住是故我歸依即常住
義也金光明經三身品中廣說法身常住
故

大方廣佛華嚴經懸談疏鈔會本卷第十

大方廣佛華嚴經懸談疏鈔會本卷第十一

清涼山大華嚴寺沙門 澄觀 撰述

漸中開合諸師不同

漸中開合下第二別明漸義開漸成別自有四重從二至五

或但分爲二即是半滿△或分爲三即武丘山岌法師謂十二年前見有得道名有相教十二年後齊至法花見空得道名無相教最後雙照一切衆生佛性闡提作佛名常住教

於分三中自有三師初一師正立此與唐三藏三時之教大同至敘西域中說後二師指同即唐三藏及真諦三藏初云

武丘即蘇州山寺

真諦三藏依金光明立轉照持三輪之教亦大同此

於第三師中二先指同初師而時節小異謂七年前說四諦名轉法輪七年後說般若具轉照二輪以空照有故三十年後具轉照持以雙照空有持前二故

後而時節下指異別立疏文稍略彼云謂佛二月八日成道四月八日於波羅柰鹿野苑中爲聲聞衆轉四諦法輪後於成道第七年中在舍衛國去祇園五里智慧江邊爲諸菩薩及二乘衆說般若等經此時具二謂轉照法輪又於成道三十年後未涅槃前在毘舍離國鬼王法堂爲真常菩薩說解節等經此時具有轉照及持三種法輪也

或分爲四△即宋朝岌法師謂於前三時無相之後常住之前指法華經爲同歸教以會

三歸一萬善悉向菩提故

宋朝岌者第三分四中疏家不欲繁文故但於前師之外加其異名應具列之或開爲五然有二家△一道場慧觀等於無相之後同歸之前指淨名思益等爲抑揚教△二者即前劉公不開抑揚而有教之初取提胃經爲人天教

道場慧觀者即上元道場寺僧言五教者一有相教二無相教三抑揚教四同歸教五常住教言抑揚者謂抑挫聲聞褒揚菩薩故劉公五者一人天教二有相教三無相教四同歸教五常住教

上来諸師皆於漸中約時開異若不加不定之教則招難尤多以初有大故雖加不定猶有妨難畧顯五時之妨餘可例知

上来諸師下第二辨順違於中三第一總明順違第二別破違理第三結成違順初中以上来諸師從二至五皆先小後大故不加不定招初有大乘之難雖加不定猶有妨者加不定免初有大乘之難而於所立名義之中皆有難也言畧顯五時之妨者從後破之既破五時四三二時皆巳破竟故云餘可例知

初明十二年前爲有相者自違成論成論云我今正明三藏中實義實義即空

初明十二年等者第二別破別破二家五時即爲二別今初破道場五時即分爲五言成論云我今正明三藏中實義實義即空者破第一時引其三文此即第一引小乘論以成實論意云我今成立小乘中實

義故云成實以三藏即小乘教故既言實義即空明小乘已說空竟何言見有得道不可不見實義而得道也
又阿含中云無是老死即法空也無誰老死即生空也
又阿含中云下第二引小乘經然經文相續云無是老死無誰老死此即明十二因緣人法空義是老死者指老死法體誰者即人也故無是老死即老死法空無誰老死即主老死我人空也然諸經論多明小乘但有人空未明法空者有二義故一從多分少分說小乘多分但明人空二從顯了不顯了說雖說法空未全顯了故言不說法空耳若從不顯了說及少分說則亦明法空今從此義
又智論云三藏中明法空為大空摩訶衍中明十方空為大空
三藏中明法空為大空等者第三引大乘論彼釋十八空揀二宗大空之異今但取三藏明法空之言三藏亦即小乘教耳
皆顯小乘已有二空
皆顯已下結上三文
若云第二時說空者十二年後方制廣戒豈唯說空
若云第二時下破第二時於中三一破說空二破不明常住三結立正義初中又二第一引制戒明十二年後說有故戒經云善護於口言自淨其志意身莫作諸惡此三業道淨能得如是行是大仙人道此是釋迦如來於十二年中為無事僧說是戒

經從是已後廣分別說明知十二年後始制廣戒廣戒即是明有

又智論云從得道夜乃至涅槃常說般若豈前不說空

又智論云從初得道下第二引論通說般若明十二年前已說於空非局十二年後般若明性空之智故

若云第二時中未顯常住者實相般若豈無常耶

若云第二時中下第二破不明常住於中文四 初反質破實相即常故

涅槃亦說佛性亦名般若

涅槃亦說下第二顯正破上即理量此即聖言量般若既即佛性佛性是常般若常矣

是知實相般若即是正因佛性觀照即爲了因

是知下第三會義破謂會釋二經使第二時同第五時以義同故謂二種般若即二佛性在名則異在義不殊言實相爲正因者即第一義空名爲佛性第一義空即實相異名觀照爲了因如燈了物

又般若離四句何曾存空般若不壞四句豈無妙有

又般若離四句下第四縱奪破先奪則拂迹入玄理絕百非言亡四句若但以空爲般若者非真般若也故經云般若非有相非無相亦非有無相亦非非有無相離一切諸相何得存空故中論云諸佛說空法爲離於有見若復見有空諸佛所不化言

般若不壞四句豈無妙有者此即縱也縱其是空亦須是有尚是四句何況有耶故般若經云般若不壞色不壞受想行識即不壞有也餘文可知故智論云一切實非實亦實亦非實非實非非實是名諸佛法則四句皆實又因緣所生法即空即假即中即中有遮有表即下二句是知失意則四句便成四謗得旨則四句即是四德下說正義躡此而起

是知小大各有四門而但言初有次空者各得一門之意耳

是知小大下第三結立正義也此則縱而奪之縱其初有次空則各得一門之意奪其不識四門之意則初有次空之旨全乖言四門者小乘以阿毘曇明有門毘曇即今之俱舍遵一切有部故成實即是空門實義是空故毘勒論即亦有亦空門其非有非空門未見論文即惡口車匿見此入道有云犢子部亦計我非有非無恐未指定大乘四門者如涅槃云一切衆生皆有佛性如乳有酪性等斯即有門也又云石無金性乳無酪性衆生佛性猶如虛空迦毘羅城空大涅槃空即空門也又云衆生佛性亦有亦無何以爲有一切衆生悉同有故何以爲無從善方便而得見故即亦有亦無門又云衆生佛性即是中道非有如虛空非無如兎角百非斯違斯即非有非無門也若取經論唯識多明有門掌珍多說空門辯中邊論多顯亦有亦空門中論多辯非有非空門

若云第三時中但名抑揚亦非常者

若云第三時中下破第三時文二先雙標淨名云佛身無爲不墮諸數如觀身實相觀佛亦然豈無常耶

後淨名云下雙破先破第三時中不明常義可知

般若亦云二乘智慧猶如螢火菩薩一日學智如日之照豈非抑揚

後般若亦云下破獨得抑揚之名以第二時中亦抑揚故二乘螢光抑也菩薩如日揚也

若云第四時中但顯同歸亦未明常者壽量品云常住不滅又方便品云世間相常住等豈無常耶

若云第四時下第四破第四時但破不明常住不破同歸之義

五以涅槃爲常住者當教可爾而涅槃之時亦有小乘之見如阿含中說如來涅槃之相故

五以涅槃爲常下破第五時許其涅槃是常住義責其涅槃無有小乘以至涅槃皆有大小故如阿含中說如來涅槃之相者彼說如來於純陁家乞食旃檀木耳羨後患脊痛於拘尸那城娑羅雙樹間逆順出入超越三昧於第四禪中入火光三昧燒身滅度唯留舍利爲人天福田身智俱滅入無餘涅槃是也

若以人天爲初者提胃雖說戒善得道皆通三乘故彼經云提胃得不起法忍又違密迹經中第二七日說三乘故

若以人天為初下破第二家即劉公之義言提胃雖說戒善等者彼說如来在樹王下成道於七日中無人知佛得阿耨多羅三藐三菩提唯提胃波利此二居士明究陰陽鑽龜易卜知佛成道名為樹神提胃獻麨四天王奉鉢如来受已始為提胃說世間因果此約小乘相不妨為大謂彼經又云五百賈人得受五戒先自懺悔五逆十惡謗法等罪得四大本淨五蘊本淨六塵本淨五根本淨提胃長者得不起法忍三百賈人得柔順忍二百賈人得須陀洹果四天王得柔順忍三百龍王得不起法忍自餘天等無量衆生發無上菩提心又普曜經云第二七日提胃等五百賈人施佛麨蜜佛與授記汝於来世當得作佛皆同一字名曰齊成明知非獨人天也然提胃塔現在土火羅國上所引經皆明初時已說大也言又違密迹經中第二七日說三乘故者既第二七日已說三乘那言最初唯人天教此經即大寶積密迹力士會第三卷當第八是初竺法護譯

然上五時等皆以約時剋定則有所乖揀去不定從多分說亦有理在

然上五時等者第三結成違順也上結前違而言等者等取四三二時也言揀去不定從多分說亦有理在者結成順也有二義故故得順理一揀去不定則無剋定之失不違密迹等經二從多分說不違自所立義故有理在

二後魏光統律師承習佛陀三藏

二後魏光統等者第二師先正立中二先明所承後顯立義今初言承習佛陀三藏者佛陀是西域人同學五人四皆得道恩欲亡身求之友曰道須緣會不可強也汝與東土有緣彼有二弟子汝若度得必當得道佛陀初至於此當後魏孝文始在雲州技之見重初於一康家供養夜見火光云云及移都洛陽陀亦隨之彼爲立少林寺知後爲則天所取遂指水令西山透隴而流其二弟子一是稠禪師得道二是光統故云稠公解虎於東谷佛陀指水而西流也

亦立三教謂漸頓圓初爲根未熟者先說無常後方說常先空後不空等如是漸次故名爲漸二爲根熟之輩於一法門具足演說常無常空不空等一切具說更無由漸故名爲頓三爲於上達分階佛境之者說於如來無礙解脫究竟果德圓極秘密自在法門故名爲圓

亦立三教下顯立義也於中漸約不具頓約具說不同延公大小相望成頓漸也言具說者即如涅槃說空者所謂生死不空者所謂大般涅槃等又云若空不空若常無常等皆令廣聞即是頓也三圓教者即是華嚴

此亦約化儀說有前後耳

此亦約化下辨順違此師所立義多順理故不辨違於中先出立意後解妨難今初此亦約化儀說有前後者頓中化法無異漸中別時說空不空即名爲漸同時說空

不空即名爲頓故是化儀其第三亦約化法揀異前二從多分說故云此亦約化儀意明今時堪受頓者必昔曾受化故云根熟上達之言義兼地前分喈佛境即謂地上於理亦通

意明今時下二解妨難也謂刋定記主有其二難一合難漸頓二別難於圓第一難云若漸根生熟俱漸頓根生熟俱頓則漸頓可分既云未熟名漸已熟名頓則此於一漸根但生熟爲異無別頓義或應彼一有漸頓二根生必至熟熟必從生故或應一切皆是漸根無有不從生至熟故釋曰此第一難其漸頓自有三難第一漸頓不分難第二一根具二難第三無有頓根難初一是總後二是別今爲此一通三難皆

遣如第一難刋定以根定於漸頓則有此難今不以根定於漸頓何有此難謂爲其根生漸說法門名之爲漸爲於根熟頓說法門則以爲頓何得以生熟俱頓難耶則第一難過矣旣不約根何得以生必至熟熟必從生等難耶則第二第三難過矣又爲此難違下自所立義彼立四教云第三教當初心菩薩第四教義當終心識如來藏者又自通云言初心者約機勝劣名其初終非約修行初終時位汝旣以根勝劣爲初終何妨此師亦以根勝劣爲生熟耶故爲此難失古意也上達之言義兼地前等者通彼第二難於圓教彼難云旣云分喈佛境則地前無有堪聞此經則違出現品佛刹塵數衆生發菩提心釋曰彼以上

達分階佛境合爲一義故有此難今爲此通則上達爲地前分階佛境爲地上故不違出現品文亦不失於大理況初發心時便成正覺豈非分階佛境之人

三隋末唐初吉藏法師依法華第五立三種法輪一始見我身聞我所說即皆信受入如來慧即根本法輪二除先修習學小乘者即枝末法輪三我今亦令得聞是經入於佛慧即攝末歸本法輪

三隋末唐初下第三師先正立中依法華經第五即從地踊出品以彼中踊出菩薩問訊云世尊少病少惱安樂行不所應度者受化易不不令世尊生疲勞耶故佛荅云如是如是諸善男子如來安樂少病少惱諸衆生等易可化度無有疲勞所以者何是諸衆生世世已來常受我化亦於過去諸佛供養尊重種諸善根此諸衆生始見我身聞我所說即皆信受入如來慧除先修習學小乘者如是之人我今亦令得聞是經入於佛慧今疏引經便以義隔成於三輪此師以根本法輪是華嚴經始成正覺頓宣說故其枝末法輪是以根本化之不得便於一佛乘分别說三爲枝末即指華嚴已後法華已前皆爲枝末三即法華以爲攝末

此判全約化儀據法但有大小然法華爲於一類開顯本末若將定判一代聖教收義不盡以法華之前亦有大故豈般若等皆爲枝末又無量義云佛一切時說大小故

此判全約等者第二辨順違於中此句出

彼立教所依依化儀立非是約法及約根等而言全者對前光統光統三教一約化儀二約化法三皆對根今此師立唯約化儀據法但有大小下正辨順違唯有大小則無殊半滿亦攝義不周然法華爲於一類開顯本末者此段會通經意以釋妨難恐有難言依於法華立義乃是一極之說如何不依故今釋云自是立教之人不得法華之意法華别爲一類滯小之人故爲此說謂執三疑一執小疑大故爲開方便門顯真實相真實相者唯是佛慧執小乘者是方便門非欲會通一代聖教若以法華之前皆爲枝末法輪則般若淨名勝鬘等經皆在法華之前並爲枝末則抑諸大乘又經但云除先修習學小乘者明知經

意不指般若等爲枝末也又無量義下上引法華破之今引他經破之既云一切時中皆有大小則先後非獨大中間非獨小也此皆直破而不收之者下開宗立教之中收於此義故此畧無又先出經意已是收竟

第四立四教者畧有四家△一梁朝光宅法師依法華第二立四乘教謂臨門三車即是權教三乘四衢等賜即實教大乘

第四立四教有四第一光宅中二先叙昔後順違前中三初正立二出所以三結成初中四衢即四諦餘可知

以臨門牛車亦同羊鹿俱不得故並無體故諸子皆索故

以臨門牛車下二出所以有三所以故三

乘是權而義勢連環亦同羊鹿俱不得故者羊鹿是虛指出門不上車牛車若是實出門即合上牛車亦不上明三皆虛指約法而説者昔指三乘三界門外二乘出三界無有真實證菩薩出三界豈有真實證俱無實證名不上車明知三乘皆是權設二並無體故者既不得車明皆無體以無可得故長者虛指三車實無界外三乘明是方便盡智無生智是二乘車體丈六權智是牛車體二乘之智既非真實丈六權智豈有實耶然上不得約人就法今明無體直就法明三諸子皆索故者復成上義向若有體即不合索諸子皆索明皆無體不見羊鹿故索羊鹿今索牛車明無牛可見故彼經云爾時諸子各白父言父先所許玩好之具羊車鹿車牛車願時賜與既索牛車明同無體故牒索耳索車是喻約法云何古有多釋畧要有二一者機索二者口索言機索者三乘之人以佛教門出三界苦謂爲究竟不解索乘已被陶練一乘機發機宜叩聖義言索耳佛知機熟靈山集會爲説法華一極之旨即是各賜諸子等一大車二口索者巳集靈山三乘三根皆悉啓言求法求記即是索車爲説與記令其修證即是等賜彌勒序品陳四衆疑徵佛定因巳是索義文殊云諸求三乘人若有疑悔者佛當爲除斷令盡無有餘巳許等賜方便品初告諸聲聞衆及求緣覺乘我令脫苦縛逮得涅槃者佛以方便力示以三乘教衆生處處著引之令得出

已是開權又云舍利弗當知諸佛語無異於佛所說法當生大信力世尊法久後要當說真實即是顯實開權顯實已是畧賜亦是許與身子三請法說索車譬喻品初騰疑白佛請說喻車踊出品中彌勒陳疑請說果車開示知見說佛壽量等即是等賜三車求記即是索車佛皆與記即是等賜菩薩聞是法疑網皆已除即是歡喜千二百羅漢悉亦當作佛皆是賜義故合喻云令諸子等日夜劫數常得遊戲與諸菩薩及聲聞衆乘是寶乘直至道場由是故知三乘皆索三乘皆賜

是知三皆虛指以爲方便

是知等者三結成上義也由上三段展轉相成以證三乘皆是方便無有實體故古人云虛指三車而群子競馳火難既夷乃無有二豈令有三實以爲一又殊走而異獲哉故經云如彼長者初以三車誘引諸子然後但與大車寶物莊嚴安隱第一然彼長者無虛妄之咎如來亦復如是無有虛妄初說三乘引導衆生然後但以大乘而度脫之何以故如來有無量智慧力無所畏諸法之藏能與一切衆生大乘之法但不盡能受以是因緣當知諸佛方便力故於一佛乘分別說三明三皆虛指也由皆虛指即無體故後得大車並非本望若昔大是實今得牛車何非望耶

此則前三是三乘後一是一乘無乖教理

此則前三下辨順違於中有四一總辨順理二明其有違三會通教旨顯違順之由

四結成昔義四乘無失今初可知

若唯說法華爲實則抑諸般若及諸大乘了義之經

若唯說法華下第二明其有違所以違者以抑昔大乘了義之經皆成權故

是知昔大亦有權實法華但會昔權故說三皆虛指昔實不滯方便故不會之

是知下會通教旨於中文三一明會不會昔之意二明會二會三之意三明取昔廢昔之意上三段展轉通難謂初有難云既許昔三皆權何言抑諸聖教故今釋云非不許其四乘但昔大不分權實故成抑諸實教耳

若約會權歸實即是會三爲一若破小顯大即是會二歸一

若約會權下第二會二會三之意謂有問言若爾爲是會三爲是會二設爾何失二俱有過若會三歸一昔應無實若會二歸一昔應無權無權則四乘之義不成無實乃不抑昔時聖教此是光宅之意若作此宗難者應云昔既有實會二歸一義則明矣故爲釋云會二會三二俱有理昔之權實二義亦存故云爾耳

若開權顯實則三是一更無別一

若開權顯實下第三明取昔廢昔之意謂有問言若會三歸一者爲會昔三而爲一耶爲會昔三歸今一耶故今釋之明具上二義先明會三爲一則會取昔三後明會於昔三歸今之一以廢昔三立今一故故約會取昔小亦取況昔大耶以其理不可

分行是佛因故若約廢昔則昔大亦廢況於小耶以其約教虛設果亦虛指故並廢也然開廢等言有通有局若約局者約教則廢三立一三教虛設故約理則開三顯一言有三理覆於一極開無三理一極自彰故約行則會三爲一三乘之行皆佛因故約果則會三歸一三乘之因同歸一乘故三乘之果非究竟故若約通者唯廢一種則約於教開會等言並通四種今疏從此言若開三顯一則三即是一者若約理者昔說三理謂各別證今示法身是同更無異味昔言有三是方便門則閉於一實今云無三則一理自顯故云此經開方便門示真實相若約行者昔說二乘之行行各不同諦緣度等隨脩各異今並得爲佛因謂三行別則方便之門閉於一實今會爲一則方便門開一實顯矣故云汝等所行是菩薩道若約果者昔說三果不同是方便門閉於一實今云三果虛設唯有極果無上菩提心生歡喜自知作佛則實相顯矣今疏先明會三爲一於中二先正明故彼經云汝等所行是菩薩道先所出內是子所知

後故彼經云下引證引二文證一引藥草喻品證小行即是佛因二引信解品證大行是其所有良以小乘昔有二下劣心一謂自行不成佛故法華云我等同入法性云何如來以小乘法而見濟度又云金色三十二十力諸解脫同共一法中而不得此事皆明小行不得佛也故今引藥草以

會之二謂大行非巳分故淨名云一切菩薩聞此法者應大欣慶一切聲聞皆應號泣聲振三千又云我等何爲永絶其根於此大乘巳如敗種皆明大行非巳分也故今引信解以示之今初引藥草喻中文云迦葉當知以諸因緣種種譬喻開示佛道是我方便諸佛亦然今爲汝等說最實事諸聲聞衆皆非滅度汝等所行是菩薩道漸漸修學悉當成佛釋曰諸聲聞等皆非滅度者是廢小果漸漸修學悉當成佛是歸實義今但引汝等所行是菩薩道會行之言者欲明三即是一之義若約果者三果皆成佛因而非佛果不得云三即是一又皆非滅度是下廢權之意耳言先所出内是子所知者即第二引信解品文文云復經少時父知子意漸巳通泰成就大志自鄙先心臨欲終時而命其子并會親族國王大臣剎利居士皆悉巳集即自宣言諸君當知此是我子我之所生於某城中捨吾逃走跉𨁝辛苦五十餘年其本字某我名某甲昔在本城懷憂推覓忽於此間遇會得之此實我子我實其父今我所有一切財物皆是子有先所出内是子所知釋曰此上即委付家業當說法華經也一切財物即萬行功德先所出内者指於前文我今多有金銀珎寶倉庫盈溢其中多少所應取與汝悉知之此即喻慧命須菩提說般若取與即是出内以法外化名之爲出化功歸巳故稱爲内即自利利他之行皆如般若等中今法華中但示如來知

見是其所有不廣諸行今疏欲會三因爲
一因故引二文皆明會行餘畧不引

大方廣佛華嚴經懸談疏鈔會本卷第十一

大方廣佛華嚴經懸談疏鈔會本卷第十二

清涼山大華嚴寺沙門　澄觀　撰述

若廢權立實義說爲四如攬三點以成一伊點別非伊伊具三點昔三既別實不兼權今一全無成四無奕

若廢權立實下第二明會於昔三歸今之一於中二先會昔成今二彰今異昔前中有法喻合法云義說爲四者以但廢昔三教言三是權一實便顯三外無別一實之法故云義說爲四但三爲別一爲總耳如攬三點下喻即借涅槃第二三點成伊喻彼喻三德以成涅槃闕一不可故彼經云摩訶般若亦非涅槃解脫之法亦非涅槃如來之身亦非涅槃三法若異亦非涅槃如世伊字此喻至出現品當廣分別今借其喻不取其法謂以三點喻於三乘以成一伊喻爲一乘別說三乘三皆是權合三爲一故得稱實非三點外更有一伊合云昔三既別實不兼權此合上點別非伊縱昔日有實實亦不兼於權今一全無者合上伊具三點成四無奕者結成正義三別有三總合爲一故成四也豈差通途三虛既廢故成一實故經云唯此一事實餘二則非真十方佛土中唯有一乘法無二亦無三除佛方便說又云吾從成佛以來種種因緣種種譬喻廣演言教無數方便引導衆生令離諸著明昔皆方便也

若依昔未顯說一切具有如來知見根敗之種今並說成則今昔有異

若依昔未顯說下第二彰今異昔前但今

三爲一一無別法以成四乘今辨一乘別有法門則四義昭著是爲昔所未説而今説之聞所未聞未曾有法也謂昔日雖有大乘亦説如來藏性涅槃法身真常之理未曾顯説一切衆生皆悉具有如來知見唯爲一事出現於世不爲於餘則一乘三乘昔權今實於理昭著故敵公云至如般若諸經深無不極故道者以之而歸大無不包故乘者以之而運然其大畧皆以適化爲本應動之門不得不以善權爲用權之爲化悟物雖弘於實體不足皆屬法華固其宜矣言根敗之種今並説成者引淨名經證大迦葉自責云譬如根敗之士其於五欲不能復利如是聲聞諸結斷者於佛法中無所復益斯則二乘自知不成佛也豈非不無權耶又云我等何爲永絶其根於此大乘已如敗種此顯煩惱已斷不能生也佛名經云我等今者猶如敗種雖逢春陽無希秋實並是聲聞不作佛義今法華三根聲聞皆與授記一切聲聞不在此會令轉宣説一切衆生皆是吾子則唯實非權故言今並説成則今昔有異上云根敗之種乃有二意一即根敗兩字收淨名根敗之士二即敗種二字雙收淨名及佛名二經敗種之義

於文有據義亦極成

於文有據下第四結歸昔義也

二陳隋二代天台智者承南岳思大師

二陳隋下天台四教中二先叙昔後順違前中亦二先師宗後立教師宗言陳隋者

故天台傳云陳隋二代三帝門師謂陳朝一帝即是後主隋有二帝即文帝煬帝煬帝爲晉王即請爲菩薩戒師終於煬帝之時故云陳隋二代天台山名舉處辨人僧名智顗而言智者者帝爲立號美其德也承南岳者故章虛舟傳云自佛教東流祕賾斯闡思大師之所證智者大師之所弘故思大師一見便云昔日靈山同聽法華宿緣所追今復來矣又入道場呈心云非汝不證非我不識師資傳方故並叙耳

立四教云一三藏教

立四教云下立教中二先正立四教後通相料揀前中四教即爲四別每教皆有三節一立名二所詮三所被其四教所詮即四種四諦一生滅四諦二無生四諦三無量四諦四無作四諦廣如四諦品今初一三藏教者立名至下當釋

此教明因緣生滅四真諦理

此教明因緣下辨所詮理其因緣之言通於四教因緣故生滅因緣故即空因緣故假名因緣故中道因緣爲主故四教皆帶之言生滅四真諦理者苦以逼迫爲義集以增長生死爲事道以除患爲功滅以累盡爲名有苦可知有集可斷有滅可證有道可修迷則苦集生而真道滅悟則苦集滅而正道生有可生滅故云生滅四諦苦定是苦等故得名真

正教小乘傍化菩薩

正教下明所被鹿苑初轉法輪俱隣五人見諦成道等但有小乘得道未有大乘得

道故名正教小乘言傍化菩薩者智度論云佛於阿含中雖爲彌勒授記亦不說種種菩薩行故菩薩爲傍也
二者通教通者同也三乘同稟故
二者通教等者文分爲三初正立二引證三解妨初中亦有三段初名即以同釋通故法華云我等同入法性肇公云三乘同觀性空而得道也即三獸渡河一水無二義耳
此教明因緣即空無生四眞諦理是摩訶衍之初門
此教下辨所詮從緣生法無性即空非色敗空不要析破故云即空若約中論偈四句初教即因緣所生法此教即我說即是空第三亦爲是假名第四亦是中道義故此云因緣即空言無生四眞諦者第二重四諦也謂解苦無苦名爲苦諦解集無和合名爲集諦解滅無滅解道無道四諦性空本無生滅不同初教有可生滅言是摩訶衍初門者揀非深極言初門者以空遣有未彰妙有中道義故
正爲菩薩傍通二乘
正爲菩薩下所被機雙明二空故云正爲菩薩言傍通二乘者初以空門遣蕩小乘執心令漸通泰故云傍通
大品云欲得聲聞乘當學般若波羅蜜等
大品云下引證此雙證名及所被機既三乘當學故是通教三同稟也二乘既學即傍爲也云何欲得三乘當學般若如云了法無生名般若者聲聞學無生便云一切

諸法皆悉空寂無生無滅無大無小無漏無爲如是思惟於嚴土利他不生喜樂但欲趣寂故成聲聞乘若聞無生知從緣生故無生從緣滅故無滅無生無滅因緣之理如是學者成緣覺乘若聞無生便知一切諸法本自不生今則無滅即生滅而無生滅故不礙於生滅滅惡生善悲智兼濟成菩薩乘同學一無生而成三乘故若欲成自乘當學無生般若又如無所得是般若羅漢得之實無有法名阿羅漢緣覺得之不得緣相菩薩得之心無罣礙以無所得能得菩提故言三乘同禀般若以此義推則二乘人同學二空也而云等者具云欲得緣覺乘當學般若波羅蜜欲得菩薩乘當學般若波羅蜜此名般若能成一切道果也

然教理智斷行位因果皆通淺深不同於共般若唯共於淺

然教理智斷下解妨難謂有難云此通別教名依智論共般若不共般若以立何不二名共教三名不共教而云通別耶故今釋云通則上通別圓下通二乘遠近俱通共但共小得近無遠故名通耳別有二義不名不共次下當釋又言皆通者上之八字字各一義一教通二理通等一教通者三乘同禀因緣即空之教二理通者同見偏真之理三智通者同得巧度一切智四斷通者菩薩界內惑斷見修同也五行通者見修無漏行同也六位通者從乾慧地乃至辟支佛地位法同也七因通者九無

礙同也八果通者九解脱二種涅槃果同也通義雖八因教方知故名通教餘教例知

三別教別即不共不共二乘人說故

三別教下文中分二先正釋後不名下通妨難初中亦三立名可知

此教正明因緣假名無量四真諦性

此教下明所詮因緣假名當中論第三句無量四真諦理即第三四諦言無量者若有無量相非諸聲聞緣覺所知集滅道各有無量相等

的化菩薩不涉二乘故聲聞在座如聾如盲

的化菩薩下明所被機即華嚴法界品意

不名不共而云別者無欲揀非圓故以一因迥出一果不融歷別而修不得因果圓融故

不名不共下二通妨難初牒疑情謂有難言既言別即不共便是智論不共般若何不名爲不共教耶無欲下解釋以別有二義一不共二乘義如上說二歷別不融故名爲別若云不共不無後義故云無欲揀非圓故以一因下出非圓之相一因迥出者對他顯別不同通教三乘通修今一道出離迥超二乘亦離二邊以顯中道故一果不融下當法明別一果不融者果別謂三德三身各不融故不能一德一切德等故歷別而修者當體以明因別修布施時非戒等故初地不知二地功德等故不得因果圓融者因果互望不融不能因該果海果徹因源故

四圓教圓以不偏爲義

四圓教下文中亦二先正立後對前結成前中又二先釋義後引證前中亦三節釋名可知

此教正明不思議因緣二諦中道事理具足不偏不別

此教下辨所詮畧無無作四諦之言言不不思議因緣二諦中道者即中論第四句亦是中道義而言不思議者佛性中道故又因緣即空故不可作因緣思即假故不可作空思即中故不可作二思即一而三即三而一爲不思議因緣二諦即真俗二諦中道即中道第一義諦三諦義也又融二諦即是中道不似通教多約真諦別教多約俗諦言事理具足者通多約理別多約事圓中舉事乃是即理之事舉理乃是即事之理無理不明無事不具言不偏不別者不偏者謂非偏真又不滯一邊故不別者謂不歷別必須融攝故餘義如前大意合離中辨

但化最上利根之人故名爲圓

但化下三所被根也最上利根即圓融之機

華嚴經云顯現自在力爲說圓滿經無量諸衆生悉受菩提記等

華嚴經云下引證即晉經今當七十三經云佛爲說修多羅名圓滿因輪偈中云彼佛知衆根將熟而来此會化群生顯現神變大莊嚴靡不親近而恭敬佛以一音方便說法燈普照修多羅無量衆生意柔軟悉蒙與授菩提記義則大同名有小異耳

別則教理等皆別圓則教理等皆圓

別則教理等者對前結成謂別圓各有教等八事別教八者一教別謂恒沙佛法別教菩薩不通二乘二理別者藏識有恒沙俗諦之理也三智別者道種智也四斷別者塵沙無知界外見修無明斷也五行別者歷劫修諸波羅蜜自行化他之行也六位別者謂三十心伏無明是賢位十地發真斷無明是聖位是位別也七因別者無礙金剛之因別也八果別者解脫涅槃四德異二乘也圓教八義者一教圓者正說中道言教不偏也二理圓者中道即一切佛法也三智圓者一切種智也四斷圓者不斷而斷無明惑斷也五行圓者一行一切行也六位圓者從初住一地具足諸地功德也七因圓者雙照二諦自然流入也八果圓者妙覺不思議三德之果不縱不橫不並不別也故云圓則教等皆圓

又此四教由三觀起從假入空析體異故有初二教從空入假從假入中有別教起三觀一心中得有圓教起

又此四教下第二通相料揀於中三一立教所因二彰其所釋三用四儀式今初然依中論三觀之偈而用此偈有三重不同一則一教之中各成三觀如前大意離合中辨二四句各配一教如向立教中明三離合用之以成四教如今文是如云從假入空義同因緣所生法我說即是空從空入假者義同亦爲是假名以連第二空句故從假入中者義同亦是中道義以連上

假名句故今合初二句成初二教通用四句為別圓兩教言從假入空析體異故者謂觀因緣假有之法皆悉空寂云何知空若云色者唯五根五境及無表此十一色合成色蘊故色蘊空又於此中一一推徵謂一眼色從八微生假合成色析至極微都無實色故曰色空此名析法成藏教也若云因緣所生即無自性舉體即空不須析破故淨名云色性自空非色滅空體達此色有來即空故云體法明空有通教起也言從空入假等者即三觀迤邐故成別教謂先觀真諦本來空寂出觀入俗涉有化生淨佛國土等故云從空入假由入俗故又多流散次觀中道動寂無二遠離空有動寂二邊三觀不在一時故名別教言三觀一心中得有圓教起者即空即假即中即一而三即三而一非先非後非一非三亦如前大意離合中第四義說

又此四教不局定一部一部之中容有多故

又此四教不局下第二彰其所釋揀異餘師餘師或云般若是空教法華是中道教涅槃是常住教此是圓教此是偏教局定一經今則不爾故云一部之中容有多故而言容有者不必具多或一或二或三或四故彼師云三藏但謂但明小故方等對謂呵淨名等爲方等教對小說大般若帶謂帶小說大華嚴兼謂兼別說圓法華無復兼但對帶唯說圓教但者唯一教對則具四如淨名云諸仁者是身無常無強無力無堅速朽之法不可信也等即藏教也

迦旃延章云不生不滅是無常義等即通教也富樓那章云無以穢食置於寶器無以瑠璃同彼水精大非小分即別教也如須菩提章云不斷婬怒癡亦不與俱不壞於身而隨一相不滅癡愛起於明脫等皆即圓教故具四也般若部中唯有三教無前藏教已被訶破不爲彼故華嚴兼者以寄位修行行布羅列兼斯一分故法華唯此一事實故更無餘教而涅槃十仙果證羅漢者具於四教若爾寧異方等雖有四教而皆知常住故得異前垂入涅槃意欲普收故得具四如文思之

又更以四種化儀收之謂頓漸不定秘密頓漸同前岌公後二謂一音異解若互相知名爲不定互不相知即名祕密

又更以四種化儀第三用四儀式復成八教謂一頓教二漸教三不定教四秘密教初即華嚴經初成頓說故二即始從鹿苑終至雙林三乘一乘並稱爲漸若約化法頓教攝二謂圓及別漸教具四謂藏通別圓然此二教本是劉虬所立以南中諸師加於不定三教漸中初開有三即是岌公故云漸頓如岌公後二即於不定教中開出而與前不定不同謂從一音異解中分成此二寶積云佛以一音演說法衆生各各隨所解普得受行獲其利斯則神力不共法釋曰各聞不同即說不定謂聞大者知彼聞小聞說小者知彼聞大即名不定故云若互相知名爲不定若聞小乘不知彼人聞大聞大乘者不知此人聞小即名

祕密故云互不相知謂聞大不知彼聞小小即於聞大者爲祕密聞小不知彼聞大大即於聞小者爲祕密此之三教所說化法俱通藏通別圓故頓中唯二化法餘三具四教法是故以化儀取法華藏之圓是頓中之圓法華之圓是漸中之圓漸頓之儀二經則異圓教化法一經不殊大師本意判教如是又詺圓教亦名爲頓故云圓頓止觀由此亦謂華嚴名爲頓頓法華名爲漸頓以是頓儀中圓頓漸儀中圓頓故

此師立義理致圓備△但三藏教名義似小濫以餘三教亦有三故

此師立義下第二辨順違於中復二初總明順違後別爲會釋今初先順後但藏教下辨違以名濫故故靜法與作四種過一濫涉大乘失以大乘亦有三藏應名三藏教故二大無三藏失以彼不名三藏故三特違至教失彼云不得親近小乘三藏學者有小乘言揀異大乘故明知三藏不唯屬小四有不定失以小乘諸部有不立三藏故如經量部但立經律二藏故有立五藏成實三外立於雜藏及菩薩藏故以有此四失故總許其破故云名似小濫正許初失然下皆爲通之

所以爾者良以智論之中多詺小乘爲三藏故成實論中亦自說云我今欲說三藏中實義故

所以爾者下別爲會釋於中三初別釋藏教難次總通四教難後重通圓別定其去取今初文有四節以通五難謂上四失之

外第五云何不立小乘雖言四節者一出三藏名之所據二立三藏所以三明後三不名三藏所以四明不名小乘所以今初出其所據通違至教之失及濫涉大乘失謂大小乘論同立此名故濫涉之失不在於已若有難言智論之内小乘之名隨自宗語三藏之稱隨他宗言非共名也者故今釋云智論是隨他名成論小乘云何亦名三藏豈隨他宗耶即由上義不違至教以羅什譯經多依智論小乘三藏爲欲成文二言雙舉小乘之過不在三藏但責其小心耳故訶小乘不責所詮三藏

初對舊醫戒定慧故立此三事迥然不同異

後三教

初對舊醫下第二明立三藏所以以四教之初敵對舊醫之三故須特立三藏三又迥然不同故無濫涉大乘所以偏從立號亦猶五塵皆色而色獨得總名故三藏雖通標總名便爲小乘别教言舊醫者即涅槃第二新醫舊醫之喻舊醫即喻外道外道戒定慧者然各有二一邪二正舊醫邪戒者謂狗牛等正戒者謂十善道舊定邪者九十五種所説鬼神之法或能知世吉凶現神變相也正者即四禪四無量四無色發五通是也舊慧邪者因身邊見心發諸邪智撥無因果食糞裸形等也正者即是因身邊見發諸世智説有因果諸善法也今佛説三藏教所明戒定慧即是新醫從遠方来曉八種術如来所説一戒者即五種得戒發一切律儀無作有作如五部

毘尼是也二定者即依八背捨入九次第定等發六神通是也三慧者即是生滅四諦破身邊二見六十二見發真無漏成十一智三無漏根是也此戒定慧一切外道尚不聞名況有其分故云初對舊醫等言三事迢然不同者上對舊醫下對通別圓教由不同故立三藏名即由此義諸部多名三藏從多立名非不定失

通教意融三故別教依一法性而顯三故圓教三一無障礙故

通教意融三故下第三明後三不名三藏所以即正通大無三藏失謂大乘雖有三藏各有融拂等義故不立名非無其體言通教意融三者融至空寂故故法句經云戒相如虛空持者為迷倒若學諸三昧是動非坐禪心隨境界流云何名為定無智無得方名真智般若無知如智雙寂等皆是意融三也言別教依一法性而顯三者以一法性統之亦不得迢然有別一一法門不離法性故論云以知法性離五欲過故隨順修行尸波羅密以知法性無亂想故隨順修行禪波羅密以知法性本有智慧光明無癡暗故隨順修行般若波羅密等言圓教三一無障礙者即三而一即一而三非唯一體統之一學之中攝三皆盡一行尚具一切何況三耶

所以不名小乘教者此教亦有大乘六度菩薩三十四心斷結成真佛故

所以不名小乘下第四明不名小乘所以通第五難謂有難言何以不名小乘強立

三藏而招多失故今通云以有大乘故不得名小彼教之中立有菩薩謂是大乘大乘之中望之皆稱三藏小教言六度菩薩者謂三僧企耶別修六度各有滿時皆是有漏未入見道以無常狼伏貪愛羊令煩惱脂消功德身肥直至菩提樹下三十四心一時斷結以見諦十六心八忍八智及非想一地修惑分爲九品各有九無間九解脫成其十八故有三十四耳廣如俱舍等言成真佛者大乘說此斷惑成佛乃是八相化身小乘謂爲實成故屬小教故涅槃中詺執此實以爲二乘曲見

故藏通別圓之義四教互有而覈其定實餘三不成唯成當教中義耳

故藏通別圓之義下第二總通四教難謂有難言藏教亦有通別圓義乃至圓教亦有藏通別義何以不得互名而局定耶故今荅云四教雖皆四義互有餘三義傍不成本義如三學大德禪師雖有戒慧但成禪義以禪長故餘但無故不盡妙故不名律法餘二亦然言互有者三藏教中亦有無常三乘同禀亦別爲菩薩說四弘六度亦爲菩薩說一切種智故故藏教有三矣通教有三者亦說三藏故應名三藏亦說道種智故應名別教亦說一切種智應名爲圓別教具三者亦說三藏故亦說無生空理故亦說中道一切種智故圓教亦說三藏故亦說真空之理故亦說歷劫階位修行故亦應得餘三名故總荅云雖則四教各傍兼有覈定不成云何不成初藏教

通等不成者雖有同稟無常二乘一生得發真斷結菩薩三祇不證故通義不成雖爲菩薩別說四弘六度不詮別理不斷別惑由約生滅四諦而起於見豈得稱別雖說一切種智菩薩因中不得即具種智又此種智唯照二諦不照中道豈得稱圓是則覈後三義不成但成當教三藏義耳通教三不成者雖說三藏一相無相故又已得故雖說道種智只照界內俗非照如來藏恒沙功德故雖說一切種智只照二諦非照中道不思議二諦故故覈三教之義不成但成通教義耳別教三不成者雖說三藏恒沙佛法無量戒定慧異生滅三故雖說無生空理是不可得空非是但空二乘同見故雖說中道一切種智非初住發心即具一切種智故故藏通圓三義皆不成但成別義耳圓教三不成者雖說三藏皆約真如實相佛性涅槃故雖有真空之理即佛性真空二乘不知何況得入雖說歷別階位法門無不與實相相應一攝一切故是則藏通別三義皆不成但成圓教義耳故云覈其定實餘三不成但成當教中義耳

但判華嚴兼於圓別以就登地已上約寄位行布爲別義故名異義同亦無大過

但判華嚴下第三重通圓別二教定其去取以彼判諸經云華嚴兼謂兼別教是則迷其行布謂爲別教但取圓融以爲圓教雖成二教各失一邊合而融通方成了義順華嚴宗由行布圓融二互相攝故如前

行位中辨若與之者則名異義同故無大過若奪之者則失華嚴本意故今不取是故此段名定其去取餘義廣在四教要畧已備

三唐初海東元曉法師亦立四教一乘三別教如四諦緣起經等二三乘通教如般若深密經等三一乘分教如梵網經等四一乘滿教如華嚴經等

三唐初海東下二先正立後順違前中二先正立

然三乘共學名三乘教於中未明法空名別相教說諸法空是爲通教不共二乘名一乘教於中未顯普法名隨分教具明普法名圓滿教

後然三乘共學下解釋是則未明法空成別非四諦十二因緣等別具明二空爲通不取三乘共學故前二依天台而小異以不共釋一乘非合三爲一

然此師大同天台但合別圓加一乘分耳△自言且依乘門畧立四種非謂此四遍攝一切故無有失

然此師下辨順違先出本義自言下正辨順違良以自謙非攝一切故得無先若有別理推在攝不盡中故

四賢首弟子苑公依寶性論立四種教△論云有四種衆生不識如來藏如生盲人一者凡夫二者聲聞三者辟支佛四者初心菩薩△言四教者一迷真異執教當彼凡夫二真一分半教當彼二乘三真一分滿教當彼初心菩薩四真具分滿教即當彼識如來藏者

△初教謂諸外道迷於真理廣起異計二謂小乘於真如隨緣不變二分義中唯說生空所顯之理故名爲半如涅槃半字三謂但得不變不得隨緣故名一分而雙辯二空故名爲滿四由具隨緣不變二義故名具分△廣如彼說

賢首弟子下亦二先正立後順違前中五一總以標舉二論云下引論爲據三言四教下正明所立四初教謂下別示其相五廣如下結廣從畧彼疏又明此所立教依所詮法性以顯能詮初教法性全隱次一法性分顯三即分隱四即全顯法性雖一顯有不同故成四耳若約乘收其第二教即是小乘三即三乘中大乘四即一乘此亦多同光宅四乘

然今判聖教邪忝邪說若對教主應如此方先立三教或如西域分內外及六師等

然今下辨順違中先別破後結非前中又二先破初一後破後三今初有邪正混雜過若對教主下遮救謂恐有救言若不識邪安能知正邪正對辨則皂白分明今故遮云若欲爾者應總分邪正然後於邪正中方可分其大小等耳故爲立式應如此方先分三教於儒教中方辨九流七經於道教中方論道德之別於佛教中方說小大權實則無混濫不然即如西域先分內外外中方分六師或十宗等等者等取內教之中分大小等言六師者淨名有名一富蘭那名也迦葉姓也二末伽梨名也俱奢梨母名子三刪闍夜名也毘羅胝母名

子四阿耆多名也翅舍欽婆羅弊衣名也五迦羅鳩馱名也迦旃延姓也六尼揵陀名也若提母也子此六各起一見如第六地引

又依涅槃爲半滿者後二既滿不應復有一分之言既但得不變一分豈名爲滿又涅槃半滿豈唯約二空豈彼不說妙有而訶空耶

又依涅槃爲半滿下破後三教然彼師意以真如有二分具說二分爲具分唯說不變爲一分但明生空爲半具顯二空爲滿今難半滿乃有二義一若約第二義已稱爲滿不合唯得一分若滿中有一分義者涅槃滿字亦唯一分則亦未滿故云不應復有一分之言一分之言意在第三教也二有救言涅槃但約二空論半滿不約真如等者則違涅槃涅槃既云空者所謂生死不空者所謂大般涅槃何得言唯約二空論半滿是知二空猶是涅槃半字雙照空不空方爲滿耳故彼經云聲聞之人但見於空不見不空菩薩見空及與不空故疏云彼豈不說妙有而訶空耶

故其所立未爲允當

故其所立下結非也

第五立五教畧有二家△一波頗三藏立一四諦教謂四阿含等二無相教謂諸般若三觀行教謂華嚴經四安樂教謂涅槃經說常樂故五守護教謂大集經說守護正法事故

一波頗三藏者案般若燈論序云中天竺國三藏法師波頗蜜多羅唐言朋友學兼半滿博綜群詮喪我怡神搜玄養性遊方

在念利物爲懷故能附杙傳身舉煙召伴冐氷霜而越葱嶺犯風熱而渡沙河時積五年途經四萬以大唐貞觀元年歲次娵觜十一月二十日頂戴梵文至止京輦昔秦徵童壽苦用戎兵漢請摩騰遠勞蕃使詎可方玆感應道契寘符家國休祥德人爰降有司奏見殊悅帝心其年有勑安置大興善寺仍請譯出寶星陀羅尼經般若燈論莊嚴論等云云言阿含者具云阿笈摩此云教也

此釋名局以觀行等皆互有故

此釋名局下辨順違以上立義各指一經一經之中皆有四諦觀行等故如華嚴涅槃皆有四聖諦品廣顯其相大集等經非無觀行等故

二賢首所立五教至下當知

二賢首所立等者以下文依之故今畧指然昔來更有耆闍法師立六種教一因緣宗教二假名宗教三不真宗教謂說諸法如幻化理四真宗教謂說諸法真空理故五常宗教謂說真理恒沙功德常恒等故六圓宗教如前諸師今不叙者前四名即衍公四宗義在立宗之初第五同第五時第六同諸師圓教故畧不引又真宗說真空理常宗說真理恒沙功德常恒既真空理非常宗應同無常又三與四但法喻之別故並不引上來此方立教竟

大方廣佛華嚴經懸談疏鈔會本卷第十二

大方廣佛華嚴經懸談疏鈔會本卷第十三

清涼山大華嚴寺沙門澄觀撰述

第二明西域者即今性相二宗元出彼方故名西域謂那爛陁寺同時有二大德一名戒賢二名智光

第二叙西域中文分爲二先正叙後順違前中即賢首起信論疏初義理分齊中叙之於中二一總叙源由二雙釋所立今初然真諦笈多波頗三藏皆是西域而躬親在斯分教故屬此方所收下二大德本是西方分教故云西域耳那爛陁者此云施無厭然案唐三藏傳似智光乃戒賢弟子而今云同時者或恐名同人異或是師資不妨立義所宗復異又准無行禪師書亦云西方有二宗並行一宗無著天親一宗

龍樹提婆龍樹之宗玄飈繞舉則無著牽羊翎羽鶱騰則陳那亂轍則同時定有二宗又案西域記唐三藏初遇龍樹宗師欲從學法師令服藥求得長生方能窮究三藏自思本欲求經恐仙術不成辜我夙願遂不學此宗乃學法相之宗若藏和尚義分齊云法藏於文明年中幸遇中天竺國三藏法師地婆訶羅唐言日照於西太原寺翻譯經論躬親問之故有憑矣

戒賢遠承彌勒無著近踵護法難陁

戒賢遠承下第二雙釋所立即爲二別二中文皆有五一師資相承二所憑經論三正顯所立四彰了不了五結成所憑今初戒賢中初師資中彌勒位極此為上古無著初地此為中古護法難陁未有得聖之

文但是當時英彥化世未久故曰近踵

依深密等經瑜伽等論

依深密等者二所憑經論深密等經等取佛地等經瑜伽等論等取對法顯揚等法相之論餘並可知

立三種教以法相大乘而為了義即唐三藏之所師宗

立三種教下正顯所立於中先總後別總中以法相大乘爲了則顯法性為不了唐三藏師宗者具如西域記及三藏傳廣說謂佛初於鹿苑轉四諦小乘法輪說諸有為法皆從緣生以破外道自性因等又緣生無我翻外有我然猶未說法無我理即四阿含等是第二時中雖依遍計所執而說諸法自性皆空翻彼小乘然依他圓成猶未說有即諸部般若等經第三時中就大乘正理具說三性三無性等方爲盡理即解深密經等

謂佛初下別顯三教即爲三別一一教中各有三定一時定謂初時等故二法定謂有空等故三經定謂指阿含等故三性等義至下當辨言具說三性三無性等者此有兩重一約三性則初時約依他說有二約遍計說空三具說三性則遍計是空依圓是有以爲中道二者約三性皆有約三無性皆空第一時中說三性皆有第二時中總說諸法皆悉無性者約三無性密意說耳故唯識云即依此三性立彼三無性初即相無性次無自然性後有遠離前所執我法性故佛密意說一切法無性謂若顯了說則雙明三性三無性方是中道故

為盡理

是故於彼三時初墮有邊次墮空邊俱非了義後時具說徧計性空餘二為有契會中道方為了義

是故於彼下第四明了不了然二宗義別下說十重且就深密略有四義一約三性三無性二約心境空有三約一乘三乘四約成佛不成佛即五性一性義此中且約三性空有論了不了前第三時含約三性三無性論餘二門略不明之下別會中隱顯而出

此依深密所判

此依深密下第五結成所憑

二智光論師遠承文殊龍樹近禀青目清辯

二智光下疏文亦五同前初師宗文殊對弥勒龍樹對無著青目清辯對護法難陁護法難陁注唯識論青目注中論清辯亦注中論造掌珎論

依般若等經中觀等論

依般若等下二所憑經論般若等經等取涅槃法華等中觀等論等取門百智論等

亦立三時教以明無相大乘為真了義

亦立三下第三正立可知

謂佛初鹿苑說小明心境俱有次於中時為彼中根說法相大乘境空心有唯識道理以根猶劣未能全入平等真空故後第三時為上根說無相大乘辯心境俱空平等一味為真了義

又初漸破外道自性等故說因緣生法決定是有次漸破小乘緣生實有之執故說依他

似有以彼怖畏此真空故猶存假名而接引之後時方就究竟而說緣生即空平等一味又初漸下第四明了不了上約心境空有以立三時之教今約三性空有以明了不了義蓋影略耳言以彼怖畏此真空者小乘聞空謂無物為空如空澤之空則畢竟都無恐成斷滅若必無者何有因果生死涅槃徒事勤修復何所益故經云寧起有見如須弥山不起空見如芥子許故生驚怖今存假名但除其病而不除法故存依他之假有以接小心之劣機後時下第三時教緣生即空者緣生即依他依他即空不存依他空遍計也平等一味者空有一味非空外說有有外說空空有相即故無異味見空即是見有見有即是見空空有二體既同何要偏留依他但空遍計

此三次第如智光論師般若燈論釋中引大乘妙智經說

此三次第下結成所憑般若燈論本頌即中論五百偈題云分別明菩薩釋分別即智明即是光人譯異耳釋論稱為般若燈者照了般若般若無此不可見故又體即般若照物如燈大乘妙智經未見經本但依賢首引耳或云即般若經般若是智摩訶是大亦可妙故

然此二三時並不能斷一代時教以各有據互相違故各別為於一類機故

然此二三時下第二辨順違然藏和尚起信疏問云此二三時可和會不自荅云無會無不會言無會者各各為人悉檀並是

聖教隨緣益物和何須會之故云無會言無不會者即可會也今會此義有其二門一約攝生寬狹言教具闕以明了不了二約益物漸次顯理增微以明了不了初門有二一約攝生寬狹者深密宗中初唯爲小次唯爲大此二時中狹故非了第三時中普爲發趣一切乘者寬故爲了二約言教具缺者初唯說小次唯說大各有所闕故非了義於第三時具說三乘具故爲了第二門內亦二初約益物漸次者謂妙智經意初唯益小故非了義次雖益通大小不能令趣寂二乘得大菩提故非了義第三時中普得大益方爲了義二顯理增微者初說緣生實有次說假有故非了義第三時中顯理至空會緣相盡故爲了義依此會釋二宗各有了不了義此賢首意謂約初門則法相宗爲了法性宗非了若約後門則法性宗爲了法相宗非了既皆二義了二義不了於理則齊今觀賢首之意多明法性何者有二義故一以攝生寬狹對益物漸次則攝生寬爲了不及益物唯大爲了以言教具闕對顯理增微則言教具爲了不及顯理盡爲了思之可知二者言中雖云各有二了有二不了深密宗中二種了義亦成不了何者如攝生中以第二時唯攝大爲不了第三時具攝爲了者則得純金何如雜鐵純菩薩衆何如凡小同居法華唯爲菩薩如何昔日被三是故應云唯攝大機爲了總攝三根爲不了又如言教具闕中以第二時不具爲不了第

三具說三乘爲了者言皆闕典應爲不了雜以無稽應當是了純賣真金應爲貧士元本雜貨應爲富商法華唯說一乘何如昔開三異是故應云唯說一極方為了義雜說三乘即為不了上二本是法相為了今皆成不了後二又成法性是了則四不了皆屬前宗四種了義皆在法性恐法相者是非心生故疏不引之乃別為和會耳疏文分二先總明順違後各別會釋今初分三初總非前立謂既俱聖教不可受一非餘二乎相違不可二文雙取故云並不能斷

深密經意為於一類飡般若者聞平等空撥無因果不了空有無二故第三時為其分析於一法上空有之義其妙智經則以一類聞說三性迷唯識者未能忘心觀緣起者定謂似有故令總忘心境即事而真

二深密經意下會釋二經恐有問云若並不許其如二經有文何故今為顯二經之意各有所為不可偏執偏執則互相違

得斯意者則不相違

三得斯意下結成和會若得經意二家俱得受一非餘則二家俱非故離之則兩傷合之則雙美

然欲會二宗須知二宗立義有多差別略叙數條一者一乘三乘別二一性五性別三唯心真妄別四真如隨緣凝然別五三性空有即離別六生佛不增不減別七二諦空有即離別八四相一時前後別九能所斷證即離別十佛身無為有為別

然欲會二宗下第二各別會釋於中三初標列章門次廣會初二後通畧會釋今初十對句各一對皆先明法性後辨法相如云一乘三乘別則一乘是法性三乘是法相餘九例知初二次下廣明後八義分齊中具顯

且初二義者由性有五一不同故令乘有三一權實

且初二義下第二廣會初二也於中二初雙標二義後別顯二相所以雙明者以初二義互相成故謂若立五性爲了則三乘爲了之義自彰以有聲聞緣覺二定性故則成二乘有菩薩性成菩薩乘不定性人通成三乘無種性人三所不攝則人天乘收則五乘亦具若以一性爲了則一乘義成等有佛性故名一乘無不成佛故故涅槃云佛性者名爲一乘

如法相宗意以一乘爲權三乘爲實

如法相下第三別顯二相者先法相宗中二先標所宗

故深密三時教中初皆不成次一向成是爲若過若不及皆非了義第三時中有性者成無性不成方爲了義故云普爲發趣一切乘者又初二卷中皆云一乘是密意說故知是權

後故深密三時教下引文成立總爲二段一明三乘爲了一乘不了後明五性爲了成前三乘前中引其二經初引深密雖明有性無性意成三乘言初皆不成者小乘中說獨佛一人有大覺性餘不說有故皆

不成佛次一向乘者是第二時中唯說一乘一切衆生皆得成佛爲一向成盡成則太過盡不成則不及故皆方便並爲不了以初未堪聞大一向抑故第二時中勸令欣佛一向揚故第三時中依理正說有性皆成佛非不及也無性不成佛非太過也故稱實爲了上明三乘是了之證又初二卷下證一乘是權

又勝鬘經以一乘爲方便故

後引勝鬘亦但證一乘是權耳

大般若五百九十三中善勇猛菩薩言唯願世尊哀愍我等爲具宣說如來境智若有情類於聲聞乘性決定者聞此法已速能證得自無漏地於獨覺乘性決定者聞此法已速依自乘而得出離於無上乘性決定者聞此法已速證無上正等菩提若有情類雖未已入正性離生而於三乘性不定者聞此法已皆發無上正等覺心

大般若下第二明五性爲了成前三乘則顯一性一乘皆非了也於中總有五段引經而三論附出即分爲五一引般若說有五性雖無第五前四既有無性必然前三可知第四云雖未已入正性離生者謂不定性人未入見道則容不定若入見道則名正定聚不容不定如入聲聞見道終無迴心作菩薩人言離生者見惑過患如生食在腹若入見道能離彼生故云離生至下更釋

深密第二大意同此

深密第二下引深密經於中二初指同前

文

又云一切趣寂聲聞種性補特伽羅雖蒙諸佛施設種種勇猛加行方便化導終不能令當坐道場證阿耨多羅三藐三菩提

後又云一切趣寂下證有趣寂若有趣寂則五性義成

又十輪第九亦說三乘各定差別皆以性定五故

又十輪下第三引十輪明定有三乘以成五性若無五性無三乘故

故楞伽中佛告大慧有五種種性一聲聞乘性二辟支佛乘性三如来乘性四不定乘性五者無性大莊嚴論及瑜伽論皆同此說

故楞伽下第四正明五性莊嚴瑜伽二論例同

善戒地持雖但說二種性一有種性二無種性亦云無種性人無種性故雖復勤行精進終不能得無上菩提但以人天善根而成熟之無性瑜伽亦同此說

善戒下第五引善戒地持立有二性以成前無性故彼論云種性有二一有種性二無種性彼論釋云種性者無始法爾六處殊勝展轉相續等而言亦云者全同楞伽以前不引彼經所釋故今例釋不欲繁文耳

若法性宗意則以三乘是權一乘為實

若法性宗下疏文亦二先標所宗

法華經云十方佛土中唯有一乘法無二亦無三除佛方便說又云初以三乘引導衆生然後但以大乘而度脫之

後法華下引證成立長分十段一引法華雙立一乘一性二引涅槃明乘性相成三重引法華明無趣寂四引涅槃第九明無無性五釋引經論結成正義六廣引諸經遮救定性七引涅槃遮救無性八引法華遮救趣寂九釋勝鬘會一乘方便十以法華結成破立今初分二先正立一乘後立一性釋成一乘今初十方佛土中等者即第一方便品偈上三句正立第四句釋疑言無二亦無三者古有多說大乘師云二即第二三即第三以菩薩乘勝故為第一此即生公意而未盡其旨生公云二者第二乘三者第三乘亦應無第一第一不乖所以大故不無之既無二三一亦去矣意云今日一乘深有玄致稱所以大所以大者義理深也昔三乘中大乘㩗未融餘二則立為權若約悲智萬行不乖今日之一故云不乖所以大故不無之言既無二三一亦去者昔說有三二既不立大豈獨存以不收二乘又權指故亦同羊鹿俱不得故如光宅四乘中說若天台等意無二者無有聲聞緣覺之二乘無三者總無昔日二乘以皆非實故宗說不同任情去取若望經意但立一實為真趣舉二三皆悉不許不論大小如說世中此人獨立更無與比非要別指張王二人下句釋疑疑云若唯有一昔何說三又華嚴經云或有國土說一乘或二或三或四五如是乃至無有量故今釋云若如來方便則多少皆得十方國土及昔說有三是方便耳非真實也

又次下經云但以假名字引導於衆生又云初以三乘等者此引第二經重成三皆是權若具引者經云如彼長者初以三車誘引諸子然後但以大車寶物莊嚴安隱第一然彼長者無虚妄之咎如来亦復如是無有虚妄初説三乘引導衆生然後但以大乘而度脱之釋曰此文皆明先三是權後一爲實縱饒會二歸一亦是三爲方便唯一爲實耳

以性唯一故故云諸佛兩足尊知法常無性

又第三云一相一味究竟涅槃常寂滅相以性唯一下引其二文明唯一性證成一乘此句總以一性成一乘若有多性容有多乘既唯一性並同作佛故唯一乘耳故云諸佛兩足尊下引證初引第一未來佛章故彼偈云未來世諸佛雖説百千億無數諸法門其實爲一乘諸佛兩足尊知法常無性佛種從緣起是故説一乘是法住法位世間相常住於道場知已導師方便説今但引兩句顯諸法無性成一性義耳然上三偈諸釋不同今直解經文初一偈明當佛開權終歸一實故云其實爲一乘次偈釋説一乘所以以唯一性故謂若有二性容有兩乘既唯一性故説一乘耳知法常無性者知即證知法謂所證知法即色心等一切法也常無性者所證之理也即真如無性之理云何常無性謂色心等從本已来性相空寂非自非他非共非離湛然常寂故曰無性而言常者謂有来即無非推之使無故曰常無性耳佛種從緣

起者然有二義一約因種因種即正因佛性故涅槃云佛性者即是無上菩提中道種子此種即前常無性理故涅槃云佛性者即是第一義空無性即空義也緣即六度萬行是緣因佛性起彼正因令得成佛是故說一乘者唯以佛性起於佛性更無餘性故說一乘稱理說也體同日性相似名種故關中云如稻自生稻不生餘穀此屬性也萌幹花粒其類無差此屬種也二果種性關中云佛報唯佛其理不差即性義也說法度人類皆相似此種義也果之種性緣真理生故云從緣起故釋此偈云佛緣理生理既無二是故說一乘耳意云證理成佛稱理說一此中知法常無性偈全同出現出現品云如來成正覺時於其身中普見一切衆生成正覺乃至普見一切衆生入涅槃皆同一性所謂無性乃至云知一切法皆無性故得一切智大悲相續救度衆生謂知無性佛性同故准於下經以知無性尚得一成一切皆成况不說一乘而度脫之後偈云是法住法位等者重釋前偈言是法者即前所知之法所以常無性者由住真如正位故由緣無性緣起即真由即真故上云無性言法位者即真如正位故智論說法性法界法住法位皆真如異名世法即如故皆常住謂因乖常理成三界無常若解無常之實即無常而成常矣則常與無常二理不偏故涅槃經況之二鳥今於道場證知一切世間無常即真常理猶懸鏡高堂萬像斯鑒二而

不二不可言宣以方便力假以言説一尚假說況有二三故知前偈即一性之文疏中畧要但引一句耳又第三下此引藥草喻品證一性義彼經云衆生住於種種之地唯有如來如實見之明了無碍如彼卉木叢林諸藥草等而不自知上中下性如來知是一相一味之法所謂解脫相離相滅相究竟涅槃常寂滅相終歸於空今但畧引二句以此證知則明三乘之人不知差別即一唯佛究之三即無二言一解脫者眞解脫也故第二經偈云爲滅諦故脩行於道離諸苦縛名得解脫是人於何而得解脫但離虚妄名爲解脫其實未得一切解脫釋曰一切解脫即眞解脫眞解脫者即是一解脫味故無二味安有三乘又云常寂滅相即性淨涅槃是上世間相常住也故皆一性

涅槃亦云佛性者名爲一乘師子吼者名決定說決定宣說一切衆生皆有佛性凡是有心定當作佛三十三又云一切衆生同有佛性皆同一乘同一解脫一因一果同一甘露一切當得常樂我淨是名一味

涅槃亦云下第二引涅槃明乘性相成非但由唯一性故說一乘經明一性即一乘也即第二十七經云善男子畢竟有二種一者莊嚴畢竟二者究竟畢竟一者世間畢竟二者出世間畢竟莊嚴畢竟者六波羅蜜究竟畢竟者一切衆生所得一乘一乘者名爲佛性以是義故我說一切衆生悉有佛性一切衆生悉有一乘以無明覆

故不能得見釋曰以皆有佛性故唯一乘又佛性者即是第一義空之理理運弥載即是乘義耳言師子吼者名決定說者亦即第二十七經師子吼品釋曰若不宣說一切衆生皆有佛性則是野干鳴設千萬年在於佛法終不能作師子吼也三十三又云下引證佛性即是一乘非但因同果亦同也亦師子吼品彼明海有八德下具合之此合第三一味義經中但加標云三者一味餘如疏文一甘露者正顯一味甘露以喻涅槃

又法華第三云我滅度後復有弟子不聞是經不知不覺菩薩所行趣寂義自於所得功德生滅度想當入涅槃我於餘國作佛更有異名是人雖生滅度之想入於涅槃而於彼土求佛智慧得聞是經唯則無趣寂以佛乘而得滅度等

又法華第三云下第三明無趣寂既無趣寂則無定性二乘一乘之義亦已顯矣疏引三文謂法華智論及法華論今初即化城喻品結會世尊所化弟子經云爾時所化無量恒河沙等衆生者汝等諸比丘及我滅度後未來世中聲聞弟子是也我滅度後下疏全同言餘國者有云隨舉娑婆之外一國即是若天台云餘國者方便有餘土也彼立四土一凡聖同居土即法相中變化土也二方便有餘土三實報無障礙土即是法相中報土通自他受用四常寂光土即法性土方便一土法相所無天台依憑智論而立即下所引九十五文論

云阿羅漢先世因緣所受身必應當滅住在何處而具足佛道荅得阿羅漢更不復生三界有淨佛土出於三界乃至無煩惱之名於是國土佛所聞法華經具足佛道如法華經說有阿羅漢我於餘國等引文全同前疏又云若尒羅漢受法性身應疾得菩提何以稽留荅云以捨衆生捨佛道故又復虛言得道雖不受生死於菩提根鈍不能疾得不如直往菩薩

大方廣佛華嚴經懸談疏鈔會本卷第十三

大方廣佛華嚴經懸談疏鈔會本卷第十四

清涼山大華嚴寺沙門　澄觀　撰述

智論九十五亦同此說明知趣寂決定迴心

釋曰智論之文昭然與法華符會定知雖出三界不趣寂也故疏結云決定迴心

法華論中四聲聞內決定及增上慢此二根未熟故菩薩與記方便令發心

法華論中下引論成上無趣寂義先引後釋今初然論云言聲聞授記者聲聞有四種一者決定聲聞二者增上慢聲聞三者退菩提心聲聞四者應化聲聞二種聲聞如來與授記謂應化聲聞退已還發菩提心者若決定者增上慢者二種聲聞根未熟故如來不與授記菩薩與授記菩薩授記者方便令發心故疏文畧引耳言退菩提心得記者即如身子二萬佛所已曾教化又次下云我今還欲令汝等憶念本願所行道故則非獨身子又四大聲聞自陳捨父逃逝明已先化第三周中引大通智勝佛所曾已廣化皆是退菩提心言應化者如富樓那內祕菩薩行外現是聲聞又言是故諸菩薩作聲聞緣覺又阿難自憶本願偈云方便爲侍者羅睺羅偈云羅睺羅密行唯我能知之現爲我長子皆是應化聲聞也故知夫能對揚聖教影響其迹靡不是權而獨言富樓那是應化者亦抑法華諸羅漢耳言菩薩與記者論主次前自云如不輕品中示現禮拜讚歎作如是言我不輕於汝汝等皆當作佛者云諸衆生皆有佛性故此上皆論而安國法師不

許此義云何有昔時菩薩預記今日會上聲聞即諸弘法菩薩謂藥王等當與記也釋曰既是論主自言菩薩與記亦論自釋何得不依

既云未熟明必當熟方便令發即菩提心不可不順已宗判爲論錯

既云未熟下釋上所引論文若決定聲聞定不成佛則應言餘二聲聞根不熟故佛不與記既言未熟非永不熟也若大乘云合言不熟譯者之誤言未熟耳故疏結彈云未可未字不順已宗定有趣寂便判論文錯耶又上言方便令發心者彼論次前有問曰彼聲聞等爲實成佛故與授記爲不成佛與授記耶若實成佛者菩薩何故於無量劫修集無量種種功德若不成佛者云何與之虛妄授記荅曰彼聲聞授記者得決定心非諸聲聞成就法性故如來依三平等說一乘法故以如來法身與彼聲聞法身平等無異故與授記非即具修功德行故是故菩薩功德具足諸聲聞人功德未具足釋曰由此論文故上云方便令發心耳言三平等者一乘平等無二乘故二生死涅槃平等三身平等今即第三平等

入楞伽第二第四第七皆同說二乘無實涅槃但是三昧力故後必當得無上菩提法華論中意亦同此皆是假說涅槃故云三昧勝鬘亦云言諸二乘得涅槃者是佛方便又無上依經實性佛性二論皆說入寂二乘於三界外更受變易密嚴經中二乘必無灰斷永

滅
入楞伽下亦成無趣寂義言入楞伽者即後魏菩提留支所譯十卷世尊入楞伽王城故云入也同引三卷經文皆說無實涅槃明知定無趣寂若爾何以言得涅槃望其當分謂是無餘涅槃以大乗望之但是三昧深入三昧沉空多時假云涅槃以引劣器耳法花論中意亦同此者同無實涅槃也論釋七譬喻中第四爲有定人說化城喻論云四者實無而有增上慢人以有世間有漏三昧三摩跋提實無涅槃而生涅槃相如是顛倒取對治此故爲說化城譬喻應知釋曰既言無實涅槃明知是假說耳故與前同次引勝鬘亦成上來涅槃不實耳又無上依經等者無上依經第一

說云阿難一切阿羅漢辟支佛大地菩薩爲四種障不得如来法身四德一者生緣惑二者生因惑三者有有四者無有何者是生緣惑即是無明住地生一切行如無明生業何者是生因惑是無明住地所生諸行譬如無明所生諸業何者有有緣無明住地因無明住地所起無漏行起三種意生身譬如四取爲緣三有漏業爲因起三種有何者無有緣三種意生身不可覺知微細墮滅譬如緣三有中生念念老死無明住地一切煩惱是其依處未斷除故訶阿羅漢及辟支佛自在菩薩不得至見煩惱垢濁習氣臭穢究竟滅盡大淨波羅客因無明住地起輕相惑有虛妄行未滅除故不得至見無作無行極寂大我波羅

密緣無明住地因微細虛妄起無漏業意生諸陰未除盡故不得至見極滅遠離大樂波羅密若未能得一切煩惱諸業生難永盡無餘是諸如來爲甘露界則變易生死斷續流滅無量不得至見極無變異大常波羅密阿難於三界中有四種難一者煩惱難二者業難三者生報難四者過失難無明住地所起方便生死如三界內煩惱難無明住地所起因緣生死如三界內業難無明住地所起有有生死如三界內生報難無明住地所起無有生死如三界內過失難應如是知阿難四種生死未除滅故三種意生身無有常樂我淨波羅密果唯佛法身是常是樂是我是淨波羅密汝應知釋日據上經文明於二乘及自在菩薩皆受變易三界之外有業惑苦甚爲昭著如何斷言永滅無餘下疏明四種生死可撿於此論下文又廣說常樂我淨之相亦可知所歸下言寶性佛性二論者大意同無上依經寶性論當第三佛性論當第二此卷亦廣說四種生死

如是經論其文非一永寂聲聞必無明矣

如是經論下結成無定性聲聞也

涅槃第九菩薩品中廣明闡提斷善不能發心當文即云彼一闡提雖有佛性而爲無量罪垢所纏不能得出如蚕處繭此則有而非無又云或有佛性闡提人有善根人無等即知無有無種性人

涅槃第九下第四明無無性彼經廣說闡提無善根竟即云復次善男子譬如蓮花

爲日所照無不開敷一切衆生亦復如是若得見聞大涅槃日未發心者皆悉發心爲菩提因是故我說大涅槃光所入毛孔必爲妙因彼一闡提雖有佛性而爲無量罪垢所纏不能得出如蚕處繭以是業緣不能生於菩提妙因流轉生死無有窮已上皆經文今疏但取中間意在雖有佛性之言既言雖有則非無也但未得其用耳故疏結云此則有而非無言又云或有佛性闡提人有等者即涅槃第三十六南經三十二皆迦葉菩薩品具有四句今但引第一句者是證闡提有佛性經云善男子或有佛性一闡提有善根人無或有佛性善根人有一闡提無或有佛性二人俱有或有佛性二人俱無善男子我諸弟子若解如是四句義者不應難言一闡提人定有佛性定無佛性若言衆生悉有佛性是名如來隨自意語如來如是隨自意語衆生云何一向作解此一段經延遠皆釋大同小異今依薦福彼疏云今准經明佛性畧有五種謂善不善無及理果等今言一闡提有善根人無者此是不善佛性也然善根人有其二種一是離欲善根人離欲斷一切不善故二是五住已上五住已上無不善性故此之二人俱無不善性也善根人有闡提人無者此是善佛性也闡提斷一切善故云無也二人俱有者理及無記性也二人俱無者俱無果性也此中有者是現有非曾當也然有人執此經文謂一分善根人及一分闡提無有佛性以經

說有善根人及一闡提無故善根人無者是無性不斷善人闡提人無者是斷善無性二人俱有者俱是有性二人俱無者俱是無性此釋違經故涅槃上文云如來佛性則有二種一有二無有者所謂三十二相乃至無量三昧是名爲有無者所謂如來過去諸善不善無記業因果報煩惱五陰十二因緣是名爲無乃至一闡提佛性亦爾是則上從乎佛下至闡提皆有有無二性無全無性由善根人與一闡提有無二性異故得有四句此中明佛性多種有無不同不明衆生多種有性無性所以得知經云或有佛性善根人有闡提人無等故不言或有善根人有佛性闡性所無佛性故談文尚不識顛倒何能解義今此善不善因果理性無一衆生悉俱一切無一衆生悉無一切始末以明一切衆生具一切也佛與闡提亦有四句佛有非闡提者謂果性闡提有非佛者謂無明諸結性二人俱有者是理性二人俱無者善因性故闡提決有佛性又上經云若言衆生中别有佛性者是義不然何以故衆生即佛性佛性即衆生直以時異有淨不淨解曰生之與性既二互相即明有衆生即有佛性矣

況前引楞伽五性自違其文彼經第五性云五者無性謂一闡提此有二種一者焚燒一切善根即謗菩薩藏二者憐愍一切衆生界即是菩薩若有衆生不入涅槃我亦不入大慧白言此二何者常不入涅槃佛言菩薩常

不入涅槃非焚燒一切善根者以知諸法本來涅槃不捨一切諸衆生故

況前引楞伽五性自迷其文等者破其所引不曉經意彼之所引證無性義今釋其所引還成有性非無性也何者以彼經言非焚燒一切善根者常不入涅槃則有入義也

此意則明菩薩入而不入既云菩薩常不入非闡提者則明闡提後必入矣

此意則明下疏釋經意

況經自云復以如來神力故或時善根生耶

況經自下引經結成

莊嚴第五無性亦有二種一是時邊二者畢竟時邊謂暫時之無即前闡提畢竟謂永無即大悲菩薩

莊嚴下引論重成同前楞伽非畢竟無性

是知前來所引大般若深密等經皆是未説法華之前就其長時云定性無性非永定永無

是知前來下第五釋引經論結成正義於中有二初釋般若深密經意意明長時定性長時無性多劫之外定性迴心多劫之外無性説有故云非永定永無非永定者結上聲聞非永無者結闡提也

諸論隨佛方便成立故云定無耳故實性佛性等論皆説以一闡提謗大乘因依無量時説無佛性非謂究竟無清淨性

諸論隨佛下二通妨難謂有難言諸大菩薩造論釋義言永定永無豈是菩薩不了佛意故今釋云菩薩能知隨教弘闡耳故

世親造於小論則無預大乘說般若宗則性空寂滅建立唯識則性相歷然及釋法花一乘昭著解十地論則六相圓融餘諸菩薩例此可知佛隨衆生機緣立教菩薩隨佛亦顯淺深故次下引寶性佛性則符一性

若謂法華是第二時教爲引不定二乘故說一切悉皆成佛而猶未說定性不成故名密意非了義者

若謂法華是第二時下第六引諸經謂遮救定性於中二先正牒破後結成前非今初又二先牒救詞後何以下正難今初言是第二時者彼不立爲第二時教由謂一乘是密意說義當深密第二時故又以法花盛破三乘說於一乘故當第二時耳言爲引不定者彼引攝論第十偈云爲引攝一類及任持所餘由不定種性諸佛說一乘等者彼有十意此偈有二一爲引攝一類不定性聲聞故二爲任持不定性菩薩恐退精進故今但取初意故云爲引不定性故一切悉成即一乘義既未說定性不成故是密意若作此說者

何以自判法華爲第三時教

何以自判法花爲第三時教者彼法花疏引經云我等今日得未曾有非先所望而今自得即第三時教也又下結云爲顯第三時真實之教故說此經據上二文則判法花爲第三時約明一乘是密意說則成法花復屬第二一宗自立義語相違誰敢判於法華爲不了耶

言誰敢下即遮救也恐彼救言設依容意爲不了者復有何過故便難云誰敢判爲不了以判不了即是謗經謗經即恐招極苦報但由不信皆當作佛即是謗經豈要不信文字經卷故謗不輕但由不信汝等皆當作佛言耳

妙智經中及梁攝論成立正法中皆以一乘居三乘後故真諦三藏部異執記云三十八年後說解節經等無量義云四十年後說法華經明知法華居後故經云臨欲終時

妙智經等者此雙引經論妙智經者即上西域三時教中第二時中明於三乘第三時中即明一乘故言一乘居三乘後次引梁論成立正法中者即第八卷末論曰佛說正法善成立釋論釋曰一切三世諸佛共說此法所說理同不相違背故名正法又欲顯說者勝故言佛說由所說道理勝及所得果勝故名正法如來成立正法有三種一立小乘二立大乘三立一乘於此三中第三最勝故名善成立解曰既彼論亦云第三最勝居三乘後則三非了矣言真諦三藏部異執記者即宗輪之異名耳言故經云臨欲終時者即引法華第二信解品文經云復經少時父知子意漸以通泰成就大志自鄙先心臨欲終時而命其子并會親族國王大臣刹利居士皆悉已集即自宣言諸君當知此實我子我之所生乃至吾今所有一切財物皆是子有先所出內是子所知斯即會無性定性父知子意明法華會中一切聲聞皆佛真子臨

欲終時者揄臨涅槃時也第三經末亦云
若如來自知涅槃時到等明皆臨涅槃時
也
若不信法華居後涅槃臨終居然可信豈不
亦以一乘一性破三五耶
若不信下又遮其救恐彼救言雖言臨終
說於法華臨終言寬容後更說其餘經故
若作此救且置法華涅槃既云二月十五
日臨涅槃時晨朝唱滅中夜涅槃斯為最
後居然可信此後必定不說別經而涅槃
亦說一乘以破三乘一性破五則一乘一
性亦居最後矣那言居第二時為不了耶
若以般若為第二時法華為第三時於理即
通復自為深密第三時中普為發趣一切乘
者以法華破三故

若以般若為第二時下復重遮救恐其救
云我對般若為第二時故立法華為第三
時以般若但明於空法華顯中道故若作
此救且縱可亦以從多分一義說故即自
違於深密三時深密三時三乘為了破第
二時說皆成不了故令說法華以一破三
豈得同於第三時教
明知深密三時不能定斷一切聖教以未居
最後故且約顯一類義故分三耳義如前說
若將法華望之應有四時以一乘教破前三
乘故
明知深密下第二結成前非欲將深密三
時定斷一切佛法理不盡故言以未居最
後故者以約時判未是窮終之極唱故如
世後勑破於前勑涅槃法華居於最後故

能決了有餘義耳若爾不言深密豈不謗於深密經耶故下釋云深密別為一類之機故非無理以諸餘經雖未終極各隨一類皆不相違義如前說者如前敘西域中最後會通也

若謂佛性有二一者理性二者行性理性定有行性或無斯言可爾故涅槃云或有佛性善根人有闡提人無即是行性或有佛性二人俱有即是理性

若謂佛性有二下第七遮救無性於中二先牒救詞後辨差當今初彼法華疏云然性有二種一者理性勝鬘所說如來藏是二者行性楞伽所說如來藏是前皆有之後性或無故今許云斯言可爾故涅槃云下引經為證

然涅槃依於理性明其等有故云凡是有心定當作佛不言凡是有行定當作佛若謂理性定有容趣寂不成則違教理

然涅槃依於理性下第二辨其差當涅槃明有心作佛有心未必有行既皆作佛明約理性若有理性何以趣寂定不成佛有心定當作佛豈得相成

是知闡提不作佛者以作佛非闡提故乃抑揚當時耳

是知下結示正義謂闡提實不作佛今言闡提作佛者以發心之後方能作佛從其未發心前名闡提耳故云以作佛非闡提故亦如女身不得成佛今言龍女作佛者龍女能作當佛正作佛時忽然之間變成男子豈是女身作耶闡提成佛亦復如是

此約成佛若約佛性理本有之抑揚當時者言闡提無者抑挫令其發心未作闡提令其莫作若言闡提有者顯揚理性令不自欺若已作闡提令速迴心若速發心得佛無異是故言有未必總有果行言無未必總無理等故生公云抑揚當時誘物之妙豈可守文哉以釋法顯翻六卷泥洹經云除一闡提皆有佛性生公云夫禀質二儀皆是涅槃正因闡提含生之類何得獨無佛性蓋是此經度未盡耳由唱此言被擯武丘後大經既至聖行已下果云一闡提人雖彼斷善猶有佛性於是諸公輕冊迎接請唱斯經每至闡提有佛性之文諸德莫不扼腕何以至今猶存無義

若謂法華入滅後信一乘即是變化權聲聞者

若謂法華入滅下第八遮救趣寂於中先牒救詞謂彼救云上法華第三云我於餘國作佛更有異名是人雖生滅度之想入於涅槃而於彼土得聞是經入於佛慧者是應化聲聞非定性入滅聲聞者

權必化實無實化誰

權必化實下後正破也於中二先總奪化有無用之失如有不定性聲聞故菩薩化為聲聞誘令回心此則化而有益今汝宗中定性決不迴心何用化為定性受一乘耶故無所化之機能化便成無用

又豈不悞於一類怯弱好滅衆生

又豈不悞下縱有其化化翻成損言悞於一類怯弱等者謂一類人厭生死苦又聞

佛道長遠心生怯弱常欲且趣寂滅若知一滅永沉彼則不敢趣滅今見變化之者從滅得起此怯弱人便謂有真趣滅得起便即趣滅希後得起汝宗一滅決定不起便成悞彼令其永沉故云爾耳

是知趣寂皆是法華前意耳

是知趣寂下結成正義法花已前有二意故說有趣寂一為好滅之者且順其心謂彼念言大患莫若於有身故滅身以歸無勞勤莫先於有智故絕智以淪虛智以形患形以智勞輪轉修途疲而弗已不如寂滅諸患永亡故順彼機言有永寂二者為欲恐怖不定怯弱菩薩謂有菩薩倦於廣利且欲息心既聞永寂聲聞一沉涅槃永不復起便生怖畏懼見小乘由此策心還行大道有斯二益權說有之不曉隨宜執為究竟故法花之會廣破昔非三根聲聞皆與記別不在此會亦為宣陳若實是聲聞必信一乘之說若不信者增上慢人第一周中猶云除佛滅後現前無佛以佛滅後解一乘義者難得其人故許不信及第三周即言餘國決定受化明文若此何用偏執故言皆是法花前意耳

又勝鬘經云若如来隨彼所欲而方便說即是一乘無有二乘二乘入於一乘一乘者即第一義乘△此意明隨欲方便而說二乘明知即是一乘無有二矣△不撓此意將上方便連下一乘而讀之輙斷一乘以為方便惑之甚矣

又勝鬘經云下第九會一乘方便之言意

云若隨欲說不是方便是真實者即定有三乘既隨欲說是方便說非真實者則明唯有一乘故云即是一乘即是隨彼所欲而方便說便爲一句此是一乘所以下云即是一乘無有二乘正顯一乘之義諸公錯讀乃云而方便說即是一乘故謂一乘而爲方便斯定悞矣着以名中一乘大方便着此是巧化攝物運濟方便非是無實假設方便故生公云理本無言假言而言即是方便

又彼經中廣破二乘云無涅槃又云此經斷一切疑決定了義入一乘道△豈說一乘以爲方便

又彼經中下更引勝鬘餘文證成一乘真實可知

設有方便之言尚在法華之前況復無耶

設有方便之言者復縱破之莫論勝鬘無一乘方便之言設縱有一乘是方便之言者亦是法華之前方便說耳及至法華亦須破三歸一也況復經無此言何須强執

法華云此經難信難解佛現在世猶多怨嫉況滅度後誠哉斯言若保執三乘五性不信一乘一性者深爲可愍

法華云此經難信難解下第十結成破立意云以四十餘年皆說三乘唯至法華獨說一乘故難信解此即法師品文文云佛告藥王我所說經典無量千萬億已說今說當說而於其中此法華經最爲難信難解藥王此經是諸佛秘要之藏不可分布妄授與人諸佛世尊之所守護從昔已來

未曾顯說而此經者如來現在猶多怨嫉況滅度後今疏略引言已說者法華之前謂般若等言今說者即無量義經言當說者即涅槃等所以方諸不及法華難信解者以法華是會三之如歸一之初信解者難耳昔經雖妙猶帶三乘曾未明言說唯一實涅槃之中雖明一極法華在前已破三故彼說一極便易信受法華猶如先鋒涅槃同於大軍先鋒已破於賊後軍用力不多耳又破三顯一法華如收穫涅槃如捨穗故涅槃三十六云昔於靈山說法華經八千聲聞得受記別如秋收冬藏更無所為即其義耳若依難信之義設將已說該著華嚴若比法華亦為易信始成正覺便說一極上根所受不對昔權故比法華誠易信耳誠哉斯言者結定前經若保執下結成破立三乘五性即是所破一乘一性以為所立

故百喻經第二中王敀聚落五由旬為三由旬喻以喻方便於一說三後人但信於三不信於一即其事也

故百喻經下更引他經證成一義彼經第二云昔有一聚落去王城五由旬村中有好美水王勑村人常使日日送其美水村人疲苦悉欲移避遠此村去時彼村主語諸人言汝等莫去我當為汝白王敀五由旬作三由旬使汝得近往來不疲即往白王王為敀之作三由旬眾人聞已便大歡喜有人語言此故是本五由旬更無有異雖聞此言信王語故終不肯捨世間之人

亦復如是修行正法度於五道向涅槃城心生厭倦便欲捨離頓駕生死不能復進如来法王有大方便於一乘法分別說三小乘之人聞之歡喜以爲易行修善進德求度生死後聞人說無有三乘故是一道以信佛語終不肯捨如彼村人亦復如是此經即是金口良斷權實顯然詎息諸說耳

大方廣佛華嚴經懸談疏鈔會本卷第十四

大方廣佛華嚴經懸談疏鈔會本卷第十五

清涼山大華嚴寺沙門 澄觀 撰述

上約二宗各別所據則互相違反若會釋者亦不相違

上約二宗下第三通會二宗令不相違然此會者恐於後學宗計是非以生過患故復會通雖復會通權實不失於中先總標

謂就機則三約法則一 新熏則五本有無二若入理雙拂則三一兩亡若約佛化儀則能三能一

後謂就機下正會言約法則一者非佛化法化法亦有權說三乘故今言法者佛之知見一乘可軌之法耳言新熏則五本有無二者然准法相立新熏者亦說有五立本有者亦說有五今借其言不依其義謂衆生遇緣熏習三乘種性及不定無性故有五耳何者唯習近聲聞成聲聞定性習近緣覺成緣覺定性故法華安樂行中不許親近聲聞者恐被熏習成其性故若唯近菩薩則成菩薩性若俱習近三乘則成不定性人亦如今人偏習禪戒等即成定性三學俱習成不定性不定偏執故若都不習近三乘則成無性卒難教化故知熏習成五種性依其長時故說各別言本有無二者本有佛性理不容差故說有心定當作佛非是本有五種性也言若入理等者真理寂寥不屬諸數借一以遣三三亡而一遣言窮慮絕何實何權體本寂寥孰三孰一故法句經云森羅及萬像一法之所印此以一遣多也又云一亦不為一為

欲破諸數淺智著諸法計一以為一此以非一遣一也故須三一兩亡若約佛化儀則能三能一者隨物機宜則說三乘陶練已久則便說一故下經云或有國土說一乘或二或三或四五如是乃至無有量釋曰尚有無量況三一耶

是故競執是非違無違諍大集五部雖異不離法界涅槃各說身因佛許無非正說餘義次下當會古今違順竟

是故下令總除執常說權實亦莫執之此即求那跋摩遺文偈也謂有偈二諸論各異宗修行理無二競執有是非達者無違諍亦如脇尊者對迦膩色迦王云如析金杖況以爭衣爭衣則衣終不破析杖則金體無殊是故依之修行無不獲益耳言大集五部雖異者謂五部僧故涅槃三十二亦云五部僧互生是非沒三惡道涅槃各說身因者即第三十五經云善男子如我所說十二部經或隨自意說或隨他意說或隨自他意說云何名為隨自意說如五百比丘問舍利弗大德佛說身因何者是耶舍利弗言諸大德汝等亦各得正解脫自應識之何緣方作如是問耶有比丘言大德我未獲得正解脫時意謂無明即是身因作是觀時得阿羅漢果復有說言大德我未獲得正解脫時謂愛無明即是身因作是觀時得阿羅漢果或有說言行識名色六入觸受愛取有生飲食五欲即是身因爾時五百比丘各各自說已所解已共往佛所稽首佛足右遶三帀禮拜畢已

却坐一面各以如上已所解義向佛說之舍利弗白佛言世尊如是諸人誰是正說誰不正說佛告舍利弗善哉善哉一一比丘無非正說舍利弗言世尊佛意云何佛言舍利弗我爲欲界衆生說言父母即是身因如是等經名隨自意說云釋曰意取各隨自說者爲隨自意今疏所引不取隨自意義但取皆正說言五百雖異皆爲正說二宗小別並合佛教故不應是非故海東曉公云如言而取所說皆非得意而談所說皆是則貴在得意亡言耳餘可知矣

第三立教開宗分二一以義分教二依教分宗

第三立教開宗中疏文分二先標章

今初以義分教教類有五即賢首所立廣有別章大同天台但加頓教今先用之後總會通有不安者頗爲改易

後今初下別釋分教於中三初總辨源由次言五教下正立五教後若約所說下約詮辨異

言五教者一小乘教二大乘始教三終教四頓教五圓教

二中二先列名

初即天台藏教

後初即天台下解釋初小乘教易故不釋以見天台立名招難故改名小乘所攝法門不異於彼故指同也

二始教者亦名分教以深密第二第三時教同許定性二乘俱不成佛故今合之總爲一教

二始教等者文二先正立後釋名今初言二乘俱不成佛者其言猶略應云闡提二乘皆不成佛故下終教有二乘闡提皆成佛言以趣寂難成故偏舉耳

此既未盡大乘法理故立為初有不成佛故名為分

此既未盡下二釋名也謂何名初教復稱分耶由合二三兩時皆未盡理故言未盡者第二時中但明於空空是初門第三時中定有三乘隱於一極故初教名並從深密二時以得云何空為初門法鼓經中以空門為始以不空門為終故彼經云迦葉白佛言諸摩訶衍經多說空義佛告迦葉一切空經是有餘說唯有此經是無上說非有餘說故若爾彼第三時既不明空何得名初以未顯一極故特由此義加分教名故云有不成佛故名為分

三終教者亦名實教

三終教等者䟽文有三初立名次定性二乘下立理釋名後上二下結前生後

定性二乘無性闡提悉當成佛方盡大乘至極之說故立為終以稱實理故名為實

二中亦對第二教二義由前定性二乘及一闡提皆不成佛故名為分亦名為始今既盡理所以名終立實教名雙對前二非唯說空復說中道妙有故稱實理既非分成亦名稱實

上二教並依地位漸次修成故總名漸△四頓教者但一念不生即名為佛

四頓教等者初正立次釋名後解妨今初

言一念不生即名為佛者即心本是佛體妄起故為衆生一念妄心不生何為不得名佛故達摩碑云心有也曠刼而滯凡夫心無也刹那而登正覺下經云法性本空寂無取亦無見性空即是佛不可得思量

不依地位漸次而說故立為頓

不依地位下二釋名先正釋如思益云得諸法正性者不從一地至於一地楞伽云初地即為八乃至無所有何次等後引二經思益經文文顯易了楞伽經語畧而未周謂彼經第四先長行云大慧於第一義無次第相續說無所有妄想寂滅法頌中有七偈後二偈明不立地位云十地則為初初則為八地第九則為七七亦復爲八第二爲第三第四為第五第三為第六無所有何次解曰初之七句約義配同最後一句據理都泯十地則為初者同證如矣初則爲八地者初地不為煩惱所動同不動矣第九則為七者第九同第七無生忍矣七亦復爲八者純無相觀與八同矣第二為第三者同信忍矣第四為第五者同順忍矣第三為第六者第三地中獲三慧光第六地中得勝般若同慧義矣無所有何次者頌上經文於第一義無次第相續等今疏上句略舉約義同中一句之要下句即據理都泯義巳略周正意在於下句而言等者等餘經文

不同前漸次位修行不同於後圓融具德故立名頓

不同前漸下上約當法立名此下對他受

稱不同二三之漸不同第五之圓故立此名則圓頓義異不同天台圓即是頓

頓詮此理故名頓教

頓詮此理下解妨難此有二難一者刋定記難和尚云上所引經當知此並亡詮顯理復何將此立爲能詮若此是教更何是理今為通此故云頓詮此理故名頓教謂所詮是理今頓說理豈非能詮夫能詮教皆從所詮以立若詮三乘則是漸教若詮事事無碍即是圓教豈以所詮是理不許能詮為教耶何得難言更何是理迷之甚矣又復難言若言以教離言故與理不別者終圓二教豈不離言若許離言總應名頓何有五教若謂雖說離言不碍言說者終圓二教亦應名頓以皆離言不碍言故

今疏不救者以賢首不如此立何用救耶但用一句之言諸難皆破故知形雖入室智未昇堂亦由曾不叅禪致使全迷頓旨

天台所以不立者以四教中皆有一絕言故今乃開者頓顯絕言別為一類離念機故即順禪宗

天台所以不立下通第二難謂有問言此之五教模搭天台初即藏教二即通教三即別教第五名同天台既不立頓何用此中別立故今釋云若全同天台何以別立有少異故所以加之天台四教皆有絕言四教分之故不立頓賢首意云天台四教絕言並令亡詮會旨今欲頓詮言絕之理別為一類之機不有此門逗機不足即順禪宗者達摩以心傳心正是斯教若不指

一言以直說即心是佛心要何由可傳故
寄無言之言直詮言絕之理教亦明矣故
南北宗禪不出頓教也
五圓教者明一位即一切位一切位即一位
是故十信滿心即攝五位成正覺等依普賢
法界帝網重重主伴具足故名圓教△如此
經等說
五圓教下先正立後指經既是當經義理
分齊一門廣說故不釋耳又亦大同諸師
圓教故
若約所說法相者
若約所說法相者下第三約所詮辨異然
賢首義分齊內第二卷廣明今但略說於
中上一句標下皆別釋
初小乘中但說七十五法

初小乘中四一約法數多少二約二空差
別三約所依根本四結成有餘今初言七
十五法者謂五類法中有多少故謂色法
十一俱舍頌云色者唯五根五境及無表
二心法一即是意識三心所有法四十六
謂大地法有十俱舍頌云受想思觸欲慧
念與作意勝解三摩地遍於一切心大善
地法有十頌云信及不放逸輕安捨慚愧
二根及不害勤唯遍善心大煩惱有六痴
逸怠不信昏掉恒爲染大不善有二謂無
慚及無愧小煩惱法有十頌云忿覆慳嫉
惱害恨諂誑憍如是類名爲小煩惱地法
不定有八謂悔眠尋伺貪瞋并慢疑上之
六類有四十六四者不相應行法有十四
一得二非得三同分四無想異熟五無想

定六滅盡定七命根八生九住十異十一滅十二名十三句十四文故頌云得非得同分無想二定命及生住異滅并名句文身五者無爲有三一擇滅二非擇滅三虛空總上五類之法合七十五法比於大乘欠二十五次下當明

但說人空縱少說法空亦不明顯

但說人空下明二空差别以其根劣未堪聞說二空真理故故智論三十一云小乘弟子鈍根故爲說衆生空起信云法我見者依二乘根鈍故如來但爲說人無我等縱說二空少未明顯

但依六識三毒建立染淨根本故阿含云貪恚愚痴是世間根本等

但依六識三毒下明所依根本然小乘計生死根本雖有多義略舉其三一計識心如順正理論第八說經部師計以現在色心等爲染淨因意云如大乘中第八爲所熏故二者三毒爲因義如大乘能熏故今引阿含但證三毒耳而云等者謂以三毒爲因緣故起於三業三業因緣故起於三界是故有一切法中論十二因緣品云衆生痴所覆爲後起三行以有此行故識受六道身等即其義也三者合取上二義同有能所熏方流轉故着爾焉異大乘然似衆經意而不同者但六識非第八爲所熏縱說賴耶但有名字能熏又非七識故全不同

未盡法源故多諍論部執不同

未盡法源下第四結成不了可知

二始教中廣說法相少說法性所說法性即法相數

二始中下疏文分三初總次別後結今初分二先對後彰劣後對前顯勝前中以相多性少故言法相宗言所說法性即法相數者說真如法性乃是百法之中六無為數

說有百法決擇分明故少諍論

後說有百法下對前顯勝言百法者謂色有十一心法有八心所有五十一心不相應行有二十四無為有六故成百數於前七十五中加二十五謂心法加七小乘唯一意識故心所加五不相應行加十無為加三並如彼說

說有八識唯是生滅依生滅識建立生死及涅槃因

說有八識下第二別明文有九節即前會二宗中十對之內法相宗中十義而皆如次對前唯第一當第三第二當第一及第二者以第三唯心真妄為對六識三毒為所依故今初第一云何對前說有八識為所依故說八過前唯是生滅明其劣後依生滅識建立生死及涅槃因者不同前教以三毒六識為因不同終教生滅與不生滅和合故攝論第一云無始時來界一切法等依由此有諸趣及涅槃證得界即因義謂種子識等下文廣說

法爾種子有無永別是故五性決定不同

法爾種子下即第二對一性五性別中五性之義含前第一對一乘三乘別中三乘

之義以乘性相成故但明五性則有三乘而三乘但是化法非所詮中別義故略不明含在五性之中言法爾者此明本有揀異新熏故瑜伽云種性畧有二種一本性住二習所成本性住者謂諸菩薩六處殊勝有如是相從無始世展轉傳來法爾所得等習所成者謂先慣習善根所得顯揚論云云何種性差別五種道理一切界差別可得故五中前四爲有後一爲無故云有無永別

既所立識唯業感生故所立真如常恒不變不許隨緣

既所立識等者第三明真如隨緣疑然別中疑然義上一句躡前生滅識起言業感者以現行第八名異熟識由過去煩惱及業熏習成種招此識果酬引業故其前六識酬滿業者從異熟起名異熟生不名異熟有間斷故故其八識皆業感生故所立真如下正明不變之義若識從真如如來藏起則有隨緣之義識既業感辨生明知真如不變故唯識釋真如名云真謂真實表無虛妄如謂如常表無變易若隨緣變豈得稱如

依他起性似有不無非即無性真空圓成說經空義但約所執

依他起性下第四三性空有即離別中不即之義言三性者一遍計所執性二依他起性三圓成實性△故唯識論第八云由彼彼遍計遍計種種物此遍計所執自性無所有依他起自性分別緣所生圓成實

於彼常遠離前性△此中二頌初一釋遍計次二句辨依他後二句明圓成△初中有多師義今從護法初句能遍計次句所遍計後二句明所執其能遍計正義唯六七識所計有多故云彼彼△其所遍計正唯依他爲親所緣依展轉說亦通圓成為踈所緣故此非凡境故非親緣其所執性△若安慧師三界心及心所由無始来虛妄熏習雖各體一而似二生謂見相分即能所取如是二分情有理無此相說爲遍計所執二所依體實託緣生此性非無名依他起△若護法師一切心及心所由熏習力所變二分從緣生故亦依他起遍計依斯妄執定實有無一異俱不俱等此二方名遍計所執△二句依他起性者衆緣所生心心所體及相見分有漏無漏皆依他起依他衆緣而得起故△頌言分別緣所生者應知且說染分依他淨分依他亦圓成故△或諸染淨心心所法皆明分別能緣慮故是則一切染淨依他皆是此中依他起攝△二句圓成者二空所顯圓滿成就諸法實性名圓成實顯此遍常體非虛謬揀自共相虛空我等△釋曰遍釋圓滿常釋成就體非虛謬釋實性義此一體言貫通三處遍揀自相常揀共相非虛謬言揀於空我△若爾淨分依他體非常遍如何亦是圓成實耶△故次論云無漏有爲離倒究竟勝用周遍亦得此名然今頌中說初非後△釋曰此中離倒名實究竟為成勝用周遍以釋圓義是則圓成有其

二種一約理說二約果德故論揀云今此頌中說初非後以約三性通一切故△上來論文方釋圓成實言△次釋餘文云此即於彼依他起上常遠離前遍計所執二空所顯真如為性△說於彼言顯圓成實與依他起不即不離常遠離言顯妄所執能所取性理恒非有前言爲顯不空依他性顯二空非圓成實真如離有離無性故上來所釋一依唯識△今疏語意揀法性宗法性宗中依他無性即是圓成則依他無性無性即空空即圓成今言似有不無非即空也語則但釋依他影出圓成名耳說經空義但約所執者三性之中遍計所執此一則空二性不空故云但約

既言三性五性不同故說一分衆生決不成佛名生界不減

既言三性下第五生佛不增不減別中之義此但義別而言全同不同前後一乘三乘但取三乘之義等謂五性之中無種性人決不成佛故有此衆生守衆生界如何可減

真俗二諦 迢然不同△非斷非常果生因滅

真俗二諦下第六對二諦空有即離別中離義於中含有二義一但明二諦別二兼明中道別言二諦別者依唯識第九有四種勝義一世間勝義謂蘊處界等二道理勝義謂苦等四諦三證得勝義謂二空真如四勝義勝義謂一真法界依瑜伽六十四有四世俗一世間世俗謂軍林等二道理世俗謂蘊處界等三證得世俗謂預流

等四安立世俗即安立真如以四世俗對前四種勝義則有四重二諦一世俗世間二諦謂軍林爲世俗藴等爲勝義二事理二諦謂藴等即爲世俗苦等爲勝義三四諦勝義二諦苦等爲世俗安立真如爲勝義四安立非安立二諦謂安立真如爲世俗非安立真如爲勝義又真俗各四便成八諦世俗四者一假名無實諦二隨事差別諦三方便安立諦四假名非安立諦謂二空理依詮而說但有假名不得體故勝義四者一體用顯現諦二因果差別諦三依門顯實諦四廢詮談旨諦然上八諦名則小異義不殊前又四重中初一世俗唯世俗後一勝義唯勝義中間六諦各通世俗勝義如第一勝義望前爲勝義望第二爲世俗故既四重二諦一一差別故云迢然不同不同法性二諦相即言非斷非常果生因滅者於二諦門中曲開此義此則於俗諦中明非斷常不同法性二諦互融明非斷常言果生因滅者因滅故不常果生故不斷故成唯識第三解阿賴耶識恒轉如瀑流云恒言遮斷轉表非常等意云若因不滅遷至於果則名爲常若果不續因無所生則墮斷滅今常相續故無常斷廣如唯識

同時四相滅表後無

同時四相下第七四相一時前後別中前後義也成唯識第二云然有爲法因緣力故本無今有蹔有還無表異無爲假立四相標也本無今有有位名生生位蹔停即

說爲住住別前後復立異名蹔有還無無時名滅別明前三有故同在現在後一是無故在過去揀異小乘生在未來餘三現在如何無法與有爲相難也表此後無爲相何失總荅生表有法先非有滅表有法後是無異表此法非凝然住表此法蹔有用別釋表義故此四相於有爲法雖俱名表而表有異此依刹那假立四相結也今疏但舉滅者唯此一句異於法性不許同時故

根本後得緣境斷惑義說雙觀決定別照以有爲智證無爲理義說不異而實非一

根本後得下第八能所斷證即離別中不即義也△因明斷證復說緣境根本緣真後得緣俗△義說雙觀者亦言了俗由於證真二智雙觀真俗△以其宗中二智不融二境不即故正雙觀時而常別照△言斷惑別者根本智斷迷理隨眠後得不斷△護法云不親證故無力能斷迷理隨眠而於安立非安立相無倒證故亦能永斷迷事隨眠△故瑜伽說於修道立中有出世斷道世出世斷道△相傳釋云正體能斷迷理迷理二種隨眠後得但斷迷事隨眠△斷迷理時即觀理境斷迷事時即觀事境故不即也既云根本有雙斷義故說雙觀後得既不斷於迷理還成別照△不同法性一斷一切斷也△此中疏文影略若約斷惑應云義說雙斷而實別斷△言以有爲智證無爲理者唯約根本斷惑而說△上明斷惑此辨證理△前緣境斷惑

但就所觀以論不即今此證理就能所證心境相對明不即義△能證之智則是有爲所證之理即是無爲故不即也

既出世智衣生滅識種故四智心品爲相所遷佛果報身有爲無漏

既出世智下第九明佛身無爲有爲別中有爲義也佛地論第三云大覺地中無邊功德畧有二種一者有爲二者無爲無爲功德淨法界攝淨法界者即是真如無爲功德皆是真如體相差別有爲功德四智所攝無漏位中智用強故以智名顯一切種心心所有法及彼品類若就實義一一智品具攝一切功德法門若就麁相妙觀察智攝四念住等明知四智皆有爲也唯釋第十云四所轉得此復有二一所顯得謂大涅槃又云二所生得謂大菩提此雖本来有能生種而所知障礙故不生由聖道力斷彼障故令從種起名得菩提起已相續窮未来際此即四智相應心品乃至云故此四品總攝佛地一切有爲功德皆盡以斯二論明皆有爲今疏初兩句出有爲所以以從種生生則有爲況能生識體是生滅所生之智安非有爲既是修生有爲必有有爲之相謂生住異滅故云爲相所遷四智攝於三身大圓鏡智成自受用故說報身有爲無漏

如是義類廣有衆多具如瑜伽雜集等說

如是義類下結也

三終教中少說法相多說法性所說法相亦會歸性

三終教中等者疏亦有三初總次別後結今初對前始教乎有少多可知言所說法相亦會歸性者如說五蘊五蘊即空空即法性下文云三世五蘊法說名為世間彼滅非世間如是但假名又云有諍說生死無諍說涅槃生死及涅槃二俱不可得等又如說心心即離念法界一相華藏世界海法界無差別等其文非一故此宗中非不有相宗意顯性以為立妙令物達此速證菩提故

所立八識通如来藏隨緣成立生滅與不生滅和合而成非一非異

所立八識下別明文亦九段如次對前成十對義亦第一當其第三以對前次故今初即唯心真妄別中明具分唯識真心成故然法性宗十義即此經同教中義至下廣引本文釋之今且畧引他經釋耳通如来藏者如來藏即不生滅揀異前教唯生滅識故楞伽第一云譬如巨海浪斯由猛風起洪波鼓溟壑無有斷絶時藏識海常住境界風所動種種諸識浪騰躍而轉生既言體即常住明非唯生滅常住即如来藏言生滅與不生滅和合者即起信論文彼論具云不生不滅與生滅和合非一非異名阿黎耶識既二和合名阿黎耶則知黎耶非獨生滅謂唯真不生純妄不成真妄和合方成藏識廣如問明品辨

一切衆生平等一性

一切衆生下即第二明一性五性別中一性義兼一乘義對前五性三乘廣如前説

但是真如隨緣成立

但是真如下第三真如隨緣不變別中通隨緣義也楞伽經云如來藏爲無始惡習所熏名爲識藏又云如來藏受苦樂與因俱若生若滅皆明隨緣成一切法也起信亦云自性清淨心因無明風動成其染心等而疏云但是者躡上而起謂上衆生但是真如隨緣成也由此成立不失一性對上始教但說凝然故云隨緣非謂此宗無不變義由不變故始能隨緣由隨緣故方能不變何者謂若變自體將何隨緣如失濕性將何隨風而成波浪即由此義經中說言真如隨緣若不能隨緣體則不徧緣中緣中既無何成不變是以二義反覆相成故勝鬘經云不染而染難可了知染而不染難可了知此經二對上對即不變隨緣下對即隨緣不失自性也

大方廣佛華嚴經懸談疏鈔會本卷第十五

大方廣佛華嚴經懸談疏鈔會本卷第十六

清涼山大華嚴寺沙門　澄觀　撰述

依他無性即是圓成

依他無性下第四明三性空有即離別中相即之義謂依他是因緣生法緣生無性無性故空空即圓成更無二體此中無性即無遍計之性法相宗中無餘遍計無即是空故但空遍計法性宗中則依他性上無遍計性故依他即空空即無性之理無性之性即是實性故密嚴經云名爲遍計性相是依他起名相二俱遣是爲第一義性中論云因緣所生法我說即是空亦爲是假名亦是中道義一因緣上三義具足無前無後故即有即空不相捨離若釋三性之名大意不殊前教但融不融故分性相之二宗耳

一理齊平故說生界佛界不增不減

一理齊平等者第五生佛不增不減別此但義異名乃不殊謂法性既同設一切衆生一時成佛生界不減佛界不增以生佛界即是法性不可以法性增法性喻如東方虛空是衆生西方虛空是佛不可以東方虛空添西方虛空令東減西增不增不減經大般若等經皆約一性平等而說

第一義空該通真妄真非俗外即俗而真故

第一義空下第六明二諦空有即離別中相即義也雖有不即不離對前成即故仁王二諦品云波斯匿王言第一義諦中有世諦不若言無者智不應二若言有者智不應一一二之義其事云何佛言汝今無

聽我今無說無聽無說即爲一義二義七佛偈云無相第一義無自無他作因緣本自有無自無他作法性本無性第一義空如諸有本有法三假集假有有無本自二譬如牛二角照解見無二二諦常不即於解常自一於諦常自二通達此無二真入第一義涅槃十三云文殊師利白佛言所說世諦第一義諦其義云何世尊第一義中有世諦不世諦之中有第一義不如其有者即是一諦如其無者將非如來虛妄說耶善男子世諦者即第一義諦世尊若爾則無二諦佛言有善方便隨順衆生說有二諦善男子若隨言說則有二種一者世法二出世法善男子如出世人之所知者名第一義諦世人知者名爲世諦善男子五陰和合稱言某甲凡夫衆生隨其所稱是名世諦解陰無有某甲名字離陰亦無某甲名字出世之人如其性相而能知之名第一義諦以上二經對前二論二宗有殊前教則八諦區分初一唯世俗後一唯勝義中間六諦上下相望各通二義而皆約事令第八諦獨居事外今此二經仁王則雖有二諦智照無二涅槃則本唯一諦解惑分二斯則二而不二不二而二一二自在爲真二諦故昔人云二諦並非雙恒乖未曾各即其義也生公云是非相待故有真俗名生一諦爲真二言成權矣即涅槃經意也梁論亦云智障甚盲瞑爲真俗別執然法相務欲分析法性務在融通各據一門勿生偏滯然疏云第一義空該

通真妄者真妄俱空非獨真空妄有妄空真有也而言第一義空者非無物爲空乃即妙有之空也真非俗外者明不異也影取俗非真外即俗而真者明相即也影取即真而俗而不云俗非真外即真而俗者一則影取如上所明二則以妄必是真亦有真非妄故如波即濕有濕非波即静水故即佛已證故但言隨順觀察世諦即入第一義諦無有隨順觀察第一義却入世俗故故上涅槃中文殊雙徵如来但云世諦即第一義

雖空不斷雖有不常

言雖空不斷等者由上二諦既融令不斷常中道如旨不唯約事此即中論及智論文且約空爲真諦有爲俗諦者空是即有之空故雖空不斷斯則即俗之真也不同始教如龜毛兎角方說名空雖有不常者有是即空之有故此有非常斯則即真之俗也若有定是有便墮常見故中論云定有則著常定無則著斷是故有智者不應著有無非斷非常即是中道若滅故不常續故不斷但俗中一義耳上則不壞有無而離有無有之與無非一非異故成中道若其一者有無之義俱壞若其異者便墮斷常何者若法定有有相則終無無相如說三世有者未来中有還至現在轉入過去不捨本相是則爲常又定有者應不從緣不從緣者墮無因常若法定無先有今無是則爲斷若不融二諦明空有者決不能祛斷常之見

四相同時體性即滅

四相同時下第七四相一時前後別中一時義也以性滅爲滅故得同時故楞伽云初生則有滅不爲愚者說一切法無生我說剎那義淨名云汝今即時亦生亦老亦滅故又云過去已滅未來未至現在無住三世皆空故體性即滅乃會相歸性也故起信論云若得無念者則知心相生住異滅以無念等故而實無有始覺之異以四相俱時而有皆無自立本來平等同一覺故前教假立四相故一不同時此教以所相法體隨法性而融通故能相之相亦生滅而無碍

緣境斷惑不二而二有能所斷二而不二說爲內證

照惑無本即是智體照體無自即是證如非智外如爲智所證非如外智能證於如

緣境斷惑下第八能所斷證即離別中即義故十地經云非初非中後論云是斷結相此智盡漏爲初智斷爲中爲後荅云非初智斷亦非中後偈曰非初非中後故若爾云何斷耶論云如燈焰非唯初中後前中後取故謂唯取一時則不能斷三時總取方說能斷假三時假則無定性何者初若能斷不假中後後若能斷不假初中既假三時故知無性一一推徵三皆不斷是故經言非初非中後由三時無斷方能斷結是故論云前中後取故論主總取三時方顯三時無斷經論言反意乃相成經則約性論則約相性相無碍方能斷結大意

如此而疏有二節初總明無斷之斷後别明内證之相今初文亦影畧若約緣境應云不二而二有能所照二而不二即智證如今且約斷惑不二而二有能所斷者以能斷是智所斷是惑惑體智體無二體故故名不二故涅槃云明與無明其性無二愚者謂二智者了達知其無二無二之性即是實性不壞相故有能所斷即名爲二△二而不二説爲内證者以能合所故惑即如故△照惑無本下别明内證之相謂二智各有二能一能斷惑二能證理上説斷惑今明證理言照惑無本即是智體者尋此妄惑都無根本非内非外亦非中間三世推求都不可得從無住本顛倒妄生既以無住而爲其本則無本矣無住之本

即實相異名故此惑本便是智體智體惑體無二體也言照體無自即是證如者即此智體本唯無念不能自立因惑説智智不自名智無自性即是如體無心存智是曰證如若以智會如非證如矣非智外如爲智所證下反成上義智即是如如即是智法界寂然曰如寂而常照曰智豈離寂外别有智耶上二句舉智收如智外更無如矣下二句舉如收智如外豈有智耶若智外有如智則收法不盡若如外有智如則不遍智中舉一全收不容相並此即迴顯法性無容並真二既不存一亦奚立如向經文更有文云無有少法與法同住則斯斷證唯實教宗不同前宗決有斷證世出世智依如來藏始本不二則有爲無爲

非一非異故佛化身即常即法不墮諸數況於報體即體之智非相所遷
世出世智下第九佛身無爲有爲別中無爲義也文中先出所以若法相宗從生滅識生則是有爲今依如來藏所依常故能依亦常始謂始覺本謂本覺本覺理有衆許是常始覺修生義同無常今以始同本無復始本之異豈無常耶若是無常何得而言無有始本之異以一常一無常故今言不異明即是常言則有爲無爲非一非異者以約依生義同有爲全同藏性故即無爲本覺義同無爲始覺即是有爲今說始本明其不一始本無二明其非異故佛化身已下正顯無爲化身最劣尚是常住報身更勝安得無常化身即常涅槃經文故彼經云吾今此身即是常身法身恐人謂言但是不斷之常非凝然常凝然常者即是法身今云即是常身法身明知化身即是法身凝然常也不墮諸數即淨名經弟子品云佛身無爲不墮諸數以訶阿難謂佛化身有小疾故上舉二經明化身常下況報體安得不常言即體之智者若體外有智體常智無常即體之智體既四相不遷智亦無能遷矣智若可遷體亦可遷以相即故故涅槃第二云若善男子欲護正法勿說如來同於諸行不同諸行唯當自責我今愚癡未有智眼如來正法不可思議是故不應宣說如來定是有爲定是無爲若正見者應說如來定是無爲何以故能令衆生生善法故生憐愍故如彼貧

女在於恒河爲愛念子而捨身命善男子護法菩薩亦應如是寧捨身命不說如来同於有爲當言如来同於無爲以說如来同無爲故得阿耨多羅三藐三菩提如彼女人得生梵天何以故以護法故云何護法所謂說言如来同於無爲善男子如是之人雖不求觧脫觧脫自至如彼貧女不求梵天梵天自至乃至云文殊師利外道邪見可說如来同於有爲持戒比丘不應如是於如来所生有爲想若言如来是有爲者即是妄語當知是人死入地獄如人自處於已舍宅文殊師利如来真實是無爲法不應復言是有爲也如是等文諸經皆有涅槃中意初則爲與無爲二俱雙遣後於此二中寧說無爲不應宣說是有爲也今明三身既得相即爲與無爲本融如是解於如来是爲真實觀佛餘義至下當明

如是義類亦有衆多次第對上如楞伽等經起信等論若會上二宗廣如別說

如是義類下結廣從畧兼示法源令知有據

四頓教中總不說法相唯辨真性亦無八識差別之相一切所有唯是妄想一切法界唯是絕言五法與三自性俱空八識及二無我雙遣訶教勸離毀相泯心生心即妄不生即佛亦無佛無不佛無生無不生如淨名默住顯不二等是其意也

四頓教中總不說法相唯辨真性等者意云但諸經中一向辨真性處即屬頓教言

亦無八識差別之相等者八識心王尚無差別況心所變豈當有耶心生則種種法生心滅則種種法滅故起信論云一切諸法唯依妄念而有差別若離妄念則無一切境界之相是故一切法從本已来離言說相離名字相離心緣相畢竟平等無有變異不可破壞唯是一心故名真如以一切言說假名無實但隨妄念不可得故故疏云一切所有唯是妄想言一切法界唯是絶言者又拂前真性辨離言真如故起信論次文即云言真如者亦無有相謂言說之極因言遣言此真如體無有可遣以一切法悉皆真故亦無可立以一切法皆同如故當知一切法不可說不可念故名為真如故疏云皆是絶言也言一切法界者界者性義以一切法性皆離言故亦通四種法界皆不可說故名無得物之功物無當名之實故理本無言故事理交徹不可作事理說故事事相即不可作一多等說故說名名不盡不可以一名詺故理圓言偏言不及故無有一法非實相故言五法至雙遣者皆如楞伽雖明五法名相妄想正智如如五皆空寂何者謂迷如以成名相妄想是生悟名相之本如妄便稱智則無名相妄想唯如智矣智因如立智體亦空如假智明本来常寂故並空矣況八識約事皆緣生性空因有我法說二無我我尚叵得無我寧存故中論云諸佛或說我或說於無我諸法實相中無我無非我故雙遣也言呵教者謂以心傳心不在文

字故勸離者乃有二義一令離教成上呵教二令離法法雖無量不出色心離心心如離色色如故令皆離則契心體離念矣毀相約境凡所有相皆是虚妄故泯心約智了境相空假稱爲智相既不有智豈有真心境兩亡則皆泯絶心無心相即是安心故說生心即妄不生即佛言生心者非但生於餘心縱生菩提涅槃觀心見性亦曰生心並爲妄想念相都盡方曰不生寂照現前豈不名佛故達摩碑云心有也曠劫而滯凡夫心無也刹那而登正覺言心無者非了心空不生於了耳故下經云一切法無生一切法無滅若能如是解諸佛常現前言如是解者如不生解而無解相非謂空解於不生耳言亦無佛無不佛無生無不生者重拂前迹爲迷衆生言即心即佛既無衆生何曾有佛故經云平等真法界無佛無衆生執佛言無佛非謂是無佛故云無不佛矣則遣之又遣之若少所得皆是妄想故佛藏經第一云舍利弗乃至於法少有所得者則與佛諍與佛諍者皆入邪道非我弟子又只諂無佛以爲真佛故言無不佛耳故下經云性空即是佛不可得思量若有生心生心是妄故說不生佛尚不有何有無生作無生解還被無生之所纏縛故云無不生矣又一切法不生則般若生故云無不生矣則生與不生反覆相遣亦反覆相成唯亡言者可與道合虚懷者可與理通冥心者可與真一遣智者可與聖同故引淨名嘿住以顯不二

是也然淨名第二入不二法門品前有三十二菩薩各說不二法門後問文殊言何等是入不二法門文殊師利曰如我意者於一切法無言無說無示無識離諸問荅是爲入不二法門於是文殊師利問維摩詰言我等各自說已仁者當說何等是入不二法門時維摩詰嘿然無言文殊師利歎曰善哉善哉乃至無有文字語言是爲真入不二法門然此經意前後相成共顯深旨若辨優劣或三重四重言三重者一諸菩薩以無二遣二則是以言顯法似有不二可說便是對二明不二非絕待也二文殊以言遣言明無不二可說今亡言會旨三維摩詰以無言顯理謂本自無言不須更遣故爲三也而言四者文殊師利以言印彼又明言即無言非要離耳若言合者然後三段反覆相成但爲一義初文殊以言顯無言次淨名以無言印無言後文殊以言印無言三段二人共顯言絕之理故前三十二菩薩以無二遣二後二大士以無言遣言則但有二節若更合者若無諸菩薩以言遣二空有絕言何由顯理是則前諸菩薩假言顯理後二大士以無言顯理言與無言雙亡皆真不二矣故雖三節一致無違今取最後故云如淨名嘿住也

五圓教中所說唯是無盡法界性海圓融緣起無礙相即相入如因陀羅網重重無際微細相容主伴無盡十十法門各攝法界義分齊中當具宣說

五圓教等者義廣理深非畧可盡故彰其宏與別立一門然在立教之終故須畧舉言十十法門者一一法中多明十故十身十忍十眼十通十種玄門出十所以表義無盡彰異餘宗故文文之中多皆十句一一十句六相圓融方顯教圓廣如下辨

二依教開宗宗乃有十如經宗中辨△第四總相會通曲分為二先通會諸教後會化儀前後

第四總相會通中文多易了隨難則釋

今初諸德立教各自所據今雖立五亦會取諸說畧有五重△一或總為一謂唯是如来一大善巧攝生方便一音所演則前之二師立一音者不失道理△二或開為二此更有三一對小顯大初是半字後四皆滿則無違二藏等言△二對權顯實則前二是三乘後三為一乘則不違法華四乘△三者三四二教雖則泯二異前而對三顯一曲巧順機後一直顯本法一向不共如智論說此同印公平道屈曲

言三者又三四二教雖則泯二異前者三即終教四即頓教此之二教俱明一乘故云泯二則異前始教存三乘也而言雖者雖明一乘由是對三顯故同前二教亦入屈曲之數則前四教皆屈曲收後之一教方是平道故順印公

三或分為三初一小乘次一三乘後三一乘或唯後一是不共一乘智論指此以為不共大品等經共二乘說故此三亦順四乘又梁論第八云如来成立正法有三種一立小乘

二立三乘三立一乘第三最勝故名善成立此亦同妙智經真諦三藏部異執疏第二卷中亦同此說

此三亦順四乘者初一小乘次一三乘此二皆是三乘教攝以初小乘即三乘中之小乘故後三是一乘故為四乘也又梁論下證成三一之義前會三乘一乘中已引及妙智部異執並如前引

四或分為四此亦二門一中間三教存三泯二別故開之為四一別教小乘如四阿含等二同教三乘如深密等三同教一乘如法華等四別教一乘如華嚴經

一中間三教存三泯二別者始終頓三名為中間以初有小乘後有圓教故曰中間而始教存三故別為一教終頓二教泯二是同故合為一教下列四中云三同教一乘即合終頓二教也

二約歷位無位開漸及頓故分為四總合二三以為漸教餘皆如名

二約歷位無位等者始終二教皆悉歷位頓教不歷故合始終以為漸教餘皆如名者一小乘教二漸教三頓教四圓教則漸是新加餘三如本名也

五或分為五如前所立以漸中有始終故△然取多分畧指數經實非局判以一經中容多教故

然取多分下遮外難恐有難云既破昔人不許指於一經以為一教如何前立教中亦云如法華等故今通云從多分說所以畧指實不局判一經以為一教故下出所

以云以一經中容多教故上来開合遍收理無不盡依此亦可總判教言若唯為一難見淺深非判教也△若欲判者當漸開之且分為二一方便教二真實教△故法華云開方便門示真實相△亦即半滿又方便即隨他意語真實即隨自意語又方便是三乘真實是一乘△然諸經中對小顯大即以二乘為方便大乘為真實△若對權顯實則以三乘為方便一乘為真實△則於方便之中更分為二一小乘二大乘△就真實中亦分為二一行布二圓融行布即始終之教圓融即是圓教△又小乘居然易別△大乘之中有多差別一直顯一乘如華嚴二開權顯實如法華三會權歸實如涅槃四庠權讚實如淨名思益五權實雙明如諸般若六帶權說實亦如般若七帶實明權亦如般若勝鬘小似法華央掘小似涅槃於上七中有似其類之經各以類攝△若就大乘分宗亦可有四一法相差別宗多說相故二相想俱絕宗多約性故三性相無碍宗事理相即故四圓融具德宗以理融事故△故如来聖教意趣無邊不可局執今且依古勢故如疏明耳

第二化儀前後者今辨如来一代時教畧啓十門一本末差別門二依本起末門三攝末歸本門四本末無礙門五隨機不定門六顯密同時門七一時頓演門八寂寞無言門九該通三際門十重重無盡門△初中本末同時始終一類各無異說

本末同時下本是一乘末即小乘三乘然
非前後從初得道迄至涅槃此三類教同
時並行故云本末同時言始終一類者若
小始終俱小若三始終俱三若一則始終
俱一故云始終一類各無異說
然有三位一若小乘中則初度陳如後度須
䟦中間亦唯說小益小如四阿含經及五部
律二若約三乘則始終說三通益三機如密
迹經等三若約一乘則始終唯為圓機說於
圓極如華嚴經等其中不通小乘復攝九世
該於前後更無異說
次然有三位下別出其相
然此三類依於此世根性定者常聞如上一
類之法故佛所演各通始終更無前後
然此三類下揀濫謂恐有執言小乘始終
定者豈非定性聲聞故揀之云謂非一人
多世同聞一類以容轉根器故非定性亦
非通取不定性人要約一世一類定者
二依本起末門此有五類謂初為菩薩說大
二為緣覺三為聲聞四為善根衆生五為邪
定如出現品日照高山及三千初成喻中廣
辨其相皆明先大後小
如出現品下文甚分明此應廣引
約法名從本起末以於一佛乘分別說三故
十八本二皆大乘出故約機各是一類之機
非約一機前後大小
約機等者揀濫也非是一人先大後小故
若一人身則明先小後大乃攝末歸本門
中有之故攝末歸本門中△有二類人一
者一人備歷小大如四大聲聞等二者先

禀小人未必後時禀大以小性定故而聞後時說大故異前始終俱小後禀大人未必要從小來以有頓悟機故而知先來說小故非始終俱大

三攝末歸本門者依無量義初時說小次說中乘後時說大故法華亦云初轉四諦深密妙智雖復二時三一不同皆先小後大

法華亦云等者即第二經諸天說偈偈云昔於波羅柰轉四諦法輪分別說諸法五衆之生滅今復轉最妙無上大法輪此法甚深奧少有能信者等

四本末無礙門者謂初舉照山王之極說明非本無以垂末後顯歸大海之異流明非末無以歸本故本末交暎與奪相資方為攝生之善巧矣是故通論總有五位一根本一乘如華嚴經二密意小乘三密意大乘四顯了三乘上三如深密五破異一乘如法華△上之四門圓通無礙是則前後即無前後無前後之前後耳

上之四門者通結上也所以此中結者前之四門義已畧周藏和尚立但有前四今跡順彼且將畧畢故此結之下之六門復傍攷異義以顯玄奧

五隨機不定門者此上四門初門明三類機始末常定次門明五類機異時常定第三門明一類機自淺之深第四門明二類機初機聞頓後機從淺至深更有一類不定之機或從小乘次入三乘後入一乘亦有從小直入一乘或多類機隨聞一句異解不同

更有一類機下上來條例前之四門生起

第五明第五門非前四攝也
六顯密同時者若異聞互知是顯不定
六顯密同時者是天台八教中祕密不定
之二教也
若互不相知即是祕密△密顯同時亦無前
後△七上来諸門一時頓演
一時頓演者如来於一語言中演說無邊
契經海無論大小三一顯密一刹那中皆
具演耳
八從初得道乃至涅槃不說一句
八從初得道等者即寂寞無言門謂涅槃
楞伽等經皆有此說涅槃二十六云若知
如来常不說法是名具足多聞大般若四
百二十五云我從成道已来不說一字汝
亦不聞五百六十七云衆生各各謂佛獨
為說法而佛本来無說無示淨名第一云
其說法者無說無示其聽法者無聞無得
佛藏經第一念佛品云佛告舍利弗不能
通達一切法者皆為言說所覆是故如来
知諸語言皆為是邪乃至少有語言不得
真實上所引經但明不說未出不說所以
若楞伽經兼出所以故第三云大慧復白
佛言如世尊所說我從某夜得最正覺乃
至某夜入般涅槃於其中間不說一字亦
不已說當說不說是佛說大慧白佛言世
尊如来應正等覺何因說言不說是佛說
佛告大慧我因二法故作是說云何二法
謂縁自得法及本住法是名二法因此二
法故我作如是說云何縁自得法若彼如
来所得我亦得之無增無減縁自得法究

竟境界離言說妄想離文字二趣云何本住法謂古先聖道如金銀等性法界常住若如来出世若不出世法界常住如趣彼城道譬如士夫行曠野中見向古城平坦正道即隨入城受如意樂偈云我某夜得道至某夜涅槃於此二中間我都無所說緣自本住故我作如是說彼佛及與我悉無有差別有云佛無色聲總有五義一遮過顯德二真俗二諦三傳古非作四悲願所成五本質影像初者為遮過患故云不說非顯實德故說非無如十卷楞伽第八云如来不說墮文字法若人言如来說墮文字法者此即妄語佛性論第二云如来無有色聲麤相功德可得兜率偈云色身非是佛音聲亦復然亦不離色聲見佛神通力此上皆顯有過失之色聲則佛非有無過失之色聲則佛非無二真俗二諦者真諦離相故明無說俗諦隨機故非無說仁王觀空品云若有修習說聽即無聽無說如虛空法同法性一切法皆如也三傳古非作者謂佛所說但是傳述古佛之教非自製作般若論云須菩提言如來無所說此義云何無有一法唯獨如來說餘佛不說故四悲願所成者謂佛所有無盡三業應衆生者皆是曠劫悲願為因順衆生感非自所有故說佛果無有色聲然即以此為他為自故亦有說下文云如來不出世亦無有涅槃以本大願力顯現自在法亦此意也五本質影像者謂佛三業平等普應無彼差別影像色聲故說非有然即

與彼差別聞見爲增上緣因質有影故說非無下經云諸佛無有法佛於何有說但隨其自心謂說如是法由上五義會諸聖教說默無碍皆悉有理然上五義刋定記有而引文雜亂今上所引頗爲改易所以疏不引者以不出楞伽二因故謂初一即緣自得法自所得法即是證道證法在已離過顯德次二即緣本住法本住即古先聖道二即所證三四即教道傳古非作即古先聖道悲願所成即兼因果耳其本質影像但通相說本質無者順自所證故影像有者順古聖人即體用故故云宗通自修行說通示未悟不出此二故畧不明但引不說之文即知有不說之義耳小有異相故今敘之上雖說默之由皆兼有說之意故思益第三云如佛所說汝等集會當行二事若聖說法若聖默然何謂說法何謂默然荅云若說法不違佛不違法不違僧是名說法若知法即是佛離相即是法無爲即是僧是名聖默然又善男子因四念處而有所說名聖說法於一切法無所憶念名聖默然斯皆正說之時心契法理即不說耳明非緘口名不說耳餘門可知

九此上諸門盡通三際△十上之九門隨處隨時重重無盡皆無前後△後之二門正是華嚴境界融取前八亦不離華嚴之用

上來蔵教所攝竟

大方廣佛華嚴經懸談疏鈔會本卷第十六

大方廣佛華嚴經懸談疏鈔會本卷第十七

清涼山大華嚴寺沙門 澄觀 撰述

第三義理分齊已知此經總屬圓教未知圓義分齊云何

第三義理分齊中疏文分二先總明大意後今顯別教下開章別釋前中分三初結前生後二總顯深廣三結屬所攝今初兩句前句結前謂前教攝中不別明攝者以五教第五指於此經義當已攝況諸師立教皆以華嚴爲圓故知圓攝後未知下一句生後

然此教海宏深包含無外色空交暎德用重重語其橫收全收五教乃至人天總無不包方顯深廣

然此教海下第二總明深廣有法喻合今初至方顯深廣法說也初二句總標宏大也即是廣義色空交暎德用重重釋深也然言含法喻如海傍無邊涯連天一色空徹海底海暎空天即下四門之二總攝歸真並皆空淨理事無碍即交暎色空色不碍空空不碍色也德用重重即唯明深具十玄門重重無盡即事事無碍如海十德下相周遍語其橫收下釋上廣也如下二地中說人天十善等即其文也總無下雙結深廣

其猶百川不攝大海大海必攝百川雖攝百川同一鹹味故隨一滴迥異百川

其猶下喻明可知

前之四教不攝於圓圓必攝四雖攝於四圓以貫之故十善五戒亦圓教攝尚非三四況

初二耶

前之四教下法合以四教合於百川圓教合於大海於中先正合後觧妨今初言尚非三四况初二耶者合前故隨一滴逈異百川即舉勝顯劣三即終教四即頓教初二即小乘及與始教雖有戒善是圓教戒善尚不同終頓之勝以彼不能事事無碍故况初二之劣以彼尚不得二空及事理無碍等故其猶大海尚異江河况於溝洫

斯則有其所通無其所局

斯則等者二釋妨也謂有難言先則總收後則總揀二義天隔何以會通故為此釋總收者約其所通如圓教中有小乘戒善四諦因縁有始教十地十如八識四智有終教中事理無碍有頓教中言思斯絶等如海有百川之水水義同也後總揀者約無其所局如小乘唯人空自利始教五性三乘終教不說德用該收頓教一向事理雙絶等如彼百川不同鹹味不具十德海則無之

故此圓教語廣名無量乘語深唯顯一乘

故此圓教下結屬所攝於中三初總顯深廣次一乘有二下別釋深義後通妨

一乘有二一同教一乘同頓同實故二別教一乘唯圓融具德故

二中言同教者謂終頓二教雖說一性一相無二無三不辨圓融具德事事無碍故非別教而別教中有一性一相事理無碍言思斯絶同彼二故

以別該同皆圓教攝

以別該同下三通妨難謂有難言既同頓同實何異頓實故此通云即此同中必有別義如事理無礙必即事事無礙耳猶彼江水入海亦鹹

今顯別教一乘略顯四門一明所依體事二總攝歸真實三彰其無礙四周遍含容各有十門以顯無盡

今顯別教下第二開章別釋中二先標章初中十者一教義二理事三境智四行位五因果六依正七體用八人法九逆順十應感

後初中下依章別釋釋初章中三初具列次略釋後結廣從略

教即能詮即前五教乃至光香等義即所詮即五教等一切義理理即生空所顯二空所顯無性真如等理事即色心身方等事

言教即能詮下二略釋也但釋二對言乃至光香等者謂諸法顯義但能詮理並爲教體如下教體中明有以光明而爲佛事等是也義即所詮一切義理者如前立教中約所詮教別七十五法八識等義十對法等皆是義也言理即生空等者具五教理生空所顯是小乘教理二空所顯是始教理無性真如是終教理而言等者等餘二教之理謂頓教理亦即無性眞如體絕安立如性雙遣亦不離如圓教之理總融諸法無有障礙耳言事即色心等者等取其餘事類如身廣有多身謂六道四聖等若事門中無不此攝

餘可思准

餘可思准者即餘八門謂三境智者即五

教所觀之境能觀之智總收不出二諦二智別即初小乘四諦涅槃為境無漏淨慧為智及他心等十智始教亦通四諦二諦等為境加行根本後得等智終教則是三諦等境權實無礙等智頓教則無境為境絕智為智圓教則無盡之境無盡之智四行位者五教修行不同得位差別位通因果因果自乎不通如七方便等為因須陀洹等為果等覺已下皆因妙覺為果等依即國土正即佛身等體則法報等用則應化等人則覺者等法則菩提等逆則婆須無厭等順則觀音正趣等應即赴感佛及菩薩等感即當機菩薩眾生等各隨五教以辨差別諸教具有故云可思又此十對初一為總後後漸略若辨次第者如來說

能詮之教詮所詮之理則無法不盡法有教理行果行果並在所詮理中故二就所詮理雖復眾多不出事之與理即性及相無法不攝三理該下八且置而勿論就其事中不出境智四智觀於境便有造修之行所成之位五行位未極總屬因收極則為果六果中多法不出依正因亦有之七隨依正中皆有體用如正中體者法報用者應化依中體者法性等剎用者應物隨現交入無礙因門例然八正中自有人法不同以法成人以人知法九於人中逆化順化十人之逆順必有感應宜逆化之感則婆須等應之宜順化之感則文殊等應之若依後後開一成三則法彌多矣謂如果分依正為二因亦如之則有四矣正有

體用依亦如之則成八矣如是相望展轉成多不必全爾故不爲此釋耳又此十對就其正意總相該收以爲十玄所依體事若以義取隨一事上即有十對如下勝音蓮花處說故下但約一塵即具十對

第二總攝歸真實者即真空絕相經云法性本空寂無取亦無見性空即是佛不可得思量亦有十義如法界觀

第三攝歸真實者疏文有三初標章次即真空絕相者即指法之本後經云下引文證成二中杜順和尚法界觀中總有三觀一真空絕相觀二事理無碍觀三周遍含容觀即今疏後之三門總攝歸真即真空絕相於中自有四句十門一會色歸空觀二明空即色觀三色空無碍觀四泯絕無寄觀此爲四句前二各四故爲十門初句四門者前三同言色不即空以即空故釋則不同一明不即斷空以即真空故二明青黄不即真空以青黄無體故即是真空三空中無色可即空故云不即空以會色歸空無有體故即是真空上三以法揀情四色即是空以無性故如色既然萬法皆爾第二明空即色觀亦有四門前三門准前言同釋别但翻云空不即色以即色故亦有三義一斷空不即色以真空必不異色故二以空理非青黄故非色非青黄之真空必不異青黄故云即色三空是所依故不即色必與能依爲所依故云即色也上三揀情四空即是色凡是真空必不異色故第三色空無碍觀者謂色舉體是真

空故色不盡而空現空舉體不異色故空即色而空不隱故無碍一味第四泯絶無寄觀者謂此真空不可言即色不即色即空不即空一切皆不可不可亦不可此語亦不受逈絶無寄言解不及以生心動念乖法體故以前八門揀情顯解第三門解終趣行第四門正成行體由解成行行起解絶上皆法界觀義所以疏中不廣引者以第三色空無碍濫於第二事理無碍觀故彼所以立者以第四泯絶無寄泯前三故故名真空絶相今但取一門總意亦即泯絶無寄又欲令四門成四種法界故初門即事此門即理三即事理無碍四即事事無碍故

第三彰其無礙然上十對皆悉無礙今且約事理以顯無礙亦有十門

第三事理無碍觀中疏文分三初總標二一理遍於事下别釋三上之十事下總結今初言十對皆悉無碍者謂一教義無碍二理事無碍三境智無碍乃至十應感無碍今且約事理無碍者事理是所詮法中之總故又諸處多明理事無碍故爲成四法界故

一理遍於事門謂無分限之理全遍有分限事中故一一纖塵理皆圓足

一理遍於事下第二别釋十門即爲十别一一門中多先正釋後會前義即前性相不同中十對之義或一門會一義或二門同會一義或一門以會多義至文當知又十對中唯會法性以是同教一乘義分齊

故如前云三乘一乘別令但會一乘五性一性別但會一性十對皆然今初第一門不會至第二門一時會故疏中三初標門次謂無分限下正釋謂理不可分故無分限事隨緣別故分位歷然而不相離故得相遍今明理不異事故遍事中後故一一纖塵下結成遍義若不全遍則理可分事不全攝亦不即理如一纖塵事事皆爾正遍此時不妨遍餘故亦非餘處無理全此全彼亦非二理

二事遍於理門謂有分之事全同無分之理故一小塵即遍法界

二事遍於理門者文中二先正明後會前前中所以要全同者以事無別體還如理故若不全同則不如理色不異空義不極成然相遍二門超情難見何者謂事既有分理即無分如何得遍若塵遍法界塵應非小理遍同事應如小塵今明由事與理有非一非異義故以非異故全同以非一故不壞分無分別則事理兩分如海與波一波全遍大海以同海故大海全在小波以海無二故全在一波亦全在諸波同一海故

由上二義平該徹故皆同一性

由上二義下二會前義於中分二先會一性後會一乘前中三初明一性無性二明成佛不成佛三明無性即佛性初中先正明後引證前中謂事有分限理無分限五性約事一性約理今理遍於事則一性之理全在五性之中事遍於理五性即是一

性故云乎該徹故皆同一性

故出現品云如来成正覺時於其身中普見一切衆生成正覺乃至普見一切衆生入涅槃皆同一性所謂無性

故出現下二引證此文釋通二義一正是事事無礙義以衆生及佛皆是事故今取釋文皆同一性之義故證事理無礙由理遍事故生隨理而在佛中

理遍事故一成一切成事遍同理故說都無所成

理遍事故下第二明成佛不成佛義謂理無二實故該多事而皆成也理如虛空故事同理而無成矣

經云譬如虛空無成無壞

經云譬如下引證亦出現品成正覺中義引之耳文云佛子譬如虛空一切世界若成若壞常無增減何以故虛空無生故諸佛菩提亦復如是若成正覺不成正覺亦無增減何以故菩提無相無非相無一無種種故即無所成義由上二義欲成則念念常成欲不成則十方三際無成佛者故成與不成自在無礙

一性無性即是佛性故涅槃云佛性名第一義空第一義空名為智慧

一性無性即是佛性者第三會佛性義先正會後故涅槃下引證以第一義空即無性故大意秖爾欲窮法源故復略引然北經二十七師子吼品問於佛性總有六問經云何為佛性一問體相以何義故名為佛性二問名義何故復名常樂我淨三問

性德若一切衆生有佛性者何故不見一切衆生所有佛性四問衆生不見所以十住菩薩住何等法不了了見佛住何法而了了見五問住法差别十住菩薩以何等眼不了了見佛以何眼而了了見六問用眼不同荅中荅第一問經云佛性者名第一義空第一義空名爲智慧所言空者不見空與不空智者見空及與不空常與無常苦之與樂我與無我空者一切生死不空者謂大涅槃乃至云無我者即是生死我者謂大涅槃見一切空不見不空不名中道乃至見一切無我不見我者不名中道中道者名爲佛性以是義故佛性常恒無有變易無明覆故令諸衆生不能得見薦福釋云然佛性有二一性得二修得佛性名第一義空第一義空名爲智慧者即性得中道智慧覺性如密嚴云如來清淨藏亦名無垢智常住無始終離四句言説亦如華嚴經無相智無礙智具足在於衆生身中等非是從緣智慧名智慧也有性自遍照法界光明義故名智慧也從所言空下明修得性修得覺性觀第一義空不見空與不空離有無相故從智者見空下明見中道人智者即佛菩薩也從空者下明空有等法也空即遍計依他不空即圓成實性下文云一切諸法皆是虛假隨其滅處即是第一義空等故知第一義空是不空如來藏非空如來藏諸佛菩薩真俗雙觀有無齊照故名中道又准下文云佛性云何爲空第一義空故云何非空以其

常故云何非空非非空能與善法作種子故准此經文第一義空不是空如来藏上即薦福意亦有深理今正釋者與上少異初云佛性者名第一義空第一義空名爲智慧者即雙標空智以第一義空該通心境故明即是智慧揀異瓦礫非情從所言空者下經自雙釋二義所言空者牒上第一義空以空有雙絶方名第一義空故云不見空與不空智者見空及與不空下釋上智慧經文稍畧若具應云所言智慧者能見於空及與不空故此中者字非是人也秪是牒謂此中言見非約修見但明性見本有智性能了空不空故若無本智誰知空不空耶我無我等亦爾約修見者自在下經荅第五六問中及無明覆下方論見不見耳今以即智明空故名第一義空即空之智方是常恒智性不生故常不滅故恒古德引下經空等二文證成第一義空非空如来藏今觀所引正證是空如来藏義云何非空已下方證名爲智慧義空智相成方爲真佛性義則知二藏亦不相離以佛性妄法不染故名爲空具恒沙德故名不空要空諸妄方顯不空之德故不相離思之又言第一義空者第一義諦上論空故明知空性智性無二性也故初言即是第一義空又云見一切空不見不空不名中道中道者名爲佛性若爾雙見方有佛性不雙見時應無佛性故知一切空不空等言含於能所約其所見空與不空即是中道佛性約其能見若不雙見不識

佛性若見中道名見佛性餘如彼經及疏
又出現云無一衆生不具如来智慧無不有
者即一乘義也
又出現云下第二會一乘無不有者釋成
一乘義若有一人無智慧性即有二乘三
乘耳
三依理成事門謂事無別體要因理成如攬
水成波故
三依理成事門中二先總釋後會前前中
言要因理成者以諸緣起皆無自性故由
無性理事方成故故中論云以有空義故
一切法得成又離真心無別體故
於中又二一明具分唯識變故覺林菩薩偈
云心如工畫師能畫諸世間五陰悉從生無
法而不造此明唯心義也何以得知是具分

耶次頌云如心佛亦爾如佛衆生然應知佛
與心體性皆無盡既是即佛之心明非獨妄
心而已
於中又二下第二會前會上二義由前離
真心無別體故成初具分唯識由前無性
理成故成真如隨緣義今初言具分者以
不生滅與生滅和合非一非異名阿黎耶
識即是具分以具有生滅不生滅故不生
滅即如来藏即會前唯心真妄別中通真
心也若不全依真心事不依理故唯約生
滅便非具分有云影外有質爲半頭唯識
質影俱影爲具分者此乃唯識宗中之具
分耳次引證言覺林偈即夜摩宮中偈讚
品先有喻云譬如工畫師分布諸彩色虛
妄取異色大種無差別等疏所引偈即合

上半初句合譬如工畫師下三句皆合分
布諸彩色次引證具分偈亦合分布彩色
並如夜摩偈讃品釋
二明真如隨緣成故問明品文殊難云心性
是一云何見有種種差別即緣性相違難覺
首荅云法性本無生示現而有生即真如隨
緣荅又云諸法無作用亦無有體性明隨緣
不失自性即同勝鬘依如來藏有生死依如
來藏有涅槃等
二明真如等者即會前真如隨緣凝然别
中隨緣義也緣從真起故依理成離如來
藏一切諸法不可得故如問明品釋
四事能顯理門謂由事攬理成故事虛而理
實
四明事能顯理門中分二先正明後引證
前中謂由事攬理成者躡前第三門也故
事虛而理實者由攬理成離理無體故事
却虛理則實也以事虛故能顯實理事若
有實實理則隱以事虛故全事中之理挺
然露現如波相虛令水現也以波攬水成
故波虛水實故波能顯水若離波說水即
有外明空
依他無性即是圓成如波相虛令水現故
依他無性等者釋成上義即是會前依他
空有即離别中即義既云依他無性即是
圓成明非但無遍計性别有圓成是所顯
理
夜摩偈云云何說諸蘊諸蘊有何性蘊性不
可滅是故說無生分别此諸蘊其性本空寂
空故不可滅此是無生義衆生既如是諸佛

亦復然佛及諸佛法自性無所有又十忍品云譬如谷響從緣所起而與法性無有相違須彌頂偈云了知一切法自性無所有如是等文遍於九會

後夜摩下引證總引三文初夜摩偈即力林菩薩偈三偈連綿二引十忍品即如響忍三引須彌偈即勝慧菩薩偈下半云如是解法性則見盧舍那此前有一偈反釋云迷惑無知者妄取五蘊相不了彼真性是人不見佛其中深旨如隨經疏文

五以理奪事門謂事既全理則事盡無遺如水奪波波相全盡

五以理奪事門等者於中分二先正釋後會前今初言事既全理即事盡無遺者以離真理外無片事可得故斯則水存以壞波矣

故說生佛不增不減

故說生佛下二會前也於中三初正會次引證後非約一分衆生下揀異權宗

出現品云譬如虛空一切世界若成若壞常無增減何以故虛空無生故諸佛菩提亦復如是若成正覺不成正覺亦無增減何以故菩提無相故乃至云設一切衆生於一念中悉成正覺與不成正覺亦無有異皆以無相平等故

出現品云下引證畧引二經初引出現言乃至云設一切等者其乃至中合云菩提無相無非相無一無種種故佛子假使有人能化作恒河沙等心一一心復化作恒河沙等佛皆無色無形無相如是盡恒河

沙等刧無有休息佛子於汝意云何彼人化心化作如来凡有幾何如来性起妙德菩薩言如我解於仁所說義化與不化等無有別云何問言凡有幾何普賢菩薩言善哉善哉佛子如汝所說設一切衆生下同疏末後云皆以無相平等故者義引合云等無有異何以故菩提無相故若無有相則無增減

不增不減經亦同此說非約一分衆生不成佛者說無增減耳

不增不減經下二引他經言雖小異而文義多同

六事能隱理門謂真理隨緣而成事法遂令事顯理不現也如水成波動顯靜隱

六事能隱理門者隨緣之中別義以隨緣成事此事遍於真理故事顯理隱也

故法身流轉五道名曰衆生財首偈云世間所言論一切是分別未曾有一法得入於法性等

故法身下引證即法身經言財首偈云者即問明品

七真理即事門謂凡是真理必非事外以是法無我理故空即色故理即是事方爲真理

七真理即事門者以事必依理虛無體故是故此理舉體皆事方爲真理如水即波無動而非濕故水即波也

第七迴向云法性不違法相等故

法性不違法相等故者等字等於餘文具云法性不違相法相不違性法生不違性法性不違生此兩對明事理無違相不違

性生不違性自屬事能顯理及第八事法即理門故但畧引性不違相一句即第二

十九經

八事法即理門謂緣集必無自性舉體即真故上之二門正明二諦不相違義如濕不違波波不違濕舉體相即故夜摩偈云如金與金色其性無差別法非法亦然體性無有異

上之二門下併將七八二門會前五義一會二諦空有即離別中相即義也濕喻真諦波喻俗諦夜摩偈者即精進林菩薩偈彼初偈云諸法無差別無有能知者唯佛與佛知智慧究竟故次文即云如金與金色真性無差別法非法亦然體性無有異然法非法有其二義一善法爲法惡法爲非法此順標中諸法無差故二者法相爲法法性爲非法即金喻法性色喻法相今文正用後意故證事法即理二諦相即

此亦喻於如来之藏與阿頼耶展轉無別

此亦喻於下二重會前唯心真妄別中通真心義即金喻如來藏巳喻生死等故密嚴云如来清淨藏世間阿頼耶如金與指環展轉無差別由前第三門中已會故致亦言

又由事即理故雖有不常理即事故雖空不斷

又由事即理下會不斷常亦是二諦門中開出

又由事理相即故起滅同時須彌偈云一切凡夫行莫不速歸盡其性如虛空故說無有盡智者說無盡此亦無所說自性無盡故得

有難思盡等則同時四相不待後無又由理事相即等者會四相前後一時別中一時之義事全同理故事即滅也以事虛無體故引偈即善慧菩薩亦令究竟斷證離於能所十地品云非初非中後非言詞所及迴向品云無有智外如爲智所入亦無如外智能證於如等亦令究竟下會能所斷證即離別中即義然引十地斷惑經文但初一句是斷惑相三時無斷方說斷故後一句是般若相令以般若亦爲能斷故因便引之故論釋此句云即是觀行相謂無分別智體絕名言真智內發不同聲聞依聲而悟故既爲真智故可斷惑迴向品云無有智外如等者亦證斷惑能所不二義如前說上所引經皆至下本文自當曉了

九真理非事門即妄之真異於妄故如濕非動

九真理非事門者謂即事之理而非是事以真妄異故實非虛故所依非能依故如即波之水非波以濕非動故是則不異有之真空空在也

十事法非理門即真之妄異於真故如動非濕故慚愧林偈云如色與非色此二不爲一又云如相與無相生死及涅槃分別各不同等

十事法非理門者謂全理之事而恒非理以性相異故能依非所依故是故舉體全理而事相宛然如全水之波波恒非水以動非濕故是則不異空之幻事事存也

大方廣佛華嚴經懸談疏鈔會本卷第十七

大方廣佛華嚴經懸談疏鈔會本卷第十八

清涼山大華嚴寺沙門　澄觀　撰述

上七八二門明事理非異九十二門明事理非一故爲無爲非一非異第四迴向云於有爲界示無爲法而不滅壞有爲之相於無爲界示有爲法而不分別無爲之性

上七八二門下用前四門會前佛身無爲有爲別中無爲義也然大品亦云須菩提白佛若是法平等無有高下爲是有爲爲是無爲佛荅非有爲法非無爲法何以故離有爲法無爲法不可得離無爲法有爲法不可得須菩提有爲無爲不合不散皆其義也

上之十事同一緣起故云無礙約理望事則有成有壞有即有離事望於理有顯有隱有一有異逆順自在無障無礙同時頓起深思令觀明現以成理事圓融無礙觀也

上之十事下第三總結即結釋十門於中二先總指後約理望事下別束十門以成八字理望於事有其四義一有成者即第三依理成事門二有壞者即第五以理奪事門既奪彼事事則壞也三有即者即第七真理即事門四有離者即第九真理非事門言事望於理有顯有隱有一有異者亦有四門一有顯者即第四事能顯理門二有隱者即第六事能隱理門三有一者即第八事法即理門四有異者即第十事法非理門此上言成壞等者就功能說如有成者是理成事非理自成則一一門皆有事理無礙故云約理望事約事望理餘

可思之上来相絫故有四對八義而初相遍二門令不會者以相遍之義義皆相似非如一成一壞等故不顯之又相遍者即後入門之所以故謂由相遍方有成壞等耳若欲攝者即事理相即二義所收後之不即二門即不壞能所方有相遍有相遍故方論不即言逆順自在等者事理相望各四義中皆二義逆二義順謂依理成事真理即事順也以理奪事真理非事逆也事能顯理事法即理順也事能隱理事法非理逆也欲成即成欲壞即壞故云自在成不碍壞壞不碍成顯不碍隱隱不碍顯故云無碍正成時壞等故得同時四對皆無前却故云頓起又上四對何以約理望事但云成等不云顯等約等望理但云顯等不云成等深有所以何者事從理生可許云成理非新有但可言顯事成必滅故得云壞真理常住故但云隱其即之與一離之與異大旨則同細明亦異理無形相但可即事而事有萬差故可言與理冥一理絕諸相故云離事事有差異故云異理上約義別有此不同若統收者應成五對無碍之義一相遍對二相成對三相害對四相即對五不即對五中前四明事理不離後一明事理不即又五對之中共有三義成顯一對是事理相作義奪隱及不即二對是事理相違義相遍及相即二對是事理不相碍義又由第二相作故有第四相即由相即故相遍由有第三相違故有第五不即又若無不即無可相遍故說

真空妙有各有四義初約理望事即真空四義一廢已成他義即依理成事門二泯他顯已義即真理奪事門三自他俱存義即真理非事門四自他俱泯義即真理即事門由其即故而互泯也又初及三即理遍於事門以自存故舉體成他故遍他也後約事望理即妙有四義一顯他自盡義即事能顯理門二自顯隱他義即事能隱理門三自他俱存義即事法非理門四自他俱泯義即事法即理門又初及三即事遍於理門以自存故而能顯他故遍他也故說幻有存亡無礙真空隱顯自在

第四周遍含容即事事無礙具依古德顯十玄門於中文二先正辨玄門第二明其所以

第四周遍含容者即周遍含容觀於中二先標舉開章後依章別釋今初然此觀名即法界觀中之名以當事事無碍以理有普遍廣容二義融於諸事皆能周遍含容衆多義門皆悉由此二義而有然法界觀立十觀名與十玄不同故今疏云且依古德顯十玄門即依藏和尚也至相已有而小有不同於中文二下開章可知

今初一同時具足相應門二廣狹自在無礙門三一多相容不同門四諸法相即自在門五祕密隱顯俱成門六微細相容安立門七因陀羅網境界門八託事顯法生解門九十世隔法異成門十主伴圓明具德門此之十門同一緣起無礙圓融隨其一門即具一切

今初一同時下二依章別釋釋其二章即爲二別今釋初章疏文有三初列名總顯

二指事別明三結例成益今初十名全依賢首是故上云且依古德就列名中其第二廣狹自在門同法界觀中廣容普遍之義而名小異此門賢首新立以替至相十玄諸藏純雜具德門意云一行爲純萬行爲雜等即事事無礙義若一理爲純萬行等爲雜即事理無礙恐濫事理無礙所以改之主伴一門至相所無而有唯心迴轉善成門今爲玄門所以故不立之而列名次亦異於彼彼云一同時具足相應門二因陀羅網境界門三祕密隱顯俱成門四微細相容安立門五十世隔法異成門六諸藏純雜具德門七一多相容不同門八諸法相即自在門九唯心迴轉善成門十託事顯法生解門今不依至相者以賢首

所立有次第故一同時具足相應門以是總故冠於九門之初二廣狹門別中先辨此者是別門之由由上事理無礙中事理相遍故生下諸門且約事如理遍故廣不壞事相故狹故爲事事無礙之始三由廣狹無礙所遍有多以已望多故有一多相容相容則二體俱存但力用交徹耳四由此容彼彼便即此由此遍彼此便即彼等故有相即門五由乎相攝則乎有隱顯謂攝他他可見故有相入門攝他他無體故有相即門攝他他雖存而不可見故有隱顯門以爲門別故故此三門皆由相攝而有相入則如二鏡乎照相即則如波水相收隱顯則如片月相暎六由此攝他一切齊攝彼攝亦然故有微細相容七由乎攝

重重故有帝網無盡八由既如帝網隨一即是一切無盡故有託事顯法九由上八皆是所依所依之法既融次辨能依能依之時亦爾十由法法皆然故隨舉其一則便爲主連帶緣起便有伴生廣如下釋然刊定記則分德相業用各有十玄德相十者一同時具足相應德二相即德三相在德四隱顯德五主伴德六同體成即德七具足無盡德八純雜德九微細德十因陀羅網德二業用十者一同時具足相應用二相即用三相在用四相入用五相作用六純雜用七隱顯用八主伴用九微細用十因陀羅網用其德相門中無業用門中四五業用中無德相六七彼師意云業用是應機施設故有相入相作以本不入令見入故本來衆生非佛令生作佛故是業用德相不爾故無相作相入其德相本具故有同體即一切法德及具足無盡德業用不爾故無此二此四乎出故各有十歷門備舉便成十二今明德用雖異不妨同一十玄無不該攝德相亦有常入作故故彼相在即相入也彼相作者乃相即也名異義同令見出入即業用門常相涉入如鏡乎照即德相門以衆生爲佛生即佛也以佛作衆生佛即生也故知相作即是相即若約對機而作名業用門本來即是名德相門依此而分非無小異統其體事更無别也是知相即相作二名雖異而無兩門入在小殊始終一致又德相不能入作真如則闕此德不應有普攝諸法之德

及遍一切法德亦應無有能安立德及能持世間成就一切諸佛菩薩之德故常作入於理無違如有經言諸佛猶如淨明鏡我身一似摩尼珠諸佛常来入我體我身遍入諸佛軀即常入也又真如隨緣成一切法何無作耶若隨情見作入則但有業用義也其同體成即德乃此中託事顯法生解門但名異耳故彼自釋云一一即是一切諸法故與下釋託事義同其具足無盡德即帝網門亦微細門攝並如下會又彼不存廣狹而存純雜亦如下會而彼無十世門彼以時爲所依體事故彼體事亦有十種謂色心時處身方教義行位則攝法無遺斯亦有理今明時無別體故不爲所依但依法立故入玄門耳亦如下會

今且於前十中取一事法明具後十門

今且於前十中下第二指事別明分二先總也

如下文中一蓮花葉或一微塵則具教等十對同時相應具足圓滿

後如下文中下別顯十門即爲十別初即同時具足相應門以近初列故不標次文中先正明後引證前中又二初明當門中具後明具餘九門疏言則具教等十對同時相應具足圓滿者初當門中具也此中正意即明具前教義理事境智行位因果等十對之法前十對法無法不包故此頓具則無所不具所以具者廣有十因畧而言之法界融故然古德就一花之上義有此十據玄記云此一蓮花表令生解爲教

則是所詮爲義如下勝音菩薩蓮花處說二花相爲事花體爲理下云法界不可壞蓮花世界海三花是所觀亦即是能觀以此經中可以内行爲外事故四行事之花結成位故五因事之花攬成果故六花臺所依亦入正故如國土身等七花體同真用應機故八全攬爲人恒是法故九逆同五熱順十度故十應赴群機亦能感故如一花事既爾餘一切事准以知之如事法既爾餘教義等一切皆然準思可見如具自十對既爾彼一花葉具前十門亦然釋曰若依古德此義則一事花上已有此十前十對上復各有十令一事花頓具十十亦有斯理今此疏意但令頓具前十已無不收耳

亦具後之九門及彼門中所具教等以是總故

亦具後之九門下此第二明具餘門亦釋成總義若唯具當門不成總故而言所具教等者下九門各有教義理事境智等故今能具門既全在初門門門所具居然在此然九門具教等雖同於義各别謂廣狹門則十皆廣狹謂教廣狹義廣狹理廣狹事廣狹等若相入門則十皆相入下七例然

故下文云一切法門無盡海同會一法道場中

故下文云下第二引證於中先引妙嚴品即普智眼廣果天王偈彼偈下半云如是法性佛所說智眼能明此方便此明一門

中具無盡則無不具足也
花蔵頌云花蔵世界所有塵一一塵中見法界一塵尚具況一葉耶
後引花蔵偈下半云寳光現佛如雲集此是如来刹自在今但引塵含法界便是總義以教義理事境智及廣狹相入等即法界故問但言法界寧知非是理法界耶荅曰以下半云寳光現佛如雲集此是如来刹自在明知是含事法界耳一塵尚具況一葉耶者舉細況麤釋成玄妙耳又妙嚴品喻佛身云譬如虛空具含衆像此舉佛身具足諸法也又晋經性起品云三世一切刧佛刹及諸法諸根心心法一切虛妄法於一佛身中此法皆悉現是故說菩提無量無有邊亦約佛身心具也又普賢三昧品云能令一切國土所有微塵普能容受無邊法界據能令之言但似業用總由德相本自具足即是德相令物見之即爲業用下德相業用准之第十行云此菩薩於其身中現一切刹一切衆生一切諸佛八十云善財見普賢一一身分一一毛孔皆有十方一切世界三千界中地水等輪諸山河海人天宫殿種種時刧諸佛菩薩如見現在世界如是前際後際一切世界中悉爾明見乃至十方刹塵中現三世一切境界一切佛刹一切衆生一切佛出興一切菩薩及聞佛菩薩衆會言音斯並同時具足相應門也
二即彼花葉普周法界而不壞本位以分即無分無分即分廣狹自在無障無礙

二即彼花葉下廣狹自在無碍門於中二先明廣狹後會通純雜前中三初正明次引證後句數今初上二句出廣狹相以分即無分無分即分者出其所以由花是事分限歷然而即同真性故無分限便廣無際以事如理故無分即分者明廣即狹以不壞相故

十定云有一蓮花盡十方際而不妨外有可見

十定下二引證即第十無礙輪三昧之文當四十三有一蓮花盡十方際即是經文然其猶畧具云佛子此菩薩摩訶薩有一蓮花其花廣大盡十方際以不可說葉不可說寶不可說香而爲莊嚴等次云而不妨外有可見者乃是義引彼經云衆生見者無不禮敬故知亦有外相可見也七十七善財歎樓閣云不動本處而能普詣一切佛刹而莊嚴者之所住處七十六摩耶夫人云又善男子彼妙光明入我身時我身形量雖不踰本然其實已超諸世間所以者何我身爾時量同虛空悉能容受十方菩薩受生莊嚴諸宮殿故如是等文皆廣狹自在也

是故或唯廣無際或分限歷然或即廣即狹或廣狹俱泯或具前四以是解境故或絕前五以是行境故下皆准此

是故或唯廣下三句數分別初事如理故廣不壞本相故狹此二同時故有即廣即狹同時互奪故有俱泯五具前四一時照了故云解境行起解絕故有第六總絕前

五誰復以廣狹存泯當其方寸
然此廣狹亦名純雜義普周法界故純一無
一不壞本位則不妨於雜萬行例然
然此廣狹下二會純雜門以古十玄有名
賢首意云萬行純雜有通事理無碍及單
約事說故廢之耳謂同一法界故純不壞
事相故雜此即事理無碍也一行長行故
純不妨餘行故雜此但約事也故昔廢之
而立廣狹今欲會取即事同理而遍故純
不壞一多故雜則亦有事事無碍義耳如
以入門取之則一切皆入故名爲純入中
有多法門故名爲雜如妙嚴品說諸衆海
各各唯得一解脫門純也普賢菩薩得不
思議解脫門雜也六十五慈行童女云我
於三十六恒河沙佛所求得此法彼諸如
来各以異門令我入此般若波羅密普莊
嚴門即純雜無碍也又善財童子所求諸
善知識各言我唯知此法門又云多刦唯
修此法門者即純門也諸善知識皆推進
云如諸菩薩種種知見種種修行種種證
得者此雜門也自言知一推他有多自他
雖異然屬一身此亦純雜無碍門也又善
財普獲諸善知識解行德證亦雜門也然
上所引數處經文多皆約行一行多行爲
純雜故並通單約事明然通德相若准無
著無縛解脫迴向云以無著無縛解脫心
成就普賢佛自在力於一門中示現經不
可說不可說刦無有窮盡令一切衆生皆
得悟入以無著無縛解脫心成就普賢佛
自在力於種種門中示現經不可說不可

說刦無有窮盡令一切衆生皆得悟入其身普現一切佛前者即約用純雜也萬行例然者即約行說純雜通於事理事事無碍及單約事行也約事事無碍者如一施行一切皆施名純施中具於諸行名雜

三即此花葉舒已遍入一切法中即攝一切令入已內舒攝同時既無障礙是故鎔融或有四句六句思之

第三一多相容不同門於中三初正明次引證後重料揀初中二先正釋即如理之遍如理之包後舒攝同時下句數料揀例上廣狹故云思之若具作者一或唯入以一入一切故二或唯攝以一攝一切故三即入即攝同時無碍故四非入非攝以入即攝故非入攝即入故非攝五或具前四以是觧境故六或絕前五以是行境故行起解絕故

下云以一佛土滿十方十方入一亦無餘

下云以一佛土等者引證即德相之門文其下半云世界本相亦不壞無比功德故能爾上即晉經依賢首引即當花藏偈云以一刹種入一切一切入一亦無餘體相如本無差別無等無量悉周遍第八迴向云此菩薩於一毛孔中普能容納一切國土第九迴向云於一身中悉能包納盡法界不可說不可說身而衆生界無所增減如一身乃至周遍法界一切身悉亦如是十定品第二定云三千大千世界微塵數三千大千世界悉入是菩薩身是菩薩身亦入是諸世界第七定云菩薩自見其身

往彼衆會亦自見身普入諸地普賢行品
有十種普入謂一切世界入一毛道一毛
道入一切世界等上來經文並通德相業
用離世間品十種無碍用中亦說衆生一
多相入六十云上方菩薩以自在力令一
切世界展轉相入六十一云此諸菩薩入
一切無諍境界乃至能令大小相入以一
切方普入一方等十行品云能於一一三
昧中普入無數諸三昧無量無邊諸國土
悉令共入一塵中如是等文多約業用明
相入義或通德用或各局一可以意得
若一與一切對辨則攝入各具四句謂一入
一切一入一一切入一一切入一切乎攝亦
然
若一與一切對辨下三重料揀謂上来約
一花葉望餘但有一入一攝多入多攝之
義故今更對餘一多等皆有攝入於中先
明相入後辨相攝初中言一入一切者如
前初句第二一入一者即以一花隨對一
法如一花葉入一佛身等第三一切入一
者即以多法来入此一花等第四一切入
一切者獨用一花此句不成即將多花及
諸佛諸菩薩等別入餘花餘諸佛等也下
攝亦然者後例辨相攝也上之四句但明
入義今攝亦四第一句一攝一切者謂以
一花普攝一切諸法第二句一攝一者謂
以一花但攝一佛等第三句一切攝一者
即以餘一切法攝此一花等第四句一切
攝一切者即以多花多佛等攝餘多花多
佛等也此二四句相隱故疏說之隨一四

句中復應有具四絕五以成六句例前可思故畧不顯然相入門刋定記德相不立謂業用則有德相之中即有相在此公意謂相入相在二相別故今明入即在義如一鏡影在多鏡中豈非入耶若常相入即屬德相令見相入即是業同曾何大殊

四此一花葉廢已同他舉體全是彼一切法而恒攝他同已令彼一切即是已體

第四諸法相即自在門於中三初正釋次句數後引證初中言廢已同他者是相即義以上相入則此彼互存如兩鏡相照但約力用交徹明耳今此約有體無體故言廢已廢已即已無體也同他他有體也亦如事理無碍文中廢波同濕等攝他同已則他無體已有體也

一多相即混無障礙解行境別六句同前

一多相即等者二句數料揀也於中初句結前含於四句應云一者一即多二者多即一三者亦一即多亦多即一合上二故此之三句皆是一多相即四非一即多非多即一亦由一多相即互相奪故謂由一即多故非多即一由多即一故非一即多成俱泯句五或具前四以是解境並明照故六或絕前五以是行境言亡慮絕故故疏云解行境別即下二句然約同一類法即有一多相望如一花葉望諸葉等若約異類謂花望剎等例此可知復應例前亦有四句謂一者一即一二者一即一切三一切即一四一切即一切以今但約一花故畧不言故下結例該一切法明具四也

或應有六此四句後有解行境故或復有六謂前四句後加一即多一多即一多故復應成八加多一即一一多即多以並不出前四句故故不例耳多一既爾大小長短等一一相即例知然刋定記將相即門揀異同體成即德云相即據此彼相望同體成即約此體即是一切法故若爾則是託事顯法門今疏正意但以相即門攝同體成即同體成即但是一即多耳

下云知一即多多即一等

下云下引證即十住品長行文若偈云一即是多多即一文隨於義義隨文如是一切展轉成此不退人應爲說既言展轉成即異體異類相望也不思議法品云諸佛知一切佛語即一佛語此同類相即也初發心品云以發心故即與三世一切諸佛體性平等乃至云真實智慧等者此則顯位上下相即也七十八彌勒告大衆言餘諸菩薩經於無量百千萬億那由他刦乃能滿足菩薩願行乃能親近諸佛菩提此長者子於一生内則能淨佛刹則能化衆生則能以智慧深入法界則能成就諸波羅蜜則能增廣一切諸行則能圓滿一切大願則能超出一切魔業則能承事一切善友則能清淨諸菩薩道則能具足普賢諸行此則行位皆相即也又如菩薩曾不分身即遍一切亦一即多也

五花能攝彼此一顯多隱一切攝花則一隱多顯顯顯不俱隱隱不並隱顯顯隱同時無礙

第五祕密隱顯俱成門中䟽文分四一正釋二句數三引證四喻顯初中花能攝彼等者亦躡前起由上言攝他同巳故若攝他他現即相入門若攝他他盡乃相即門若攝他他不盡不現即隱顯門如前列名中巳會故至相十玄云猶如十錢一即十時一即顯二三至十即名爲隱亦如見此不見彼彼名隱此名顯亦如一人身上六親所望雖各不同然各全得亦不雜亂由此隱顯體無前後不相妨碍名祕密俱成言顯顯不俱等者以顯俱則無隱隱俱則無顯故不得俱然隱顯同時故得俱成隱顯無碍故云祕密

全攝俱泯存亡俱成句數同前

全攝俱泯等者二句數料揀全攝即初二句此全攝彼即此顯彼隱爲第一句彼全攝此即彼顯此隱爲第二句俱者第三句謂此正攝彼時不妨彼攝此故則亦隱亦顯泯者即第四句此攝彼爲顯時即是彼攝此故非顯則顯泯也彼爲此攝爲隱時即能攝此故非隱則隱泯也故是非隱非顯存者四句皆成即是解境亡者五句並絕即是行境言俱成者總結上六句也

下云東方入正受西方從定起等

下云東方入正受下引證東方入正受爲顯西方從定起爲隱以此但見入定不見起故古十玄亦云於眼根中入正定即是顯於色塵中三昧起即是隱例上可知

如八日月隱顯同時

如八日月等者四以喻明即取明處爲顯

暗處爲隱而必同時故云俱成不同十五日唯顯月晦日唯隱又暗處非無明明處非無暗但明顯處暗隱暗顯處明隱亦得云隱顯俱成亦如夜摩偈云十方一切處皆謂佛在此或見在人間或見住天宫則見處爲顯不見處爲隱非佛不遍十定品云或見佛身其量七肘或見佛身其量八肘或見佛身其量九肘乃至或見佛身不可說不可說大千世界量則見七肘時七肘爲顯餘量皆隱也餘顯例然故彼喻云譬如月輪閻浮提人見其形小而亦不減月中住者見其形大而亦不增釋曰見大則大顯小隱見小則小顯大隱而不增減則是祕密俱成餘一切法類可知也摩耶夫人於此一處爲菩薩母三千世界爲母

亦然然我此身非一處住非多處住亦隱顯義此處爲母此顯彼隱等非一處住即是一隱例有多顯非多處住即是多隱例有一顯亦是雙奪俱泯之句非隱非顯祕密之義然若約智幻即業用門約極位成即德相門

六此花葉中微細刹等一切諸法炳然齊現下云於一塵中一切國土曠然安住又於一毛端處有不可說諸如來及第九迴向微細中說

第六微細相容安立門分二先正明後引證前中炳然齊現者炳者明也如瑠璃缾盛多芥子隔缾頓見然微細言總有三義一所含微細猶如芥缾以毛孔能受彼諸刹諸刹不能遍毛孔故以毛據稱性却如

瑠璃之鉼刹約存相故如芥子在内二約能含微細以一毛一塵即能含故如下引證三約難知微細微塵不大而刹不小而能廣容即難知義一能含多即曰相容又法法皆爾故云相容一多不壞故云安立下云於一塵中下引證畧引二文初即晋經又於一毛端處有不可說諸如來者第十廻向云一毛孔中悉明見不思議數無量佛一切毛孔皆如是普禮一切世間燈即其文也然此二文正唯德相六十八云一一毛孔内各現無數刹等即業用門又德雲比丘云住微細念佛門於一毛端有不可說如來出現悉至其所而承事故通於德相業用第九廻向云彼菩薩於一念心中現一切衆生各不可說不可說刧念

心即業用門十微細趣中通於德相業用然刊定記開此微細以成二門第三名相在德第九名微細德而自揀云此不同前相在之義彼約别體别德相望相在此但當法即具一切炳然齊著若爾此一切法爲是法界中有法耶爲一法中别自有耶若是法界中法則同相在若是别有爲示爲真示則復是業用門收德相之中則無微細若是真者何異同時具足相應門耶故彼自釋微細門云此門亦可名爲普門七十一中寂靜音海夜神謂善財言此解脫者即是普門於一事中普見一切諸神變故既言普門即同同時具足相應門也若言唯攝同類一切法者如十微細中八相之内一一各具餘之七相豈要同類況

一塵中一切諸法曠然安住明知相在即是微細是故古德有相容言設此不攝即是相入門中所收如前已會故知新立多有相濫設有小異皆本門收之十門即足七此花葉二微塵中各現無邊剎海剎海之中復有微塵彼諸塵內復有剎海如是重重不可窮盡非是心識思量境界

第七因陁羅網境界門疏文分四一正釋其相二以喻釋名三引文證成四重以喻顯今初一花一塵以稱性故能攝一切餘塵餘法亦皆稱性何有一法而不攝耶應以塵對餘以辨重重欲令易見且以一塵望餘塵說謂一塵之內所含諸剎彼所含剎亦攬塵成此能成塵亦須稱性塵既稱性亦須含剎第二重內所含諸剎亦攬塵成塵復稱性亦須含剎第三重塵含第四重剎第四重塵含第五重剎重重塵成重重稱性無窮無盡猶如鏡燈故下疏文重舉鏡燈以喻帝網令於常情見近知遠

如天帝殿珠網覆上一明珠內萬像俱現珠珠皆爾此珠明徹互相現影影復現影而無窮盡

如天帝下以喻釋名十門唯此從喻受名若就法立應名重現無盡門一珠之內頓現萬像如一塵內頓現諸法但是一重一珠現於諸珠方成重重之義珠皆明淨如塵稱性一珠現於多珠猶如一塵現多剎塵所現珠影復能現影如塵內剎塵復能現剎重重影明重重互現故至無盡

云如因陀羅網世界等

下文云等者三引證即是初地承事願中文云又發大願願一切世界廣大無量麤細亂住倒住正住若入若行若去如帝網差別十方無量種種不同智皆明了現前知見論釋云如帝網差別者即真實義相意明常稱實理故不可盡又阿僧祇品云一塵中剎不可說如一一切皆如是此不可說諸佛剎一念碎塵不可說念念所碎悉亦然盡不可說刦恒爾此塵有剎不可說此剎為塵說更難等不思議法品云諸佛有十種知一切法盡無有餘第十云諸佛知一切法界中如因陀羅網諸差別事盡無有餘等此約德相若約業用普賢三昧品云佛身所現一切國土及此國土所有微塵一一塵中有世界海微塵數佛剎一一剎中有世界海微塵數諸佛一一佛前有世界海微塵數普賢菩薩亦重重義然刋定記於此開出第七具足無盡德謂一一自體皆無窮盡如水中文此不同帝網互在重重但就當體即具無盡耳又亦不同微細微細約一中多法齊現此約一一即無窮盡妙嚴品云佛身普遍諸大會充滿法界無窮盡又云其菩提樹恒出妙音說種種法無有盡極十住頌云欲具演說一句法阿僧祇刦無有盡而令文義各不同菩薩以此初發心六十五說具足優婆夷於一小器中出一切資具飲食等畢竟無盡然不減少彼自釋云此體德自在非約解脫等業用古德所以不開者一重無盡與重重互望無盡同無盡故若微細

頓現現於法界法界無盡故微細亦無盡縱出生無盡亦不出法界若細分別非無小異統其大意但取無盡故依古德不分爲二

大方廣佛華嚴經懸談疏鈔會本卷第十八

大方廣佛華嚴經懸談疏鈔會本卷第十九

清涼山大華嚴寺沙門　澄觀　撰述

亦如鏡燈重重交光佛佛無盡

亦如下四重以喻顯以重現之理深遠難測帝網之喻世不見形故以近事以況遠旨

八見此花葉即是見於無盡法界

第八託事顯法生解門疏文有三初正釋次揀濫三引證今初既言即是無盡法界明知即是事事無碍古立具足無盡不異於此

非是託此別有所表

非是等者二揀濫謂揀餘教以事表義但是一事以表一法如衣表忍辱室表慈悲等今明一事即法即人即依即正具無盡

德從無盡因之所生故

下云此花蓋等從無生法忍之所起等

下文云等者三引證也即昇兜率天宫品彼有三段文含四義謂初一段文有十句明於多因以成多果謂併列多因後說多果故經云百千億那由他不可說先住兜率宫諸菩薩衆以從超過三界法所生離諸煩惱行所生周遍無碍心所生甚深方便法所生無量廣大智所生堅固清淨信所增長不思議善根所生起阿僧祇善巧變化所成就供養佛心之所現無作法門之所印釋曰此上併出因也下云出過諸天諸供養具供養於佛者即說多果也次八句一因成一果經云以從波羅蜜所生一切寶蓋於一切佛境界清淨解所生一

切花帳無生法忍所生一切衣乃至解諸法如夢歡喜心所生佛所住一切寶宫殿既以無生忍唯生於衣等故云一因一果後有九句一因成多果謂但舉無生爲因總生諸果故經云無著善根無生善根所生一切寶蓮花雲一切堅固香雲一切無邊色花雲等九雲故應有多因成一果攝在初段謂以多因一一成故謂共成一盖共成一衣等今約多因成一果時則隨一衣則是盖等以其多因别别所成並在一衣上故故隨一事即是無盡況此一事皆是稱性故皆即是無盡法界但隨一義以名目之如顯可重圓明即名爲寶若云自在即稱爲王若爲潤益即名雲等故金色世界即是本性彌勒樓閣即是法門勝熱婆羅門火聚刀山即是般若無分别智等皆其事也故一一事即具無盡之法故立具足無盡之德不出於此

九即此一花既具遍一切處亦復該一切時謂三世各三攝為一念故為十世以時無别體依花以立花既無礙時亦如是

第九十世隔法異成門疏中三初正釋次引證後揀濫今初三世區分名為隔法而于相在即是異成而疏文中但作十世言三世各三等者取意以立即離世間品意文云菩薩有十種說三世何等為十所謂過去說過去世過去說現在過去說未來現在說過去現在說平等現在說未來未來說過去未來說現在未來說無盡又三世說一念上言無盡即未來未來欲彰無

窮故云無盡現在平等即是現在現在以可目覩例同過未故云平等不言一念亦名九世攝歸一念故云十世然依舊觧如以五日而為九世初一二三為過去三世中二三四為現在三世後三四五為未来三世義當正在第三日前望取二後望取二故有五日成三三世義似進無九世之體退過三世之數今但用三世互為縁起便成九世不離一念故為十世謂如因過未而有現在則現在中已有過未法從因出不異因故餘二因二例此可知即中論時品破於執時立無窮過今無所執故以其過成稱性縁起廣如離世間品疏文釋之以時無別體下出十世融通所以如見花開知是芳春茂盛結果知是末夏凋落為秋收藏為冬皆因於物知四時也

故晋經云過去無量刧安置未来今未来無量刧廻置過去世等普賢行云過去中未来未来中現在等又云無量刧即一念一念即無量刧等

故晋經云下引證引晋經者以文顯故等取次半云非長亦非短觧脫人所行即當今經普賢行品次下所引言普賢行云過去中未来未来中現在等者等取下半云三世互相見一一皆明了即同向引晋經偈也此偈前文復有偈云無量無數刧觧之即一念知念亦無念如是見世間言又云無量刧即一念一念即無量刧等者即晋經初發心功德品今經云不可說刧與一念平等一念與不可說刧平等而言等

者等取餘經若此之類皆可引證如十地品等十地云菩薩知種種入刦智所謂一刦入多刦多刦入一刦乃至云長刦入短刦短刦入長刦等

時無別體故不別立以為所依

時無別體等者三揀濫也以刋定記不取十世以為玄門意云以時是所依體事十中之一若長刦入短刦等即相入門耳若云長刦即短刦即相即門故知十世非別玄門斯亦有理古意以餘十對有體可得為所依時依法有無別自體何能與他為所依耶又縁外道計時爲常故不存之以為體事是故依古別立玄門

十此圓教法理無孤起必攝眷屬隨生

第十主伴圓明具德門疏文分三初正明二引證三重以例釋今初理無孤起者即主伴所由

下云此花即有十世界微塵數花以為眷屬又如一方為主十方為伴餘方亦爾

下云此花即有下二引證即十地受位處文文云其最後三昧名受一切智勝職位此三昧現前時有大寶蓮花忽然出現其花廣大量等百萬三千大千世界下廣歎德竟云十三千大千世界微塵數蓮花以為眷屬又現相品中佛眉間出勝音菩薩與無量諸眷屬倶出即人眷屬佛放眉間光明無量百千億光明以為眷屬即光明眷屬又法界修多羅以佛刹微塵數修多羅而為眷屬即法眷屬故隨一一皆有眷屬若以餘經望此但為眷屬不為主伴今

言眷屬者約當經中事以為眷屬眷屬即伴故證主伴又如一方為主下亦是義引經文約方明主伴謂如此方法慧說十住時餘方菩薩皆悉来證言我等佛所亦說此法文句義理與此無別即主伴義

是故主主伴伴各不相見主伴伴主圓明具德

是故主主下三重以例釋謂此方法慧為主時不得為伴十方法慧爲伴時不得為主故此為主時不得與彼為主相見彼為主時此須為伴故亦不得見此為主故云主主伴伴各不相見言主伴伴主圓明具德者此方為主與彼方為伴相見此方為伴即與彼方為主相見若主伴義成則圓明具德餘如教迹鈔說

舉花既爾一塵等事亦然

舉花既爾下第三結例成益於中二先舉一例餘後結勸修益前中文有四節初以花例事二以事例餘所依三以所依例能依門四結成重重以至無盡今初又二先正以花事例於餘事故云舉花既爾一塵等事亦然

如此事花既帶同時等十義具此十門而此事等具餘教等十門則為百門

後如此事花下類結成門謂上廣說十門唯約事說謂花事上一切事同時具足事廣狹無碍事一多事相即乃至事主伴故云如此事花既帶同時等十義言而此事等具餘教等十門者謂事上有教義同時具足教義廣狹教義一多教義相即乃至

教義主伴為二十二境智同時具足廣狹相容乃至主伴為三十三行位同時具足廣狹乃至主伴為四十四因果同時具足等為五十五依正六體用七人法八逆順九感應各有同時等添為百門故云而此事等具餘教等十門則為百門

事法既爾餘教義等具百亦然則為千門

事法既爾下第二以事所依例餘所依謂事法既有百門二教義為百門三境智為百門乃至感應具百門故有千門

如教義等有此千門彼同時門中亦具百門

餘廣狹等例爾亦有千門

如教義等下第三以所依法例能依門亦成千門謂前以所依體事為首今以能依

玄門為首謂同時門中具教義同時事理同時境智同時乃至感應同時故有十門同時門中具廣狹等其廣狹等有教義廣狹等故成百門二廣狹具百例同時門三相入門具百四相即門具百乃至第十主伴門具百故成千門然其後千不異前千但平舉為首而成異耳又前分總別則同時門中具下九門下之九門不具同時今約不相離故得九門例於同時亦具九門

若重重取之亦至無盡

若重重下四結成無盡言重重取者謂如初一門中具十十中取一此一亦須具十具百具千以不相離故如一既爾千門各十亦然則具十千十千之中隨取其一亦具十千如一千錢共為緣起一錢為首則具一千餘亦如是則有千千千千之中隨

取其一亦具千千故至無盡又重重者一
事之中有多事故一境之中亦有多境一
智之中復有多智等更相涉入亦無盡也
於此十門圓明顯了則常入法界重重之境
於此十門下第二結勸修益以是具德無
盡法門唯普眼境界上智能入故當勤脩
必成大益
第二明德用所因
第二德用所因䟽文分三初問荅總明二
初唯心下隨門別釋三由上十因下總結
所屬初中四一標舉章門
問有何因緣令此諸法得有如是混融無礙
二問有何因緣下假問生起
荅因廣難陳略提十類一唯心所現故二法
無定性故三緣起相由故四法性融通故五
如幻夢故六如影像故七因無限故八佛證
窮故九深定用故十神通解脫故
三荅因廣難陳下列數總荅
十中隨一即能令彼諸法混融無礙
四十中隨一下總相會通於中三初總標
功能
十中前六通約法性為德相因法爾如是後
二皆是業用義通因果七約起修義通德相
業用八約果德唯是德相故
次十中前六下料揀差別謂前十玄門則
通德相業用今出所以則有通有局耳
前之十門通德相業用約佛則用亦德相德
上用故約機則相亦稱用令知相故
三從前之十門下會通德用遮其異釋謂
由判定記別立德相業用二種十玄故今

通之明但一重自含德用不須分二於中有二先別明後結成前中亦二先以乎通釋非兩別後通染淨辯二雙融今初先兩句標後約佛下釋謂佛體上之用即德相故如有音聲詞辯之用即德者相故若令衆生見於即入無有障礙故相名用

即用之相染淨雙融即相之用能染能淨

即用之相下第二會通染淨辯二雙融亦由刊定記立二別云德相純淨業用通染即令衆生作佛身等故通染也今明在佛德相染淨相盡而現染用舉用同體故師子座中頓現衆生居處屋宅德相豈不能現染衆生耶相若不現何有微細門耶微細頓現一切染淨但現而常虛如鏡中像故云雙融耳又相作相入彼德相所無今明法爾常入常能作故如十定品山間山上日影喻中雖能乎照或說日影出七山間或說日影入七山閒如此出入則湛然不動常入出矣豈要對機方有入耶相作即是相即之義義如前會

故相及用不分兩別

故相及用下第二結成也非是德用二義不分但不別立二種十玄唯一十玄通德用耳

初唯心現者一切諸法真心所現如大海水舉體成波以一切法無非一心故大小等相隨心迴轉即入無礙

一如大海水舉體成波者心能變境境須似心心既無礙境亦無礙況真心所現揀異妄心真法具德故能即入重重無礙言

舉體者全真成妄也

二法無定性者既唯心現從緣而生無有定性性相俱離小非定小故能容大虛而有餘以同大之無外故大非定大故能入小塵而無間以同小之無内故是則等太虛之微塵含如塵之廣刹有何難哉

二無定性等者文中三初約大小正釋次引證三例釋餘法今初也言有何難哉者以小塵有大刧如太虛廣刹有小刧如小塵乃成大塵含於小刹故無難也

舊經十住品云金剛圍山數無量悉能安置一毛端欲知至大有小相菩薩以是初發心

舊經十住品者二引證也所以引舊經者以文顯故今經云無量無數輪圍山欲悉令入毛孔中如其大小皆得知菩薩以此初發心則無定性義理非顯著豈如至大有小相耶

一非定一故能是一切多非定多故能是一邊非定邊故能即中中非定中故能即邊延促靜亂等一一皆然

一非定一下三例釋餘法言中邊者乃有二義一邊方中上此則事事無礙如名號品極輪圍邊有四天下亦有十方則邊非邊矣遮相圍遶故中亦是邊明是事事無礙也若云中道者二行不同中邊相即亦是事事無礙亦通事理無礙耳延促者一念為促長刧為延即念刧融也靜亂者入定出定二行別故由無定相亦得相即亦如東方入正定西方從定起等尤是事事無礙也

三緣起相由者謂大法界中緣起法海義門無量

三緣起相由中疏文有三初總次別後結今初又三初總彰多門謂大法界中緣起者揀於內外染淨一事緣起也如外水土人功時節為緣則有芽起內無明行等為緣有識等起今則不然總收法界為一緣起故云大也又即一緣起具多義門全同法界即六緣起不同三乘但明因緣生法無性而已

約就圓宗略舉十門以釋前義

約就圓宗下二標舉章門

謂緣起法要具此十義緣方起故闕則不成

謂緣起法下三彰十所以

一諸緣各異義謂大緣起中諸緣相望要須體用各別不相雜亂方成緣起若雜亂者失本緣法緣起不成此則諸緣各各守自一位文云多中無一性一亦無有多

一諸緣各異義下第二別釋也十門之中初三是本後七從生謂四五六從初門生七八及九從第二生其第十門從第三生第三但合前二門故唯生一門就初三門初一是異體門二即同體門三即同異合明所以有同異體者以諸緣起門內有二義故一不相由義謂自具德故如因中不待緣是二相由義如待緣等是也初即同體門後即異體門若爾何以初異體門中云諸緣各別不相雜亂第二同體門中云互相遍應方成緣起釋曰謂要由各異方得待緣要由遍應方自具德耳所以前之

二門各生三者一互相依持有力無力故二互相形奪有體無體故三體用雙融無前後故已知大意次正釋文第一門即異體門於中有四初正釋次若雜亂下反成三此則諸緣下結示四文云下引證即是光明覺品更下半云如是二俱捨普入佛功德上半即相成並立義下半形奪兩亡義今非下半之義故不引之然由相成方各有體

二互遍相資義謂此諸緣要互相遍應方成緣起如一緣遍應多緣各與彼多全為一故此一即具多箇一也若此一緣不具多一即資應不遍不成緣起此則一一各具一切下文云知以一故衆知以衆故一

二互遍相資義者即同體門文中亦四初正釋言此一即具多箇一者如十錢爲緣一錢當體自是本一應二之時乃諸初一以為二一應三為三一乃至應十為十一故有多一若此一緣下第二反成也若無十一本一不能應餘九故此則一一下第三例餘也如一既有十二三四等亦各有十故云一一各具如十錢爲喻其法界差別無盡法中各各遍應故隨一一各具法界差別法也下文云下第四引證即忉利天宮偈讚品真實慧菩薩偈文下半云諸法無所依但從和合起此證第三門義故今但引上半

三俱存無礙義謂凡是一緣要具前二方成緣起以要住自一方能遍應遍應多緣方是一故

三俱存無碍義等者雙融同異也文中亦
四一正釋
是故唯一多一自在無礙鎔融有其六句
二是故下句數料揀於中先總明欲多常
多欲一常一故云自在
一或舉體全住是唯一也或舉體遍應是多
一也或俱存或雙泯或總合或全離皆思之
可見
二一或下別釋初二句可知三或俱存者
俱存住自及遍應也亦俱存唯一及多一
也四雙泯者即第四句由俱存則相即奪
故住一即遍應非住一也遍應即住一非
遍應也五或總合者合前四句為解境故
六或全離者全離前五成行境故
文云諸法無所依但從和合起

三文云下引證如前已引意取和合起義
此上三門總明緣起本法竟
四此上下總結三門大旨
四異體相入義謂諸門力用遞相依持互形
奪故各有全有力全無力義緣起方成
四異體相入義等者疏文有五一總釋二
引證三反成四結成正義五別示其相今
初遞相依持者以是緣起一多等非定性
一多等故
如論云因不生緣生故緣不生自因生故
如論云等者二引證也然論有二意一顯
無生之義則上句以緣破自如中論云如
諸法自性不在於緣中以若有自性不合
假衆緣既假衆緣則自性應在緣中緣中
求自性不可得故無自性生下句以自破

緣故云緣不生自因生故謂若他生則但
有緣即應能生不合假於自因今假於因
明非他生也上來顯無生之義耳二者顯
緣起義因不生者因全無力緣生故者緣
全有力下句例知今正用此意證成上義
若各唯有力無無力則有多果過一一各生
故若各唯無力無有力即有無果過以同非
緣俱不生故
若各唯下三反成上義亦是解妨謂有問
言因緣各自不生和合共力有生復有何
過斯即立共生義故先通云若爾則有多
果過釋云一一各生故如穀子為因水土
人功時節是緣應生五果謂穀芽水芽土
芽等故云多果次有問言若爾總皆無力
合而能生復有何過此亦立共生義故復
通云有無果過謂金石火等於芽無力不
能生芽水土穀等於芽無力安能生芽故
同火等非緣不能生果云無果過也
是故緣起要互相依具力無力如闕一緣一
切不成餘亦如是
是故緣起下四結成正義謂既全有力全
無力緣起不成要一有力一無力緣起方
成如闕一緣下指事明也如無一即無二
無三等亦如無柱即無梁無椽等以闕一
事餘皆不成舍等緣故言餘亦如是者若
無二亦無一無三等若無三亦無一二等
乃至若無十亦無一二等若無梁亦無柱
等隨舉一法闕緣不成今法界中隨闕一
事一切法界不成緣起也
是故一能持多一是有力能持於多多依於

一多是無力潛入一內

是故一能持多下第五別示其相於中三初明一望多二例多望一三結成句數初中二先明一持多依後例多持一依今初又二先正明依持之義

由一有力必不與多有力俱是故無有一而不攝多也由多無力必不與一無力俱是故無有多而不入一也

後由一有力下釋成亦通妨難恐有難云一之與多俱有有力無力二義云何一能攝多故此通云由二有力與二無力必不俱故以能為緣邊即是有力要對所起是無力故思之

如一持多依既爾多持一依亦然反上思之

如一持多依下二例多持一依也是則多是能起能為緣故一是所起多所成故

如一望多有依有持全力無力常含多在己中潛入己在多中同時無礙

如一望多有依有持下第二例多望一也於中二先結前即是舉於能例二多望下生後即是正釋問前門之中先明一持多依後例多持一依義已圓足何得更有此多望一耶荅此有深旨謂前一望多中一為持邊一能攝多一為依邊一能入多雖復多上有持但取一為能入故並屬一望於多所以疏文欲釋多望於一先結前段云如一望多有依有持等有依者即前多持故一成依也有持者即前一有力為多依故言全力者成上一持言無力者成上一依言常含多在己中者一有力為持能

攝多故言潛入已在多中者一無力為依便入多故故此二句皆屬一望多也

多望於一當知亦爾

多望於一等者二生後正釋也若總釋者但改前一字為多字多字為一字則義自現如恐不曉更為具作應云多能持一多是有力能持於一一依於多一是無力潛入多内由多有力必不與一有力俱是故無有多而不攝一也由一無力必不與多無力俱是故無有一而不入多也如多持一依既爾一持多依亦然反上思之是則能攝亦是多能入亦是多雖多攝一即是一入多然名多攝雖多入一即是一攝多而多入耳則前之二門攝入皆屬一後之二門攝入皆屬多則二義天隅非繁重也

俱存雙泯二句無礙思之

俱存雙泯下三結成句數謂上一攝多是第一句多攝一是第二句俱存即第三句謂即一攝一入時即多攝多入故雙泯者即第四句一攝一入即多攝多入故便一攝一入泯多攝多入即一攝一入故則多攝多入泯故云雙泯對前別明二句則有四句亦可成五六五俱照前四成觧境故六頓絶前五成行境故

五異體相即義謂諸緣相望全體形奪有有體無體義緣起方成

五異體相即等者此中但即與前入異文勢大同五段之文唯闕引證耳於中四一立理畧明二及顯前理三結成正義四別示其相今初為能起邊即有體為所起邊

即無體如云從緣生法是法即空意取所生空也空即無體義言形奪者以能起之緣形對所起奪彼所起令無體也

若闕一緣餘不成起故緣義則壞

若闕一緣等者二反顯前理成有體義也如無一緣二三四等皆不成故則知一有體也

得此一緣令一切成起所起成故緣義方立

得此一緣下三結成正義既一切由一故一有體也

是故一緣是能起能成故有體多緣是所起所成故無體

是故一緣下四別示其相於中三初明一望多次例多望一後結成句數今初亦二先明一有體後例多有體前中文二先正明可知

由一有體不得與多有體俱多無體必不得與一無體俱是故無有不多之一無有不一之多

後由一有體下釋成亦是解妨謂有難言一之與多俱有有體無體二義云何獨言一有體耶故今通云由有無義不得並故令一為能起還多必是所起故若不爾者能所不成緣起亦壞言是故無有不多之一者此一即是多故無有不一之多者此多即是一故問一不即多有何過耶荅有二過故一不成多過謂一既不成多餘亦不成多故如一不成十二三四等亦不成十故無十過二不成一過謂若一不成十此十即不成由十不成故一義亦不成以

無於十是誰一故一不即多成過既爾多不即一成過亦然又若不相即緣起門中空有二義則不成立便有自性斷滅等過故

一多既爾多一亦然反上思之

一多既爾等者反上一有體却爲一無體多無體却爲多有體更無別義

如一望多有有體無體故能攝他同已廢已同他同時無礙

如一望多下第二例多望一也於中亦二先結前即是舉於能例大意全同前相入門也但即入別耳言有有體無體者有體即前一是能起故有體也無體者即前舉例中多一亦然明一無體也故能攝他同已者成上一有體攝他多也即前無有不多之一耳廢已同他者成前一無體也故廢一已同他多也雖有有體無體二義皆屬一望於多故云攝多同多

多望於一當知亦爾准前思之

多望於一下二生後正例全同前門但改一為多改多為一耳若結應云攝他一同多已廢多已同一他耳前一望於多攝廢皆是一此中多望於一攝廢皆是多則義懸隔矣餘如相入門思之

俱存雙泯二句無礙亦思之可見

俱存雙泯者第三結成句數俱存謂正一攝他同已廢已同他時即是多攝一同已廢已同一也雙泯者以一望於多二義即是多望於一二義故則一望於多二義泯矣多望於一二義即是一望於多二義故

則多望於一二義泯也旨不異前故令思
之
六體用雙融義謂諸緣法要力用交涉全體
融合方成緣起
六體用雙融義等者文中三初立理畧釋
是故圓通亦有六句一以體無不用故舉體
全用則唯有相入無相即義二以用無不體
故舉用全體則唯有相即無相入也三歸體
之用不礙用全用之體不失體是則無礙雙
存亦入亦即自在俱現四全用之體體泯全
體之用用已非即非入圓融一味五合前四
句同一緣起無礙俱存六泯前五句絶待離
言冥同性海
次是故圓通下開章別釋成六句故初一
以體就用二以用就體三體用雙存四體
用雙泯以體用交徹形奪兩亡即入同源
故圓融一味五成解境六成行境並顯可
知
此上三門於初異體門中顯義理竟
此上三門等者後結所屬也
七同體相入義謂前一緣所有多一與彼一
緣體無別故名為同體
七同體相入義等者釋中有三初別釋同
體義二雙釋即入所以三正解此門今初
言謂前一緣等者即指前第二門以第二
是本同體門故如一本自是一為本一應
二為二一應三為三一等只是一箇一對
他成多亦如一人望父名子望子名父望
兄為弟望弟為兄等同一人體而有多名
今本一如一人多一如諸名也

又由此一縁應多縁故有此多一所應多縁
既相即入令此多一亦有即入也
又由此一縁下二雙釋即入二義所以謂
同體即入由異體成異體相入故令同體
相入異體相即故令同體相即此有二義
一若直說者如異體二即是本一其同體
二豈非即本一耶異體三即本一則同體
上三亦本一矣正是令意二者本一自與
多一互為縁起例同異體相由故耳次疏
具之

先明相入謂一縁有力能持多一多一無力
依彼一縁是故一能攝多多便入一一入多
攝反上應知

先明相入者三正釋此門也此亦有二初
明一望於多後餘義下例多望於一前中
亦二先明一有力多無力言一能攝多多
便入一者多即餘九一一即本一也一入
多攝反上應知者二例多一有力本一無
力也以由我多一方詺本一為本一故故
多一有力便攝本一本一入多一也

餘義餘句唯前思之

餘義餘句下二例多望於一也亦全同前
異體相入門中言餘義者謂上明本一望
多一有持有依全力無力故能常含多一
在已一中潛入本一在多一中無有障碍
今多一望本一亦有全力無力故能常含
本一在多一中潛入多一在本一內亦無
障碍故云餘義也言餘句者即俱存雙泯
四句六句例前異體故不繁說
入同體相即義謂前一縁所具多一亦有有

體無體之義故亦相即以多一無體由本一成多即一也由本一有體能作多一令一攝多

八同體相即義等者疏文亦二先明以一望多後餘義下例多望一前中亦二先明本一有體後例多一有體今初又二先言亦有體無體之義者總出所以亦同異體門中能成有體所成無體也後以多一無體下正釋本一有體在文可知思之

如一有多空既爾多有一空亦然

如一有多下二例多一有體也由有多一方詺本一為本一故多一有體本一無體也多一有體故能攝本一本一無體潛入多一也

餘義餘句並准前思之

餘義下第二例多一望本一也謂上本一有有體無體故能攝多一同已廢本一同他同時無碍今多一望本一亦有有體無體能攝本一同已廢多一同他同時無碍全例前異體中故云餘義也餘句者亦即俱存雙泯四句六句耳

九俱融無礙義謂亦同前體用雙融即入自在亦有六句准前應知

九俱融無碍等者疏文亦二先正釋本門後此上下結前三門所出前中言亦同前者同前異體門也即前第六門也尋前第六於義分明但有同體與前別耳恐不曉者今當具說謂同體緣起法中力用交涉全體融合方成緣起是故圓融亦有六句一以體無不用故舉體全用則唯有同體

相入無相即義二以用無不體故舉用全體則唯有同體相即無相入義三歸體之用不礙用全用之體不失體是則無礙雙存亦入亦即自在俱現四全用之體體泯全體之用用亡非即非入圓融一味五合前四句同一同體緣起無礙俱存六泯前五句絕待離言冥同性海故云准前應知此上三門於前第二同體門中辨義竟十

同異圓滿義

十同異圓滿等者疏文有三此上一句標名次謂以前下別釋後此第十下結屬引證今初謂前來異體四門同體四門及第三同異俱存並不出同異合居一處不偏一門故云圓滿

謂以前九門總合為一大緣起令多種義門同時具足也由住一遍應故有廣狹自在門由就體就用故有相即相入門由異體相容具微細門異體相即具隱顯門又就用相入為顯令就體相即為隱即顯入隱亦然又由異門即入為顯令同體即入為隱同顯異隱亦然又由異體相入帶同體相入具帝網門由此大緣起即無礙法界故有託事顯法門顯於時中故有十世門相關互攝故有主伴門

二別釋中具足十玄今初從以前九至具足也即同時具足相應門言多種義門者有本有末有同有異有入有即四句六句等合前九門為同時門也以是總故隨闕一義緣起不成故下之九門各先釋義後結屬言由住一遍應故有廣狹自在門者

即前本門第二門也住一故狹遍應故廣言就體就用者就體故相即就用故相入並通同體異體由異體相容者即别取前第四異體相入門中一半之義然入通能入所入多就能說容亦有能容所容亦就能說然所入即是能容所容即是能入今微細門但取容義不取入義故云一半異體相即具隱顯門等者釋此隱顯疏有三重此即初也若爾相即應同隱顯耶荅上來九門但有即入同異四義用斯四義以成十玄故一義中容有多義此中由此即彼故此隱彼顯由彼即此故彼隱此顯由相即故成隱顯義成門已竟義則不同謂相即要此彼合一隱顯則彼此皆存如東方入定定身在東西方定起起身在西故二不泯况具下二義尤異相即也又就用下第二番釋隱顯也謂正論入門即義如虛空故謂若更存即則入義不成謂即則泯一入則二義不壞故正即無入例上可知又由異門下第三番釋隱顯義由同異二體義乖故二門不得並立事須隱顯可知又由異體相入帶同體相入具帝網門者同體相入一中已含於多更入異體故有重重之義同體相入如鏡已含多影更入異體如含影之鏡更入餘鏡故有重重無盡義也餘門可知

此第十圓滿一門就前第三門中以辨義理

此第十下三結屬引證先結屬後引證今初由第三本門之中融同異故今則近融前六門則異體中三門與同體三門相成

無異體同體不成無同體異體不成故六門相成後之七門從前三生前三融故後七必融故十門一揆也例前第三融通亦有六句一或舉體全異具入即俱二或舉體全同亦具入即俱三或具同異雙現無二體故四或雙非同異以相奪俱盡故謂同即異故非同異即同故非異五或具四為解境故六或絕前五成行境故約智顯理諸門不同廢智忘筌一切叵說說與不說無礙難思沒同果海唯亡言遣照庶幾玄趣耳

故下文云菩薩善觀緣起法於一法中解衆多衆多法中解了一又云一中解無量無量中解一了彼互生起當成無所畏等皆其義也

故下文云下引證畧引二文一即十忍品二又云下光明覺品然所引文乃是總意由第十門意是總故

疏上來緣起相由門竟

上來緣起下第三總結

大方廣佛華嚴經懸談疏鈔會本卷第十九

大方廣佛華嚴經懸談疏鈔會本卷第二十

清凉山大華嚴寺沙門　澄觀　述

第四法性融通門者謂若唯約事則互相礙不可即入若唯約理則唯一味無可即入第四法性融通門者謂真如既具過恒沙德如所起事亦具德無盡以真法性融通諸事故無礙也文中二先總後别總中亦二一揀非謂理事抗行不得事事無礙故是知有言須彌本不有芥子舊來空將空納不有何物不相容者斯言未當耳

今則理事融通具斯無礙

今則理事下第二顯正於中亦二先標舉謂不異理之一事具攝理性時令彼不異理之多事隨所依理皆於一中現

後謂不異理之一事下别示其相於中四一順明以一切諸法皆依於理無離理者今一事全攝於理故帶一切事入一事中若一中攝理不盡則真理有分限失若一中攝理盡多事不隨理現則事在理外失二若一中下反立謂若攝理不盡則真理可分有一理二理乃至多理之失今真理湛然故不可分一味平等故無二理若遮此過云攝理盡而其多事不入一事者則不入之事在於理外便令理離於事而自入一事之中事離於理不來一事之内然離理有事事成定性離事有理理同斷滅過尤深矣

今既一事之中全攝理盡多事豈不依中現三今既下結成正義既離可分之過故全攝理盡又無事理相離之過故事隨理而

頓現一事之中
花藏品云花藏世界所有塵一一塵中見法
界法界即事法界矣
四花藏下引證可知
斯即總意別亦具十玄門
斯即等者第二別明也於中二先結前生
後
一既真理與一切法而共相應攝理無遺即
是諸門諸法同時具足
後一既真理下正顯別相十門之義皆依
真如別德而立下第八迴向明真如具百
門之德今畧舉十四種德成十玄門一譬
如真如與一切法而共相應及不相捨離
二德成第一同時具足相應門
二事既如理能包亦如理廣遍而不壞狹相
故有廣狹純雜無礙門又性常平等故純普
攝諸法故雜
二譬如真如性常平等及譬如真如普攝
諸法二德成廣狹門
三理既遍在一切多事故令一事隨理遍一
切中遍理全在一事則一切隨理在一事中
故有一多相容門
三無所不在德成相入門
四真理既不離諸法則一事即是真理真理
即是一切事故是故此一即彼一切事一切
即一反上可知故有相即自在門
四不離諸法及與一切法同其體性二德
成相即門
五由真理在事各全非分故正在此時彼說
為隱正在彼時此即為隱故有隱顯門

五無有分限及恒守本性二德成隱顯門
六真理既普攝諸法帶彼能依之事頓在一中故有微細門
六普攝諸法德成微細門
七此全攝理故能現一切彼全攝理同此頓現此現彼時彼能現所現俱現此中彼現此時此能現所現亦現彼中如是重重無盡故有帝網門以真如畢竟無盡故
七畢竟無盡德成帝網門
八即事即理故隨舉一事即真法門故有託事門
八與一切法同其體性德成託事門
九以真如遍在晝夜日月年劫皆全在故在日之時不異在劫故有十世異成門況時因法有法融時不融耶

九遍在晝夜及遍在年劫二德成十世門
十此事即理時不礙與餘一切恒相應故有主伴門
十性常隨順及與一切法恒共相應二德成主伴門疏中容用經文以經對疏一無差失設有不具經文意亦有之文中先別明十門
故一理融通十門具矣
後故一理下結也文並可知
五如幻夢者猶如幻師能幻一物以爲種種幻種種物以爲一物等
五如幻夢中二先幻後夢前中先喻後合前中先正釋
經云或現須臾作百年等
後經云下引證此即晉經賢首品文等取

下句云幻力自在悦世間若唐經云譬如幻師知幻法能現種種無量事須臾示作日月歲城邑豐饒大安樂等普賢行品云譬如工幻師示現種種事其來無所從去亦無所至幻性非有量亦復非無量於彼大衆中示現量無量等四十二經云佛子譬如幻師持呪得成能現種種差別形相呪與幻別而能作幻呪唯是聲而能幻作眼識所知種種諸色等十忍品云譬如幻非象非馬非車非步非男非女非童男非童女乃至云非一非異非廣非狹非多非少非量非無量非麤非細非是一切種種衆物種種非幻幻非種種然由幻故示現種種差別之事如是等文其處非一

一切諸法業幻所作故一異無礙

一切諸法等者合也花藏品云如幻師呪術能現種種事衆生業力故國土不思議明知業即幻師又如中論偈云譬如幻化人復作幻化人如初幻化人是則名爲業幻化人所作是名爲業果等又十忍品云佛子此菩薩摩訶薩知一切法皆悉如幻從因緣起於一法中解多法於多法中解一法等偈中云衆生及國土種種業所造入於如幻際於彼無依著又偈云諸業從心生故說心如幻若離此分別普滅諸有趣斯則顯業自如幻矣又云度脫諸衆生令知法如幻衆生不異幻了幻無衆生等其文非一

言如夢者如夢中所見廣大未移枕上歷時久遠未經斯須

言如夢等者疏文分二先喻後引論證便當於合初中言所見廣大未離枕上者第六十經夢遊天宮喻云譬如有人於大會中昏睡安寢忽然夢見須彌山頂帝釋所住善見大城乃至云其人自見着天衣服普於其處住止周旋其大會中一切諸人雖同一處不知不見何以故夢中所見非彼大衆所能見故釋曰天宮廣大豈離枕上餘類此知昔人云枕上片時春夢中行盡江南數千里等一時非離須臾也普賢行品云了達諸世間假名無有實衆生及世界如夢如光影於諸世間法不生分別見善離分別者亦不見分別無量無數劫解之即一念知念亦無念如是見世間無量諸國土一念悉超越經於無量劫不動於本處等如是自在皆由如夢故十忍品云譬如夢中見種種諸異相世間亦如是與夢無差別又云譬如夢所見長短等諸色如是等文其處非一皆以如夢長短即無長短故不礙長短也

故論云處夢謂經年覺乃須臾頃故時雖無量攝在一刹那

故論云處夢謂經年等者二引證便合即無性攝論第六所引但言如有頌云斯即引經耳案西域傳云昔有隱士結廬屏跡愽習伎術究極神理能使瓦礫爲寶人畜易形但未能馭風雲陪仙駕閱圖考古更求仙術其方曰夫神仙者長生之術也將欲求學先定其志築建壇場命一烈士執長刀立壇隅屏息絶言自昏達曙求仙者

中壇而坐手按長刀口誦神呪收視返聽達明登仙是人既得仙方而訪烈士營求曠歲未諧心願後得烈士先與人傭力艱辛五年一但違失遂被笞辱又無所得悲號巡路隱士既見命以同遊来至茅廬以術力故化具餚饌已而令入池浴服以新衣又以五百金錢遺之曰盡當来求幸勿外也自時厥後數加重賂潛行陰德感激其心烈士屢求効命以報知己隱士曰我求烈士彌歷歲時幸而會遇奇貌應圖非有他故願一夕不聲耳烈士曰死尚不辭豈徒屏息於是設壇場受仙法依方行事坐待日曛曛暮之後各司其務隱士誦神呪烈士案銛刀殆將曉矣忽發聲叫是時空中火下煙焰雲蒸隱士疾引此人入池避難已而問曰誡子無聲何以驚叫烈士曰受命後至夜分惛然若夢變異更起見昔事主躬来慰謝感荷厚恩忍不報語彼人震怒遂見煞害受中陰身顧屍歎惜猶願歷世不言以報厚德遂見託生南印土大波羅門家乃至受胎出胎備經苦厄荷恩負德忍而不言暨乎受業冠婚喪親生子每念前恩忍而不語宗親戚屬咸見恠異年過六十而有一子妻謂曰汝可言矣若不語者當煞汝子我時惟念已隔生世自顧衰老唯此稚子因止其妻令無煞害遂發此聲耳隱士曰我之過也此魔嬈耳烈士感恩悲事不成憤恚而死此即未經半宵已歷二生况年月耶此類甚多故知時處等皆如夢自在

六如影像者一切萬法畧有二義一皆如明鏡含明了性一心所成故二分別所現如影像故由初義故爲能現由後義故爲所現故一切法互爲鏡像如鏡互照而不壞本相下經云遠物近物雖皆影現影不隨物而有遠近等

六如影像等者文亦有二先正釋後引證前中然約鏡像喻鏡不是像像不是鏡故無鏡之能此但取像以況性空虛無之義今取即入自在故明一切具於鏡像二義故疏結云如鏡互照則一一法上有鏡有像也下經云下即十忍品彼云然諸衆生知於此處有是影現亦知彼處無如是影遠物近物雖皆影現影不隨物而有遠近菩薩摩訶亦復如是能知自身及以他身一切皆是智之境界不作二解謂自他別而於自國土於他國土各各差別一時普現釋曰若不如影何得諸處一時頓現故引遠近之言意取自在偈中云譬如水中影非內亦非外菩薩求菩提了世非世間不於世住出如影現世間入此甚深義離垢悉明徹不捨本誓心普照智慧燈世間無邊際智入悉齊等普化諸群生令其捨衆着釋曰不了如影安能普入無邊之世

七因無限者謂諸佛菩薩昔在因中常修緣起無性等觀大願迴向等稱法界修及餘無量殊勝因故今如所起果具斯無礙

七因無限者謂因多德遠因果相稱故但修一緣起之因則果中尚如緣起無礙況有無限之因無邊行海皆備修也況一一行自復無盡如一慈門即有佛刹塵數況

於餘門而云無性等觀者近等上四謂唯心所現觀法性融通觀如幻夢觀如影像觀無緣起無性觀故總收前六因中皆爲此觀觀法唯心乃至觀法如影像故用此六觀該一切法謂若染若淨若依若正若因若果同類異類是法所攝皆因六觀貫之故今成果如於六觀自在無礙二者等餘諸因齊佛所知普賢所行十方三世無盡無盡所有因門皆此門攝故云及餘無量殊勝因耳其大願迴向稱法界修亦該通法界諸因言如所起果者如於昔因所得果故

八佛證窮者由冥真性得如性用　故經云無比功德故能爾

八佛證窮者文中二先正釋但得成佛法爾能爾經云下引證無比功德即佛德也普賢行品云世界及如來種種諸名號經於無量劫說之不可盡何況最勝智三世諸佛法從於法界生充滿如來地明佛地德用不可說也又下偈云其中人師子修佛種種行成於等正覺示現諸自在此亦明因圓果滿故有大用耳前即德相此即業用

九深定用故者謂海印定等諸三昧力故賢首品云入微塵數諸三昧一一出生塵等定而彼微塵亦不增等

九深定用中先正釋言海印定等者如下第六十一經畧說一百門三昧及智論五百三昧等賢首品下引證而云等者有二義一只等此偈餘文文云於一普現難思

剎彼一塵內衆多剎或有有佛或無佛或有雜染或清淨或有廣大或狹小等即是三昧現自在也二等餘經即彼次前偈云衆生形相各不同行業音聲亦無量如是一切皆能現海印三昧威神力如是等文其處非一

十神通解脫故者謂由十通及不思議等解脫故　不思議法品十種解脫中云於一塵中建立三世一切佛法等　由上十因令前教義等十對具上同時等十門以爲別教一乘義之分齊

由上十因下第三總結所屬正結周遍含容以事事無礙故該取前三故皆別教分齊

第四教所被機者夫教因機顯離機無言上說義理弘深未委被何根器　若明能應者十身圓音今直彰所被

第四教所被機中二先總後別前中初躡前起後後若明下約法揀定

通有十類前五揀非器後五彰所爲

通有十類下第二別也於中先標二門後前中下別釋其相

前中一無信非器以聞生誹謗墮惡道故二違真非器依傍此經以求名利不淨說法集邪善故下經云忘失菩提心修諸善根是爲魔業三乖實非器謂如言取文超情至理不入心故論云隨聲取義有五過失

隨聲取義有五過失者即十地論釋示說分齊中文論云一不正信二退勇猛三者誑他四者謗佛五者輕法下文具釋

上三皆是凡愚故下文云此經不入餘衆生手　四狹劣非器謂一切二乘出現品云一切二乘不聞此經何况受持故雖在座如聾如瞽五守權非器謂三乘共教諸菩薩等隨宗所修行布行位不信圓融具德之法故下經云設有菩薩無量億那由他劫行六波羅蜜不聞此經或時聞已不信不解不順不入不得名爲真實菩薩故

下經云設有菩薩等者即出現品如前已引

後五顯所爲中一正爲謂是一乘圓機故出現品云此經不爲餘衆生說即通指前五唯爲大乘不思議乘菩薩說即正爲之機謂一運一切運圓融行位即深不思議又能遍達諸教即廣不思議故文云非餘境界之所知普賢行人方得入等　二無爲謂即時雖未悟入而能信向成種如出現品食金剛喻故地獄天子十地頓超大海劫火不能爲障約未悟入故名爲無

地獄天子即隨好品大海劫大即十地品故彼偈云雖在海水劫火中堪受此法必得聞是也言約未悟入故名爲無者通外難也恐有難云既有頓超之益即是當機何名爲無通意可知

三引爲即前權教菩薩不受圓融之法故十地之中寄位顯勝借其三乘行布之名彼謂同於我法後因熏習方信入圓融以離此普法無所歸故權教極果無實事故

權教極果無實事故者如有五教唯圓教因果俱有實事前四因中則有至果皆無

由修權因若入地後即入實故猶如百川浩蕩千里亦無究竟歸處究竟歸處即是海故

四者權爲即是二乘謂旣不聞況於受持故諸菩薩權示聲聞或在法會而聾盲彰其絕分或示在道而啓悟知可迴心

或在法會而聾盲等者釋其示相畧有二類上即五百在本會中或示在道下即末會初六千比丘也

五遠爲謂諸凡夫外道闡提悉有佛性今雖不信後必當入

五遠爲中疏文有四一立理正明二出現品下引證三前三非器下會釋四又彼品下明惡是所爲初一可知

故出現品云如來智慧大藥王樹唯除二處不能爲作生長利益所謂二乘墮無爲坑及壞善根非器衆生溺大邪見貪愛之水然亦於彼曾無猒捨

二即彼品見聞利益中文

前三非器是溺邪見第四非器是墮深坑故皆揀之今四及五明佛無猒捨故示而誘之熏其成種

前三非器下三會釋也一不信二違真三乖實然初一正是邪見二三非是邪見而皆配入邪見者然邪見有二一輕二重初一深重邪見二三即輕淺邪見謂但違真乖實皆邪見故又以經中但揀二處欲配前非器令盡故合入邪見之中第四非器即前狹劣二乘今四及五者即所爲中四權爲五遠爲此二即曾無猒捨

又彼品中明不信毀謗亦種善根謂謗雖墮惡由聞歷耳終醒悟故又云如日亦與生盲作利益故

又彼品中下第四明惡是所為於中二初正明為惡後況出圓融前中亦二先引二經明其為惡後引二經明等有性前中初云彼品亦即第十見聞利益中經云佛子我今告汝設有衆生見聞於佛業障纏覆不生信樂亦種善根無空過者乃至究竟入於涅槃謂謗雖墮惡下釋成上義謗既有益應可謗耶釋云為遠益故非無罪也故地獄天子或由謗故墮於地獄法華謗常不輕菩薩千劫於阿鼻地獄受大苦惱畢是罪已方受不輕教化故勿見謗有益便生誹謗又大般若中廣說謗法之罪謂此方墮阿鼻地獄此土劫壞罪猶未畢移置他方阿鼻地獄中他方復經劫壞罪亦未盡復移他方如是巡歷十方十方各經劫盡還生此土阿鼻地獄中千佛出世救之猶難若欲說其所受之身聞者當吐血而死故善現請說所受之身佛竟不說是知謗方等經非可輕也又入大乘論第一偈云誹謗大乘法決定趣惡道此人受業報實智之所說生墮地獄中大火熾然身焚燒甚苦痛業報罪信爾熾然大鐵犁具滿五百數而耕其舌上遍碎身苦惱故疏云謗雖墮惡言由聞歷耳者謂惡道罪畢由昔謗時經目歷耳熏其成種故得益耳言終醒悟者即五十八經云但以曾發菩提心故終自醒悟言又云如日亦與等者

出現身業中長行文廣今當引偈偈云譬如生盲不見日日光亦爲作饒益令知時節受飲食永離衆患身安隱無信衆生不見佛而佛亦爲興義利聞名及以觸光明因此乃至得菩提是也

又如大海潛流喻中明無不具有如來智慧故又破塵出經卷喻中若除妄想皆見佛智故

又如大海潛流下引二經明性等有初明具有後明皆見二經皆是出現意業之中前亦已引

此皆明有自性住性即是所爲況法性圓融感應交徹無有一法而非所被

此皆明有等者二正立理顯被圓融即舉況以釋然有二意一舉前況後明法普被謂但依生等有佛性尚皆普爲況事事無礙何有非所被耶二者舉後況前謂約圓融一即一切則無情之境亦是所被況前等有佛性而揀之耶言被非情者以所被情即非情故一即一切無情豈非情耶況色性智性本無二體無有情外之非情故思之

第五教體淺深者無盡教海體性難思從淺至深畧明十體

第五教體淺深中疏文分三初總次別後結總中亦三初標舉言淺深者十體之中前前淺後後深故下釋云從淺至深雖有淺深融通並爲無盡教體

一音聲言語體二名句文身體三通取四法體上三皆能詮體四通攝所詮體五諸法顯

義體六攝境唯心體七會緣入實體八理事無礙體九事事無礙體十海印炳現體
二一音聲下列名至文自顯
十中前五唯體後五亦體亦性
十中前五下三料揀總有四重一體性料揀相舉於外性主於内體者性相之通稱故若言體者通事通理若云性者唯約於理由後五中攝境唯心若約真心即通性故七所入實體即是性故八中理是性故九中必有理融事故十中無不具故是則約性亦體亦性約事但可稱體
又前四通小後六唯大
二又前四下大小乗料揀可知
前七通三乗後三唯一乗
三前七下三乗一乗料揀以會緣入實歸一實理即一乗故下三皆是一乗於義可知
前八約同教後二唯別教
四前八約同教下同教別教料揀謂七八雖一乗七多頓教中義八是終教中義故屬同教前八皆同於義可知同教皆有故事事無礙海印炳現若非別教一乗無此義也於後三重料揀則前前無後後後後兼前前可知
就前三中大小乗中通用四法一聲二名三句四文取捨不同各有三說
就前三中下第二別釋於中二先合釋前三後別釋後七今初以大小共同故合釋之於中三初雙標次雙釋後然大小諸宗下雙會

小乘三者婆沙一百二十六云如是佛教以何爲體

小乘三者下第二雙釋先釋小乘中二先總徵

一云應作是說語業爲體謂佛語言詞唱評論語音語路語業語表是謂佛教

一云下後別釋三釋即爲三別今初語業爲體者是標語即聲也謂佛語言下別顯其相謂言詞唱號評量論說言語音者謂如宮商角徵羽等亦如西方十四音即阿上阿長等言語路者言所行處瑜伽九十三云有情增語即是語路然瑜伽釋增語有二義一云增語是名名能詮表增勝於語二云有說意識名爲增語今小乘不取於名正用意識是語行處亦是脣舌等言語業者即有業用如惡言既爲惡業用佛之善言即善業用故梵行品云若語是梵行者梵行則是音聲風息脣舌喉吻吐納抑縱高低清濁此即語音語路又云若語業是梵行者梵行則是起居問訊畧說廣說喻說直說讚說毀說安立說隨俗說顯了說斯即語業言語表者表亦是業然業有表無表別今但云表者婆沙一百二十六云但是語表而非無表者令他生正解故耳識所取故又二識所取無表唯一取故又三無數劫求此表故是謂佛教者結也正出今之教體而云佛教者一依根本故二依相似故三依隨順故佛依如是名句文身而說今亦隨之故

其名句文但顯佛教作用不欲開示佛教自

體發智論中亦同此說
其名句下揀法亦通妨難故彼論自有難
云若爾次後所說當云何通謂如說佛教
名爲何法荅謂名句文身次第行列次第
安布次第連合等爲荅此難故論有此通
此難但牒後段之文故疏畧耳
二云名等爲體謂名身句身文身次第行列
次第安布次第連合故
二名等爲體等者此句標謂名身下列名
次第下釋相次第釋上三名謂行列於名
安布成句文爲二依故云連合名等別相
次下當釋
聲但依於展轉因故謂語起名名能顯義
聲但下揀法亦通妨難謂論有問言若爾
此文所說當云何通如說佛教云何荅謂
佛語言詞唱評論語音語路語業語表是
謂佛教爲荅此難故論有此通亦以此難
但牒前文故疏畧耳聲但依於展轉因故
下論有喻云如世子孫展轉生法意云從
父生子子言是其父之子雖語父名意在
子體又子生孫孫是其孫雖舉其翁意在
於孫孫如於義子如於名聲如於父則有
三重中是教體故下合云謂語起名名能
詮義即名展轉因也
評家意取語業爲體
評家意取等者論評家釋云如是說者語
業爲體佛音所說他所聞故言評家者婆
沙是諸羅漢同集而有四大羅漢爲評家
正義一世友二妙音三法救四覺天
雜心論同俱舍論云牟尼說法蘊數有八十

千彼體語或名此色行蘊攝謂若語爲教體即色蘊攝名爲教體即行蘊攝此乃雙存前二情無去取故致或言

雜心論同俱舍者以彼論第一亦有此偈而文小異耳論偈云廣說諸法蘊其數有八萬戒等及餘法悉是五蘊攝長行釋云八萬法陰皆色陰攝以佛語語業性故有說名性者行陰攝又戒陰色陰攝定慧等行陰攝故與俱舍同也論云下引俱舍文何以當於名等教中而引以其情無去取二義隨用故於此引雙證前二既許俱通故下第三爲取四法之體在文易了

大方廣佛華嚴經懸談疏鈔會本卷第二十

音釋

抗苦浪切手舉也　賂力故切遺也　吻武粉切口吻也

大方廣佛華嚴經懸談疏鈔會本卷第二十一

清凉山大華嚴寺沙門　澄觀　述

正理論中意符名等故彼第三釋前頌竟又云詮義如實故名佛教名能詮義故教是名由是佛教定名爲體舉名爲首以攝句文顯宗即第三亦同此說

正理論中意符名等者正成第二義也故彼論第三釋前頌竟者以正理論總釋俱舍六百行頌但義順婆沙正理故立順正理名然正釋上頌無異俱舍俱舍則情無去取正理則斷屬於名此中疏畧彼有問曰語教異名教容是語名教別體教何是名此問意云教是言教語爲教體則異汝名別有其體若以名爲體名是不相應行非言教體何得以名等爲教體耶論自答云彼作是釋要由有名乃說爲教是故佛教體即是名所以者何詮義如實故名佛教下與疏全同此答意云雖名聲教若無名等詮其自性差別獨用於聲豈成於教故定用名等疏家存畧但申正意足顯論旨

三者然俱舍意情無去取若取其雙存即合四法以爲教體若經部意亦唯取聲故正理十四破彼師云汝不應立名句文身即聲爲體

故正理十四破彼師云等者引此爲成上來經部立聲爲體論文繁廣今當畧引令知其源論云此中經主作如是言豈不此三語爲性故用聲爲體色自性攝如何乃說爲心不相應行此責非理所以者何由

教及理知別有故教謂經言語身文身若文即語別說何爲又說應持正法文句又言依義不依於文釋曰下廣引教證大意則同故論結云由此等教證知別有能詮諸義名句文身猶如語聲實而非假理謂現見有時得聲而不得字有時得字而不得聲故知體別有時得聲不得字者謂雖聞聲而不了義現見有人粗聞他語而復審問如何所言此聞語聲不了義者都由未達所發文故如何乃執文不異聲有時得字不得聲者謂不聞聲而得了義現見有人不聞他語覩脣等動知其所說此不聞聲得了義者由已達所發文故由斯理證文必異聲下更廣說大意同也論下又云隨思發語因語發字字復發名名方顯義由依如是展轉理門說語發名名能顯義如斯安立其理必然又次下云或如樹等大造合成非不緣斯別生於影影由假發而體非假如是諸文亦應總集別生名句而彼名句雖由假發而體非假此爲善說理極成故又下結云故知離聲別有名等又下云故不應立名句文身即聲爲體是故於我所說離聲有名等三能現義理今䟽但引後結已顯正義耳

大乘有三大意同前

大乘有三下䟽文分三初標次釋後以余下料揀

一云攝假從實以聲爲體離聲無別名句等故深密第五云如來言音畧有三種一契經等既云言音有三明以聲爲教體雜集論云

成所引聲謂諸聖說
一云攝假下第二釋也大乘通意以聲爲實名句文三聲上假立經部師義參大乘故亦謂名等依聲假立言一契經等者此引稍畧具云佛告曼殊室利菩薩曰善男子如來言音畧有三種一者契經二者調伏三者本母下廣釋其相今疏所引但意在言音兩字耳雜集論云成所引聲謂諸聖所說者亦證唯聲爲教體也既言聖說是聲明非名等爲教體也即彼論第一釋外六界聲塵界云聲者四大種所造耳根所取義若可意若不可意若俱相違若因受大種若因不受大種若因俱大種若世所共成若成所引若遍計所執若聖言所攝若非聖言所攝如是十一種聲由五種因之所建立謂相故損益故因差別故說差別故言差別故相者謂耳根所取義說差別者謂世所共成等餘三如其所應因受大種者謂語等聲因不受大種者謂樹等聲因俱者謂手鼓等聲世所共成者謂世俗語所攝成所引者謂諸聖所說遍計所執者謂外道所說聖言非聖言所攝者謂依見等八種言說今疏但引成所引聲以證聲爲教體耳然上五因攝十一者初一是總餘四是別損益立初三可意是益不可意是損俱相違通二因差別攝次三說差別攝次三言差別攝後二思之可知言八種言說者即八種聖語一見言見二不見言不見三聞言聞四不聞言不聞五覺言覺六不覺言不覺七知言知八不知

言不知斯即爲聖言所攝若見言不見等
則非聖言
二云以體從用名等爲體能詮諸法自性差別二所依故故無性論破經部云諸契經句語爲自性不應理故成唯識第二亦破彼云若名句文不異聲者法詞無礙境應無別唯識云此三離聲雖無別體而假實異亦不即聲
二云以體等者義引論文然唯識第二破於小乘名等實有故彼論云復如何知異色心等有實詮表名句文身論主問也契經說故如契經說佛得希有名句文身外人答也此經不說異色心等有實名等爲證不成論主總非下廣破竟論主結云語不異能詮人天共了執能詮異語天愛非餘下申正義云然依語聲分位差別而假建立名句文身名詮自性句詮差別文即是字爲二所依此三離聲雖無別體而假實異亦不即聲由此法詞二無礙解境有差別聲與名等蘊界處攝亦各有異上即論文准彼論疏薩婆多雖有名由聲顯生二義論主取生破顯正理師救云聲上屈曲是名句文體異於聲而定實有故上論文廣破異聲實有名等故彼疏破竟結云故知但由無始慣習前前諸聲分位力故後生解時謂聞名等其實耳等但能取得聲之自性剎那便謝意識於中詮解究竟名爲名等非別實有是故汝等寧知異語別有能詮次假外問云既聲體即能詮如何有名等三種差別故論下申正義云然

依語聲分位差別等於中有四一從初至假建立名句文身顯假差別此論主解依聲假立名句文身如梵音斫芻但言斫唯言芻未有所目說爲字分位若二連合能詮法體詮於眼體說爲名分位然未有句位更添言阿薩利縛名爲眼有漏說爲句位故依分位以立名等依一切位非自在故外又問曰雖言分位差別何者是也論云從名詮自性至爲二所依述曰二顯三用殊名詮法自性句詮法差別文體是字爲名句之所依不能詮自性及差別故文者彰義與二爲依彰表二故又曰爲顯與二爲依能顯義故而體非顯字者無改轉義是其字體文是功能功能即體故言文即是字等或字爲初首即多刹那聲集成

一字集多字爲所依次能成名詮諸法體集多名已復成句身詮法差別即雜集云自性差別及此二言如是三法總攝一切彼二言者即是字也字即語故說之爲言名句二種所依止之言也瑜伽言名於自性施設句於差別施設名句所依止性說之爲字又顯揚言句必有名名不必有句名必有字字不必有名如樞要說此下廣論自共相畧不録之論此三離聲至亦不即聲述曰三明不即不離論主荅難謂先有問言上來雖言名等即聲若名等是不相應行者色上屈曲非不相應聲何故爾故此荅曰此三離聲雖無別體名等是假聲是實有假實異故故名等三非即是聲非聲處攝但是差別之聲義說名等以詮

義故是不相應無别種子生故言即聲論由此法詞至亦各有異述曰外人問言若名等即聲法詞二無礙解境有何别答曰即此緣故二境有異法無礙解緣假名等詞無礙解緣實聲等故説境差别非二俱緣實雖二自性互不相離法對所詮故但取名詞多對機故但説聲耳聞聲已意了義故以所對不同説二有異非體有異也又此二境及名等三與聲别者蘊處界攝亦有異故色蘊行蘊聲處法處聲界法界如其次第攝聲名等問曰聲上屈曲假即言不相應色上屈曲假應非色處攝答聲上有教名等不相應色上無教故是色處攝問曰聲上屈曲即以爲教色上有屈曲亦應得爲教故論曰且依此土説名句文依聲假立非謂一切諸餘佛土亦依光明妙香味等假立三故述曰四會相違釋義可知所引即淨名經而言等者等取觸思數等上皆得假立名等三種亦是不相應攝此三法故以衆生機欲待故又梵云便善那此有四義一者扇二相好三根形四味此即是鹽能顯諸物中味故味即是文如言文義巧妙等目之爲便善那此中四義總是一顯義故古德説名爲味對法云此文名顯能顯彼義故名爲句所依能顯義故惡察那是字是無改轉義如對法説鉢陁是迹如尋象迹以覔象等此名爲句理應名迹義之迹故尋此知義也順古所翻稱之爲句今疏總畧以疏對論於義分明

三云聲名句文合爲其體由前二說皆有理教爲定量故深密第四云不可捨於言說文字而能宣說故淨名云有以音聲語言文字而作佛事故十地論云說者以二事說聽者以二事聞謂善聲善字故

深密第四至而能宣說等者彼無故字其說字下云是故我依般若波羅密多能取諸法無自性性意云由文字般若能顯實相般若既雙牒言說文字明通用四法下引淨名准之亦是第三香積品文十地論中善聲即聲善字即名句文故下引風畫二喻風喻音聲畫喻名句文並如下釋

以余之意亦應雙取

以余之意下第三料揀於中分二初直出正意意在雙取

若就前二有去取者寧依名等

二若就下會通前二於中五一正明去取良以音聲一種正就佛說容爲教體流傳後代書之竹帛曾何有聲豈無教體

二良以下出所以

書雖是色亦與名等爲所依故亦色蘊攝

三書雖是色下遮妨難恐有難云疏不善法相書之以竹帛非名句文名句文身是不相應翰墨簡牘但是色法何得爲體故此救云色與名等亦爲所依何異聲爲名等所依聲是色蘊所攝書字之色豈非色攝耶故前唯識之中例於餘方亦依色等有名句文亦同諸法顯義之體顯無方理故不取常規

前淨名十地通取四者但言所用非正顯體

四前淨名下會通前文但言所用者用此四法何必要四問曰若四中隨取但取名等豈不違於唯識離聲别有非正義耶荅彼不離聲者假實合說令不離色假實亦存未爽通理

仁王云是名句味諸佛所說故

仁王云下五引證成立既但言名句味不云音聲明唯取名等此即仁王觀空品而文少畧具云大王是經名句味百佛千佛百千億佛說名句味於恒河沙三千大千國中成無量七寶施三千大千國土中衆生皆得七賢四果不如於此經起一念信何況解一句者句非句非非句故今但意在有名句味無聲之言故不全引

然大小諸宗雖通用四法而理不同謂薩婆多宗四法皆有實體經部聲有實體名等是假若大乘中或有四皆非實或有四皆如空俱不立故淨名云文字性離無有文字是則觧脫十地論釋空中風相等云風喻音聲晝喻名字皆不可取佛藏經云諸法如毫氂不空者則諸佛不出世有說四皆事理無礙或說四皆圓融故宗不同也

然大小諸宗下第三雙會謂會通四法大小不同或有四皆非實者即初教義名等假有聲是心變故或有四皆如空者然有二意一空爲初門即屬初教二頓㝡諸相即屬頓教令正當頓而引三經皆成頓義初引淨名即弟子品須菩提章以其被呵置鉢欲出維摩詰言唯須菩提取鉢勿懼於意云何如來所作化人若以是事詰寧有

懼不我言不也維摩詰言一切諸法如幻化相汝今不應有所懼也所以者何一切言說不離是相至於智者不著文字故無所懼何以故文字性離無有文字是則解脫解脫相者即諸法也此明即言亡言通圓頓意二引十地經論以風畫合空皆不可取以此言教皆與證智而相應故不同風在樹葉畫在於壁但就教道則可見聞三引佛藏經亦證頓義即彼經第一念佛品中取意引耳經云舍利弗諸法若有決定體性如析毛髮百分一分者是則諸佛不出於世亦終不說諸法性空舍利弗諸法實空無性一相所謂無相如來悉知悉見如來以是說有念處舍利弗念處名爲無處無非處無念無念業無想無分別無意無意業無思無思業無法無法相皆無合散是故賢聖名爲無分別者是名念處上顯無念承便故來耳又下經云何等名爲諸法實相所謂諸法畢竟空無所有以是畢竟空無所有法念佛復次如是法中乃至小念尚不可得是名念佛即其義也有說四皆事理無礙即終教意下即圓教意

第四通攝所詮體者　瑜伽八十一云謂契經體略有二種一文二義文是所依義是能依如是二種總名一切所知境界即依於六文顯於十義

依於六文顯於十義者瑜伽云六文者謂一名二句三字四語五行相六機請十義者一地義二相三作意四依處五過患六

勝利七所對八能治九略十廣可知上正辨通所詮
此明教義相成若不詮義教文何用故通取所詮成契經體又十住品云文隨於義義隨於文文義相隨理無舛謬方爲真教
此明下出通所詮所以
又瑜伽云佛菩薩等是能說者相語是能說相名句文身是所說相故皆通取不同前義尅取所說
又瑜伽下又通收能所則有三重能所一以佛爲能說人則聲等皆所說二唯語爲能說則名等爲所說以依語言顯屈曲故三四法皆能詮則前義爲所詮故皆通取下對前揀別此中有二義第一通所詮則向取第二通說者則向上取故說皆通不同前義尅取名等故云所說
第五諸法顯義體者謂但能顯義理一切諸法皆爲教體
第五諸法顯義體中三初標舉次引證三結釋今初標舉略釋聲能顯義聲名爲教
六塵顯義六塵皆教
淨名第三云有以光明而作佛事有以諸菩薩而作佛事有以佛所化人而作佛事有以佛菩提樹衣服卧具乃至八萬四千諸塵勞門衆生爲之疲勞諸佛即以此法而作佛事
淨名第三下二引證略引二經淨名即第三卷菩薩行品因阿難聞香自昔未有便問世尊世尊爲說是淨名取於香積佛飯因問久如當消淨名爲廣說乃至滅除一切諸煩惱毒然後乃消阿難白佛言未曾

有也世尊如此香飯能作佛事佛言如是阿難或有佛土以佛光明而作佛事有以諸菩薩而作佛事有以佛所化人而作佛事有以菩提樹而作佛事有以佛衣服卧具而作佛事有以飲食而作佛事有以園林臺觀而作佛事有以三十二相八十隨形好而作佛事有以佛身而作佛事有以虛空而作佛事衆生應以此緣得入律行有以夢幻影響鏡中像水中月熱時燄如是等喻而作佛事有以音聲語言文字而作佛事或有清淨佛土寂寞無言無說無示無識無作無爲而作佛事如是阿難諸佛威儀進止諸所施爲無非佛事阿難有此四魔八萬四千諸煩惱門而諸衆生爲之疲勞諸佛即以此法而作佛事是名入一切諸佛法門菩薩入此門者若見一切淨好佛土不以爲喜不貪不高若見一切不淨佛土不以爲憂不礙不沒令疏但撮畧引耳然生公云若投藥失所則藥反爲毒矣苟曰得會毒爲藥也是以大聖之爲心病醫王觸事皆是法之良藥也苟達其會衆事皆畢矣菩薩既入此門便知佛土本是就應之義好惡者在彼於我豈有異哉所貴唯應但歎應生之奇耳

又十卷楞伽第四云大慧非一切佛土言語說法故有佛國土直視不瞬口無言說名爲說法乃至云有佛國土動身名說

又十卷楞伽者文言稍博大旨無殊四卷若四卷經當其第二大慧白佛言世尊非言說有性有一切性耶世尊若無性者言

說不生世尊是故言說有性有一切性佛告大慧無性而作言說謂兎角龜毛等世間現言說又云大慧非一切剎土有言說言說者是作相耳或有佛剎瞻視顯法或有作相或有揚眉或有動睛或歎或欠或謦咳或念剎土或動搖大慧如瞻視及香積世界普賢如来國土但以瞻視令諸菩薩得無生法忍及殊勝三昧是故非言說有性有一切性大慧見此世界蚊蚋蟲蟻是等衆生無有言說而各辦事釋曰以上所引證知皆教然楞伽意無欲遣言及遣諸法思之可知十卷經中大同於此

又香積世界飡香飯而三昧顯極樂佛國聽風柯而正念成絲竹可以傳心目擊以之存道

又香積下第三結釋大意於中三初引例總收次結成說聽後況出一乘今初含有內外言香積世界飡香飯而三昧顯者亦是淨名經意而是香積品中又與前文影畧前說色觸等今辨香之與味欲令六塵皆作佛事故經云爾時維摩詰問衆香菩薩香積如來以何說法彼菩薩曰我土如来無文字說但以衆香令諸天人得入律行菩薩各各坐香樹下聞斯妙香即獲一切德藏三昧得是三昧者菩薩所有功德皆悉具足釋曰此即以香顯三昧也又前文云與諸菩薩方共坐食有諸天子皆號香嚴悉發阿耨多羅三藐三菩提心即食味之益也又下菩薩品中明飯久如當消云未入正位食此飯者得入正位然後乃

消又云已發大乘意食此飯者得無生忍然後乃消釋曰此即味為佛事故疏統收經意含二處經文也言極樂國土聽風柯而正念成者即阿彌陀經經云舍利弗極樂國土微風吹動諸寶行樹及寶羅網出微妙音譬如百千種樂同時俱作聞是音者皆自然生念佛念法念僧之心舍利弗極樂國土成就如是功德莊嚴以經對疏文義可知言絲竹可以傳心者即史記中事含其多事謂漏月傳意於秦王脫荊軻之手相如調文君之女終獲隨車況帝釋有法樂之臣馬鳴有和羅之伎皆絲竹傳心也言目擊以之存道者即莊子中事夫子欲見溫伯雪子久而不見及見寂無一言及出子路怪而問曰吾子欲見溫伯雪子久矣何以寂無一言子曰若斯人者目擊而道存亦不可以容聲者矣

既語默視瞬皆說則見聞覺知盡聽苟能得法契神何必要因言說

既語默下第二結成說聽語默視瞬皆說結前也見聞覺知盡聽顯後義也覺收鼻舌身之三根上既六塵皆說今則六根皆聽苟能下釋其聽義上則但能顯法為說此則但能得法為聽也

況華嚴性海雲臺寶網同演妙音毛孔光明皆能說法

況華嚴下第三況出一乘上通三乘內外皆有此理況復華嚴一乘圓宗何法非教於中四節一明事物說法言雲臺寶網者即十地經爾時世尊從眉間出清淨光明

乃至云又亦照此娑婆世界佛及大衆并金剛藏菩薩身師子座已於上虛空中成大光明雲網臺時光臺中以諸佛威神力故而說頌言佛無等等如虛空十方無量勝功德人間最勝世中上釋師子法加於彼等即其文也又寶網者第一經云其師子座摩尼爲臺蓮花爲網下云復以諸佛威神所持演說如来廣大境界亦其文也又言雲者第六經初於一切供養具雲中自然出聲說等言毛孔光明皆能說法者即上十地經亦光明說又第九地云或時心欲放大光明演說法門或時心欲於其身上一一毛孔皆演法音又現相品云爾時諸菩薩光明中同時發聲說此頌言諸光明中出妙音普遍十方一切國演說佛子諸功德能入菩薩之妙道等又法界品初諸來菩薩下方菩薩名破一切障勇猛智王與世界海微塵數菩薩俱來向佛所於一切毛孔中出說一切衆生語言海音聲雲出說一切三世菩薩修行方便海音聲雲等其文非一

花香雲樹即法界之法門

花香雲樹等者第二明即事是法更何論說以有託事顯法生觧門故

刹土衆生本十身之正體于何非教耶

刹土衆生者第三明即事是能說人何但顯法刹土即國土身衆生即衆生身十身畧舉其二以二是劣尚即十身況餘勝者於何非教者結成尚即能說況非教體下云刹說衆生說三世一切說又云一切世

間諸境界皆悉能令轉法輪等其文非一
下云下第四引證初引普賢行品如前教
緣中釋
第六攝境唯心體者總收前五並不離識
第六攝境唯心體等者疏文分二先總明
後然有下開章別釋前中亦二先正明後
引證今初前之五體皆心所變心外無法
如聲是色即二所現影況依聲上假立名
等其教所詮及諸法顯義並離心無體
唯識等云一切所有唯心現故起信亦云依
一心法有二種門一心真如門二心生滅門
然此二門皆各總攝一切法以此二門不相
離故梵行品云知一切法即心自性故唯心
現
唯識等云下第二引證此引三文含於四
教初引唯識即是初教故彼論名成唯識
者唯遮外境識表內心離識之外更無別
法彼引多教成立唯識亦引花嚴廣如彼
論而言等者等有二意一等餘論二等餘
經今初謂瑜伽雜集攝大乘等故無性攝
論第四云論曰其有未得真智覺者於唯
識中云何比知由教及理應可比知此中
教者如十地經薄伽梵說如是三界皆唯
有心又薄伽梵解深密經亦如是說釋論
中云十地經者於彼經中宣說菩薩十種
地義此即安立十地行相名句文身識所
變現聚集爲體謂彼聖者金剛藏識所變
影像爲增上緣聞者身中識上影現似彼
法門如是展轉傳來於今說名爲教故諸
論皆引華嚴成立唯識即是第六地中一

心所攝門經云佛子三界所有唯是一心
如來於此分別演說十二有支皆依一心
如是而立今由諸論皆已引之故疏下引
但引梵行二又此等者等取楞伽等經頓
教中義八識雖空而說唯識起信亦云下
即終教中證此即彼論解釋分中顯示正
義之文然其立義分中云摩訶衍者總說
有二種云何爲二一者法二者義所言法
者謂衆生心是心即攝一切世間出世間
法依於此心顯示摩訶衍義此即巳明唯
心義訖今取解釋分顯心性相真妄交徹
如是終教按彼論賢首疏云一心者即如
來藏心含於二義一約體絕相即真如門
二隨緣起滅即生滅門此義至問明品當
廣分別今但畧證教體是心耳梵行品下

即引當經以證圓教唯心知一切法即心
自性非但心變而已
然有二門一本影相對二說聽全收
然有下開章別釋中先開章後別釋
前中通就諸教以成四句　一唯本無影謂
即小乘不知唯識故
釋中初釋本影中四句爲四
二亦本亦影謂大乘初教謂佛自宣說若文
若義皆是如來妙觀察智相應淨識之所顯
現名本質教
第二句中分二先正明俱有後明聚集顯
現前中亦二先引佛地論各別成立後引
二十唯識雙證前義前中　初即如來實有
說法故名本質文通六文義通十義皆是
巳下顯文義本因位說聽由於意識故果

位中亦唯意識故云妙觀察智相應淨識
以果位中智強識劣故說此識與智相應
此智能於大衆會中雨大法雨故能說法
智所依王即是第六故云淨識之所顯現而
言淨者純無漏故唯識疏云既無漏心現
即真無漏文義爲體是故世尊實有說法
言不說者是密意說
故佛地論第一云有義聞者善根本願增上
緣力如來識上文義相生此文義相是佛利
他善根所起名爲佛說
故佛地論第一云有義下引證可知
若聞者識上所變文義名爲影像　佛地論
云如來慈悲本願增上緣力聞者識上文義
相生　此文義相雖親依自善根力起而就
強緣名爲佛說

若聞者識上下明影像教託佛本質自心
變故有漏心變則名等有漏佛地論下引
證有影亦是前卷以佛爲緣自心影像文
義爲果此文義相下釋妨若爾是自心變
何名佛說故彼釋云自善爲因佛力爲緣
影像爲果今從於緣名佛說耳
故二十唯識論云展轉增上力二識成決定
護法論師等皆立此義
故二十唯識下第二引二十唯識論雙證
前二則本質影像二教齊有謂若聞者爲
增上緣則佛心相生若佛爲增上緣則聞
者相生故云展轉增上力如来之識及聞
者識名爲二識決定成立本影之教言護
法論師等者唯識諸師皆同此立故大乘
疏云然此論主無不說法故取此解

大方廣佛華嚴經懸談疏鈔會本卷第二十一

音釋

爽 疎兩切差也 舛 昌兗切差也 蚊 亡云切飛虫也 蚋 而鋭切蚊｜也

大方廣佛華嚴經懸談疏鈔會本卷第二十二

清凉山大華嚴寺沙門　澄觀　述

然云文義相生後說五心集現謂如說諸行無常即有四聲四字四名一句及所詮義此十四相於聞者識上聚集顯現　然西方多釋今畧舉其一謂如說諸字有率爾尋求二心然未定知諸字所屬無決定心次說行字由先熏習連帶解生有三心起謂率爾尋求決定以決定知諸字所屬一切行故聞諸行字雖知自性然未知義爲令知義復說無字但有二心謂率爾尋求未有決定以未定知無字所屬後說常字由前字力展轉熏習連後字生具起五心謂率爾尋求決定染淨等流於最後時四字周圓方能解義總十二心初二次三次二後五故有十四相義如前說餘如別章

然云文義等者第二明聚集顯現於中二先總明聚集之相後然西方下別釋五心多少言然西方多釋者相傳畧有四解今疏即是第一唯識疏中亦唯此解斯乃總意故疏存之別有三師一云說諸字時率爾耳識同時意識但緣其聲是現量故尋求心中唯尋耳識所緣境故亦但緣聲不緣字名此之三心所變聲上雖有字名如生等相而不緣之至決定心緣聲字名有三相現說行字時率爾耳識同時意識及尋求心亦但緣聲至決定心緣聲字名有六相現謂前二字各有三故說無字時率爾耳識同時意識及尋求心亦但緣聲至決定心緣聲字名有九相現前之三字皆

有聲字名故說常字時率爾耳識同時意識及尋求心亦但緣聲至決定心緣聲字名經十六心有十四相謂四聲四字四名并句及義名爲聚集若不散亂起染淨心及等流心若散亂時生心不定一云率爾耳識同時意識但緣於聲是現量故尋求心中緣聲字名非現量故由此極少經十二心有三六九十四相現名爲聚集若不散亂決定心生若散亂時生心不定一云率爾耳識但緣於聲同時意識緣聲字名若爾者尋求意識尋伺等名此中曲有二解一云四率爾耳識先緣其聲四同時意識緣聲字名是其現量以緣常聲時不緣諸等聲及字名故五識同時意識隨聲等皆現量故四尋求心方得圓滿經十二心有三六九十四相現名爲聚集一云同時意識容非現量得緣過去經於八心四率爾耳識四同時意識有三六九十四相現名爲聚集問同時意識既是現量何得緣字名耶答現量亦緣名等自相如理門論說不緣者不緣名義相繫屬故上約諸行無常說若法苑中約諸惡者莫作然五字一句則具一百五相謂諸字有二相謂字及名惡字時七相者字時十六相莫字時三十相作字時五十相故成一百五相百法疏亦說此義言其五心初後通六識中三唯意識又前三是無記後二通善惡又率爾五識後必有尋求尋求心後或散或不散散即復起率爾識不散即起第三決定乃至等流又意識率耳自有二種一五

識同時率爾意識緣現在境二獨頭率爾意識唯緣過去此中且說同時餘義廣如別章然此皆約未自在位以顯五心聚集顯現若自在位於一念中具足顯現如理思之言次說行字時由先熏習連帶辦生者然呼諸字時行等三字皆在未來呼行字時無常二字亦在未來其諸一字雖流過去現無本質由熏習力唯識變力仍於此念說行字時心上顯現下言連帶准此可思

三唯影無本謂大乘實教離衆生心佛果無有色聲功德唯有如如及如如智獨存大悲大智爲增上緣令彼所化根熟衆生心中現佛色聲說法是故聖教唯是衆生心中影像夜摩偈云諸佛無有法佛於何有說但隨其自心謂說如是法龍軍堅慧諸論師等並立此義

三唯影無本者唯識論疏指無性論作如是說不取爲正

四非本非影如頓教說非直心外無佛色聲衆生心內影像亦空性本離故亡言絕慮即無教之教耳須彌偈云法性本空寂無取亦無見性空即是佛不可得思量淨名云夫說法者無說無示其聽法者無聞無得龍樹等宗多立此義

龍樹等宗多立此義者等取頓教般若言多立者不必全爾有三觀故此但明空之一義故

此前四說總合爲一圓融無礙自淺之深攝衆生故

此前四說下融爲一味方順圓宗若約攝
生則淺深有異
第二說聽全收中成二四句
第二說聽全收等者文中有三初標次釋
後結融通今初標中所以成二四句者以
真心融二則似事理無礙故須分之
一約同教以成四句謂一佛真心外無別衆
生以衆生真心即佛真心故則唯說無聽故
所說教唯佛所現二衆生心外更無別佛以
佛真心即衆生真心故則唯聽無說故所說
教即衆生自現梵行品云知一切法即心自
性等三佛真心現時不礙衆生真心現故說
聽雙存二教齊立四佛即衆生故非佛衆生
即佛故非衆生互奪雙亡則說聽斯寂故淨
名云夫說法者無說無示其聽法者無聞無
得
初同教中初二句但以生佛同一真心故
互相收三即互不相礙故得雙存四乃互
相即故所以相泯並易可知
二約別教以明四句謂由不壞相生佛互在
故
二約別教等者別教四句則唯約事事無
礙由生佛兩相宛然互相在故亦可前是
相即門後是相入門以前相即門中含事
理無礙故且名同教耳
一衆生全在佛中故則果門攝法無遺生尚
在佛心中況所說教不唯佛現
一衆生等者第一句有二先正立後引證
今初此以佛果稱性故攝法無遺無有一
法出法性故全性爲佛故無法不攝

故出現品云如來成正覺時於其身中普見一切衆生成正覺乃至普見一切衆生入涅槃

故出現下後引證也初引當經如前已解至下本文重明

又佛性論第二如來藏品云一切衆生悉在如來智内故名爲藏以如如智稱如如境故一切衆生決定無有出如如境者並爲如來之所攝持故名所藏衆生爲如來藏

次又佛性下引論然此品中說如來藏乃有三義今是其一言三義者論云復次如來藏義有三種應知何者爲三一所攝藏二隱覆藏三能攝藏此即第一所攝藏也以爲如來之所攝故名如來藏故彼論云一所攝名藏者佛說約住自性如如一切衆生是如來藏言如如者有二義一如如智二如如境並不倒故名如如言如來者約從自性來至至得是名如來故如來性雖因名應得果名至得其體不二但由清濁有異在因時爲違二空故起無明而爲煩惱所雜故名爲染濁雖未即顯必當可現故名應得若至果時與二空合無復惑累煩惱不染說名爲清果已顯現故名至得譬如水性體非清濁但由穢不穢故有清濁名應得至得二種亦爾云云所言藏者一切衆生等與疏全同次下論即云復次藏有三種一顯正境無比離如如境無別一境出此境故二顯正行無比離此智外無別勝智過此智故三爲現正果無比無別一果過此果故故曰無比由此果能

攝藏一切衆生故説衆生爲如来藏疏中所引但取佛含衆生之義故畧引其中間耳下畧引二藏二隱覆爲藏者道前爲煩惱覆衆生不見故三能攝爲藏者果地一切功德應得性時攝之已盡故今取果攝故亦不引後之二藏

又下出現品中明三世劫刹衆生所有心念根欲尚皆一身頓現　况佛智廣大同虚空耶

又下出現下三又引當經况出攝聽諸法皆攝何獨聽法衆生於中又二重舉况一明一身頓攝况於衆生二明智廣同空一切本居智内何用攝耶然第一文即出現偈云如三世劫刹衆生所有心念及根欲如是數等身皆現是故正覺名無量今疏上二句但畧如及二字耳言尚皆一身頓現者即長行中意經云如來成正覺時以一相方便入善覺智三昧入已於一成正覺廣大身現一切衆生數等身住於身中如一成正覺廣大身一切成正覺廣大身悉亦如是然彼經長行以身攝身偈頌明其總攝今取長行之一身對偈中之廣攝以顯難思耳故言尚皆一身頓現此一尚字即是舉况一身總攝况聽法人况佛智下復舉况更彰廣大即第八十經普賢讃佛偈初經云佛智廣大同虚空普遍一切衆生心悉了世間諸妄想不起種種異分別今疏引者意通前半正取大智以况一身故但引初一句而已

二佛在衆生心中故則因門攝法無遺佛尚

在於心中況所說教非衆生心現

二佛在衆生等者衆生即因因稱法界法界攝法無遺故衆生亦攝無遺矣故出現品云菩薩摩訶薩應知自心念念常有佛成正覺何以故諸佛如來不離此心成正覺故如自心一切衆生心亦復如是悉有佛成正覺

次故出現下引證

此明佛證衆生心中真如成佛故本覺無異以始同本總在衆生心中從體起用應化身時即是衆生心中真如用大更無別佛如起信中多明此義而是自心體用今以此經心佛衆生無差別故佛證衆生之體用衆生之用

後此明佛證下解釋謂如來何以不離生心釋云衆生心真如是佛所證故若爾但是平等之理何足爲玄故復次云本覺無異故謂佛本覺與衆生本覺無有二體同一覺故本覺即法身故法身同故若爾法身體同衆生未證佛證法身復何相預故次云以始同本總在衆生心中謂起信既言始覺同本覺無復始本之異生佛本覺既同今佛始同本時全同衆生本覺故全在衆生心中矣復有問云約體雖同相用自別豈得全同故次云從體起用用不異體體既衆生之體用豈離於衆生故依體起用即是衆生心中真如用大更無別佛若爾起信論中已有此義何以獨名花嚴爲別教耶故次釋言起信雖明始本不二三大攸同而是自心各各脩證不言生佛

二互全收是則用起信之文成花嚴之義妙之至也疏文可思

三由前生佛互相在時各實非虛則因果交徹隨一聖教全在二心

三由前生佛互相在下但合前二並實非虛成此句耳謂初佛攝時生即全攝無前無後故實非虛生攝非虛教在生心佛攝非虛教在佛心耳

故衆生心中佛爲佛心中衆生說法佛心中衆生聽衆生心中佛說法

故衆生心中佛下顯雙存相謂雖雙互相攝不妨說聽宛然在文似隱義極分明請以喻況畧舉二喻一者如一明鏡師弟同對說聽以師取之即是師鏡弟子取之是弟子鏡鏡喻一心師弟喻生佛是謂弟子鏡中和尚爲和尚鏡中弟子說法和尚鏡中弟子聽弟子鏡中和尚說法諸有智識請詳斯喻此喻猶恐未曉又如水乳和同一處而互爲能和所和且順說聽以能和爲說所和爲聽且將水喻於佛乳喻衆生應言乳中之水和水中之乳水中之乳受乳中之水雖同一味能所宛然雖能所宛然而互相在相遍相攝思以准之更消疏文衆生心中佛者此明衆生稱性普周而佛不壞相在衆生心内言爲佛心中衆生說法者此明佛心稱性普周而衆生不壞相在佛心内也但明能說之佛即是衆生心中佛但語聽法衆生即是佛心中衆生下對反上更無別理但說聽之異耳

四由生全在佛則同佛非生佛全在生則同

生非佛兩相形奪二位齊融則隨一聖教俱非二心則佛心中衆生無聽衆生心中佛無說　是以賢首品云因緣所生無有生諸佛法身非是身又偈讚品云如來不說法亦不度衆生大般若四百二十五云我從得道來不說一字汝亦不聞等

四由生全在等者此句雙泯義更易了於中先正明是以賢首下引證即第十五經但證第四雙非之義因緣所生無有生生泯也諸佛法身非是身佛泯也下半云法性常住如虚空以說其義光如是正要前二句故不引此耳又偈讚品亦證雙非大般若文前已釋竟

是故此四於一聖教圓融無礙方爲究竟甚深唯識道理

是故此四下總結融通隨舉一句即須具四故隨一文一句若大若小必具此四攝理周圓

第七會緣入實體者前來六門同入一實故

第七會緣入實體等者疏文分二初總明後亦有下開釋

亦有二義一以本收末二會相顯性前中以諸聖教從真流故不異於真　故攝論中名爲真如所流十二分教唯識第十釋勝流真如云謂此真如所流教法於餘教法最爲勝故

攝論中下引證此引無性攝論第七梁攝論第十次引唯識第十彼論釋十真如中第三地如彼疏釋云由此地中得於三慧照大乘法現此法教根本真如名勝流真

如或證此如說法勝故

彼宗雖不立真如隨緣而說佛正體智證最清淨法界而於後得安立教法名爲如流以本收末亦名如爲教體

彼宗雖不立下釋妨謂有問言彼宗真如凝然何有流義故疏通云而說佛正體等此中逆順總有四法展轉相依若逆推者此之教法從何而立荅從佛後得智立此後得智復依何生由根本智故論云了俗由證真故說爲後得此根本智從何而立由冥真如故名真如最爲根本若順說者梁論第十釋云真如於一切法中最勝由緣真如起無分別智無分別智是真如所流此智於諸智中最勝由此智流出後得智後得智所生大悲此大悲於一切定中最勝因此大悲如來欲立安正法救濟衆生說大乘十二部經此法是大悲所流此法於一切法中最勝菩薩爲得此法一切難行能行難忍能忍由觀此法得入三地在文可知

二會相顯性者謂彼一切差別教法從緣無性即是真如是故虛相本盡真性本現

二會相顯性者上說如爲教本而教非即如今說教即是如則攝十二分教之相歸即如之性也

如來言說皆順於如故金剛三昧經云如我說者義語非文衆生說者文語非義　仁王二諦品云大王法輪者法本如應頌　如乃至論議如等

如來言說下重釋教即　如義上明教從緣

生無有自性故教即如今明説主稱如故
言教皆如金剛三昧經證成此義言義語
者皆契如故下引仁王證成前義言乃至
者文中畧故若具經云波斯匿王白佛言
云何十方諸如來一切菩薩不離文字而
行諸法相大王法輪者法本如重頌如授
記如不頌偈如無問而自説如戒經如譬
喻如法界如本事如方廣如未曾有如論
議如是名句味音聲果文字記句一切如
若取文字者不行空也大王如如文字修
諸佛智母上即經文其中云戒經者即因
緣經因事制戒故乃因緣經中一義又言
法界如者即本生經界即因義故餘文可
知十二分名義十蔵品説
此經明教即是如不説如皆是教若取諸法

顯義皆爲教體一切法皆如也則無如非教
此經明教即是如下復辨通局謂但言十
二分教即如此局在十二若云如即佛教
則一切法皆如也則一切皆佛教斯義則
通故次疏云若取諸法顯義體即明一切
皆教既一切皆如如皆佛教也
第八理事無礙體者謂一切教法雖舉體即
真不礙十二分等事相宛然顯現雖真如舉
體爲一切不礙一味湛然平等由如無礙佛
之音聲亦順如無礙皆與如智而相應故如
前義分齊中廣明
第八理事無礙體等者在文可見
第九事事無礙體者文義皆圓
第九事事下疏文分三初雙標次正顯文
後例釋義今初雙標文義揀義取文耳

文即圓音此中亦具十種玄門現相品云佛演一妙音周聞十方國衆音悉具足法雨皆充遍即同時具足相應體十住品云欲具演說一句法阿僧祇劫無有盡而令文義各不同菩薩以此初發心即廣狹無礙體亦名純雜教一句不壞狹也純也文義不同廣也雜也又云於一法中解衆多衆多法中解了一等皆一多相容教也出現品云如來音聲普入一切譬如書字等此亦相入即相容也十住又云一即是多多即一文隨於義義隨文即相即教體出現品云道場皆聞不出衆外各各隨解即隱顯教體也又云如來言音唯是一味隨諸衆生心器異故無量差別亦隱顯教體亦純雜教也又云如來於一語言中演說無邊契經海如善口女等即微細教也

阿僧祇品云於彼一一修多羅分別諸法不可說於彼一一諸法中又說諸法不可說等一法既爾餘法亦然交映重重無盡無盡即帝網教也觸事即法即託事生解教也一念頓演即十世教也如諸會中此方所說十住等十方亦爾即主伴教也若隨說一法門皆有無量修多羅爲眷屬等即眷屬教雖不得爲主亦是伴類

次文即下正顯文圓文即名句文而言圓音者有二義故一例上名等離聲無體今圓音體文亦依之二者既言圓音則文句皆足方稱圓耳若一直聲昔義非正下引諸經成斯教體具十玄門言佛演一妙音等者經文畧有三節初則一音周聞但彰其遍次云衆音悉具者即前一音頓具多

音謂萬類殊音如善口天女三法雨皆遍者則隨一一音具說一切大小權實無盡法門又一一門皆充法界三節已含四義三則展一普周二則一攝一切展卷無礙皆悉同時何音何法而不具足彼經次下云一切言詞海一切隨類音一切國土中恒轉無上輪等則重數更多今但引其一偈足顯同時具足言譬如書字等者即如來轉法輪中取意畧引故有等言若具引者經云佛子如來法輪悉入一切語言文字而無所住譬如書字普入一切事一切語一切筭數一切世間出世間處而無所住如來音聲亦復如是普入一切處一切衆生一切法一切業一切報中而無所住一切衆生種種語言皆悉不離如來法輪

何以故言音實相即法輪故佛子菩薩摩訶薩於如來轉法輪應如是知即此經文法喻之中亦是影畧故疏取意畧引耳言此亦相入即相容也者據所引文即相入義即此相入是一多相容不同門能入名入所入名容能容即所入所容即能入隨義名異容入一義耳言道場皆聞不出衆外者即出現音聲中梵王及衆喻若具引者復次佛子譬如大梵天王住於梵宫出梵音聲一切梵衆靡不皆聞而彼音聲不出衆外諸梵天衆咸生是念大梵天王獨與我語如來妙音亦復如是道場衆會靡不皆聞而其音聲不出衆外何以故根未熟者不應聞故其聞音者皆作是念如來世尊獨爲我說佛子如來音聲無出無住

而能成就一切事業是爲如來音聲第五相釋曰衆會聞者即以根熟爲衆内未熟爲衆外耳餘則可知應者得聞此即顯也不應不聞斯即隱也各各隨解者聞中復有差别若聞大乘大乘則顯不聞二乘二乘即隱小顯大隱等可知又云如來言音等者即彼次下第六相也經云佛子譬如衆水皆同一味隨器異故水有差别水無念慮亦無分别如來言音亦復如是唯是一味謂解脱味隨諸衆生心器異故無量差别而無念慮亦無分别然此一文證其兩義若取諸器各受互不相知即是隱顯若取一味隨器即是純雜善口天女亦即彼品經云復次佛子譬如自在天王有天妹女名曰善口於其口中出一音聲其聲則與百千種樂而共相應一一樂中復有百千差别音聲佛子彼善口女從口一聲出於如是無量音聲當知如來亦復如是於一音中出無量聲隨諸衆生心樂差别皆悉遍至悉令得解即第四相一中頓具即微細也言阿僧祇品至不可說等者等餘經文經云一一佛法不可說種種清淨不可說出妙音聲不可說轉正法輪不可說於彼一一法輪中演修多羅不可說於彼一一修多羅分别法門不可說於彼一一法門中又說諸法不可說於彼一一諸法中調伏衆生不可說此上經文已有數重而但說一法法法皆爾互入重重故成無盡又彼中云清淨實相不可說說修多羅不可說於彼一一修多羅演說法門不可

說於彼一一法門中又說諸法不可說於彼一一諸法中所有決定不可說於彼一一決定中調伏衆生不可說不可言說同類法不可言說同類心不可言說異類法不可言說異類心不可言說異類根不可言說異類語念念於諸所行處調伏衆生不可說等亦是其類也言一念頓演者一念頓演無量劫法何有十世不互相融第五經云樹下諸神刹塵數悉共依於此道場各各如來道樹前念念宣揚解脫門等此且約言說若類通諸法皆爲教體即所詮義義即普法具十玄門如義分齊

此且約下例文釋義初句結前餘皆釋後第十海印炳現體者如前差別無盡教法皆是如來海印定中同時炳現設所化機亦同緣起炳現定中是故唯以三昧爲斯教體如出現品云此約果位若約因位圓信亦得印現賢首品云如是一切皆能現海印三昧威神力　以上十門該羅收攝未有一法而非教體然後二門正是經宗融取前八無所遺矣

以上十門下第二總結可知　教體門竟

大方廣佛華嚴經懸談疏鈔會本卷第二十二

大方廣佛華嚴經懸談疏鈔會本卷第二十三

清涼山大華嚴寺沙門　澄觀　述

第六宗趣通局者語之所尚曰宗宗之所歸曰趣先明其通後顯於別

第六宗趣通局中疏文分二先釋名標章後前中下依章別釋初中宗者宗崇故云所尚亦云尊也主也多也

前中通論一代佛教諸部異計各是一宗謂十八本二各不同故以義相從更復合之

前中通論下第二依章別釋於中二先釋通宗後釋別宗前中三初總標大意二敘昔辨違三申今正解今初言諸部異計即二十部言十八本二者十八部名次下當列本二者即上座部及大衆部故文殊問經云十八及本二皆從大乘出無是亦無非我說未來起言以義相從者合二十部無諸大乘爲十宗故

然隋朝大衍法師總立四宗一因緣宗謂薩婆多二假名宗謂即經部三不真宗謂諸般若四真實宗謂法性真理佛性等教

然隋朝下第二敘昔辨違於中二先敘昔後辨順違前中又二先正立後異名前中各從所立得名四中各有二句上句立義下句指教

又此四宗初名立性二名破性三名破相四名顯實

又此四宗下辨異名四名不出性相而前三從所破後一就所顯

初二小乘後二大乘各初淺後深此亦有理

初二小乘下辨順違於中二先畧釋明順

理後約局明遺文今初言各初淺後深者以初顯正因緣立有緣果之性故爲淺二破於定性但從緣有故爲深也萬法從緣故無定實如鐵之堅遇火則鎔如水之濕遇寒則堅明知從緣則無定性假名而已故爲小深早欲叅涉大乘故云經部三是大乘之淺望其第二亦是次深以二但破性而有其相如會拈成拳雖無定性非無拳相今復破之明性相俱空爲法空矣而言淺者但除妄計以顯空義未彰妙有不空真性故名爲淺第四方顯妙有真性故四爲深言此亦有理者自淺之深先小後大一代佛教大意爾故又第一宗是因緣所生法第三宗則我說即是空第二宗亦爲是假名第四宗亦是中道義故無大違

但收義不盡以十八部中但判二故

　但收義不盡下第二約局明遺言但判二者唯明有部及經部故除本二部故云十八部中

今總收一代時教以爲十宗

　今總收等者第三申今正解於中三初總標二別釋三料揀

第一我法俱有宗謂犢子部等彼立三聚一有爲二無爲三非二聚非二即我又立五法蔵謂三世爲三無爲爲四第五不可說蔵我在其中以不可說爲有爲無爲故

　第一我法俱有宗等者第二別釋也釋第一宗中先立理謂犢子部等者等取餘四部謂此計中總有五全或一少分言五部全者一犢子部二法上三賢胄四正量五

密林山故總爲五部同計言一少分者泰法師云更等取經部中根本經部不等末經部以本經部亦執有勝義我非即非離即計菩薩出離生佛故名勝義
然此一部諸部論師共推不受呼爲附佛法外道以諸外道所計雖殊皆立我故
二法有我無宗謂薩婆多等彼立諸法不離色心或立三世無爲或分五類皆無有我以無我故異外道計
二法有我無宗等者疏文有二先正立後顯功能今初言等者等取餘二半謂此計都有三全一少分謂一一切有部二雪山部此即上座部宗輪論云多同說一切有故亦等取也三多聞部宗輪叙多聞部云餘義多同一切有部並不立我計法有實故言一少分者化地部末計彼云過去未来並皆實有亦有中有一切法所知所識故名有法無我
又於有爲之中立正因緣以破外道邪因無因
又於有爲下第二辨教功能於中有五一總顯功能二廣顯所破三舉正折邪四指廣從畧五結功超勝今初因緣能破無因正因以破邪因
然西域邪見雖九十五種或計二十五諦從冥生等或計六句和合生等或謂自在梵天等生或謂時方微塵虛空宿作等而爲世間及涅槃本
然西域邪見下二廣顯所破於中三初叙西域二叙此方三雙就結過初中亦三初

東九十五種爲十一宗二東十一以成四計三結諸計以歸二因令初九十五種如第六迴向引然至妙虛通目之曰道心遊道外即稱外道故唯佛正道餘悉名外道故此總非所以成十一者以約現有教文傳習西域故言或計二十五諦從冥生等者即十一中之一計也此即數論師計案金七十論中謂有外道名劫毘羅此云黄赤鬢髮面色皆黄赤故時世號爲黄赤色仙人其人從空而生自然四德一法二智三離欲四自在得此智已依大悲說先爲阿修和仙人說次阿修和傳與般尸訶般尸訶傳與褐伽褐伽傳與優樓佉優樓佉傳與跋婆和跋婆和傳與自在黑般尸訶廣說此智有六十千偈其自在黑姓拘式

見大論難受畧抄七十偈此婆羅門初入金耳國以鐵葉覆頭戴火盆擊王論鼓求僧論議因諍世界初後有無謗僧不如遂造此七十論申數論宗王意朋彼以金賜之外道欲彰已令譽遂以金七十標名唯識疏云其後弟子之中上首如十八部中之部主者名伐理沙此翻爲雨雨時生故即以爲名其雨徒黨名雨衆者即義當自在黑所受跋婆和梵音不同耳梵云僧佉此翻爲數數即慧數數度諸法根本立名從數起論名爲數論論能生數亦名數論其造數論及學數論者皆名數論師本源即是迦毘羅造金七十論即自在黑造偈長行即天親菩薩解釋言二十五諦者准百論云從冥生覺從覺生我心從我心生

五微塵從五微塵生五大從五大生十一根神爲主常覺相處中不壞不散攝受諸根斯則五大亦爲能生今依金七十論釋二十五諦總畧爲三處中爲四廣爲二十五言畧爲三者謂一自性二我知三變異自性是第一諦古稱冥性亦名勝性未生大等但住自分名爲自性若生大等便名勝性用增勝故智論云謂外道通力至八萬劫八萬劫外冥然不知謂爲冥諦從此覺知初立故名冥諦二言我知者即第二十五諦即神我也三變異者中間二十三諦自性所作名爲變異故有三位言中爲四者彼論云外曰云何分別本性變異及知者荅曰本性無變異一也大等亦本變二也十六但變異三也知者非本變四也

謂本性能生大等故名爲本不從他生故非變異二大我慢五唯此七亦本亦變異大從本性生故變異能生我慢故爲本慢生五唯五唯生五大五根故皆亦變亦本三五大五知五業及心平等根但從他生故唯變異不能生他故不名本四知者即我知爲體故不從他生亦不生他故非本非變若准百論五大生十一根則五大亦本亦異唯變異中則唯十一根言廣有二十五者如上引百論然都有九位就其中二十三諦自有七位一大二我心三五唯量四五大五五知根六五作業根七心平等根兼其初後故二十五問曰自性不可見云何知有荅有法有微細故不可見如熱氣散空豈得言無若不見云何知有荅

因大等事從自性生有三德故問自性云何能與諸法爲生因答三德合故其三德在冥性中眠伏不起在大等二十三位便有覺悟故二十三一一皆以三德合成言三德者梵云薩埵剌闍答摩薩埵此云有情亦云勇猛今取勇義剌闍此爲微牛毛塵等皆名剌闍亦名塵坌今取塵義答摩此云闇即闇鈍之闇三德應名勇塵闇若傍義翻舊云染麄黑新云黄赤黑舊名喜憂闇新云貪嗔癡舊名苦樂癡新云苦樂捨敵體而言即是三毒能生三受名苦樂捨黄赤黑者是其色德貪多輕光故色黄嗔多動躁故色赤癡則重覆故其色黑由此自性合三德故能生諸法故自性是作者我非作者若非作者何用我爲答爲證

義故義之言境證於境故謂二十四諦是我所知故我是見者而非作者餘不能知問自性是作我非作者何因和合偈答云我求見三德自性爲獨存如跛盲人合由義生世間謂我有如是意我今當見三德自性故我與自性合自性爲獨存者我是困苦人唯有能見知今當爲彼令得獨存以是義故自性與我合如人與王合亦如盲與跛合則以我爲跛不能作故自性爲盲不能見故此二合故能生世間與我受用盲跛達其所在各得分立我見自性時即得解脫令我獨存問曰已說和合能生世間是生次第云何答曰自性次第生大我慢十六十六内有五從此生五大謂自性先生大大者增長之義自性相增故或

名覺或名想或名遍滿或名智或名慧或大即是智故大得智名大次生我執我執者自性起用觀察於我知我須境故亦名我慢亦名五大初或名轉異或名炎熾次慢生十六者即五唯量五知根五作業根及心平等根此意總明皆從慢生就十六中應先生五唯五唯生十六故云十六內有五從此生五大即百論從我心生五微塵從五微塵生五大從五大生十一根初生五唯量者一聲二觸三色四味五香五各有體有能有緣量故唯亦定義唯定用此成五大故五唯無差別以微細寂靜故從此生五大大塵有差別五唯無差別即是大塵大無憂癡唯以喜樂故五大具三毒故差別從聲唯生空大別有一物名之爲空非空無爲觸唯生風大色唯生火大味唯生水大香唯生地大金七十論但各一生有說藉塵有多少從聲一塵成空大聲觸二塵生風大色聲觸三生火大色聲觸味生水大總用五塵生地大藉塵多者力弱藉塵少者力強故四輪成世間空輪最下次五大生十一根者先生五知根次生五作業根後生心平等根云何五大生五知根謂聲唯生空大空大成耳根是故耳根還聞聲觸唯生風大風大成身根是故身根還受觸色唯生火大火大成眼根是故眼根還見色味唯生水大水大成舌根是故舌根還知味香唯生地大地大成鼻根是故鼻根不聞地而聞於香而金七十論但云耳根唯從聲唯生與空大同類

是故能取聲若優樓迦仙人則計遍造義謂五大造眼根而火大偏多色是火家求那故眼根唯能見色餘四例知皆用五大成各一偏多耳次生五業根者金七十論即總用五唯成謂一語具二手三足四小便處五大便處此中語具謂口舌等手足即分皮根少分彼謂身根爲皮根又男女大遺等各有用故故偈云唯見色等塵是五知根事言執步戲除是五業根事心平等根者金七十論分別爲體故論云分別爲心相是相即心事亦具五唯成通緣諸境故又論云大我慢心事三自相爲事心能遍取差無差境有說以肉團心爲體二十五我知者以思爲我唯識因明皆云數論執我是思若金七十云云何知有我頌曰聚集爲他故一異三德二依故三食者四獨離故五五因立有我一如有人聚牀席等必爲於人如是大等聚集即知有我二異三德者前二十四皆有三德故三依故者如人依身身則有用故四食者者如人見味知有別味人見大等所知必知有能知五獨離故者若唯有身聖人所說解脫則無所用故知有我我有何相然金七十論將自性望變異有九不似有六相似我翻似不似言九不似者一無因二常三多人共一四遍一切五無事六不沒七無分八不依他九不屬他自性有此九德不似變異變異則有因等我有八義同自性不似變異但多人共一義不同自性謂人人各有我故自性有六義似變異謂一同

有三德二不相離謂三德不可分三皆爲我所受用之塵四平等俱爲一切我受用如一婢多主使五無知者本末同無知唯我知故六能生自性能生而大等亦能生故而我知亦無此六相似故總云我翻似不似謂亦無三德不能生等故我有八不似變異乃成八德無六似於變異但成二德謂一無三德二是知者餘之四似是自性變異之德非我之德餘義可知有云由三德是生死因由所轉變擾亂我故不得解脫知二十三諦轉變無常生厭修道自性隱迹不生諸諦我便解脫金七十云人無縛無脫無輪轉生死以無三德故無變異故無作者故若爾誰得解脫荅輪轉及繫縛解脫唯自性由自性變異故縛若得

正遍知即得解脫意明知二十五諦爲正遍知明縛與脫不由於我言我解脫者約自然脫耳論總結云此祕密智應施五德婆羅門一生好地二好姓族三行四有能五欲得上依金七十論畧叙其計其間不同兼智論意並已具釋若廣破者如唯識中百等論下疏畧總破耳或計六句者即衛世師計新云吠世史迦薩多羅此云勝論吠世亦云鞞世吠世爲正立六句義最爲勝故或勝人所造故其能造人即成劫之末人壽無量外道出世名嗢露迦此云鵂鶹晝避聲色匿迹山藪夜絕視聽方行乞食時人以爲似鵂鶹鳥故名鵂鶹仙人即百論優樓佉也或名羯拏僕羯拏云米齋僕翻爲食先爲夜遊驚他稚婦乃不夜

乞遂收場碾糠粃之中米齋而食故時號爲食米齋仙人多年修道遂獲五通謂證菩提便欣入滅但嗟所悟未有傳人愍世有情癡無慧目乃觀七德授法令傳一生中國二父母俱是婆羅門姓三有般涅槃姓四身相具足五聰明辨捷六性行柔和七有大悲心經無量時無具七德後經多劫婆羅痆斯國有婆羅門名摩納縛迦此云儒童子名般遮尸棄此云五頂頂髮五旋頭有五角其人七德雖具根熟稍遲既染妻孥卒難化導經無量歲伺其根熟後三千歲因入園遊與其妻室競花相忿鵂鶹因此乘神通化之五頂不從仙人且返又三千歲化又不得更三千歲兩競尤甚相厭既切仰念空仙仙人應時神力化引騰空迎往所住山中與說所悟六句義法一實二德三業四大有五同異六和合實者說法體實德業所依名之爲實德業不依有性等故德者道德業者作用動作義也實有九種一地二水三火四風五空六時七方八我九意德有二十四一色二香三味四觸五數六量七別性八合九離十彼性十一此性十二覺十三樂十四苦十五欲十六嗔十七勤勇十八重性十九液性二十潤二十一行（去聲呼）二十二法二十三非法二十四聲業有五種一取二捨三屈四申五行大有唯一實德業三同一有故離實德業外別有一法爲體由此大有有實等故同異亦一也如地望地有其同義望於水等即有異義地之同異是地

非水水等亦然亦離實等有別實體和合句者謂法和聚由和合句如鳥飛空忽至樹枝住而不去由和合句故令有住等上已畧叙廣出體相及廣破等並如唯識及疏并百論等或謂自在梵天等生者此有三計一即塗灰外道并諸婆羅門共計自有天是萬物因故唯識第一云有執有一大自在天體實遍常能生諸法謂彼計此天有其四德一體實二遍三常四能生諸法又計有三身一者法身體常周遍量同虛空能生萬物二受用身在色天之上三變化身隨形六道教化衆生復計彼天有二住處一在雪山二在南海末剌耶山昔摩竭國有兄弟二人事自在天同往雪山求見彼天至山忽見一婆羅門云大自在天是汝國釋迦牟尼佛何不禮事兄弟報云我先承習但事天神時婆羅門變爲天形面上三目復現四臂或現八臂告兄弟曰汝可還國菩提樹東造釋迦降魔之像菩提樹後穿一池濟渴乏者彼宗因此計二住處以爲不謬瑜伽第七云彼作是思世間諸物必應別有作者生者及變化者爲彼物父謂自在天或復其餘如論廣破顯揚第十亦同此說十二門論亦廣破之二言梵天等生者即第四圍陀論師計及第五安荼論師圍陁云明此師計那羅延天能生四姓此計梵天能生萬物提婆菩薩破外道小乘涅槃論云從那羅延天臍中生大蓮花蓮花之上有梵天祖翁謂梵天爲萬物之祖彼梵天作一切命無命物

從梵天口生婆羅門兩臂生刹利兩脞生毘舍兩脚生首陁故瑜伽第七云婆羅門是最勝種類刹帝利等是下劣種類婆羅門是白淨色類餘種是黑穢色類婆羅門種得清淨非餘種類婆羅門是梵王子從大梵王腹口所生從梵所出梵所變化梵王體胤廣破如彼顯揚亦同故上等言等取那羅延天以那羅生梵梵爲物祖故正云梵天生等取那羅延又等梵王是第五計安荼論師計本際也言本際者即過去之初首謂計世間最初唯有大水時有大安荼出生形如鷄卵金色後爲兩段上爲天下爲地中生一梵天能作一切有命無命物是故梵天是萬物因以四五兩計一計那羅延爲始一計安荼爲始並次生梵王梵王生萬物故疏云梵天等生即等取安荼及那羅也其安荼計亦似此方有計天地之初形如鷄子渾沌未分即從此生天地萬物或謂時方微塵虛空宿作等而爲世間及涅槃本者此有六計一時者即時散外道執一切物皆從時生是故時是常是一是萬物因是涅槃因廣百論云復次或有執事是眞實常以見種等衆緣和合有時生果有時不生時有作用或舒或卷令彼條等隨其榮萃此所説因具有離合由是決定知實有時廣破如彼百論亦云如是時雖微細不可見以節氣花實等故知有時此則見果知因次言方者即第七方論師計計方生人人生天地滅後還入於方故方是常是一是萬物因是涅槃

因故百論云外曰實有方常相有故曰合處是方相等言微塵者即第八路迦耶論師計色心等法皆極微所作路迦耶此云順世外道計一切色心等法皆用四大極微爲因然四大中最精靈者能有緣慮即爲心法如色雖皆是大而燈發光餘則不爾故四大中有能緣慮其必無失故唯識云有外道執地水火風極微實常能生麁色所生麁色不越因量雖是無常而體實有釋曰謂從四大生後還歸大言麁色者即是子微不越因量者因者父母微最初極微名爲父母聚生諸色故所生者名曰子微子微雖是無常不越父母故是實有亦廣如彼破但是隨情虛妄計度顯揚第九云又計極微是常住者以依世間靜慮

起如是見由不如實知緣起故計有爲先有果集起離散爲先有果壞滅由此因緣彼謂從衆微性麁物果生漸析麁物乃至極微住是故麁物無常極微常住瑜伽同此言虛空者即第九口力論師謂虛空爲萬物因別有一法是實是常是一是萬物因從空生風從風生火火生煖煖生水水生凍堅作地地生五穀五穀生命命沒還歸空是故虛空爲一切萬物因是涅槃因百論亦云外曰定有虛空法常亦遍亦無分一切處一切時信有等故廣如彼破言宿作者即第十宿作論師計一切衆生受苦樂報皆隨往日本業因緣是故若有持戒精進受身心苦能壞本業本業既盡衆苦盡滅衆苦盡滅即得涅槃是故宿作爲

一切因瑜伽云何因緣故彼外道作如是見立如是論答彼見世間雖具正方便而招於苦雖具邪方便而致於樂彼如是思若由現法士夫作用爲彼因者彼應顛倒由彼所見非顛倒故是故彼皆以宿作爲因由此理故起如是見立如是論涅槃三十五廣破此見而疏云等者等取第十一無因論師計一切萬物無因無緣自然生自然滅故此自然是常是萬物因是涅槃因此計一切無染淨因如棘刺自纖烏色非染鶴色自白大乘法師云別有一法是實是常號曰自然能生萬物與下此方計有同義瑜伽第七云何因緣故彼諸外道起如是見立如是論荅謂見世間無有因緣或時欻爾大風卒起於一時間寂然止息或時忽爾暴河瀰漫於一時間頓即空竭或時欝爾果木敷榮於一時間歘然衰萃由如是故起無因見立無因論顯揚亦同此則無因爲自然非別有物若廣分別上諸異計如瑜伽六七顯揚九十婆沙十一二及金七十廣百論等

統收所計不出四見謂數論計一勝論計異勒沙婆計亦一亦異若提子計非一非異

統收所計不出四見下第二束十一爲四計即百論意於中二先正明計

若計一者則謂因中有果若計異者則謂因中無果三則亦有亦無四則非有非無餘諸異計皆不出此

後若計一下對因果明皆廣如百論

雖多不同就其結過不出二種從虛空生即

是無因餘皆邪因
雖多不同下第三結歸一因即收上十一
宗計乃至九十五種皆不出二因無而忽
有是曰無因所計虚謬是曰邪因如乳生
酪乳曰正因令乳生酪即曰邪因從無明
行而生此身是曰正因從冥性等皆曰邪
因一切諸法緣會而生緣離則滅未有一
法不從因生情非情境並從因生而言無
因乃成大過謂不應生物則合常生石女
則生兒龜毛亦應生物不修萬行應得涅
槃則世出世法一時俱壞故無因過過莫
大焉配屬可見離佛法外非唯九十五種
設千般異説皆不出於邪因無因故説一
正因緣無計不破
此方儒道二教亦不出此

此方儒道下第二叙此方疏文分二初指
同二因後如此下畧出諸計然此方儒道
玄妙不越三玄周易爲眞玄老子爲虚玄
莊子爲談玄
如此莊老皆計自然謂人法地地法天天法
道道法自然
如此莊老下文有二先合引老莊後别引
周易前中亦二先引文後斷義今初正引
老子義引莊子故云皆立自然此句標也
故莊子云不知所以然而然故曰自然謂
人法地下即老子道經有物混成章此先
有言云有物混成先天地生寂兮寥兮獨
立而不改周行而不殆可以爲天下母吾
不知其名字之曰道强爲之名曰大大曰
逝逝曰遠遠曰反故道大天大地大王亦

大注云因其所大而明之得一者天地王也天大能覆地大能載王大能法地則天行道故云亦大又云域中有四大而王居其一焉注云王者人靈之主萬物繫其興亡將欲申其鑒誡故云而王居其一欲警王令有所法也次文云人法地地法天天法道道法自然注云人謂王也為王者先當法地安靜既爾又當法天運用生成既生成已又當法道清淨無為令物自化人君能爾者即合道法自然之性也又上釋道大云以通生表其德字之曰道以包含目其體強名曰大此文相躡故委引之意在道法自然耳德經又云道生一一生二二生三三生萬物前即逆推此則順辨注云一者冲氣也言道動出冲和妙氣於生物之理未足又生陽氣陽氣不能獨生又生陰氣積冲氣之一故云一生二積陽氣之二故云二生三陰陽含孕冲氣調和然後萬物阜成故云三生萬物次下又云萬物負陰而抱陽冲氣以為和上來皆明萬物自然生也即老子之言若正引莊子者莊子大宗師篇云夫道有情有信無為無形注云有無情之情故無為也有無常之信故無形也又云可傳而不可受注云古今傳而宅之莫能受而有之也又云可得而不可見注云咸得自容而莫見其狀也又云自本自根未有天地自古以固存注云明無不待有而無也又云神鬼神帝生天生地注云天無也豈能生神哉不神鬼神帝而鬼帝自神斯乃不神之神也不生

天地而天地自生斯乃不生之生也故夫神之果不足以神而不神則神矣功何足有事何足恃哉又云在太極之先而不爲高在六極之下而不爲深先天地生而不爲久長於上古而不爲老注云言道之無所不在也故在高爲無高在深爲無深在久爲無久在老爲無老無所不在而所在皆無也又云狶韋氏得之以挈天地伏羲得之以襲氣母維斗得之終古不忒日月得之終古不息堪坯得之以襲崑崙馮夷得之以遊大川肩吾得之以處大山黄帝得之以登雲天等注云道無能也此言得之於道乃所以明其自得耳又云知天之所爲知人之所爲者至矣注云知天人之所爲者皆自然也則内放其身而外冥於物與衆玄同任之而無不至也意云但有知有爲皆不爲而爲故自然也

若以自然爲因能生萬物即是邪因若謂萬物自然初生如鶴之白如烏之黒即是無因

若以自然爲因等者斷義也通其兩勢初即老子意由道生一道是自然故以道爲因是邪因也若謂萬物自然而生下出莊子意則萬物自然無使之然故曰自然即無因也如烏之黒等者即莊子文亦涅槃經意

大方廣佛華嚴經懸談疏鈔會本卷第二十三

音釋

吠扶廢切鳴也　嗢乙骨切｜咽也　鵂許牛切｜鶹也　鶹力牛切鵂｜也
粃補履切不成穀也　疕女黠切瘡病也　欻許勿切

大方廣佛華嚴經懸談疏鈔會本卷第二十四

清涼山大華嚴寺沙門　澄觀　述

周易云易有太極是生兩儀兩儀生四象四象生八卦八卦定吉凶吉凶生大業者

周易云下二引周易等者文中亦二先引文後斷義今初即繫辭言言繫者繫屬也亦綱系也此上應加是故二字注云夫有必始於無故太極生兩儀也太極者無稱之稱不可得而名取其有之所極況之太極者也孔云太極謂天地未分之前混而爲一即是太初太易也老子云道生一即此太極謂混元既分即有天地故云太極生兩儀即老子一生二也不言天地者指其物體下與四象相對故云兩儀謂兩體容儀也釋曰若准列子有太易太初太始太素太易者未見氣也太初者氣之始也太始者形之始也太素者質之始也彼注云質性也又釋太易指周易太極此則太初非太易便成太極在初若准易鉤命訣說有五運前四同列子第五名太極則太極非初釋與列子大同運即運數易謂攺易元氣始散謂之太初氣形之端謂之太始形變有質謂之太素質形已具謂之太極雖小異同皆是元氣生天地耳言兩儀生四象等者孔云謂木金水火稟天地而有故云兩儀生四象土則分王四時又地之別故唯四象四象生八卦者謂震木離火兌金坎水各主一時又巽同震木乾同兌金加之以坤艮之土爲八卦也八卦定吉凶者八卦既立爻象相推有吉凶故吉

凶生大業者萬事各有吉凶廣大悉備故能生天下大事業也
太極爲因即是邪因若謂一陰一陽之謂道即計陰陽變易能生萬物亦易邪因若計一爲虚無自然則亦無因
太極爲因等者三斷義也謂若用太極爲因故是計無爲有亦是邪因若謂一陰下通顯邪因無因易云一陰一陽之謂道陰陽不測之謂神一陰一陽之謂道者注云道者何無之稱也無不通也無不由也況之曰道寂然無體不可爲象必有之用極而無之功顯故至乎神無方而易無體而道可見矣故窮變以盡神因神以明道陰陽雖殊無一以待之在陰爲無陰陰以之生在陽爲無陽陽以之成故曰一陰一陽之謂道孔疏云一謂無也無陰無陽乃謂之道一得無名者無是虚無虚空不可分别唯一而已故以一爲無也若有境則有彼此相形有二有三不得爲一故在陰之時而不見爲陰之功在陽之時而不見爲陽之力自然而有陰陽自然無所營爲此則道之謂也故云之謂道以數言之謂之一以體言之謂之無以物得開通謂之道以微妙不測謂之神以應機變化謂之易總而言之皆虚無之謂也聖人以事名之隨其義理以立稱號釋曰若以陰陽變易能生即是邪因而注及疏皆云一者無也故是無因故云若計一爲虚無自然則亦無因也以虚無亦通邪因故致亦言
然無因邪因乃成大過謂自然虚空等生應

常生故

然無因邪因下第三雙就結過言應常生者人自然生應常生人不待父母等衆生菩提亦自然生則一切果報不由修得此正顯無因之過若以虚空爲因亦邪因過隨計各異畧不言之上來廣破異計竟

以不知三界由乎我心從癡有愛流轉無極

迷正因緣故異計紛然

以不知三界由乎我心下第三舉正折邪於中三初總明迷倒因緣次況出深旨後揀濫顯邪初中三界由乎我心即唯大乘下十地有文唯識等論皆引成立謂心法刹那自類相續無始時界展轉流來不斷不常憑緣憑對非氣非稟唯識唯心豈同儒道氣變爲神神由氣就氣非緣就出於自然自然而成其性自化非由修習耶豈況心外别有冥性微塵等耶況梵天等爲能生耶言從癡有愛流轉無極者即淨名經義通大小大乘有二義一無明發業愛能潤業二過去無明現在愛取小乘則唯有後義雖由三毒此二勝故涅槃亦說生死本際凡有二種一者無明二者有愛此二中間即有生老病死其文非一小乘立三毒爲生死根本者中論染染者品云經說貪欲嗔恚愚癡是世間根本乃至云三毒因緣起於三業三業因緣起於三界是故有一切法十二因緣品云衆生癡所覆爲後起三行以有此行故識受六道身皆是三毒爲根本義然外道雖立三德不知是心之所有故又計從冥而起用故故爲

邪見言迯正因緣等者唯心癡愛即正因緣若大乘說唯心爲因癡愛爲緣小乘亦以癡愛爲因業等爲緣大乘亦以業種爲緣故

安知因緣性空眞如妙有

安知等者第二況出深旨因緣有相淺義尚迯性空眞理安測涯分性空通於初頓終教眞如妙有即是實教若通於空有交徹具德即是圓教

言有濫同釋教者皆是佛法之餘同於涅槃盜牛之喻乳色雖同不能善取醍醐況抨驢乳安成酥酪

言有濫同下三揀濫顯邪謂易云寂然不動感而遂通天下之故禮云人生而靜天之性也感物而動性之欲也老子云杳兮

冥兮其中有精其精甚眞莊子云有眞君存焉如是等文後儒皆以言詞小同不觀前後本所建立致欲混和三教現如今時成英尊師作莊老疏廣引釋教以參被典但見言有小同豈知義有大異後來淺識彌復惑焉言同於涅槃盜牛之喻者即涅槃第三荅迦葉問經云爾時迦葉菩薩白佛言世尊出世之法與世間法有何差別如佛言曰佛是常法不變易法世間亦說梵天是常自在天常無有變易我常性常微塵亦常若言如來是常法者如來何故不常現耶若不常現有何差别何以故梵天乃至微塵世性亦不現故佛告迦葉譬如長者多有諸牛色雖種種同其一群付放牧人令逐水草但爲醍醐不求乳酪彼

牧牛者搆巳自食長者命終所有諸牛悉爲群賊之所抄掠賊得牛巳無有婦女即自搆將得巳而食爾時群賊各自謂言彼大長者畜養此牛不期乳酪但爲醍醐我等今者當設何方而得之耶夫醍醐者名爲世間第一上味我等無器設使得乳無安置處復共相謂唯有皮囊可以盛之雖有盛處不知鑽摇漿猶難得況復生酥爾時諸賊以醍醐故加之以水以水多故乳酪醍醐一切俱失凡夫亦爾雖有善法皆是如來正法之餘何以故如來世尊入涅槃後盜竊如來遺餘善法若戒定慧如彼諸賊劫掠群牛諸凡夫人雖復得是戒定智慧無有方便不能解說以是義故不能獲得常戒常定常慧解脱如彼群賊不知方便喪失醍醐亦如群賊爲醍醐故加之以水凡夫亦爾爲解脱故說我衆生壽命士夫梵天自在天微塵世性戒定智慧及與解脱非想非非想天即是涅槃實亦不得解脱涅槃如彼群賊不得醍醐是諸凡夫有少梵行供養父母以是因緣得生天上受少安樂如彼群賊加水之乳而是凡夫實不知因修少梵行供養父母得生天上又不能知戒定智慧歸依三寶以不知故說常樂我淨雖復說之而實不知是故如來出世之後乃爲演說常樂我淨如轉輪王出現於世福德力故群賊退散牛無損命時轉輪王即以諸牛付一牧人多巧便者是人方便即得醍醐以醍醐故一切衆生無有患苦法輪聖王出現世時諸凡

夫人不能演説戒定慧者即便退散如賊退散爾時如來善説世法及出世法爲衆生故令諸菩薩隨而演説菩薩摩訶薩既得醍醐復令無量無邊衆生獲得無上甘露法味所謂如來常樂我淨以是義故善男子如來是常不變異法非如世間凡夫愚人謂梵天等是常法也此常法稱要是如來非是餘法迦葉應當如是知如來身

釋曰以法對喻文相可了是知儒道言同皆佛法出況抨驢乳下即智論第三文意謂佛教如牛乳修得解脱如抨得酪生熟酥等不解修行尚不得樂況外道教猶彼驢乳佛喻於牛外道如驢驢乳本非出酪之物外道之教無解脱味故抨驢乳但成屎尿依外教行但招苦果無所成益

廣明異計如瑜伽第六顯揚第九第十婆沙十一十二及金七十論説中百等論亦廣破之

廣明異計下第四指廣從畧恐繁故畧恐欲知源故指所出耳

今但説正因緣已總破諸計是知佛法之淺淺已勝外道之深深

今但下第五結功超勝言佛法之淺淺者以其十宗前前淺於後後後後深於前前二望第十有八重之淺已能總破一切外道況第三宗況第四宗乃至第十展轉深妙然上所引皆是外宗甚深玄妙今以第二並能超之故云佛法之淺淺已勝外道之深深然西方外道明説三世多信因果知猒生死欣求涅槃但真源小差致去道

懸遠况此方儒道善止一身縱有終身之喪而無他世之慮雖齊生死強一枯榮但以生死自天枯榮任分天乃自然之理分乃稟之虛無聚散氣爲死生歸無物爲至道方之釋氏不合同年畧辨釋道之殊以舉十條之異一始無始別謂釋立生滅因緣無定初始儒道有太初元始爲物之先太初爲萬物之先物自造化因緣爲萬法之本興滅由人二氣非氣異謂釋以心爲法本憑對憑緣儒道以氣變爲神無爲自化自化則無修無習棄智絕聰憑緣則必假修成萬行會本三三世無三世異釋以稟質色心靈爽相續隨緣起滅三世遷流儒道以聚氣爲生散氣爲死死則歸夫天地不續不存既止一身寧知三世四習非習別釋以善惡由業愚智習生故積劫熏修靈識玄妙儒道以善惡由分愚智自天稟純和則至聖至神稟渾濁則爲愚爲暗縱言慎習止在一身豈說積功能資他世五稟緣稟氣異釋以森羅萬象並由緣生儒道以富貴吉凶皆由氣命稟氣者不可改易稟緣者則可增修六內非內別釋以天地萬物內識變生儒道以人物蠕飛皆由天地所變在我可變染令淨所變在天則任彼高低七緣非緣別釋以四相遷流浮虛變滅皆由緣力非曰自然儒道以日化月移趣新更故力負自爾非由我心八天非天別儒道以禍福吉凶派流爲二一者天二者地地而所爲可得閑絕故謀未兆而散脆微天之所爲不可遁避故受而

喜之忘而復之是以安乎天者棄於人絕於聖者從乎道斯老氏之旨釋以果報因緣宗源斯二一者苦集二者滅道滅道者不住不染離斷離常高出空有之巔逈超生死之外苦集者因心迴轉逐業高低往来六趣之中留連三有之内是以猒乎苦者斷於集證乎滅者修於道此釋氏之旨也二家之理皎若掌中户則千門殊歸異貫較言於一其可得乎九流非流別老以仁毀於道絕仁而道自停不在於爲也欲害於性去欲而性自得不在於修也利累於生屏利而生自成不在於益也禮出於亂棄禮而亂自除不在於作也理由於道有道而理自至不在於聖也得在於時時来而位自成不在於事也是以不求而自得不爲而自成爲之者必敗求之者必失此老君之教也釋以善爲福道之本修善而受福人天不善爲惡道之根積不善而沉淪三惡慈爲無害之徑欲爲生死之源絕欲而生死必除修慈而壽命長遠是以爲善者必得不爲善者必失離欲者必超不離欲者必陥此釋迦之教也教方既辨異乃皎然譬彼寒温理難併合十歸異歸別釋以生死苦也從妄想而形貪愛垢也因無明而起因無明而起可翦可除從妄想而生可塞可拔塞拔縁乎性假除翦由乎體妄知體妄者息妄而證涅槃達性假者棄假而歸寂滅於是控御一乘浮航六度出生死苦海越火宅樊籠逈登般若之臺妙入涅槃之苑湛然常樂與虛空而並

存疑爾圓明混境智而雙寂此乃釋教之所歸也老以生與死命也悉是道之所爲聖與不肖性也但是天之所與天與不可逃道爲不可捍知天道不可逃捍者則能安處生死而守全性情情性全而天不壞死生處而道不虧道不虧則悅惡之慮消天不壞則喜怒之心滅於是出躡塵之域遊道德之鄉理孤劭於寰中神獨凝於方外澹然玄寂而累害不能干泊爾無爲而邪氣不能襲可以長生可以盡年此者教之所歸也所歸既異發轍復殊相去渺然千里非遠此上十異即與審思慎之深衷多以大乘因緣以破外宗玄妙况乎真空妙有事理圓融染淨該羅一多無礙重重交暎念念圓融者哉無得求一時之小名混三教之一致習邪見之毒種爲地獄之深因開無明之源遏種智之路誡之誡之傳授之人善須揀擇

三法無去來宗謂大衆部等說有現在及無爲耳其過未之法體用俱無

三法無去來宗謂大衆部等者先標宗說有現在下釋而云等者等取六全一少分謂都七全一少分同有此計一大衆部二鷄胤部三制多山部四西山住部五北山住部六法藏部七飲光部宗輪論敘制多西山北山云餘義多同大衆敘法藏亦然敘飲光云餘義多同法藏故上七部類同此計言一少分者取根本化地部彼云去來世無現在無爲是有北京素公云以前義故四分律法藏部義及四阿含僧祇律

大衆部義並是第三法無去来宗也

四現通假實宗謂說假部就前現在之中法在蘊爲實在界處爲假其成實論經部師即是此類

四現通假實宗等者一全一少分一全即說假部一少分即末經部以根本經部是第一宗攝故其成實論先是數論弟子以所造爲能造後出家入佛法時經部攝故三藏云經部細實而麄假實義同故現通假實攝此說假與一說說出世別此謂俗真諦中皆有假實蘊門明義是實者實即積聚故界處門明義是假者體假積聚故今疏云其成實論即是少分末經部也

五俗妄真實宗即說出世部等謂世俗是假以虛妄故出世反上

五俗妄真實宗等者以世俗是假假故妄也出世爲真真非是假故是實也少似中論一半向前

六諸法但名宗謂一說部等一切我法但有假名無實體故

六諸法但名宗等者則顯出世亦假名耳故云一切我法亦如中論若有世間則有出世間既無世間何有出世間等

七三性空有宗謂遍計是空依圓有故

七三性空有宗者即是大乗法師所立應理圓實宗

八真空絶相宗謂心境兩亡直顯體故

八真空絶相宗即是大乗法師勝義俱空宗

九空有無礙宗謂互融雙絶而不礙兩存真

如隨緣具恒沙德故
九空有無礙宗等者謂互融故有是即空之有空是即有之空語空必攝有言有必攝空故曰互融言雙絶者有即空故有絶空即有故空絶言不礙兩存者不壞相故
有即空而有不泯空即有而空不亡真如隨緣者上言空有容濫但空故説真如即空空即真如又異但凝然故云隨緣非無
不變具恒沙德者唯法性宗非唯空寂而
已上皆實教中義如前立教中辨
十圓融具德宗謂事事無礙主伴具足無盡自在故
十圓融具德宗廣如義分齊
然此十宗後後深於前前
然此十宗下第三料揀於中二先通料揀

十宗後會通妨難前中有五一通明淺深
故後後深於前前然此十宗前六全同大乘法師大乘則有八宗七名勝義俱空八名應理圓實即以法相爲應理圓實法性爲勝義俱空今迴七爲第八八爲第七如
前西域中二宗不同今符法性又加後二以顯甚深
前四唯小五六通小大後四唯大乘
前四唯小下二大小乘料揀然五六立在小乘義通大乘故云通小大
七即法相宗八即無相宗後二即法性宗
七即法相下二權實料揀
又七即始教八即頓教九即終教十即圓教
又七即始教下四以五教料揀但舉四教
前六小乘即當第一小乘教以前已大小

料揀故畧不言
又第七亦名二諦俱有宗謂勝義真實故不無世俗因果不失故是有如深密瑜伽等第八亦名二諦雙絶宗謂勝義離相故非有世俗緣生如幻故是無如掌珍頌云真性有爲空如幻緣生故無爲無有實不起似空花等即般若三論中一分之義九二諦無礙宗如維摩法花等義如前顯
又第七亦名二諦俱有宗下五二諦料揀亦是隨難別釋唯料揀三宗以含異義故重釋之初宗二諦俱有可知二中云如掌珎頌者即清辨菩薩所造一論唯釋此偈此中有兩重比量前半有爲法比量謂立量云有爲是有法定空無性是宗法因云從緣生故同喻云如幻幻法從緣生幻法空無性有爲從緣生有爲空無性此中因喻前却或迴文不盡而言真性者即有爲性亦合云有爲真性空二無爲比量云無爲是有法定無實故是宗法因云不起故同喻云如空花空花無有起空花無有實無爲無有起無爲亦無實故中論云若有有爲法則有無爲法既無有有爲何得有無爲廣如彼論言即般若三論中一分之義者以三論中四諦品前以空遣有四諦品中以空立有故偈云以有空義故一切法得成若無空義者一切則不成又標名以中論意顯不滯空有非但明空又偈云因緣所生法我說即是空亦爲是假名亦是中道義則三觀齊驅三諦無礙豈獨空耶故有言學龍猛宗墮惡取空斯言可怖

故云一分之義即三觀中一空觀義言九二諦無礙宗者即真不礙俗俗不礙真於諦常自二於解常自一通達此無二真入第一義二諦並非雙恒乖未曾各亦其義耳今畧其旨故指前文所以不會第十宗者第十亦可名二諦無盡宗然必融於前故不別立耳又上三宗諸師各立故今叙之其第十一宗非彼所競故不言耳

然十宗五教互有寬狹

教則一經文有多教宗則一宗容具多經隨何經中皆此宗故若局判一經以爲一教則抑諸大乘

然十宗五教下第二釋通妨難謂有難云十宗何異五教而重辯耶故爲此通然有二義一則通局不同二乃體式有異今初先雙標後教則下雙釋顯明二通影出二局二句言教則一經容有多教者顯明教通如一維摩則具五教涅槃般若等亦具五教而影出宗局維摩但是事理無礙宗不通三性空有等宗故言宗則一宗容具多經者顯明宗通以一事理無礙宗內該法花維摩涅槃等故而影出教局也如一經中具有五教不相通故

又夫立教必須斷證階位等殊立宗但明所尚差別前之六宗執法有異故分六宗斷證次位不離八輩合爲一教餘義如前立教中辯

又夫立教等者二明體式有異也亦重通妨難難云若各有通局何以不得以宗爲教以教爲宗故爲此通教有斷證等宗不

約此位等無多故但有五所尚各别故有十宗故前六尚不同而成六宗而斷證等齊但爲小教則教宗無遺也

第二顯别宗者一切諸經各自有宗今此别明此經宗趣

第二顯别宗下二釋别宗疏中分二先總明立意二開章别釋今初又二先正立諸經各自有宗故此别明斯經宗也如法花以一乘爲宗涅槃以佛性常住等各自有宗雖互有兼通就其偏重故標爲别

然楞伽云一切法不生不應立是宗者斯言遣滯若無宗之宗則宗説兼暢

然楞伽云下二解妨謂有云楞伽第二云大慧一切法不生不應立是宗故今通云斯言遣滯耳若一向不立宗者何以彼立宗通説通故經云宗通自修行説通示未悟昔人云説通宗不通如日被雲朦宗通説亦通如日處虚空既有二通則非無宗矣是爲無宗之宗立而無立爲宗説兼暢是日處空耳

畧以二門分别先叙異解後申今義前中畧舉十説一衍法師以無障礙法界爲宗

畧以二門分别下第二開章别釋於中亦二先標章後前中下依章别釋

二裕法師以甚深法界心境爲宗謂法界門中義分爲境諸佛證之以成淨土法界即是一心諸佛證之以成法身是故初品中云無盡平等妙法界皆悉充滿如來身末後明入法界品故知唯以法界爲宗

初品中無盡平等等者即是晋經第一善光海大自在天王偈下半云無取無起亦寂滅爲一切歸故出世即令經妙燄海天王偈云佛身普遍諸大會充滿法界無窮盡等

三有說以緣起爲宗法界緣起相即入故

法界緣起相即入故者即緣起相由門意

四有云以唯識爲宗經說三界唯一心現心如工畫師故

五敏印二師同以因果爲宗謂此經廣明菩薩行位之因及顯所成果德下文不離此故

六遠法師以花嚴三昧爲宗謂因行之花能嚴佛果故

七笈多三藏以四十二賢聖觀行爲宗說其行位令成觀故

八有說言以海印三昧爲宗逆順理事乃至帝網如海波澄一時現故

九光統律師以因果理實爲宗以因果是所成行位理實是所依法界

十賢首以前各互闕故總以因果緣起理實法界以爲宗趣

十賢首以前下就此一師疏文有二先出意總立

謂前之二師但得所依法界三四二師但明緣起五六唯明因果七唯因修八唯果用並皆互闕

後謂前之二師下爲其解釋即釋互闕之言出其新立之意於中又二先出互闕故賢首意取光統而加緣起法界之言

後故賢首意下彰其立由雖依光師而更

添之於中三初標
由光律師以因果即緣起理實即法界故不開之
二由光律師下出光師意不安緣起法界之由
賢首以因果是緣起中別義理實是法界中別義故加總名
三賢首下出賢首加之所以於中二先總明所以以彼得別而闕總故
以法界有事理故及無礙故緣起體上之用故所以加之
後以法界下出總別之相法界有四理實是一故云別也緣起是總而有二義一本有緣起如大方廣方廣是業用周遍是本有故佛花嚴是因果即修成緣起故又緣起是義因果是位故
二申今解者依後二師而頗爲改易若取言畧攝盡應言法界緣起不思議爲宗若取言具於第十師加不思議
二申今解下疏文有二先總明建立後今釋前義不開章別解前中五一總相標立
二顯其包含三彰加所以四釋通妨難五重顯異門今初意云畧則第十師其言則多既光統別不攝總若言法界緣起總則攝別不應復存因果理實之言若取廣說
又闕不思議故故若取前應言因果緣起理實法界不思議爲宗若取次第應言法界理實緣起因果不思議爲宗
此則攝一總題理實即大方緣起即方廣法界總該前二因果即佛花嚴觀其總題巳知

別義
此則攝一總題下第二顯其包含方字兩用向上則大方無隅即法界故向下方廣業用是緣起法界故言法界總該前二而法界等言諸經容有未顯特異故以不思議貫之則法界等皆不思議故為經宗所以龍樹指此為大不思議經斯良證也
而法界等言下第三彰加不思議之所以揀異餘經故無引文證
淨名但明作用不思議解脫蓋是一分之義未顯法界融通等不思議故不同也
淨名但明下第四釋通妨難即躡跡為難謂若加不思議欲異餘經此同淨名曾何成異故為此通彼得業用不得德相故故彼經云有解脫名不思議菩薩住是解脫能以須彌之高廣內芥子中等曾不說言真如具無盡德佛身不分而遍塵毛德不可盡等故為一分故龍樹呼此經為大不思議經則顯彼為小不思議不思議雖無大小教中彰之有廣狹故
若就題中分體宗用則以理實為體緣起為用因果為宗尋宗令趣理實體故法界總攝上三
若就題中下第五重顯異門上來所辨但明題中已具經宗若准天台智者釋法華經於一題中有體宗用今取例釋故有三也

大方廣佛華嚴經懸談疏鈔會本卷第二十四

音釋

抨普耕切彈也　掠力尚切丨劫　爽疎兩切差也　顯許嬌切喧丨也　劭常照切

大方廣佛華嚴經懸談疏鈔會本卷第二十五

清涼山大華嚴寺沙門 澄觀 述

今釋前義畧分爲二一釋名二顯義今初法界名體廣如本品今畧申其二一事法界二理法界二法俱含持軌二界則性分不同互用皆通

互用皆通者謂不壞性相則理法界性義名界若事法界分義名界若性相交徹相既即性分即名性理即是事性可名分故言互通

二顯義中曲有四門

二顯義中曲有四門等者此中有三初總標二别釋三總結初標可知

第一别開法界以成因果謂普賢法界爲因遮那法界爲果是故因果不離理實法界

二别釋四章即爲四别第一别開法界等者此疏一段文有四别一標章畧明於中十事五對即五周因果一所信因果二差别因果三平等因果四成行因果五證入因果下當指文

二於中十事下開章别釋

而此因果互爲宗趣

三而此等者會通宗趣然有二意一者五周皆以因果爲其宗趣若以修因爲宗得果爲趣舉果爲宗令修因爲趣二者所信因果爲宗令得差别因果爲趣舉差别爲宗成所信爲趣舉差别爲宗令得平等爲趣平等爲宗融差别爲趣舉平等爲宗令成行爲趣舉頓成諸行爲宗令信平等爲趣舉成行爲宗令證入爲趣舉證入爲宗

令望證修行爲趣故云互爲

一經始終不離因果故但因果爲宗不違所依法界

一經始終下第四結成因果收前五六七八四師之義彼皆不出因果故故此因果不違法界以是法界成因果故

第二會融因果以同法界

第二會融下疏亦有四一標章

法界門中亦有十事五對互爲宗趣一教義相對謂舉教爲宗顯義爲趣或以義爲宗顯教爲趣以辯義深令教勝故二人法相對舉人爲宗令知法爲趣舉法爲宗令得人爲趣三理事相對舉事意令趣理故舉理意在融事故四境智相對舉所觀境令成觀智故舉修成智令證同真境故五因果相對舉彼因修令證果故舉其勝果勸修因故

二法界門中下開章解釋

五對別明是宗之趣五對相即爲宗即趣

三五對別明下會通六釋謂不壞因果及交徹故

上五周因果不離此五對之法即事理法界況因果無性當體同真所以但用法界爲宗亦不違因果

四上五周因果下結歸法界收前衍裕二師就結歸法界中有二意一歸事理法界謂第五因果即前因果前之四對皆通因果因果皆有境智等故第三對中一種是理餘之九事皆是事攝故五周因果不出此十二況因果無性下會上歸於理法界也

第三法界因果分明顯示

第三法界下文亦有四一總標

亦有十義五對一無等境此有二位一在纏性淨法界爲所信境二出纏最淨法界爲所證境二無等心此亦二義一大菩提心爲普賢行本故二信悲智等隨行起故三無等行此亦二義一差別行各別修故二普賢行一即一切故四無等位此亦二義一行布位比證別故二圓融位一證一切證故五無等果此亦二義一修生果今始成故二修顯果本自具故

二亦有十義下別釋

此上五對各初句爲宗後句爲趣

三此上五對下會宗趣如舉在纏法界爲宗令得出纏清淨爲趣餘四例知

又上五中初一真法界二即緣起又二三四皆緣起因後一緣起果故光統具用二義爲宗無所違矣

四又上五中下結示法界因果之相收前光師唯初一對是法界理實餘皆緣起因果

第四法界因果雙融俱離性相混然無礙自在亦有十義

第四法界因果雙融下此門但二一標二別釋今初由雙融故俱離由雙融故混然離不礙存故云無礙能存能離故云自在法界雖通事理今取理實故法界爲性因果爲相

一由離相故因果不異法界即因果非因果也此即相爲宗離相爲趣或離相爲宗亡因

果爲趣下九准思

一由離相下别釋中初二一對但明俱離三四一對不礙兩存然性則叵壞但云不泯相則可壞故言不壞五即合其初二六即合其四三皆由性相相即故二對皆不相異七復合其五六謂六是相存五是相泯正存即泯故復不異八即融前因果令同法界九由同法界因果互攝十令因果差别之法一一别攝已知大意次隨難釋言此即相爲宗等者舉相意欲令亡不在相故後對合上相離並爲其宗令亡因果者前離於相明因果之相本離今亡因果令離取相之心

二由離性故法界不異因果即法界非法界也

言下九准思者二中應云舉性爲宗令離爲趣離性爲宗令亡法界爲趣

三由離性不泯性故法界即因果時法界宛然則以非法界爲法界也

三即離性爲宗不泯性爲趣以性本自離不待泯故又離性不泯性爲宗令亡法界不礙法界爲趣

四由離相不壞相故因果即法界時因果歷然則以非因果爲因果也

四以離相爲宗不壞相爲趣相本自離不待壞故又離相不壞相爲宗令亡因果不壞因果爲趣

五離相不異離性故因果法界雙泯俱融逈超言慮

五離相爲宗不異離性爲趣由性相不異

故若異離性非真離相故若離相不異離
性爲宗令雙融性相俱泯爲趣
六由不壞不異不泯故因果法界俱存現前
爛然可見
六不壞相爲宗不異不泯性爲趣若離不
泯有不壞者是定有故又不壞不異不泯
爲宗令俱存現前爲趣
七由五六存泯復不異故超視聽之妙法無
不恒通見聞絶思議之深義未甞礙於言念
七雙存爲宗不異雙泯爲趣以即泯而存
方是存故又雙存不異雙泯爲宗令超視
聽思議不礙見聞言念爲趣然超視聽之
妙法約相説絶思議之深義約性説
八由法界性融不可分故即法界之因果各
同時全攝法界無不皆盡
八法界爲宗性融不可分爲趣又法界性
融不可分爲宗令因果各攝法界爲趣
九因果各全攝法界時因果隨法界各互於
因果中現是故佛中有菩薩普賢中有佛也
九因果各全攝法界爲宗令因果互在爲
趣
十因果二位各隨差別之法無不該攝法界
故一一法一一行一一位一一德皆各總攝
無盡無盡帝網重重諸法門海是謂花嚴無
盡宗趣
十二位差別皆攝法界爲宗一一行位無
盡爲趣
上之四門初一即體之用次一即用之體三
即體用雙顯四即體用鎔融
上之四門下第三總結於中四初以體用

收之體即前性用即前相
又初一即因果緣起次一即理實法界三即
雙明後一即不思議
二又初一即因果下以宗中十一字收之
既以第四融前則四門一揆
三既以下總融四門
故即照而遮即遮而照雙照雙遮圓明一觀
契斯宗趣矣
四故即照下會歸心觀在法爲離在心爲
遮在法不壞在心爲照遮即初之二門照
即三四二門然初遮是即照之遮次照是
即遮之照五即雙遮六即雙照七即正雙
遮而雙照八即四門一揆圓明一觀九十
隨一句中具攝於四亦一觀攝又十門齊
鑒曰照無心於十曰遮雙照照前照遮雙
遮遮前遮照言亡慮絶了了分明故上十
門圓明一觀方契十門之旨合上四門之
宗希領文繫之表也
第七部類品會者既知旨趣沖深未審能詮
文言廣狹
第七部類品會下此章有二先辨来意
於中有四一彰本部二顯品會三明支類四
辯論釋
後於中有四下初開章二解釋今初也
初中性海之詮常說遍說言窮法界雖可限
量今自狹之寛畧爲十類
初中下二解釋有四初彰本部二顯品會
三明支類四辯論釋初中又二初總明二
别釋今初總也
一畧本經即今所傳八十卷本及舊譯六十

卷皆是十萬偈中之畧譯未盡故
一畧本下二別釋分十今初可知
二下本經謂摩訶衍藏是文殊師利與阿難
海於鐵圍山間結集此經收入龍宮龍樹菩
薩往龍宮見此大不思議經有其三本下本
有十萬偈四十八品龍樹誦得流傳於世故
智度論詺此爲不思議經有十萬偈梁攝論
中名百千經西域記說遮俱盤國有此具本
摩訶衍藏是文殊等者即集法經說有三
阿難一阿難此云慶喜持聲聞藏二阿難
跋陁此云喜賢持獨覺藏三阿難伽羅此
云喜海持菩薩藏但是一人隨德名別由
此阿難多聞聞持其聞積集三慧齊備文
義並持於三藏教總持自在言鐵圍山間
者纂靈記說然此記本是蔵和尚製後經

修飾其間經論所無皆問日照三藏乃西
域相傳耳而纂靈記及刊定記皆言智度
論說未見其文金剛仙論亦同此說云佛
記鐵圍山外二界中間召集阿羅漢八十
億那由他菩薩無量無邊恒河沙等結集
言龍樹菩薩往龍宮見此大不思議經有
其三本等者纂靈記引真諦三蔵西域記
說龍樹別傳亦說入龍宮見經之緣廣如
別說然龍樹案七卷楞伽經如來記云大
慧汝應知善逝涅槃後未來世當有持於
我法者南天竺國中大名德比丘厥號爲
龍樹能破有無宗世間中顯我無上大乘
法得初歡喜地往生安樂國唐三蔵西域
記亦廣說其行跡言遮拘盤國有其具本
者案隋開皇三寶録其于闐東南二千餘

里有遮拘盤國彼國君王歷業相傳敬重大乘諸國名僧入其境者並皆試練若小乘學者即遣而不留摩訶衍人請留供養王宮内有花嚴摩訶般若大集等經並十萬偈王躬受持親執戶鑰香花供養種種莊嚴懸諸綵幡間以時果誘諸王子使入禮拜令其廻向又此國東南可二十里有山甚險其内置花嚴大集方等寶積楞伽方廣舍利佛陁羅尼花聚陁羅尼都薩羅藏摩訶般若大雲等經凡一十二部皆十萬偈國法相承傳實守護初東晉有沙門支法領志樂大乘捐軀求法裹粮抗策至拘盤國竭誠請禱遂得花嚴前分三萬六千偈賫來至此即東晉朝所譯是也然而龍樹具本以從上昇法領半珠遂行東土聖凡證異華梵音隔修途阻絶妙旨淪滑落簡遺編僅傳無半又案今于闐所進盖逾四萬偈其晉經第一會所説花藏世界文多闕畧取悟無由至八十卷爛然可見雖十萬之未全已四萬之多具即上畧本也

三中本經即彼所見有四十九萬八千八百偈一千二百品

四上本經即彼所見有十三千大千世界微塵數偈一四天下微塵數品此上二本非閻浮提人心力能持故不傳之

五普眼經即海雲所持以大海量墨須彌聚筆書此普眼法門一品中一門一門中一法一法中一義一義中一句不得少分何况能盡但是入法界菩薩陁羅尼力之所能持已

下諸經並非凡力能受
即海雲所持等者是善財第三善友如六
十二經
六同說經謂約一類須彌山形世界遍於虛
空容毛端處以言聲說無有窮盡如不思議
法品云如一佛身以神通力轉如是等差別
法輪一切世法無能爲喻如是盡虛空界一
一毛端分量之處乃至一一化身皆如是說
音聲文字句義一一充滿法界等又阿僧祇
品云光中現佛不可說佛所說法不可說乃
至於彼一一修多羅分別法門不可說等此
意但約一類音聲說法已不可結集豈下位
能持
不思議法品者教起因緣法爾因中已引
又阿僧祇品者教體中帝網體中已引

七異說經謂樹形等世界既異其中衆生報
類亦別如來於彼現身立教施設不同不可
定其色與非色言非言等則部類難量
色與非色言非言等者色與非色對聲名
等爲體中以聲爲體即色蘊攝名等爲體
即非色蘊故今並不可定之言非言等兼
對諸法顯義體聲名句文並屬於言諸法
顯義即非言等今異界類別故不可定
八主伴經謂遮那所說雖遍法界然與諸佛
互爲主伴如說十住時十方來證皆言我國
皆說等則前七經皆有主伴
九眷屬經謂餘根器不能聞此通方之說隨
宜說教令入此門皆爲此經勝方便故名爲
眷屬故下云普眼修多羅以佛剎微塵數修
多羅爲眷屬等則前八皆有眷屬

十圓滿經謂此上諸本總融爲一無盡大修多羅海隨一會一品一句一文皆攝一切無有分限故現相品云毘盧遮那佛願力周法界一切國土中恒轉無上輪等故七十三中名圓滿因輪此之謂也

七十三中名圓滿因輪者晋經但名圓滿修多羅此是大願精進力夜神叙昔爲善伏太子救於獄囚半月行施就戮時臨如来入會爲説此經

第二品會差别者即顯今經與晋譯同異

第二品會差别中二初總明

今經九會以晋經第七會初闕十定品重會普光故唯八會

後今經九會下别辨於中先明會差别後今有三十九品下彰品不同今初言九會者下隨文釋中具列今當畧示謂初三會各有六品四有四品五有三品六有一品七有十一品八九各唯一品故三十九言九會者第一菩提場會從第一經至第十一第二普光法堂會從第十二至第十五第三忉利天宫會從第十六至第十八第四夜摩天宫會從第十九至二十一第五兠率天宫會從第二十二至三十三第六他化自在天宫會從第三十四至三十九第七重會普光法堂會從第四十至五十二第八三重普光法堂會從第五十三至五十九第九逝多園林會從第六十盡第八十其九會名至下疏辨

今有三十九品初會有六品彼經唯三十四由初會中唯有二品一世間淨眼品即今世

主品二盧舍那品即今現相已下五品初會
闕四無闕十定故唯三十四品餘諸品會大
同名有小異至文當顯
言今有三十九品者以會會之中各有序
正等故次第云何第一會有六品者一世
主妙嚴品二現相品三普賢三昧品四世
界成就品五花藏世界品六毘盧遮那品
第二會六品者七名號品八四諦品九光
明覺品十菩薩問明品十一淨行品十二
賢首品第三會六品者第十三昇須彌山
頂品十四須彌頂上偈讚品十五十住品
十六梵行品十七初發心功德品十八明
法品第四會四品者第十九昇夜摩天宮
品二十夜摩宮中偈讚品二十一十行品
二十二十無盡藏品第五會三品者第二
十三昇兜率天宮品二十四兜率宮中偈
讚品二十五十迴向品第六會一品即第
二十六十地品第七會十一品者第二十
七十定品二十八十通品二十九十忍品
三十阿僧祇品三十一如来壽量品三十
二諸菩薩住處品三十三佛不思議法品
三十四如来十身相海品三十五隨好光
明功德品三十六普賢行品三十七如来
出現品第八會一品即第三十八離世間
品第九會一品即第三十九入法界品所
以次第爾者夫聖人設教必有其漸将欲
命乎微言先說三種世間嚴事爲九會之
都序起大法之源由故受之以世主妙嚴
品同諸經之序分二由致既彰将陳正說
衆海興念舉其問端如来将酬先現瑞相

口光遠召菩薩来儀毫光普矚示說法主震動刹網以警群機佛前現花表說依果白毫出衆彰教從佛流總爲說法之端俔故受之以如来現相品三瑞相既著法主将宣如来長子即普賢菩薩毫光既示懸解聖心欲顯難思先明入定内觀事理外鑒根宜上感佛加下爲物軌故受之以普賢三昧品四既入至定諸佛讚揚定起發言言必真當先陳如来依報總說刹海源由故受之以世界成就品五成就乃總明刹海次别彰本師昔所嚴淨安布成立無盡莊嚴量等虛空塵含法界故受之以花藏世界品六依報殊勝必有所因其猶源遠流長根深果茂故說昔爲太子歷事難思備修勝因嚴淨刹海即舉人顯法故受之以毘盧遮那品一之六品總明所信因果爲第一會亦名舉果勸樂生信分也次第二會有六品者七由上所信方舉依果欲起深信復須識正故先明如来三業正報謂身語意身是其總故先明之應物成身隨宜立號故受之以名號品八言隨物欲廣說法輪展四諦之法門名周法界一一世界各有四百億十千之名故受之以四聖諦品九身語既彰意業将顯意玄叵測仍帶身明故足輪放光照事警物文殊普遍說智光明雙照事理警令悟入身智二照合爲一光令二覺齊因故受之以光明覺品十上之三品復爲所信正報之果次當正說十信法門有解行德先明解窮玄致謂十甚深十首菩薩互相激揚故受

之以菩薩問明品十一既有正解復須正行歷境造修悲智雙運無障不寂故受之以淨行品十二解行既圓便成勝德住於圓位以圓功德而自莊嚴以圓力用建立衆生賢首說此故受之以賢首品上之三品十信法第三會六品者第十三由上十信已周將說住故不動覺樹而昇釋天體用無方赴於物欲其猶澄江一月三舟共觀一舟停住二舟南北南者見月千里隨南北者見月千里隨北停舟之者見月不移是爲此月不離中流而往南北如來應現類此可知即體之用無不普周去住在緣佛無動靜不動而遍以赴彼機故受之以昇須彌山頂品十四既至彼天菩薩雲集讚揚佛德顯住體深玄故受之以須彌頂上偈讚品十五感應已交正陳所說明信滿入位得正定心以深般若住於真理故受之以十住品第十六十住是位別行不同若欲通修皆須淨行故觀十種境入甚深觀觀法盡也正法當興惑智亡也真智方起修佛十力起四等心悲智雙流初發心時便成正覺故受之以梵行品十七行位既具次彰勝德十住之德後後過前但明初住以況於後初發心住德已難量由無分齊等虛空界舉斯勝德勸物發心故受之以初發心功德品十八自分已圓將趣十行說於明門以爲勝進故受之以明法品第四會四品者第十九上之六品十住已圓將欲說行亦須赴感故受之以昇夜摩天宮品二十佛既赴感助化讚揚

顯十行體皆依佛智故受之以夜摩宮中偈讚品二十一由致既彰正說中賢十行之位故受之以十行品二十二自分已終欲皆後位蘊積衆行擬將迴向故受之以十無盡藏品第五會三品者二十三前第四會行德既具将說迴向說主赴感故受之以昇兜率天宮品二十四十方雲集助化讚揚顯迴向願皆依佛智故受之以兜率宮中偈讚品二十五由致既彰正說上賢十向之行謂迴向三處而無障礙大悲普覆迴向衆生大智上求故迴向菩提入理雙寂故迴向實際三無前後大願普周故受之以十迴向品上之三品已周上賢離進趣相更無勝進第六會一品者即第二十六十地一品謂上之三會三賢既具

解行願周親證眞如有十重勝德如地普載生成萬物若四河入海同趣佛智寶珠十德漸漸增修大地十山嶷然高出大海十德德德該通爲諸如來微妙智業故受之以十地品第七會十一品者第二十七十定品謂十地既滿將成正覺十地勝進立等覺名等覺法門量同法界畧申數義以顯深玄先明十定窮盡法源能爲通用智慧之本故受之以十定品二十八依定之用量用法界故受之以十通品二十九定通難思特由智極故終明智慧玄奥宏廣故受生以十忍品忍即智也三十上定通智用一一難量若欲校量非數能數故須歷數至不可說積不可說以至十重校量等覺功德難知以況妙覺位德微細阿

僧祇爲大數之首故受之以阿僧祇品三十一僧祇所説微細難知念劫圓融刹那莫窮其際塵刹該攝一塵有無盡普賢今畧陳指事明窮一切時故受之以如來壽量品以劫爲日後後倍前刹劫難窮佛壽亦爾故云壽量三十二復明遍一切處上就實説塵塵皆是諸佛菩薩所居今指事就麄今歸心有在故受之以菩薩住處品三十三佛不思議法品者上之六品只辨等覺法門等覺義周終明妙覺妙覺之果畧有二義一不可説二可寄言寄言之中復有二義一差别説二平等説差别説者即次下三品酬前諸因因果别故初總明佛德逈超言念故受之以佛不思議法品三十四次辨身相普周總有十蓮花藏世界海微塵數相一一相用遍周法界深廣難陳故受之以如來十身相海品三十五大相既爾隨好更多一一好中有多光明一一光明用周法界破地獄苦生兜率天三重頓圓十地速滿彰於此用故受之以隨好光明功德品三十六上皆差别因果次有二品明平等因果謂因無異果之因果無異因之果因果交徹平等不二不二而二因果歷然因即普賢行門故受之以普賢行品三十七明果即十門出現性起圓融故受之以如來出現品上之六會總辨修因契果生解分竟第八一會唯一品者即離世間品由上差别平等因果生解既終今攝解成行六位頓修辨二千行門一時齊起而處世無染故受之以離世間

一品第九會唯一品者即入法界品近望上文大行既具則證法界遠取諸會信解行圓本在於證依人證入故次辨之如來自入師子頻申三昧即果法界令諸大衆頓證法界善財歷位漸證法界頓漸該羅本末融會皆證法界故受之以入法界品是知無盡教海唯證相應無盡法門自此畧畢故末偈云刹塵心念可數知大海中水可飲盡虛空可量風可繫無能盡說佛功德則言思道斷矣故三十九品條貫眞詮令無盡法門宛如在目故云今經有三十九品彼經唯三十四下辨晋經有闕開合可知

大方廣佛華嚴經懸談疏鈔會本卷第二十五

音釋

滑（音須落也）

大方廣佛華嚴經懸談疏鈔會本卷第二十六

清涼山大華嚴寺沙門　澄觀　述

第三明支類者

第三明支類等者分二初標二釋今初支即支流支者分也亦如樹枝從一樹身分出支分本即華嚴故此中言流如從一池流出諸派故大部如池別行如派故類即流類此中言流取相似流類之義謂餘別經不從大部出義勢相似即今經流類故

於中復二先顯支流即別行經藏中兜沙經一卷是名號品菩薩本業經一卷是淨行品小十住經一卷是十住品大十住經四卷及漸備一切智德經四卷並是十地品等目菩薩所問三昧經二卷是十定品無邊功德經一卷是壽量品如來性起微密藏經兩卷是出現品度世經六卷是離世間品羅摩伽經三卷是入法界品此等並是隨器受持大本流出

於中復二下二釋分二今初顯支流也小十住經者以古德譯十地亦云十住或云十住地今言小者即地前十住今言大者即十地經非以卷少爲小等言漸備一切智德者一切智即佛智十地即佛智中十德如海十德以十地之法後後深於前前故云漸備故地影像中明十地行相次第現前則能趣入一切智智即漸備義又如阿耨達池流出四河復更增長乃至入海又如寶珠十德後後過前皆漸備義言無邊功德經者以前刹之劫爲後刹之日後後勝前明功德無邊矣言羅摩伽者即入

法界之梵語也羅者離垢染義摩者轉義
伽者一合義謂離垢染轉即淨法界一合
即入義
二明流類謂修慈經一卷金剛鬘經一卷如
來不思議境界經一卷並是華嚴流類而非
本部別行
或是別行來未盡者未敢詳定餘如纂靈記
辯
二明流類等者疏文有二先正明是類非
本部之支後或是別行下彰有支義古德
見今經所無將爲流類本部來既未盡是
此別行復何可定多聞闕疑故云未敢詳
定
第四論釋者畧舉其四
第四論釋者下分二初總標舉二別釋今
初標也
一龍樹既得下本遂造大不思議論亦十萬
頌備傳西域此方十住毘婆沙論十六卷即
是彼論釋十地中初之二地
一龍樹下二別釋有四今初可知
二世親菩薩造十地論釋十地品魏朝勒那
三藏及菩提流支各翻一本光統奏請令二
三藏衆成一本爲十二卷即今現傳
三比齊劉謙之於清涼山感通造論六百卷
備釋一經
四後魏僧靈辯於五臺山頂戴此經行道一
載遂悟玄旨造論一百卷亦傳於世
三比齊劉謙之等者及與靈辯並如纂靈
記下當重出但今云行道一載即是傳文
若准論序不言年數又但二於懸崖山嵩

巖寺頂戴華嚴經勇猛行道足破血流膝步懇懃精誠感悟不言清凉多是隨方之人欲美其處故取太原當處明之傳既云在清凉必託勝境況傳中所明經歷數處造論方終百軸

第八傳譯感通分二先明翻譯年代後明傳通感應

第八傳譯下分二初標章二別釋令初也

前中此經前後通唯二譯並其補闕四本不同

前中下第二別釋分二初明翻譯年代亦分爲二初畧明一晉義熙下二別釋分四

一晉義熙十四年北天竺三藏佛度跋陁羅此云覺賢於揚州謝司空寺翻梵本三萬六千頌成晉經五十巻或六十巻沙門法業筆受慧嚴慧觀潤色謝司空寺者即今潤州興嚴寺是由興華嚴故

佛度跋陁羅此云覺賢等者案纂靈記本姓釋氏迦維羅衛國人甘露飯王之苗裔賢三歲而孤八歲喪母爲外氏所鞠從祖鳩摩利聞其聰敏乃度爲沙彌同學一月誦習賢乃一日當之及受具戒博覽羣經多所綜達少以禪律馳名嘗與同學僧伽達多遊處積年知其已證不還果常願遊方以弘至化會秦沙門智嚴至罽賓國問彼國僧誰可流化東土咸云賢可賢本受禪業於佛大仙佛大仙時亦在罽賓國知嚴求人東化亦謂嚴曰可以振維僧徒宣授正法即賢其人也嚴即披誠至請賢遂默而許焉於是辭師東邁涉路三載寒暑

備受艱危壁盡或層巖四合鳥道躋雲或連氷千里風行雪卧每清暉啓曙即潛伏幽林皓月淪霄乃崩波永路飛梯架迥捫索憑虚危懼日尋資糧時絶至於交阯方漸夷途附舶海行備經危險方達青州東萊郡聞羅什在長安欣然而來後遊東晋至安帝義熈十四年吴郡内史孟顗右衛將軍褚叔度請譯此經别造淨室其年三月十日起首賢乃手執梵文共沙門法業慧嚴等百有餘人於道場寺詮譯指文會理通言適妙故道場寺猶有華嚴堂焉永嘉六年卒時春秋七十有一手屈三指明得阿那含果餘廣如傳業公未詳氏族風格秀整學無常師遍閲群教每以爲未能探微照極常怏然不足後遇覺賢請譯華嚴籌諮義理數歳之後廓然有所通悟因顧其友人曰聖教司南於是乎在遂敷弘幽旨讚爲宗旨著旨歸兩卷言行於世今少見本者以希聲初啓未遑曲盡時月淹久故多廢替慧嚴慧觀即什公八俊之二筆格高簡經論深博備於僧史謝司空寺者即道場寺從檀越呼之嚴觀並此寺僧言今潤州興嚴寺者晋時稱南揚州其境則闊今分出爲潤州耳

二大唐永隆元年中天竺三藏地婆訶羅此云日照於西京太原寺譯出入法界品内兩處脱文一從摩耶夫人後至彌勒菩薩前中間天主光等十善知識二從彌勒菩薩後至三千大千世界微塵數善知識前中間文殊申手過一百一十由旬案善財頂十五行經

大德道成律師薄塵法師大乘基法師等同譯復禮法師潤文依六十卷本爲定日照三藏者住摩訶菩提及那爛陁寺風儀温雅神機朗逸負笈研精琢玉成器屬玄奘三藏傳教東歸占風聖代以永隆初至於京師高宗弘顯釋門詔會龍象道成律師薄塵法師等十大德於魏國西寺翻譯經論時有賢首法師先以華嚴爲業每歎大教闕而未圓往就問之云賷第八會文來至此賢首遂與三藏對校果獲善財求善知識天主光等十善友文乃請譯補闕復譯密言等經十有餘部合二十四卷垂拱年中右脇而卧無疾而終門人等建塔於龍門山伊水之右後梁王武三思奏請置伽藍制以香山爲名月殿凌煙波涵倒景珠幡散迥影入飛雲功不日成乃廻天眷法門盛事今古莫儔

三證聖元年于闐三藏實叉難陁此云喜學於東都佛授記寺再譯舊文兼補諸闕計益九千頌通舊總四萬五千頌合成唐本八十卷大德義淨三藏弘景律師圓測法師神英法師法寶法師賢首法師等同譯復禮法師綴文

三證聖元年等者具如開元釋教録第九證義譯文僧總一十三人俗官五人弘景禪師有表案經序中本於大遍空寺親受筆削故表云陛下又親臨法座煥發序文自運仙毫首題名品七曜垂象景麗於三明八體成文光敷於五義法寶分行而錯落淨花入貫而昭彰九會眞詮詞中悉現

百城與旨字下皆明
四則於前第三本中雖益數處却脱日照三
藏所補文殊案善財頂之文即賢首師以新
舊兩經勘以梵本將日照補文安喜學脱處
遂得文續義連其文之要至下當辯今之所
傳即第四本
其文之要至下當辯者八十卷初疏中具
明意云前七十七末善財自云我以文殊
故見諸難見者彼大功德尊願速還瞻覲
七十九末彌勒廣示後友讃文殊德令往
問文殊又云善男子汝當往詣文殊師利
善知識所而門之言菩薩云何學菩薩行
云何入普賢行門云何成就云何廣大云
何隨順云何清淨云何圓滿善男子彼當
為汝分别演説何以故文殊師利所有大
願非餘無量百千億那由他菩薩之所能
有等廣讃竟結云善男子汝應往詣文殊
之所莫生疲厭今無文殊案頂十五行經
令彌勒記言為虚善財不依彌勒之教先
來擬往復違昔心又闕智照無二之相令
後見普賢亦無因起故今有之諸過皆離
故云其文之要上言文續義連
其第三本先已流傳故今代上之經猶多脱
者即第三本願諸達識見闕而續之
二明傳通感應者自晉譯微言雙童現瑞唐
翻至教則甘露呈祥冥衛昭然親紆御筆
二明傳通感應下疏文分三初正辯感應
二出感應所以三感慶逢遇初中有六一
翻譯二造論三書寫四讀誦五觀行六講
説今初晉譯微言雙童現瑞者謂初於道

場寺譯堂前池中每二青衣童子從池中出遊捧以香花舉衆皆見以此經久在龍宮龍王慶此傳通故令龍王給侍亦有善神護諸左右故下云冥衞昭然言唐翻至教甘露呈祥即則天夢普天降甘露故經序云甘露流津預夢庚申之夕膏雨灑潤後覃壬戌之辰以十四日辛酉初譯前後各一日有感徵也冥衞昭然下成上二譯此句成上晉譯如上已引亦有善神護諸左右故言親紆御筆者即成上唐翻然事即因講以則天言初譯之日夢甘露以呈祥又是講新譯經故入譯經之中傳云新經初譯之後佛授記寺諸大德請藏和尚講勅令十月十五日開講便即入文至十二月十二日晚上講至花藏世界海震動之文講堂内及寺院中忽然震動于時道俗數千共覩歎未曾有三藏法師實义難陁及當寺大德明詮律師德感法師巡玆靈應具以表聞都維那慧表署狀爲首以聖曆三年臘月十九日則天大聖皇后親運御筆批云省狀具云皆因敷演微言弘揚祕賾初譯之日夢甘露以呈祥開講之辰感地動而標異斯乃如來降跡用符九會之文豈朕庸虚敢當六種之應披覽來狀欣暢盈懷此批及狀具如别錄故云親紆御筆

論成西域地震光流志徹清涼則感通玄悟

論成西域等者即世親菩薩西域記云世親菩薩是無著之昆弟也性有聰敏良緣未具乃以小乘爲業三端妙聳峻若霜峯

四辯橫分利如星劔無著知小乘權教接
引下機慰疲俗而置化城誘窮子而持糞
器遂設方便託病在牀令喚世親示將去
世世親聞已不日至焉無著見之廣說病
源因開大教云及吾未死之間讀吾所習
經典世親即讀華嚴乃見毘盧法界普賢
行海如日光而總照若帝網之相含因生
信悟歎曰可取利劔斷吾舌根用明已讚
小乘之失兄止之曰如人因地而倒亦因
地而起昔日以舌毀於大乘今可將舌以
讃大乘遂入山披覽大乘造十地論論成
之日大地遍震光明洞然國主自謁曰得
阿羅漢等果耶荅曰皆不得既未得聖果
何以地動荅曰貧道小年不信大乘今者
良爲造大乘論而得地動故云地震光流
言志徹清涼感通玄悟者此有二人一劉
謙之二靈辯法師初傳云北齊太和中第
三王子於清涼山求文殊師利菩薩燒身
供養其王子下有閹官劉謙之自歎形殘
又覩王子焚軀之事乃奏乞入山修道遂
賫此經一部晝夜精勤禮懺讀誦心祈妙
德以希冥祐絶粒飲水垂三七日形氣雖
微而丹懇彌勁忽感髭鬚盡生復丈夫相
神彩通悟洞曉幽旨覃思精修爰造斯經
之論始終綸綜凡六百卷遂以奏聞高祖
敬信有倍常日華嚴一敎於斯轉盛言靈
辯法師者傳云後魏沙門靈辯太原晉陽
人宿殖勝善常讀大乘及見華嚴偏加鑽
仰乃頂戴此經入清涼山寺求文殊師利
潛護凡歷一歲足破血流肉盡骨穿忽聞

空中謂之曰汝止之但思惟此經於是披
卷豁然大悟後熈平元年歳次大梁正月
於清涼寺敬造華嚴論演義釋文窮微洞
奥至二年初徙居懸瓮山嵩巖寺造餘具
如傳若准論序但在懸瓮感通今據傳文
故亦清涼感通玄悟也

其書寫也則經耀五色楮香四達冬葵發艶

瑞鳥銜花

其書寫下後魏安豐郡王延明中山王元
熈並以宗室英靈博通歸一虔心無上稽
首圓宗嘗以香和墨寫華嚴經一百部金
字華嚴經一部皆五香爲藏七寶爲函靜
夜良辰清齋行道即放神光五色照耀臺
宇衆所咸覩因而發心不可勝記楮香四
達者即僧德圓不知氏族天水人也常以
華嚴爲業讀誦受持妙統宗極遂修一淨
園樹諸穀楮并種以香草雜以鮮花每一
入園必加洗灌身著淨衣溉以香水楮生
三載香氣四達後别立淨室寫經纔書數
行每字光發照明院宇又神人執戟現形
警衛又有青衣梵童無何而至手執天花
忽申供養餘如傳説冬葵發艶者即鄧元
奕華陰人證聖年中奕有親故暴死經七
日却甦説冥中欲追奕奕懼彼令寫華嚴
經寫竟奕母墳側先種蜀葵至冬已萃一
朝花發爛然榮茂鄉閭異之乃爲奏聞則
天皇后爲立孝門瑞鳥銜花者僧法誠隱
居藍谷後於南嶺造華嚴堂淥潔中外莊
嚴既畢乃圖畫七處九會之像及屈弘文
舘工書張靜敬寫之誠亦親執香爐專精

供養後感瑞鳥形色非常銜花入室旋遶供養再三往復經成之後精心轉讀者多蒙感祐
讀誦則渺然履空煥若臨鏡每含舍利適會神僧涌地現金色之身昇天止修羅之陣
讀誦則渺然履空者隋禪定道場僧慧悟京兆人嘗與一僧同在終南栖隱悟受華嚴一持涅槃木食巖栖各專其業忽有一人無因而至拜訊既訖云請一師就宅赴齋二人相推彼曰請讀華嚴法師悟因隨往乃是山神請千羅漢皆推之於上食訖皆飛空而去神呼一童子令侍乃入師口中因便得仙還歸取經辭其友僧渺然而去廣如傳說煥若臨鏡者即僧辨才不知何許人幼事裕法師以華嚴爲業久而不悟乃別護淨造香函盛經頂戴行道凡經三載遂夢普賢指授玄義因忽成誦煥如臨鏡每含舍利者即樊玄智安定人也弱歲修道於京城南投杜順和尚順令誦華嚴爲業勤依此經修普賢行每誦經口中頻獲舍利前後數百粒適會神僧者即苑律師京兆延興寺僧以貞觀年初遊經灞橋舍於逆旅日既將夕因而寓宿俄有異僧儀服麁弊同至主人別房而止遂命淳醪良肉快意飲噉律師持潔勃然穢之其僧食已乃漱以灰水閉户而誦華嚴俄終一軸苑乃束身抱愧側聽玄音未至五更便終六軸苑深自悔責悲泣交懷入房禮懺因而分袂不告名字莫知所之踊地現現金色之身者即慧祐法師京崇福寺僧

戒行精苦事儼和尚專以華嚴爲業每清
景良霄焚香專誦出現品後時忽見十餘
菩薩從地踊出現身金色皆放光明坐蓮
花座合掌聽誦此品經了便隱昇天止修
羅之陣者即般若彌伽薄于闐國沙彌也
甚有戒行每誦華嚴爲業忽有人合掌竊
謂曰諸天令弟子奉請法師請師閉目遂
至天上天主跪而請曰諸天令與修羅戰
屢被摧衂今屈法師誦華嚴經望法力加
如其所請乘天寶輅執天幢幡心念華嚴
以諸天衆對彼勍敵修羅見之忽然潰散
須臾送歸身染天香終身不滅
觀行則無生入證偈讚排空海神聽而時雨
滂流天童迎而大水瀰漫
觀行則無生入證偈讚排空者即解脫和

尚姓邢氏代州五臺縣人也七歲出家志
業弘遠初從介山抱腹巖慧超禪師處詢
求定捨超有知人之鑒識其成器告衆曰
解脫禪習融明非爾輩所隣未幾而大啓
悟後於五臺西南佛光寺立精舍讀華嚴
復依經作佛光觀屢往中臺東南花園北
古大孚寺求文殊師利親承言誨云汝今
何須親禮於我可自誨責必當大悟後因
自求乃悟無生兼得法喜遂慨茲獨善思
惟廣濟祈誠大覺請證此心乃感諸佛現
說偈曰諸佛寂滅甚深法曠劫修行今乃
得若能開曉此法眼一切諸佛皆隨喜解
脫更問空中寂滅之法若爲可說得教人
耶諸佛即隱但有聲告曰方便智爲燈照
見心境界欲究真實法一切無所見又嘗

本州都督請傳香戒法化既畢將事東歸都督及衆送至城東日去暮矣思欲焚香乃聞城上空中聲曰合掌以爲花身爲供養具善心真實香讚歎香煙布諸佛聞此香尋聲來相度衆等勤精進終不相疑誤故云倡讚排空餘廣如傳然或即大聖化身事難詳究德廣化博未之有也海神聽而時雨滂流者即僧道英姓陳氏蒲州人年十八二親爲之娶五載同居誓不相觸後於并州炬法師下聽華嚴經便落髮入太行山栢梯寺修行止觀曾屬亢旱講華嚴以祈甘澤有二老翁各二童侍恒來在聽英每異之後因問由緒荅云弟子並是海神愛此經故來聽英曰今爲檀越講經請下微雨神乃勅二童童便從牕孔中出須臾滂霈遠近咸賴焉二翁拜謝倏然而滅故云海神聽而時雨滂流其行迹亦如傳說天童迎而大水瀰漫者即隋朝僧靈幹姓李氏狄道人依衍法師出家年十八能講華嚴住興善寺爲譯經證義沙門後遇疾而死數日乃甦云往兜率見休遠二法師並坐花臺光暉絕世謂幹曰與我報諸弟子後皆生此幹志奉華嚴常依經作華藏觀及彌勒天宮觀至于疾甚目睛上視若有所見沙門童真問之荅曰向見青衣童子引至兜率天宮而天樂非久終墜輪迴蓮花藏是所圖也言終氣絕須臾復甦真問何所見幹曰見大水遍滿花如車輪而坐其上所願足矣言終而逝故云爾也

講說則華梵通韻人天共遵洪水斷流神光
入宇
講說則下即宋求那跋陁羅唐言功德賢
中天竺人初學五明諸論靡不該通後崇
佛法深入三藏進學大乘大乘師試令探
取經匣即得華嚴師嘉之令其講說元嘉
十二年至廣州刺史車朗奏聞太祖遣使
迎接南譙王義宣等並師事之集義學沙
門七百餘衆譙王欲請講華嚴經以華言
未通有懷愧歎即朝夕禮懺虔請觀音以
求冥應遂夢有人執劔持一人首來至其
前曰何憂於是具陳上事即刎却陁首便
置新頭語令廻轉得無痛耶荅曰不痛豁
然便覺備悟華言遂講華嚴至數十遍餘
如傳說人天共遵者即魏勒那摩提此言
寶意中天竺人博文贍學通誦一億偈經
尤明禪性以正始五年初至洛陽譯十地
等論二十四卷意神理標峻慧悟絕倫領
受華音妙窮清切帝每令講華嚴精義頴
發嘗處高座忽有持笏執名者形如大官
云天帝令來請法師講華嚴法事所資獨
不能建都講焚香維那梵唄咸亦須之講
席衆僧悉皆同見意熈怡微笑告衆辭訣
奄然卒於法座都講等僧亦同時殞故云
人天共遵洪水斷流者即僧法順俗姓杜
氏京兆杜陵人也操行高潔學無常師以
華嚴爲業常居山將種葵地多蟲蟻乃廵
疆定封蟲便外徙盡力耕墾一無所損三
原縣人自生聾瘂順乃召之與語應言便
愈因詣南山鬬橫渠泛溢止之斷流徐步

而過將終之日普會有緣聲色不渝言終而逝葬樊川北原今全身塔在長安南華嚴寺事跡頗多别傳云是文殊化身神光入宇者即藏和尚僧法藏字賢首俗姓康氏康居國人初賢首母夢異光而孕此爲一光及生而慕無上年十七辭親求法於太白山後慈親不悆歸奉庭闈綿歷歲時能竭其力時儼法師於雲花寺講華嚴賢首至中夜忽見神光來燭庭宇賢首歎曰當有異人發弘大教及明乃遇儼和尚自是伏膺深入無盡此爲二度神光入宇又後於雲花寺講有光明現從口出須臾成蓋衆所知見又是神光正取言同即第二節神光入宇取其講時即第三節語其生瑞兼第一節故云神光入宇餘如别傳

良以一文之妙攝義無遺故一偈之功能破地獄盥掌之水尚拯生靈故讀誦思修功齊種智

良以一文之妙下第二明感應所以於中四句初上一句正辨所以以一文一偈攝義無遺極圓妙故故普賢菩薩告善財言我此法海中無有一文無有一句非是捨施轉輪王位而求得者非是捨施一切所有而求得者釋曰以一是一切之一故稱性之一故故一偈之功下三句辨其功能亦是感通之事初一偈之功能破地獄者纂靈記云京兆人姓王失其名本無戒行曾不修善因患致死被二人引至地獄地獄門前見一僧云是地藏菩薩乃教誦偈云若人欲了知三世一切佛應當如是説

心造諸如來菩薩授經已謂之曰誦得此
偈能排地獄苦其人誦已遂入見王王問
此人有何功德荅云唯受持一四句偈具
如上說王遂放免當誦此偈時聲所至處
受苦之人皆得解脫後三日方穌憶持此
偈向諸道俗說之參驗偈文方知是華嚴
經夜摩天宮無量菩薩雲集所說即覺林
菩薩偈今經偈云若人欲了知三世一切
佛應觀法界性一切唯心造大意是同意
明地獄心造了心造佛地獄自空耳既一
偈之功能破地獄何況一卷一品一部之
玄微願思此言勉共傳誦盥掌之水尚拯
生靈者即僧伽彌多羅本師子國第三果
人也麟德初來儀震旦高宗大帝甚加尊
重處於禁中歲餘供養多羅請尋聖迹往
清涼山禮敬文殊因出至西太原寺時屬
諸僧轉華嚴經乃問曰此是何經荅是華
嚴多羅肅然改容曰不知此處亦有是經
耶合掌歡喜讚歎久之曰此大方廣功德
難思西國相傳有人讀此經以水盥掌水
霑蟲蟻而捨命者皆得生天何況受持讀
誦觀察思惟者歟故云爾也讀誦思修功
齊種智者上辨盥掌之水今明讀誦思修
功至齊佛即十地經解脫月問也初金剛
藏云佛子此集一切種一切智功德菩薩
法門品若諸衆生不種善根不可得聞解
脫月菩薩言聞此法門得幾所福金剛藏
菩薩言如一切智所集福德聞此法門福
德如是何以故非不聞此功德法門而能
信解受持讀誦何況精進如說修行是故

當知要得聞此集一切智功德法門乃能信解受持修習然後至於一切智地釋曰聞尚齊於種智何況讀誦思修不可量也經雖舉聞爲顯勝故意通思修故疏云讀誦思修功齊種智耳

宿生何幸感遇斯文其事跡昭彰備於記傳

宿生何幸下第三感慶逢遇可知餘諸感通具於傳記上來所引粗舉數條耳傳譯感通竟

大方廣佛華嚴經懸談疏鈔會本卷第二十六

音釋

鼋 於貢切六鼉　阯 之市切基也　綴 知衞切緝也　峻 思俊切嶮也　閹 於檢切宦人也　輅 洛故切大車也　勍 渠京切｜敵之人

大方廣佛華嚴經懸談疏鈔會本卷第二十七

清涼山大華嚴寺沙門　澄觀　撰述

第九總釋名題中先解經題後明品稱

第九總釋經題中初總標章

今初總題包於別義該難思之法門無名之中强以十門分別

今初總題下別釋於中二先釋總題中三初標舉

一通顯得名二對辨開合三具彰義類四別釋得名五展演無窮六卷攝相盡七展卷無礙八以義圓收九攝在一心十泯同平等

二一通顯下列章名

今初諸經得名有其多種或以人爲目或以法爲名人有請說等殊法有法喻等別或體或用或果或因乍複乍單其類繁廣

三今初諸經下別釋於初章中有二先總舉諸經體式二別明今經前中或以人爲目或以法爲名者總說也以人爲目多辨法之所由以法爲名乃畧經之大體人有請說等殊下別釋人中舉其二類等取所爲所說言請者一從請人得名如思益梵天所問經賢護經等二就能說人如無盡意菩薩經等三依所爲人如須達優填王等四依所說人如金色童子經等法有法喻等別者所言等者等取法中有多義故法之多義次下當說喻者如大雲經大寶積經等或體或用或果或因者即法中別義也體者如般若經等用者如神足經等果者如涅槃經等因復多義一者因行如正恭敬經等二者因位如十住經等乍複

乍單者複中畧有四雙一法喻雙題如妙法蓮華經等二人法雙舉如勝天王般若經等三體用雙明如十住斷結經等四因果雙舉如漸備一切智德經等言乍單者通上諸義謂法單喻單體單用單因單果單等言其類繁廣者即上所明已是繁廣更有從所說時爲名如時非時經或從所說處爲名如密嚴經等結上收餘故云其類繁廣並非正要故䟽畧言

今經受稱亦多種不同一從數彰名如梁攝論第十勝相中云百千經者華嚴經有十萬頌是也二從喻受名如涅槃及觀佛三昧經詺此經爲雜花經以萬行交雜緣起集成故三從法彰名如智論釋囑累品詺此經爲不思議解脫經四從義用受名如下離世間品及出現品各有十名者是

今經受稱下第二別明今經得名於中復二先舉異名後彰今稱前中四義一數二喻三法四義用並可知言梁攝論第十勝相者論曰謂依大乘諸佛世尊有十相殊勝殊勝語一者所知依殊勝殊勝語二者所知相殊勝殊勝語三者入所知相殊勝殊勝語四者彼入因果殊勝殊勝語五者彼因果修差別殊勝殊勝語六者即於如是修差別中增上戒殊勝殊勝語七者即於此中增上心殊勝殊勝語八者即於此中增上慧殊勝殊勝語九者彼果斷殊勝殊勝語十者彼果智殊勝殊勝語由此所說諸佛世尊契經諸句顯於大乘真是佛語今當第十相中言如下離世間品及出

現品各有十名者離世間品十名經云佛子此一切菩薩功德行處一決定義花二普入一切法三普生一切智四超諸世間五離二乘道六不與一切諸衆生共七悉能照了一切法門八增長衆生出世善根九離世間法門品十應尊重應聽受應誦持應思惟應願樂應修行若能如是當知是人疾得阿耨多羅三藐三菩提言出現品十名者經云佛子此法門名爲如來祕密之處名一切世間所不能知名入如來印名開大智門名示現如來種性名成就一切菩薩名一切世間所不能壞名一向隨順如來境界名能淨一切諸衆生界名演說如來根本實性不思議究竟法即十名也

依今梵本云摩訶毗佛略勃陁健拏驃訶修多羅此云大方廣佛雜華嚴飾經今略雜飾字耳

依今梵本下第二彰今目也於中三初正釋今名二揀前說三結成今義疏中一時併舉梵言一時譯就此語若别對者摩訶言大毘佛畧云方廣勃陁云覺者即是佛字佛字畧存梵音故健拏云雜花驃訶云嚴飾修多羅云經

前三異名義多總略二品十目多從别名又局當品

前三異名下二揀前說言二品十目多從别名者不得總該不可具舉故又局當品者出現十名局於出現離世間十名局離世間豈得通爲一部總稱

故今譯者具以六字爲名則人法雙題法喻齊舉具體具用有果有因理盡義圓故標經首

故今譯者下結成今義明其具足前通辨類中即是複義而具前四對之複故理盡義圓也

二對辨開合者題中七字有十事五對一教義相對謂經之一字是能詮教大等六字是所詮義二就義中法喻一對謂大等是法華嚴是喻三就法中人法一對謂大方廣是所證無障礙法佛是能證之人亦名境智一對四就法中揀持一對大之一字是揀方廣是持即揀大異小揀實異權揀果異因亦是體用一對大方是體大方無隅故廣即是用五就人中借下華字以喻其因即因果一對佛是果故是以單用華字則但舉喻因若合以華嚴則亦喻上之四字至下當明

大方是體大方無隅故者然大方廣三字總有三義一三字别釋配體相用如下廣説二方廣兩字合之爲用對上大字爲體三者大方爲體方字屬大便成無方言大方無隅者語出老子德經云上德若谷大白若辱廣德若不足建德若偷質真若渝大方無隅大器晚成大音希聲大象無形道隱無名夫唯道善貸且成意云小則有其圭角大即絶其方隅隅即角也借其言用今大方即法界等於虚空何有隅角言若合以華嚴則亦喻上之四字者即是上文二就義中法喻一對以嚴通能所華爲能嚴大方廣即所嚴佛是嚴成之果又以

因望果佛亦所嚴故華嚴兩字通喻大方廣佛之四字也言至下當明者即釋嚴中三具彰義類者謂大等七字義皆無量並略以十義釋之

初明大十義者

一體大謂若相若用等皆同眞性而常遍故即是大字涅槃云所言大者名之爲常此明體不變易如人最長故名爲大又云大者其性廣博猶如虛空此明體遍

一體大下別釋十大初體大中二先總後別以二義釋大而云即經大字者古人亦各十義釋其七字不知以七字乎相釋今明大義則七字皆大方則七字皆方廣則七字皆廣佛則七字皆佛等故以體大配於大字若總舉七字大者體也方者相也廣者用也佛者果也華者因也嚴者智也經者教也涅槃云所言大者下證上二義先證常義即涅槃第三名字功德品云佛告迦葉是經名爲大般涅槃上語亦善中語亦善下語亦善義味深邃其文亦善純備具足清淨梵行金剛寶藏滿足無缺汝今善聽我今當說善男子所言大者名之爲常如八大河悉歸大海此經如是降伏一切諸結煩惱及諸魔性然後要於大般涅槃放捨身命是故名曰大般涅槃釋曰彼經具釋大般涅槃今但取其大字約體不變故名爲常以性出自古非造成故生公序云夫眞理自然悟亦冥符眞則無差悟豈容易不易之體爲湛然常照但從迷乖之事未在我苟能涉求便返迷歸極

歸極得本而似始起始則必終常以之昧若尋其趣乃是我始會之非照今有照不在今即是莫先爲大旣云大矣所以稱常常必滅累復曰般泥洹也正順今意涅槃第二十五亦云所言大者名不可思議以體絶常境故言如人最長者謂無一法先法界故故老子云有物混成先天地生寂兮寥兮獨立而不改周行而不殆可以爲天下母吾不知其名字之曰道強爲之名曰大釋曰彼以虛無爲道理異釋門言可證此又云大者其性廣愽下二證上遍義即涅槃第五如來性品南經四相品文云佛告迦葉所言大者其性廣愽猶如有人壽命無量名大丈夫是人若能安住正法名人中勝故遠公分此一文成二種大一廣故名大二勝故名大今但取廣遍之義義便引來彼更有多故名大如藏多珍寶復有高故名大如大高山難至其頂復有深故名大猶如大海即上不思議義今以多即約用高即約果故但用二義於常義中巳含深勝如人最長即是勝故又言猶如虛空復是別文等二十三云又不遍者譬如虛空解脱亦爾彼虛空者喻眞解脱眞解脱者即是涅槃

二者相大謂恒沙性德無不具故互相即入微細重重等具十玄門皆其相故即經方字方者法也

二相大等者有二意恒沙性德與起信同互相即入下即顯圓教事事無礙亦性具矣然遠公釋涅槃亦明體相用體約性淨

涅槃相約方便淨涅槃用約應化涅槃此
通因果今明所證法中有三故不同彼
三用大謂業用周普如體遍故即經廣字
三用大等者文中三初正釋用大
涅槃云又大者能建大義即是約用
一涅槃云又大下引證即第四經南經四
相品以迦葉復問如佛言曰我已久渡煩
惱大海若佛已渡煩惱海者何緣復納耶
輸陁羅生羅睺羅以是因緣當知如來未
渡煩惱諸結大海唯願如來說其因緣佛
告迦葉汝不應言如來久渡煩惱大海何
緣復納耶輸陁羅生羅睺羅以是因緣如
來未渡煩惱大海善男子是大涅槃能建
大義汝等今當至心諦聽廣爲人說莫生
驚疑若有菩薩摩訶薩住大涅槃須彌山
王如是高廣悉能取令入於芥子其諸衆
生依須彌者亦不迫迮無往來想如本無
異唯應度者見是菩薩以須彌山内芥子
中復還安止本所住處下廣說作用竟結
云善男子是菩薩摩訶薩住大涅槃則能
示現種種無量神通變化是故名曰大般
涅槃是菩薩摩訶薩所可示現如是無量
神通變化一切衆生無能測量汝今云何
能知如來習近婬欲生羅睺羅善男子我
已久住是大涅槃種種示現神通變化彼
經即約果用今意明是即體之用本有之
用下佛果有相用者皆由本自有故
良以涅槃無廣廣與大同故以廣釋大方廣
無大大與廣合故以大釋廣今經具有故各
配之

三艮以涅槃下釋妨謂有問言涅槃此義
本釋大字何得以廣配之故今通云涅槃
但言大般涅槃無有廣字故大字含廣故
以能建大義廣家之義以釋大字今經大
字對體廣字對用故自别釋因便便通方
廣之經謂十二分教中有方廣經無有大
字而用大字釋方廣言即如下合釋方廣
云宣説廣大甚深法故能生無量廣大果
故皆以大釋廣也
四果大謂智斷依正普周法界故即經佛字
五因大謂發菩提心起解行願證精勤匪懈
成諸位故即經華字
五因大等者謂發菩提心即十信發心起
解即十住行即十行願即十向證即十地
精勤匪懈通策於前以成諸位所以廣説
因中差别者欲收攝論七大性故次文當
知
六智大謂大智爲主運諸萬行遍嚴一切無
所遺故即經嚴字
七者教大謂一文一句無不結通遍於一切
十方三際重重無盡故即是經字
八者義大謂所詮法盡窮法界乃至帝網無
所遺故即總是六字
九者境大以上法門普以無盡衆生爲化境
故
十者業大謂盡三際時窮法界處常將此法
利益衆生無休息故
如攝大乘等七種大性不離於此
如攝大乘等者二結會他文而言等者等
取雜集瑜伽般若大同小異攝大乘第一

釋大乘云若廣釋者七種大性共相應故不廣說之瑜伽四十六云一法大性二發心大性三勝解大性四增上意樂大性五資粮大性六時大性七圓證大性雜集十一說七大性者一者境大性二者行大性三智四精進五方便善巧六證得七業彼論云何等名爲七種大性一者境大性以菩薩道緣百千等無量諸經廣大教法爲境界故二行大性正行一切自利利他廣大行故三智大性了知廣大補特伽羅法無我故四精進大性於三大劫阿僧企耶方便勤修無量百千難行行故五方便善巧大性不住生死及涅槃故六證得大性證得如來諸力無畏不共佛法等無量無數大功德故七業大性窮生死際示現一切成菩提等建立廣大諸佛事故若般若無著論七大性者一法二心三信解四淨心五資粮六時七果此與瑜伽大同若與對法會者一法即雜集境大性緣大教法而爲境故二心即是行大性即由淨心行二利行故三信解即智大性信解與智於境印持於境決斷大意同故四淨心即精進由精進練磨令心淨故五資粮即方便善巧由大悲般若而爲方便與無住涅槃爲資粮故六時即第七業大性窮生死際盡未來時建立佛事而爲業故七果即雜集第六證得大性謂證佛功德而爲果故雜集依體起用得果不捨因證居其先般若論中約時通因果故果居時後餘之次第二論意同謂依教起行達甚深理精進

長時不滯二邊證大勝果窮生死際建立佛事故名爲大雜集即是對法瑜伽大同般若今疏體大即第三智大之中所知無我之理二相大亦所知攝亦法大性即境攝故三用大即方便大而是即體之用亦境攝故四果大全同五因大攝其五大性一發菩提心即是心大二起解者攝勝解大三行願證並是行大是十地因證非果證故四精勤匪懈即淨心精進大五成就諸位即攝資粮大六智大全同而義小異通了性相因果等故七教大即是境法大性八義通前六但除教故九名同雜集初一而義同時大及與方便善巧十同第六而具含二論時業二名爲對題中七字攝十故有開合及次不同而義無違故云七種大性不離於此或相大一種二論畧無理亦無失又通約十大教旨小殊不妨有異

二方十義者方者法也即前十大皆名爲法謂體法相法等

謂體法相法等者等取下八謂用法果法等法是軌持能持自性故十皆法

三廣十義者廣者多也用多繁興包無不盡故則前十皆多即明一遍一切名之爲大一攝一切名之爲廣亦可反此此約離釋

三廣十義等者疏文有二先離釋廣字若合釋方廣二字亦有十義一廣依義謂言教繁廣爲生依故二廣詮義宣說廣大甚深法故三廣破義破一切障無有餘故四廣超義無有諸法能比類故五廣治義具攝無邊

對治之法爲能治故六廣攝義通攝無邉異類法故七廣德義具攝二嚴諸勝德故八廣生義能生無量廣大果海故九廣絶義非是心識稱量所能知故十廣知義具足種智破邪見障無有餘故

後合釋順諸經論釋方廣經於中二先正釋十義也

此之十義前四即雜集第十一中四義後六即入大乘論第一中六義

後此之十義下結示本源言前四即雜集第十一中四義者彼論云方廣者謂菩薩藏相應言說如名方廣亦名廣破亦名無比爲何義故名爲方廣一切有情利益安樂所依處故宣說廣大甚深法故爲何義故名爲廣破以能廣破一切障故爲何義故名爲無比無有諸法能比類故此方廣等皆是大乘義差別名釋曰此論標以三名釋成四義以方廣中有二義故次第無差言後六即入大乘論第一中六義者彼論云毘佛畧者是摩訶衍何以故名毘佛畧經爲諸衆生說對治法名毘佛畧亦有衆多乘故名毘佛畧亦以多莊嚴具故名毘佛畧亦能出生無量大果報故名毘佛畧非是稱量所能知故名毘佛畧斷除一切諸邪見故名毘佛畧釋曰次第與疏全同但以毘佛畧隔之以成六義然其第一說對治法似雜集論第三廣破集約所破此約能破故亦不同五非是稱量似於集論第四無比集約法不可類此約心不能知故並不同而刊定記云以對治與破障

是同乃除入論第一加集論菩薩藏相應言說爲五者殊失論意以菩薩藏相應言說是總揀小故總揀已竟方標三名釋成四義耳若欲以集論之四攝入論之六者一即第二廣攝二即三四廣德廣生皆深法故三即一六對治破見皆破義故四即第五廣超廣絕大意同故今取小異並開爲十則二論不同謂集論一約言教入論二約所攝集論二約通辨甚深入論別開三約二嚴通因四約能生唯果集論三約合明對治入論別分一治煩惱六破智障雜集第四似入論第五已如前會故成十義然爲順二論之次故不依題之次若欲配經者一廣絕是大體絕衆相不思議故二廣超是方妙法無類故三廣攝是廣攝無邊故四廣知是佛具種智故五廣破六廣治七廣生三皆華字並是因故八廣德是嚴具二嚴故九廣依是經依言教故十廣說是義說甚深法是所說故即總上六字亦可通七

四解佛十義者即是十佛大即法界佛方即本性佛廣即涅槃佛及隨樂佛佛即成正覺佛華即願佛及三昧佛嚴即業報佛經即住持佛總不離心七字皆是心佛釋十佛義如八地中及離世間品辨

四解佛十義等者文有三解初依本經言如八地中及離世間品辨者上教緣中已廣其義今更畧明八地明十身即離世間品十佛八地云知如來身有菩提身願身化身力持身相好莊嚴身威勢身意生身

福德身法身智身離世間品五十三中說十種佛所謂成正覺佛願佛業報佛住持佛涅槃佛法界佛心佛三昧佛本性佛隨樂佛十佛即是十身若欲會者正覺是菩提身願佛即願身業報佛即相好莊嚴身住持佛即力持身涅槃佛即化身法界佛即法身心佛即威勢身三昧佛即福德身本性佛即智身隨樂佛即意生身今疏爲順經題故不依彼二經之次言大即法界佛者大即法界體故方即是本性智故廣即涅槃佛者化周遍故亦隨樂佛者隨自他意無不生故佛是梵言此即覺故華即願佛及三昧佛者並是因故嚴謂萬行之因嚴成相好莊嚴身故經教住持法不墜故總不離心即心佛者是威勢身心伏勝

故

又佛地論第一說佛亦具十義謂具一切智一切種智離煩惱障及所知障於一切法一切種相能自開覺亦能開覺一切有情如睡夢覺如蓮花開故名爲佛

又佛地論第一下第二引佛地論論無別釋今當畧辨攝此十句以爲五對一能證智二所斷障三所證理四所成益五顯覺相前四法說後一喻明然此五對一一相屬一能證智即具一切智是根本智一切種智是後得智二所斷中以一切智斷煩惱障一切種智斷所知障種類而知故三所證理中一切法者即真諦法也一切種相者俗諦法也以一切智總相觀法之性以一切種智别相觀法之相由證法性除

煩惱障由達法相斷所知障四所成益者一則自利二者利他上之三對俱通二利若取別義以一切智自證法性便是自覺以一切種智覺法之相故能覺他五顯覺相中如睡夢覺者以一切智覺法之性頓破無明煩惱睡故如蓮花開者以於種智覺法之相開悟法門如於花開得見蓮故前即覺察後即覺悟亦可前是覺悟後爲覺察此五無缺方稱覺滿名曰妙覺離覺所覺而盡覺故上之解釋未見經論理必應然

又真諦引真實論亦有十義恐繁不引

又真諦引不引者即真諦三藏七事記中引言十義者謂覺勝天鼓一不由他悟二斷二無知三已過睡夢四譬如蓮花五性淨無染六具足三義七具足三德八具三寶性九自知令他知十初言覺勝天鼓者天鼓有四德令並過之一能覺諸天賊來云賊來賊去云賊去佛即不爾能令衆生覺三煩惱若生知生若滅知滅二天鼓能護天衆能破修羅佛亦不爾能救三苦能破四魔三天鼓能令諸天受五欲樂佛亦不爾能令衆生受出世樂四天鼓能令諸天生貪著心佛亦不爾能令衆生生出世心具此四過故云覺勝天鼓二不由他悟者無師自然智故三斷二無知者即是煩惱無知所知無知四已過睡夢者凡夫睡而不夢唯煩惱故二乘亦睡亦夢以有無明及妄智故佛不睡不夢無有無明捨妄解故五譬如蓮花者日光照觸蓮花即開

十地行成佛智自發六性淨無染者因時雖有煩惱五義不染一佛無相故譬如煙霧不能染空二是對治故譬如鎔鐵不停蚊蚋三非處所故譬如大石不能住空四無轉異故譬如白玉涅而不緇五妄不染真譬如幻刀不能斫石因時有惑尚不能染果時惑盡豈當有染七具足三義者即是三佛一假名佛謂六神通二寂靜佛謂惑不生三真實佛謂即真如八具足三德者謂摩訶般若解脫法身九具三寶性者謂同體三寶十自知令他知者即是二利謂佛智慧力照真如境名曰自知復以慈悲力說十二部經令他知也釋曰以此十義有同佛地故恐繁文

五釋華十義者一含實義表於法界含性德故二光淨義本智明顯故三微妙義一一諸行同法界故四適悅義順物機故五引果義行爲生因起正覺故六端正義行與願俱無所缺故七無染義一一行門三昧俱故八巧成義所修德業善巧成故九芬馥義衆德住持流馨彌遠故十開敷義衆行敷榮令心開覺故

五釋花十義下疏文有二第一別釋十華第二總相料揀前中即如次配於十佛如一含實義表法界佛含性德故爲對十佛故爲此次亦可配於十度之因而不依次爲順題故一即般若二即智度三即方便四即尸羅五即忍辱六即是願七即禪定八即是檀九即是力十即精進此意如下普眼長者以十度因成十身果故彼經云

爲欲令其具佛相好稱揚讚歎檀波羅密即成相好莊嚴身故二云爲欲令其得佛淨身悉能遍至一切處故稱揚讚歎尸波羅密即意生身三爲欲令其得佛清淨不思議身稱揚讚歎忍波羅蜜即菩提身四爲欲令其獲於如來無能勝身稱揚讚歎精進波羅蜜即威勢身五爲欲令其得於清淨無與等身稱揚讚歎禪波羅蜜即福德身六爲欲令其顯現如來清淨法身稱揚讚歎般若波羅蜜即是法身七爲欲令其現佛世尊清淨色身稱揚讚歎方便波羅蜜即是化身八爲欲令其爲諸衆生住一切劫稱揚讚歎願波羅蜜即是願身九爲欲令其現清淨身悉過一切諸佛刹土稱揚讚歎力波羅蜜即力持身十爲欲令其現清淨身隨衆生心悉使歡喜稱揚讚歎智波羅蜜即是智身末云爲欲令其獲於究竟淨妙之身稱揚讚歎永離一切諸不善法即圓淨十度八萬四千波羅蜜門萬德頓具該上十華是故梵本名爲雜華上約相顯别配十度若約圓融一一行門皆具十義可以意得

大方廣佛華嚴經懸談疏鈔會本卷第二十七

大方廣佛華嚴經懸談疏鈔會本卷第二十八

清凉山大華嚴寺沙門　澄觀　撰述

然華有二種一草木華喻萬行因然或與果俱或不與俱二嚴身華通金玉等喻於神通衆相等唯與果俱前十義中一五九十局於草木餘通二華

然華有二種下第二總相料揀其引果華亦喻生因其嚴身華亦喻了因此二無碍言或與果俱者如蓮花等因該果海果徹因源圓融行故或不與俱者杏柰等花因果區分行布行位不相雜故此二無碍是此中華言神通衆相等者淨行品云若見花開當願衆生神通等法如花開敷若見樹花當願衆生衆相如花具三十二神通衆相果上用故云與果俱然神通雖乃通因且就金玉之花與身俱說

六釋嚴者即上十華同嚴一佛爲嚴不同亦是十義

六釋嚴者下疏文有三十八義且爲三節初十總釋次十別釋後十八句互嚴今初言爲嚴不同者如以十寶嚴一金佛一眞珠嚴二珊瑚嚴等一佛十嚴歷於十佛便成百嚴約圓融修故

又上十華如次嚴前十佛即是十義而總別無礙

又上十華等者第二別釋義同一度成一佛故總別無碍者總融上二行布圓融二無碍故

更有十義一用因嚴果以成人故是佛華嚴果由因得故二以果嚴因以顯勝成果之後

令一一因行皆無際故三以人嚴法而顯用謂佛曠劫修因方顯法之體用故四以法嚴人以顯圓若不得法之體用因果不能圓妙故五以體嚴用以令周謂用不得體不周遍故六以用嚴體而知本若無大用不顯體本之廣故七以體嚴相而知妙謂相若有體便即入重重故八以相嚴體以明玄體若無相不顯體深玄故九以義嚴教超言念由所詮難思能詮言離故十諸因互嚴以融攝如禪非智無以窮其寂智非禪無以深其照等更有十義下第三約互嚴說於中有二一別約十義五對以互相嚴二收成四句以顯互嚴令初十義在文可知然亦是於別釋得名中釋名之義若約相融皆持業釋若約當相皆依主釋如第一用因嚴果是華嚴之佛故二即佛之花故三即佛華嚴之大方廣四即大方廣之佛華嚴五即大之方廣六即方廣之大七即大之方八即方之大九即大方廣佛華嚴之經十諸因互嚴乃含多義謂施之戒戒之施定之慧慧之定等前四成對後一非對但可大等嚴經不可以經嚴大等故不成對又爲欲顯因互嚴故言禪非智無以窮其寂等者舉一爲式餘可類取謂禪無智但是事定若得智慧觀於心性爲上定故智不得禪乃爲散善分別慧故慧若有定如密室燈寂而能照離動分別成實慧故所言等者等餘萬行如施不得戒非是眞施破戒行施非眞福故戒不得施亦非眞戒慳貪不息非眞戒故不捨財法正犯戒故餘並可

思
又上來互嚴皆有相資相即四句今且約理
行互嚴以明
又上來互嚴下第二收成四句於中二先
總標後初相資四句下别釋
初相資四句者一理由修顯故以行華嚴理
二行從理發則以理華嚴行梁攝論云無不
從此法界流無不還證此法身故
無不從此法界流者即從本起末證行從
理發無不還證此法身者攝末歸本證理
由修顯
三理行俱融不二而二
非眞流之行無以契眞非起行之眞不從行
顯
良以體融行而因圓行該眞而果滿是故標
爲佛華嚴也
三理行俱融不二而二下此句有三節一
此上正釋以互融故不二不壞兩相故而
二非眞流之行下第二反成上義上句反
成行融理次非起行之眞不從行顯者反
成上理融行良以體融行下三正成前義
言體融行而因圓者行即是因以體融行
故因行圓滿行該眞而果滿者正成上行
融理也行不該眞何由得果耶
四理行俱泯二而不二以理之行故非行以
行之理故非理是則能所兩亡超情絶想非
嚴非不嚴是謂華嚴
四理行俱泯此句易了然上互融行融理
而行在理融行而理存故不二而二今理
行相奪故云二而不二

相即四句理行全收准思可見則法喻交暎昭然有在

相即四句下但例前釋若力用交徹即說相資有體無體即言相即若具作者一者唯理無不眞故二者唯行理廢已故三者俱融即行即理爲一味故四者俱泯理即行故非理行即理故非行故雙絕也言法喻交暎者以華嚴像爲喻喻以因行嚴佛故

七釋經十義雜心五義已見上文佛地論有二義一貫穿所說二攝持所化即雜心結鬘一義含之應除結鬘開成六義依此方訓復有四義一常二法並如前辨三經義即衆生逕路四典義令見聞正故寶雲經中亦有十義恐繁不引

七釋經十義雜心五義已見上文者即藏攝中謂一出生二顯示三湧泉四繩墨五結鬘餘則可知

第四別釋得名者先得後釋先得名者大以當體受名常遍爲義常即竪無初際遍則横該無外方以就法得名軌持爲義雙持體相軌生物解故廣以從用得名包博爲義包則廣容博則廣遍佛以就人得名覺照爲義照則朗萬法之幽邃覺則悟大夜之重昏華以從喻得名感果嚴身爲義感果則萬行圓成嚴身則衆德備體嚴以功用受名資莊爲義謂資廣大之體用莊眞應之佛身經以能詮得名攝持爲義持性相之無盡攝衆生之無邊

第四別釋得名等者此中得名各取前七

字别義例皆二義釋之類前可知

後釋名者一就法中體用相對大之方廣謂有體之相用故方廣之大有相用之體故皆依主釋若相即者即持業釋二就人中果行相望佛之華非因位之行故華之佛非餘行之佛故亦通相即三以人法相對大方廣之佛華嚴非小權乗之佛等故佛華嚴之大方廣非因位所得法故相即可知四教義相對亦通二釋教望於義及前人望於法兼通有財並可思准

此中釋名即前對辨開合中五對之中但除法喻一對用餘四對以法喻一對華之一字已屬因門故畧無之四對之中望前有二異一前則從寛至狹故先明教義今從狹至寛故先明體用又前從下釋上故先明教義今從上釋下故後明教義而前五對中後明人中因果者以因是華字借喻中華故在後明前從寛至狹義已盡故四教義相對一通二釋者以易知故不出

若具釋者應云大方廣佛華嚴之經揀非涅槃等經故經之大方廣佛華嚴揀非論中之所明故而四對皆具二釋者約行布則依主約圓融則持業教望於義下謂四對之中後二對中通於三釋謂經中有大方廣佛華嚴故如對法藏論全取他名以目經故佛華嚴有大方廣故故云可思

第五展演無窮者謂初於最清淨法界開爲理智兩門即涅槃菩提之異

第五展演無窮等者然此下四門皆關脉中意此門中彼有二義一展一爲多二類

結成本類結成本不異前第七部類品會中本部故此不明又此展中並皆畧示而有十重一展法界爲理智二門理即大方廣是所證法界爲涅槃智即佛華嚴爲能證菩提雖有六字但是二法

又理開體用即大方廣智開因果即佛華嚴總連合成詮即題中經字

二又展理智爲題目即大是體性包含方廣是業用周遍故云理開體用佛即是果華嚴是因故云智開因果

又展此目以爲初會初會總故十海是理十智是智十海之中含於體用十智之中亦含因果又華藏世界及遮那徧中即依正二果皆是佛字大威光太子畧示因花彼二所證所觀即大方廣即總成一會所信因果體用

三又展此目爲初會於中自有二重一但世界成就品初牒問許説中已具題目二通就一會以示品目言十海之中含於體用者即初也十海者一一切世界海二一切衆生海三一切諸佛海四一切法界海五一切衆生業海六一切衆生根欲海七一切諸佛法輪海八一切三世海九一切如來願力海十一切如來神變海七九與十此三是用餘皆是體此十本具皆是所證故名爲理十之相差是事法界十之眞性是理法界理事相融並爲所證之理故云十海是理言智含因果者上言十智者知上十海即是十智而名小開合經云佛子諸佛世尊知一切世界海成壞清淨智不可思議一知一切衆生業海智

不可思議二知一切法界安立海智三説一切無邊佛海智四入一切欲解根海智五一念普知一切三世海智六顯示一切如來無量願海智七示現一切佛神變海智八轉法輪智九建立演説海智十此上皆有不可思議之言唯願海是因餘皆是果若約所知一三四八九十皆果餘四爲因三世通因果又華藏世界下二通就一會以示品目則題目該於一會言遮那遍中者非唯遍於華藏亦遍法界以世界成就品亦説毘盧遍嚴淨故彼偈云所説無邊衆刹海毘盧遮那悉嚴淨世尊境界不思議智慧神通亦如是況第六經云毘盧遮那佛願力周法界一切國土中恒轉無上輪第五經云佛所莊嚴廣大刹等於一切微塵數清淨佛子悉滿中雨不思議最妙法又華藏品云華藏世界海法界等無別又一一塵中見法界皆普遍義故遮那遍中之言亦已攝於世界成就品矣言彼二所證所觀即大方廣者果證法界大方廣因觀法界大方廣

又展此會以成後八四周因果各因是華果即是佛其所修所證之體用即大方廣

又展此會以成後八者即第四節展成一部

又展此九會周遍十方謂如第二會光明覺品辨一類之會已遍十方餘會亦爾

又展此九會周遍十方者即第五節言如第二會光明覺品者舉一會文以爲體式謂光明覺品總有二十六節放光最後遍

周法界虛空界皆云彼一一世界皆有百億閻浮提乃至百億色究竟天其中所有悉皆明現彼一一閻浮提中悉見如來坐蓮花藏師子之座十佛刹微塵數菩薩所共圍遶悉以佛神力故十方各有一大菩薩一一各與十佛刹微塵數諸菩薩俱來詣佛所等釋曰此即遍十方文既同百億閻浮提等故是同類世界言餘會亦爾者下之七會及第一會皆遍十方如第二會故諸會末多結周遍

又展此諸會各有主伴如說十住十方菩薩證云十方國土皆說此法則前遍法界之會各有重重主伴

又展此諸會各有主伴者即第六節也上來但明主經之遍今辨伴經之遍而引第三會文則前遍法界之會各有重重主伴者此言例上遍法界之九會也

乃至遍於塵刹

乃至遍於塵刹者第七節也上但遍國今則遍塵

異類界等

異類界等者即第八第九節也上來七節但遍同類八遍異類樹形等刹而疏言等者等取第九節異類刹塵謂異類之刹亦以塵成塵亦有刹於中說經經尤多矣

無盡時會

無盡時會者即第十節謂上同類異類若刹若塵皆悉重重猶如帝網時會與法皆無盡也

皆不出大方廣佛華嚴清淨法界

皆不出等者舉題總收也清淨法界者舉本總收明從一法界無名無相之中展成無盡

第六卷攝相盡謂從後漸卷乃至不出九會九會不離初會初會不離總題總題不出理智非理不智故理外無智非智不理故智外無理則理智不二亦攝智從理離體無用攝用歸體體性自離故體即非體本來清淨强名之清淨法界是以極從無盡乃至一字無字皆攝華嚴性海無有遺餘

第六卷攝相盡者相字去聲乃至無字法界之相亦不存故然但解上展則解此卷故云從後漸卷言乃至不出九會者乃至二字畧後五重不出九會是第四節耳若具應云一卷無盡時處歸異類界塵二卷異類界塵歸異類界三卷異類界不出同類界塵四卷同類界塵不出同類刹主伴經五卷主伴不出主經結遍十方六卷遍十方不出九會七歸初會八歸總題九歸理智十歸清淨法界非理不智下是第十節卷理智歸法界而有二意一者理智之中隨舉其一即攝於二但成一味二者以智爲用以理爲體但攝智歸理不攝理歸智初攝二爲一唯一理字理體性離一亦不存故云無字又准前展亦合云總題不出體用因果因果雖殊不出一智體用雖異不出一理然後方融理智但不異前故畧示耳若從六字倒收者攝教從義但有大方廣佛華嚴攝人從法但有大方廣攝用歸體不離於大古人云一言無不畧盡

殊説更無異盈又大體性離言思斯絶唯
證相應耳
第七展卷無礙者謂正前展時即後常卷正
後卷時即前常展展時即卷故無量無邊法
門海一言演説盡無餘卷時即展故如來於
一語言中演説無邊契經海
第七展卷無碍者謂説有前後實在一時
隨門不同故有三門耳疏無量無邊法門
海即展時也一言演説盡無餘即卷時也
如來於一語言中即卷時也演説無邊契
經海即展時也
第八以義圓收者上來諸門或以七字攝盡
如前已辨
第八以義圓收者疏文有二先以法攝後
以人攝前中又二先指前不出總題
或以教義攝盡或以理智攝盡或人法攝盡
或解行證攝盡
後或以教義下重釋攝義疏文畧舉若具
説者應增數明謂或於無字中一字攝盡
謂或教或義或性或心二或二字攝盡疏
有三節亦更應言或法界字攝盡三或三
字攝盡疏文有一義順後表三聖故亦應
云入法界攝盡理行果攝盡從所詮故四
或四字攝盡謂教理行果教即經字理即
大方廣行即華嚴果即佛也或教義成處
攝盡一謂文雖浩汗唯一教字即題中經
字二謂義雖無量但一緣起義攝即題中
大方廣也三成謂行解因果德相用等雖
各緣起不同據其成立唯一成字攝盡即
題中佛華嚴也四處謂一切重重無盡同

類異類重重塵刹唯一處字故總卷之義唯一性教唯一文成唯一念處唯一塵此一即是一切一故或信解行證攝盡經有四分初會是信次六明解八約成行九唯證故如下當知五或五字攝盡謂加一教字或理信解行證理是所信所解所行所證故或六字攝盡即題中除經上之六字是所詮故或理信解行願證理即所信等解行願三即是三賢證通地上及極果故或七字攝盡即全取一題一題通目無盡法故或八字攝盡即法界緣起理實因果故或九字攝盡謂障礙法界緣起因果故或十字攝盡謂體相智用因果教義及境業故

或唯普賢文殊毘盧遮那三聖攝盡謂大方廣即普賢普賢表所證法界故華嚴即文殊文殊表能證故佛即遮那具能所故又大即普賢普賢菩薩自體遍故方廣即文殊文殊表即體之智故華即普賢普賢行故嚴即文殊文殊以解起行故佛即圓解行之普賢文殊證法界體用之普賢文殊成毗盧遮那光明遍照

或唯普賢文殊下第二以人攝也然有兩重先約人法對辨二聖後於人法中各有二聖佛字當中兩重總收可思

第九攝歸一心者上來諸門乃至無盡不離一心一心即法界故起信云所言法者謂衆生心

心體即大心之本智即方廣觀心起行即華嚴覺心性相即是佛覺非外來全同所覺故

理智不殊理智形奪雙亡寂照則念念皆是
華嚴性海
第九攝歸一心者於中二先指前總明謂
上八門已是一心上說故云上來諸門不
離一心而修行禪流皆欲弃文而修觀行
故復接之以辨此門心體即大下後正約
觀心以釋謂心體離念離念相者等虛空
界豈非大耶心之本智即方廣者上大是
即智之寂方廣乃即寂之智故云寂照運
無涯之照即心體相用三融爲所觀也觀
心起行即華嚴者觀體照而即寂止也觀
用寂而常照觀也一心六度萬行皆起覺
心性相即是佛者一念相應之覺也故經
云佛心豈有他正覺覺世間覺性無覺即
根本智覺相歷然即後得智此二不二是
無障碍智覺非外來全同所覺下上明安
立六字今明卷攝相空此上融成一味此
下乎奪雙寂則一不爲一如斯觀行未曾
一念不契華嚴
第十泯同平等者爲未了者令了自心若知
觸物皆心方了心性故梵行品云知一切法
即心自性則成就慧身不由他悟然今法學
之者多棄内而外求習禪之者好亡緣而内
照並爲偏執俱滯二邊既心境如如則平等
無礙
第十泯同平等者此一門總融前九前八
法師所知第九禪師所尚故今會之於中
三初法說二余曾瑩兩面鏡下喻明即借
帝網之喻以喻心境三見夫心境互照下
合喻意唯一而文有四節

余曾瑩兩面鏡鑑一盞燈置一尊容而重重交光佛佛無盡

第一節取兩鏡及燈合之一鏡喻境一鏡喻心燈喻本智但取明了之義

見夫心境互照本智雙入心中悟無盡之境上了難思之心心境重重智照斯在

言本智雙入者智性色性本無二故知一切法即心自性故故此智性入心入境言心境重重者合兩鏡互照智照斯在者合一燈雙入是則以本智爲能照心境皆所照由斯本智令心境互融

又即心了境界之佛即境見唯心如來心佛重重而本覺性一

又即心了境界之佛下第二取兩鏡及一尊容以合尊容喻真佛故今人只觧即心即佛是心作佛不知即境即佛是境作佛今明以如爲佛心境皆如心如即佛境如焉非又心有心性心能作佛境有心性安不作佛以心收境則心中見佛是境界之佛以境收心則境中見佛是唯心如來心佛重重者即兩鏡之重重而本覺性一者即尊容之雙入

皆取之不可得則心境兩亡照之不可窮則理智交徹

皆取之不可得下第三雙融前二以成止觀心境兩亡即止理智交徹即觀

心境既爾境境相望心心互研萬化紛綸皆一致也唯證相應名佛華嚴矣

心境既爾下第四結例一切境有多境心有多心各自相對一一互相融也萬化皆

然即總結例唯證相應則泯同果海也
第二釋品名者梵云薩婆嚕鷄印拏(上呼)倈(良遐反)驃訶奈耶鉢攞叵婆娜忙鉢里勿多此云一切世間主莊嚴法門威德名品今文存畧
第二釋品名疏文有四一會梵音二釋義理三立名所以四會釋晉經今初疏中一時總對若别對者薩婆一切也魯鷄世間也印拏倈主也驃訶莊嚴也奈耶法門也鉢攞叵婆威德也娜忙名也鉢里勿多品也
世者時也即是世間主者君也謂即諸王及佛然世間有三一器世間即是化處二衆生世間即所化機三智正覺世間即能化主主則唯二諸王及佛主於器界及衆生故佛非世間從所統受稱

世者時也下第二釋義理也於中二先釋世主
妙謂法門體用深廣難思即主之所得嚴謂莊嚴乃有多義一器世間嚴謂其地堅固等二衆生世間嚴謂衆海各具法門威德故三智正覺世間嚴謂於一切法成最正覺三業普周法門無盡故所以長行諸王之嚴偈頌讃德皆顯嚴佛
後妙謂下釋妙嚴於中三初正明三世間嚴
衆生不嚴不感佛興正覺不嚴不能爲主器界不嚴非真佛處
次衆生不嚴下出嚴所以
復由佛嚴顯遇者有德衆生嚴輔顯佛超勝如是互嚴亦爲妙嚴

後復由佛嚴下明三嚴相成
諸經無此廣嚴故但初名序品今明序已兼
正故廣讚諸嚴以爲華嚴之由序
諸經無此下第三顯立名所以彰異餘宗
不名序品
舊云世間淨眼品者謂所得法眼能淨世間
故餘如前説
舊云世間品下第四會釋晉經所得法眼
即今法門威德也
第十別解文義文分爲二初總釋經序二別
解文義初中分三大方下初明題目天冊下
二明造序人蓋聞下三直解序文今初即經
序題目也

大方廣佛華嚴經懸談疏鈔會本卷第二十八

大方廣佛華嚴經疏演義鈔序
天册金輪聖神皇帝製
第二明造序人音義云册測革反說文曰册符命也謂上聖符信教命以授帝位字或從竹或古爲圓形也
蓋聞造化權輿之首天道未分
龜龍繫象之初人文始著
演義云蓋聞下三直觧序文分爲六段初明佛日未興群生沉溺二及夫下明如來出世德用難思三朕曩下自慶逢時聞斯聲教四大方下別彰此典旨趣玄微五緬惟下傳譯古今感慶逢遇六一窺下總釋序意歎理自謙初中分三初明化法殊異二明能化淺近三明所化迷淪初中亦二初辨淳元之始二明三才已著今初蓋聞者發語之端也造化者造作變化易繫辭云剛柔相推而成變化又云變化者進退之象也權輿者爾雅云初哉首基肇祖元胎俶落權輿始也二皆是始言天道未分者謂元氣混沌未分天地下云人文始著即有三才始分天道今云未分即五運之時也故易鈎命决云天地未分之前謂之一氣於中有太易太初太始太素太極爲五運運者數也謂時改易初取易義元氣始散謂之太初氣形之端謂之太始形變有質謂之太素質形已具謂之太極轉變五氣故稱五運皆是天道未分也言天道者易繫辭云易之爲書也廣大悉倫有天道焉有人道焉有地道焉說卦云昔者聖人之作易也將以順性命之理是以立天

之道曰陰與陽立地之道曰柔與剛立人之道曰仁與義兼三才而兩之故易六畫而成卦又云在天成象在地成形變化見矣注云象况日月星辰形况山川草木又云易與天地準故能彌綸天地之道仰以觀於天文俯以察於地理是故知幽明之故原始反終故知生死之說注云幽明者有形無形之象死生者始終之數也周易疏云天有玄象而成天文也地有山川原隰各有條理故云地理此上皆是已分之相因釋天道故便舉之此對正在未分之前耳龜龍繫象之初下第二對明三才已著之相畧如向說易繫辭云是故天生神物聖人則之天地變化聖人效之天垂象見吉凶聖人象之河出圖洛出書聖人則之孔疏云如鄭康成之義則依春秋緯云河以通乾出天包洛以流坤吐地符河龍圖發洛龜書感河圖有九篇洛書有六篇孔安國以爲河圖則八卦是也洛書則九疇是也音義云堯有神龜負圖而出舜感黃龍負圖而現人文始著者繫辭云古者庖犧氏之王天下也仰則觀象於天俯則觀法於地觀鳥獸之文與地之宜孔疏云此下明聖人法自然之理而作易象次易又云近取諸身遠取諸物於是始作八卦以通神明之德以類萬物之情釋曰上云圖出八卦今云觀乎天地者或見龜復象天地等於理無違音義云觀乎天文以察時變觀乎人文以化成天下此非正意後人用之耳君臣父子尊卑上下謂之人文

龜龍擧三皇之時斯爲上古繫象舉於夫子即是下古然其文王爲中古既有卦爻之辭已有象矣則總該三古又上云天道即言未分今云人文則言始著二言影畧則初分之時亦皆未著直至繫象已具方曰著明故先有者即易有太極是生兩儀兩儀生四象四象生八卦八卦定吉凶吉凶生大業即三才具矣

雖萬八千歲同臨有截之區七十二君詎識無邊之義

雖萬八千歲下第二明能化淺近按帝王甲子記云天皇氏治一萬八千年地皇氏治九千年人皇氏治四千五百年有本云三皇皆治一萬八千年故云萬八千歲言同臨有截之區者詩注云截者齊也區者域也謂四海域内率服齊整言七十二君詎識無邊之義者司馬相如封禪書云繼昭穆受謚號畧可道者七十有二君故管子云昔者封太山禪梁父者有七十二家梁父即太山下小山名也詎者何也明上七十二家賢明之君何能識於稱性玄理無邊之義

由是人迷四忍輪迴於六趣之中家纏五蓋没溺於三途之下

由是人迷四忍下第三明所化迷淪言由是者上明化主化法二皆淺近葢是域中一身之作不令所化免沉苦海於中上對迷理輪迴六趣下對纏妄没溺三途言四忍者即思益經第四法品中佛言梵天菩薩有四法善出毀禁之罪何等爲四一者

得無生忍以諸法無來故二者得無滅忍以諸法無去故三者得因緣忍知諸法因緣生故四者得無住忍無異心相續故是爲四忍言人迷者人人皆迷故但迷四忍容漂人天故云輪迴於六趣之中家纏五蓋則溺三途矣五蓋者一貪欲二瞋恚三惛沉四掉舉五疑也言家纏者家家纏也上三皆明佛未興世

及夫鷲巖西峙象駕東驅

及夫鷲巖下二明如來出世德用難思於中四一總歎化主高深二明能化時處長廣三別歎如來勝德四結德歸於如來初中四句分二前二句總序佛教興流後二句寄對顯勝今初上句明主出西天故云鷲巖西峙峙者立也此約處歎人後句即化法東被也故云象駕東驅言象駕者畧有二義一一千年後像法之時佛教方被故二者象馱經故初雖白馬來儀本用象故爲對鷲巖故用象駕宋公題安國寺詩云爲龍太子去駕象法王歸

慧日法王超四大而高視中天調御越十地以居尊

慧日法王下第二寄對顯勝初句出域後句超因今初慧日法王超四大而高視者出域中也則異前化在域中慧日者以佛爲日畧爲四義一破闇如慧二照現如智三輪淨如解脫四上三不相離如同法界於法自在故稱法王言超四大而高視者即老子道經云道大天大地大王亦大域中有四大而王居其一焉人法地地法天

天法道道法自然釋曰然其說道乃是清淨虛通故云道法自然自然者不知其所以然而然故即世界始成域中近事不違業因故曰自然今佛出現善證真常妙窮二諦天地造化乃俗諦業因域中之事耳後句趣因言中天調御越十地以居尊者十地菩薩時經三祇已斷十障已證十如成十勝行化周十方今比世尊猶一塊土以方大地況於四大何足越哉

包括鐵圍延促沙劫

包括鐵圍下第二明時處長廣初句約處畧舉三千大鐵圍内以爲化境豈同上説有截之區後句約時多劫促爲一念一念延爲多刧豈同上説萬八千歲

其爲體也則不生不滅

其爲體下第三別歎如來勝德中即雙明化主化法就三大歎之初歎體大經云佛身無生超戲論非是藴聚差別法又云佛以法爲身清淨如虛空又云一切法無生一切法無滅若能如是解斯人見如來

其爲相也則無去無來

其爲相下第二歎相大經云如來非以相爲體但是無相寂滅法身相威儀悉具足世間隨樂皆得見既無相爲相故湛無去來德周法界亦無來去

念處正勤三十七品爲其行慈悲喜捨四無量法運其心方便之力難思圓對之機多緒

念處正勤下第三歎用大初約化法化法玄妙異前域中即行唯道品心唯四等方便多門圓應難測並如經說言圓對者身

則圓廻普應若月落百川音則稱物普聞若風吹萬籟意則刹那頓覺若海印炳然故云多緒

混太空而爲量豈筭數之能窮入纖芥之微區匪名言之可述

混太空下二約化體明用謂大之則無外細之則無内經云譬如虛空徧至一切色非色處亦如虛空具含衆相刹塵爲量不可數知故云豈筭數之能窮後句細入無間即入纖芥之微區故下經云如於此會見佛坐一切塵中亦如是塵中有刹刹復有塵塵復有刹重重無盡非心識思量之境故絶名言表義名言難述即言語道斷顯境名言不知即心行處滅亦是明化處周細前句化周法界後句細無不入經云一一毛端悉能容受無邊世界而無障碍示現調伏無量衆生

無德而稱者其唯大覺歟

無德而稱下四結德歸於如來謂上之三段皆屬如來則歎不可盡論語云泰伯其可謂至德矣三以天下讓民無得而稱焉故經云刹塵心念可數知大海中水可飲盡虛空可量風可繫無能盡説佛功德即其事也

朕曩劫植因叨承佛記金仙降旨大雲之偈先彰玉扆披祥寶雨之文後及

朕曩下三自慶逢時中分三初遠蒙佛記二彌荷太平三萬國朝宗今初朕曩劫植因者久遠種因故得大覺親記叨者忝也從金仙下别明記相初明大雲經或有疑

僞後王宸下明寶雨經鄭氏注周禮云扆屏風也天子屏風以王爲飾寶雨經有十卷入開元正録第一卷中云爾時東方有一天子名日月淨光乘五色雲來詣佛所右繞三帀頂禮佛足退坐一面佛告天子汝之光明甚爲稀有天子汝於過去無量佛所曾以種種香華珍寶嚴身之物衣服卧具飲食湯藥恭敬供養種諸善根天子由汝夙種無量善根因緣今得如是光明顯耀天子是因緣故我涅槃後第四五百年法欲滅時汝於此贍部洲東北方摩訶支那國位居阿鞞跋致實是菩薩故現女身爲自在主經於多歲正法理化養育衆生猶如赤子令修十善能於我法廣大住持建立塔寺又以衣服飲食卧具湯藥供養沙門於一切時常修梵行名日月淨光餘如彼經釋曰此時更無女主卬建若是斯言不虛

加以積善餘慶俯集微躬遂得地平天成河清海晏

加以積善下二荷太平易云積善之家必有餘慶積不善之家必有餘殃今由積善故得地平天成河清海晏晏猶安也

殊禎絶瑞既日至而月書貝牒靈文亦時臻而歲洽踰海越漠獻賝之禮備焉架險航深重譯之詞罄矣

殊禎絶瑞下第三萬國朝宗重譯來貢初兩對標謂萬方仰德殊異禎祥奇絶瑞應日日而至月月而書書之史册也貝牒靈文亦時時而至歲歲沾洽也二踰海下兩

對釋成初成上禎瑞而至後駕險下成上貝牒臻洽踰海航深皆水行也越漠架險皆陸路也

大方廣佛華嚴經者斯乃諸佛之密藏如來之性海視之者莫識其指歸挹之者罕測其涯際

大方廣下第四別歎此典旨趣玄微於中二初總歎次別歎今初先二句標其深廣後視之者下成上二句既爲秘藏故視之不見稱爲性海安測邊涯挹者珠叢云以器斟酌於水也故文選頭陀寺碑云蓋聞挹朝夕之池者無以測其淺深仰蒼蒼之色者難以知其遠近故今測量若以管窺天用蠡測海也

有學無學志絕窺覦二乘三乘寧希聽受

有學無學下第二別歎於中三初約人歎二約法歎三約處歎初中二先對劣顯勝後當體顯勝前中初句通說三乘後句別說三乘然二乘在座如聾如盲三乘菩薩積行多劫不能測故窺者左傳云謂舉足而視覦者珠叢云有所冀望

最勝種智莊嚴之跡既隆普賢文殊願行之因斯滿

最勝種智下二當體顯勝上句約果滿以滿二嚴成種智也下句約因圓普賢之行文殊之願二皆圓也亦得行願通上二聖

一句之內包法界之無邊一毫之中置剎土而非隘

一句之內下二句約法歎於中上句約能詮深廣故一句之義竭海墨而不盡下句

約所詮事事無碍故一毫之中置剎土而
非隘也
摩竭隨國肇與妙會之緣普光法堂爰敷寂
滅之理
摩竭提國下第三約處歎舉摩竭者九會
本故不起覺場而周徧故舉普光者近菩
提場又說信門該於果海故云爰敷寂滅
之理
緬惟奧義譯在晉朝時踰六代年將四百然
一部之典纔獲三萬餘言唯啓半珠未窺全
寶
緬惟奧義下第五傳譯古今感慶逢遇於
中二初明前譯多闕二明今譯多具今初
緬者遠也惟者思也六代即晉宋齊梁陳
隋也言唯啓半珠未窺全寶者即涅槃聖
行品雪山童子聞化羅剎云諸行無常是
生滅法驚而顧視唯見羅剎問羅剎云大
士汝於何處得是過去離怖畏者所說半
偈大士汝於何處而得如是半 如意珠釋
曰欠下半偈義未全故若得聞下生滅滅
已寂滅為樂即全寶也今明先譯既闕即
為半珠也
朕聞其梵本先在于闐國中遣使奉迎近方
至此既覩百千之妙頌乃披十萬之正文
朕聞其梵本下第二明今譯多具即全寶
也文中有六一邀迎二正譯三感徵四事
畢五讚益六慶遇今初邀迎事如玄談
粤以證聖元年歲次乙未月旅姑洗朔惟戊
申以其十四日辛酉於大遍空寺親受筆削
敬譯斯經

粤以證聖下第二正譯也月旅姑洗者正當三月言親受筆削者則天躬自刊削言筆削者漢書衛青傳云削則削筆則筆削謂删去筆謂增益有云理書勘受削而注之良以古人書木竹簡以刀削故

遂得甘露流津預夢庚申之夕膏雨灑潤後覃壬戌之辰式開實相之門還符一味之澤

遂得下第三感徵也十四日是辛酉庚申即十三日壬戌即十五日前後一日各有感徵謂則天於十三日夜夢見徧天之内皆降甘露十四日覃開譯經十五日天降甘雨覃者爾雅云及延也郭璞注云謂蔓延相被及也式開下成上徵祥此二句亦可通上二瑞謂皆一味之澤亦可式開實相成上甘露甘露不死之藥況實相之常住故一味之澤成上膏雨一雲一雨無異味故式者用也

以聖曆二年歲次己亥十月壬午朔八日己丑繕寫畢功

以聖曆二年下第四事畢己亥取於乙未首涉五年繕寫方畢繕者說文云補也珠叢云治故造新皆謂之繕

添性海之波瀾廓法界之疆域

添性海下第五讃益有二先明益教理大波曰瀾玄言曰廓者張小使大鄭玄注禮云疆者界也說文云域者封也謂玄言既加添足性海開廓法界矣

大乘頓教普被於無窮方廣真筌遐該於有識

大乘頓教下第二辨益物機

豈謂後五百歲忽奉金口之言娑婆境中俄啓珠函之祕

豈謂下第六慶遇也於中有二初明慶遇前句約惡持得聞是一幸也後一句約惡處得聞此二幸也初言後五百者如來滅後有五五百年第一五百年鮮脱堅固今當第四五百年故云後也在三五之後故金剛經中於後五百歲信受者難得言俄啓珠函之秘者即智論第六十四云般若是如意珠舍利如函篋舍利中雖無般若而爲般若之所熏故得一興供養千反生天今用此是則如來如函華嚴經是如意珠也

所冀闡揚沙界宣暢塵區竝兩曜而長懸彌十方而永布

所冀闡揚沙界下二發願於中二先兩句横徧沙界麤相徧也言塵區者明微細徧徧微塵中之區域故後並兩曜而長懸下明竪窮長懸永布故兩曜即日月喻如來根本後得智也

一窺寶偈慶溢心靈三復幽宗喜盈身意

一窺寶偈下第六總彰序意讚理自謙有三先兩句正製序由以披尋翫味慶喜深故鄭箋詩云復謂反復珠叢云復謂重審察即是南容三復白圭䟽中已引

雖則無説無示理符不二之門然因言顯言方闡大千之義

雖則無説下讃理離言要假言顯無説無示即淨名目連章之文不二之門即淨名不二法門品因言顯言者若無文殊讚默

之言安知無言之爲妙故寂滅之相假以言詮言大千之義者即出現品塵含經卷喻故大千經卷潛塵無益聰慧者開便能益物今假言顯義當開塵示於經卷有成益也

輒申鄙作爰題序云

輒申巳下謙巳結成上巳畧釋序竟

第二別觧文義者然此經文富義博勢變多端況一義一文包攝法界是以古德用十例科判欲顯難思其第一名本末部類但顯此經無盡非科今文前巳具明故今畧之加前後鉤鎻亦有十例

第二別觧文義分二初總科判二正釋經文初中分三初標章二列名三觧釋

一本部三分科二問荅相屬科三以文從義科四前後攝疊科五前後鉤鎻科六隨品長分科七隨其本會科八本末大位科九本末徧收科十主伴無盡科

一本部下二列名也

初本部三分者謂序正流通初品爲序分現相品下爲正宗

初本部三分下三觧釋分十初本部二分科分二初正明序正二別釋流通今初正明序正

流通有無古有七釋一光統律師以法界品爲流通由入法界廣無邊故二隋遠法師以法界品内善財下屬流通寄人顯法故三裕法師以法界品後偈爲流通以歎德無盡故四有云末後二頌爲流通以結説無盡歎德勸修故五或云經來未盡故無流通六或云

以餘眷屬經爲此流通以彼是此所流出故七或云此經總無流通以法無盡説無休息故故諸會各無流通不同大般若諸會皆有有流通故

流通有無下二别釋流通有三初序昔説二會昔義三申今正解今即序昔也

此上七解各是一理而前六皆有第七獨無若義會之應成四句一有序正無流通如第七二唯正宗無二分由自初暨後皆顯玄微並悟物故初雖列衆而歎佛德後雖寄人有修相故三具三分四俱不可説即言忘言故約義包含不可局取

此上七解下二會昔義也謂會前七師融成四句一即第七師三即前六師二四義加二唯正宗者意取悟入顯理爲正宗故

故河西道朗云若因初分以得悟則初分爲正若因後分以得悟則後分非傍即期義也其中有與理相應者隨時取捨

今依具三以分三分之與彌天高判冥符西域今古同遵

今依具三下第三申今正解文分爲四初立取源由二辨三之相三例成前義四辨定流通今初謂上顯義理包含縱成四句依文釋義三分可依若無流通序正安立若唯有正起盡不明若約無言如何解釋所以三者夫聖人設教必有其漸将命微言先彰由致故受之以序分由致既彰當機受法故受之以正宗正宗既陳務於開濟非但篤於時會復令末葉傳芳永耀法燈明明無盡故受之以流通

二所以下辨三之相
非唯一部當會當品等皆容有之故依三也
非唯一部下三例成前義未會品之文尚
須三分何况一部不立三耶
雖六觧皆通今依第二以寄人進修示物有
分流通相故故慈氏云若有敬慕心亦當如
是學
雖六觧皆通下四辨定流通文分爲三初
取其正義三辨前順違三結歸正義今初
也
初之一觧令正宗中闕於證入
初之一觧下二辨前違順出前不取五釋
所以言令正宗中闕於證入者此即光統
以法界品爲流通法界是證入因果衆海
大問新衆逺集佛自入定衆海頓證判爲
流通已抑經文况正宗中但有信解行而
無證入
第三但屬善財之一相故
第三但屬下此即裕公以法界後偈爲流
通但是善財五相之中顯因廣大相之一
半故非一部流通
末後二偈但結偈中佛德非通一部
末後二偈下但言有云即刋定記主意用
此義言但結偈中佛德者以普賢向讃如
來言不能盡故總結云刹塵心念可數知
大海中水可飲盡虚空可量風可繫無能
盡説佛功德若將結歎佛德爲流通則一
部之中無菩薩德
十行等末類有此偈
十行等者上以義破此以文破彼非經終

而有此偈故今此偈非是一部用爲流通但當會當品流通意耳言十行末偈者偈云菩薩功德無有邊一切修行皆具足假使無量無邊佛於無量刧説不盡何况世間天及人一切聲聞及緣覺能於無量無邊刧讃歎稱揚得究竟釋曰法界偈末結佛德無盡此結十行菩薩之德不可盡耳而言等者等取十向十地十向末云一切衆生由可數三世心量亦可知如是普賢諸佛子功德邊際無能測一毛度空可得邊衆刹爲塵可知數如是大仙諸佛子所住行願無能量此結廻向行願無盡十地末云十方國土碎爲塵可於一念知其數毫末度空可知量億刧説此不可盡而言此者明此上十地德無盡耳是知位位品品德德之末皆結無盡故非一部之流通也

經來未盡未必在後

經來未盡者破第五師言未必者容許後有但不必定耳如毘盧遮那品末或隨好品末等既不必有故難取定

眷屬流通但約義故

眷屬流通者即第六師以約義理於一佛乘分别説三根本法輪攝彼眷屬故云攝群經爲眷屬何必將彼爲此流通此中有序不用彼序何獨用彼爲此流通

故依遠公

三結歸正義也

二問答相屬科者古云此九會中大位問答總有五番第一會中六衆起四十問或當會

答盡名舉果勸樂生信分二從第二會初有四十問至第七會末答盡名修因契果生解分中間雖有諸問並是隨說隨問非是大位問答不思議品不問因故三第八會初起二百問當會答盡名託法進修成行分四第九會初起六十問如來自入師子頻申三昧現相答名頓證法界分五福城東善財求法等別問別答名歷位漸證分

第二問答相屬科文分為二初通叙昔說二審示今意今初古云此九會者疏意存四故舉古釋以第五無大位問答故古德以善財猶屬正宗故今既判入流通則前唯四兼取流通以為五分未爽通塗古德以善財下二審示今意意有其二故但為四一五無大位問故二第五屬流通故故云今既判入流通則前唯四第四應名依人證入成德分兼取流通者順於古義第一分中既攝一部序分不於正宗之內分為五分故取流通為第五分理亦無違但無大位之問故疏合四耳

三以文從義科者此經一部有五周因果即為五分初會中一周因果謂先顯舍那果德後遮那一品明彼本因名所信因果二從第二會至第七會中隨好品名差別因果謂二十六品辨因後三品明果亦名生解因果三普賢行品辨因出現品明果即明平等因果非差別顯故亦名出現因果四第八會初明五位因後明八相果明出世因果亦名成行因果五第九會中初明佛果大用後顯菩薩起用修因名證入因果因果二門俱證入故

各分因果亦爲十也
第三以文從義科謂據現文但有其四四位大問故就第二分中有差别平等二義故分爲五周因果初明五位因等且依一相以八相是應現故故屬果攝若剋實而言成如來力下四門方是其果前一百九十六門皆屬因攝若以八相爲果果有一十九門餘皆屬因言名出世因果者品名離世間故言亦名成行因果者發於位名意在行故
四前後攝疊科者一部分二謂前九會是本會亦是佛會佛爲主故從文殊至福城東已後並是末會亦是菩薩會以諸善知識爲會主故二就前中亦二初八會明所成解行後一顯所證法界三就前中復二初七會明歷位修成行後一明圓融周普行四前中復二初明修生因果復普賢下二品明修顯因果五就前復二初明修生因後不思議法等三品明修生果六就前復二初明位中因行後十定下六品明位後之行七就前復二初明地前比行後第六一會明十地證行八就前亦二初位前十信行後第三會已去三會明入位三賢行九就前亦二初明所信佛果法後問明品下三品明能依能信菩薩行十就前中復二初會明佛依報果後名號下三品明佛正報果
四前後攝疊科者雖有十重總爲二分從後倒攝節節除後就前分二故初位前者以四十二位明義十信未成位但爲住因故仁王詺十住爲十信故取能成信詺所

成住故

五前後鉤鎖科亦分爲十

五前後等者即是新意文中二初標數二正釋

一第一會爲依報因果前明依報果後毘盧遮那品辯因二更取毘盧遮那及第二會初三品爲正報因果前因後果三以名號至菩薩住處名依起因果依於本有而修起故前果後因四從問明品至隨好品明差別因果前因後果

一第一會下第二正釋也於中分三初通釋前四二別釋第五三通釋後五今初然文有十節謂一經初五品二毘盧遮那品三名號下三品四問明至住處有二十三品爲一節五不思議至隨好三品爲一節六普賢行品爲一節七如来出現品爲一節八離世間品爲一節九入法界品爲一節初後不重用但合有八重因果以第九離世間品及第十法界各自爲一重因果故得爲十

五取不思議下至普賢行品爲圓融因果前果後因

五取不思議下二別釋第五文分爲四初正釋二解妨三引證四結成今初正釋也

以不思議等與前爲果果別於因與後爲果則一一融攝

以不思議下二解妨謂有問言差別圓融二義非一如何前差別果得爲圓融果耶故通意云雖不思議等經文是一所望異故果别於因成差别因果果自圓融得成

圓融之果言圓融者以一一德周法界故
三十六門門門之中含十句故所說之相
難測量故品名標爲不思議故
然有六義證成
然有六義下三引證證成不思議等三品
爲普賢行之果普賢行品是不思議等因
一因果相屬科中多先果後因故
一因果相屬者五周因果所信證入二果
居先差别因前亦先有果故云多先果也
今亦先果後因與例同也而言因果相屬
科者即前第三以文從義科也謂從因果
相屬之義科成五故
二四十八後未有證成普賢行後有證成者
結屬前故
二四十八後等者若不思議至隨好唯屬
差别果因果旣終合有現瑞證成今却無
證普賢行品旣唯屬出現之因旣未說果
何得有證明知普賢行竟有證結屬前來
不思議等故
三普賢行品初無別發起便即躡前云畧示
如來少分境故
三普賢行品初等者若不屬此品之初應
合别有發起旣無發起明是屬前
四以義明之不思議法顯佛德難思一一圓
融故
四以義等者果德難思不可但爲差别果
故
五前雖有問不思議品初重念問故
五前雖有問等者即第二會初之問而復
問者欲顯不思議下雖思是圓融因果之

初故

六第二會初巳有三業爲差别果故

六第二會初等者前若無果要用不思議等爲差别果前既巳有此不思議等全屬於後前段差别因果亦足

由斯六義故普賢行品得屬前因

由斯六義下四結成第五圓融因果也

六取普賢行及出現品爲平等因果前因後果

六取普賢行巳下三通釋後五也

七取出現及離世間品爲出現因果前果後因成佛涅槃亦因現故非說真成

成佛涅槃下此遮外難恐有難云離世間品自有因果那得總爲出現家因故爲此通

由離世間爲因方能現世

由離世間下釋爲出現因義

八離世間品爲成行因果通辨行故具因果故

八離世間等者當會自成因果

九取離世間品及法界品爲法界因果前因後果由離世間稱法界故故因不依位果唯證入

九全合兩會爲一因果

十法界一品自爲證入因果先果後因其善財巳下亦爲無盡因果先因後果故歷事至普賢一毛因則無盡普賢說佛德過虛空而果無盡以爲流通故不明之

十以入法界當會自成因果然第八會雖不鉤前前出現品巳曾鉤此第十因果不

鉤第八會第八會已曾鉤第九故並得名爲鉤鎖因果其善財下歷事爲因普賢說佛德爲果故

六隨品長分科者長分有十

六隨品長分科者不約會分總爲直科三十九品以爲十分耳

一通辨教起因緣分二現相品下明佛果無涯大用分

二現相下明佛果無涯大用分者現相品大用在義可知普賢三昧言大用者同加普賢不來而至一多延促皆無碍故毛光讃德無不周故成就華蔵皆說如來徧淨法界徧應刹海令依正相入塵含法界皆無涯大用也

三毘盧遮那品舉彼往因證成分四名號下三品明大用應機普周分五問明品下至十地品末明諸位差别令修分六十定品下至隨好品末明差别因圓果滿分七普賢行品下二品明普行因成現果分八離世間品明因果超絶世間分九法界品中前分明大衆頓證法界分十爾時文殊下明一人歷位漸證分

七隨其本會科者亦爲十分一初會名舉果令信分二第二會明能信成德分三第三會初賢十住分四第四會中賢十行分五第五會上賢十向分六第六會聖位十地分七第七會因圓果滿分八第八會普賢大行分九第九會初行成行成證入分十善財下善友教證分

十善財下者據標云隨其本會科會各一

分只成九分欲顯圓十故開後一據實合有十會表圓或經來未盡且按文釋耳

八本末大位科者本會爲九末會有五十五總爲六十四分

九本末徧收科者先九會爲九分文殊爲六千比丘說法爲第十分及善財歷一百一十善知識總一百二十分若開諸龍及三乘會及彌勒後文殊普賢三人便成一百二十五以慈氏云此長者子經由一百一十善知識已然後而來至於我所則彌勒已前已有一百一十故及三千大千世界微塵數善友其分數彌多若合爲一則一百二十六分

若開諸龍者前爲百二十分則諸龍三乘皆屬善財會初以初至福城本爲善財故故不別開諸乘等會今約雖至福城城中善財等二千四衆尚未出城先說普照法界修多羅利益諸龍及三乘人故別開之餘並可知

十主伴無盡科者一一會一一品一一法皆結通十方如此閻說十方虛空法界一切世界乃至一切塵中皆如是說此結主經也又彼一一會等皆有他方塵數菩薩而來證法此結伴也即主伴相與周徧法界重疊無盡是則段數亦無盡無盡也

上來別解文義科中初總科判竟下釋經文

大方廣佛華嚴經懸談疏鈔會本卷第二十九

音釋

隰 似立切 下濕也 扆 於機切 賝 丑林切 寶色也 覦 庾倶切 欲也 襵 之涉切 丨疊也